孙莺◎编

新闻出版博物馆 文库·史料

陈蝶衣文集

第一辑

低眉散记

上海人民出版社

　　陈蝶衣(1909—2007)，江苏常州人，中国现代著名报人、诗人、剧作家、词作家。曾创办《明星日报》《万象》《春秋》《西点》等刊物，并兼任《铁报》《东方日报》《小说日报》《海报》《香海画报》《力报》《金钢钻》等刊物编辑。1952年，陈蝶衣赴港，在邵氏影城任职，创作电影剧本五十余部，流行歌曲三千多首，被誉为"词三千"，不少歌曲已成为流行乐坛的经典曲目，如《南屏晚钟》《情人的眼泪》《我有一段情》《香格里拉》等。

影印出版博物馆 文库

序

陈子善

最早知道陈蝶衣先生(1909—2007)的大名,还在整整四十年以前。1983 年 8 月,上海学林出版社出版了"补白大王"郑逸梅的新著《书报话旧》。书中有一篇《小型报中的〈大报〉》,介绍了 1924 年在上海创办的小型报《大报》的变迁史,文章末尾这样写道:

> 在一九四九年春,又有命名《大报》的小型报出版,馆址设在河南中路三百六十八号。编辑者陈蝶衣,直到解放后,尚出版了相当时期,结果并入《新民报》。

郑逸梅的忆述与史实略有出入。1949 年 7 月 7 日,也即上海解放后一个月又十天,新的《大报》创刊,主编是陈蝶衣。《大报》与另一位海派作家唐大郎主编的《亦报》成为上海解放后经过批准新办的两家民营小报,各以丰富多彩的副刊吸引了当时广大的上海市民读者。直到 1952 年,《大报》和《亦报》相续停刊,陈蝶衣去了香港为止。

但我因此记住了陈蝶衣的大名。随着时光的推移,我的文学史视野不断拓展,对陈蝶衣的了解越来越多,对陈蝶衣众多方面的文学和文化成就也越来越感兴趣。我逐渐知道了陈蝶衣是著名报人、出版人,大名鼎鼎的《万象》杂志,他是首任主编,他还创办过《明星日报》和主编过《铁报》《春秋》《宇宙》等报刊。同时,他也是上海滩有名的小报作家,曾先后为数十种小报副刊撰稿,收入这部文集中的大量题材多样、文笔活泼、短小精练的专栏文字,就是再有力不过的证明。不仅如此,他还是独树一帜的歌词作家,包括流行歌曲和电影插曲,他都是作词高手,曾创下一口气为1945年上映的电影《凤凰于飞》创作八首插曲的记录。他到香港后创作的《香格里拉》《南屏晚钟》等歌曲,更是传播海内外,脍炙人口,久唱不衰。

确实,在20世纪50年代初赴港的海派作家中,陈蝶衣又与包天笑、沈苇窗两位一起,三足鼎立,各擅胜场。《香港文学作家传略》(刘以鬯主编,1996年8月香港市政局公共图书馆初版)中的陈蝶衣条目,就开列了他在新闻、文化、电影、教育、播音、诗词六个方面的贡献,可见他也是研究20世纪50年代以来香港文学和文化不可或缺的重要人物。

综上所述,在我看来,在20世纪海派作家的谱系中,无论从哪个方面看,陈蝶衣都不是可有可无,而是颇为杰出、颇具代表性的一位。对这样一位连结海上与香岛的特色鲜明的海派作家,至今还没有一部搜集较为完备的文集行世,这在海派文化的多样性、先锋性和独特性越来越受到重视的今天,是难以想象的。

《陈蝶衣文集》涵盖陈蝶衣1923年至1995年长达七十余年间

的文学创作。编者孙莺在详细查考陈蝶衣笔名、穷搜广集陈蝶衣文字的基础上，遵循"以文学体裁分类，以年代先后为序"的编选原则，将之分为两大辑陆续推出。第一辑所编为《低眉散记》《茗边手记》《炉边谈话》《闲情偶寄》四种，系陈蝶衣发表于海上小报和杂志上的各类文字，既有多种多样的专栏文，也有所编杂志的编辑手记；第二辑亦收四种，以陈蝶衣创作的诗词、小说、散文为主，包括香港时期的作品，如《大人》《大成》《万象》杂志上发表的随笔和《香港影坛秘史》《由来千种意，并是桃花源》两部专集。一部文集在手，自可较为充分地领略陈蝶衣文字的汪洋恣肆，绚烂多彩。

应该特别说一说陈蝶衣的专栏文字。海上小报的专栏文字，是海派文学一个必不可少的组成部分，其主要特点是在短小的、数百字乃至只有一二百字的有限篇幅里，往往能跌宕起伏，自有天地。当然，内容五花八门，甚至道听途说者，也屡见不鲜。陈蝶衣交游广阔，与文坛、影界、梨园、剧坛、艺苑，以至政界和帮会都有来往，笔耕又特别勤奋，因此他的专栏文字独具个人风格，上至都市社会大事，下至市民日常生活，均信手拈来，尤以文坛艺苑信息灵通，状写及时吸引人。读一本书，看一部电影，听一出戏曲，他都能写得有声有色。而左翼作家、海派文人和艺术家，更是素描连连，即便只是片断，也写得生动逼真，活灵活现。若说阅读陈蝶衣这些丰富多彩的专栏文字，就能对 20 世纪 30—40 年代的上海文坛和社会生态有更具体全面的体认，更真切入微的把握，那决不是夸张之辞。

我一直致力于张爱玲研究，早已知道陈蝶衣在 1944 年 12 月 23 日、24 日上海《力报》上连载《〈倾城之恋〉赞》，对张爱玲根据自己小说《倾城之恋》改编的同名话剧，评价甚高。后来陈蝶衣又在1950年7月上海第一届文代会上因分在同一小组而与张爱玲有一面之缘。这次又从《文集》中见到了陈蝶衣数篇关于或提及张爱玲的专栏文字，不能不令我感到意外的惊喜。其中发表于1943年11月14日《繁华报》的《张爱玲熟读〈红楼梦〉》，更值得注意：

> 张爱玲继《倾城之恋》后，又有一新作发表于十一月号之《杂志》，曰《金锁记》，此为程玉霜之名剧，张爱玲以之为小说标题，真是得来全不费工夫。
>
> 《金锁记》以大户人家姒娌叔嫂间钩心斗角之迹为脉络，情调与《倾城之恋》无多大差别。予尝谓张爱玲殆熟读《红楼梦》者，故其所作，受《红楼梦》之影响亦甚深，其写每一人物，必详言服饰之名色。例如，"身上穿着银红衫子，葱白线镶滚，雪青闪蓝如意小脚裤子。""穿一件竹根青窄袖长袍，酱紫芝麻地一字襟珠扣小坎肩。"之类，《红楼》气息盖甚重。又文中写几个小丫鬟，厥名曰凤箫，曰小双，则宛然《红楼梦》中袭人、平儿之俦也。
>
> 《金锁记》所刊犹上篇，未能窥全豹，以意度之，则下文殆着重在一副金锁片上，既无羊肚汤，又无六月雪，此可以断言耳。

《金锁记》是从1943年11月《杂志》第12卷第2期开始连载的，陈蝶衣读到后立即作出反应，并将《金锁记》与《红楼梦》加以勾连，虽然只有三言两语，可谓慧眼独具，也可谓开张爱玲作品评论风气之先。后来到了晚年,陈蝶衣又在张爱玲逝世后所写的《不幸的乱世女作家张爱玲》(1995 年 11 月《香港笔会》第 5 期)中坚持自己的观点并加以发挥。

有趣的是,我与陈蝶衣先生没有正式见过面,只是访港时曾在香港文化界的一次大型聚会上远远望见过他老人家,但我有幸听过他畅谈《红楼梦》。那是 20 世纪 90 年代末,为了辽宁教育出版社编辑出版的新《万象》创刊,主其事者嘱我访港时请他老人家以老《万象》创办人的身份为新《万象》创刊号写几句话,或写首贺诗也可以。我到港后打听到他府上电话,致电问候并求稿,他对新《万象》创刊表示祝贺,但婉言谢绝约稿。接着不知怎么话锋一转,就在电话里兴致勃勃地与我谈论《红楼梦》,足可证他一直对《红楼梦》情有独钟。

香港和台湾都出版过他的书,唯独内地一直没有出版过。《陈蝶衣文集》的问世,终于填补了这个空白,从某种意义讲,陈蝶衣先生在以他优美动听的歌曲重返海上之后,这次又以他精彩纷呈的文字"叶落归根"了。我猜想他会感到欣慰的。

(2024 年 10 月 11 日晚观赏陈燮阳先生指挥的上海九棵树爱乐乐团"海上寻梦:陈蝶衣作品音乐会"后初稿,25 日定稿于海上梅川书舍。)

凡　例

一、概述

本文集收录陈蝶衣 1923 年至 1995 年间在上海和香港各报刊上所发表的文章,约二百万字,编排原则"以文学体裁分类,以年代先后为序"。第一辑分为《低眉散记》《茗边手记》《炉边谈话》《闲情偶寄》四册,主要收录陈蝶衣发表于各报刊中的随笔专栏,如《大报》《晶报》《力报》《迅报》《社会日报》《小说日报》《海报》《铁报》等,计有数十种。

陈蝶衣在各报所辟专栏,亦有近二十种,有些随笔专栏的时间跨度达十数年,如《低眉散记》,自《社会日报》1934 年 8 月 9 日起,至《群报》1947 年 10 月 18 日止,历时十四年之久。而有些随笔专栏则较为随性,往往写就十几篇便搁笔,或换笔名,或换报纸,如《说白》《汉皋浪迹记》《炉边谈话》等专栏,皆不到二十篇即止。因此在编辑时,虑及诸专栏的时间有前后衔接,内容亦彼此呼应,故将诸短专栏一并收录,以其中之一专栏命名。

其中《闲情偶寄》中有"编辑手记"一栏,主要收录陈蝶衣任《万象》《春秋》杂志主编时的《编辑室谈话》，陈蝶衣每每述及纸张、印刷至作者、读者、稿酬等细节，从中可窥见彼时杂志出版与刊行的诸多社会情状。

二、字词

民国文献的用词遣句，介于文言和白话之间，有些词语、外来音译词、人名、地名等，与今之通用意义有异，盖彼时有其特定的社会风貌和文学氛围，不能以今之阅读习惯审读而判定为讹误，有些词语仅是简化字与繁体字之别。为保持民国文献的原有文风，《陈蝶衣文集》在审校时，除对于明显错讹处予以改正外，与今简体字词有异者，皆不做删改。

例如：

（一）覆函与复函。民国文献对回信，多作"覆函"。

（二）低徊与低回。陈蝶衣用词，常以诗词而化之，如"低徊"、"好景不常"（出自"好景难常在，过眼韶华如箭"）等。

（三）嚇与吓。沪语口语习用"嚇"字，"吓"一般为北方人用语。

（四）巧格力与巧克力。彼时外来音译词尚未统一，chocolate在民国有多个音译词，巧克力、巧格力、朱古力、诸古聿等。陈蝶衣习用"巧格力"。

（五）弔与吊。民国多用"弔"字，有弔丧、弔孝、弔唁、凭弔之意，《说文》《礼记》皆用之。"吊"字用于此意，甚少见于民国文献中。

（六）藉与借。民国文献多用"凭藉""藉以"等词，甚少见"凭借""借以"之用法。

（七）发见与发现。民国文献多用"发见"一词。

（八）夥与伙。民国文献中形容众多，常用"夥"（形声，从多，果声。本义：盛多）。

（九）甚么与什么。民国文献多用"甚么"，极少用"什么"。

（十）星六、星五等。民国用语介于文言与白话之间，当时文人喜用四字句，如"星五之夜""星六上午"。

（十一）迻译与移译。迻译，指翻译，将一国的语言、文字转变成他国的语言、文字。本文集中皆作迻译，尊重作者习惯用语。

以上仅举数例，以说明民国文献中字词与今惯用语之别，

三、注释

（一）路名和旧址

《陈蝶衣文集》（第一辑）大多记录 1920—1949 年间的报章之文，所述及之地名、路名多为旧名，如西摩路、爱多亚路、福熙路、马斯南路、福开森路、蒲石路等，文集中均加以注释，以备读者了然。

文中所述及之舞榭、酒楼、咖啡馆、饭店、影院、商场等旧址，亦皆注明地址和门牌号。繁华虽俱作云烟，然马路还在，有些旧建筑还在，故一一加以注释，以供城市考古者寻访之，长忆之。

（二）术语和用典

文集中谈及梨园甚多，其中有不少戏曲术语，如扎靠、大嗓子、小嗓子、须生等，对戏曲表演行当不熟者，读之莫名，故皆加以注释。

蝶衣为文,好用诗词典故,如"阁笔费平章""刘桢平视""二竖"等,亦皆加以注释,以便读者更能体会作者文意。

(三) 沪语和行话

《陈蝶衣文集》中有不少沪语,如屈死、吃生活、活勿落等,有很多为沪语音译词,如扑落、阿拉卡、考克退尔、踢破死等,以及一些舞榭切口,如火山、壳子、拖车等,博戏如向天宝、沙蟹、苹果等,如不谙沪语者,或不熟悉民国风物者,会影响阅读体验,故皆在页下予以注释。

(四) 笔名、人物以及报刊出处

文集中涉及人物众多,有些在当时为闻人名士,而今却寂寂隐然,如金廷荪、秦松石、袁履登、易立人、洪深等;有些文人,喜用笔名,如冯梦云笔名"玲珑",平襟亚笔名"网蛛生""秋翁"等,皆加以简单注释。

文集中报刊皆有出处,并简略梳理各报刊之历史,以便于读者对近代刊物的了解,此为同类近代文献整理汇编中较少采用的做法。

前　言

2019 年，我在编《咖啡文录》和《近代上海咖啡地图》时，注意到《力报》上的专栏"咖啡座谈"，作者署名是"丹翁"。此专栏虽名为"咖啡座谈"，实则闲写身边人事，影人、报人、伶人、女侍，无所不谈。初读，便惊诧于此人对于沪上文艺界及诸咖啡馆之熟稔，且下笔收放自如，跌宕遒丽，尤其是诗词，颇有袁寒云之遗风。（后来知道，陈蝶衣是林屋山人步章五的弟子，也曾受教于步章五好友袁寒云门下。）

由"丹翁"之笔名而识得陈蝶衣，才知道 1933 年中国电影史上轰动一时的电影皇后的评选，就是他发起的。这一年，明星影片公司的胡蝶摘得了电影皇后的桂冠。并且，陈蝶衣还策划了电影皇后的加冕典礼，以慈善茶舞的形式，募集了一架飞机，捐赠给国民政府；才知道在现代文学史上有着重要地位的《万象》杂志，就是他和冯梦云、平襟亚于 1941 年所创办的；尤其是当我知道被蔡琴、林忆莲、张学友、张惠妹翻唱的流行歌曲《情人的眼泪》，居然也是陈蝶衣创作的，这让我对他萌生了强烈的好奇心。究竟是怎样的一个人，能在如此多的不同领域中有所成就？

由此开始关注陈蝶衣，开始搜集他的文字，从随笔专栏开始，继而是他的诗词和小说,收录了近三百万字。整理文献的过程,也是我受教的过程,蝶衣先生洞悉世事人情,却又傲骨铮铮,才学人品自成一格。从某种意义而言,蝶衣先生可算是我的人生导师之一,无论是用情之契阔,处世之坦荡,还是为文之蕴藉,读书之通明,我都从其文字中获益匪浅。

陈蝶衣,本名陈积勋,又名陈元栋,字蝶衣,号发祥。从《陈氏家谱》中可知,陈蝶衣的父亲陈善敬,字康寿,号固穷(古琼),清光绪三十一年(1905)邑庠生。原配杜氏,为常州北后街杜翼之次女,生子三,积劭、积勋(蝶衣)、积勚;生女三,名舒云、瑞云、婉云。积劭和积勚早夭,故蝶衣为善敬公唯一嫡子。杜氏三十八岁病逝,继室李氏是宁波人。

陈蝶衣生于1909年10月21日,卒于2007年10月14日。原配朱鬘,字铭庆,为宜兴县和桥朱蓉庄长女,生于1912年3月5日,卒于1951年1月18日,享年三十九岁。陈蝶衣与朱鬘有一子二女,长女陈余湄(力行)、次女早夭、长子陈余震(爕阳)。继室梁佩琼,广州人,生于1923年11月2日,生子三,陈余坎(志阳)、陈余艮(三阳)、陈余巽(联阳)。

1914年,蝶衣之父善敬公以一封骈四俪六的自荐信,被上海的新闻报馆聘为文书,蝶衣亦随父赴沪,在报馆做练习生,替善敬公抄写文书笔札。工暇之余,蝶衣以笔墨为戏,为《先施乐园日报》《诚德报》《社会之花》《游艺画报》《少年》《半月》《紫罗兰》《新月》《紫葡萄》《绿痕》等刊写稿。长篇连载小说如《青报》①的《兰陵潮》,

---

① 《青报》,三日刊,于1925年6月25日在上海创办,由青报社编辑出版。陈只庵任经理,李剑虹任编辑,发行主任姚肇里,图画主任王玉书、胡亚光、张光聿、王梦其、黄文龙等。李剑虹,号剑翁,在1925年担任"小小电影研究社"编辑,创办了第一份真正意义上的电影报纸《电影报》,1925年8月6日曾在《青报》上声明脱离《上海声》创办人身份,后于1930年又与陈只庵合办了《上海小报》。

《香草》①的《风摧秋筚记》等，虽难脱言情窠臼，却胜在文笔细腻生动，笔墨江山已隐现。

1925年，年仅十六岁的陈蝶衣担任《联谊报》②的主编，此后，陈蝶衣经手之刊物数以十计，如《自鸣钟》《东方日报》《金钢钻》《小说日报》《明星日报》《铁报》《万象》《春秋》《海报》《大报》③等，其中影响最大的，首推《明星日报》，其次是《万象》杂志。

一、陈蝶衣的笔名

陈蝶衣用过的笔名，有三十多个，约略统计，有陈蝶衣、蝶衣、蝶、涤夷、红蕤、裘红蕤、婴宁、婴宁公子、陈积勋、积勋、勋、禾公、勋庐主人、陈发祥、丹蘋、陈丹蘋、织素生、织素、方式、陈式、狄薏、弟弟、陈家小弟弟、沙蕾、唐塑、喜鹊、积雪、卖油郎、活动说明书、低眉、低眉人、血滴子、太上、兰陵残客等。

陈蝶衣笔名的发现，多数从其自述中得知，如"唐塑"和"沙蕾"两个笔名：

> 说也惭愧，我先后以"唐塑"的笔名为《申报·游艺界》写《女艺人群像》，以"沙蕾"的笔名在《社会日报》与王公子讨论改良平剧，虽然都是出之以新文艺的笔调，却始终不敢自承已

---

① 《香草》于1925年9月13日在上海创刊。编辑主任为顾明道、姚赓夔，编辑为赵秋帆、刘恨我，经理为张绿波，协理为徐初荪。报馆地址位于上海白克路意平里418号。该报早先为周刊，后定为五日刊。1925年10月30日停刊，共出版9期。
② 中国青友联谊会出版物之一，社址在汉口路19号。
③ 上海解放后，1949年7月，冯亦代主办了一份小报，名为《大报》，由陈蝶衣主编。1952年，并入龚之方、唐大郎主编之《亦报》，名《亦报》。

是个新作家。"(《小说日报》1941年1月7日)

循此而溯,则"沙蕾"在陈蝶衣主编的《万象》杂志中亦有出现,1941年第1卷第1期的《万象》,发起了"哪一种戏剧是我们的国剧"的讨论,参与者为赵景深、周贻白、沙蕾、郑过宜四人,除沙蕾外,余者三人皆为研究戏剧的名家。彼时还有一个回族诗人沙凤骞亦以"沙蕾"为笔名,故有学者误以为《万象》此文为沙凤骞所撰,实为蝶衣手笔。

陈蝶衣另一笔名"积雪"亦是自其文中所知:

> 玉蓉日间尝来社拜客。愚之访玉蓉,盖亦等于回拜,然愚与玉蓉为羁旅之交,特欲一叙契阔,非真拘拘于礼耳。玉蓉至今犹不忘其昔日所豢一犬曰"积雪"者,愚当年尝以"积雪"为笔名,玉蓉举以告江枫并小蝶、幼蝶昆仲,使下走为之狂窘。(《小说日报》1939年11月4日)

"卖油郎""活动说明书"之笔名,则是隐现于其文中,经过一番搜寻方才得知:

> 惟近来情怀郁塞,又苦无家边之草,助我清兴(灵犀有草裙之句,殆谓家边草耳)。故《卖油》之集与《遣兴》之吟,久不复作。(《小说日报》1940年9月16日)

经查文献得知,1939年12月至1941年8月间,陈蝶衣在《社会日报》上辟设专栏《卖油集》,以打油诗为之,笔名为"卖油郎"。1940 年 7 月,陈蝶衣在《社会日报》上辟设专栏《舞榭遣兴吟》,笔名为"活动说明书"。

而有些笔名的发现,则是根据文章内容而判断的,并非蝶衣自述,如"低眉"这个笔名,发现于《繁华报》中一篇短文中:

《岳飞》上演之日,《青年日报》当局以一券贻我。《岳飞》为吾友黄河导演兼主演,理应前往观光一番。无如此夕已先向天蟾订座,拟一看周信芳之《鸿门宴》,遂只得以《岳飞》之券,转贻大中华同事梁佩琼小姐,请梁小姐为下走之代理人。翌日,梁小姐语下走曰:"汝以一纸戏券贻我,乃累我热泪如涌。"看戏而看出眼泪来,意者梁小姐平日,当亦是情感重于理智也。梁小姐又言,是晚座前有人,迭问同座者:"蝶衣何以不来?"不知是哪一位仁兄牵记我?(《繁华报》1943 年 11 月 30 日)

此文署名为"低眉",专栏名为"低眉人语",恰与蝶衣之前的专栏《低眉散记》呼应。由"低眉"而追踪至笔名"低眉人",而又有所发现。在《小说日报》《社会日报》《万象》《玫瑰》等刊物上,皆有署名"低眉人"的文章。

彼时另有南京正中书局徐淘斋者,笔名亦为"低眉人",活跃于南京,文章多发表于《南京人报》,所述以鼓词为主,尤力捧鼓词艺人董莲枝,曾撰文《歌女可杀论》,颇为轰动。此人之文与蝶衣之文,须从内容和发表刊物上加以甄别。

就发表刊物而言,在陈蝶衣主编或任编辑之《万象》《社会日报》《小说日报》等刊物上,不太可能发表与蝶衣同一笔名的他人之文,于情于理皆说不通①;就内容而言,从蝶衣游屐旅居之经历判断,如1937年7月蝶衣旅居汉口,后辗转粤、港等地,历时一年,于1938年6月回沪。

二、《陈蝶衣文集》的内容

陈蝶衣的文学生涯,可分为两个时期,1923年至1952年,为上海时期;1952年至2007年,为香港时期。就内容而言,上海时期的陈蝶衣,描绘上海的市井晨昏,写不尽的梨园影院、歌台舞榭、同文雅集;香港时期的陈蝶衣,记述香港的草木春秋,从粉岭到邵氏影业,旧雨新知,无处不相逢。

就文字而言,上海时期的陈蝶衣,为文习以沪语出之,杂以舞榭切口、北里行话、歌台谑笑和市井俚语,语言活泼生动,疏放恣肆。1952年陈蝶衣赴港后,文字明显变得含蓄内敛,或是身在异乡,内心始终有一种无可名状的疏离感,下笔谨小慎微,不动声色,惟稔者方能从其诗句中看出隐痛。当年蝶衣以"老眼看花皆绝色,故人入梦总多情"一诗歆动沪壖,而今回顾其一生,此诗堪称其后半生之写照。

《陈蝶衣文集》第一辑所收录的随笔专栏,大多为三四十年代的作品。蝶衣出身寒门,以文谋生,无世家子弟好鲜衣怒马、美婢

---

① 如果笔名相同,定会加以郑重声明,蝶衣曾就不同刊物上之相同笔名而发过数次声明,更何况是同一刊物同一笔名?

娈童、精舍古董之癖。惟到底文人习性,于诗书食色笔墨皆有所偏爱,尤嗜美食。其小品专栏中,谈吃之文甚多,且多为街头饮食,如复兴泰的牛肉面、顺兴轩的葱油饼、巷口的糖炒栗子、报馆旁的柴爿馄饨等。

彼时小报界盛行身边文学,交游宴戏、观花斗牌,事无巨细,无所不涉。蝶衣交游广,与影界、梨园、剧坛、艺苑、政界、青帮皆有往来,笔下虽寥寥数语,似轻描淡写,然字间却深藏掌故八卦。无论是写孙了红之乖僻,唐大郎之倜傥,周鍊霞之疏放,还是写柳絮与韩菁清之恋,写歌女秦燕之婚变,写文宗山与"林黛玉"之恋爱,句句有余味,篇篇有余意,不让陈定山的《春申旧闻》和陈巨来的《安持人物琐忆》。

少有人知的是,陈蝶衣曾主持过上海福州路上的大中华咖啡馆,无论是女侍、乐队、歌手还是餐饮、装饰、广告,蝶衣皆亲力亲为,当时名满沪上的女歌手都曾在大中华咖啡馆奏歌,如姚莉、欧阳飞莺、兰苓等,陈蝶衣也因此赢得了"歌女大班"之称号。蝶衣此后开始创作歌词,与这段经历有关。

大中华咖啡馆的座上客,多为文艺界人士,如俞振飞、小杨月楼、王丹凤、潘柳黛、王小逸、金小春、周天籁、任矜蘋、方沛霖、文宗山等,故而在陈蝶衣的随笔中,屡屡述及大中华咖啡馆之见闻,甚至他还专门辟了一个专栏,名字就叫"咖啡座谈"。当时正是上海沦陷时期,世事流转,故人沧桑,灯红酒绿下,照见的是一颗颗千疮百孔的心,而这正是陈蝶衣疏淡文字之下所隐藏的痛点。

三、《陈蝶衣文集》的价值

《陈蝶衣文集》的出版,具有重要的学术价值和文化价值。《文集》收录了陈蝶衣 1923 年至 1995 年间在上海和香港所创作的文学作品,反映了五四文化运动兴起后对上海作家以及海派文坛的影响。

(一) 小报文人群体众生相

科举制度的废除,使得读书人失去了安身立命之本,而近代新闻出版业的兴起,报刊杂志书籍的稿费制度,为这些文人提供了生存空间。他们卖文为生,游走于诸报馆和书局,并依据个人的文化背景、生活经历和兴趣爱好等,通过社团、同业、师承、籍贯进行身份认同,在三四十年代,形成了诸多小报文人群体。

如"《大世界》系"的报人群体,就是其中之一。《大世界》创刊于 1917 年,主编孙玉声(即海上漱石生),当时为《大世界》撰稿的作者,后来成为上海各小报的主干,如《晶报》余大雄、《大报》步林屋、《金钢钻》陆澹盦与施济群、《大晶报》冯梦云、《福尔摩斯》吴微雨、《福报》吴农花、《铃报》卢溢芳等。陈蝶衣为步林屋弟子,曾协助步林屋编辑《大报》,亦属"《大世界》系"。

作为小报文人的代表作家,《陈蝶衣文集》收录其发表于各报刊中的随笔小品近百万字,全面呈现了当时上海小报文人群体的众生相。

(二) "通俗文学运动"发起人

《万象》杂志出版后,风行一时,褒者有之,贬者亦不少,有人批评《万象》是"有闲阶级的消遣读物",甚至批评《万象》是迎合低级趣味的读物,将其归为鸳鸯蝴蝶派一类的刊物。为此,陈蝶衣于1942年发起了"通俗文学运动",目的在于"把新旧双方森严的壁垒打通,使新的思想和正确的意识可以藉通俗文学而介绍给一般大众读者"。

作为通俗文学运动的发起人和倡导者,陈蝶衣在写作上亦遵循这一原则,雅俗兼擅,文言有之,沪语有之,切口和俗语亦时时出现,具有鲜明的时代气息和生活情趣。

(三) 异乡文学的代表作家

近现代海派文人,尤其是小报文人,具有鲜明的地缘性,如苏州籍文人包天笑、周瘦鹃、范烟桥、程小青等,扬州籍文人李涵秋、贡少芹、毕倚虹、张丹斧等。陈蝶衣是常州人,与恽铁樵、吴绮缘、谢豹、余尧坤、姚绍华、汤修梅、钱名山等常州文人,相与往还,诗酒酬唱,形成了常州籍的报人群体。

在上海,陈蝶衣的身份是常州文人,其笔下时时出现故土常州的诸多情状,乡人、乡情、乡土、乡俗,与上海的舞榭、歌场、酒馆、影院交织在一起。其他常州文人亦如此,由此在小报界形成了一种异乡文学的思潮。

在香港,陈蝶衣的身份是上海文人,他思念故人,牵挂故土,信笔写来,无一不是沪壖旧事旧人,与同在香港的卢溢芳、沈苇窗、黄也白、冯蘅、包天笑、高伯雨等文人,形成"南来作家"群体,以《大人》《大成》《上海日报》为阵地,抒写对上海的追忆和身在异乡的漂泊无定之感。

综上所述,《陈蝶衣文集》的价值就在于完整呈现以上三个特质,在现代文学史上,具有一定的开拓和奠基意义,揭示了海派文化与传统文化之间不可分割的内在联系,这是陈蝶衣先生对现代文学史最为突出的贡献之一。

目 录

一生低首事蛾眉斋散记

元旦寄语

今日为中华民国二十三年之元旦,在例新年应有新希望,我试述我之希望:一,我希望我妇在短时期内取消停战协定;二,希望天下美妇人皆来归我;三,希望不贰朋友一个一个死。

人以生女为扫兴,我意生女亦佳。现在固"不重生男重生女"时代,我今得女,他日纵不为电影皇后胡蝶,亦当为花国总统富春楼;若生男,则不过为世界增加一浊物而已。

婴宁[①]

《明星日报》[②]1934 年 1 月 1 日

红律师

友谈一红律师趣事曰,律师以红故,律务至忙,而又健忘。一日代理被告出庭,被告乃盗而犯劫案者,开审后,律师遍翻公事皮

---

① "婴宁"为陈蝶衣笔名之一。

② 《明星日报》,1933 年 1 月 1 日创刊于上海,属于娱乐类报纸,由明星公司主办。社址在上海汕头路 82 号。《明星日报》第一版"局报司",苏三主编;第二版"碧笼纱",陈蝶衣主编;第三版"银色界",专载电影,张超主编;第四版"锦绣谷",郑逸梅主编。该报创刊初期,曾一度举行影星选举,以吸引公众的注意力,增加报纸的销量。其中,胡蝶的"电影皇后"就是该报选举出来的。

包,忽案卷杳,不可得,度匆促间遗失于事务所中矣。顾于案情直茫然,遽侃侃直陈盗匪横行,扰乱治安之可恶,谓非严办不可。盗大诧,惶遽言曰:"先生,你是代表我的呀。"律师愕然,为之瞠目结舌,旁听者无不哑然。律师姓名,以言者嘱留颜面,恕秘。

《明星日报》1934 年 4 月 2 日

桃花江

黎锦晖先生讲桃花江故事。桃花江去益阳四十余里,以舟达,其地夹岸尽桃花,绵延三十五里。春时,两堤如绵,一片绚烂。入其中,直如武陵渔郎至桃花源也。泊春残,农家妇女相率拾落英于锦囊,就江水涤之,曝使为霜,用以施膏沐,于是肌肤莹白,杏靥生春。故桃花江女子,自髫龄以至少妇,乃无一不美者。黎先生尝居其地八阅月,所以知之稔,又极称桃花江美人之好客知礼,阅之,辄为向往。

标准秘书张素珍,于扬子舞厅之清风社节目牌上写一诗曰:

> 佳肴旨酒美的星,妙舞清歌最有情。
>
> 如此良宵休枉过,及时行乐趁年青。

诗句不拘格律,殆所谓解放诗也。

《明星日报》1934 年 4 月 3 日

张恨水小说

张恨水小说回目绝工致,近为南京《朝报》作《六朝烟水》,则已易回为章,殆亦所谓改变作风也。《六朝烟水》之第一章曰"无人处又添几株垂杨"，极富诗意。

一帘疏影斗纤腰，书室流香浴阿娇。

自分无由金璧赎，拼将沉醉践今宵。

此旧诗，曩仅刊二句，兹重录之。

《明星日报》1934 年 4 月 4 日

《歪嘴吹灯录》

捉刀人作《歪嘴吹灯录》二十四回，就其回目之末一字以此数之，得"房事秘纪是一部极香艳最浪漫富肉感有弹性的百科全书"二十四字，春色暗藏，真千古奇文。捉刀人，浦东王小逸先生也。

偶于友人案头展阅三卷一期《矛盾》杂志，中有徐迟作《春烂了时》诗，其前三节曰：

街上起伏的爵士音乐，

操纵着，蚂蚁，蚂蚁们。

乡间，我是小野花，

时常微笑的，

随便什么颜色，都适合的，幸福的。

你不经意地撒下了饵来，

> 钻进玩笑的网，
>
> 从，广阔的田野，
>
> 就搬到蚂蚁的群中了。

我人于今所谓新诗，诚不敢妄加非议，然而若此诗者，读之欲不喷饭，未可得也。

《明星日报》1934 年 4 月 8 日

兆丰公园

偷闲作兆丰公园游，春色与秀色满眼，因之诗兴甚豪，得句如"春来少女多妖绝，轻曳长裾荡晚风"，如"恨她如水双眸子，一掠天斜过我前"，如"不管春红泛双颊，十分芳艳夺桃花"，此中盖有人焉。

于右任院长如夫人春雨有画癖，求于髯书者，苟以画卷献夫人，而丐夫人进一言，则得之易且速。盖裙带效力，无往而不胜于一切也。夫人亦能作山水，惟尚在初学耳。

《明星日报》1934 年 4 月 9 日

张翠红

萝春阁听张翠红姑娘歌，成一律云：

> 著处风魔讵等闲，天教尤物识红颜。
>
> 多情拾级萝春阁，雅号妙称样子间。
>
> 似汝料难心口应，几人渴想意儿顽。

宵来自笑无端甚，一夜梦魂只小蛮。

（按：张现已返南京）

《明星日报》1934 年 4 月 10 日

吃笔墨饭

友辈纷嚷转变，以为在这个年头儿靠笔墨吃饭，再不能墨守成法，须要换个调调儿。我则以为转变趋向，与其革新，不如复古，盖在新的方面，早有许多转变名家站在我们之前，与若辈争衡，未免费力，复古则可收"新人耳目""唯我独尊"之效。林语堂编《人间世》，其间颇有几节文言，可见复古已有征兆。倘从此一方面转变，则预料此风一长，必多邯郸学步者，那时便不愁不"复古者都来归我"，而我亦如愿以偿也。

《明星日报》1934 年 4 月 11 日

一红一白

迩者一红一白，极艳称于逸少、芝舫之口。红为方红宝，白则白虹。逸少至有"人生不识方红宝，是一大遗憾"之语，芝舫绳白虹美，亦言好得不能最好。而我则于红于白，皆未尝一见。闻薛笃弼、陈群二律师，皆极赏红宝，是必名下无虚无疑。日内登天蟾之楼，一聆此豸妙奏。白虹新自春明返，灵犀拟发起为之洗尘，更作一宵欢宴，则亦复识荆有期可解梦魂萦绕矣。

《明星日报》1934 年 4 月 12 日

徐晓霞

徐晓霞掇拾沪谚作图(汪优游为说明,刊于《社会日报》,堪与《大公报》之《民间写生》媲美),有陈相如者,搜集成帙,索诸友题词,我为写一诗曰:

汪文许画自知名,陈子珍藏亦有情。

容我题诗兼寓目,一言可赞二难并。

诗近丹派,字作丹体,几可乱真矣。

东方饭店见浣溪八娘,盼倩淑丽,为近所罕觏,丰臂尤妙不可言,尤物尤物。

《明星日报》1934 年 4 月 14 日

赵焕亭

玉田赵焕亭先生所作武侠小说,每于大气磅礴中,作细腻之描写,读之如饮醇醪。我生平阅先生小说最夥,而《奇侠精忠传》尤为先生杰构,妙在绚烂阆溢而不涉于怪诞,迥非时下武侠诸作之动辄"一道红光一道白光"者可同日而语。袁寒云尝评先生说部云:"今之作武侠小说者,非涉荒诞,即病庸凡,而能去兹两弊者,惟玉田赵焕亭一人耳。予每读赵君作,辄终夜不释卷,必竟而后已。赵君之作,以武侠为经,社会为纬,壮伟处如读旨传史,而沉郁处则兼《水浒》《儒林外史》之长。"又王小隐[1]先生为先生所著《山东七怪》作序曰:"赵子焕亭之小说,其端绪出于古文,排奡诙诡,开阖纵横,

---

[1] 王小隐(1894—1946),笔名梦天、忆婉庐主,山东费县人。历任北京平民大学新闻系教授,《北洋画报》《益世报》《商报》《东方日报》《京报》等刊编辑。

文情机杼,能使读者震骇愉快不自知其所以然,而叙事之曲写物状,不出里闻耳目所及之外,恍若果有其人,确有其事。"二公之推重如此,而绝非溢美之词,凡读吾报《侠骨红妆》者,当知之谂也。

《明星日报》1934 年 4 月 15 日

《华山艳史》

《华山艳史》影片中有名句曰:"一个男子到了中年,记着的只是事业,恋爱不过是享受罢了。"(徐来对龚稼农语)

因稿荒而借重剪刀,是谓"文章本天成,妙手自得之"。晤丹翁于晶楼,发萧萧皆白,绝似幽默大师萧伯纳。

《明星日报》1934 年 4 月 22 日

方红宝

灵犀、绵蛮①、云裳②、芝舫③、浩然诸子听方红宝歌,成一绝:

掩映明灯态最工,一歌一笑总玲珑。
座中几辈清狂客,不捧莲娘捧小红。

明星影片公司同人发起艾霞女士追悼会,今日在宁波旅沪同乡会举行,制一联挽之。

图 1　艾霞,刊于《电影画报》1933 年第 2 期

---

① "绵蛮"为报人卢溢芳笔名。
② "云裳"为报人唐云旌笔名。
③ "芝舫"为报人龚之方笔名。

不堪提旧恨新仇，两字含怨是欺骗。

竟如此香消玉殒，一生贻误在聪明。

《明星日报》1934 年 4 月 23 日

龙华寺主持

渴想龙华者数年，未尝有缘一游，龙华寺主持性空，风雅和尚也，与沈秋雁君稔，欲秋雁转邀同人等往作半日游。秋雁以电话致我，得讯狂喜。以为瞻仰宝刹欣赏桃花之凤愿克偿矣。先期与灵犀兄约，届时同行，不谓翌晨忽大雨，意秋雁等殆未必冒雨往，即往亦泥泞满途，将为看花减兴，乃复蒙被卧。至下午访灵犀，则知龙

图 2 龙华古塔,刊于《中国月刊》1940 年第 3 卷第 4 期封面

华之行,竟未尝以雨阻,乃深恨贪睡,致失良机。欲追踪往,又以邀游伴不得,卒废然罢。不期与龙华缘悭如此,真恨事也。

《明星日报》1934 年 4 月 24 日

龙华桃圃

言龙华者必言桃花。其实龙华镇左近,无一桃园,所有者仅村野女郎执手中沿途兜售者而已,此灵犀告我而知者,因信所谓名胜佳景,往往实不符名,固不仅龙华桃花已也,我方婵媛龙华桃花不置,闻灵犀言,爽然若失矣。

"秘长医师监察员,长髯剃却上红毡。公余歌舞时轮会,毽子风筝太极拳。"此南京《朝报》载咏某伟人诗也。诗不可谓不妙,惟褚民谊①在今之伟人中,尚不失为好好先生,诋之不忍也。

《明星日报》1934 年 4 月 25 日

故里

我自婚后,未尝一归故里,弹指睽违我诞生之地,盖三载于兹。我非忘情我故里,所以游子久羁者,半以疏懒,半则为报务所系,今以老父之诒命,铭庆之阄策,乃拨冗于百忙之中,发愤一行,作一来复②之逗留也。

《明星日报》1934 年 4 月 26 日

---

① 褚民谊(1884—1946),原名明遗,号重行,浙江湖州人。中国同盟会成员。赴法留学期间,创办《世界画报》《新世纪月刊》。1920 年参与创办里昂中法大学,任校长。1924 年获医学博士后返国,历任广东大学校长、中山大学校长等职。抗战期间沦为汉奸,1946 年以汉奸罪被枪决。
② "一来复",指一星期。旧时因称一周为一来复,星期日为来复日。

回乡数日

回乡数日,大好韶光,都于雨丝风片中度过。郊原景色,无从领略,深恨天公不作美,然行程往返,皆值晴朗。两度乘舟,饱览清趣,虽不获寻胜探幽,亦有"此间大好不须归"想也。

与持平、灵犀、云裳、逸芬、绵蛮、芝舫诸子,听方红宝《大西厢》,复成二绝:

> 绝怜纤弱胜丰秾,又向尊前一笑逢。
>
> 记自东风嫁小黑,歌台无此好声容。

> 临风玉树自亭亭,未湿青衫笑猫猩。
>
> 不问若何可人意,红娘总是小精灵。

《明星日报》1934 年 5 月 3 日

滑稽八角鼓

天蟾书场郭荣山滑稽八角鼓,颇有可解颐者。与持平律师听方红宝《大西厢》之夕,郭贴《瞎子算命》,韩永仙配请算命者,郭力挤双瞳,宛若瞽盲,已觉可笑,而动作措辞,尤绝隽妙。最谑莫如捉得发间虱子,移置项间,韩询:"你干么不掐死它?"郭乃谓:"它生长在头上,如今我把它搬在颈子上,它一定是水土不服,我可要它自己死。"此真可谓得幽默之道者。

《明星日报》1934 年 5 月 4 日

放风筝

褚民谊发起踢毽子放风筝比赛诸戏，颇为时论所不值，首都《朝报》载《乘桴浮于海室杂乘》中，至谑褚以"民国阮大铖"号，殊堪轩渠。特不谂民国阮大铖而外，亦有民国福王否耳。

一妃老六①惨死枪下，作诗哀之曰：

> 凄绝芳魂一弹摧，不堪缘萼说良媒。
>
> 可怜血泊横尸日，犹被人诋是祸胎。

> 不图偕老竟偕亡，忍见香魂离倩娘。
>
> 非是三生有宿业，定怨月老误鸳鸯。

诗为灵犀索去，先刊《社会日报》矣。

《明星日报》1934 年 5 月 5 日

《串地锦》

当武侠小说盛行时，尝为《梨园公报》作点将《串地锦》，亘绵十数日之久。今偶翻旧报，颇觉当时大胆，使在今日，则微特无此意绪，抑亦不敢如此率尔操觚也。（附录一节于后）

> 枣姑一眼瞥见那大汉和瘦长条子，也悄悄的跟了进来，且

---

① 即陈竹君，浙江绍兴人，北里名花，因情事纠葛，1934 年 4 月 28 日，与情人杨炳琥饮弹同死，此案曾轰动一时。

装作不知,自回长发客店。大汉和瘦长条子在门外探头探脑,见枣姑等走进了房,趸了一会,才一路踢踏笑着投西去了。这里冷科居和石氏父女分别坐下,枣姑先笑了起来道:"怎便有这等巧事?听那两人说,分明自白牛山上来,郑大毛那厮,果然在那儿。这仇便不愁报不得,那两个混蛋,且还不怀着好意,今晚准不得安稳,等着他,先教尝尝姑娘厉害,再找郑大毛算账。"冷科居道:"亏着姑娘这么一下随机应变的手段,今日之事,却非所料,今晚那两个狗强盗若还来时,最好,咱也闲得慌了,来一个,捆一个。"

《明星日报》1934 年 5 月 6 日

张慧剑

张慧剑编《朝报》副刊,不知与褚民谊何隙,乃日有诋褚文字。日前复载《赤野》四诗,讽笑褚氏,几体无完肤,而诗绝佳,有转录之价值也。

一将登坛口令宣,三子蛱蝶舞回旋。
九州生气关儿戏,辛苦教成童子拳。

短后严装雪打围,香阶划袜趁斜晖。
南朝忍听伤心语,踢到鞋尖毽子飞。

官家春日有闲情,鹞子风高聘意行。

士女今朝空巷出,雨花台上赛风筝。

旧年新剧一城狂,粉黑檀槽总擅场。
更为昭华充侍从,相公无复戟髯张。

《明星日报》1934 年 5 月 7 日

脱发

近日来鬓毛疏落,几将摞发可数,疑为思虑所致。友人都为我忧,以为将与紫罗兰盦主人①媲美也。比遇佑民医院院长张佑民医师,乃谓非由忧悒,必有虫蚀,将予我药,俾生新发。张医师新愈蝉红②生瘘,使我他日不致如欧阳永叔有鬓秃之憾,则铭佩讵有极哉。

《明星日报》1934 年 5 月 8 日

粤中风俗

因薛觉先之伤目,颇有论及粤中浇风者。粤中多有富室女,弃其颐指气使之生活不欲,而投人家为佣,大都此辈女子,为求恣情肆欲,不惯羁贯于闺闼之中,遂不惜于役于人。盖名虽娘姨,而雇佣之家,实不等闲视之也。此辈娘姨,手头既裕,身心亦闲,兼多娇婉窕冶,遂成一般僿薄子弟之目的物,寖有"娘姨风味胜良家"之说。粤伶惟千里驹最自爱,尝有女郎怀慕之,千里驹正颜诚之曰:"我一戏子,汝而从我,微特身败名裂所不免,终且无有好结果,汝

---

① 紫罗兰盦主人,指周瘦鹃,早年即须发尽落,故蝶衣有此说。
② "蝉红"为报人徐善宏的笔名。

追求我何为者？去休去休。"人以是颇重其行谊，此外稍涉荒唐，则未有不受业报者也。

《明星日报》1934 年 5 月 9 日

形容憔悴

友辈遇我，都诧我有衰飒之气，发疏颡颓，无一不形我清癯。而我入岁以来，摒除绮障，身心涤荡无一类，转乃尫羸如此，自亦不解其故也。

有二男同时追求一女星，二男性夙稔善，以女星故，乃隐处于敌对地位。一男性认为豪夺不如巧取，因撰一稿刊报端，言女星将与别一男性订婚，此讯传布，女星大恚，与别一男性之踪迹渐疏，而与此男性则日近习。识者谓此亦追求女性之技巧也。

《明星日报》1934 年 5 月 13 日

梦云游扶桑

冯梦云君偶游扶桑，嫉之者毁其报馆（姑从报载），至诅之曰逆。冯君性情中人，与稔者固必其无他，而冯君终蒙不白之冤，则慨上沮下，世固多不吹羹者而吹齑者，若夫王逸塘之东渡，人未尝指摘瑕病，"天下事真难解说"，云裳之诗然也。

《明星日报》1934 年 5 月 14 日

蓉丽娟

女伶中惟蓉丽娟音容笑貌，深萦缪我脑海之间，未敢稍纵其逝。丽娟纤腰一捻，步趋间若临河杨柳，自然俏丽，作娓娓清谈，心脾皆为融醉。大报馆全盛时代，丽娟为丹桂第一台台柱，每省视林屋先生，共宴游及二年。夏间，林屋先生携丽娟与我，就餐大世界屋顶，暑溽尽为凉飕与笑语涤解。此夕快境，至今尚镌刻胸宇，而合璧不停，旋灰屡徒。林屋先生既归道山，丽娟亦不知何之，缅想旧游，怅触罔极。

《明星日报》1934 年 5 月 15 日

辩诗

绵蛮与猫厂①、灵犀，于纪晓岚续乾隆咏雪诗，有所辩析，猫厂、灵犀以为是"飞入芦花都不见"，绵蛮以为是"飞入梅花都不见"，其实二者皆无不可，盖文达续诗事，本出后人附会高宗于诗文，未必三句而止。待晓岚为之足成，且所谓"一片一片又一片，二片三片四五片，六片七片八九片"者亦根诗不本诗，而我所见前人笔记，则云纪晓岚所续，为"飞入芦花皆不见"，与猫厂、绵蛮所见又异，殆各家刊纪不同，无关宏旨也。

《明星日报》1934 年 5 月 16 日

广绝对

《朝报》副刊载广绝对，云："古传绝对，有看似极易，而确无对者，如'王瓜'，如'夜壶'是也。或曰'后稷'可对'王瓜'，然以人名对瓜名，究嫌不称，录俟大雅推敲。"按："王瓜""夜壶"俱可对"朝报"，前者读作"断烂朝报"之"朝"，后者读作"朝暮"之"朝"，讵非本地风光耶。

我以"蔡元蔡培蔡元培，局长县长院长"征对，盖蔡元为天津社会局长，蔡培为武进县长，而蔡元培则中央研究院长也。此联属对

---

① "猫厂"为报人黄转陶笔名。

较难,苟党员中有马连其人者,则可对"马连马良马连良,党人名人伶人",亦觉浑成,惟党籍中有否马连,乃不可知也。

欧阳予倩

"一·二八"沪战中,欧阳予倩方布置其江湾之戏剧学校竟,殚精竭虑,获楚楚之观,而鼙鼓动地以来,予倩遂不得不弃其经月心血缔成之事业,避而入租界。日军践踏江湾,掠夺至贪,及过予倩屋,见一室中典籍整洁,有日本书籍数十册,陈于邺架,乃颇为惊喜,顿敛狂易之态,即据此屋,为燕息之地。室隅有唱机一架,予倩新置者,日军排夕开之,虽唱词不可解,而相顾甚乐。有劫掠所得,悉以堆庋此屋。及停战,日军他撤,携唱机以去,而留一函于屋主人,谓打扰多日,深抱不安,有木器数十件,庋藏尊屋,今举以相赠。留声机一架,为我辈所爱,已携之去,将留作军中纪念云云。予倩还视此函,为之失笑。检视室中,他无所损,而估约木器之值,则在二千金上。一唱机之价,犹不及十一也。

行文刻意

行文不宜刻意求工,盖易流于苦涩也。我近常蹈此弊,返视前作,遂无一句一字当意者,往往愤欲辍笔。友人中,惟云裳善抒性文字,而涉笔即成,如梁任昉之不加点窜,自是天赋才力也。

我誓于友前,终我之生,不一吸卷烟,我生平有数恶,卷烟一也。

谈瑛

去夏，数友集市楼小饮。谈瑛小姐随冯梦云来，裸足，扣镂花革履，极惹人目。濒行，侍者不慎，觳汁污其右跌，谈恚甚，梦云以巾代拭拒，谈益窘迫。小女儿当广宴之间，故示矜持，稍遇欲憾，自不免怫然有愠色，而当之者亦每为踧踖不安也。

遇人匆促应对，往往一字之讹，便酿成笑柄，而演说尤易失错。立法委员钟天心去秋在粤与林婉文女士结褵时，邹鲁为之证婚。邹致辞云："今日钟同志和林女士请鄙人来这里结婚……"以此老之锻炼有素，尚铸此大错，可见演说固非易事也。

《明星日报》1934 年 5 月 23 日

林宝

林宝，尝以邮政舞弊案为人抨击者，辛亥间参吴禄贞将军幕府，办理交通外交，有能名，后佐吴景濂戎机，得大头器重。今膺巴黎领事新命，将之法。林修髯飘拂，御墨晶镜，乃绝似电影导演高梨痕云。

玉田赵焕亭先生以包村之战，衍为《双剑奇侠传》说部，而不及美英。李淑真事仅见张宗瑛一记，世几不知有其人矣。甚愿焕亭先生更续龙门，为此二侠烈女子作传。庶几英风奇节，不致湮没无闻也。

《明星日报》1934 年 5 月 24 日

咖啡雪茄

尝谓读新文艺小说，必先具备雪茄、咖啡二物，然后跂足偃沙发间展阅之,始不炫目乱神,如《万象》①创刊号有穆时英作小说,起句曰:"灵魂是会变成骆驼的。"其造句之美,意境之佳,真前无古人,决非孔老夫子辈所能想得出,然使无雪茄烟咖啡佐兴,不能领略其佳境也。

电影中饰乡村女子,必青帕包头,跣足不履,此实恶劣,盖乡女舍耕艺田野外,实鲜作如是装束也。

《明星日报》1934 年 5 月 25 日

俗物

尝于《低眉散记》中,言月饼一物之无味,绵蛮兄于《纳凉新记》中响应我曰:"蝶衣兄不喜月饼,于我亦然。不知如何,我常认为月饼为俗物,而不屑一啖。我尝腹馁,有人以月饼饷我,我坚拒之,而另买瓦片饼充饥。岂月饼之味,不及瓦片饼耶?想亦未必,我殆恶其浪得虚名,而实际乃毫无价值耳。"月饼何辜?乃使我等嫉恶如是,使是物而有性灵者,不将嗤我等洗垢索瘢,而认为反动分子耶。

《金钢钻》1934 年 9 月 4 日

---

① 此指 1934 年 5 月 20 日由邵洵美创办的《万象》月刊,时代图书公司发行,编辑为张光宇和叶灵凤。该刊为画报刊物和文学刊物,为时代图书公司的五大定期刊物之一。

低 眉 新 记

《人间仙子》

观电影十年,惟不能忘袁美云在《人间仙子》中之憨态,然我未尝如嘉震兄之思虑营营,使美云而果匹徐卓呆先生者,我以为未始非绝对佳偶也。

大郎调笑我曰:"闻蝶记庄主人,为足下弟子,何日导我一游?"我直承曰:"我且自为庄老板也,不见我已有汽车代步乎!"言出而甚悔之,胡今日之我,犹未曾稍敛舌端锋棱耶?

图3　影片《人间仙子》中的袁美云,刊于《中国电影明星大观》1935 年

欲以父执之地位,一劝小秋世兄,记小秋与周素珍小姐之婚,尝制影片记其盛,若续集之摄,待诸银婚之年,庶为人啧啧称羡耳。

婴宁

《社会日报》①1935 年 8 月 2 日

① 《社会日报》,1929 年 11 月 1 日创刊于上海。最初是胡雄飞、姚吉光、陈灵犀、吴农花、(转下页)

女职员

京中各机关多女职员，好事者为若侪上雅号曰"花瓶"，意谓此辈女职员，不过如案头清供也。最近传当局对于女职员将从事甄别，此噩耗一布，各机关之女职员，自不无饭碗动摇之虞，谑者遂谓将举行"掷瓶典礼"矣！顾迩日消息，似甄别一事将从缓办理，是距"下水"之时尚有待，各花瓶当暂不至发生意外也。

数度遘舒绣文，此一青春狂想之女郎，在银幕上习见其人，似徐娘垂老，而迩日恒见其御红色大衣，明妆宛然，仿佛尚是二九女郎，无怪在潘子农笔下，称之曰"蛇性的女人"矣。

《铁报》[①]1936 年 5 月 2 日

黄山之游

三月间尝作黄山之游，或言黄山奇冷，非棉衣不足以御寒，而予行装殊简，抵杭后留宿一宵，凌晨瑟缩欲颤，益恐抵黄山后，将不胜寒气侵袭。不意既登黄山，微特气温不甚低，且攀登越巅，往往汗出如渖，内衣都湿。盖黄山在夏日虽清凉如水，而当春风熙拂之

（接上页）黄转陶、冯若梅等十人，每人出五十元合办，馆址位于上海六马路跑马厅口。因新闻来源、印刷等方面的问题，仅发行两个月便停刊了。1930 年 10 月 27 日，《社会日报》出版革新后第一号，正式宣布复刊，由胡雄飞独立经营，陈灵犀任主编，馆址迁至上海西藏路六马路口。长篇小说为该报的特色之一，如张恨水的《春明新史》《京尘幻影录》、何海鸣的《故都残梦》、陈灵犀的《风尘奇女子》、网珠生的《人海新潮》、徐枕亚的《血泪相思记》、张恂子的《双侠同仇记》、骆无涯的《自由花》等。

① 《铁报》，1929 年 7 月 7 日创刊于上海，由上海铁报馆编辑发行，馆址初位于上海新闻路 1013 弄 4 号，后迁至上海南京西路 580 号。1932 年"一·二八事变"后停刊，旋复刊。1937 年抗日战争爆发后又停刊，1945 年 10 月 10 日复刊，号数另起。该报为《铁报》的复刊号，由毛子佩创办，日出一大张，四开四版或六版，内容主要为国内外政治新闻、上海社会新闻、影剧花界珍闻和文艺作品。

际,气候固无殊于沪杭也。

于黄山归途,逗留杭垣者一日,乃得与西子湖作初度之觌面,缓步白堤间,湖光山色,一览入怀,胸襟为之齐畅。生平未尝领略湖山明瑟之气,一旦与风物闲美之西子湖相晋接,乃使予欢喜赞叹,流连不忍言去。顾行期匆迫,不得不与西子订后来之约,汤修梅兄亦向往西湖已久,邀予复往一观,一来复后,或将重与西子把晤也。

《铁报》1936 年 5 月 3 日

大东茶室

小坐大东茶室,以下午数小时光阴,消磨于浅斟低酌之中,日来几成为常课矣。或为大东茶室设计,曷不辟室中一圈之地,作为舞场,供携有腻侣者茶余起舞,生涯必更茂美。此言未尝不是,惟大东三楼本有舞厅,设如其言,人必尽趋茶室,舞厅营业岂不将大蒙影响?意大东主人非见不及此,特为事实所不许耳。

在取缔舞场之呼声中,小跳舞场依然如雨后春笋,随地崛起。迩日新产生者,复有所谓夜来香、好莱坞①,然捉襟见肘之状,亦到处呈露,如好莱坞开幕数小时,便以照会问题,遭到工部局之干涉而停业,惨况盖可想见矣。

龚天衣兄以艺华《化身姑娘》特辑见贶,有袁美云夏装小影,短袖折襟,笑意如颤,为态绝美。方《人间仙子》开映时,予尝丐天衣兄代向美云小姐索一影,久久未获报我,讵美云小姐各不见贻耶?

---

① 好莱坞舞厅,位于北四川路虬江路口。

求艾三年，想望若渴，美云小姐宜有以慰我也！一笑。

《铁报》1936 年 5 月 4 日

唐槐秋

无意间邂唐槐秋先生于酒家，唐先生领导中国旅行剧团，遍历冀豫诸地而抵沪，出演卡尔登，盛况一破年来话剧空气沉寂之纪录。顾其能获得今日之成绩者，要亦自艰苦挣扎中得来。据槐秋先生言，中旅剧团于去冬由津到平，其时华北局面犹在风鹤频惊之下，团员中因携有鲁迅小说及红色封面之戏剧书籍，赳赳者于检查之际，获此物品，瞪目如狼，遽逮捕八人而去，拘羁于宪兵司令部者八昼夜，始获释放。其时团中绌于经济，并营救伙伴出外奔波之车资亦无所出，每日举债为炊，历经艰辛。及后登台公演，复因环境关系，对于表现大众及思想稍前进之戏剧，每遭禁止，甚至《雷雨》亦在不许之列，其唯一理由，则为乱伦耳。

话剧运动之在中国，此起彼踬，未有能底于成功之境者，近惟田寿昌先生主持之中国舞台协会较有生气，然尚未能向外发展，而中旅剧团经三载奋斗，乃得有今日之地位，为话剧运动树一新生之基，其艰苦卓绝之精神，要自可佩也。

《铁报》1936 年 5 月 5 日

义女写信

小儿女偶作书简，往往有率真可喜者，前岁周美娟在白门，寓书其义父张昭绥[①]，有"写一封信如过海一样"之语，昭绥读之，几为

———————————
[①] 张昭绥，即报人张超。

喷饭。其造句之奇妙,洵所谓匪夷所思也。

刘宝全北地丑奴,纵其艺可取,亦不过如陌路龟年,一片激楚之声而已。此等地方,自宜使小女儿掩映明灯间,抚节按歌,庶足以言怡情理性,此方红宝、杨莲琴之所以可贵也。

《铁报》1936 年 5 月 6 日

雯七娘

绵蛮先生游维也纳①,雯七娘见而招之,邀与共舞,表示不取舞票。于是绵蛮先生乃得不费分文,舞之蹈之。翌日举以告人,盛称雯七娘之优待诸亲好友,以非但"恕不记账",抑且"鼎惠恳辞"也。此在舞榭之中,非拖车资格不能享此权利,宜绵蛮先生视为异数也。

张恨水

张恨水先生为《新闻报》作《燕归来》,为《申报》作《换巢鸾凤》,为自创之《南京人报》作《中原豪侠传》及《鼓角声中》,此外北地报纸,亦有刊其长篇者。古人以下笔千言资为美谈,而张恨水先生则恐非日试万言不办,其下笔之敏捷与产量之丰富,虽以前之天一影片,亦不足比拟,先生真天人哉!

《铁报》1936 年 5 月 7 日

郑逸梅

逸梅兄于其小品续集中,录予师林屋山人集联数则,代友贺

---

① 维也纳舞厅,位于静安寺路(南京西路)大华路口。

吴子玉生日曰"波撼岳阳城,彩笔昔曾千气象;楼观沧海日,谪居犹得近蓬莱"。赠花美玉曰"颤巍巍花梢弄影;娇滴滴美玉无瑕"。赠名妓月娥曰"举杯邀明月;灭烛怜青娥"。按:予去夏编订林屋师文集时,以从虞初①师兄议,联句皆不录,其中佳者实多,除逸梅兄所记外,尚有赠潇湘云:"目望潇湘隔秋水;手抉云汉分天章"。赠汪碧云"自怜碧玉亲教舞;为有云屏无限娇"等数联,惜不能悉忆矣。

阿迁先生数以佳文自京报贶我报,绵蛮兄见而深羡,于其所辑之《星宿殿》致语曰:"阿迁先生其亦迁地为良乎?"盖俨然有攘夺之意。绵蛮真可谓太不够朋友,然吾知阿迁先生笃于旧谊,必不至见异思迁也。一笑。

《铁报》1936 年 5 月 9 日

黄山杂忆(一)

游黄山,所见惟大石长松,了无可观,惟雨后云涌成海,山岩间烟霞缭绕,仿佛探手可掬,俯视下方,胥在溟溟蒙蒙中,厥景奇绝,则生平所未觏也。

山中景物,多附会而成,如松鼠跳天都、企鹅叫门帘、姊妹放羊等,俱似是而非。惟狮林精舍之侧,有峰如管城子,孤松耸立其巅,称"梦笔生花",则状貌殊肖。

游山必有鸟语花香,始足以助策杖之兴,乃黄山独不见一鸟,予游黄山时,已在春仲,而花亦未发,实败兴不少。

《铁报》1936 年 5 月 10 日

---

① 虞初,为步林屋之子。

黄山杂忆(二)

黄山昔多险道,近经开凿,舍铁栏杆、阎王壁、百步云梯数处,较陡峭难行外,余皆可拾级而登。惟盘旋上下,转折殊多,故体虚者不宜游黄山,盖喘息不胜,往往数步即须一驻足,未免太苦也。

山间之所谓寺院,多如民间平房,绝无祠宇梵林之致。佛像亦不过聊备一格,如狮子林之数十个泥菩萨,悉委弃于矮阁之上,蛛网尘封。好在游山者既无拈香雅兴,和尚亦懒得理它,说来真可笑。

后山云谷寺,才新建,亦只为供游人憩足而设,故入门绝无一点佛院点缀,惟主持定慧,却解绘事,尝以白莲一幅贻我,兹制版刊之。

《铁报》1936 年 5 月 11 日

舞女命名

舞女命名,每多人云亦云,如北平李丽之外,复有宁波李丽、杭州李丽,更如王小妹,除尝嫁伶人王虎辰之王小妹外,复有所谓十三点王小妹、玻璃杯王小妹,几使人无从识别,谑者因谓各位王小妹女士,为便于舞客辨认起见,宜仿造文魁斋之办法,于襟间标明"玻璃杯"为记、"十三点"为记之字样,俾可认明商标,庶不致误也。

在维也纳见徐来女士,拥髻作少妇妆,双臂奇削,往日丰腴之美尽失,浑不似标准美人矣。在吾人之理想中,以为徐来既与锦晖先生仳离,宜可身心恬逸,益见其亭亭艳发,今消瘦若是,可知徐来于脱却羁绊之后,尚不免忧伤憔悴也。

《铁报》1936 年 5 月 12 日

黄山杂忆(三)

蜡屐所经,最恶劣之印象,厥惟点缀名胜之所谓亭也桥也,往往陋拙可笑,如避雨亭之外观,直如一厕所,其中乱石纵横,亦无坐憩之具,桥则往往支朽木数片而成,故黄山舍天然景色外,绝无人工点缀,若以人物拟之,则仿佛乱头粗服之灶下侍婢耳。

黄山有人字瀑及九龙瀑,予到黄山时,人字瀑犹在冰封之中,有名而无其实。九龙瀑蜿蜒而下,仿佛银鳞腾踔,顾数之仅七折,殊与"九龙"之称不符,水势亦不甚壮,不如雪窦之千丈岩远甚也。

《铁报》1936 年 5 月 13 日

感冒

偶患感冒,至觉不适,因念使我而亦为曳紫腰金之客,则此际方颐养于宏恩医院,彼婴婴宛宛之看护女郎,正叮咛款密于我前也。然而天之生我,乃仿佛挟坎坷艰难以俱来,颐指气使之不可得,犹复强忍晕眩,搦管作文字之劳工,宁不惨哉!

未婚之时,多憧憬于婚后之幸福,而既婚之后,则又莫不怨嗟于当前之桎梏,盖婚姻之为物,在未成以前如甘饴,在已成之后即羁绊,使汝深陷其中,莫得而摆脱,其痛苦殆有甚于未婚者。近世离婚之案日多,此虽解脱之一法,然留一创痕,亦足以使身心不宁,故最好莫如不婚。然在少年时代,往往一腔热情,亟谋寄托,来日之为苦为乐,要非所计,此所以男女之间,偏多烦恼也。

阿迁先生佳作,赫然发见于《星宿殿》上矣!绵蛮先生一番甘言蜜语,居然得偿"迁地为良"之愿,意绵蛮此际,必踌躇满志,深喜才人之尽入彀中也。予迩日屡遭拂逆之事,方中心如醉,而不谓交好如绵蛮者,亦攫取我良友以去,乃使予益如饮失恋之酒,则绵蛮未免太辣手耳。

《铁报》1936 年 5 月 16 日

《花花草草》

观《花花草草》于金城,觉洪深先生近时所编数剧本,遽以此为最劣。盖故事既缺乏意义,男女两主角之个性亦未能作有力的介绍,于是在银幕上所见者,不过一纨绔子弟与一意志薄弱之女郎,演出一段罗曼史而已!初不觉此一双青年男女有何可取之处也。发音尤奇坏,对白多模糊不可辨,使非先阅说明书者,直令人茫然莫解,予以为与其拍有声片而收音不能尽善,实不如摄无声片之为愈也。

《铁报》1936 年 5 月 17 日

《复活》

中旅剧团徇笔人联名函请,公演《复活》。昨下午往观之,唐若青女士饰格蒂沙,嗓尤微暗,聆其语音,疑信芳参加演出矣,麒迷至此,几自失笑。《复活》剧情,与《茶花女》相仿佛,殊有异曲同工之妙。予历观中旅诸剧,觉结构之紧张,无过于《雷雨》,而哀艳动人则允推《复活》矣。

《铁报》1936 年 5 月 17 日

《甘露寺》

黄金大戏院昨日贴全本《甘露寺》及《游龙戏凤》,温如①于《甘

---

① 温如,为名须生马连良。

露寺》中分饰乔玄、鲁肃外,复须演《戏凤》中之正德,是以一人而兼三角矣。往常京角出唱,往往贴一出《南大门》或《空城计》,亦能叫座,而今则几似非双出不足以号召,此亦足见市面之坏,今昔真不可同日而语。

《铁报》1936 年 5 月 18 日

芋艿饭

潮州菜馆中有一种芋艿饭,耗一元可充四人果腹,厥味甚美。潮人呼芋艿曰"污",此乃上海人对于米田共之尊称,吃芋艿饭而曰"吃污饭",则未免罪过也。

《铁报》1936 年 5 月 18 日

《蜻蜓眼》

吴汉先生将为《时代报》辑一副镌,曰"蜻蜓眼",厥名殊诙奇可喜。或谓吴汉先生主编之副刊,大可名为"斩经堂",庶较切合。盖《斩经堂》又名《吴汉杀妻》,乃一舞台剧也。惟吴汉先生凤惮其夫人,若用此名,必遭其夫人谴责,意吴汉先生决不敢为也。

中旅剧团此次公演,以《雷雨》剧最脍炙人口,直至最后复演,卖座亦始终不衰。《茶花女》与《复活》虽演出同样努力,而号召力转相形见绌,盖《茶花女》与《复活》,乃从法、俄剧本改译,出演于中国舞台之上,终觉有些儿格格不入,而《雷雨》则为一中国家庭剧,合于国人之脾胃也。由此吾人可得一结论,即观众欢迎国粹之程度,乃远在洋化话剧之上,中旅剧团此后似宜多排国人所编之话剧,庶孚众望耳。

《铁报》1936 年 5 月 19 日

《辛报》

姚子苏凤自创《辛报》，将于下月问世矣。姚子白袷翩翩，有贵公子风度，近方摆脱一切职务，或传其将赴湖滨小休，今乃有办报之兴，且命名曰"辛"，知姚子大有不避艰辛之意也。《小晨》之夭折，人莫不扼腕，《辛报》之出，其作风必承《小晨》之余绪可知，吾人乃甚望姚子缔造此报，能不至如《小晨》之白费一番"辛"劳也。

《铁报》1936 年 5 月 19 日

慕老招饮

双鬓既归，慕老招饮于其府上，辄怯而不趋。慕老盛意，欲为下走与双鬓谋一面，下走于电话中辞之曰："《织素词》之作，已为勿当，况谋觌面乎？"下走生平，不知如何谓矫情，此实由衷之言，慕老好意，惟铭诸心坎而已！

以未践慕老之约，心辄悬悬。及晚，乃小坐于绿野花园，浓阴四张，繁灯遍缀，于浮嚣中亦有静永之趣。于是倾皂花一盏，观场中男女，绕鱼缸四周，傲傲起舞，其情景亦无殊文鸳之浴于涟漪也。

《社会日报》1940 年 7 月 6 日

旧梦重温

夜阑，小坐于吾友之闳，其地在愚园路以西，高阁当风，虚帘通月，乃大似幽人之居。吾友同场姊妹行数辈，并集于此，斗茶覆掌，弦琴比肩，所谓子京烛夜，马融帐前者，此景已仿佛似之矣。今岁西瓜之值大昂，吾友以五十金购其十枚，吾侪乍至，瓜果已陈于案头，盖西瓜以外，复有龙华蟠桃，蜜液流甘，溅齿欲融，风味亦复至隽也。"不是穿针乞巧夕，也陈瓜果向中天"，五年以前之旧梦，仿佛又于此日重温之矣。将曙，乃别吾友，以车送诸女郎归。时为月圆三五夜后又五日。

方液仙先生，为轻民所趁，被绑矣！阅报始知其事，为之错愕者久之。若干日前，犹于舞榭中与先生共杯桊，先生为人颇复潇落有高致，初勿以厕身市廛，而稍染尘浊之气，平日亦复乐善好施，因以为难得。暴客而觊觎及于此人，要是不择手段者矣。

《社会日报》1940 年 7 月 27 日

扬 眉 散 记

兑款

夏佩珍女士,依然如水边杨柳,病态可喜。

误持一中国国货银行支票,至中国国货公司内大陆银行兑款,一架目镜者操甬语曰:"啥事体?"予曰:"取钱也。"架目镜者冷然曰:"侬勿弄弄清爽,此地是啥人家。"在此等处,便不能不使人想到日本国民之有训练,日人遇此,必蔼然为尔详示途经,绝不作如此嘴脸也。

闻新秋之夜,卢绵蛮兄辟室东方,办理国际交涉,拆冲成绩如何? 可得闻乎?

姑作一无稽之谈曰:好莱坞影业联合会,月贴上海《时报》十万金,故《时报》之号外画刊,乃尽属好莱坞女星也。

婴宁

《金钢钻》①1935 年 9 月 3 日

---

① 《金钢钻》,创刊于 1923 年 10 月 18 日。施济群为主要发行人,陆澹安、朱大可、胡憨珠等人任主要编辑并分别负责不同的版面。由金刚钻报馆发行。1937 年 8 月 1 日该报因战事影响被迫停刊。

秋瑾

秋瑾女士题《江山万里图》诗曰：

万里乘风去复来，只身东海挟春雷。

忍看图画移颜色，肯使江山付劫灰。

浊酒不销忧国泪，救时应仗出群才。

拼将十万头颅血，须把乾坤力挽回。

不谓革命三十年，依然有故国黍离之叹，秋瑾地下，如何瞑目？

尚有人谋为顾兰君加冠（加的什么冠？金鱼美人冠也），真是唯恐汗毛不站班矣。

见报端订婚广告，即为之心颤，愿普天下有为男子，慎勿因一见倾心，便以为百年好合也。

小洛陆兄，近来徘徊于"十字街头"，不知"东南西北"，倒像煞一位无家可归朋友。

薄醉未妨浮大勺，伤时慎莫学狂歌。

《金钢钻》1935 年 9 月 5 日

徐来

徐来加冠，事虽无聊，似亦不至十分有伤风化，而社会闻之讥评乃如此，然则秘书长为美人鱼拉马又如何？

报间载一僧人与一妇人通，因而被愬于官。佛门弟子应六根清净，若此秃驴，殆只办得五根清静也。

作《金缕曲》，前阕曰："鹰犬纵横久，叹当前网罗遍地，衣冠蔑有。天下滔滔何所务？只在席丰履厚。拼手腕蝇营狗苟，直使含生负气者，把眉心揉得丝丝皱。只索学，金人口。"话虽如此，到底也禁不住笔底下写了出来。

《金钢钻》1935 年 9 月 7 日

欧阳予倩

欧阳予倩之力作《潘金莲》，若干年前，见之于天蟾舞台，此剧感人力量之深刻，实所仅见。以周信芳合饰武都头，尤满是一股子劲儿，今信芳、予倩俱在沪，曷不二度合作，重演此旷代佳构，庶一解戏迷之馋渴乎？

燕京大学有所谓"拖尸"之习①，至劳教育部以煌煌命令制止之，学风之坏如此，宜使卫道之士，摇首长叹。

一生未尝遇颠沛流离之事，遂亦不获领略鸡声茅店况味，颇欲藉一机会，与妇人孺子大闹一场，然后襆被作名山大川之游，非至须发苍苍不作归计。我辈无视察名义可假借之人，欲不老死牖下，则舍此而外，别无方法可想也。

手执××日报，亦举目有河山之戚矣。

《金钢钻》1935 年 9 月 12 日

百乐门

不知百乐门章郭结褵之日，于女伴有所限制，事后乃使我悚然

---

① "拖尸"，为 toss 的音译，"抛掷"之意，彼时燕京大学有捉弄新生的习俗，或将新生扔掷湖中，或在新生脸上乱涂等，后此恶作剧之风被教育部禁止。

汗下。所幸抵百乐门已迟，嘉宾都散，我亦及门而返，然是后誓必加紧读报工作矣。

每年耗于糖炒栗子一项者，少亦需二十金，自病牙以后，果类不能复入口，此一笔消费，可以省却了也。

"尽日曹腾一顾消，银河清澈是良宵。相逢未忍轻言别，又逐双轮遇铁桥。"重诵旧作，又一度怆然。

甚系念沈从善①兄近况，人言兄颇受室家之累，此等况味，我忝为过来一人，今老友亦陷于此苦阱，闻之良不忍。

《金钢钻》1935 年 9 月 17 日

谈瑛

日间解衣就浴，自顾由顶至踵，依然傲骨嶙峋，似我而欲面团团如卢绵蛮兄，意殆惟有期之着航空奖券头奖以后矣。

亦欲效法孔祥熙部长、林康侯先生，来一次寿仪助赈，无奈行年未三十，复无曳紫腰金之阔亲友，以是虽有计划，不获实现，然而此心耿耿，可质天日也。

尝见谈瑛女士，觳觫于《大晶》编辑室隅，作凄厉之呼声，此一印象，犹至清晰，然而一瞬数年矣。

《金钢钻》1935 年 9 月 18 日

潘竞民

潘竞民见《立报》创刊号《花果山》副刊中，有《丹桂第一台》《黄河第一桥》等标题，谓尚漏去一条，则"天下第一无良心人吴中一"

---

① "沈从善"为报人龚之方的笔名之一。

也。蒋剑侯向潘贡献一意见,言可作一稿,标题曰"一个娘舅的自述",而署名曰"被背者"。

见大郎之写字台玻璃下,置徐伯母照片,达七张之多。大郎自言摆过七摆,则措辞未免不敬。

崔公万秋掌教沪大,授新闻学,老滕询崔:"是否以貂斑华、陈嘉震笔战稿作教本?"崔公恂恂儒者,每当不得老滕幽默词锋。

灵犀于观《西施》乐剧试演后,笑语人曰:"此剧几似我之作品。"询以何故,则谓,有些七搭八搭也。

《金钢钻》1935 年 9 月 24 日

卢溢芳

阿是溢芳先生夹袋中,藏一扬子丁师姆像片,后署闺字,有上款曰"溢芳永宝"。予谓丁师姆在讨溢芳便宜,盖钟鼎文中,习见"子子孙孙永宝用享"之句,溢芳永宝,无异于子孙永宝也。不过溢芳之意,似极愿承欢丁师姆膝下,则想以丁师姆舐犊情深故也。

小抖乱叶仲芳脱图圄后,复见其出入舞榭矣。此公跌宕欢场,取女子如拾芥,乃得一深情一往之陆小妹,不辞劳瘁,风尘中罕有者也。而抖乱仁兄乃遇之,实是异数。

见人盈篇累牍谈袁小修与什么公安派、竟陵派,似此雅人深致,惟有甘拜下风而已。

二房东老妪,唠叨至不可耐,势不得不再度迁居,在上海惟住的问题,最难解决。

《金钢钻》1935 年 9 月 27 日

火山即事

> 初次逍遥厅里来，芳姨出落更佳哉。
>
> 才催八姐修书去，却见锦嫚舞一回。

偕毛铁初次光临逍遥，见溢芳小姨"大宝"小姐，越发标致哉！毛铁以电话不通，特修书一封，请六小姐驾临。忽然发现大郎笃阿姐亦与巧夫人在场跳舞，但一瞥即逝，不知所踪。

> 舞向丁娘称及门，一回搂抱一销魂。
>
> 情深舐犊如何报，膝下甘心作子孙。

阿是溢芳在舞场中，恒出夹袋中所藏丁师姆照片示人，大有笑傲王侯之概。丁师姆在照后题上款曰"溢芳永宝"，实出溢芳教唆。以意度之，溢芳甘于承欢，殆由于丁师姆舐犊情深所致，则甚望溢芳亦能"永宝用享"也。

> 台子坐过雪艳娘，大郎面上有风光。
>
> 惜乎历史终残酷，挟了西装走四方。

雪艳小姐挟一西装少年，冉冉而去（言走四方者，因不知去向也）。我友大郎，曾在百花伴舞助赈大会中，叫雪艳坐过台子，豪情胜慨，一时无两，惜乎盛会不再，于是历史总归是残酷的了。

《金钢钻》1935 年 10 月 1 日

文场火并吟

> 开开玩笑忽当真,其实大家非有因。
> 既已牢骚中国发,崔公幸莫再生嗔。

崔公万秋与陆公小洛,曾于中国饭店,崔公大发牢骚,有激昂慷慨之慨,其实陆公虽惯开玩笑,要非"事出有因"者可比。后此崔陆二公,其勿再"以文会敌",有厚望焉!

> 不作仲连作咬金,姚家安隐有雄心。
> 闲谈饭后干戈起,字里行间杀气深。

孙师毅在《电影艺术》作《字里行间漫步》一文,对陆小洛而发也!姚苏凤不甘寂寞,夹忙头里①一斧头,《饭后谈影人》,对孙师毅作不客气的批评,于是孙师毅《马上说闲话》,前哨接触矣!一般人对姚苏凤之挺身而出,表示怀疑。

> 先生阁集讽绵蛮,顷刻内讧起报坛。
> 不饮香槟惟斗气,如何他日好为官。

灵犀与溢芳之间,近亦发生嘀咕,信乎唯恐天下不乱矣!文坛毕竟与军阀之地盘不同,若亦染上内讧习气,他日何以治国?

《金钢钻》1935 年 10 月 2 日

---

① "夹忙头里",沪语,"冷不防"之意。

李万春

有人询空我上人①曰："李万春来，曾观其剧乎？"上人曰："犹未！待他日有一天唱青衣时，我必往一听也。"上人之言，亦幽默矣哉！

一少年倾心一舞女，所耗不赀，而舞女亦甚有情于少年。一日，女书"我的爱人就是你"一便条予少年，而误"爱"为"受"，少年以为此乃无"心"之于彼之表示也②，自此与女绝。此舞女不自知弄巧成拙之故，犹于人前念念少年不已焉。

有女子中学，假《申报》篇幅，附出纪念特刊，累累皆名流题字，外此便是自我宣传文字，堂堂篁舍，亦复趋于商业化，以此等人物办教育，成绩可知。

一公务员临古人画数十幅，忻然举行展览会，在报端刊广告，曰教育局社会局主办，闻者鄙之。复以参观者寥寥，乃发新闻刊各报，谓在会场中擒获一偷画贼，此贼徘徊场中多日，已有若干幅画为彼窃去云云。其人以为有此风雅偷儿，可以彰其绘事之高明，而读报者亦必有一部分人闻风而往鉴赏其作品，如此用心，真属良苦。然而事更可咍矣！（画轴高悬，如何可偷？况在青天白日之间，除非参观者真阒无一人，此贼乃敢展其身手耳！）

《金钢钻》1935 年 10 月 3 日

《马寡妇开店》

观《马寡妇开店》，对白玉霜作初次之认识，觉此戏之唯一憾

---

① 余尧坤笔名之一。
② "爱"的繁体字为"愛"，比"受"字多中间一"心"字。

事,在于道白太少,寥寥三场,情节悉纳于唱词中,殊不易使人了解。而此婆盛名之下,所谓"荡哉"二字,似亦不尽符。向闻《马寡妇开店》为白玉霜唯一力作,但是晚所演,殊无酣畅淋漓之处,想以当道干涉关系,已删繁就简,过火处遂不获睹耳。此外觉尚有一不美之点,则每一剧舍主角外,配角殊不齐整,一小丫鬟尤丑怪可憎。

小洛以貂斑华拟大郎,若白氏玉霜,可拟捉刀人王小逸先生。

《金钢钻》1935 年 10 月 6 日

蹦蹦戏

近来亦渐以病后的姿态,出现于游乐之场。既识蹦蹦戏于恩派亚,复于影人助赈游艺会之第二日,趋大沪花园①。游艺凡分四区,独歌舞场拥有观众最多。"注册内子"舒绣文,近为影评人所叹为观止者,唱《可人曲》,一落王人美派头,宛然十四五岁小姑娘,亦欲叹为观止。王美玉唱《梨花夫人》,硕大之躯,裹以玄裳,不愧苏滩名人。独惜小生王君达,有丈二豆芽之概,不知乃以何故害臊。顾兰君有人尊之曰"金鱼美人",就管见所及,似不如称"鲫鱼美人"之为当也。(美人多于过江之鲫耳!)

平剧场徐琴芳演《四郎探母》,唱做完全到内家地步。顾于胡蝶登台时间,观众多去而之他,几于捲堂大散,天下人未有好德如好色者,琴芳处此,当有事无真赏之叹!

《金钢钻》1935 年 10 月 7 日

---

① 大沪花园,位于海格路(华山路)543 号。

大郎

有人函大郎,信封上写"白社驻沪办事处唐处长台启"。大郎为白玉霜送请客信,一日间尽车资二元,处长之尽瘁白事,殊有不惜牺牲精神。

生平不知逢时逢节向人家送礼,虽其人有惠于我,第铭诸心头可矣!一涉馈赠,便觉此中有若何暧昧,故我决不愿为。

图4　白玉霜,刊于《风月画报》1936年第8卷第25期

观《马寡妇开店》,未能如何餍望,大郎甚绳白氏玉霜家常服饰之美,亟欲于徐丁筵上,一识真面。

《金钢钻》1935年10月8日

白玉霜

徐朗西先生于筵间,介李氏、白玉霜与同人相见,靸裳素面,不假铅华,乃绝似一闺中贞妇,真不信其人能以媚姿浪态颠倒众生于氍毹之上者。

玉霜年二十三,与徐来同庚,因有人怂恿大郎拜白玉霜为过房娘。惜乎唐处长忸怩作态,不肯开这么一声口,否则玉霜必慨然探囊,出四毛钱命大郎去买香蕉吃也。

予苦牙疾半载,今始大瘳,而玉霜迄亦患此,黛眉微蹙,痛楚若不可耐。毛铁身畔适有阿司匹林药片,乃诚恭以进。玉霜略犹豫,群言不要紧不要紧,其实此时苟真有人备春剂以献,玉霜亦未必能辨,则宁不大妙耶?

《金钢钻》1935 年 10 月 10 日

胡梯维

胡梯维君以为就白玉霜之材,使习平剧,必不让小翠花专美。予则以为玉霜之所以能脍炙人口,即在独树一帜,不同凡响,苟改习花衫,至多为一小翠花而已!玉霜亦以予言为是,所谓"宁为鸡目,毋为牛后"也。

尝笑世人,惟有为女子事,使不辞劳瘁,甘供叱驭,甚于任何役命。予不讳言,有时亦未能例外也。

《金钢钻》1935 年 10 月 11 日

秘书长

万想不到王陆一秘书长,亦成了我的刺激朋友,以王秘书长之腰金曳紫,仿佛一个大碌碡,而予则一卵耳!胜负之判,不言可喻,因是予乃以退避三舍为上策。

因郑应时先生将加入《东方日报》,为老板一分子,凭郑先生之导演经验,吾知必有俏皮手法,与乎美妙镜头,以飨吾侪矣。

灵犀、大郎主张合一会,月储十金,他日各购无线电机,以稍娱傭书之劳。办法至佳,但鄙人目下尚无置备无线电机企图,以电机中一日不绝小孤孀之哭声,即一日无听无线电播音胃口也。

《金钢钻》1935 年 10 月 15 日

梁赛珍

有人发觉梁赛珍之双眉,于经过一番加工制造后,已距离其原来地位,滑稽者乃曰"此越界筑路也"!

《西青散记》文字,不敢说它不好,惟舍若干言情记述外,独多乩坛作品,总觉得此等"无稽(扶乩)之谈",读它无甚兴味。

报端有潘仰荛记游之诗,似乎潘先生做一个社会事业专家可矣!若吟风弄月跻于诗人之林,可以不必。

美人鱼杨秀琼泳余小憩,王开照相馆摄其影发卖,而于照片一角,印上若干小字,白璧之玷,实最煞风景事。商人头脑之笨拙,大都如此。

大郎昔捧白玉霜甚力,近忽意态消极,自谓胃口不佳,于白社办事处处长一席,大有辞职之意云。(此"云"字仿通讯社记者笔法)

《金钢钻》1935 年 10 月 27 日

代人作简

欲代人作一简,致南京王秘书长,诉相思之苦,而一时文思不属,手头复无蓝本可考,以是苦难下笔,然在予良心上,实甚愿成人之美也。

花一枚铜元,在新新公司梯畔,磅上一磅体重,得数一百〇一。予真不知用何种方法,乃始有脑满肠肥之一日?

到了冬日,便想起往时在乡间之乐:晨间,取油炸桧啜粥。餐已,从架上取书册,就庭阶椅上,齐足向阳,觉四肢百骸,暖意如春。若在上海,则度惯夜生活者,有时几与太阳绝缘,此等乐趣,无从得也。

予观电影，不敢向大光明、南京插足，以西片对白不易了解，不欲充假内行也。惟丽都则附有译文，尚不致茫无头绪。昨日兴到，观《剿匪伟绩》，故事不过是那么一套，而片前有卡通《走鸡》，绘以彩色，配以音响，觉色调之美，殊快人意。予尝谓看外国影片，惟附映之新闻片与卡通画，乃较正片更有价值。昨复获睹阿比西尼亚国王之英雄气概，及其军队之活跃状态，花三毛大洋，乃殊值得也。

《金钢钻》1935 年 10 月 29 日

情人出奔

有人投函李阿毛信箱，举一事发问曰："鄙人之第三个小女，今忽从情人出奔，敢为将以何法处之？"予曰，使予为李阿毛博士，则当为之解答曰："在《新夜报》上登一则广告可也！"

案头有王云五四角号码字典，予虽捺住了心头火，从事研讨，还是个茫无头绪，然后按图索骥，而外此复有提倡简体字者，处此竟以标新竖异眩人之世，真有生不逢辰之叹矣！

徐卓呆先生夙以风趣称，而此次为其女公子事，所撰广告，乃庄严肃穆，得未曾有。顾怪卓呆先生何不依样画葫芦，刊一如孙漱石先生许儿女婚姻自主之启事，则庶不失为一贯的滑稽作风也。乃计不出此，我说徐先生，你这一次真有些"卓勿灵"了也！

《金钢钻》1935 年 10 月 31 日

明耀五

一向以为明耀五其人,有官僚习气。去岁,尝因事以电话致明,接电话者言稍待,久而来报曰:"明先生在三层楼上,无暇与汝语,汝苟有事,自来此间!"当时为之气沮。今读大郎之记,知明乃与大郎善,甚拳拳于大郎病况,是固笃于友情者,然其人之喜怒不测,又何今昔迥殊耶?

使真有轮回之说,愿来世为猫,受蓥绣闳,逗情怀抱,亲香泽,吻粉靥,夜来或且匿人香衾,尽我消受温

图 5　明耀五,刊于《良友》1926 年第 10 期

馨滋味。外此则运我夜眼,于暗隅窥一切丑诡艳秘之形,复展我纵跃能为,效精精儿空空儿之行,凡是等快事,皆人所不可尽得,则我又何贵乎为万物之灵?

胡蝶嫁得潘有声,嫉之者悻悻然曰:"其人伧俗,不足以偶胡蝶。"然使胡蝶嫁一美丈夫,则彼为谗者又必曰:"瞧!胡蝶爱小白脸。"阮玲玉之死,方归罪于"人言可畏",似此雌黄无端,不难为了胡蝶乎?

《金钢钻》1935 年 11 月 1 日

姚苏凤

屡读苏凤兄所记,知苏凤有隽友灵岫在湖上。《小晨》近复载

其短简,清俊如六朝人风格,读其文可想见其为人,也不审苏凤此友,为女性抑男性,是一疑问耳!

吾报尝记杨秀琼港宅之简陋,并空我上人谈李万春语,猫兄于《小钻》涉及上两事,每曰"似见某报载",若不知外版与《小钻》本属同根生者,此故作痴呆态度,殊装得妙,意猫兄殆以"非我族类"视我也。

《金钢钻》1935 年 11 月 3 日

徐朗西义女

徐朗西先生既收白玉霜为义女,近珏灵芝、赛灵芝两姊妹,亦踵门父事朗翁。"掌中贪看几珠新",朗翁之喜可知矣。前夕,朗翁设宴其萨玻赛路①寓中,小宴友好,介灵芝姊妹与吾人相见。

图 6　全运会女子摔跤冠军孟健丽,
刊于《美术生活》1935 年第 20 期

图 7　白玉霜与珏灵芝合影,刊于《天津
商报画刊》1936 年第 18 卷第 24 期

---

①　萨玻赛路,今淡水路。

座中复有一女英雄孟健丽小姐,尝在全运会中得摔角冠军者。不佞因与同邑,乃获一叙乡谊,此则出乎意料者也。灵芝姊妹之真姓名,曰高秀藩、高金环,殆知者甚鲜,不佞得其二影,明日可刊吾报也。

《金钢钻》1935 年 11 月 18 日

矮脚卢

绵蛮兄有"矮脚卢"之号,居常愤愤,不谓尤半翁较之尤短,绵蛮因自喜尚出人一头地,而半翁殊不谓然,言总觉得比绵蛮伟大一点。而绵蛮近来虽十分发福,视半翁犹略逊耳。

在上海收干女儿者,老辈中数已故之林屋山人,与现在之朗西先生,若小伙子里淘,则不能不让拥有冯凤、袁美云之尤半翁,并张超、蔡钓徒鼎足而三矣。(这两句话,度半翁一定不愿听。)

《金钢钻》1935 年 11 月 18 日

叶浅予出走

闻叶浅予君出走矣!男子于已婚之后,更陷情网,实最感痛苦之事。吾敢断言,叶君必深爱其夫人,所踌躇不能决者,在于另一方面之深情一往,无可摆脱,抑亦不忍摆脱;而其势复未能两全,于是陷入无可自拔之困境矣。叶君之出走,要为无办法中之一种办法,然叶君此后,未必遽能"力挥慧剑斩情丝"也!则姑待其后之演变如何,更作区处。夫天既予其人以可爱之妇,复纵一曼妙之女郎,使与之恋,务欲其人自投于缠绵悱恻之桎梏中。人至怨尤及无可申诉时,或归罪于造化弄人,意叶君此际,亦不免有此感伤也。

《金钢钻》1935 年 11 月 22 日

余尧坤结婚

余尧坤君,昔尝与予共从林屋山人游,今主纂《武进新闻》副刊《文笔塔》,常州之严独鹤也。兄为文甚有风趣,近记一则云:

> 我于十一日结婚,十日上海《金钢钻报·日知录》中载一短稿云:"余尧坤君将于明日与殷莲华女士在武进结婚,本报陈蝶衣以并蒂莲镜框一架为赠,系以一诗,并劝其勿过于武进。"蝶衣之诗,迄今未见"系"来,这诗,不看亦罢! 打量又是调侃之作也。

尧兄为一地道戏迷,故为文亦三句不离戏辙儿也。

《金钢钻》1935 年 11 月 22 日

播音台

待我有钱时,也想办个剧团或播音社玩玩,彼时左顾右盼,庶不让陈大悲、马陌芬之流专美。又如洪瑛小姐,为我所渴慕之一人,若我办剧院之愿望早达,则或不致遽归诸吴晓邦也。

报纸间于胡蝶之婚,呶呶不休,仿佛胡蝶之嫁冒何不韪者,或

图 8　胡蝶与潘有声结婚照,刊于《艺声》1935 年第 6 期

且必涉及林雪怀,真无意识甚矣!

《金钢钻》1935 年 11 月 23 日

胡蝶喜宴

在大东酒楼之潘胡喜宴中,鬓影衣香,裙屐至盛。卧病多时之宣景琳,与新占弄璋之谈瑛,皆翩然莅止。此外复有少奶奶阶级之徐琴芳、顾梅君、龚秋霞诸女士,而女傧相袁美云、顾兰君,尤为来宾视线所集。在朋友淘里,谈起顾兰君,或病其庸俗,顾是夕所见,则觉其跳掷谑浪,亦自饶一种小女儿妩媚之气,而袁美云之故作矜持,转嫌减却天真也。

近人之尊重女权者,恒以夫人之名,列己之前,汝徐来黎锦晖,陈燕燕黄绍芬,甚至万籁天之称丁万籁天,要为伉俪挚爱之一种表示。惟此次胡蝶之婚,则自喜柬以至广告启事,皆书潘有声胡蝶,或者为胡女士之休休有容,故逊其薰莸居首也。

《金钢钻》1935 年 11 月 25 日

搭档

大凡随便什么人,平日必有一最接近的朋友,如劳莱、哈台之成为老搭档,此于游宴之场,最易见之。在朋友淘里,看见常常在一起者,如徐善宏之与易立人,卢溢芳之与朱某(包贩《大美晚报》者),毛子佩之与刘纬纶律师,陈灵犀之与王无尘,胡佩之之与小周,唐大郎之与张浩然,都不啻刎颈之交。所独异者,惟冯梦云行踪飘忽,最神秘不可测。而鄙人则承张昭绥先生,许为生死之交者也。

唐瑜兄于报间谈胡潘之婚,痛诋各报牵扯林雪怀之非,有最恰当之数语曰:"为什么解脱婚约后的林雪怀结婚,人们不予非议,而同样解脱婚约后的胡蝶结婚,却好像犯了滔天大罪似的,在字里行间时时提到林雪怀!"夫胡蝶之与林雪怀解除婚约,由于林之自己放弃,今胡既不能与一抔黄土中,强拽林雪怀以起,则其嫁潘有声,亦犹小毛头之嫁小六子耳! 谁家养了女儿,不可以嫁人? 予前已斥此等人眼孔之陋,以瑜兄论及,因复述之。

《金钢钻》1935 年 11 月 27 日

燕山小隐

燕山小隐[①]鬻字广告,刊《晶报》数年未辍,颇拟悉索敝赋,作成

[①] 冯小隐,生于 1880 年前后,冯叔鸾之兄,河北涿县人。戏剧评论家。著有《尊谭室戏言》《梅兰芳之研究》《梨园闲话》《歌坛怀旧录》《顾曲随笔》《都门票房述略》等作品。

他一笔生意,惜予之渠渠华屋,犹未鸠工兴建,买来殊无张挂处,不知小隐先生,能待我几年否耳?

徐冠南公子琦仲,尝作七绝诗,赠其所欢抱真新媛,亦风雅人也。近忽有煌煌通缉广告,刊诸报端。阅其内容,则为债务问题,此与庄继孟之以滥发支票被控,要为同一煞风景事。而小开牌头在今日之下之惨况,亦可以想见矣。

见郑孝胥为长春某报纪念刊题"自惭居处"四字,讶其不伦,顷复见郑所作《乙亥重九诗》,有"大倾西北莫张皇,地辟东南孰主张?俯视中原三万里,不妨抱膝过重阳"一什,知此老偏处蜗角,有追悔莫及之叹,乃不觉满腹牢愁,随地流露也。

《金钢钻》1935 年 11 月 29 日

大郎

有人传语于大郎曰:"胡潘伉俪,将控汝于法庭之上矣!"问其消息所自来?曰:"得诸明星公司中人所述。"大郎不察,以为可信也,复于报端肆调侃之言,而其人之计售矣! 闻胡蝶之婚,向明星乞假三星期,此数日来,或且不知在何处作蜜月旅行,而嫉之者乃设为滥言,文士手无缚鸡力,有时调嘴弄舌,亦至可畏也。

歌圣夫人从云裳寓人安里,有氤氲使者张小姐居其邻。一日,有稚鬟入歌圣室,言奉女主人命来迓,请移玉一谈。歌圣未遑究诘,遽从之行,迂回而入一狭弄中,及登楼,彼所谓女主人者,指室中二女郎曰,此我所蓄,皆善逢迎,脱有客时,请张小姐招呼招呼。歌圣讶其语不伦,始知误会。怒啐而出,举其事告云裳,云裳悻悻曰:"汝自运蹇,乃走入此批发之所,使为门市商场,则汝至少可囊一纸法币而归,岂不又可以让我进账几文耶!"

《金钢钻》1935 年 11 月 30 日

汤修梅

修梅兄在火山演出,如渴骥奔泉,大概初学舞时,无不勇往直前,久之则锐气渐减,如羊公之鹤矣!若陈灵犀先生,近来便有此等景象,无论如何,总鼓不起他的兴致来也。

一个人多了钱,唯恐人笑他有铜臭气,于是亦附庸风雅,自托于诗人之列,不论倡优,居然篇什投赠,曰:"台上演来台下看,存心都在济芸芸。"此使常人为之,或且嗤嗤曰:"打油!打油!"一旦出诸富家子弟大手笔,乃无不耸然曰:"此迈盛唐而践李杜之作也!名家吐属,毕竟不凡。"吁!

时势艰危至今日,犹有人在报端作"新天人相与论"之迂调,头脑之冬烘如此,可以咨嗟矣!

《金钢钻》1935 年 12 月 1 日

迁居启事

予在本报,刊移居闸北启事,其后甚悔无聊。不意尚有人接踵而起,广告遍及各报,此诚予始料所不及。大郎谓愚应悔多此一举,微特如此,且当不得要起鸡皮疙瘩咧!

李耀亮君患脑充血症逝世,友辈中之身材魁梧者,咸惴惴自危。冯梦云兄扪其便便之腹,蹩躠一室,唯恐耀亮来邀挖花搭子。服预防中风丸百宝回春丹,犹觉不妥,更拟就医院抽血,为标本兼治之计。仓皇百端,见之失笑。乃自幸傲骨嶙峋,虽不足以当尊拳,而有时亦可少却许多惶虑,不至于走一步一哆嗦也。

《金钢钻》1935 年 12 月 4 日

绵蛮兄

卢绵蛮兄,在扬子丁师姆香口中,称"阿是溢芳",绵蛮之得宠可知。一夕,丁师姆与一舞女大班同游维也纳,恰与绵蛮值,绵蛮大不怿,以为何与此伧夫共,未免为师门之辱也,因掉首若无睹。事后绵蛮告人,谓不理睬丁师姆,意在使她"觉得觉得"[1],灵犀乃大笑,曰:"与师姆同行者,理宜尊之曰师父,汝乃欲与师父吃醋,不惧人以逆伦罪诉汝耶?"

本报猫庵兄屡游逍遥,为陈小小捧场,先后招小小坐台子八次,近乃有功成身退之意。或以为不可,与黄小猫坐八次台子,简言之为黄八台,乃与王八蛋谐音,未免不雅,因共以再接再厉之说劝进。猫兄在此怂恿之下,其将更创新纪录乎?

《金钢钻》1935 年 12 月 10 日

俞逸芬

传闻倡门才子俞逸少,将以其舅氏君迈之推毂,出任两路局长,使此说而确,则预料逸少下车伊始,其第一新献,必为改进花车设备,使每次行车皆附挂花车一列,庶逸少所稔之北里名姬,得随时免费往还京沪道间,如此则花车之名,可符其实。其次逸少手辑

---

① "觉得觉得",沪语,音读"guo ze guo ze","反省一下"之意。

之《春江花乘》,今在火车中发卖,则由再版而至数十百版,固亦意中事也。

《金钢钻》1935 年 12 月 15 日

但杜宇

图 9 影片《人间仙子》中的歌舞场景以及但杜宇的"玻璃"地板,刊于《青青电影》1934 年第 1 卷第 3 期

在电影圈里,但杜宇为第一个聪明人,以其能用极低廉之成本,拍出东西来,看了觉着富丽得异乎寻常也。在欧美影片中,恒有玻璃地板之舞蹈场面,此应非数千百金不办,而在但杜宇则仅需自来水三桶,向地板上一冲,拍上银幕,居然演员动作亦有倒影,一如回旋于玻璃之上。又如拍一部《人间仙子》,便能多下一部《健美运动》,以及将《国色天香》之片断,羼入《小姨》,可见但之经济大才也。

《金钢钻》1935 年 12 月 15 日

灵犀大郎出游

此生欲以一新闻记者致身通显,殆已无望,惟有想法子弄一个银行总经理做做,先将银行家之根桩打下,然后以图进身之阶,则或可与吴承达、张公权、陈蔗青诸公,称一时瑜亮也。

又有所谓乙亥恤灾会者,将在湖社举行申曲会串,演唱《风流债》《刁刘氏》一类戏,陈英士纪念堂几乎变了滩簧场,当为陈先烈始料所不及耳。

陈灵犀、唐大郎共出游,极似王先生小陈,以面目亦甚肖也。大郎闻是说,乐不可支,谓王先生有小阿媛,可以享用享用。大郎此言,自是不够朋友,其实灵犀之女公子,方在总角年纪,大郎即使要想享用,也要再等个十年也。

《金钢钻》1935 年 12 月 22 日

止水三绝

与素心人相处久,一旦为第三者劫夺以去,此际心头悽悒,发为咏吟,必有佳唱。近见止水君有感三绝,殊可讽诵,录之如次:

书生颠倒说知音,痴绝情怀一往深。

我爱定公挥涕语,美人终古属黄金。

一欢能换女儿心,现实移人举世深。

红拂虬髯俱是妄,鬓霜容易岁华侵。

卓尔生平百不酬,晚偕燕娌雪盈头。

风云儿女关缘法,未死童心肯便休。

陈灵犀兄昨有获麟之喜,据说啼声宏大,将来定是英物。同业公议,拟为陈公子晋一名曰"冬子",以昨日适为冬至节。冬至节得子,宜称为"冬子"也。

一年容易,又是急景凋年时候矣!过去之岁尾年头,消磨于茶灶药铛里,最为凄清。今幸病魔离我,无论如何,新年里必酕饮酣舞,乐他一番。一来还我少年气象,二来亦望去掉一点气味酸耳。

王冰史先生集定盦句,真有探骊得珠之妙。蝶婚中见其《花烛词》,有一绝曰:

数罢鸳期又凤期,伤心前度语重提。

兰因絮果从头问,岂是梅花处士妻?

我虽以捧胡为诸兄所笑,亦殊爱其工稳贴切也。

《金钢钻》1935 年 12 月 24 日

袁美云

孰谓王引配不过袁美云者?王以前为电影界之打英雄,今为艺华台柱小生,袁以前为梨园中一小女伶,今为艺华台柱女角,说起来门第相当,地位相当,年貌相当,真可说是蟑螂配灶鸡①,一对好夫妻。今之吹皱一池春水,持反对论者调者,岂以为袁美云必偶一如徐琦仲、庄继孟辈之小开,或者作大腹贾之玩物,始是上好姻缘耶?

一人叹曰:"官真不能不做,便是死起来,报上新闻登在第一

① 灶鸡又叫灶马、驼螽、突灶螽,为直翅目穴螽科昆虫,常出没于灶台与杂物堆的缝隙中,以剩菜、植物及小型昆虫为食。

条,也觉得威风一点。"

发见杭州报上《越风》杂志广告,其目录中赫然有"婴宁老人"之名,这个便宜被他讨得不小。

唐有壬遇害之时,华东社长沈秋雁,正草一函致唐,诉说社中困苦之状,缄未封而噩耗至,秋雁乃大懊丧,或谓何不即书成化之,则唐次长或能于冥冥中以法币一巨束授秋雁,帮一个忙也。

《金钢钻》1935 年 12 月 28 日

低 眉 散 记

初见黎莉莉

初见黎莉莉小姐于丁悚先生家。丁先主掌珠才弥月,丽丽抚其颊曰:"这小孩儿亦习于游泳邪?"丁师妈不解所谓。莉莉舒其两腕曰:"奈何较我之臂尤黑?"丁师妈、丁先生皆大笑。莉莉妙人,有此妙语,宜幽默诸公腾踔一时矣。

闻绵蛮先生徜徉屠门,甚得脍截之乐,屠伏之辰,有此勇气,不能不令人翕然叹服。惜乎《纳凉新记》①中,未著此一段艳迹,真不知怒猊渴骥,呈何异状,斯费人三日思耳。

月来尫羸更甚,友辈见我,莫不曰过事研丧所致?其实自春徂夏,直未尝与我妇一涉房帏之私,停战协定迄今谨守,所以尫羸之故,正恐在于不获研丧。此等冤枉,直无从辩析,恨不令闲嚼舌根者,倾耳我卧榻之下也。

婴宁公子

《社会日报》1934 年 8 月 9 日

---

① 1934 年,卢溢芳以"绵蛮"之名,在《时代日报》辟设随笔专栏《纳凉新记》。

环顾一切

　　自分今岁必死，环顾一切，乃觉无不可恝置①涣释②者。人有负我事，我遇之足且恭；有于报端损我者，我未欲稍存□蓟，使更若干年后，人与我皆无所有，我胡斤斤计较者。

　　妇有同里女，厄于环境，饔餐殊困，谋稍习舞技，资他日负养，妇使我为曹丘③，一旦临我，靓装刻饰，未尝不容止绰约，顾盼便妍，而更越若干时者，将见其宛转□□于他人怀抱，不惜负园委曲，侧媚取容，若此等事，讵非煞风景之甚者乎？

《社会日报》1934 年 8 月 10 日

严斐小姐

图 10　严斐，《影舞新闻》1936 年第 1 卷第 26 期

　　自来即恶见所谓旦角者，扭捏于舞台之上，矫揉作态，肌肤都为之栗。曩年一度入票房，一二所谓票友者，效梅程之腔，促喉若鸡鸣，丑恶欲死，自是不复履票房一步。海上梨园，数年来无些须改进，优孟衣冠，敝俗若起陈死人，乃并观剧之勇气而不复有。独当世名辈，于所谓大王博士之流，掇股捧臀，若趋跄之不遑者，斯怪事已。

---

① 恝置，淡然处之，置之不理。鲁迅《书信集·致李秉中》："复往广州，次至上海，是时与我偕行者，本一旧日学生，曾共患难，相助既久，恝置遂难。"
② 涣释，犹冰释。明范濂《云间据目抄》卷一："定盟且誓，永焉不谖，沉恨幽疑，泮然涣释。"
③ 汉有曹丘生，曾到处宣扬季布"千金一诺"的优点，使他享有盛名。后因以曹丘或曹丘生作为荐引、称扬或介绍者的代称。

　　若严斐小姐之洒脱大方者,实不多觏。严小姐咳唾隽爽,遇事周旋,略不拘束。日前于其诞辰,与灵犀①、大郎②、佩佩诸兄作不速客,共逊佩佩与严骈肩坐,资为笑谑,而严小姐未尝一作羞涩态,转见我侪之喧滕忘形,为伧俗也。

《社会日报》1934 年 8 月 11 日

沈从善先生

　　从善先生③,同人称为第一流影评人者,赏松邨一脔,每度过存,于喁相随,情实相契。同人皆以为先生下半年之婚,意有所属矣。而先生不承,第谓聊尔游虞,未尝稍弃于心。先生有银质纸烟匣,贮影星画片二,不啻其为桃乐丝·德里奥抑玛琳·黛德里也,自言其下更有秘,而吝不示人。或趁先生不备,密发其覆,则春色暗藏,赫然松邨之脔,芳草作裀,欹躯横陈,若不胜其娇慵者,乃知先生一点童心,固未能恬漠无系,若此投芍赠兰之行,可言别无隐闵乎?

图 11　参加全运之香港女选手杨秀琼、杨秀珍姐妹,刊于《汗血周刊》1935 年第 5 卷第 15 期

　　报载《游仙诗》曰:

　　　　鹤驭如棠意最哀,恒河香阵密难开。

　　　　观鱼又是人如海,不见徐娘挽仲来。

---

①　陈灵犀,原名陈听潮,广东潮阳人。小报报人,曾主编《社会日报》等刊物。
②　小报报人唐云旌笔名之一。
③　"沈从善"为龚之方笔名。

诗当为杨秀琼①作,美人鱼靡曼绝代,毁之且不忍,况复殃及清风社长,何物无赖,乃敢对此并世名姝,妄肆□轻,恨不化身为丰隆,殛之若寸。

《社会日报》1934 年 8 月 12 日

兰姑

两载来深堕绮障,稍一检点,无非愁痕,甚思奋我两腕,力挥慧剑,而游移之间,又怔营莫能自解。读板桥道人"颠倒思量,朦胧劫数,藕丝不断莲心苦,分明一见怕销魂,却愁不到销魂处"句,能不废书而叹哉?

曩时,与女优兰姑稔,日过其楼,闲燕无事,恒弄扑克消遣,负各斗掌为偿,此际偶相视以笑,心神掩载,殆不可问。年来乃久疏,偶值街头,丰姿依稀如昨,而罗敷已有夫矣。行年二十六,乃几有绿叶成阴之叹,思之自为哑然。

《社会日报》1934 年 8 月 13 日

小休主人

我实爱我妇,三载如一日,顾妇倨慢不解温柔,视我若落落不可合者。所谓闺房之乐,直扫地以尽。比妇以幼女患□秃居医院,不晤者累日,咫尺天涯,未尝不深感相思之苦。嗟嗟,我讵终为薄幸男儿者,徒以妇性梗戾不可迴,乃使我心如死灰耳。

---

① 1933 年,在南京中央体育场举行的民国第五届全运会上,原籍广东东莞、代表香港队参赛的游泳选手杨秀琼先后斩获 50 米自由泳、100 米仰泳与自由泳、200 米蛙泳 4 金,后又参加 4×50 米接力赛获冠军,一举成名。1935 年,民国第六届全运会在刚落成的上海江湾体育场举行,杨秀琼收获 2 金。

先生阁主①夏日茹素,小休主人忧其营养不良,或将危及体质也,乃攘臂呼曰:"兄何日复沾荤腻者,愿开庆功之宴,为阁主寿。"阁主曰:"然则立秋之日可乎。"小休曰诺,立命纸笔,顷刻而小启成,示从善先生及我,命陪末座,视其所书地点,厚德福也。受宠若惊之下,念小休诚不失好人。及期,整我衣履,将与阁主同赴小休宴,而小休施施然至,言厚德福主人有喜庆事,休业一日,言次□然。此数语也,自我闻之,乃不啻当霹雳之

图 12　画家谢之光为初霞五娘所绘画像,刊于《晶报》1928 年 2 月 9 日

冲,恨不辟踊一恸,意者殆我未能"厚德载福",乃使多日垂涎,终不获一饫馋吻耳。非然者,何缘悭若是邪?

《社会日报》1934 年 8 月 16 日

刘素韵

刘素韵女士,供职大光明照相馆,有"照相西施"之称,近忽脱离。上月,大光明主人刘宗达君宴同文,众耳刘女士善歌《渔光曲》名,求当筵一试新声,女士力辞,强而后可,终不无悻悻之色。或疑其解职而去,殆种因于此,比悉乃不然,盖女士近已入妙音团,从马陌芬习歌,他日且将以一串骊珠,广饫无线电听众也。

---

① 陈灵犀笔名。

漫画名家张白鹭先生,比来久疏,闻
先生近居一棺材店之楼,楼有棺材西施,
得此芳邻,宜先生深居简出矣。沈从善
兄一度访先生,归述所见,相与拊掌。从
善言,棺材店之楼至隘窄,登梯时,左右
皆陈死人之物,昏夜对此,已颤悸欲坠,
而楼头复累累皆空棺,店伙无寝息之处,
多假此作卧具,转侧之间,发为异响,自
其上下视,仿佛有物。外来之人,不稔底

图13　刘素韵,刊于《人生
旬刊》1935年第1卷第5期

蕴,当无不为骇遽欲遁者。从善自谓虽
胆豪,而一度历险,后此亦不敢复履此阴森之域也。

《社会日报》1934年8月18日

童月娟

童月娟于《红羊豪侠传》中,有《丁香山》表演,与之配者,为武

图14　童月娟,刊于《电声》1938年第7卷第40期封面

生潘月山,仿佛梅花团①之范里香、潘文霞也。颇闻童潘合演,本童前而潘后,顾于手舞足蹈间,不免与童之乳峰相抵触。卒易地以处,潘前而童后,始续以清歌妙恣,飨千百观者,顾琵琶半遮,如花娇靥,乃不获恣人领略,是可憾耳。

《社会日报》1934 年 8 月 19 日

与音乐无缘

生平于音乐一道,独无缘分,每见他人移宫换羽,七弦泠泠,都成妙奏,而我无论如何殷勤研习,终觉十指之间,若黏胶漆,不获操纵自如。有时夜分过爱多亚路②,见鹑衣者抗音高歌,佐以弦索,自拉自唱,练熟如流,未尝不叹服其天分之高。使在我者,则且手足无所措,矧曳纵而歌乎。

图 15　丁悚夫人在家中,刊于《紫葡萄》1925 年第 9 期

造丁慕琴先生府,总觉珠箔银屏,丹清素垩,正恐蓬莱仙室,亦不过如此,流连其间,未有不生此间乐不思蜀之想者。有生二十六,它无所憾,惟环堵之室,未尝有一日惬意,甚拟奋数日之力,饰我新居,使绮疏青琐,一似丁先生之居。然此非钱莫办者,似我措大,安可期咄嗟之间,便观厥成,此愿正不知何日克偿也。

《社会日报》1934 年 8 月 20 日

---

① 梅花少女歌舞团,由魏紫波于 1929 年创办,前身为梨花少女歌舞团。
② 爱多亚路,即今延安东路。

先生阁主

小休主人自言与先生阁主是生死之交,为阁主上了一个"小开"的尊号,这样的口角春风,使先生阁主也有些"如坐春风"了。因此两月以来,自茹长之兴,品香之斋,以至大东之冰室,先生阁主就隐然做了个群龙之首。我们扈从左右的,差不多都自居于从龙诸臣之列。但是小休主人今日似乎颇有闲言,说阁主的挥金结客,不过是登龙之术;所挥之金,不过是登龙之费。这几句刺激话,自然不愧为小休口吻,可是不幸而为阁主所闻,于是阁主在啼笑皆非之下,连日大干其"看花"的工作,仿佛有"遗世独立"之慨。因此一想到酒食征逐的盛况,就不能令人无"群龙无首"之感。小休但惯作祟,真一言丧邦哉(反串白话)。

《社会日报》1934 年 8 月 21 日

行云神女

有行云神女,营巢某报对邻。夏日一窗洞开,时有诸般妙态,纷呈眼底。有时兰汤濯垢,浴罢临风,神光离合,仿佛流香可挹。小休主人习见之,以为尤胜洛阳女儿也,屡语诸友,莫不歆羡。顾有日造访小休,立谈之顷,偶一回首,则对户人家,掩映电炬之下者,不为冰肌玉骨之佳人,但有鹤发鸡皮之老妪,乃使人不无负负。觉东墙之窥,纵饱眼福,亦不过偶人粉泽,试执与残春出浴之标准美人较,正恐一龙一蛇,不可同日而语。登泰山而小天下,于此等处独不然乎?

《社会日报》1934 年 8 月 23 日

平江不肖生

世人作《游仙诗》，侈丽闳衍，但求纤妍，不问意趣。尝见报载某人作云："鲨献修鳍豹献胎，食前胎卵效灵来。会稽苦胆芜荽粥，都是时流馔外材。"截金雕玉，一味点染，性灵全失，无复诗之面目矣。

平江向恺然(不肖生)先生来沪，晤之于东亚旅邸，先生为我生平心折之一人，今始获亲謦欬，是一大快事。

《社会日报》1934 年 8 月 24 日

詹善丞法师

詹善丞法师，善治筋骨伤，尝为湘何座上客(报载多误为常詹宁)居长沙数月，愈人逾三千。向恺然先生于《江湖奇侠传》中记一事：有少年山行，闻人呼其名，循声迹之，于崖谷间见一头颅，向少年备言为人杀害状，又指陈肢体庋藏处。少年为发掘得之，以授头颅，少焉骨骼皆吻合，无复异常人。乃言与少年有缘，携之去，尽传其技。此事怪诞，

图 16 《江湖奇侠传》，
平江不肖生著，施济群点评，
上海世界书局 1925 年 2 月刊行

向恺然先生得诸传闻，偶入小说。不谓遇詹法师后，闲谈及此，乃知即詹法师身遇之事。向先生尝拟从詹法师习，以授术之先，必剐

一生人,取其血饮之,方能奏效。向先生有济世之心,而无杀人之勇,遂未果。今詹法师已归隐山中故居,长沙市上,不复见此仙风道骨之异人矣。

《社会日报》1934 年 8 月 25 日

众友环请

先生阁主告我,监委刘侯武诞生之地,去阁主故乡只十数里,因知刘氏亦潮州籍,是信所谓灵气独钟者,遂使当今俊异之士,尽出此邦,宜先生阁主竟日轩眉,若将御风飞去也。

自小休主人一言丧邦,若群龙无首者累日,比以"众友环请"(借小休名句),始重睹开天之盛,记之以诗,盖不胜其鼓舞欣忭也。

> 骇绿纷红一夜狂,不须署券亦鸳鸯。
> 小开依旧群龙首,威镇平平仄仄庄。

(编者按:原稿末句有四字字迹不明,拟以方框代之,顾不能成诵,因易为平平仄仄,颇有传神之妙也。)

《社会日报》1934 年 8 月 27 日

眇画师

眇画师[①]自遇菊娣,千里来龙,一脉相通,真有寝馈不宁之状

---

① 画家江栋良之绰号。彼时唐大郎曾云,海上漫画家江栋良先生,生平有两憾事,一为尊范之上,有不平之恨;一则左目之上皮下垂,望之若眇,时人故又称之眇画师,江栋良名,转掩而勿彰。

者。顾眇深讳其事,偶尔谐谑,往往努其一目,若有不共××(二字秘)之仇,然有时亦复情不自禁。先生阁主以冰结涟飨客,冰结涟贮一瓷罐中,有冷气一缕飕飕上浮,偶觉其怪,以为是乃“啥格路道”[①]者,眇遽脱口曰:“得勿有菊娣匿其中乎?”眇为此言,正见其得意忘形。使出诸他人之口者,眇画师其能“一瞑不视”耶?(说明,本报前有《冷气咸肉》之吟,即为眇宠而作者)

冷氣鹹肉

屠門鹹肉此橫陳。冷氣還教襯體頻。擁得肥環能却暑。肯來何用竹夫人。

有眇畫師者、具江即生花之筆、前夕屠門、召一姐上肉入至、肉貌極豐腴、手觸其膚、就體如冰、則撫之摩間、而涼爽自適、亦宜中調之、彷彿冰壺入抱也、眇畫師笑曰、殆冷氣鹹肉耳、……按「冷氣鹹肉」四字絕靈趣、因戲以小詩詠之、肉而有知、幸勿嗔我、（阿彬）

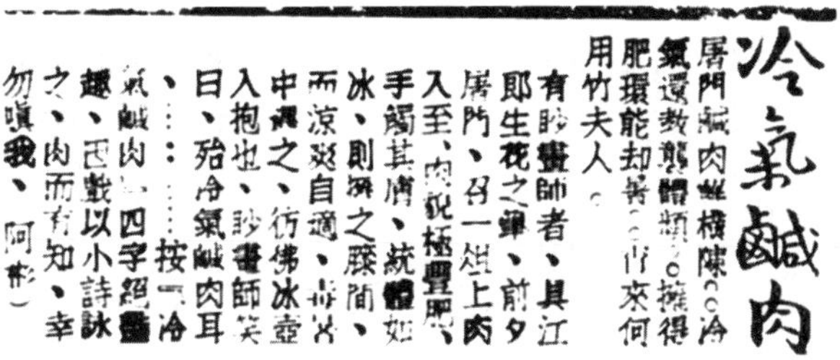

图 17　阿彬:《冷气咸肉》,《社会日报》1934 年 7 月 16 日

《社会日报》1934 年 8 月 28 日

白虹

白虹以黎锦晖先生提携,两载来负盛誉于歌台舞榭间,俨然继王人美之后,为此中班头矣。比于报端见入维也纳伴舞记载,以为若此姝之天赋智聪,如许造诣,乃亦步梁赛珍后尘,不无可惜。寻悉乃出误传,则又未尝不为爽然若失,觉有如花解语似白虹姑娘其人者,宛转于尽人怀

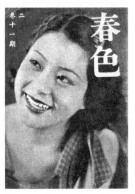

图 18　白虹,刊于《春色》1936 年第 2 卷第 11 期

① “啥格路道”,沪语,“什么来头”之意。

抱,亦未始非一大佳事,然而白虹天人,究未许轻薄子弟,都承颜色也。

口占一绝,赠同道诸友:

闲来走马作生涯,日夜经过巧张家。

怀得三金某一乐,销魂总是女儿花。

《社会日报》1934 年 8 月 29 日

小休伉俪

八月三十日

久不见小休先生携歌圣夫人,周旋清樽之间,疑贤伉俪有何小闹喳,乃使唱随之乐,久久疏荒邪。书二十八字,以询小休:

一餐一宿有殊恩,曾使纳凉美德尊。

何事久违歌圣面,行过恒茂似侯门。

梦中忽得一诗,醒来记之,自亦不知命意所在也:

又向妆台乞负荆,绝怜顾我总轻盈。

夜来拥得如花貌,不及阿娇一笑情。

《社会日报》1934 年 8 月 30 日

月饼

食品中最乏味者,殆无过于月饼。而此物一至秋令,竟成唯一应时点缀,肆中高供,道上馈遗,直触目皆是,似此不堪下咽之物,乃受人欢迎如此,信属不可思议也。

闻毛子佩兄在其报上,有文字骂我,不知此说确否?我尝于春间自誓,此后永不与人在笔端作无谓意气之争,使佩兄果有文字骂我,恐不免辜负盛意矣。

《社会日报》1934 年 8 月 31 日

老而不死

自顾年少,似未尝不可跻于时髦朋友之林,顾极寻常之事如跳舞一道,至今仍是门外汉。夏间,虹口游泳池为青年男女唯一去处,我则不特未尝一试容兴之乐,并游泳池位于何向且不知,落伍至此,有负我躬者深矣。

民九、十年间,康有为赴陕西考查古物,一时有薏苡明珠之谣,有恶作剧者,书"国家将亡必有,老而不死是为"一联,傍于其门,盖用歇后语,与赠伎"梅花对我,春色恼人"一联,有异曲同工之妙者也。

《社会日报》1934 年 9 月 1 日

无处可去

入夜,往往与灵犀、大郎诸兄,徘徊瞻顾,苦于没得好去处。以上海之大,销金窟之多,自非无一堪供我等涉足者,顾有时征逐之场,数度问津,便觉味同嚼蜡;有时自顾阮囊,不足以尽一宵之欢。

遇此境地,遂不能免无所适从之叹。朋友中惟绵蛮兄乃能随遇而安,曾无意兴阑珊之时,是可羡也。

前夕,明星导演张石川君为其先人举行冥寿于海潮寺,有易方朔堂会,演草裙舞,复继之以《桃花江》歌曲,高唱入云,而座中乃有潘公展局长在。此一事也,思之乃良堪喷饭。

图 19　潘公展,刊于《上海中医学院年刊》1934 年

图 20　张石川,刊于《明星》1936 年第 5 卷第 1 期

《社会日报》1934 年 9 月 3 日

打油诗代《散记》

绝顶生涯优秘书,前驱曾伴美人鱼①。

条陈新上委佗甚,不用汽车用马车。

---

① 此处指杨秋琼。

褚千岁曾为美人鱼充御者,近更向汪院长上条陈,将行政院所备汽车废除,公务人员一律改乘马车,藉以节省糜费,褚千岁与马车,可谓有特殊缘分者哉。

> 新生活早树风声,复古后随观厥成。
>
> 并世风头推两孔,孔夫子与孔方兄。

新生活运动中,事事复古,最近孔老夫子亦"死灰复燃",大走红运,处处敬礼,人人捧场,风头之健,不下于孔方兄矣。

> 歌台清唱作生涯,拟与良家何处差。
>
> 惟有当官权势盛,襟前强令佩桃花。

京市社会局为秦淮歌女制定桃花章,一声令下,非佩带不可,以是辍歌者纷纷,然多数依此为生者,终不得不含垢负屈于煌煌通令之下也。

《社会日报》1934 年 9 月 4 日

理发

迩来绕颊鬓鬓,不履理发肆之门者几匝月。此物虽不足取悦于女子,顾丈夫须眉,自古美称,似我规行矩步,正不劳手扶镜子,似纳凉先生之旦旦而伐(伐毛也)。友有询我胡勿一刈者,我惟笑颔之而已。

案头积函牍盈尺,发书之人,非友好即神交,我以疏慵,事非至急,从勿一复。生平对于朋友,未尝有一事拆烂污,独于诸友惠书,乃甚怕裁答,不知者且以为我惜墨如金,其实一言蔽之,懒而已矣。

深夜,趋车过爱多亚路,遥瞩大华①楼头,正乐声琤琮,灯影如腻,乃有一股辛酸,直上心头,回旋萦绕,怅惘莫释,正不解何以致此也。

《社会日报》1934 年 9 月 5 日

杨秀琼

若美人鱼杨秀琼之绝世尤物,第宜永永勿嫁,受万千人香花供奉耳。比乃有异族色魔,企图染指者,其人曰乔其,哈同螟蛉子也。杨秀琼在沪时,以某君之导,尝作爱俪园游,乔其见而诧曰:"女子之美,乃有如杨秀琼者乎?"因爱慕勿已,言于罗迦陵夫人。夫人曰:"儿醉心若是,容为儿谋之。"遂商于某君,迳正由某电致香岛,征询杨父意旨中。此事无论成与不成,要为一大煞风景事,使拉马秘书长闻之,正不知将如何搪床大号也。

> 按:乔其英籍,本流浪儿,哈同与迦陵夫人抚之长成,今年十五,幼杨秀琼一龄,能华语,哈同易箦前,所订遗嘱,以乔其为法定承继人,俟二十五岁时,哈同所遗全部财产,即将归其掌握也。

《社会日报》1934 年 9 月 7 日

---

① 大华舞厅,位于爱多亚路马霍路(黄陂南路)口。

天衣兄宴客

天衣兄①大宴朋好于会宾楼,事前颇闻此筵为订婚而涉,顾席间兄未尝有一语宣布,仿佛深讳其事者,正不知兄于切身大典,何神秘若是,所可喜者,座中乃有胡笳女士耳。

小休主人于周璇小姐似不无睇睇,天衣会宾楼之宴,所列名次,本我与周璇小姐并,小休央天衣潜易之,于是传杯递盏间,乃惟小休斯有骈肩之乐,我虽目击,而不忍有言,苟其事关系朋友前途幸福者,但能缄默,未始非成人之美也。

图 21　胡笳,刊于《良友》　　　图 22　周璇,刊于《中美周报》
1934 年第 100 期纪念特号　　　1948 年第 273 期

《社会日报》1934 年 9 月 8 日

铜鼓饼

比于食品中发现一物,名铜鼓饼,厥味之美,远在月饼以上,我

---

① "天衣"为报人龚之方的笔名之一。

秋日有二嗜,一糖炒栗子,一梨,并此乃得其三,顾是物惟偏僻之处有之,市肆中罕见有出售者也。

绵蛮作《纳凉新记》,亘绵至五十余日勿辍,或病其已背时令,其实比来恰在"已凉天气",纳凉正当其时,讵不可乎。

《社会日报》1934 年 9 月 9 日

宴间酗酒

宴间酗酒,当为极恶劣之行径。大都会舞厅①开幕之夕,严梦导演邀诸友小叙,座有白虹、汪曼杰、黎明健三女士,都歌台健者。若干人强之对饮,白、汪有难色,而谑浪曾未稍敛,窃为不忍。当此等姑娘家之前,第宜庄以持己,示我敬意,而乃喧豚忘形若是,宁不辞少年佻挞之诮乎?过扬子饭店②之前,忽得"刺激路上刺激车,刺激车中刺激花"句,为小休主人诵之,对我作会心之微笑焉。

《社会日报》1934 年 9 月 11 日

阮玲玉

于大都会舞厅开幕之夕,见阮玲玉挽一蓄髭之男子来,意其人必茶商唐季珊也。大都会主人足恭迎之,导登新新三楼,自盘梯纡旋而上,其后从者若干人,仿佛宫嫔之扈驾者。阮御银色轻绸提花旗衫,腰肢窄窄,双颊施脂粉绝厚,顾盼间强作矜持,一无绰约之致,乃觉盛名之下,转见其未能尽副,以视徐来女士之跌宕自喜,略无矫揉造作态者,信有云泥之判矣。

①　大都会舞厅,位于南京路贵州路口。
②　扬子饭店,位于汉口路云南路口。

黎莉莉题益智社长金佩鱼手册曰："你不要吵，叫只猫来吃掉你。"小女儿吐属，真随处可见其天真流露也。

图 23　大都会舞厅内景，刊于《中国建筑》1935 年第 3 卷第 4 期

《社会日报》1934 年 9 月 12 日

周神仙

向恺然先生于《现代奇人传》中，记周神仙事。周有前知术，在汉皇时，其友接室人病危之报，谋整装归故里，周强拽之赴酒楼买醉，其友固与周同有曲蘖之好者，顾是时乃拒而不往。周诘其故，其友出家书示之，周曰："予趋隔室，汝试取一算盘，任报数字，而一一叠之，当假此为君一卜休咎。"其友习知周有神术，因如法泡制，无何，周呼曰"止"，并告以所得之数，则与其友算盘上所叠者，赫然相同。乃抚其友之背曰："尊夫人病已霍然，君但随我赴酒家谋一醉，不必鳃鳃过虑也。"其友疑系向言，姑从之往。越一日而家报至，则其夫人之疾，果已占勿药，周技之神，有如此者。向先生上月来沪,道及此事,知周神仙今犹健在,闲来尚徜徉于平江酒楼也。

图 24 《现代奇人传》,向恺然著,上海世界书局 1929 年 5 月刊行

《社会日报》1934 年 9 月 13 日

徐丽云

小游舞榭,与徐丽云女士遇。徐曩鬻舞大华,玄裳朱面,风貌甚都,一度伴之赴广东大戏院,观周美娟小姐《汾河湾》剧。徐二小姐经营永平安艳窟时,邀徐往游,阴有罗致之意。徐事后知之,大悔恨,自是不复更往还,其洁身自好乃如此。徐絮絮为我道半载来事,犹隽爽如昔,第视去岁初见时,已稍形清癯,想见伴舞生涯辛劳也。

图 25 钱芥尘题字,刊于《龙报》1931 年 12 月 13 日

钱芥尘先生小楷,苏姿欧骨,艺林中殊不多觏,而先生甚谦抑,拟丐书一便面,求之三年,犹未得先生俞允也。

《社会日报》1934 年 9 月 14 日

北里辣手

小休主人,于街头遇一伎,询小休某律师行藏。小休问何事?则曰,颇牵记其九十二元局账也。北里中人之辣手乃如此。浣溪红弟,所谓小休刺激之侣者,比于尊畔遘冯大少,亦殷殷以小休近况为问,则不知红弟所萦念者,乃为小休之人,抑小休之钱耳?

江栋良画师将婚,佳期为九一九,或言胡不提早一日,于北大营失守之夕成百年大礼,宁非当前即景耶。

迩日舞榭诸女,多有作短装者,甚饶妖冶之致。顾以平履为佳,若亦高跟其鞋,则风味殊恶也。

铭庆夫人拒我于千里之外者,凡三月于兹,臣朔饥欲死矣。

《社会日报》1934 年 9 月 16 日

排演话剧

丁寿之日,同文议排演一话剧,事先将请郑正秋、应云卫、黎锦晖、孙瑜、郑应时、蔡楚生、汪仲贤诸先生,分任导演,计划盖至伟大,节目单之上,将印以"只许鼓掌,不许批评"标语,而中途离座亦在禁止之列。届时将设纠察若干人,在场执行之,盖为防止"曲终人不见"计,不得不加以统制。亦如新生活运动中,虽纽扣之微,亦必一一矫正也。剧本已推灵犀、天衣二兄负责编制,二兄或将仿蔡楚生办法,在日内赴杭,期于一二日间,完成艰巨。惟演员名次已发生问题,小休主人声言非挂第一块牌子不干,而女演员亦不易延致,若仅有硬性而无软性,空气必失其调和,此则灵犀兄似宜趁征求女友之便，兼为物色耳。

《社会日报》1934 年 9 月 18 日

板桥诗

九月十九日

千家养女先教曲，十里栽花算种田。

长夜欢娱日出眠，扬州自古无清昼。

此板桥道人诗，幸而此老早生二百年，不然，正恐难免为易君左之继耳。

新蓄小髭，自视风度，似不减茶商唐季珊，而我殊未尝染指张织之云，侵占阮玲之玉，宁不少年老成哉？

日前《散记》，偶不经意，书"鞋"为"鞵"，又一僻字，孺子不可教者如此，宜挨四十大板子也。

《社会日报》1934 年 9 月 19 日

苏炳文诗

苏炳文将军有《九一八志感诗》曰：

捍边我愧汉嫖姚，回首龙沙万里遥。

如此江山如此节，不看挥泪话今朝。

此公文墨，在近代武人中，与韩光第将军，可称二难。

一年以前，好发脾气，好指摘人，自今岁始，乃无事不矜平噪释，随遇而安，盖忧患既深，自趋恬谧，但使无忤于我，又孰愿与人斤斤较短长者。苟仍以一年以前之我视我，是乃不知婴宁公子者也。

颇爱看徐健小姐酒后神态，惜人前恒示矜持，乃大憾事。

《社会日报》1934 年 9 月 21 日

张学斌

川中侠士张学斌[1]，擅梅花桩绝技，将在大沪花园一显身手。桩高二丈，其下遍插利刃，稍一不慎，便有洞腹之虞。而张内功极深，一经运气，虽飨以弹丸，亦不能损毫发。此等武功，向惟小说中习见之，不图今犹有其人，真属罕闻。张之摆设梅花桩，自言意在访友，欢迎海内能人参与。苟欲比武，须立契约，以事关生命，不能不慎重也。日前，上海国术馆同人宴张于梁园，有见之者，言张夷服革履，年事甚青，乃绝不似来自穷山绝壑中云。

《社会日报》1934 年 9 月 23 日

三月于兹

芳君以我有"铭庆夫人拒我于千里之外者，三月于兹，臣朔欲死矣"之记，乃于其随笔中作俏皮之口吻曰："不知此臣朔以外之侏儒，

---

[1] 据《电声》1936 年第 5 卷第 5 期所载：四川人张学斌，自称为峨眉山少林寺灵济正宗拳家，十八般武艺样样皆精，尤善金钟罩、铁布衫、壁虎功、梅花桩等惊人绝技，于前年八月间，经招商局轮船买办沈华庭与孙烈两人之介绍担保，与大沪花园经理冯义祥君立订合同，约定在大沪花园内表演梅花桩擂台与壁虎功等惊人绝技，以售票所得，除去开支外，盈余之数，应由双方平均分派。订约之后，大沪花园即在本埠大小各报刊登广告，极事宣传。沪上人士以此项技术，仅曾见诸小说流传，一旦竟有真实表现，莫不争先前购票，以冀一饱眼福，故轰动一时。讵十月十七日张学斌登台时，竟技术失败，使观众大失所望，张亦消失勇气，不再登台。

毕竟为谁也。"芳君之笔,可谓极尽调侃能事,顾铭庆夫人于臣朔之外,尚未有所谓侏儒,而环顾友人中,未芳君乃堪当此称,或者俟找易簧之时,订立遗嘱,即传之于芳君,第恐芳君亦不免饥肠彻死耳。

蓄髯以后,诸友尊我有"前辈风仪",雅谑真可畏哉。

又见张歌圣出入慈安之里,与小休想已恢复常态,此婆清姿健才,非小休不足当周旋之任,小休宜永永世世,宝之爱之也。

《社会日报》1934 年 9 月 24 日

吓坏了

李丽女士于新新宴间作演辞,宛枝头新莺,入耳欲醉,以"吓都把我吓坏了"一语作结,尤妙不可言。

易培基书法,极有天趣,乃以故宫盗宝一案,盛誉尽隳。身陷富贵丛中,欲毕生作一完人,可见不易。近日报载,有暴客劫易宅宝藏约值三万金以去,此可谓"贼爷爷碰到强盗",而悖入者必悖出,乃亦似有天道存乎其间也。

《社会日报》1934 年 9 月 25 日

泡泡舞

于丁寿之日,始获识徐健小姐泡泡舞之妙,御素裳如雪,因势回环,流声投袂,美乃绝伦,一曲既终,心神俱醉矣。

绵蛮夫人于一·二八沪战时,诞一宁馨,绵蛮兄为命曰"战生"。比闻梅花①领袖魏萦波于"九一八"之夕弄一瓦,若援绵蛮兄例,则当名之曰"难生",示于国难纪念声中产生也。

---

① 梅花歌舞团之简称。

图 26　周璇与徐健翩然起舞，
刊于《电声》1935 年第 4 卷第 27 期

徐粲莺歌女有热带少女风韵者，向甚向慕其人。近闻其与梅花团杨乐师热恋，杨夫人张仙琳因妒且痛，尝泣诉于藁砧之前，求给一生路，杨斥之曰："何所谓生路者？汝但视我已死，为我守寡可耳。"其语之疾厉如此，世间男子，果多薄幸者邪？

《社会日报》1934 年 9 月 28 日

徐健小姐

徐健小姐矜己有容，不轻言笑，于谑浪跳掷之女儿群里，着此一人，乃弥觉其仪态万方。新华诸将，论洒脱当推严斐，娇憨则数周璇，而徐健乃兼有者也。

蓄髭数日，又于丁寿之日除去，数茎鬖鬖，非为有损我翩翩风貌，第众友诧怪非笑，乃觉窘不可当耳。

《社会日报》1934 年 9 月 29 日

南通张霏雯

于小休主人案头,读南通张霏雯一书,于小休备致倾倒之忱,臧否报间诸人物,口吻尤深似我道中人。顾函末自称愚妹,而书法神似于髯,极乃劲有致,绝不类闺阁手笔,因疑好事者恶作剧,出诸讹托。小休乃未敢掇拾一字,入其《散记》也。

邻居一甬妇,竟日喧哤,开无线电收音机,必四明文戏,入耳皆卑俗之音,对之"斤斤缺勿晓",[1]乃使我不能不早作徙居之计矣。

《社会日报》1934 年 9 月 30 日

徙居钻楼

下月,我将徙居于钻楼,婚后饮食起居,都失其时,坐是日形尪弱,自兹誓必使生活入于规律化,相者言我二十八岁后当入佳运,我虽不信星命之学,第使不谋心神之澡雪,则纵天假我年,恐亦不获享一日清福也。

女子裸足,有时可增其妍,有时但形其丑。在大华座间,见伴舞三娘,向时玫瑰花主人数为延誉者,趾头抹红色蔻丹,双股尽裎,其上似堊,粉泽甚厚,为态之恶,直欲使人作三日呕。若论姿首,则似此俗物,第宜立神秘街头,供蠢汉脍截耳。

《社会日报》1934 年 10 月 1 日

园庭牡丹

故园庭外有牡丹,犹红羊以前物。幼时,睹红葩如锦,每攀登

---

[1] "斤斤缺勿晓",即"真正吃不消"。

花台,把玩不忍遽离,儿时情状,正似目前。今春归里,枝干益畅茂,而花犹未放,行役匆匆,乃未获一温儿时旧课,盖不胜流年似水之感矣。

板桥道人《咏肃宗诗》曰:

> 百战艰难复两京,范阳余孽尚纵横。
>
> 太平天子无愁思,内殿惟闻打子声。

板桥生经忧患,宜有此寄慨遥深之作,秋窗读此,辄为怃然。

《社会日报》1934 年 10 月 3 日

冯梦云失窃

一夕,冯梦云君自天蟾舞台观剧出,人影散乱间,襟上所佩自来水笔,忽为剪绺者所窃。冯君立惊觉,视数武之内,惟一短衣者,意必其人,立上前捉其肩,其人回顾,惶遽言曰:"汝但搜查可耳。"贼为此惊,自谓甚智,实乃不啻自承为窃笔之人。冯君因搜索其甚,不获,扭交警士,犹不承,而其时已友人发觉冯君失物,乃在别一短装者之手,报警士,立拘获,则知两贼同一党,遂并解捕房。研讯时,询冯君何以知为窃笔之人?冯君言目睹,因摹其窃笔之状。而贼乃作辩正之言曰:"先生,汝言非是,予窃笔之时,乃作如此手法者。"言竟,则复演其窃笔之姿势。冯君至是乃为失笑,捕房中人亦不禁相顾莞尔。若此贼者,殆可谓幽默之贼矣。

《社会日报》1934 年 10 月 4 日

《海谣集》

秋虫先生①作《海谣集》，极冶艳之致，闻诸灵犀，秋虫以"海谣"名集，乃有深意存其间，寻思不译。及晤秋虫，始恍然春色暗藏，端在上下其手，因叹秋虫毕竟绝顶聪明人，乃有此巧思也。

杜丽云本一倡女，以热恋伶马，始北上投王瑶卿之门，目的所在，端为近水楼台，可以常图枕席之欢。不谓技成下海，居然名优。今出演首都，王又宸且屈居其下，因信这年头儿，惟女人始到处出人头地也。

《社会日报》1934 年 10 月 6 日

蜀人张治国

蜀人张治国(学斌)，为少林寺临济正宗，挟技来海上，初不求闻于世，以稔者环请，佥谓当此民气消沉之日，疆域削弱之时，宜以所能，公世人观摩，遂有大沪花园摆设梅花桩擂台之举。顾以报端之延誉，乃颇有嫉视之者，飏言将俟张献技时，与一决雌雄。在张嘤鸣求友，自欢迎之不遑。顾此所谓一决雌雄者，乃出之于恶意，是则武术家门户之见未泯，犹是百数十年来传统观念，此所以奇材异能之渐失其传，乃不能不归咎此辈心地狭窄之流也。

《社会日报》1934 年 10 月 9 日

刘艳琴

向时，助林屋先生辑《大报》，女优刘艳琴，结邻馆左，日来清谈。琴旗籍，吐属绝隽爽，而有时且不免小女儿态，兴到时，每伏我

---

① 张秋虫，笔名"百花同日生"，著有《海市仁妖》《梅雪争芳记》《燕京艳情外史》等作品。

图 27　坤伶刘艳琴时装小影,刊于《戏剧月刊》1928 年第 1 卷第 1 期

案头,搦管作通天金钱豹脸谱。琴不甚解书,运笔之拘拙,然信手点染,亦复饶有天趣。偶呼以"小红",恒低鬟一笑,为态绝媚。小红,艳琴字也。

在丁悚先生宴间,闻严斐小姐作沪语,斌媚绝伦。

《社会日报》1934 年 10 月 14 日

叶小凤诗

尝读叶小凤先生①作《如此京华》说部,颇喜黄冠道情之悲壮苍凉。比又见先生《秋怀和友人二律》:

相如去后璧谁归,塞外羽书午夜飞。

---

① 指叶楚伧,"小凤"为其笔名,彼时朱凤蔚以"老凤"为笔名,被目为文坛双凤。

割却珠崖屏已撤，生擒阏氏愿先违。

草连荒漠秋容瘦，风满长城赵帜肥。

昨夜传闻胡马入，可怜闺妇尚砧衣。

四万万人尽楚囚，不堪劫后寄神州。

金陵王气随旄落，厓水哀声逐浪流。

鼙鼓军前腾万马，笙歌大内祝千秋。

呢喃天宝兴亡事，一部闲文供白头。

诗当为早年所作，而沉郁凄厉，乃不啻为今日事局写照，正恐非楚伧先生当年唱酬事意料所及也。

王绍嫱女士，一度在圣爱娜伴舞，比已改名绍珊，入正风文学院求深造，昨有一函致婴宁，述近况甚悉也。

《社会日报》1934 年 10 月 15 日

游戏三昧

或言，在游冶场中，虽盈盈当前，慎勿作据为己有想。以此辈出卖灵魂之女郎，方对我温颜逊辞，仿佛大堪销魂者，转瞬对人，亦复如是。当此等境地，惟抱游戏三昧主义，斯乃上策，是言也，要有至理。

南通张霏雯，尝自称愚妹，致书小休主人者。比复以一缄抵我，函末亦署愚妹，力辩非出讹托，并言冬日将作海上游，冀图良晤，此公真可谓好吃豆腐哉。

黎锦晖先生书法，颇饶遒丽之致，拟求丁悚先生绘一箑，而丐锦晖先生书之，斯艺苑双绝矣。

《社会日报》1934 年 10 月 16 日

徐志摩书扇

徐志摩诗人,尝为我书一扇,久藏箧中,近偶检得之,书《踏莎行》一阕,清劲峻拔,仿佛出诸十载临池者手。与其诗文之婉约轻倩,殊不相侔。得此箑后,未曾一轻用,今成名哲遗墨,良可宝矣。

自顾舞劣,数过大东,未敢与叶曼芬一试步,曼芬即昭绥兄义女娟娟,以"爷叔"呼我者。一日相值,乃莞尔顾我曰:"爷叔与别人舞,便不觉得难为情,惟羞与我舞耳。"小女儿偶肆利舌,真所谓如春风之剪者,即便矜持亦不免一破悭囊。然而昭绥兄恋恋之力,亦殊惊人也。

《社会日报》1934 年 10 月 17 日

风尘利舌

风尘女子,多有挟利舌如剑者,使不善辞令者当之,每为所折。一夕,与佩佩共一舞女小谈,佩佩曰:"闻汝于此间外,更兼他处茶舞,信乎?"曰:"是也。"佩佩曰:"然则汝真辛劳可劬者。"曰:"诚然,第竟日奔奏,终未见手头稍有钱耳。"女为斯言,虽未必尽如项庄舞剑,要亦音在弦外。佩佩因失笑曰:"汝年犹少,但得享乐已足,此时需钱何为者?有钱第足为汝累。它年稍长,当不患无香花供奉者,汝何虑乎?"女聆言嘿然。及其去,我乃大击节,以为此真应付女人唯一口诀,佩佩兄真妙人也。

灵犀记以"徐千岁"对"崔万秋",千秋万岁,诚佳,第犹不如"高百岁"之适当,以"千岁"非人名,而"百岁"则麒派名伶也。"龟板"药物,以对"蝶衣",未尝不可。此外有近日国药纠纷中之"象贝",亦可对"蝶衣"。至于"灵犀",则唯眇画师口中之"活马",庶可言天成佳偶乎?

《社会日报》1934 年 10 月 18 日

女子耐寒

时入深秋,朔风渐厉,而女子犹有裸胫者。自来形容妇女,每曰弱不禁风,而近代女子之耐寒功夫,实远胜我辈须眉。迩日天气,几可御衬绒袍子,而我于街头所睹,则女性尚罕有御夹者(至多亦不过加一毛绒短衣)。即在冬日,我辈非挟重裘不暖者,女流亦多一袭单衫,冲莅寒雪之中,曾勿以为苦。此实我辈桓桓丈夫,所自叹勿如者耳。

闻女优吴继兰,迩经营木器公司,想近况甚佳。继兰具干练材,而一生困于颠沛拂逆中,今得稍苏息,殊足为良友慰也。

《社会日报》1934 年 10 月 20 日

糖炒栗子佐青梅酒

我不嗜饮,惟粤酒称青梅者,厥味醇冽,差似葡萄酒,乃颇为我所喜。夜阑,拥衾不寐,就灯下读施耐庵《水浒》,试一杯在手,觉自

图 28 《泰山情侣》在上海南京大戏院外墙上的巨幅广告,
此照收藏于近代上海影像资料数据库中

有磅礴之气,挟快意俱来。而以糖炒栗子佐酒,风味尤绝美也。

梦云兄屡绳苏俄影片《傀儡》之富幽默趣味,拟稍暇往观。而阅报端广告,戏院已易映他片,乃甚以失之交臂为憾。闻前南京大戏院映《泰山情侣》,亦极瑰丽奇伟,而我终未获先睹,不知此二佳片,何日始得重映也?

《社会日报》1934 年 10 月 22 日

张霏雯文笔

南通张霏雯,致我一缄,虽扑朔迷离,浑不可辨,而文笔殊美,有云:"自分小女儿腕力不坚,作书荒陋,不堪寓目,承先生过奖,谓神似于髯,殊愧不敢当,惟言不类闺阁手笔,则四十九期《论语》姚颖女士所题句,亦类闺阁手笔乎?"又曰:"先生亦雯生平心折之一人,苟能得云裳之介,获亲馨欬,未始非毕生殊幸,有暇尚乞不吝赐教,幸甚,夜漏倦极,欲言不惕。"凡此皆绚发秀上,直欲令人敛手,而书中臧否报间诸人物,尤似我道中人,因知先生浸淫此中者盖深也。

胡展堂先生有题翼王亭(广西贵县发见石达开故居及其祖墓碑,桂当局因拨专款,建翼王亭,留后世纪念)诗:

> 我志未酬人亦苦,英雄终不怨天亡。
>
> 鲁城何必输丰沛,魂魄千秋返故乡。
>
> 同记曾玄三十六,水源木本有如斯。
>
> 奈何拘憾金陵者,煮豆燃萁快一时。

此老愤世嫉邪，盖无往而不借题发挥，殆痛定思痛，终不能忘情于会稽之困耳。

《社会日报》1934 年 10 月 23 日

平生不四色

小休主人近得刺激之症，于丁宴归途，举步蹒跚，厥状殊苦。小休自号"平生不四色"，遘此异疾，良可诧怪。《阁楼上的小姐》名曲，有妙句曰"一阵阵地奋斗着我的脑袋"，疑小休所患，亦从脑袋一阵阵地奋斗得来也。

迩日跳舞场中，流行一种术语，曰："此地又不是大沪花园，你摆什么梅花桩?"凡于舞女前拼命扎台形者，辄可闻此詈声。不意张学斌之一败，乃造成此沪人口头禅，张学斌宜可以不朽矣。

《社会日报》1934 年 10 月 25 日

遣愁生博戏

遣愁生博艺高强，因浸淫于赌，以可找人家牌头①也。一夕又大胜，而春鸿社长负独多，春鸿未备现金，签一支票与之。旁有吃豆腐者，语遣愁曰："君连战皆捷，宜可以请客矣。"于是一座怂恿。遣愁曰："请客则请客耳。"因计议赴舞场，而春鸿夫人亦随行。夫人稍能舞，谋与舞女一试步，以语春鸿。春鸿曰："遣愁先生伉爽男子，汝苟欲舞者，当不患遣愁不为汝偿舞票之值。"吃豆腐者亦曰："社长夫人欲舞，我敢决遣愁先生必无吝者，第宜稍限制，尽二羊可耳。"春鸿夫人以询遣愁，遣愁此际，遂惟一落大派，计一宵所耗，乃

---

① "找牌头"，沪语，又作"照牌头""笃定赢"之意。

达十金。翌日遇吃豆腐者，乃恨恨作声曰："昨夕挖花一场，所获半属支票，半为欠账，而一言请客，转去我袁头十枚，如此戆大，惟有我做。"言次呈愀然之色，盖中心殊不无懊恼也。

《社会日报》1934 年 10 月 26 日

扶桑舞女

一夕，从数友自大沪出，友兴犹未阑，言横浜桥间有桃山舞厅，伴舞者都扶桑女子，导我往探其异。却之不可得，念以此行一扩眼界，为我《散记》添若干资料者。计亦良得，因从之往。登楼，心头殊忡怔不自安，而侍者足恭应候，面目尚非尽狰狞可怖。既入座，则亦有华人二三执役是间。舞厅占地不甚广，舞女十数，半作夷装，半御和服，舍一二较明艳外，余多粗率无妍致。友怂恿我舞者屡，扪心自问，终觉心地恧怍，自愧无此殊勇。而异国情调，刺激我神经者尤深，卒踉跄而归，觉此等境界，使非昧我良知，终不能免芒刺之苦。翌日女彬彬有礼，则予我之印象良佳，殊不似平日在舞场习见嚣扬之状也。

《社会日报》1934 年 10 月 28 日

夏佩珍

夏佩珍在《女儿经》中，得众口称誉，而比有入大沪伴舞之讯，明星能重用严月娴，乃独不能容纳夏佩珍，窃为此楚楚可怜之女儿不平也。

自知终我之生，殆将无复欢乐之一日，我妇冥顽日甚，已不复知有"温柔"二字。与语，一碰就要讲出气人的话来，个性之强项，

直如铁牛。磋乎苍天,以我仁厚,而所施报于我者乃如是,得毋
酷乎?

图 29　(自右而左)顾梅君、梁赛玲、严月娴、魏秀宝、
胡蝶、夏佩珍、高倩苹、朱秋痕,刊于《中华》1932 年第 11 期

《社会日报》1934 年 10 月 29 日

鹦鹉五娘

　　鹦鹉五娘,尝跻弛花国,称一时隽才者。夏间厌倦风尘,入圣
爱娜①伴舞若干时,寻退藏于密。月前,一度见之维也纳时装表演
中,扬裾翳袖,为态绝媚。比以新影授我,言以圣爱娜主人固请,复
将于下月一日起,以孙秀文之名,出于诸君子周旋。影镌版刊如
上,酥肩半袒,绿鬓如云,所谓天生尤物,固大足以役人划梦搏魂
者也。

《社会日报》1934 年 10 月 30 日

---

①　圣爱娜舞厅,位于静安寺路(南京西路)斜桥弄内。

臃肿在抱

芳君病目,奏刀刲后,眵昏不能搦管,因为庖代《秋雨秋风》二日。顾晨起读报,忽于文中发现"臃肿在抱"四字,乃不知自何而来。我文谫陋,使更点勘不慎,直将使人疑我出诸杜撰,此我所以痛心疾首于俭腹校对也(本报金先生不在此列)。

小休主人得邮递一束,署黎锦晖、徐来伉俪名,邀于沁园邨清风社晚餐。顾验觑笔迹,殊不类出锦晖先生手,而徐来夫人亦游京未归,因甚疑之,更审视束面,则书"大郎"而非"云旌",益恍然出于恶作剧,举示诸友,为之绝倒。意此寄束之人,必沾沾自喜其得计,乃不知小休虽疏宕成性,有时亦"邪气着乖"也。

《社会日报》1934 年 10 月 31 日

涮羊肉

久涎涮羊肉美味,向者吴稚老最嗜此,在故都时,辄策杖过市楼大嚼。比闻海上亦有应市者,逸芬兄识其馆主人,邀与灵犀、绵蛮诸兄日内往一快朵颐。月来久厌野炙海错之味,得讯食指大动矣。

某君迄忽不慊一女星,于报端大肆诋娸,而报固其稔友手创者。其友阅报,悲戚不胜,以告人曰:"某吾十年老友,向接编之初,尝与约三事,今虽分手,而友朋相交,要以信义为重,某何忍以一己之私怨,毁老友艰辛缔造之事业?"言次咨嗟不已,闻者乃以为某山膏之性,固不足与言风义也。

《社会日报》1934 年 11 月 3 日

洪长兴

爱多亚路吕宋路口①，有清真教馆曰"洪长兴"，即以涮羊肉脍炙人口者。昨晚，始与逸芬、灵犀、佩佩、绵蛮诸兄，作初次之尝试。涮羊肉食法，乃与樱岛佳馔"司盖阿盖"相仿佛，妙在绝无腥膻之气，而厥味之美，乃远非寻常腻滑之品所可同日语。最后以火锅清汤，和五味饮之，尤别具风味。其地与大华舞厅密迩，舞倦挟妙侣过此小酌，亦一快心事也。

马君武先生有《哀沈阳》诗，尝传诵人口者，顷见其《自故都赴沽上车中作》二首曰：

> 斜阳影里展征轮，细抚华年欲断魂。
> 孤愤横胸无白堕，远山作势逼黄昏。
> 功名鼎鼎谁堪数，身世悠悠未许论。
> 窗外老农惊指点，愧他鸡犬自成村。
>
> 沦落生涯计本非，飙车一驶去如飞。
> 连云宿麦从头熟，得雨村桃入眼肥。
> 报国空言身有用，补天岂信愿终违。
> 白河明月原相识，莫照缁尘上素衣。

疑此老终不无髀里肉生之感，然"远山""得雨"句二，皆写景妙笔也。

《社会日报》1934 年 11 月 5 日

---

① 吕宋路，即今连云路。

小女儿善变

忽见前岁一按摩女子,亦在圣爱娜伴舞。初见女时,犹雏发复额,院主人命于客前唱《毛毛雨》曲,尚脸嫩得很,今亭亭长成,偎傂婆娑于爵士乐声中,居然亦舞国姣虫矣,唯小女儿始善变,信然也。

奈何《傀儡》一片,今犹不见二度启映,戏院主人尝于广告间大书"蝶衣评语"者,而我实未曾一寓目,宁不成咄咄怪事耶?

新华社严斐、徐健、周璇诸女士,比又在友联播音,午夜启无线电机,聆娇喉百啭,真似饮白堕春醪,使人心神皆醉也。

《社会日报》1934 年 11 月 6 日

瑛九娘

瑛九娘秋后重张艳帜,钢丝先生首挥金为之添妆。钢丝有友某,征九数度,即为张筵捧场,掷缠头之数三百金,在此市况凋敝之秋,宜不可谓不豪矣。顾九于此客,乃似落落寡合者。一夕,某偕友造九妆阁,九遽闭关不纳,言室有他客。某亦黠者,自窗隙间窥之,则舍九拥衾偃卧外,实无第二人。因愤其倨慢,排闼径入,欲数其罪。九惶急,趿履从侧门遁,避至别家一室。某益忿,亦遂不管三七廿一,追踪而入,卒为所获。曳之出,戟指斥九曰:"汝既懒得见客,胡勿深藏大厦,人自不敢轻造次,今在是间,而亦拒人千里以外,咄汝婢子,将谓我不能治尔?"言次欲掴其颊,其友乃从旁劝阻。九觳觫①一隅,但喘吁无语。某念九一烟花女子,胡斤斤与计较者,则亦一笑而罢。闻者以为在北里沉寂如死之今日,铺一房间,良非易事,既操此卖笑生涯,纵不必待客都温颜逊辞,亦易稍客气一点,

---

① 觳觫:因恐惧而颤抖的样子。

而九,乃耿然如夏日秋霜,不可狎玩,要出人情之外矣。

《社会日报》1934 年 11 月 7 日

天真女相士

两次见天真女相士,非惟顾盼便妍,辞吐亦捷给,不图一鬻艺女子,乃隽爽可喜如此,真所谓十步之内,岂无芳草矣。玫瑰花主人,与天真耳鬓厮磨者甚久,号天真阁主。比以天真将嫁,乃有"夕阳无限好,只是近黄昏"之叹,意日内主人当有相门送嫁记之作,志其缠绵悱恻之情。而先生阁主则言将为写一《天真阁主逊位记》,佳人已属沙咤利,义士今无古押衙,主人此际,殆有不胜其凄婉之感者,而我辈尚妄开玩笑,忍矣。

《社会日报》1934 年 11 月 8 日

我丢啦!

梯维先生作《琴韵记》,有传神之笔曰:"我丢啦!"以北地胭脂,发为此喜极而涕之声,已见销魂蚀骨,况风情冶荡如莲姑哉。梯维隽士,乃有此妙文,真似闻莲姑香口也。

传李石曾先生旅法时,于巴黎一餐厅宴朋好,席间作演辞,极言肴馔之不良,招待之不周至。事后,餐厅主人,乃欲与李兴讼,言彼处烹调,凤脍炙人口,李乃加以诋毁,将影响及其营业,要李负赔偿损失之责。李乃大骇,亟声明此系东方惯例,主人宴客,例有谦巽之辞。餐楼主人虽领悟,而犹不无怏怏之色。盖法人酬酢,未有此规矩也。入国必先问禁,李并此不知,自不免小碰钉子矣。

《社会日报》1934 年 11 月 9 日

航空券

自知无非分之福,故生平不作发横财想,航空券开奖八期,仅一度以推销员游说,花掉两只洋买了二条,尚因事关国家建设,始勉为其难。而开奖后亦未尝计及核对号码,盖发横财于我无益,以我穷蹇之命,亦决不会着中头奖,与其空存奢望,不如知难而退之为愈也。

北平李丽既膺舞后之选,大都会舞后一席,乃归燕妃。燕以南国佳人,作海上名葩,风流跌宕,一时无两。大都会开幕,始加入为舞娘。数见其人,眉梢眼角间,饶有温媚之气,虽冬宵风寒,而春意自盎然也。

潘洪生志士以病死,有访其故居者,言逼窄如鸽棚,一棺之外,并灵案亦安置不下。自来瑰奇异行之士,多出陋巷僻里之间。若潘君者,以一贫无立锥之身,而有此惊天地泣鬼神之举,洵可以风千古矣。

图30　(左起)英茵、燕妃、谈瑛、花丽文,刊于《玲珑》1935 年第 5 卷第 2 期

《社会日报》1934 年 11 月 11 日

摆拆字摊

在舞场中,不能婆娑起舞而但作壁上观者,谓之摆拆字摊,厥状乃绝肖。第拆字先生枯坐竟日,多少总能进账几文,在舞场中则不特无进益,且必耗去相当代价,而于当前纷华,更不能免眼花缭乱之苦,以此例彼,则拆字生涯,固可为而不可为也。

无意间遇幼年时竹马青梅之侣,此其欣忭欢跃为何如。十载蹭蹬,锦瑟年华,都消逝于似水岁月中。往事心头,已深凄抑,况复于海涯天末,重睹故人清姿,追索旧迹,能不依依?嗟嗟,安得求时光倒流,使我一温童龆时旧梦耶?

《社会日报》1934 年 11 月 12 日

舞榭苦海

初学舞时,觉其间别有异趣,日久乃渐生恶劣印象,仿佛在电炬明灭之下,幢幢往来者,莫非鬼影,四周氛围,惨憷至莫可名状。而异性之侣,相互拥蹈,有时直如狂痫者,究亦不知涵义何在。经此冥想,因觉舞榭花丛,都非陶情之地,然而浸沉此中者正多,苦海无边,能急流勇退者,真有几人哉?

京医叶古红,即拥有如花美眷,曰女票友魏新绿者。叶能诗,有《过夫子庙》一绝:

庙顶斜阳日日晴,庙前长播管弦声。

歌坛也傍尼山叟,满座花枝照眼明。

颇有定盦气息也。

《社会日报》1934 年 11 月 13 日

潘雪艳

若潘雪艳而可谓"惊才绝艳",要近
阿谀。尝于清晨见潘坐街车上,疾驰过
跑马厅畔,花容不整,黄蜡几无人色,以
潘久困烟霞,使不假铅华敷饰而示人庐
山真面者,与东新桥头烟花女,实同一可
饰。若在氍毹之上,则几经粉泽,兼有明
灯映掩,自见楚楚之致。然普天下女子,
殆无不以刻饰靓装,助其妍态,固不仅雪
艳为然耳。

**图 31 坤伶潘雪艳,刊于
《时代》1932 年第 2 卷第 9 期**

得《东南日报》许君武先生书,知前记《自故都赴沽上》诗,乃
先生旧作,非出马君武氏手也。诗为友人录示,而未冠姓氏,以
为是马氏寄慨之作,不谓名相如实不相如,承先生明教,殊歉
然也。

《社会日报》1934 年 11 月 14 日

友道陵夷

京中来友言,彭学沛次长,在首都置有新宅,及与《民生报》主
人成舍我兴讼,于廉洁问题中,涉及彭氏所营菟裘①。彭乃于事后
将新宅售诸他人,得万五千金,仅及原额之半也,彭之恐惧流言如
此。《民生报》虽赍恨停刊,有此一事,亦可稍稍吐气矣。

有所谓海上巨客者,以布衣救国自炫,而无日不流连舞榭,自

---

① 菟裘,古邑名,春秋鲁地,在今山东省泗水县。《左传·隐公十一年》:羽父请杀桓公,以求大宰。
公曰:"为其少故也,吾将授之矣。使营菟裘,吾将老焉。"后以"菟裘"称告老退隐的居处。

言亦为救国也。客之莅舞场，辄挟朋友之妻俱，鹣鲽双影，见者侧目，而闻人意殊得。上月，闻人在白马湖畔新筑别业落成，邀友好往作而三日盘桓，若海上二美皆应召去，独不及其藁砧①。闻者乃喟然长叹曰："客一蠢物，友道陵夷，固不足怪，独惜二美以千金之躯，乃不自检点如此，要可扼腕也。"

《社会日报》1934 年 11 月 15 日

小广寒听歌

尤爱梅兄留一束，邀往小广寒②听歌。在五载前，亦屡追随林屋师顾曲歌榭，兼好为投赠之什，少年好事，思之每自哑然，年来意境萧索，已不复有此等兴致。盖涉足歌台舞榭，虽未必尽有醉翁之意，然盈盈当前，一颦一笑，总使人不无婵媛，而事后所得，惟爽然自失。譬如爱梅兄甚称素秋，而予知素秋乃伶人孟小帆之妻，颇具理财手腕者，此使听歌者而知之谂，便不免索然寡味，是虽或心理作用，要亦恒情所有，此予之所以绝迹欢场，而终负爱梅兄之约也。

观《风云儿女》影片，甚爱其画面风光之幽蒨，惟有一小疵，则王人美述其故乡之劫，误"九一八"为"一·二八"，此或他人所未注意者。

新闻记者公会，始于此黄梅时节之六月一日开春季会员大会，得非"天时失调"乎？

胡适博士，自是一代学者，而近事诋之者众，何不幸耶？见有

---

① "藁砧"，舞场切口，指丈夫。
② 小广寒书场，位于四马路（福州路）大新街。

作打油诗者,曰:

> 俭腹本无典籍储,千金偏喜易奇书。
>
> 圣人述作何事已,只合摧烧饱蠹鱼。

注谓:"胡适之近颇喜购古本书籍,然玩弄以外,只供剽窃,闻已成古书考订一类若干卷,得免摧烧,亦只合使蠹鱼饱腹而已。"此真所谓欲加之罪,何患无辞矣?

《金钢钻》1935 年 6 月 4 日

尽在不言中

甚切齿于街头之不袜女郎,既以裸足为袒白矣,曷不并亵袴亦不御,岂不使彼登徒子更色授魂与耶?

**图 32　袁美云在艺华影片公司所出品之影片《人之初》
中的剧照,刊于《中国电影明星大观》1935 年**

在《人之初》影片广告中,得二句曰:"尽在不言中,有苦说不出。"此十字真能搔着《人之初》痒处者,可抵《影谭》声嘶力竭为《人之初》张目之文字十篇也。

《金钢钻》1935 年 6 月 14 日

寒云手稿

予藏有寒云先生手写《群英会》原稿四叶,《尊前小语》原稿二叶,皆昔年为《大报》作者。又致林屋师一函,先生晚年书法,更乃劲峻润,于此函可见一斑。尚有先生手写数稿,则分贻逸芬、转陶、大郎三兄矣。林屋师手迹,惟民二十年致我一函,及致曹幼珊先生未发一书,诗稿昔有《花叶词》《驰道》数页,寻散佚不知去向。最可惜者,则为师手书小箑,写《少年行》一诗。师自言仿盛唐之作不轻示人,而写扇亦罕有事,乃亦不知何时失去,真是该死。

近虞初兄贻我师《拟古》诗稿一页,则师早年手迹,弥可珍贵。

丹翁先生书法奇古,有致我两函,《寄林公》《题含英蕉石墨戏》《北极》三诗稿,笔致无不精妙,皆足宝也。乡前辈漱六山房主人张春帆先生,以《九尾龟》一书,声满天下,曩创《平报》三日刊,予尝襄佐辑务,得先生为我书一箑,录诗二绝曰:

图 33　袁寒云氏书箑,刊于《天津商报画刊》1936 年第 18 卷第 4 期

一夜新凉透碧棂，谁家玉笛暗中听。

当时七夕真虚度，惆怅牵牛织女星。

锦帏半掩睡惺忪，昨夜轻寒力更慵。

八尺龙须人未起，月明庭院冷梧桐。

盖即《九尾龟》本事诗也，诗曾刊《平报》，校勘时失原稿。

而"更"字漏植，予疑为"转"字，代填之。适先生来，叩之谓是"更"字，然坚嘱勿易，言"转"字转佳。其若以气韵言之，"转"实不如"更"。顾彼时以先生令，终未如原诗改正也。

《民话》载丰干早和尚文字甚多，近言及《福履理路诗话》，乃知即胡寄尘先生化名也，然"丰干早"三字殊奇，不知有故否？

辣斐舞赛，周丕丞列勃罗斯第二名，信芳艺人有此跨灶之子，可谓一门风雅矣。

提倡研究王安石学说之结果，乃为书贾辟一新生路，于此亦可知市侩之善于投机也。

《金钢钻》1935 年 7 月 14 日

走肖生

男子追求女子，往往愈可望而不可即者，必求之愈切；反之，唾手可得者，每望望然去之。盖越是求之不得，则向往之，盖越是求之不得，则向往之心益炽，便越感觉兴趣，若一拍即合，转索然无味，此理亦不可解。

《锡报》主干吴观蠡先生，某次来沪，寓东方饭店，予晚间往晤。

谈有顷，观翁忽入睡，鼾声齁齁，肃立而不卧，指间犹夹一卷烟，厥状奇绝。

生平独不喜听书，以弹唱之间，调弄弦索，迂缓至不可耐也。尝一度勉从吴继兰及其女友入东方书场，坐不数分钟，直觉芒刺在背，觳觫无所措，卒踉跄而出。台上所弹唱者何？无一字入我耳者。

不肖生为世界书局撰《江湖奇侠传》小说，未竟，传已罹匪祸，赵苕狂续之，仍署不肖生名。及后知为海外东坡谣，世界恐引起交涉，易"不肖生"为"走肖生"，走肖赵也！此一转移间，足征书贾之聪明。

女伶中惟蓉丽娟音容笑貌，至今犹萦缭我脑海间：丽娟纤腰一捻，步趋间若灵和杨柳，自然俏利，作娓娓清谈，心神俱为融醉。大报馆全盛时代，丽娟为丹桂台柱，每省视林屋先生，共宴游逾二年。夏间，林屋先生携丽娟与我，就餐大世界之屋顶，暑溽尽涤，此一夕快境，至今犹睫刻胸宇，而倏忽数年间，林屋先生既归道山，丽娟嫁

图34 《江湖奇侠传》，走肖生著，
上海普益书局 1930 年刊行

图35 坤伶蓉丽娟小影，刊于
《玲珑》1932 年第 2 卷第 9 期

亦有年矣！缅想旧游,怅触罔极。

《铁报》1936 年 5 月 25 日

恶札

张慧剑指《花月痕》为恶札,近偶读《青楼梦》,觉视《花月痕》尤荒谬,此种小说亦流传坊间,真大奇事。

生平尝两度俯瞰春色,一为元旦之夜,所谓三层楼秘戏者,纯出造作,味同嚼蜡;又一次在菱七艳窟,时方盛暑,登场者一丁小姐,一夷服客,斯二人者,各挟其猎食之目的而来,初不知属垣有目,以是兔起鹘落之状,一览无余,则真可当得"酣畅淋漓"四字。

闻方红宝将重来海上,忆前岁红宝在天蟾书场①,屡昕其歌,尝有"掩映明灯态最工,一歌一笑总玲珑。座中几辈清狂客,不捧莲娘捧小红"之诗,盖诸友多有舍杨莲琴而改捧红宝者也。今旧地重临,度灵犀、绵蛮、云旌、转陶诸兄闻讯,又将准备效力一番矣。惟俞逸少久客白下②,吾党少一健者,未免减兴耳。

《铁报》1936 年 5 月 26 日

于右任诗

于右任先生之诗,多质率如其人,若《临河道中》云:

乌拉山③前塞雁过,临河④城外望黄河。

---

① 天蟾书场,位于四马路跑马厅。
② 指南京。
③ 古称阳山。
④ 内蒙古巴彦淖尔盟临河县。

河渠似网出原美,地主如狼数渐多。

右道秋风卧战马,平沙夜月走明驼。

千年征伐余荒草,羞唱英雄得宝歌。

《露宿二元店沙漠》云:

万里奔驰岁月流,长城以外值中秋。

盖天铺地黄河岸,沙拥如山作枕头。

皆雄奇可喜。至若"毛子造板屋,蛮子筑土墙。叩叩爱盖赖,随地宿鸳鸯"已不似诗而似民歌。而贺张静江四十生子诗,起句大书"老矣革命党",尤不足为训矣。

章太炎虽道学先生,有时亦极风趣。某年夏,包天笑遇太炎于味莼园,太炎御日本和尚衣,戴一草冠,手挥团扇,十数儿童围观之,而太炎奚如。见天笑,询以寓所,天笑以启秀编译局对。还询之,则曰:"我住刚毅印刷所。"更问以"刚毅印刷所何在?"则曰:"否!我特以对君之启秀编译局也。"天笑为之失笑。事载《钏影楼丛话》。

《铁报》1936 年 5 月 27 日

西湖月老祠

灵犀兄屡道西湖月老祠签词之神验,予春间从济群[①]、优游[②]诸先生游湖上,遂往展拜,得一签曰:"维熊维熊,男子之祥;维虺维

[①] 施济群(1896—1946),上海南汇人,曾主办《金刚钻》报、《游戏新报》等。
[②] 汪仲贤(1888—1937),原名汪效曾,又名优游,安徽婺源人。

蛇,女子之祥。"当时大为懊丧,以我之有求于月老,初不在此也。不谓迩日晚归,恒于枕边发现白糖梅子累累,使我妇殆真有妊孕之象矣。月老司人间姻缘,奈何并及子息之事?真深悔当日之一揖矣。

图 36　宣景琳,刊于《风月画报》 1937 年第 10 卷第 23 期

王小逸先生,笔名捉刀人,尝有《歪嘴吹灯录》之作,凡二十四回,就其回目之末一字依次数之,得"房事秘纪是一部极香艳最浪漫富肉感有弹性的百科全书"二十四字,春色暗藏,非道破盖不知其妙。

香君大媛,早年亦花国隽才,沈能毅任财政部印刷局长时,纳之为箴,未久而萎谢,沈为之忉怛成疾,刘天倪先生记以诗曰:"宣南春逝失灵箫,剩有衣香未忍销。底事红颜憎白发,无端瘦损沈郎腰。"后二语极趣。

试于婴婴宛宛者前,取火柴十一枚,排狎媒之阵,未有不赞叹其构思之巧者,中国科学虽落人后,而于此等小玩意儿之发明,则止恐彼爱迪生、马可尼之流,亦无此聪明才智也。

宣景琳初在北里,芳帜曰小金牡丹,得张石川识拔,始跃登银幕。毕倚虹尝有"银灯照彻烟花海,不惜黄金赎牡丹"之名句,即为宣而作也。

《铁报》1936 年 5 月 28 日

花蝴蝶张丹翁

有甲乙二男性,同时追求一女性,二男性凤稔善,以女性故,乃隐处于敌对地位。甲男性以为豪夺不如巧取,因扬言女性将与乙男性订婚,刊布其讯于报端。女性见之大恚,与乙男性踪迹渐疏,而与甲男性则形迹日密矣。由此一事,乃可知追求女性,固不能无特殊技巧也。

张丹翁少时,亦负璧人之誉,常着极漂亮之西服,独坐安恺弟小花园,品茗看花。王伯群尝与丹翁共辑《大公画报》,每指丹翁为"花蝴蝶"。今则丹翁已华发飒飒,偶于街头相值,此皤然一老,几似萧伯讷大师矣。

偶谈薛觉先伤目往事,颇有论及粤中浇风者。粤中多有富室女,弃其颐指气使之生活不欲,而投人家为佣。大都此辈女子,为求恣情肆欲,不惯家庭束缚,遂不惜于役以人,盖虽屈身为佣妇,而雇用之家,实不等闲视之也。此辈女子,手头既裕,兼多姚冶轻扬。跅弛自憙,于是乃称为一般僄薄子弟之目的物。流风所被,至有"娘姨风味胜良家"之口号焉。

《铁报》1936 年 5 月 30 日

希英表妹

希英[①]表妹忽以书来,附摄景一帧,盖与其夫婿作蜜月旅行时,摄于湖上者。希英予舅氏女,予幼年时寄食舅家,恒共在一起玩耍,彼时光景,真仿佛尚在目前。而今则希英既与张耀清律师缔良缘,予亦有女且四龄,大家都成了有家室之人,岁时卒卒,十年以来事,乃恍惚如梦。黄金时代既消逝,更欲如儿时之跳踉无忌,已不可得,缅怀以往,盖不胜流年似水之感矣。

---

① 杜希英,为陈蝶衣表妹,武进人氏,毕业于上海大夏大学。

图 37　杜希英,刊于《玲珑》
　　1935 年第 5 卷第 27 期

图 38　《牛鼻子漫画》,
黄尧绘,《良友》1936 年第 117 期

　　黄尧作《牛鼻子》,此一幽默小丑,已成漫画舞台上大众欢迎之唯
一名角。予与黄兄共事《新闻报》,兄肥头大耳,架玳瑁眼镜,其笔下
之牛鼻子,固无异为自己写照也。报间别有看猴人所绘活狲戏,笔调
极似牛鼻子,或疑亦出黄兄之手,实不然,盖看猴人乃江妝化名也。

《铁报》1936 年 6 月 4 日

谈瑛小姐

　　晚间出游,往往苦无去处,盖吾人治事完毕,辄在九、十时后,
斯时欲觅消遣之地,惟有舞场一途。上海之舞场,诚不可谓不多,
然大都皆已游遍,多去即觉乏味,于是宵游之目的地,遂成一大问
题。有时数友相值,往往彼此讨论,久不能决,出游本为乐事,而如
此则转成苦事,言之亦可笑也。

谈瑛小姐，今已为程步高夫人矣。往时，谈小姐亦常临存我报，与吾人至稔。犹记前岁夏日，数友集市楼小饮，谈小姐与冯梦云俱至。谈裸足，扣镂花革履，极冶艳之致，而濒行时，侍者不慎，肴汁污于右趺，谈窘甚，梦云以巾代拭拒，益使谈踧踖不安。小姐们当广宴之间，每故示矜持，骤遇煞风景事，自不免恚恨万状，而此际为主人者，亦往往为之抱憾不已也。

低徊往遇，每自恨硁守之愚，绝好机缘，辄轻纵其逝，及今更欲温旧梦，乃不可得。若明月五娘之于我，曲意委随，真所谓惟恐不至，而我乃报之以凛然不可犯，过后思量，未尝不自疚此心之忍也。

《铁报》1936 年 6 月 5 日

寒云书法

寒云主人书法雄劲，名重天下，得其寸楮尺幅者，罔不视同拱璧。予在大报馆时，曾得主人手书文稿多纸，尝以之分赠逸芬、转陶、云旌诸兄，今尚藏有主人以初霞花笺所写之《尊前小语》及《群

图 39 《上海俗语图说》，许晓霞绘图，
汪仲贤撰文，《社会日报》1933 年 7 月 14 日

英会》原稿,另致林屋师手札一通,殊名贵也。

许晓霞以沪谚作图,汪仲贤为说明,刊《社会日报》,堪与赵望云之《民间写生》媲美。甬人陈相如哀集成帙,索诸友题词,予为写绝曰:"汪文许画各知名,陈子珍藏亦有情。容我题诗兼寓目,一言可赞二难并。"诗近丹派,字作丹体,几可乱真矣。

人见予终岁不戴帽子,以为亦我怪癖,其实予非不欲戴帽,特以戴之几类怪物,故每购一帽,辄寻即弃置,斯严寒亦然,家中积帽无数,一任敝蚀。

近来有两事大坏:一,予记忆力大逊,每一极寻常事,顷刻忘其踪影;一,懒惰特甚,虽至友结缡,亦不往一贺。予每思振作,而终不可能,盖未老先衰矣。

《铁报》1936 年 6 月 6 日

精美餐室

精美餐室与大东旅社望衡对宇,往时恒进膳于此,有干菜水饺一味甚美。自大东辟茶室后,精美营业几尽为大东所夺,其实精美治馔,实较大东为可口,而空气之恬静,尤非喧嚣如大东者可及,惟取价较昂于大东耳。以粉笔手书一绝于扬子饭店之黑壁曰:

车裀五度照门东,才尽回肠荡气中。

今日帘旌秋缥缈,碧纱橱护阿芙蓉。

(集定盦句)

往时颇好作方城之戏,病牙以后乃戒绝,已二年余不弹此调矣！斗牌虽消遣一法，但劳民伤财，实莫此为甚，且入局者莫非至戚好友，而乃斗角钩心，以金钱博胜负，居心宁可问？此孔二先生所以有"戒之在斗"之诫也。

黄包车夫之生活诚可悯，而此等人居心之坏，亦成一正比例。每乘车抵一地，彼必哓哓欲增益，不与即出不逊之言，与之较则未免不值，因此往往被此等东西气煞。于是我乃誓不复坐黄包车，而于彼等之见客人作摇尾乞怜态，觉尤可憎恶。

《铁报》1936 年 6 月 7 日

大东茶室女招待

大东茶室有水果发卖，水果装置一车，由茶花女推之兜售，推车者每星期更易一人，谑者乃称之为"老婆推车"，盖有别于"老汉推车"也。

茶室之设女招待，其制盖仿自神仙世界，此法真可谓绝妙，盖于茶客议论风生之际，着三数曼妙女郎周旋其间，殊足以调和空气也。去岁新新饮冰室，亦雇有女招待，且可令伴坐清谈，其性质与汤白林①相仿佛，然转觉无甚意味，盖无论何事，如过于便易，辄使人嫌其平凡，转不如可望而不可即之较有兴趣耳。

大东茶室之三号四号女侍，为一双姊妹花，三号为姊，四号为妹，然姊转较轻盈纤小，而妹则丰秾而颀长，不知者每误姊为妹，误妹为姊也。二姊妹有兄曰赵超，以前尝办过播音团者，故此一双姊妹花，亦复善歌也。

新雅之女侍，较大东为和易近人，每向客频频劝酒，往往使人忆

---

① 北四川路上的汤白林咖啡馆，以女招待为特色。

图40　茶室女招待，刊于《大美画报》1938年第4期

及唐人"吴姬压酒劝客尝"之诗，为之感到无限兴奋。然凡事有利必有弊，则酒价不同于茶价，万一来上两杯白兰地、惠司盖[1]，即不尽醉，亦至少须耗却数金，故踏进新雅，如存心打经济算盘，还以不饮酒为宜。

《铁报》1936年6月9日

不好置书

生平不好置书，偶购一二册，阅后亦弃去。尝见世之藏书者多矣，邺架所庋，尽多珍秘之籍，而传至后世，非付诸劫火，即被子孙辈盗卖殆尽。予之不欲储书者，一固为穷困，一亦深恐子孙不肖也。

游于舞榭，为星期六之夕，来客众多，欲择一舞女共舞，较美者人争趋之，欲待其空而不可得；较远者则又嫌鞭长莫及，万一打回票，未免没趣；而生涯清闲者，又往往饰貌犺陋，搂抱在怀，定是索然无味；因此种种，遂成"因循坐误"之势，自十时枯坐至三时，毕竟败兴而归，是乃真可谓"虚此一行"矣。

---

① 惠司盖，为威士忌(whisky)的沪语音译。

予书法拙劣,而每年夏令,亦有持扇索书者,阿迂先生自京中来简,除"采及菲葑"外,并属代征大郎一扇。阿迂先生屡以佳作贶本报,偶有所命,自不能不竭诚以应,惟大郎先生疏懒之性,较我尤甚,因假我报端寄语大郎,有故人于五百里外,盼老兄写一把扇子,且望眼将穿,幸破工夫一挥洒可乎?

得清河二郎加入我报客串,以《海隅散记》享读者,遂使予之《散记》,得以暂辍,予近来以家庭间事,烦费安排,精神甚感疲惫,经此十数日憩息,始得稍苏,偏是近日二郎之稿,盼望不至,遂又不得不重复搦管,限时而成,自视一无是处。文字生涯,毕竟苦事,真不知何日始得与楮先生管城子,画地绝交也。

《铁报》1936 年 6 月 22 日

柠檬时间

景惠贞妍花园总管,勾搭共舞台戏子,意其人于床第间,必冶荡得不可交开,恨不能遇此狼虎之妇,一开无遮之会,纵然戝戝以死,亦庶几死得痛快淋漓也。

世运会足球队远征柏林,一路上打将过去,频有捷报到来,似乎威风十足,其实在吾视之,乃无殊报丧条子。盖劳师远征,其疲乏可想,途次犹不谋养精蓄锐,则他日兵临城下,必成了一队疲卒,讵堪当彼以逸待劳之劲旅一击乎?国家耗数十万经费,若真换得一只鸭蛋回来,此才糟不可言也!

读报时有妙题,《辛报》于粤桂之盘马弯弓①,曰"柠檬时间",此姚子苏凤得意之笔也。国联通过七月十五日取消对意制裁之议

---

① 韩愈《雉带箭》诗:"将军欲以巧伏人,盘马弯弓惜不发。"比喻先做出惊人的姿势,不立刻行动。

案,《南京人报》一题,曰"国联饰终大典",此洵所谓口诛笔伐者哉!

《铁报》1936 年 7 月 10 日

高占非

　　高占非有一骄悍善妒之妇,这个人便算是"推过"了! 试思以高之粗蠢,有何能耐,更能做得大事? 彼在明星公司,一个月拿上三四百块钱,尚不自足,惟知唯唯诺诺于阃命之下,居然还要搭一下大明星架子,何其可陋耶?

　　北平报纸,提到了李万春,每为之加一头衔,曰"青年国剧家",真觉得肉麻之至。李艺非不可取,然野狐参禅,论者尚病其陋,而遽美之曰"国剧家",便未免捧得过火也!

　　虹口游泳池,近来又人气如蒸,惟此中乃颇有沧桑之迹,则泄泄沓沓中,独不复见貂公斑华,而吾人捧读画刊,亦更无富于弹性

图 41　高占非与徐来,刊于《明星》1935 年第 3 卷第 4 期

图 42　貂斑华,刊于《春色》1935 年第 20 期

之封面女郎如貂公者,足解馋吻,因此便不能不使人迁怒于陈公嘉震,便非有陈公一番煞风景事,则此时之貂公,必活跃犹昔也。

《铁报》1936 年 7 月 12 日

小杨月楼

黄金①延用小杨月楼,遂使信芳亦蒙其害,迩日黄金上座之清减不能不归咎用人之失也。信芳演《四进士》,屡欲一观,而以月楼配万氏,言者无不蹙额,予亦不由意兴索然。良以信芳之艺术,非夙有修养者为之辅,便不易铢两悉称;月楼蠢汉,如何足以俪信芳?若王芸芳则庶较得体。黄金之邀芸芳,殆亦已省悟过来。然吾人尚望其能更进一步去月楼,则予人之印象当更佳耳。

本报毛铁,为维也纳李丽梅小姐上嘉号,曰"弹簧小姐",于是小姐红矣!或言"弹簧小姐"四字,可对一戏名,则张治儿领导演出之"摩登少爷"也。

《铁报》1936 年 7 月 13 日

阿拉虞洽卿路

一友供职某绸厂,厂主人藉称市面不景气,于职员月薪,第给半数,余半数以厂中绸疋作抵,盖援公家机关搭发公债之例也。此在厂主人自甚为得计,故一伙小职员苦矣!然尚不能说不幸,盖近来绸值虽贱,毕竟还容易脱售,若是换了本报毛经理,也来这么一下子,则区区尚须背上报袋,向长街叫卖,这才是糟糕一抹丝也!

虞洽老以古稀之年,犹复矍铄如少壮,洵人杰已哉!海上各界

---

① 指黄金大戏院。

于洽老之寿,谋留一纪念,因有改海宁路为虞洽卿路之议,请于工部局,而闻有人以为不如改西藏路,甚有谓龙门路较短,改称便易,至今犹争持不能决。予愿为诸公献一计,则最适宜者,当莫如将阿拉白司脱路之"白司脱"三字,易为"虞洽卿",即曰"阿拉虞洽卿路",宁不妙哉!

《铁报》1936 年 7 月 17 日

章太炎

一人见《晶报》载姬某人写字铜图,有用小花盆为挥洒之具者,作惊诧声曰:"看不出格档模子①,倒真有这一副本事。"旁一人微笑曰:"万能脚较之又如何?"

章太炎不过书比人家读得多一点,文章写出来比人家登样②一点耳!其人究何功于国家?中央之核准国葬,未免显得名器太滥了一点。不闻章太炎遗命,以五色旗殉葬乎?此人而尚许予国葬,实大可不必矣!

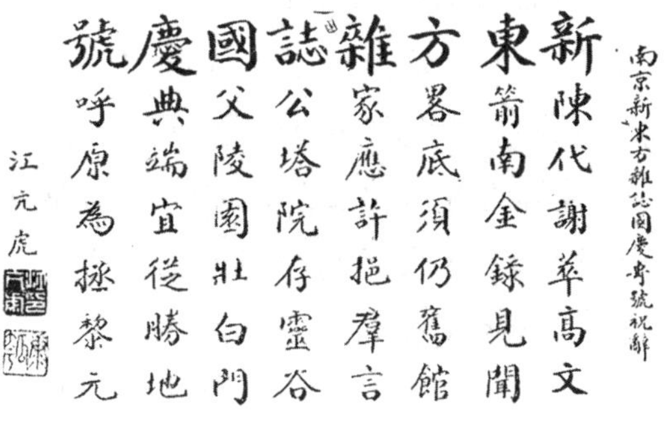

图 43　江亢虎题字,刊于《新东方杂志》1941 年第 4 卷第 4 期

---

① "格档模子",沪语,意为"这个人"。
② "登样"为沪语,意为"像样"。

江亢虎亦订润格卖字,以为此君一枝笔,必十分来得,不谓见其为唐志君所书一联,乃殊不甚高妙,因信"名归"者未必真能"实至",如江博士者盖犹不免也。(仿芳君笔法)

《铁报》1936 年 7 月 21 日

信芳新剧

谈剧者无不菲薄小达子,予独爱看小达子之戏,小达子一出台,便以全副精神用在唱做上,使台下诸人觉得钱花得不冤,是乃真能尽演戏之责任者,云胡不可爱! 若马连良之一副死样活气,叫人见了浑身不得劲儿,真看一回懊恼一回也。

大郎谈信芳新剧,谓除《明末遗恨》外,其他皆不满人意,《博浪椎》《洪承畴》之题材,尚且如此,宜《韩信》尤不值一顾云云。此又予所不能同意者,《洪承畴》与《韩信》,予皆未寓目,不敢说,若《博浪椎》则不可谓非信芳佳构也。张子房离家出走时,一声"苍头",将子房一腔无可奈何之幽愤,发泄殆尽。信芳演剧,最能传神于无意之间,此等处若错过了,便是不能领会信芳剧艺者。又如在茶楼一场,子房跃上桌面,大声疾呼,自"秦土无道"说起,真个字字可掷地作金石声,此等魄力,除信芳外更孰能臻此? 总之,信芳演《博浪椎》,与《鸿门宴》有异曲同工之妙,在信芳实可告无罪,所差者则此剧结束,圯上老人唱了一大段,张子房默不一语,便随了他进去,即此终场,未免缺一点后劲耳!

《铁报》1936 年 7 月 24 日

《王先生特刊》

我友张昭绥,新有纳宠之喜,燕好之余,复与小钟先生合辑《王先生奇侠传》特刊,其忙可知也。昭绥告我,《王先生特刊》已付印,尚缺补白,促予尽一点笔头上义务,甚至限立刻交卷。此"生死之交"之命,如何可以推却,于是为写主题诗一首曰:

王先生忽成奇侠,演出丰姿定滑稽。

竚候金城银幕上,大家笑做一团泥。

意经此一番效劳,下次小有天之宴,不至于再没有我的份儿矣。

或谓周信芳应多排有民族意识之剧,如《博浪椎》《明末遗恨》一类,斯实为时势所需要。在旧有京剧中,亦不乏可以改编者,若宁武关之周遇吉殉难,战蒲关之王霸杀妻犒军,使信芳整理演出,必大有可观。梅畹华博士尝取梁红玉事,衍为《抗金兵》本戏①,其中写韩世忠、梁红玉夫妇黄天荡之战,备极壮烈,信芳似亦可取而演之。小杨月楼装娘娘腔,自使人肌肤尽栗,但苟以之俪梁夫人,则用其所长,当能尽职也。

《铁报》1936 年 7 月 25 日

裸足不袜

年青的姑娘们裸足不袜,扣镂空革履,在眼前天天斜斜走过去,如何不动人心魄? 李谪仙《越女词》曰:"长干吴儿女,眉目艳星月。履上足如霜,不著鸦头袜。"在当日之青莲学士,盖亦未尝不为

---

① 本戏,为戏曲术语,指整本大戏,是相对"折子戏"而言。风行于 20 世纪 20 年代,一般一场演一本大戏,如《全本玉堂春》《全本浔阳楼》等。多本大戏则出现于清代同治、光绪年间,如《八本雁门关》等,每日演一本,属"连台本戏"的一种形式。

之"蘸着些儿麻上来"也。

念我苟亦为一富有人物,则此际匡庐胜境,必亦由我游憩其间,何让彼京华冠盖,专美一时乎?虽然,若黄山之所谓神仙之居者,我亦尝策杖作三日之游,虽此去非为避暑,要亦足以在朋友淘里,傲视一下耳。

丈二上人命我为《夜声》作打油诗,用四号字排出,俨然有与马二先生《剧谈》分庭抗礼之势,真使人窘得可以。

《铁报》1936 年 7 月 26 日

偶作宵游

近来偶作宵游,颇为夫人所不谅,虽不至诟詈时闻,然有意无意间,不免常常要拜领夫人之冷嘲热讽也。晨间,夫人命仆妇剖瓜,告仆妇曰:"拣大的先剖,小的就是坏掉!也不肉疼,放着缓两天吃。"言已顾我莞尔而笑,夫人之心,真不可测矣!

京华冠盖中,若彭学沛、王陆一诸公,庶几说得上妩媚可爱乎?或者带了花瓶兜兜风,或者做两首打油诗消消遣,此何等儒雅风流哉!明吴应箕《罢无用》论曰:"今自内外之司,文武之吏,其能已见于天下矣!果皆有用者乎?衙署巍然,体统如故,而官无一事者,盖不知凡几矣。然日费官饩,而权所不属,犹未深为民厉也。臣请言其甚者,则莫如有权而无事之官。精神不用于职业,惟以恣喜怒作威福为能,于是不但己无事,又能废人之事,如此者可罢也。"

此盖竖子迂见,在卑人看来,则觉得河清海晏之世,真不可无此等人物,点缀其间也。

《铁报》1936 年 7 月 27 日

鸳湖误行

家有蠢妇,随便什么事休想如意。鸳湖之游,本与诸友约于上午八时会于北站,同车出发,而予终为蠢妇所误,至八时许始促我起床,迨奔至车站,则骊歌正唱,车蠕蠕动矣! 只得败兴而返。晚上赌气饭也不回去吃,独至津津进膳。虽在电风习习下,犹心头烦躁,至不可耐。盖一念及鸳鸯湖上,此际大伙儿谑浪欢笑,必正在高兴头上,而此中乃独缺一我,蠢妇败乃公事,实不能不恨恨也。

新作家中有一宋之的①,北平有著名之小说家曰耿小的? 以"的"字入名者,此二君外殆不多见矣。

《铁报》1936 年 7 月 28 日

海燕双栖楼

迩有人发明一种烟灰樽,瓷质,作高跟革履形,色银灰或猩红,盖仿自古之酒杯也。作案头小陈设,颇足以助长绮思。在此色情社会,聪明朋友能想出这样玩意儿来,自是稳可以赚一票的生意经。

本报谢啼红兄,有齐人之福,以德配置乡间,而携如夫人居沪,啼红与夫人俱癖烟霞,因衔其居曰"海燕双栖楼",亦可见谢公红袖添香之乐也。

绵蛮兄除按日打扫《星宿殿》②外,复为《大新报》撰写《芳园游乐散记》,不久且将荣任《华美晚报》之屁股编辑。此公一枝笔,挥洒起来,如苏潮韩海,乃有取之不竭之概。而予写《散记》,则每搦

---

① 宋之的(1914—1956),原名宋汝昭,北平大学法学院俄文经济系肄业。1930 年 5 月 28 日以"宋之的"为笔名在《新晨报》副刊发表处女作《黎曙》,1932 年参加中国左翼戏剧家联盟。著有《谁的罪》《雾重庆》《国家至上》《无限生涯》《九件衣》等作品。
② 《星宿殿》,为《明星日报》副刊,由卢溢芳主编。绵蛮在此辟专栏《绵蛮私记》,故蝶衣有"按日打扫"之说。

管构思,久久不能成一字,以是时作时辍,盖有江郎才尽之叹矣!

《铁报》1936 年 7 月 29 日

有口莫辩

诸友以予詈及我妇,群起责难,甚至欲组织后援会,与我过不去。在诸友之意,以为我妇能书几笔山水,唱几支昆曲,有这么一位夫人,如何更嫌不足?其实我妇奇懒,索画之篝堆置成阜,夏来催取者纷纷,而我妇未尝一动笔,所谓处士虚声,此不能为诸友尽知也。其次则我妇遇事马虎,使我气沮者,良不止游鸳湖一事。我讵不愿实爱我妇哉?特居室相处,有使我辱在泥涂之苦,亦是无可奈何耳!

灵犀兄自鸳湖归,在北火车站,遇警士检查。自顶至踵,历时十数分钟;至胯间发际,亦摸索殆遍,而警意终勿释,严诘兄来去。兄凤拘谨,至是未免惶然,益以郁怒,遂十指颤抖如中电,警更致疑,谓兄必携毒物,坚令交出。兄欲与辩,而讷讷不能出诸口,卒以搜索无所得,始麾兄使行。兄嗫龂良久,终莫如何也。

《铁报》1936 年 7 月 30 日

鸳湖船娘

鸳湖船娘,胥御规定之服装,皓裳玄裤,襟间佩菱形徽章,镌四字曰"南湖船女",犹诸秦淮歌女之有桃花章也。船娘中舍所谓南湖皇后外,以云宝最负艳名,即人称嘉兴王人美者,盖绝擅蛊惑之术。此次海上报人游鸳湖,临歧之际,云宝附一人之耳,叮咛致语,坚约于一来复后重晤,谓当泊舟静僻处,图一夕之欢。"未是有情

能解脱,重来珍认水南园。"宝姑娘多情如此,宜艳称一时矣!(毛铁口述·婴宁笔录)

报间颇多致嘅于西藏路之改名虞洽卿路者,以为未可因景仰虞老之故,而不复以西藏为重。此实未免所见不广,盖西藏路虽易名为虞洽卿路,尚有一北西藏路,同时亦改定名称,迳曰西藏路,是西藏路固未尝偏废也。

《铁报》1936 年 7 月 31 日

沙不器

翻开一份《新闻报》,在广告栏里,见"沙不器"三个擘窠大字标题,其上列头衔若干,曰文坛巨子,曰播音大家,曰话剧突起,曰能派全才,俨然大名鼎鼎,似小达子犹逊其气魄。窃以为沙先生尚脱漏一项,似乎大可加将上去,曰"前共舞台收票大王",如此不更锦上添花乎?

欧阳飞莉小姐,昔为新华社一美材,在丁悚先生家时遘之。迩日报间记其有扶桑之行,昨在章文女士家,飞莉忽冒雨而至,是赴日之说为不确矣。

《铁报》1936 年 8 月 1 日

虹饮轩酒家

南京路上,新崛起一虹饮轩酒家,登楼,铺锦羽长毯,扶阑干而上,已觉得软绵绵的,舒适不过。复有冷气设备,凉意袭襟袂,使人如登仙境。房间里向,更置装电话,凡谋便于食客者,无不设想周至。在上海滩上,只要你弄得讲究,价钿便昂贵一点,也不怕没有生意。

大东茶室以便宜号召,营业不能算坏,然其地烦嚣,日久便易使人裹足,虹饮轩应运而生,至少将使喧阗如市之大东,受一重威胁也。

一到夜间,弄堂里拉胡琴声四起,俶扰得人头脑子都发昏。调弄丝竹,本是风雅勾当,然一到伧夫手中,不是《打牙牌》便是《十八摸》,再不然来上一段《王莲英惊梦》,乃使人欲掩耳却走耳!

《铁报》1936 年 8 月 2 日

与大郎并称瑜亮

从夫人习《贩马记》,《写状》一折,亦能朗朗上口矣!予夫妇虽时有小啵喳,其实闺房燕好,并无若何宿怨,甚至每因一度诟谇而更增怜爱也。吾夫人之能昆曲,犹大郎阿姐之能苏滩。大郎得阿姐薪传,哼几句金莲戏叔,一向傲视于同侪。意予得夫人循循善诱,庶几亦可望与大郎,并称一时瑜亮乎?

红蕚先生偶撄小疾,赖其公子代理辑务,遂得安心于调摄,可知一个人有个把儿子,毕竟大有用处。予行年二十有八,使能于今岁得子,则予年当知命之时,儿子亦可以出道矣。予敬以心香一瓣,祝告苍穹,愿今冬我妇分娩,赐一麟儿与我也。

《铁报》1936 年 8 月 4 日

鸭蛋选手

世运会电讯传来,我国代表全部落选。因有人以为我国选手嗜好鸭蛋如此,拟于选手队归沪之时,组织一欢迎鸭蛋选手回国团,赴轮埠恭迓,并预备鸭蛋数百枚,以代箪食壶浆,当场犒赏众英雄。这一个办法,虽不免挖苦一点,但用资激励,却亦未为不可。

鄙人敬附末议,愿节衣缩食,捐输法币一元,以为购办鸭蛋之需焉。

大东茶室之女侍,其服务时间,为上午九时至下午九时,报到及告退,曰上班下班,于是谑者乃曰,我们看惯了她们下班,却从来没见她们上班,是如何情形?"上班",在上海人口中,乃性交之一种代名词也。

《铁报》1936 年 8 月 5 日

芳君大宗师

《华美晚报》招收练习生,甄试之日,将以主考之任,畀诸卢溢芳君。此一消息,芳君已自记之于《星宿殿》上。夫考试院长行使职权,曰"抡材取士",今芳君荣任大宗师,届时济济多士,奔集门下,芳君轩眉上座,拔尤选能,其尊显烜赫,即是吾道之戴传贤先生矣!无怪浩浩神相①,谓芳君将有官星自天外飞来,今兹已见其端绪,老友前途,真不可量哉!

大新舞厅,迄犹在斧凿交施中。闻实业部长吴鼎昌先生之公子元龙,投资四万金,被推为董事长。向来经营舞榭者,大都属之于斗鸡走狗一流人物,今吴公子投袂而起,是今后之舞场事业,当亦归入于实业一门矣。

报端有悼亡文字,一把眼泪一把鼻涕,观其情词之哀,可知是必一多情种子也。予年来于闺房燕私,负疚良多,亦颇拟写几篇情致缠绵之文章,以扬我妇美德,无如下笔之际,总觉得有些汗毛站班,是殆我至性不逮人也。然则我其永永为薄情汉子乎?

《铁报》1936 年 8 月 6 日

---

① 浩浩神相,即张浩然,善相术。

婴宁小筑

茶商汪某,尝于西子湖边置一宅,年前汪病逝沪上,其宅久空。今春,予以八万金易之,重加修葺,拓宅后数弓之地为花圃,罗植名卉嘉木,复凿一池沼,以家中所蓄金鱼数十尾,移贮其中,一切工事,悉委诸予族侄元栋监督之。顷元栋有函来,言工程已全部竣事,楼屋亦经修髹漆,惟右任先生所书"婴宁小筑"横额,不幸为匠人遗失。予疑系被隐匿,日内当走访右任,丐其重题一纸。更迟十数日,俟予沪上诸事整理就绪后,便当携大娘子赴杭小休也。

方予负笈保定军校时,与幄奇兄最莫逆,假日恒并辔郊外,各猎取雉麈一二以归。至今保定西郊宝相寺,犹有予与幄奇题壁也。今幄奇在粤,风云际会。膺方面重寄,犹不忘故人,殷殷以书相招,惜予体弱,深惮远游,未免有负幄奇盛意耳!

仿葛思娴《红雨簃随笔》作法,读者幸勿误会。

《铁报》1936 年 8 月 9 日

鸭蛋精神

世运会噩耗,频频传来,雹儿执报问我曰:"爹爹! 我国运动员及球队,在国内一向耀武扬威,似乎风头弥健,何以一到外国,便尽被人家吃瘪耶?"予曰:"方蒋院长对出席世运选手训话时,但希望我代表队以礼让之邦之新青年精神,出现于亚林匹克会场之上,胜败小事,不足介怀也。"雹儿曰:"然则国家耗费数十万经费,不过换几枚鸭蛋回来,毕竟又有甚面子? 早知如此,何妨由我们前去,至多也不过是吃鸭蛋,又何必在选取代表时,闹得乌烟瘴气哉?"予不料鼋儿小小年纪,乃能发为此问,不禁为之失笑,斥之曰:"他们自有道理,你小孩儿家,懂得甚事!"(下略)

以上仿陈灵犀先生笔法,灵犀先生有一雪儿,予乃有一鼋儿也。

《铁报》1936 年 8 月 11 日

修梅嗜舞

汤修梅君嗜舞成癖,不管在马路上或办公室中,往往亦会载歌载舞起来,此所以有"汤只只"之号也。汤君有小公子,诞生于前岁十月,今方能绕床而走,顾以平日耳濡目染之故,亦能继承父志,恒向其父曰:"爹爹!唔唔唔!"于是即进退作势。"唔唔唔"乃音乐声,进退作势则跳舞也。此子幼时岐嶷如此,他日长大,不用说克绍箕裘,定是一位小汤只只无疑也。

每日午睡片刻,实足以消弭百病。前岁予以牙疾入红十字会医院,恒昼寝一二小时,体气为之大强,所谓"觉来一呵欠,色泽神亦充"也!惜近来抗尘走俗,有劳生无寸隙之苦,每晚欲求一甜美之睡,且不易得,遑言昼寝矣!

《铁报》1936 年 8 月 12 日

露苡来信

生平殊不善为人推毂,倒并不是怕麻烦,实在能力不够也。前月,表妹露苡致一简与我,言拟来沪度粉笔生涯,属代觅一地盘。露苡婚尚不久,予虑其未必为夫婿所许,而露苡来信,持此说甚坚,乃以是事转托予友。未久,友为觅得一小学教职来报,顾薪俸不甚丰。予姑函告露苡,速其来沪,而久久不得复,知露苡必为夫婿所尼,虑或非予之罪过!于是吓得我讯也不敢再问一个,特向予友致歉意而已!说起来亦是一场笑话也。

暑天胃纳较弱,于是命家人日煮粥一镬,待其冷,午晚两餐,一半儿干饭一半儿粥,以冷拌豆腐并咸蛋佐膳。如是可尽两盌。体质孱弱者,夏令以少进油腻为上,予行此法,自觉非常"乐胃"[①]也。

《铁报》1936 年 8 月 14 日

灵犀不悦

偶以我与匾儿之对白入散记,末后注一行曰:"以上仿灵犀先生笔法,灵犀有一雪儿,我乃有一匾儿也。"是固未尝有调侃之意也。不谓灵犀见报,忽怫然不悦,于《七勿搭八集》中作记曰:"数以雪儿之言行入我文,蝶衣兄见之,遂于日前,亦记其公子匾之言,谓仿灵犀笔法以讥我,我颇难堪,思报复之。"此真出我意外者,我偶仿名家笔调,至多只有效颦之嫌,无论如何,总不能说我是意存讽刺,而灵犀先生一则曰"讥",二则曰"颇难堪",我真不知哪一点得罪了灵犀先生也。

灵犀先生之所谓报复,其词犀利不可当,转录如次:"大郎为我偕箸曰:蝶衣兄之文,渊博艰深,非汝所能及,苟欲效颦,必于古籍中求冷僻字句典实运用之,务令读者莫能解,庶乎似之。"此攻訏鄙

---

① "乐胃",沪语,表"舒服、适意"之意。

人，何等厉害！推灵犀之意，似乎我之文字一味运用冷僻典实，是要不得的东西！曰"务令读者莫能解"，"务令"二字，真严于斧钺。然我之文字，果如何冷僻得使人"莫能解"耶？

《铁报》1936 年 8 月 19 日

《董小宛》

与灵犀、大郎、天衣同观《董小宛》（恕我决不写"婉"），信芳于前半部养精蓄锐，尽其全力于最后之《闯宫》一场，洵足当"有声有色"四字。信芳随时随地能发挥其民族思想，此其绝技，"我是一个亡国的人，在你们铁蹄之下，只好任你们蹂躏，我还有什么法子可想？"数语，斩钉截铁，真正痛快煞！大郎说过，此剧使无末一场，其乏味使等于《洪承畴》，是语诚然。予以为"冒辟疆踏雪访小宛"一幕，宜为剧中精彩处，不应草率演过，此场第一点坏印象，乃在布景之太不相称。在吾人意中，以为宜布成大雪纷飞，一带槿篱，小宛凭窗鼓琴之景，冒公子踏雪而来，蓦地相逢，如此便增厚美感不少。而《董小宛》全局，亦不至头轻脚重，前后相去过远矣。

一夜轻风，送来凉意，盖时序已入新秋矣。秋之为气，虽微嫌萧索，然被体轻快，实较任何季候为舒爽，尤妙者莫如紫葡萄与糖炒栗子，次第上市，说口福便觉得快意万分。故予甚欢迎秋日之来，一到秋日，往往不自禁食指大动也。

《铁报》1936 年 8 月 20 日

旗袍马甲

信芳演《董小宛》，昨略论及之一剧中信芳屡易行头，花花绿绿，大郎名之曰"旗袍马甲"，趣极。其实冒公子书生，与纨绔子弟不同，可以着得素净一点，正不必遍体绫罗也。芸芳顾长，以去大家闺秀为宜。此剧小宛，虽演来极认真，总觉不十分得体。而时时耸肩，尤为其弊病。唯有可述之点，则《江南素心兰》一段对白，为匠心独运处，措词甚妙，系乎全剧筋脉也。

近人纪游之诗，颇多佳唱，南通徐贯恂《惠山口占》云：

> 北塘箫管画船开，一路湖桑夹柳栽。
>
> 泉水自清人自浊，更无苏蔡斗茶来。

上海顾园铁《舟发胥口》云：

> 吴越兴亡几霸才，烟波浩淼具区限。
>
> 船头指点伍员庙，芦荻萧疏花正开。

庐江刘锡之《芜湖道中》云：

> 秋尘风软送归舲，一路烟村柳色青。
>
> 陇畔插禾闻鸟语，江干晒网觉鱼腥。
>
> 惊涛拍岸疑奔马，列岫当窗似画屏。
>
> 应有沙鸥惊客鬓，一行飞起落前汀。

凡此皆是思致邈远之作也。

《铁报》1936 年 8 月 21 日

素昧平生薛学海

屡见薛学海之体育文章,在《时报》发表,其中乃有甚多字眼,觉得素昧平生,在近日之《亚林匹克卮言》连载稿中,可以举例,录数节如下:

(一)于是群情错愕,舆论腾沸,不外愤懑不平之意,足征国人常识之丰赡,而对国事关怀之深切,迥非往昔可比矣。夫潢污之水愿朝宗而每竭,驽骞之乘希沃若而中疲,理有固然,不足怪也。故吾人早知选手之不隶,诚无附骥攀鸿高步云衢之奢望也矣。

(二)盖吾国之运动员,泰半偭规越矩,借师自负,则心理然也。握齱罔极,几何其不终身汩乎淳涔之中邪?

(三)坐是诸选手不衷法度,行动自由,各自为政,觊冒鞅悖,终身颠顿于混溟之中,是犹以辕而御駏突,诚违救时之宜矣。于乎!罔亦失密焉!

凡此真所谓"务令读者莫能解"者,灵犀诋我好于古籍中求冷僻字句典实,其实冤枉,若言冷僻字句典实之运用,薛学海先生始是能手也。

《铁报》1936 年 8 月 22 日

恨"云"字

向来写稿,极恨用"云"字,以为着一"云"字于稿尾,便是说话不负责任。顾连日见芳君所作稿,独多以"云"字作结,于是不觉自己亦为之失笑,笑自己平时习性,实在怪僻得与众不同也。

后楼居一妪,诵经之声不辍,初殊觉其可厌,寻亦安之,大凡妇人家上了年纪,不是打牌,便是东家长西家短,所资以消遣者,惟此而已!念经虽厥状痴绝,毕竟还是安静功课,比絮絮叨叨詈骂人家,总算略胜一筹耳。

有时见"天虚我生"①"楼桑村民"之名,辄蹙额曰:"陈蝶仙即陈蝶仙,冯叔鸾②即冯叔鸾耳!何必如此绕疙瘩?"既又自笑,"陈蝶衣即陈蝶衣!何必婴宁公子?"因知文人笔底好弄,正复彼此一例,所谓"未能免俗,聊复尔尔"也。

《铁报》1936 年 8 月 23 日

城隍庙

以参加星社雅集机会,乃得畅游城隍庙一周。记得尚在六七年前,曾一度至是间,印象已渐模糊。十日适值星期休沐,故廛闹间喧阗如沸。予以不恒来此,颇想买一些东西带回家里,因以大洋二毛,在摊头购一小北瓜,其上颗粒纠结,真有些古茂得可爱。复在古玩肆见一鼻烟壶,予虽无此癖好,然颇喜爱其镂刻之精,询其值,曰十元,乃为之缩手不逮。

复有一种古玩摊上,陈列古泉不少,闻好收藏者往往不惜巨金以易之,乃此间待价而沽者,似乎罕有人过问,因疑或多赝鼎,使果为罕有之宝,则价值连城,贾人亦必是面团团富家翁也。顾返视其人,乃殊猥琐不类,遂亦懒得叩问其值矣。

《铁报》1936 年 8 月 24 日

---

① 陈栩笔名。陈栩,字栩园,号蝶仙,杭州人。
② 冯叔鸾,名远翔,字叔鸾,笔名马二先生,河北涿州县人。剧评家冯小隐之胞弟。

张春帆遗书

发箧忽得张春帆先生遗书,乃前岁闻予患牙疾,赐慰问之词者,有言曰:"吾兄体格素弱,珍重为佳,粉阵花丛,幸勿再行追逐,此老友之正告也。"于予盛意拳拳,具见前辈关怀后进之至情,良可感戴。惜天不佑先生,未享天年,便以脑充血症再发,遽尔溘逝。

先生赐书,有数语述其病后状况,谓:"弟去年几至中风,幸现已愈至九分以上,起后饭食均较之未病为佳,惟西医以为尚有随时再发之可能,仍须静养,而手足之麻,尚未全退,能否除根,尚无把握,知念附闻。"

不幸西医之言,竟尔成谶。予于民十八始识先生,助先生辑《平报》数年,平时得先生诲迪实多,摩挲遗墨,不胜怆痛矣。

《铁报》1936 年 8 月 25 日

黎锦晖脱辐

闻锦晖老艺人,复与梁栖女士脱辐,以境怀抑郁,遂悄然返其湖南故乡,怪道久不闻此老消息也。锦晖与徐来夫人之仳离,予尝集唐宋人诗慰之,有"回首可怜歌舞地,西楼望月几回圆""清风明月无人管,一寸相思一寸灰",并"直道相思了无益,暂时分手莫踌躇"之句,不谓锦晖之又蹈前辙也!锦晖与梁女士结合,虽为时甚暂,然得之患难之中,一旦分袂,要不能无伤别之情,此殆锦晖先生之一重磨蝎。远道无以慰藉,亦惟有仍以"直道相思了无益,暂时分手莫踌躇"为锦晖进劝耳!

薛玲仙以才二十许之人,膝下已儿女成行,近晤之于丁府,则又怀孕矣。若玲仙之多产,高氏倩苹庶几似之;玲仙外子折西,温婉如处子,与玲仙之热情流露,殆如水火相济,宜伉俪间出品迅捷如此。大概阃令较严者生育必盛,老高之慑伏娘子膝前,正无异天天吞广嗣金丹,若吾报人中,则灵犀、秋鸿二兄,亦有儿女绕膝之观也。

《铁报》1936 年 8 月 26 日

喜彩莲与王玉蓉

复观喜彩莲[①]演《枪毙小老妈》,喜娘作风,不似玉霜之荡,而以表情细腻取胜,顾一颦一笑间,自然姚冶轻扬,风情流露,犹诸画工李龙眠,长于白描者也。《上坑》一场,往时玉霜演此,插科打诨,极酣畅淋漓之致,而喜娘则出之以轻微澹远之笔,实尤耐人寻味。惜予入座较迟,《上京》一段未及见,而其后之《开嗙》,亦以咳呛未愈之故略去,乃未闻喜娘有大段唱工,是为可憾,最后殿以《牛郎织女》新戏,则应景而已!场中遇半狂[②],颇赏喜娘之俊美,谓北人南相,着实可爱,而言下亦甚以彩凤随鸦为惜也。

佩芬(王玉蓉字)在京,犹殷殷以予及灵犀诸人为念,清芬兄驰书见告,言佩芬已来海上,惜犹未晤也。予于女伶中,识佩芬最早,其旧居在民国里一号,往年恒过其家,佩芬蓄狮子犬二,一即名之曰蝶衣,予每至,佩芬辄呼其犬曰:"蝶衣!蝶衣!"于是犬摇曳而前,佩芬便目予纵声笑,其好谑盖如此。今年佩芬远适春明,意殆早置故人于度外,不谓尚记得旧日游侣也。兹闻其来,颇思一晤,特不知其栖止何所耳。

《铁报》1936 年 8 月 27 日

[①] 喜彩莲,评剧艺人,原名张素云,又名张菡香,1916 年出生于山东。
[②] 小报文人尤半狂。

舞榭迷汤

时常在舞场跑跑,于舞女技巧,自谓看得十分透彻。大抵舞女对于舞客,看在票子面上,少不得有几句迷汤奉飨,此只是一种生意眼,唯一之对付办法,便是如法泡制,照样吃吃豆腐,千万当不得真,一当真便入其彀中矣。灵犀先生绝迹舞榭后,一舞女时时托人传言,问灵犀安好,复约灵犀出游,颇有深情一往光景。而灵犀第微哂曰:"彼讵罣念我陈某哉? 特罣念我囊中数纸法币耳!"卒不往。凡毛头小伙子,诚不必尽皆道貌岸然,然不可无此定力也。

或谓声乐有关乎国运,迩日街头渐不闻黎派歌曲靡靡之音,而激扬踔厉之《锄头舞歌》《毕业歌》代之以兴,是乃佳象。予于此言,不敢作异议,惟黎派歌曲,不尽是靡靡之音,如《飘泊者》即沉雄悲壮,大似燕赵慨歌,所可厌者,厥惟无线电中妖声浪气之《小寡妇》哭腔耳。

《铁报》1936 年 8 月 28 日

报界四小金刚

芳君忽以报间提及报界四小金刚旧事,记得报界四小金刚,为江君红蕉所拟,发表于《小日报》上,犹在林七贤编辑时代也。四小金刚中,转陶、秋雁二兄并邵君翼之,至今犹浊世翩翩,丰度不殊。惟鄙人则诚如徐陵赋所云,"年华未暮,容貌先秋",不复敢自跻于报界小金刚之列,若援国际惯例,则予惟有声请退盟耳!

曩年识女优王慧兰,尝丐张丹老书一联赠之,予自撰句曰"慧质宜登大雅,兰心合寄瑶琴"。丹老署款,遽曰"冠玉词人撰句丹翁书"。此一"冠玉词人"嘉名,多承当年丹老见锡,而在今日视之,乃与所谓报界四小金刚,使予同有似水流年之嘅也。

《铁报》1936 年 8 月 30 日

鲜龙眼与捧角儿

秋风既起,毛壳荔枝已绝迹市上,此际代之而兴者,当以鲜龙眼为最美,虽水分较少于荔枝,而别有一股清甘滋味,允为迩时果中佳品。市上所售,大都每斤之代价在二角左右,亦不可谓昂。惟此物恐亦性热,多食不宜耳。

半狂对于朱宝霞、紫霞姊妹,表示力矢柏舟,此志不渝;而大郎则效忠白玉霜,且有动静出版社之组织,白玉霜专集之编辑;独予于一捧喜彩莲以后,侧闻喜娘罗敷有夫,而且便是同台演戏者,乃诚如大郎所言,使人有着此一伧之憾,尝谓一个吃开口饭的女子,最不智便是一早就嫁了人。譬如朱宝霞,就可以在半狂之前,大模大样的说:"我这一生一世,是抱定独身主义的了。"此话听来,虽明知是一种"活儿",也觉得十分受用。我们捧角儿,诚不希望有什么好处送到身上来,只是为一个有了丈夫的姑娘费气力,总觉得不是意思。看起来欲与捧白捧朱树立三大壁垒,是没有指望了也。

《铁报》1936 年 8 月 31 日

作诗切忌滥调

作诗切忌滥调,尝有某君,以《舞场竹枝词》寄刊《社会日报》,迭用"剧可怜""剧堪哀"之句,予乃为上嘉号曰"剧可诗人",此实不足为训也。

昨题玉蓉赠照,忽得"阔别已疑成陌路"七字,自己觉得还不错,遂续其下"不期重晤尚欢然"。"尚欢然"三字,仿佛从"二女明妆尚宛然"脱胎而来,便是滥调,但较诸"剧可怜"一类,或者还好过相一点。第三句"近来想见光阴好",颇觉"光阴"两字,有不着边际之病。而芳君独以为就好在这"光阴"上,谓造句宜取轻灵,若过于老实,便不是好诗,予一时无他可易,因亦仍之。结句本作"玉貌丰妍胜以前",啼红谓"以前"用得胆子太大了一点,于是改为"往年",复以妍年叠音,而更妍作腴。"玉貌"原是腐化字眼,然此处若当作"玉"蓉之"貌"解,庶几可算是化朽腐为神奇欤。

《铁报》1936 年 9 月 1 日

易立人发讣告

三合社老板易立人君丧母,发讣与诸友,讣为双叠式,封面吴铁城市长题签,邪气①吃价,顾底页则全部空白,于是友人代为扼腕曰:"易君为当世广告名家,曷不利用此空白地位,兜一则广告,底封面一个 Page,至少可以收刊费五十元,如此宁非一举两得? 易君素来为人聪明,而此一着竟未想到,是不免失策也。"

上海之城隍老爷,中元节又一度出巡,或言当世要人,常常出发到某地视察,城隍之出巡,殆意在扎台型,特不知出巡所得,是否"印象甚佳"耳?

《铁报》1936 年 9 月 2 日

芳君编舞刊

芳君为某晚报一舞刊,拟其名曰"火焰山",此甚佳也;而报当

---

① "邪气",沪语,为"相当、极为"之意。

局不惬意,卒易为"舞市"。予不禁为芳君叫屈曰:"舍火焰山而取舞市,宁非足下意旨,已被人强奸了一次乎?"芳君大笑曰:"我但晓得吃饭拿钱,不要说舞市,便是叫我编市舞也好。"芳君之言,初听来真使人气沮,而细味之,则芳君终不失为有心人,此寥寥数语中,正含有一腔酸辛泪,点醒在下不少也!

天蟾舞台不幸辍演,喜娘彩莲之出处,今犹未定,而大郎邃对我肆谑曰:"喜娘专集何日出版乎?"乘人之危,说俏皮话,此在大郎,未免太会挖苦了一点。然我可正告大郎曰:"俟我小沙渡房子觅得受主以后,便是喜彩莲女士专集问世之日矣!"

×××沦为异域,使婴宁公子举目有河山之感!(此特为个人之感嗰,与大局无关,须至声明者。)

《铁报》1936 年 9 月 3 日

忠义之臣

以向往于古来所谓忠义之臣,于是养成一种鲠直性格,不知趋附,不知迎阿,窃欲自比于"正色立朝"之磊落丈夫,然而此非主子所喜也。杨椒山之弃市,史阁部之殉难,彼史册所载,忠义之臣盖下场如此!而惟阉然媚世以及阿意苟合之流,始足以上邀宸眷,享荣华富贵;此则又使愚爽然若失,恨不能为阮圆海为马士英矣!

以全部希望,寄托于一纸航空奖券之上,不中奖则已,中则必须头彩,二万五千元缺一个都不行,无他,以愚之新计划预算,非此数不能促其实现也。此二万五千元在我,无一不用之于正,若真皇天不负有心者,定当助我,然而似我迩日之命途厄塞,乃殊勿类二

138

万五千元之未来得主耳。

《铁报》1936 年 9 月 4 日

雯七娘来访

雯七娘忽光临吾报编辑室,为访晤九功医师来也。九功未至,则予代司招待之职。七娘于来此之前,殆才施膏沐,故依然玉面朱唇,丰姿如画,与方自甬上来沪时,又复不同。闻七娘已嫁朱家郎,举此为问,则言方卜居于狮子弄,晚仍在维也纳伴舞。因揣想七娘之生活,夫妇俩相互为辅,衣食无虑,此后七娘,殆可渐入佳境,此良足为七娘喜者。九功医师,曩尝为雯七作传语红娘,九功有口头禅曰:"到老地方去。"今吾遵七娘之属,且奉告九功曰:"老地方已换了新地方,足下若登门造访时,切记携带婴宁公子一次也。"

吾报近人事扩充,编辑室移入新屋,望衡对宇者,为一舞女绣阁,此中有人如玉,妙在更与吾侪素稔,于是属稿之暇,偶凭窗作手语,所谓神山缥缈,只在咫尺之间者。因念苟令芳君居是间,则邻女之记,固不仅一续再续,似彼色胆如天,会且当作蓝桥飞渡矣。芳君芳君!盍租吾报写字间一角,来此晨昏定省乎?

《铁报》1936 年 9 月 6 日

断足之誓

《封神榜》在众口交谪之下,悍然开演,煌煌广告,刊布报端,于是腐心切齿,誓于友人之前曰:"信芳之唱《封神榜》,是自绝于吾人,在此一时期,若有人见愚履黄金之门一步者,请断我足。"友曰:

"若有人焉，谨以万分恳切之情辞，劝足下同观《封神榜》，为足下预定正厅第三排座位，必足下惠然光降，足下又将何以为辞？"愚于略加考虑之下，则应之曰："《封神榜》之出演，诚不免荒乎其唐，然信芳之艺，毕竟不坏，意属于信芳个人部分之戏，当依然可观。若真有人屈驾相邀，非愚奉陪末座不可者，无已！则姑准破例一次，万一信芳而不负众望，是愚且不复坚持誓言，纵断愚之足，亦不遑计及矣！"

生平当有钱时，吃喝玩乐之场，与朋友共之，挥金结客，不敢稍有吝色。人家有钱时，亦不希望厕身其间，借他人酒杯，浇自己块垒。至于别人家避我若浼，在愚亦无所用其难过，所引以为憾者，端在愚不能常常有钱，使诸君得宾至如归之乐耳！

《铁报》1936 年 9 月 7 日

赵君玉

灵犀约信芳于小有天小叙，座有梯维、大郎、凤蔚、仲贤、聚仁、醉芳并愚，由此一宴，可以证信芳未识灵犀之言为不确也。席间灵犀甚致嘅于《封神》之演出，犹询信芳晚上有无演旧剧机会。其实能于白天偶一演老戏，已是万幸，正恐《封神》排至二三本后，日间亦将演《封神》，不见日来之黄金大戏院，连晚拉铁门乎？信芳于灵犀之问，嗫嚅未能置答。可见灵犀之愿，终是妄想也。

席间谈及赵君玉，君玉早年唱黑脸，名大大奎官。寻改武生，后又转变为旦。此时君玉，盖正当盛年，风头奇健，厥后则困于烟霞，锋芒收敛矣！梯维言以君玉之多才多艺，使非嗜好为累，则此际享誉，或且在芸芳之上，信芳亦以为然。愚于君玉之戏，寓目甚多,年来君玉演旦角,诚有迟暮之憾。然偶应小生,则儒雅风流,其神态之雍容潇洒,窃谓大江南北,无出其右者,彼程继仙、金仲仁之流,但办得一身蠢气,正不足与君玉抗手也。

《铁报》1936 年 9 月 8 日

修梅论截发

报友中胸无城府者,莫汤修梅君若。一日与修梅、猫厂诸人共坐舞榭,未几秋鸿携其夫人亦至。座间有论及舞女新装者,修梅夷然曰:"女人家将头发截短,先觉得恶形!"时秋鸿夫人正傍修梅坐,夫人固剪发如男子者。猫厂闻言,亟止之以曰,而修梅殊勿觉。及分道赋归,予举以告修梅,修梅诧曰:"秋鸿夫人乃截发者耶? 吾殊未及睹。"其直率盖如此。

《东方日报》初创时,以编辑之责属诸愚,其后愚脱离,乃由谢啼红兄继任,于是有人笑曰:"此非新陈代谢,而是新谢代陈矣。"

王培源君蒙不白之冤者年余,今且出狱矣! 依旧风度翩翩,英爽如昔也。君于挫折之余,未尝稍有颓意,且拟摒挡行装,出国作海外之游。君正盛年,前途坦荡,自当奋发有为,敢持"鹏抟万里"四字,为老友祝焉。

《铁报》1936 年 9 月 9 日

白玉霜、唐若青与胡蝶

苏州东吴大戏院谋邀白玉霜出演不成,则以公安局施代表,在讨论席上,力折众人之议,谓白玉霜表演,秽亵不堪,三吴文物之邦,不容此等浪蹄子来此,助长淫风故也。或曰:施代表于白玉霜演剧,殆亦尝屡经寓目者,不则安从知其表演之秒亵耶?是施代表之反对白玉霜莅苏出演,岂不是自己已开过眼界,乃不欲苏州人共饱眼福乎?

于卡尔登观中旅演《祖国》,唐若青作风,何其神似信芳耶?若青于此剧中饰李沙夫人,不但台词说来有层次,声调有舒促,并面部之惊悸表情与一切动作,

图44　胡蝶与(左起)冯梦云、陈蝶衣、毛子佩在电影皇后评选活动中合影,刊载于《电影皇后》1933年特刊

无不与剧俱化,是乃真能演戏者,而以嗓音微"沙"故,益觉其声口之有劲,此愚所以言其酷似麒派作风也。

生平唯一得意事,为尝与影后胡蝶合摄一影,惟时胡女士"貌艳于花"(借用芳君名句),正当漂亮时候,与愚站在一起,可说是一双璧人(诸公别骂我不害臊!)惜乎愚之福分,远不能潘有声先生为佳,此一帧照像,终当不得俪影看耳。

《铁报》1936年9月10日

不佩手表

若干年前,尝以六金购一手表。寻因损坏,交一钟表肆修理。越数日,钟表肆忽毁于火,吾表尸骨无存,自是遂不复置表。盖昂值之表,非愚力所能办,而稍次者则往往易损,修理麻烦,没有这东西,倒也不过如此也。愚生平有二事不喜,一不戴帽子,二即不佩手表是矣。

北平名记者许兴凯,笔名老太婆,为《实报·早茶》编辑,其作品极为小市民阶级所风诵。不久以前,上海之《时报》亦尝刊其《东游记》也。最近许氏已奉豫省府委为滑县县长,走马上任之日,自谓此后将暂作县太爷,不作老太婆,此君风趣,大似李阿毛博士徐卓呆也。

《铁报》1936 年 9 月 11 日

喜彩莲之长

喜彩莲出演大华屋顶,前夕贴《武则天》,修梅兄怂恿往观。向以为屋顶高寒,或不胜秋气之厉。既抵大华,始知其上固盖有玻璃棚,四周蔽以厚幙,即冬日亦不虑寒风砭骨也。《武则天》为一出桃色戏,不谓饰武瞾者初非吾人心目中之喜彩莲,而属之于花凤仙。喜娘所去者曰王皇后,则为悲旦,在喜娘演来,遂弥觉其哀感顽艳。历观喜娘诸剧,觉小老妈、马寡妇一路荡检逾闲之戏,犹非喜娘所工,喜娘之擅长者,厥惟饰薄命之红颜,与乎伤春之碧玉,乃能传其一腔凄婉之情于眉梢眼角间,所谓"金缸青凝照悲啼"者,殆尤视蛾眉惑主为胜。大抵喜娘本人,亦有一派身世凄凉之感,所以在红氍毹上,往往不自觉其幽怨之流露也。

应东方饭店孔庆龄画师之宴,灵犀举杯劝饮曰:"酒逢知已千杯少。"大郎遽续其下曰:"头戴金盔一点红"。"头戴金盔一点红"者,《别窑》之上场诗,习闻信芳口中道之,而迩日记者竞选中,诸人俱援引为切口者也。愚与灵犀、大郎,同为麒迷,然如大郎之于麒派白口,几于每饭不忘者,愚殊自叹勿如耳!

《铁报》1936 年 9 月 14 日

丽都舞厅

丽都花园舞厅,本地皮大王程麻皮之公馆,往日等闲不许外人窥伺者,今则此潭潭甲第,已改辟为宴舞之场矣。十三日晚,丽都总经理马积乾君招宴吾侪,乃得先睹园中全景。舞厅部分,霓虹灯已装置完竣,正在通电流。观其面积之广敞,与夫雕修缮饰之绮丽,在海上舞榭中固无其匹,而高楼密室之窈深缭曲,尤有隋炀迷宫之致。偶一逗留,仿佛犹可想见当日珠箔银灯间,玉笑珠香之盛也。舍此而外,若游泳池、餐室诸设备,固夙喧称于人口。尝谓在上海地方,无论何种事业,不怕你价钿如何昂贵,只要弄得讲究,便不患人不趋之若鹜。持此以衡丽都前途,必如日中天,盖毋待著蔡[①]亦。

《铁报》1936 年 9 月 15 日

盲人骑瞎马

报载国选总事务所解释,瞽目者亦得参加国代竞选。见了这条新闻,大家都笑了起来,意思之间当然是很有些菲薄瞎子。其实真也不必以为可笑,第一瞎子也是公民,只要不犯罪,自然一样有选举权;第二,在今日之下,不管是官场是私场,什么事不是大家"盲从"着? 瞎子参加竞选,正可收"盲人骑瞎马"的妙用啦! 干嘛瞎子不可以参加选举?

李杜将军,也是一位民族英雄吧! 昨天,是什么"九一八"的五周纪念日,李将军倒说要"停食一天,以志哀思"。这消息又给报纸上发表了出来! 仿佛很奇怪的,"九一八"纪念,照道理讲,正该努

---

① 即蓍龟。"蓍",筮用蓍草;"蔡",卜用大龟,以出于蔡池而得名。

力加餐,才可以为国效力,解除当前的国难,如今李将军却反而嚷着"停食",不吃东西,哪里来得气力呢? 鄙人于李将军此举,窃不谓然!

《铁报》1936 年 9 月 19 日

喜彩莲宴客

喜娘彩莲复宴吾侪于会宾楼,席间劝酒甚殷,因喟然致叹曰:"论喜娘之艺之色,毕竟是可喜娘儿,灵犀、大郎二兄,于喜娘且揄扬备至,愚乌可以一念畏葸。"遽中道而废,则亟亟就灵犀、大郎赠喜娘之什,奉和二首,付灵犀刊诸《社会日报》。

《马寡妇开店》,喜娘之绝唱,论者谓与白玉霜作风,有雅俗之判。大新登台之夕,复贴是剧,更预托天畴、葭初二兄,代定座位,邀芳君、修梅同往观,凡此胥可证愚矢忠之忱,或不减大郎之于白玉霜。若更进一步言,则四季风出版社之组织喜彩莲画集之纂辑,正不须三年计划,会当于此时期内一一促其实现耳。

《铁报》1936 年 9 月 20 日

云裳树敌

云裳兄一向说我火气太大,近日读云裳《影评人列传》[①]诸作,乃觉云裳笔底,亦未免卤莽过甚。修梅兄恂恂温和,友侪无不稔其为人,云裳庸亦非不知,而仅为"忠人之事"故,不惜与一素日交好之老友树敌。平心而论,修梅未尝有只字辱云裳,云裳纵欲"与人消灾",亦宜以"纤巧"之笔出之,此向时云裳持以教训别人者,近还

---

① 刊于《世界晨报》1936 年 12 月 5 日,署名"臭煤"。

以质诸云裳,亦以为然乎?

朋友之间,不可有权利冲突,一有权利冲突,往往刎颈之交,亦易转为深仇。譬如云裳兄,吾侪习知其宅心仁厚,与修梅、之方二兄,且有动静出版社一番合作之雅,乃以细微之事,遽尔恶声相向,若有不可解之仇者。一言以蔽之,云裳亦是跨上了马背,实逼处此而已! 忝在老友,窃愿二君本夫子忠恕之道,适可而止,免得大家相见时,像乌眼鸡一般,毕竟亦是窘事也。

《铁报》1936 年 12 月 6 日

正告云裳

向云裳进劝告之词,云裳于吾报及《东方》,遂两提及予"对付"尤半翁往事,不知予正以事后追悔,所以不惜词费,正告云裳。云裳亦知"半狂平日待朋友之诚,人无不称道,见蝶衣之文,皆致诧异",一然则修梅平日待朋友,何尝不诚! 是云裳之文,见者又安得不诧异? 云裳能语此,应不宜老友之喋喋为可厌矣!

曩日蝶衣作《献给尤半狂先生》一文,云裳在端间训诲蝶衣,俨然"仗义执言"! 今云裳作《影评人列传》,辱修梅至体无完肤,而修梅始终隐忍。云裳此际,不能不知有公论,想来云裳为人乖觉,奈何亦以蝶衣之不肖为法哉?

《铁报》1936 年 12 月 8 日

对联

友侪中颇不乏"喜迷"。一日饮于酒家,席间互述喜彩莲艺事,一人失口曰:"自喜娘去汉皋,无复妙曲可闻,遂使人有'曾经沧海难为水'之叹矣!"另一人乃曰:"然则足下殆'除却喜娘不是娘'乎?"一座乃大笑。

独臂志士梁桐芳与蔡月英女士之婚,吾报记其事,曰《梁桐芳只手成家》,他报有载吴邦藩在舞场颠踬事者,标题曰《吴邦藩五体投地》。以"吴邦藩五体投地",对"梁桐芳只手成家",天然妙联也。

不平律师一夕与诸友聚旅邸,出联曰"客来茶当酒",冯梦云对以"我有笔如刀",亦成句,弥佳。卢绵蛮对以"日暖玉生烟"。"客来茶当酒"之上,原有"夜半"二字,而"蓝田日暖玉生烟"则李商隐诗,胥切去首二字,尤为巧合。不平律师自对下联,曰"精出屌如棉",则未免有伤风化矣。

《铁报》1936 年 12 月 11 日

蒋纪生宴请

大众茶面菜室,仿大东茶室之制,设于广西路福州路口,为蒋纪生先生所创办,开幕之后,一度招宴报人。昨晚,复挽丁慕琴(悚)画师作第二度之宴请,主人之意良殷矣。到三十余人,丁师母与唐世昌、田寄痕诸公,斗酒甚凶。听公与予,近皆不常应酬,昨拨冗参与,则以丁先生之面子,皆不可不到也。

《铁报》1937 年 2 月 27 日

小蝶书屏

陈小蝶先生蘧,书法劲放如其人,顷为本报毛社长[1]书一联一屏,联曰"不畏强顽惟铁汉,最娴文事是毛生",嵌"铁""毛"二字,于

---

[1] 《铁报》社长毛子佩。

顷刻间一挥而就，才思之敏，正恐大方先生未能专美。屏曰："小鸭轻于两桨舫，钓师不出且高眠。园墙目接青山色，溪水平添荷叶钱。子佩仁兄属书新作，适得半首，续成容补，蝶野。"小蝶先生擅郑虔三绝，即此半截，终不失画伯之诗，诗人之书也。

绵蛮卧病仅匝月，不意两颊如削，竟将与予同化。方绵蛮日见其"心广体胖"时，辄使予由羡生妒，妒嫉不已，今睹其病中憔悴之容，则又不禁同病相怜，默诉于苍穹曰："愿瘳吾老友之疾。毋使吾昔日'相依为命'之侣，长为二竖所厄也。"

《铁报》1937 年 3 月 1 日

材难之叹

身边随笔，梦云兄反对甚力，而本报毛社长，坚欲予每日执笔。近数月来，予心绪至恶劣，唐公世昌与徐兄善宏之寿，周邦俊先生男女公子之婚，以及徐耻痕先生母夫人新近称觞，予胥未参与其盛，可知予之自甘孤寂为何如！以此之故，《低眉散记》之续，乃颇有"材难"（材料困难也）之叹。又况有云郎唐兄，珠玉在前，即有可记之事，亦当藏拙，而毛社长必予重弹旧调，是殆欲暴我之丑耳！

在万分苦寂之中，所资以排遣者，惟偶观电影。在国产片中，觉袁美云小姐之羸瘦，较胡蝶女士之痴肥尤有长足之进展。昔时人皆以厚望寄袁小姐，谓他年必夺胡蝶之席，今矤丧若此，止恐将与胡蝶同样没出息矣。

《铁报》1937 年 3 月 3 日

《南报》问世

《南报》于昨日问世,闻为《时事新报》中若干同志所办,有凌霄汉阁[①]、林微音、胡寄尘、黄天鹏诸名作,相当"吃价"[②],惟排印奇劣,兼采用电讯及社会新闻,编制亦不见佳妙,其胜人一筹者,惟中央蓄储会、四行信托部、国华银行、美艺铜器公司等数则广告耳!

《锡报》刊《报人塑像》,误严独鹤先生为黄岩人,其实则桐乡也。王西神先生作诗纠正之曰:

> 鞠有瓜生记昔吟,严陵家世费推寻。
> 桐乡不种黄岩橘,莫把霜红换绿阴。

> 荒墩忽作谢公争,朱邑祠边有旧盟。
> 笑缀榜花喻太史,乡亲苏州有君平。

西神先生之诗,总是那么古趣盎然也。

《铁报》1937 年 3 月 4 日

步虞初

步虞初兄,吾师林屋山人哲嗣,前岁来海上,同校订吾师诗文集,每日晨昏者数月。上旬逸芬兄见言,虞初兄在京,以为或将至沪,兹得逸芬书,则谓至西安矣。虞初兄诗才清丽,真吾师传人,然又偃蹇无遇,为之感叹。逸芬兄书并录如次:

---

① 徐凌霄(1886—1961),名仁锦,字云甫,笔名独尘、一尘、彬彬、凌霄汉阁主等,江苏宜兴人。
② "吃价",沪语,为"分量重、有价值"之意。

蝶衣兄有道：

　　海上匆匆见，未得尽谭，至以为怅。虞初兄来京，落落无所遇，弟亦愧未能相助，已于今晨启程去西安矣。见赠《大报》十三册，并所搜集之林屋、寒云二师遗著，他日校正付印，自是吾辈后死之责。录眎新诗，写奉一瞥。佩芬函告，元宵节在庆乐演《琵琶缘》《法门寺》双出，上座满堂（函为沙大风先生代笔），亦殊可喜。又问听潮、蝶衣二位，为何不见来信？弟不久仍须来沪一行，当面诣谭，端颂

嘉祝

弟逸顿首（四日）

　　函中所言佩芬，乃王玉蓉字。玉蓉去腊来沪，尝以《琵琶缘》剧照见贶，曾当铸版刊吾报也。

《铁报》1937 年 3 月 6 日

妻以夫贵

　　大郎为锦嫂阿姐新制凸花丝绒旗袍两袭，使阿姐仪态为之焕然一新，"妻以夫贵"，阿姐之得意可见。顾大郎自己，犹惘愊无华如故，所享用者，不过几瓶药水，大郎往时不恒病，如今乃时见其入市购药，殆亦财多为累耳。

　　同文中惟俞逸芬、冯梦云、黄转陶三君久未娶，今逸芬已得紫云小姐为伴，而转陶亦将于月之九日，与包馥□女士在苏州结缡矣。转陶之尊人娶包氏，今转陶夫人亦姓包，大可称为"双包案"矣。

于右任先生,近来书法一变,即为人写市招,亦多作行草,如"蜀腴川菜馆"之额,几疑从寻常书信中搨印下来。同一菜馆招牌,若论劲媚可爱,便远不如早年为"梁园"所书者矣。人或诮于先生于书法,近来益有出神入化之妙,若在予,则不求于先生书则已,求则宁取前者,不取后者也。

《铁报》1937 年 3 月 7 日

陶涤亚贺寿

汉口《新民报》记者陶涤亚①君,以无核枣两盒、鱼面十二挂,远道寄沪上,祝本报毛社长子佩兄三旬寿。其实佩兄三十称庆已二年前之事。当年诸同文在大加利菜社,共为佩兄奉觞大寿,仿佛"小迷汤"李丽,尝蹑踪觅予至是者。倏忽两载,佩兄盖已三十有二,陶君之千里饷遗,殆由于传闻之误,而使自作多情之予。追想当日,乃有似水流年之悲矣。

见尤半翁为朱宝霞作稿之勤,乃觉半翁之不辞劳瘁,真有数十年如一日之概。半翁体素壮硕,大概操劳过度一点,亦不至于疲不能兴。若予一向体脆弱,万万不能如半翁那么甘之如饴。此则应该拜谢彩莲,幸而喜娘不在上海,否则予于半翁,惟有甘拜下风而已!

《铁报》1937 年 3 月 8 日

《火烧红莲寺》

献岁以来,梨园中唯共舞台售座独盛,《火烧红莲寺》剧情,编

① 陶涤亚(1911—1999),名光汉,字复初,湖北夏口人,曾任国民革命军陆军中将。

排者能干,不肖生原著之外,别辟蹊径,叙事诙奇紧凑,复添滑稽角色点缀其间,处处谋迎合观众心理,此即常常拉铁门原因所在矣。

《铁报》1937 年 3 月 9 日

侍者云裳

云裳与数友曾宴聚商馆,忽便急,于梯畔值一御老布长衫之人,张皇四顾,云裳以为是侍者也,向之曰:"喂!小便在什么地方?"其人闻云裳言,怒其双目,灼灼视云裳曰:"哼!你小菜快点来。"盖云裳以侍者视其人,其人亦以侍者还视云裳也。云裳惊其人应对之捷,惟向之作苦笑,寻更视其人,则就坐于楼下一隅,固亦是花钱的老爷们也。

久不作维也纳游,乃见厅之四周,亦已遍置沙发,如大都会、圣爱娜矣。大抵舞场设备,无不欲在号召顾客上打算。然沙发之设,第俪影双双,携"壳子"①而来之舞客,乃始得"喁喁情话"之乐,舞场方面欲拉拢此一类舞宾,则其生涯之惨,亦可以想见矣。

《铁报》1937 年 3 月 10 日

梅园梅花

无锡梅花,以梅园为最盛,荣宗敬之别业也。旬日以来,京中权要之赴锡赏梅者,接踵于途,苏州报纸,有标题曰《梅花接老爷》,即记梅园屐裳之盛者。《梅花接老爷》为黎派歌曲名,今移用于此,遂有颊上添毫之妙矣。

《铁报》1937 年 3 月 14 日

---

① "壳子",舞场切口,为"搭子、伴侣"之意。

朱蕴清

史咏赓①公子,方于去冬结缡,其夫人朱蕴清女士,此乃以仰药自尽闻。世人之欲自戕其生命者,大抵不外迫于穷困,今朱女士生长豪华之家,史公子华服翩翩,亦复颇有资财,嫁了这样一个丈夫,应该算不得推板②,而朱女士亦有不如意事,至萌离世之念,此则不可以恒情究诘矣。

《铁报》1937 年 3 月 15 日

偶遇小天

偶与予妇逛兆丰花园,不期乃遇唐公世昌与云裳、小丁,并谢乐天、小天母女,小丁携开麦拉,为谢氏母女摄影甚夥。小天纤妍佼好,不在醉疑仙下。忆予三年前游此园,尝得断句不少,如"恨她如水双眸子,一掠天斜过我前",如"春来少女多妖绝,轻曳长裾荡晚风"。今见小天,几疑往年之事,又在眼前复演一遍矣。

《铁报》1937 年 3 月 16 日

疑仙和小天

予对于弹词,向来"一窍不通",同文中近时于疑仙、小天,党派之争甚烈,予乃不敢赞一字。惟予之见,总觉小天年幼,于人情世故,俱在可解不可解之间,当她小女儿看待则可;若疑仙则如春花艳发,娇鸟递声,其惹人怜爱处,端在风情荡漾,不可捉摸,故予

---

① 《申报》总经理史量才之子。
② "推板",沪语,"差劲"之意。

与凤老、梦云都有同感。至论艺事,则予自承门外汉,恕不赘述矣。

《铁报》1937 年 3 月 17 日

唐公府听弹词

谢乐天、小天师徒,于唐公府上弹唱《玉蜻蜓》,予又一度洗耳恭听。往时予对于听书,恒认为有"芒刺在背"之苦,盖性情躁急之人,第一不耐久坐,而唐公府上,于开书后乃有宁静无哗之状,予因亦不得不强自镇定表示"矜平躁释"的样子,辄笑语灵犀曰:"若偶尔一次尚可,假使天天如此,使无异来此打坐习静,如何吃得消哉!"

游兆丰花园,乃见有情侣一双,止立池畔,女方俛其首,以巾拭泪不已,男则附其耳密语,又时时回顾,厥状仿佛甚窘。公园中"俪影双双"之侣,不喁喁作情话,而来此抱头大哭,亦怪事矣。

《铁报》1937 年 3 月 18 日

快意事

路明小姐声音笑貌,绝似徐琴芳。予曩年极赞琴芳,以为有芙蕖出水之致,今琴芳徐娘风韵,犹复不恶,而复见迤以绮年韶秀之姿,出映于银帏之上,亦正快意事也。

《铁报》1937 年 3 月 19 日

染墨麻雀

闻人言,苏州有电影院,以细故开罪一观客,其人乃筹思报复之策。一日，影戏方开映，院中电炬尽熄，忽有小麻雀十数头，自院隅飞出，噪喧于银幕之前。观者骤见黑影憧憧，飞舞如穿梭，且银幕之上，亦遍染黑迹，无不错愕。殆院方闻嚣叫之声，息影开灯，获麻雀一头，检视之下，则双翼之上，浸有蓝色墨水。研究其理，乃知恶作剧者预以墨水染麻雀之身，纵之院中，院中无灯，麻雀即群向银帏明朗处飞去，于是而酿此怪剧矣。事后，院方果于暗陬捡得铅皮罐一个，其中所储尽蓝墨水也。以无凭证，于彼恶作剧者，亦无可奈何耳！

大郎于唐公府上，忽得"谗臣"之目，空我上人风骨嶙峋，仿佛都监御史，于大郎弹劾不遗余力，谓苟长使"谗臣当道"而不予黜革者，唐公且终为昏聩之君矣。九功医师于上人所言，认为痛快之至，欲奉上人为首，从事于"肃清君侧"运动，而大郎苦矣。

《铁报》1937 年 3 月 24 日

杭州五日

春假期中，携秋茵作湖上清游，逗留五日而返。杭州为予旧游地，惟灵隐乃初至，汽车可径达。在予想象中，以为乃须攀蹬策杖而行，今始知不然也。灵隐舍寺宇宏敞，略可观览外，所谓飞来峰、一线天诸胜，大都胥假人工雕琢，了无天趣。一线天僧人絮絮向游人索钱，尤荒伧之气扑人，直使山色亦为之黯然。尝谓游湖山胜迹，是人生一大快事，然而此等地方，又往往为缁①流所占，此则最煞风景事矣。

自灵隐蹬道下，雇车折趋玉泉观鱼，则亦负虚誉。壁间有擘窠

---

① "缁"，本义指帛黑色，引为黑色僧服，指称僧侣。

大字，大书"五色巨鱼"，然池中所见，惟数十尾径尺草鱼而已！大失所望而归，在杭五日，游屐仅止于灵隐、玉泉、孤山、岳王庙，欲祷于月下老人祠，亦未如愿也。

《铁报》1937 年 4 月 5 日

《弹性女儿》

《弹性女儿》影片，迩方在新光开映，在艺华两年来出品中，成绩之佳，殆无有逾于此片。路明之妩媚可爱，一如当年徐琴芳，而严月娴于此片中，亦不觉其讨厌，尤一奇迹。年来不常有好影片可看，此作则殊差强人意也。

图 45　《弹性女儿》主演路明，刊于《明星特写》1937 年第 2 期

《铁报》1937 年 4 月 6 日

灵犀来函

灵犀兄忽以一函授予，则为吾报记兄主编《生活晚报》副刊事，

有所申辩也。其函曰：

> 蝶衣兄，湖上之游，想多佳趣；归来之长，犹未获晤，至切驰思。六日《大报》刊弟主编《生活晚报》副刊消息，农花与弟为十年之交，手创《生活晚报》，以此相嘱，固辞不获，因允为友谊上之帮助，但愿不致折鼎覆𫗧，贻讥友谊。于愿已足，他复何敢冀，至谓"不干则已，干则非用出奇制胜之策，使《生活晚报》之副刊将超盖上海一切晚报之副刊"，殊增悚悚，弟何人斯，敢作此狂语？弟曾向农花言之："不干则已，干则非好好干不可。"而弟年来厌倦翰墨生涯，近复病肺，春蚕丝尽，蜡炬泪干，虽尚未忍吞声，而不能作蝉唱矣。然农花不谅，未获辞谢，稍迟时日，当为一试，惟是马已疲路，何堪长驱，尚希老友多多赐教，并盼秘勿使人知，则弟可少曝其丑，庶使心神稍安耳。

其实吾报所记，亦非溢美之辞，兄特谦抑耳。

云裳兄又将于今晚假天天饭店，大宴朋侪，明知唐兄豆腐朋友，此宴未必有何严重性，而终以心理上之畏葸，疑此一席之设，或者不无若何"作用"，执柬在手，为之心胆俱慄矣。

《铁报》1937 年 4 月 8 日

张小泉剪刀

与秋茵游杭之前，夫人颇不怡，予曰："容我先往盘桓数日，下次伴汝往，便可为汝尽向导之责矣。"夫人色霁，则曰："为我带几把张小泉剪刀归也。"夫人真慈悲心肠也。

听范拜竹先生言,始悉刘桃叶先生亦武进人。桃叶先生为吾报写《南京通讯》,屡通简牍,不知犹江苏小乡亲也。尚有一陈梦蝶君,尝为《武进新闻》辑副刊,颇有人以为是予兄弟也者。以叶先生亦以此垂问,其实闻名而不相识也。(尝有人至《新闻报》见予,觌面不识,询之则欲晤陈梦蝶君也。此君亦可谓神经过敏矣。)

图 46　袁美云,刊于《中国电影女明星照相集》1934 年第 1 卷第 5 期

新华公司筹摄《红楼梦》影片,于林黛玉一角,或举袁美云,或举顾兰君。美云年来丰姿憔悴,"病态"过甚;兰君明艳姣好,胜于美云,而又虑心而捧罂之戏,勿克胜任。此一角色,实颇难得其选也。

《铁报》1937 年 4 月 9 日

云裳宴客

云裳人人饭店之宴,予匆匆治事毕,方欲下楼,忽梯畔值喜娘彩莲,尚有谢宝华、钱宪亭二君,盖方自南京来者,遂同偕赴梁园进膳。云裳之约,乃不克践。越日悉云裳设宴,为介张翠红女士与吾侪相见,则又大悔,一则真恐云裳疑予之止足,有同畏葸;二则张翠红女士,曩年在萝春阁鬻歌时,为予向往之一人,今乃失此机会,不获一亲謦欬,"宵来自笑无端甚,一夜梦魂只小蛮",旧日之诗,又欲低徊诵之矣。

明月五娘忽又过访，五娘于五载以前，尝屡共游宴，及其遣嫁，遂罕复相见。前岁遇于道中，絮絮话平常，似不胜人事卒卒之苦，今兹把晤，于予犹不无怨怼之辞。予于五，疚心多矣。

《铁报》1937 年 4 月 10 日

施叔范嘱稿

施叔范先生屡有书来，嘱为《友声》旅行月刊写稿。予生平远游，惟一度至黄山，此外足迹，仅止于镇江、杭州，并秦淮烟水，亦未有机缘一往领略，而记忆力又蹇钝，游屐所经，但如雾里看花，隔宿即泯其印象，故予生平未尝有游记之作。叔范之命，遂久久未报，亦予甚感不安之一事也。

朱氏双霞，在大中华剧场演戏剧，于此觞别声中，予乃复观其《狐狸缘》数次，以"戏剧性"之较丰富，遂觉双霞益有珠璧相照之妙。宝霞之二簧，尤饶韵味，灵犀以为使宝霞习平剧，成绩必不坏，予亦以为然也。惜大中华三日演毕，双霞已买棹赴汉，此曲只应汉上有矣。

《铁报》1937 年 4 月 12 日

程砚秋

程砚秋临别之夕，尝与空我上人同观《金锁记》，砚秋演是剧，当然十分卖力，顾予于"老戏"总感觉不到如何兴趣。近年以来，惟屡观周信芳所演慷慨悲歌诸剧，始足以使人精神奋发，舍此则以为还不如看看《火烧红莲寺》，倒也"聊且快意"也。

数年前观《粉红色的梦》影片,予我的印象极深刻,大丈夫不恒作女儿态,所以"伤心落泪"者,无非为情颠倒耳!

《十字街头》试映之日,见醉疑仙母女亦在座,同来者复有一英挺少年,意当是"侄少爷"之流,幸九功大夫是日未至,否则此一幕刺激镜头,或且使大夫为之神形沮丧也。

《铁报》1937 年 4 月 16 日

汗毛站班

在影片中,虽不妨板起正经面孔,向人说教,但至少亦须渗入一部分娱乐性,若并开会致辞亦作为重要节目,则与新闻片何异?日来遇许多友人,皆谓看影戏看得汗毛站班起来,尚是破题儿第一遭也。

南京发生恋嫂弑兄案,女主角蒋树贞在法庭上口口声声,否认与小叔子通奸,其实既与小叔子谈上了恋爱,便爽爽快快承认有那么一手,又有什么大不了?谈情说爱有勇气,吃官司便畏畏缩缩,此种女人,惟自显其不吃价耳。

在大都会舞厅见宣景琳女士,缟衣如雪,手笼袖筒,而瘦骨珊珊,弥增其楚楚可怜之致,其实宣女士亦不过三十许人,而总觉得她一身打扮,似不甚相称者,亦不知何故也。

《铁报》1937 年 4 月 19 日

云裳游湖

云裳忽作湖上之游,濒行始以一简致予,其词曰:

蝶衣兄：

　　弟于今日同唐公夫妇游杭，约三四日返沪，《铁》稿惟有请假数天，到沪即写。行年三十，未尝一到西湖，惟此闲福，请兄让弟消受耳。

专请刻安

弟云裳白，二十三日。

　　云裳累言将游西子湖，终未成行，今忽瞥然而去，大有"一肩行李，悄然远引"光景，并灵犀兄知未及目，岂亦惧旁人之请附骥尾耶？

　　　　　　　　　　　　　　《铁报》1937 年 4 月 24 日

周神仙

　　向恺然先生于《现代奇人传》中，记周神仙事。周有前知术，在汉皇时，其友接室人病危之报，谋整装归故里，周强拽之赴酒楼买醉。其友固与周同有曲糵之好者，顾是时乃拒而不往。周诘其故，其友出家书示之。周曰："予趋隔室，汝试取一算盘，任报数字，而一一叠之，当假此为君一卜休咎。"其友习知周有神病术，因如法泡制。无何，周呼曰止，并告以所得之数，则与其友算盘上所叠者，赫然相同。乃抚其友之背曰："尊夫人病已霍然，君但随我赴酒家谋一醉，不必鳃鳃过虑也。"其友疑系向言，姑从之往。

　　越一日而家报至，则其夫人之疾，果已占勿药。周技之神，有如此者。向先生上月来沪，道及此事，知周神仙今犹健在，闲来尚徜徉于平江酒楼也。

　　　　　　　　　　　　　《北京白话报》1938 年 2 月 24 日

重弹旧调

久不作《散记》，以灵犀兄之怂恿，遂复重弹旧调。愚自远行归来后，忧患饱经，几绝交游，迩始稍稍与诸君子相周旋，而高唐兄珠玉在前，虑纵有可记之事，亦未必有可诵之文，出我笔底，则散记之作，正恐如告朔饩羊，不免蹈《千家诗》①复辙耳。

近一时期，屡作宵游，乃得遍识惠尔登、圣爱娜、依文泰②诸家面目：惠尔登为常至之地，以苹果女郎力能号召，入其中遂觉喧阗如市，除非以博消遣，此外实一无可取；圣爱娜病其异国情调过于浓厚，亦非愚所喜；惟依文泰软椅小坐，乃颇足以舒人疲茶。第宵游不可无鬓丝③，每睹诸友俪影双双，各携隽侣，惟吾茕独④，骈肩无可语之人，此情此景，乃觉败兴耳。

愚不能饮，迩以诸兄常过同宝泰⑤，遂亦稍稍习之，诸兄胥能倾一二壶。惟愚量窄，略饮三数杯，即觉头岑岑欲颓。古人云酒能浇愁，而愚于酒后，往往无限愁绪，俱涌心头，有时欲求酩酊一醉，庶几并年月日时，一概忘却。顾事实上胸次菀结，往往醉而益甚，苟非古人之言欺我者，当是愚自不能达观耳。

《社会日报》1939 年 6 月 7 日

《文素臣》

大郎兄授我《文素臣·洞房》剧词，迩亦能琅琅上口矣。《文素臣》方以大嗓子唱小生问题，引起论争，喧腾一时。愚观《文素臣》，仅

---

① 1939 年 4 月，陈蝶衣以"婴宁公子"之笔名在《社会日报》上辟设专栏《千家诗》。
② 惠尔登、圣爱娜、依文泰均为当时上海知名的舞厅。
③ "鬓丝"，舞场切口，"女伴"之意。
④ 南楚方言，"孤独"之意。
⑤ 同宝泰为旧时上海浙江路上的老酒馆，与善宝泰为兄弟酒馆。

及头本,觉编织之细腻紧凑,真所谓具有电影手法者,求诸旧剧中,实未前觏。即言"意识",《文素臣》中正不虑缺少。于大嗓子唱小生问题,愚不欲置喙,惟于朱觉厂①先生所撰剧词,真无闲言,若"你看她,杨柳腰,春风面,宜嗔宜喜可人怜""况又是冰雪聪明无双艳""她那里娇啼宛转泪满面,仿佛是烟笼芍药,雨打梨花,怎不教人意绵绵""不怕花枝笑独眠"诸句,无不轻情流丽,饶有词意。信夫才人手笔,不同流俗。如《文泰臣》而犹有恶诋之者,真觉非人情之常矣。

图47　影片《文素臣》剧照,主演王熙春,刊于《王熙春与文素臣》1939年特刊

生平不善作联语,往岁陈嘉震②之死,偶成一联以挽之,比较尚堪入目,联曰:

只因误解多情,遂使汝忧伤憔悴以死,问今宵风雨凄戚,更何处是红颜知己?

惟有归诸凤辇,乃縰人玩弄股掌之间,想此日泉台岑寂,

————————

① 电影导演朱石麟。

② 陈嘉震(1912—1936),绍兴人。曾任天一影片公司、明星影片公司摄影师。

应自悔作桃色冤魂!

愚近来忧伤憔悴,正似嘉震生前,所差胜者,尚不致遽作桃色
冤魂耳。

《社会日报》1939 年 6 月 9 日

兆丰公园

兆丰花园在愚之脑海中,至今犹镌一美妙印象:曩时,愚游兆
丰花园,同伴凡六七人,绕园行一周,止于芳草坪前,愚得断句曰:
"春来少女多妖绝,轻曳长裾荡晚风。"又曰:"恨她如水双眸子,一
掠夭斜过我前。"凡此都足以状愚往日之兴奋也。

自远行归来后,环境转恶,遂无复旧时佳致。然有一日,竟挟
万分疲倦之身,踯躅兆丰园中。池塘清漪,照见愚孑然之影,为废
然驻立者良久。王次回诗,所谓"当年踪迹当年语,历历重寻露满
衣"者,盖异其境地,而同其心情矣。愚近来忧伤憔悴,愊忆不舒之
情,大率类此,可伤曷极。

戚氏三牡丹,曰绿牡丹、粉牡丹、金牡丹,向皆林屋老人膝前义
女。愚助老人辑《大报》时,三牡丹恒联袂见过,存问其义父也。愚
于三牡丹,因亦为素识。今则绿牡丹嫁且数年,牡丹剧团仍有绿牡
丹者,已为另一人,或言即金牡丹改名。而今之金牡丹,则又为银
牡丹改名也。闻牡丹剧团中,除绿牡丹外,以粉牡丹、金牡丹、白牡
丹,为秀出之才,兹乃并为共舞台所罗致。共舞台阵容本甚壮,今
得三牡丹加入,益如锦上添花也。

《社会日报》1939 年 6 月 13 日

陈漪红

舞榭之中,若可以语好女儿者,陈漪红庶几是矣!漪红今已嫁,为吾友金屋中人。当其未辍所业时,尝与共舞,漪红于愚殊落落,授之舞票,一颔首而已。及与诸友同游惠尔登,且竟宵未与愚交一语,愚以是大奇之。以为舞丛诸女,罔不以"迷汤"媚客,独此女异其蹊径,静娴如闺中秀,实所罕遘。及漪红从吾友隐,于是恍然,盖亦惟遇人恒落落者,始真能逐于情也。愚为吾友庆得佳耦矣!

累日作宵游,遂不得不借重于汽车,然报间广告,汽车又增其值矣!此亦足为宵游之累。而司机人则言:"汽油之价,近涨一元半一介仑,车行之加价,实不得不如此。"友侪之中,惟翼华有自备汽车,然车小不能容多人,而吾侪出游,往往多至十人以上,仍不能不乞灵于出差汽车。后此使非罢宵游者,则汽车纵涨至二元八角一刻钟,亦惟有硬硬心肠,忍受这一记重板子耳。

《社会日报》1939 年 6 月 17 日

丁府试歌

丁悚先生伉俪好客,星期四晚,同人等复小集于丁府。酒阑,主人豳吾侪试歌,由大郎开锣,而愚则唱大轴子焉。操弦者文娟[1]尊人张连升老板,所谓"新偷关子宝儿琴"[2]者也。愚唱《斩经堂》贤公主一段,生平虽然喜欢哼哼,实未尝上过弦子,初次登台,遂不免

---

[1] 京剧女老生张文娟,业师杨宝忠、张荣奎。
[2] 此句出自唐大郎,"听歌我早已无心,闻有倾城故一寻。掩袖曾怜三尺白,动唇不见几分金。堂帷血似文人呕,客面灰如少女阴。独有张连生老健,新偷关子宝儿琴。"《社会日报》1939 年 3 月 19 日。

略有些儿吃荒。文娟谓愚唱戏，好像说话一样，可知愚行腔之劣。然愚平日不上弦时，唱来实在不坏，所欠缺者，未能济之以经验耳！使自此发奋锻炼，他日或不难与灵犀、大郎竞爽一时。那时间璇宫①平剧评判席上，庶几亦有愚一席地乎？

刘豁公辑《戏剧月刊》时，愚即为写稿，于评剧文字，盖八九年前即优为之矣。近数年来，曹艳秋、花美玉相继死，小菊红、金碧玉先后嫁，蓉丽娟、刘艳琴不知所终，与菊部女儿遂几于绝缘，偶尔听歌，未尝形诸笔墨，向时评剧文字，在今日亦不复适用矣。前一时期，听周梅艳歌甚勤，然所作誉扬之文绝少。近日，青骢颇赏识汪梦兰，愚欲为之绍介，终虑梦兰今日未必复识我，于是卒卒未果。使在曩年兴致好时，愚且早挟汪梦兰，登"我主爷"之门矣！菊部女儿若王玉蓉女士，北上数年，且未尝与愚一通音问，况他人乎？

十六日本报所作《千家诗》，记得属笔之时，第二联为"尽日端凭舒怫郁，并时无与比轻盈"，不知如何，刊出后忽成"端赖"。愚平日作诗，想来谨慎，断不致"产后失调"，然此实是愚笔误，不能诿过于手民也。志数语于此，即以代更正。

《社会日报》1939 年 6 月 19 日

璇宫吃豆腐

璇宫二次平剧考试之日，冀华、灵犀、大郎、溢芳四评判俱缺席，愚以局外人，独陪一通宵。是夕，愚一人倾啤酒凡三樽，遂不免醺然有醉意，诸人之歌，俱不甚了了，但记得一人唱《四进士》颇不恶，最后闻麦格尔风前，报李瑛芳小姐唱《法门寺》，乃使愚精神骤

---

① 璇宫剧场，设于福熙路浦东同乡会大楼内。

爽。瑛芳小姐此来,殆以为评判座中必有灵犀在,安知是夕灵犀竟不至,然瑛芳小姐歌喉自佳,下走素来不喜欢喝彩,是日挟酒兴,亦为叫好不已。临走,更为语之于世勋,使瑛芳小姐夺标之望,不致完全无着也。

在璇宫,一人呼愚曰"胡先生",与愚握手,几似欲倾其全力,愚不得已漫应之。其人与愚,为熟稔之状,一似素识,既而语愚曰:"予昔办一厂,与族兄共经营,不谓族兄阴鸷,遂并吞吾业,使予遂入窘乡。今欲缮一稿,送各报刊之,以惩吾族兄。翌日当谒先生,请为吾修正此稿。"下走生平,颇知重然诺,人以事相属,罕有不乐从者,今于此人,因亦报之以可。其人于是复握愚手,于愚似有无限感谢之状,既而又曰:"胡先生非每日下午,必在公司耶? 然则在此一二日中,吾即当走访胡先生。"愚亟颔首曰:"正是如此,在下每日下午,必在公司,老兄若有事见教者,请于下午二三时来,定当如命。"其人大喜,逡巡旋去。愚乃不禁哑然,以为天下滑稽之事,真随处可遘。愚以酗酒,方柠触百端,不谓乃有此意外之遇,为愚解醒。虽是吃了一场豆腐,然能使人满意而去,亦未始非一件快事矣。

《社会日报》1939 年 6 月 26 日

徐志摩扇

在一个夏天,亦要替人家写脱几把扇子。其实愚书拙劣,有时朋友盛意,使愚固辞不获,遂不得不勉为其难耳。楚绥兄畏热,一日觅扇不得,愚案头有成扇一叶,一面吾妇画山水,一面空白,愚乃自写本事诗八章与之,立刻往配扇骨,不及半小时,楚绥兄手中,挥汗有物矣。愚书草率，不足以俪吾夫人之画。然扇之为用，根本仅在于挥汗，能在人家手中，握得几时？过了一个夏天，自然藏拙，是献丑之时甚暂，今后朋友属愚写扇子，愚且书之不辞矣。

朋友虽然常常以写扇事委愚，然在愚实不喜藏扇，不若灵犀兄日易一柄，扇子多得吮淘成也。所例外者，则往年游硤石，友人为愚求得徐志摩一扇，字极苍劲。识者谓非志摩书，志摩先生书法秀逸，此赝品也。然此扇不仅字佳，所录《踏莎行》一阕，亦殊清丽可诵，故纵然是赝鼎，愚亦只当它真迹看，珍藏至今，未忍捐弃。愚之多情多义，盖又如此焉。

《社会日报》1939 年 6 月 27 日

龚翁个展

龚翁[①]篆刻，绝古朴可爱，读吾报者，当无不知之审也。月之二十八日起，龚翁假大新四楼举行个展五天。其所发请柬绝奇，柬以粗纸印，较揩屁股之草纸略薄，字镌木版，乍视之，犹以为是一张观音大士灵签也。龚翁今世畸行之士，宜其一切皆不同于寻常矣。

璇宫考试之前二日，举行平剧彩排，周梅艳演《小放牛》，张文娟演《捉放曹》，二人俱以午夜二时许来。梅艳《放牛》，昔已数觏。剧终，梅艳辞先行。文娟扮戏时，其父张连升语愚曰："侬看倻格样子，阿像要打磕铳哉！"可见张老太爷怜惜爱女之深。或曰，璇宫邀文娟之议，早在一月前，初托龚满堂兄转陈此意，满堂兄却之，以为人家未必能俯允也。世勋乃别挽一人往说项，居然成功，张连升父

---

① 邓散木(1898—1963)，原名菊初，字钝铁、散木，别号粪翁、芦中人、无恙、且渠子、厕简子等，书法家、篆刻家。

女之笃于友谊,从可知矣。

《社会日报》1939 年 6 月 29 日

良药见惠

　　周邦俊①先生,以药制白兰地及功德水见贶,胥夏令要药也。愚体质素羸尪,犹幸一年之中,难得生转把病,周剑云先生屡殷殷以愚孱弱忧。其实愚顽健时,或且逾壮硕之人,惟在夏季,则以饮食不节,有时或不免胸次勿爽。然中西、中法两药房,年有治疫药品见贶,倾痧药水数十滴,服之亦立愈矣。愚之所以不常病,邦俊、晓初②两先生,惠我实良多。今邦俊先生不遗故友,复以良药见惠,苟援引"年常旧规",则许晓初先生于日内,意者亦当有不少中法名药,遣人赍送而至矣。

　　小坐于依文泰树荫,乃使人怀念夏日之维也纳不置。往年,愚恒以维也纳为纳凉之地,维也纳庭前,散陈椅桌,就其间小坐,听得音乐好,入金鱼舞池回旋几匝,往往至夜深,犹不忍赋归去。当时犹愚有句曰:"可喜清言人似玉,不辞犯露坐深宵。"大郎兄近日屡有诗,状依文泰池林游憩之美,在愚则僮个往事,此乐不可再矣。

《社会日报》1939 年 7 月 2 日

一方招饮

　　一方折柬招饮,抵泰丰楼,始知宴为侯玉兰而设。侯与言菊朋同莅沪,北平戏曲学校之出科弟子也。酒半,玉兰乃至,其人眉宇

---

①　周邦俊,时任中西大药房经理。
②　许晓初,安徽寿县人,1922 年毕业于复旦大学经济系,曾任中法药房总经理。

间现俊爽之气,北地胭脂,迥不似南地女子之柔媚,然眼神奇佳,上装后必为一美材,乃可断言。惜玉兰抵沪即病嗓,三十晚登台,先一日犹在服药中。莅泰丰楼时,项间开纱布一匝,或以为玉兰患疬于颈,询之,则谓护喉而已。海上迩方举行安全运动,车上到处可见"安全第一"之纸招,玉兰以纱布围项间,殆亦是"安全第一"之表示也。

近来颇耽于酒,遂时复为同宝泰座上客,然酒不足以遣愚愁怀,而愚于醉后,又不善哭,于是胸次菀结勿能释,觉酗酒亦大是苦事。王次回诗曰"本为无聊借酒浇,酒边情味更无聊",可知次回当时,亦尝与愚同病。而其下句曰"不知怅望缘何事,但觉欢情日渐消",则真欲使下走泪为之陨矣。

《社会日报》1939 年 7 月 3 日

周鍊霞

杨宝童虽未尝亲炙于周信芳之门,然亦麒派传人之一。今在先施乐园,据说亦相当吃香也。有人挖苦宝童,谓宝童演《追韩信》,于跑圆场时有一个名堂,叫做"拾七十二块砖头"。盖形容其俯仰之顷,以手作势,仿佛是在拾砖头,而所拾砖头,且达七十二块之多也。语固近谑,然学麒通病,往往不得其工稳,而于火爆处则神而明之,于是动辄悖乎情理。久受信芳熏陶如陈鹤峰犹且不免,况杨宝童乎!

周鍊霞女士,一夕酣舞于大东,毛锥先生尝见之,是鍊霞女士目疾,必早痊可矣。女士为吾报作《金闺画碟》,继之以《幼之年》,其下笔风趣,使读吾报者爱勿能释。而以溢芳、梯公之屡肆调侃,遂使女士一恚而辍笔。虽以听公固请,女士终勿复以妙文见贶矣。其实平心而论,听公亦有不是。溢芳之一再以"鍊师娘"为谐谑资料,听公固尝寓目者,而贸贸然张之报端,宜鍊霞女士掉首勿顾,至今犹有余愠矣(先生阁主按:顷得晚蘋①先生言,知周女士病犹未愈,现入海格路红十字会医院疗养,故未能执笔,婴宁之语,不可信也)。

《社会日报》1939 年 7 月 4 日

无妄之灾

于七路电车中,无端遭一横逆,一少年于福州路登车,攀皮圈未着,车已驶行,动荡之顷,其肱猛袭愚左颊,愚所御眼镜,遂下坠于地,碎其一片。其人亟谢过,愚曰:"此非谢过之事,愚之眼镜购自光华公司,其代价为六金,今损其一,汝当赔我三金。"而其人仍致歉不已。时车已抵南京路,愚方与毛锥兄约晤于大东茶室,而测彼少年,殊无赔偿之意,乃要之下车,少年探囊出辅币数毫,谓身旁实无余款也。愚曰:"愚遭汝袭击,此且勿论,若毁人物件,则断无不赔偿之例,汝当有亲戚,当有朋友,盍往暂贷。"少年踌躇有顷,始嗫嚅曰:"然则请偕往天津路。"于是愚从之行,其人从一稔友处假得五金,愚令其伴至光华,配一镜片。光华中人以素稔,仍取三金,少年乃付款而去。愚必欲少年伴往光华者,所以示愚并非敲人家竹杠也。少年讷讷不善言词,愚睹其踧踖不安之状,意良勿忍,使愚向日囊橐充盈时,愚且不复索赔,近来处境不裕,遂不得不责令此人破费。试为少年计之,以此三金雇一汽车,且可以坐一个来

---

① 徐公荷,字晚蘋,为周鍊霞丈夫。

回,而愚则意外遭其一击,复使愚三日不获御礤礛,亦是无妄之
灾也。

丁师母又分娩

丁师母又分娩矣!慕琴先生膝下群雏,都已欣欣长成,而丁师
母犹生产不辍,足见慕老精力过人也。丁师母所育为一女,慕老为
之命名曰一芝。慕老膝下诸儿,胥以一字排行,犹诸富连成科班
也。一芝之生,乃使人惦念一怡兄不置。一怡在港,时有长篇大论
之信致其双亲,所言都琐屑事,而能娓娓动人。一怡兄漫画名家,
其写信盖亦以漫画笔法出之也。今一怡添了一位小妹妹,意其在
港得讯后,当又有洋洋洒洒之数千言长函,博其双亲开颜一笑矣。

王吉女士,创新春秋戏剧学校,招门徒二十人,授之以演剧技
能。王女士曩时跌宕欢场,称海上四美人之一,今年华渐长,乃知
有志于事业矣。王女士本名洁,今嫁潘三省君,称潘王吉,识者谓
犹幸女士今始改名,若当年称曰"秦王吉",人或将疑女士为"秦吉
了"①有何瓜葛也。

歌女下海

秦淮歌女之下海者,多讳言其出身,如王熙春在汉皋时,愚作
访问记刊《壮报》,言熙春著誉于秦淮歌台间,熙春至勿悦。今陈玉
君出唱大舞台,人有叩玉君往时生涯者,玉君秘勿言,第谓自北平

---

① "秦吉了",鸟名,亦称八哥。

来耳,其所印名刺,籍贯亦署北平。其实北来女伶,未必个个都强,而南方女伶,亦未必个个都弱,不见华慧麟、王玉容,非皆以江南女儿,先后驰誉于北方梨园者耶?

旧剧之奥怪,有时非门外汉所能穷其究竟者。例如《坐楼杀媳》,阎惜姣之母,通称马二娘,梯公于《随缘日记》中述及之,亦曰马二娘。一日在翼楼,翼华语愚,谓马当作妈,二当作儿,非马氏二娘,实妈儿娘也。其说甚新奇,第仔细研究,则亦有至理。海上所谓名票友,滔滔皆是,然恐知此者甚鲜。以梯公对于剧学之博,且未审其误,若下走之浅薄,真不足以语戏剧矣。

《社会日报》1939 年 7 月 7 日

为木斋洗尘

木斋先生自香港归来,同人等于蜀腴为设洗尘之宴。蜀腴菜肴,近颇为沪上人士所嗜,香酥鸭子、回锅肉之类,厥味确至美,所惜去尽辣味,已非川菜面目,微嫌其不够刺激耳。木斋于席上言,向导社在香岛,有如火如荼之盛,征向导女郎,每小时取港币一元,合国币可二元有奇,在向导女郎所得,盖优于上海也。沪上人士之旅港者,以舞榭诸姬结交不起(香港舞票,每元三纸),则多携向导女郎,为遣兴之侣,以是向导女郎之由沪而往者,多能度其优裕生活。于以见国家俊髦之士,在此时期,犹未能稍敛放浪之习者,盖港沪皆然也。

丁慕琴先生受聘于新亚药厂,辑《健康家庭》杂志,今且发刊至第四期矣。《健康家庭》以慕老之设计,编制印刷俱极精美,而于家庭幸福之谋取,复期有研讨文字,愚平时未能敦家室之好,披读此书,往往觉愚于家庭,愧负实良多。使此后愚夫妇之间,能稍稍恢复往时伉俪之情,则端赖《健康家庭》之感化之力矣。

《社会日报》1939 年 7 月 10 日

璇宫座上客

又作璇宫座上客,星期六之晚,璇宫仍有平剧彩排,周梅艳演《打花鼓》,老生易文娟为想容,演《落马湖》。《打花鼓》虽为一玩笑剧,实含不少血泪,造句尤优美,一方谓编是剧者,必为一饱学之士,此语然也。想容不见者多年,依然能高唱入云,亦可谓别来无恙矣。璇宫假国际舞厅原址营业,为过渡性质,于十二日中,闻可获利四千金,此为向时国际所不能梦想,于以见世勋之擘划有方。愿他日"云裳"①开幕,所业更有如火如荼之盛,敢为老友预致颂祷焉。

图 48　云裳舞厅广告,刊于《一夜皇后》特刊 1939 年

---

① 南京路新新公司六楼的云裳舞厅,周世勋主持。

粪翁书刻个展,于五日之间,售得三千余金,可知粪翁艺事爱好者之夥矣。个展闭幕后,粪翁为定件挥毫,已鲜暇晷,后以所书楹联立轴,遍贻诸友好,而亦下贶及愚。愚生平虽酷爱书与画,然自顾环堵之室,不配挂好字好画,故往往不敢求人。只有人家送上门来,则亦纳之勿拒。粪翁作擘窠大字,多屈桥有奇致,而下走独取其小屏条一幅,以其容积小,使张诸壁间,犹不虑碍及周转。若丈许楹联称粪翁杰构者,则悬诸庙堂之上犹可,若下走居处之逼仄,势非拆去屋顶不可,故宁取其小焉者也耳。

《社会日报》1939 年 7 月 12 日

风流贼蒋剑秋

风流贼蒋剑秋,尝由探捕挈至共舞台,共舞台经理周剑星见之,谓蒋剑秋一只面孔,绝似大郎。于是龚满堂兄遂言:"无怪大郎近来交了桃花运,大概现在市面上,吃格只面孔也。"大郎闻言狂窘。其实大郎正直之人,纵然轧个把女朋友,亦必出之以温柔敦厚,譬如与刘惠民女士相知之深,犹能持之以礼。故大郎于满堂之言,乃悻悻曰:"奈何以此等儇薄子拟我?"闻蒋剑秋就逮以后,供述犯案数十起,其中赃物,有女人大衣七十余件,以及钻戒表镯之属累累,即论此等手段,大郎亦万万望尘莫及也。

在舞场中,喝咖啡亦大是苦事。咖啡杯之旁,例必置一匙,匙形奇小,以掬咖啡,殆不过容纳数十西西之量,仅可沾唇而已。又如喝汽水,亦必有麦柴之管,植于杯中,仿佛是为"限制提存"而设,凡此皆使人不耐!故愚于喝咖啡、汽水,往往于小型匙与麦柴之管都屏而勿用,要喝就要喝的痛快,纵使有女宾在侧,亦不愿故作矜持,保持什么体面也。

《社会日报》1939 年 7 月 13 日

李红

　　李红女士昔年在南京,虽与马彦祥有一段艳史,但自来到上海,投身于电影圈以后,在影人之中,总算是私生活比较严肃者。惟近一时期,亦恒在惠尔登蘋果摊上出现,仿佛有乐此不疲光景,女人家要她好起来不容易,要她坏却不须教得,尤其是成名于艺坛上之女人。此所以汪洋(钱爱华)小姐返璞归真,为一般人所称道也。

图 49　李红,刊于《电影》1939 年第 17 期

　　长乐剧场又开幕矣,观其新角阵容,有盖叫龙、盖叫红等。艺名之怪,殆与南国电影界之"新靓就"可以并驾齐驱。惟悬头牌之梅艳云,则其人相当可取。梅过去曾隶大新游乐场,尝观其演《十三妹打破能仁寺》,打出手颇干净利落,扮象亦说得上漂亮二字。第长乐剧台狭小,虑刀马戏未能展其所长耳!火山女儿中,亦有一梅艳云,尝登氍毹,同样唱青衣花衫,则为吴继兰之徒,与长乐之梅艳云,为两人也。

《社会日报》1939 年 7 月 14 日

荷兰汽水糖

　　暴风雨二次袭上海,自晨至午不稍止。愚饭后必外出,计惟冒雨以行,至福煦路口,衣履为雨水所注,上下尽湿,而风势殊劲,使愚窒息不能举步。于是折返家中,已淋漓如落汤之鸡,而愚妇熟视若无睹,其镇静工夫,仿佛经千锤百炼而来者。愚不得已,自易衣裤,蹒跚欲行,妇亦不为愚觅伞。于是愤愤出门,一口气奔到公共汽车站,在暴风雨中搏斗多时,始有一车来,得以跃登。愚生平于任何事,未尝缺乏勇气,即如天公不做美,亦要与它犯上一犯。灵犀尝诚愚曰:"足下宜稍稍抑刚愎之气。"愚不能听,于是终此生为命途蹭蹬之人矣。

荷兰汽水糖,为近顷新发明之饮料,其形一似方糖,投之冷开水中,能自蒸发溶化,饮之,与汽水无异也。方荷兰汽水糖初问世时,人皆不知是何处出品,纷纷以电话致各报广告部,询问嘉华化学药糖厂所在,尤以药房为多,盖以购者纷至,金愿为此新发明之饮料,负代销之责也。市上冷饮品,大率为外人经营者所占,中国人只会发明瓜子大王、鸭肫肝大王而已!惟荷兰汽水糖,乃国人所创制,举世犹无第二种,此则足以稍宁为国人吐气矣。

《社会日报》1939 年 7 月 15 日

卖唱昆曲

天热,酒楼生意转大好。一夕,与听公、楚绥走两三家,始于高长兴二楼得一席地。楼上嘈杂不可名状,有卖唱者黐人勿已,挥之去,而邻座歌声骤起,一女唱京戏小调以外,居然继之以昆曲。吾家朱铭庆女士,偶然串串《贩马记》,以为是无上风雅事,使在座聆此人此曲,殆将咋舌不遑矣。未几,此女为别一桌客人所召,接连唱昆曲数折,酗酒之徒,亦复悦此阳春白雪之音,而卖唱者歌来,居然柔婉可听,是真所谓"礼失而求诸野"哉。

想不到灵犀手中,亦有愚所书一扇,扇一面丁悚先生画鸟窠道林禅师,一面愚写《低徊词》。愚之怪字,如何能俪丁先生法绘?当时胆大妄为,亦可知矣。《低徊词》集羽琌句,得十六首,扇上仅录其八,愚书法虽不佳,而诗固绝美,如曰:

"天花拂袂著难销①,声满东南几处箫②。别有尊前挥涕语③,万千哀曲是明朝。"此其一也。

"恼煞王昌十五词④,一灯慧命续如丝⑤。行云欲度帘旌去,江上春潮平岸时。"此其二也。

"春夜伤心坐画屏,回肠荡气感精灵。因缘指点当如是,第一难笺璎珞经。"此其三也。

"怕听花间惜别词,凌晨端坐一凝思。魂消心死都无法,各记春骢恋鞚时⑥。"此其四也。

灵犀极爱"魂消心死都无法"一句,其实恋鞚之喻,何尝不妙!方愚书此箑时,正不知热情之泪,揾却几许也。

《社会日报》1939 年 7 月 17 日

---

① 龚自珍《己亥杂诗》之九十七:"天花拂袂著难销,始愧声闻力未超。青史他年烦点染,定功四纪遇灵箫。"
② 龚自珍《秋兴三首》:"气寒西北何人剑,声满东南几处箫。斗大明星烂无数,长天一月坠林梢。"
③ 龚自珍《己亥杂诗》之三十六:"多君婉雅数论心,文字缘同骨肉深。别有樽前挥涕语,英雄迟暮感黄金。"
④ 龚自珍《天仙诗》:"古来情语爱迷离,恼煞王昌十五词。楚天云雨到今疑。铺玉版,捧红丝。删尽刘郎本事诗。"
⑤ 龚自珍《己亥杂诗》一六六:"震旦狂禅沸不支,一灯慧命续如丝。灵山未歇宗风歇,已过庞家日瞽时。"
⑥ 龚自珍《己亥杂诗》之二十七:"秀出天南笔一支,为官风骨称其诗。野棠花落城隅晚,各记春骢恋鞚时。"

云裳舞厅开幕

云裳舞厅既开幕,生涯果盛极一时。厅中左右有两柱,塑石膏美人像,仰其肢体,作娇慵无力之状,遥瞩之,约略似杨妃出浴图也。屋顶横桁成方罫,即所谓"万花灯网"者,幻为种种色彩,虽未必真有七十二变,然灯光转换之顷,为景实至奇丽。而向壁之"火车间",仿昔年"好友"[①]之制,尤为谈情之侣所爱好。在上海舞厅中,云裳盖以建筑擅胜场者,赖有此点,可长葆其业勿隳矣。厅中忽值不饮冰生[②]。生于不饮冰之外,更不入冷气之室,今乃为云裳吸引而来,云裳能使宾至如归,将见周嚎头笑口常开也。

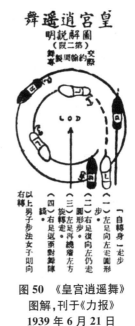

图 50 《皇宫逍遥舞》
图解,刊于《力报》
1939 年 6 月 21 日

舞蹈家韩森创云裳舞,为云裳舞厅开幕之献礼。第一日韩与李月春女士表演,愚不及见。第二夕见舞女为之,舞分三部曲,及半,男女手相挽,左右足更迭荡起作势,其时柳腰款摆,为观绝美,盖亦有几分是从"皇宫逍遥舞"脱胎而来也。愚习"张伯伦""皇宫逍遥"两舞方卒业,后有新舞法创行,将见邯郸学步,终不能迎头赶上。处此时会,即使学一点白相本领,亦正不易也。

《社会日报》1939 年 7 月 20 日

---

① 好友舞厅,在爱多亚路南京大戏院对面。
② 胡梯维笔名。

沙蟹

赌博之中，惟沙蟹较为不丧元气，盖沙脱几钿是几钿也。一夜，在翼楼聚为沙蟹之戏，愚手中牌面为四五六，低牌则为三点，两面豁顺子，于是"跟进"。而上家耳公，牌面已有蛋一对，另一张为九。是时台上，惟剩愚与耳公，成对抗之局。大郎发牌，"拉司卡"竟来一张七，愚方欲开价，大郎忽曰："耳公蛋九'吐配'，是富而好施底子，宜由耳公出价。"是时检点台上仅有一元数角，而耳公开价，遽出二元，愚乃大为踌躇。在耳公度愚，或未必真有顺子，而愚则明知耳公手中，不过是蛋九"吐配"，苟与耳公"累司"，固未为不可，特为耳公计，撺进蛋九"吐配"，已是不易。如果少"累司"一点，愚尚可奉陪，今出手即是二元，是耳公有"期在必得"之心，使愚亦憨不畏死，则耳公之损失巨。

尝有一次，愚与龚满堂兄沙蟹。满堂有爱司一对，愚牌面有蛋一对，底牌更有一张，可以睏打满堂，愚以所有之钱全部沙蟹，满堂兄踌躇久久，终乃弃权。愚事后大悔，以愚与满堂兄有共事之谊，早该翻出三只蛋来，不当使满堂不痛快也。

以有此教训在前，于是愚于耳公乃决定退让，翻出底牌以示大众，而声明放弃。赌沙蟹在此等处，有时正不妨感情用事，不若麻将挖花，死板板不肯让人也。

《社会日报》1939 年 7 月 21 日

张伯伦舞

张伯伦舞，又称为英国皇家舞，吾道之中，大郎首先下海，然不甚精，今犹就教于下走。其实下走亦未臻炉火纯青之境也。新兴舞法中,"伦勃斯华克"病其犷野,"皇宫逍遥舞"又微嫌平庸,惟"张伯伦舞"集数人同时举步,譬诸行文,乃殊有一波三折之妙。大郎有句曰"小队宫人拥宝车",七字即能状此舞之美。然起舞者宜为女人,始有柳腰款摆之致,若吾侪男人家,终觉得不大顺眼耳。

数数接秋雁来函,言将邀唐若青、若英姊妹主演一影片。知秋雁在港,近况正复不恶也。去岁春间,愚自汉皋绕道至香港,卜居于凤辉台,与秋雁寓所相距密迩,秋雁夫妇时复过吾居,当时愚有诗曰:

> 凤辉台上月如烟,又复栖迟此卜椽。
>
> 身宿蚤知终坎坷,楼居妄欲拟神仙。
>
> 好风时送修篁奏,醉眼常看曲肘眠。
>
> 孤注温柔吾岂愿,会须鞭辟及英年。

今孤注鞭辟,两不可能,而秋雁伉俪久居香岛,乃深得唱随之乐,眷属神仙,此福不复及下走,盖甚悔返櫂之早矣。

《社会日报》1939 年 7 月 24 日

天性凉薄

之方妇人产后小极,以是之方日来,夜归特早,之方之笃于伉俪之情可知。愚妇前月分娩,亦尝感不豫者数日。以愚妇平时健硕,于是愚宵游如故,以视之方,愚之天性凉薄又可知矣。

近日吾报有二误:一,大郎记唐有壬诗:"愿乞舞鞋尖下土,搓成丸药助相思。"其实为"搓成丸药疗相思",非"助"也;二,《羊毛谈戏》，言想容每搭一个场子，总是唱不到半个月，就吹了！按：戏班中邀角，谈判不成曰"吹了"，若辍唱则不能用"吹"字也。

又，灵犀记委矢为射，寸身为矮，其实籀篆中"射"字写法，"身"字作一人挺胸凸肚之形，"寸"字作箭在弦上之形，合之适成射状。古人造字，都具深意，所谓"寸身为矮"，特后人附会之说耳。

《社会日报》1939 年 7 月 26 日

程漫郎

漫郎先生，写舞文绝美，本报近刊其《断舞》《楼笑》二记，读者当低徊诵之矣。近年以来，以非报人为报间写稿，而其文芊丽可诵者，先后得两人，一宋训论玉狸先生，一程希远漫郎先生也。大郎初在中国银行，偶以余暇治文，用"刘兰香糖""白糖梅子"诸名，绝风趣。冯梦云兄为最初延揽大郎之人，今大郎称吾道健者矣。玉狸远适香港，久疏音讯，于写作似已减其兴趣。今乃有漫郎先生来助吾报，愿若干时候，漫郎先生之腾踔吾报坛，亦一如大郎也。

尝任事于上海采芝斋数月，主持广告部事，采芝斋主人徐文照先生视愚厚，今虽解职，犹时时遣人存问及愚也。上海采芝斋，以新型糖果著称于时，然其所业，初不限于糖果，夏日，于冰淇淋之外，兼制一种素香包，为人作早午两点。文照先生知愚嗜咸食，辄遣人赍送一盒至，令愚飨受焉。文照先生以旧商人而有新思想，其肆中雇员，夏日悉御白色制服以临事，使顾客见之，遂有一种整洁之观，即此已为其他糖肆所勿逮也。

《社会日报》1939 年 7 月 27 日

正经舞女

尝有舞女,睹其稔客与别一舞女起舞,怫然不悦,呻呻詈之且勿足,甚至与别一舞女动武,亦可谓横蛮矣!舞客花钱跳舞,爱跳哪一个就跳哪一个,安能受舞女管束?即如舞女,又何尝能专做一个客人?以是愚恒称道钱雪英,钱为人温婉,舞客有他择者,亦不愠。相值,且颔首如常,是真乃一本正经做舞女者。舞女为舞客吃醋,岂真多情?不过为几张钞票难过耳!

舞人之已嫁者,往往布衣一袭,脂粉不施,足纳绣花履,并高跟皮鞋亦屏勿用,一若诏告人曰"吾今为良家妇女矣"。然在良家妇女,则又靓装刻饰,惟恐打扮得不类舞女,其情形乃适成一反比例,故有人曰:"舞女良家化,良家舞女化。"盖嘅乎言之矣。

近两日来,屡为人作传言玉女。一晚于舞榭遇歌者小红,吾友青骢,尝力为小红延誉,使饮盛名。向时青骢屡与小红共游宴,近时踪迹猝疏。小红见愚,乃再三叮咛,嘱于晤青骢时,为问安好。又一晚,则在道中与任黛黛值,告我鬻舞于大新,又托问候青骢先生起居。愚遂并言之于青骢。是夕,青骢独舍歌场而趋舞场,与黛黛盘桓一宵。黛黛侧媚,娴于词令;而小红朴质,不能巧言令色,虽有热情,□□方寸间,于是终勿为吾友所喜。甚矣!好女儿之难求全于今日也。

《社会日报》1939 年 7 月 29 日

校稿

古人言:"校书如扫落叶。"若校报纸,殆亦如扫垃圾耳!本报迩来讹字迭见,偶举一二,如大郎诗"眉弯"误"眉湾",白华《抚剑散记》,绿野仙踪之"踪"俱误"综",读报者或曰:"奈何并此亦勿识?"愚辄为之辩曰:"校雠者未尝读万卷书行万里路,如何能识得许多?"报间讹字,或作者笔误,或原稿潦草,要不能一一归罪于校雠之人。愚意能讹误亦良佳,若是可儆戒写稿之人,自后不敢复草率从事也。

引凤楼主人论"鸡卵孰先"问题(见二十七日本报),此诚一不可究诘之谜。因主人之文,愚乃忆及一笑话,试为主人述之:"尝有甲乙二人,争论鸡卵与鸡,孰者先有问题,久久不能决,转而询诸丙。丙莞尔曰:'两者皆非是,盖先有鸡蛋糕耳。'"其语殊趣。愚以为天地之间,本是一谜,不可思议之事正多,若欲一一穷其源,则所得之结论,正恐与"鸡蛋糕"无二致耳。

麦秀章先生为本报写《一孔录》,其文奥古,而能推陈出新,乃绝似当年金柳谿①笔墨,又如炽强先生作《在野絮语》,多幽默之说,则又《论语》中妙构也。二君皆本报新人,而未尝识其真姓氏,意者必文场老手,故隐其面目耳!

《社会日报》1939 年 7 月 30 日

蒋剑秋

风流贼蒋剑秋,判徒刑九年。苏三那阅报,遂曰:"此快事也!九年犹嫌其暂。"三那尝倡为"向女人报复"之说者,今为此言,毋乃可异?其实男人家被女子玩弄者,真不知凡几,得一蒋剑秋,庶几稍稍为我辈吐气,不幸其人乃缧绁入狱,使社会上少一"向女人报复"之人。宁非大可惋惜?蒋剑秋案中,受其绐者,有富室姬妾,使

---

① 金世和,字煦生,号柳谿,江苏南京人。

此等女人非自生"歪刺骨",又如何甘受玩弄？若谓欲得事理之平，既惩蒋剑秋，亦当枷受给诸女示众，以曝其丑，庶几真是绝大"快事"耳。

闻黄雨斋兄，亦欲以汇中银号之楼上，开一室供吾侪盘桓。以时下俊彦，于翼楼之外，方有剑楼邦楼之设，雨斋为此计划，盖期在与诸楼竞美也。吾侪跅弛之徒，自视文章道德，胥不足重，而有垂爱吾侪之人，以吾侪为犹可亲，斯为异数矣！黄雨斋兄，昔年橐笔之士，在私谊又为老友，视吾侪殷切，殆尤不同于寻常，特勿审雨斋之楼，命名曰"雨楼"，抑为斋楼耳？

《社会日报》1939 年 8 月 1 日

《文素臣》登场

卡尔登座券，以前因朋友托定者甚夥，观众购买不得，往往起哄，卡尔登当局患之。三本《文素臣》登场之始，于熟人定座者，稍予限制，绥其时日，于是近来在晨间往卡尔登，可购得当日之票矣。方《文素臣》上演时，非难之声四起，京朝评剧家，几以洪水猛兽视之，然而《文素臣》之倾动于时，终为任何戏剧所勿及。其所以能号召观众者，岂在色情？要因《文素臣》自有其不落窠臼之剧旨，能使人回肠荡气耳。浅见之徒，以为《古庙双楼》《撕罗裂帛》《双鸳戏水》诸节目，便可定《文素臣》侈陈浮靡之罪，而未尝见其慨当以慷之处，固无不有至性流露也。往者愚亦嫉恶新戏，以新戏往往无规绳，而《文素臣》则出才人之笔，不以改良平剧名，而自具典型，观之能令人快意，此其所以成功耳。

愚初诞生即病目，愚母虞愚失明，为愚延医敷药，产后目不交睫者逾两旬,得以不瞽,而愚母艰苦备尝矣。方愚十余龄时,母恒絮絮为愚道之。今愚妇亦先后育双雏,所奇者两雏初胎,无不患目疾。愚少时有皱眉之习,两雏亦如之。而孪阳生两月,眉心且隐约有靉靆①之痕,此可证明为愚之拷贝,乃能无一而不肖其父也。

《社会日报》1939 年 8 月 2 日

青藤一生多情

青藤一生多情,于美人之贻,珍获唯恐或失,然往往以此,而使烦恼滋生。向者于刘家小妹鬓边花,尝为之划梦博魂,不能自已者,今亦时过境迁矣!乔氏红娘,青藤不过数舞之缘,而红娘倩影,又作青藤案头清供,几欲日日馨香,为祝长生。愚辄不愿拂逆其意,语之曰:"足下昔日视刘家小妹鬓边花,亦复如是也。"青藤则曰:"老夫聊以自娱耳。"黄金市爱,转瞬成空,青藤乃勿能自悟。玉狸词人有"一生无计出情关"之句,而青藤易其词曰:"一生作计入情关"。其实青藤一生,岂不常扃于情关之中耶?

一度出亡,厌闻《扫松下书》之歌,愚在汉时,尝有"渐觉忧患同鼎运,未妨歌哭寄萍踪。襟怀偶欲方孙楚,戏曲犹闻骂蔡邕"之诗。今新华公司以《琵琶记》摄成影片,广告方露于报端,使愚见之,乃犹有怓焉不安之感,真不知何故也。

柏油马路,已泛为焦腥之气,时序渐入炎夏矣。天热不足忧,所使人蹙额者,乃为西瓜之值,昂至六七金一担,夏日冷饮品,其他愚都勿喜,惟嗜西瓜。愚体质单薄,食西瓜庶无碍于健康。往年境

---

① "靉靆",眼镜。

况较宽,一担两担可以叫在屋里,今年则亦要划算划算矣。

自来火梗

以自来火梗十一枚,折之叠之,构为秘戏之图,按之以指,能自己跳动,厥状乃绝似妖精打架。试行此法于舞女前,请其欣赏,舞女必娇嗔曰:"要死快哉!"掉首勿顾。然不旋踵间,辄又伴问:"啥人想出来格介? 那哼弄法格介?"似乎欲穷其奥,且迫不及待矣。女人家当稠座之前,涉及性的问题,往往比男人家脸嫩,然在心理上,则殆无不希望人家讲得更彻底一点,譬如自来火梗之戏,吾侪习见之,亦不以为奇,而女人则必忸怩作态曰:"要死快哉!"其词若有憾焉! 特究之实际,则使若人而身临其境者,亦"虽死不辞"矣。

无端受人奚落

无端受人奚落,甚至厉其声口曰:"写勿来舞文,覅写!"其实愚偶举《张伯伦》《皇宫逍遥舞》之名,亦是根据大郎所说,纵有错误,也不值得大惊小怪,而其人必断断为告诫之词曰:"是名舞宫滑行舞!"所谓"舞宫滑行舞"者,岂即是"法定"之名称? 吾侪偶涉舞榭,不过遣兴,记一点舞场事体,亦不外如是而已! 比不得人家靠写舞文吃饭,天天轧在舞女淘里,自然门槛精,说来头头是道。所幸愚写舞榭闲事,不过偶一为之,既不敢以"舞文"自命,更不至于抢脱人家饭碗,又何必如此相嫉之深哉?

识徐晚蘋、程漫郎两先生。两先生写舞文绝美,然未尝以"舞文作家"自命。谈及舞事,亦曰:"遣兴而已!"以晚蘋、漫郎两先生写舞文资格之深,犹自谦如此,而彼鸥张之徒,乃以为人家说一点外行话,可资为嘲笑之具。嘲笑则亦已矣,而必曰:"写勿来舞文,麴写!"若舞文这一口饭,应该让他一个人吃,我辈写舞文(姑且就他的口吻说是舞文),就无异撬他的屁眼一样,亦徒见其量窄而已!

《社会日报》1939 年 8 月 6 日

观《奇双会》

观潘太太王吉女士演《奇双会》,披粉红斗篷出场,扮相绝似周梅艳,惟较梅艳顾长耳。汪其俊、江世玉为配李奇、赵龙。汪斫轮老手,不弱似内行,江世玉亦佳,特较睹白云生,则犹勿逮。王吉女士演戏两晚,闻所耗达八千金。第一日登场,花篮折现亦得五千元有奇,勿论其演戏成绩如何,即言费八千金唱两出戏,如此手面已够浩大。尝谓有铜钱捧捧太太,亦是乐事,即如潘三省先生,是两晚中,睹夫人在氍毹上,风头奇健,亦必为之笑逐颜开矣。

近来时晤许晓初先生,晓初先生于主持中法大药房之外,兼任工部局华委、中法化学制药厂及中法油脂化学制造厂总经理诸职,似乎日鲜暇晷,然每次晤晓初先生,辄见其荣光腴润,真有玉山照人之致。是可知凡能孜孜于其事业者,赖有兴奋,乃能丰其神采,若下走之习于颓放,任何事都鼓不起兴致来,宜乎日形尫弱矣。

《社会日报》1939 年 8 月 8 日

牡丹蒂馆

得"牡丹蒂馆"来简,勿审为何如人,及剖读,怃然即袁履登先生记室也。愚尝记履老幕中，记室诗才之高，于是"牡丹蒂馆"遂以二诗寄愚，殆谬许下走为文字知己矣！兹录其词曰：

昨从日报读鸿篇，渥荷揄扬倍赧然。
诗眼何曾肖黄叶？酒肠徒慕敌青莲。
心田未共桑田变，脑海常偕蓊海煎。
翰藻于今同粪土，争如鹅眼半文钱。

辜负吾师另眼垂，学非所用悔难追。
五更匣里空鸣剑，廿载囊中未脱锥。
我在坫坛岂能手？君为菩萨误低眉。
班门不敢露头角，冒昧寄诗知是谁？

馆主微特诗才清绝，并美于书法，倘得馆主特写感咏事物之章，以锡吾报，则与术生、毛阿二两先生一时竞爽，必为吾报增殊彩矣。

于丁慕老汤饼筵上，晤严独鹤先生。向者，愚与严独鹤先生尝共事《新闻报》，先生于愚，恒多所奖掖，今则契阔且久，人事之幻变靡常，思之亦辄为怃然也。独鹤先生谬许吾诗，谓《社报》所载，多读之。其实吾诗都是打油之作，百无一是，偶为侧艳诗，亦多恶札，自不足以上渎长者之目。独鹤先生不道愚诗拙陋，当是励勉下走之意，则下走之奋迅，实不可缓。所使愚惭惶者，则愚厄于才，纵图奋迅，亦未必有当意之什，可以一读。后此计惟以少作为是，少作，则庶几不致长为识者所笑耳。

《社会日报》1939 年 8 月 9 日

嘉华厂之宴

于致美楼嘉华药糖厂筵上,初见李雪枋小姐庐山真面,雪枋小姐于游泳之外,兼癖电影。筵间,龚满堂兄询雪枋:"今日预备看什么片子?"雪枋曰:"有人邀往卡尔登观《欲望》,饭罢即行。"满堂曰:"《欲望》是为琼克·劳馥主演者。"雪枋曰:"否!玛琳·黛德丽也。"座有共舞台经理周剑星,乃大赞雪枋小姐之能,谓满堂枉为过房爷,尚无逮干女儿识见之广。闻诸共舞台文武总管事陆文仪言:"雪枋以余暑攻英文,为女伶中之好学者,宜乎列举好莱坞影星之名,如数家珍矣。"

共舞台戚氏三牡丹,于嘉华厂之宴,亦翩然莅止。三牡丹为戚厚卿女徒,曩时,愚佐林屋师辑《大报》,戚恒携三牡丹来临,屈指匆匆八九年,三牡丹不复识愚矣。是日,三牡丹各为浓妆,而颊上粉刺累累,胥勿能掩,当是扮戏化妆,数年来渐积而成者。菊部女儿于下妆后,往往勿逮上妆时之美,而颊上粉刺,则真如白璧之玷,如周梅艳亦复如是。能台上台下皆葆其光洁者,惟王熙春一人。然熙春演戏之日犹浅,使久在铅黛中讨生活,而谓能永葆其秀润者,能有几人哉?

《社会日报》1939 年 8 月 10 日

璇宫舞女

一夜,在璇宫见一舞女,有客偕之来,御银色旗袍,仿佛用锡箔联缀而成者。然为态绝妍,坐乐台之前,聆平剧清唱,一时见者俱为属目,盖不仅"锡箔"旗袍能吸引视线,其姣好之态,亦足以使人魂夺也。愚勿识其名,私意揣度,或为大东①之王珍珍,以其胸次两

———————————
① 大东舞厅,位于南京路英华街大东旅社三楼。

乳,隆起若阜。王珍珍有"高桥松饼"之号,疑此人也。

又一夕,游于大东,见此女方在坐台子①,益以为是王珍珍无疑。及至前日,乃发觉此女于大新②座上,则知向之猜度为不然矣。愚游大新携有女伴,不便调查此女姓名,于是愚脑海之中,第镌一美人倩影,而终勿审其为何如人。涉足舞榭垂十年,所见货腰③女儿,未有逾此人美艳者,下走安分已久,迨见此人,心又跃跃。孙克仁④兄近水楼台,或能为愚一作曹邱乎?

图51 蓝兰,刊于《青青电影》1940年第5卷第30期封面

以蓝兰女士近顷之活跃,辄使愚系念孙师毅⑤勿置。师毅为人风趣,在汉口时,于干正经工作之外,时在铁路饭店盘桓,有时亦喜欢打几圈麻将,精神不继,则喝脱几杯,此虽糜奢生活,然在一艺人,偶一为之,亦无伤大雅也。师毅西行,不携其夫人与俱,今蓝兰女士在沪,常被电影杂志采作封面女郎,殆为师毅始意所不及矣。

《社会日报》1939年8月13日

与闵菊隐谈电影

一日,与闵菊隐兄,遇于沪光大戏院,归途谈及影片命名,兄言:"近徐欣夫君导演《兰闺飞尸》,片名四字皆平声,一阳三阴,读

---

① "坐台子",舞场切口,指舞客以每小时若干元的代价,请舞女共坐闲谈,亦可相伴跳舞。
② 大新舞厅,位于南京路大新百货公司五楼。
③ "货腰",舞场切口,指以伴舞为生的女子。
④ 孙克仁,时任大新舞厅经理。
⑤ 孙师毅(1904—1966),剧作家、电影编导,为蓝兰之夫。

之殊欠响亮。宜斟酌更易之。"愚深然其说。兄复举一例曰:"有友人华醉石,昔年作一哀情小说,曰《红闺青灯》,归世界书局发行。出版时,予即知其勿能畅销,盖书名与《兰闺飞尸》同一弊,尽为平声也。其后果如予所料,除分赠友好外,所销不过三四百册,可见题名亦须协调平仄,小说与影片,固属一例。"兄为此言,距今不过旬日,今欣夫已易其新作曰《播音台大血案》,是诚较《兰闺飞尸》为高明,惟

图 52 《播音台大血案》剧照,刊于《新华画报》1939 年第 4 卷第 10 期封面

"血案"之上,著一"大"字,实亦不甚妥善,好莱坞摄制《陈查礼侦探片》,率曰"某某血案"(如《柏林血案》《剧场血案》《檀岛血案》之类),今欣夫所摄,既同为陈查礼侦探片,似不如径名"播音台血案"为佳。敢以此意,贡诸欣夫。

往时愚极嗜侦探小说,因与程小青先生论交。先生著《霍桑探案》,脍炙人口,海外皆有译本,称为"东方福尔摩斯"者也。先生近迻译《陈查礼探案》六种,版权归诸中央书店,第一种曰《百乐门血案》,顷商平襟亚先生,乞先见假,在愚所辑《小说日报》刊载。《陈查礼探案》为美国欧尔特·毕格斯所著,多有已摄成影片者,《百乐门血案》亦其一。小青先生译笔流畅,又兼为侦探小说名作手,此篇得假与《小说日报》揭橥,当能餍读者之望也。

《社会日报》1939 年 8 月 14 日

镂心刻骨之侣

数载镂心刻骨之侣，一旦绝裾而去，此其惨伤如何？吾尝论之，人世得失，俱不妨处之以旷达，然不可以语女人，尤不可以语曾经镂心刻骨之女人，盖既曾镂心刻骨于前，必有一番缠绵悱恻之经过，一旦判袂，成为陌路之人，则往时缠绵悱恻之情，苑结于胸次，殆终其生无消弭之方。友侪之中，大郎玩世不恭，于女人前辄逞其狂且之态，岂真视女人如无物哉？要亦一番缠绵悱恻之情，使大郎有笑啼两难之苦，遂不得不出之以佯狂，其实一腔辛酸泪，正无处可洒耳。吾稔知大郎，见大郎放浪形骸，辄为怃然。近时，青骢纵博酣酒，亦复甚厉，此其所遇，殆与大郎等，而自处之法各殊，要皆绝可哀矜也。愚近时所遭，略不同于大郎、青骢，然恐狂歌纵饮，追随二君之日，正复不远，此情堪待成追忆，此恨绵绵无尽期，中年哀乐，何以自遗乎？

潘王吉之外子潘三省先生，以手面阔绰为人所称。日前，为其尊人在静安寺设奠，往吊者皆以汽水一杯，晨午两餐，不供素馔，而代之以西餐，是亦能别开生面者也。毛锥兄尝往吊潘老丈之丧，归来时襟间缀一纪念章，取以示愚，衡其重量，殆及六七钱，使为赤金，为值当在三百金左右矣。治丧而从事靡费，要不足训，然三省先生所于收奠仪，悉数移以赈济难民，是又仁者胸襟，可以为法者也。

《社会日报》1939 年 8 月 15 日

电车上遭袭

在电车上，遭一人无意袭击（其人登车未站稳，左肱触及吾颊），愚所御眼镜，坠地而毁，愚挟之下车，其人欲遁，愚生平不爱摆出白相人面孔，惟于此人，觉毁人物件而竟不言赔，实未可轻恕，于是以理析之，所毁眼镜仅一片，则要其偿此一片之值。其人不得已，乃觅其友人贷得数金，随愚赴光华眼镜公司，由其人付三金而去，此一月前之事也。愚探囊橐，自幸未遭无名损失，额角头总算还好。不谓三数日后，原来完好之镜片，忽亦损裂，于是大愤，使非其人毁吾之一片，而另行装配者，必不致损及此一片。彼时犹可要挟其人赔偿，此际则惟有自掏腰包，又虑配好了此一片，又损坏了那一片，怒而斥十金，径置一新者。真是命里注定要破财，简直逃都逃不掉了也。

陆新梵兄，印画片一束贻愚，画笔绝工细，其中一幅，一女横陈榻上，撒米于其身，逗鸡啄食，可谓想入非非。然舍此一帧外，余都平凡不足观。别有一套，出仇十洲手笔，作种种裸逐之状，颇有别开蹊径者，松风阁主人处，藏有一份，亦新梵印赠者也。

婴宁《社会日报》1939 年 8 月 16 日

林庚白诗

林庚白好句甚多，大郎恒记诵之，如曰："过尽双携怜我独，归来片月为谁高？"盖观影归途中作也，大郎因之亦有"月圆不敢为渠高"之句，即袭林庚白诗意，大郎自不讳言。大郎尚有句曰"幽香不辨兰兼麝，宝镜初开某在斯"，以"某在斯"对"兰兼麝"，大郎自言取巧，因忆张慧剑《闻铃阁诗》，亦尝有"某在斯"之句，其诗曰"一笑帘帷某在斯，隔车传语不成词。相逢犹是春颜色，总忆灯笼夜博时"。大郎诗中，又习见其用"赖有痴""投荒"两语，而慧剑《梦回》一首亦有曰"梦回重绎定公诗，黯不人憎赖有痴。数尽烟罗山鬼发，投荒终惜此身迟。"大郎不言袭慧剑诗,而两人所作,正复相似,慧剑有回荡词之制,大郎仿之,殆亦有惺惺相惜之意也。

愚妇患目疾,初以老法眼药膏敷之,不愈,妇愤愤语愚曰:"吾且目盲,汝竟日在外,独为吾购一瓶眼药水之功夫乃无之耶?"愚报,翌日入中法大药房,市"古力晶"一瓶归,以贻愚妇,告之曰:"一瓶药水,耗吾四毛钱,汝丈夫待汝,亦不薄矣!"愚妇一日三次,以古力晶涤双目,才一周,已所患若失,于是辄欣然向愚曰:"汝一向不甚顾我,惟此一事,足以稍赎前愆。"愚向来不十分相信西药,于古力晶之神效,亦大奇之。愚出生时即病目,吾母为吾遍求良医,得勿瞽,然目力纵大逊。使愚而迟生二三十年者,则有古力晶可治,或勿若今日之必须乞灵于瑷瑮也。

《社会日报》1939 年 8 月 19 日

蕙质兰性

长乐剧场开幕,亦有愚一软匾,悬诸场中,系当年送与王慧兰者,张昭绥[①]兄与愚同具名,上绣四字曰"蕙质兰性",亦不知何以误"心"为"性"也?或者昭绥兄嘱制此匾时,方读纳兰性德《饮水词》,下笔之顷,遂有此讹耳!愚识蕙兰时,蕙兰方十八九龄,婷婷秀发。有一姊,蕙兰隶更新舞台时,辄由其姊伴之往戏院,剧终复伴之返。蕙兰父母督蕙兰严,故至今犹云英未嫁,而其姊则早适人,且先后育有二雏矣。

毛锥兄与人作赌,谓宋德珠为女性,而其友则为男性,于是互约,苟两人中一人输,则当出二十金,请客一次,毛锥举以询愚,愚

---

① 张超,曾任《大报》编辑。陈蝶衣时为助理编辑,协助张超。

曰："宋德珠为北平戏曲学校首届毕业生,与毛世来、李世芳、张君秋称四小名旦,男也。"毛锥跌足曰："然则负矣。"愚前岁在汉皋,黄桂秋应大舞台之聘莅汉,亦有与愚作赌者,坚谓桂秋系女性,此与毛锥误认宋德珠为女性者正同。桂秋在沪时,于电台播音、报间广告至有误书"黄桂秋小姐"者,况宋德珠向在北方,未尝南来,宜毛锥兄不辨其雌雄矣。

《社会日报》1939 年 8 月 20 日

汤饼宴

于之方兄公子汤饼宴上,值木斋主人,主人顾愚曰："足下奈何犹消瘦若是?"愚辄苦笑曰："冠盖京华,斯人独憔悴!"愚近来处境多拂逆,所幸尚能付之以达观,然于感慨猬集时,则亦不免略有牢骚耳。片羽兄①一向好谑,闻愚之言,乃为调侃之口吻曰："足下殆斫丧过甚耳。"愚于此言,亦觉不遑置辩,其实愚自吾妇分娩以来,不涉房帷之私者,屈指且逾半载,经此长时间之休养,宜可以日见丰腴矣!然而尪羸如故,则可知愚之勿能转弱为强,初与该项事件无关。或者愚之所以消瘦,正因无可斫丧耳!

近来于两次汤饼宴上,皆遇张文娟,昔者吾侪聚宴,苟有文娟,必有小红,人谓文娟今得贵人提掖,将青云直上矣!然犹时预吾侪之宴,而小红之踪迹转绝。天下事有不可以恒理测者,若小红之忽杳声息,即其一例,若谓小红今已高蹈,则亦未也。

《社会日报》1939 年 8 月 21 日

---

① 姚吉光(1905—1997),又名维岳,笔名片羽、莽、蟒。上海南汇县大团镇人。与张光宇、谢之光等为同学。

俞大同

天缘婚姻信托社主人俞大同,其夫人于红十字会医院分娩,胎儿既下,发现腹部有隆显者一块,医谓是血瘤,当割治。及施手术,则实为肝脏发达也。于是血倾泻不止,医无法可施,复割产妇股肉一方,已弥补小儿创口,然创口过巨,勿能合,胎儿终死,而产妇亦颓然卧床不起矣。医院开刀,依例当具结,生死不负责任,然盲指肝脏发达为血瘤,是诊断错误矣。既挖产妇之股肉,复不能辞其咎。愚昔患牙疾,在红十字会医院治疗数月,病房邻榻,有行政院参事汪大年,云患肺炎,将割治,卧院三日而施刀圭,并于其日由二等病房移入头等,割治结果,未闻消息。一日阅报,则汪大年讣告,赫然入目。在医院中死掉个把人,简直不算一回事,而使他人见之,不免怵目惊心矣。今闻俞大同已以此事报告捕房,请提公讼。据传当开割所谓血瘤时,实由医生一念好奇,遂置胎儿于死地,红十字会医院设有医校,愚卧病红会医院时,常有医师率学生莅病房见习,遇不经见之疾患,则解剖而研讨其理,所谓牺牲小我而利大我,于是病者之生命,濒于危境矣。俞大同虽已请捕房提公诉,期于法律上求直,然一条小性命,毕竟已经断送,又于事何补乎?

《社会日报》1939 年 8 月 25 日

大郎诗

大郎诗中,屡有"投荒""赖有痴"之句,愚偶言其与张慧剑诗有相似处,大郎似滋勿悦。其实古人之诗,即不乏诗意雷同者,其例正不胜缕举。大郎达人,以愚一言,乃复耿耿于心,亦愚始意所不及料也。至大郎于《怀素楼缀语》中,言愚曾谓大郎爱赏苏曼殊上人诗,此实冤枉。愚无论于口头笔底,绝未尝言大郎爱赏曼殊诗,即以下走之鄙陋,于曼殊诗犹勿觉其可爱,安得谓大郎目光,犹拙于愚哉?大郎以此责我,实无妄之灾已。

愚所为诗,往往修正于事后,工力之勿逮,初不必讳言也,《舞伴之歌》一首,尝改正其句曰:"便嬛堪与漱文侔,一捻腰肢入抱柔。衣不轻飔梢障艳,面虽初觌略无羞。玉纤行炙强膏吻,灯影摇凉乍立秋。各叙乡音成剧笑,卿为常熟我常州。"不谓刊出者仍为原稿,则以修正之函,嘱人送交本报朱志尧兄,仍在途中遗失也。原稿"一捻"为"一舞","膏吻"为"沾吻",犹可马虎,惟"立秋"为"入秋",则重一"入"字,是实勿佳,故宜改正耳。

《社会日报》1939 年 8 月 28 日

桃叶终于迎不成

数年来心上温馨之侣,一旦示我以决绝,于是愚向日"桃叶终于迎不成"之诗,遂尔成谶。自此以后,愚惟有"展图难遏泪纵横""一念誓词一怆情",以遣此余生矣!人到中年,哀乐交织,此殆为人生最感痛苦之一关,然万不料向时于我,尝镂心刻骨生死誓共之人,亦复有判袂之一日,此盖与常之劳燕分飞不同其情景,而令愚万转千回,勿能自已者也。曩居汉口时,愚尝有《菩萨蛮》词曰:"一枝银炬溶溶焰,曲琼横勒珠帷悄。枕角玉钗欹,绿云如雾垂。海棠香入定,一睡春窗隐,还趁未醒时,偷偷理鬓丝。"凡此旖旎之境,遂成陈迹。而愚之"须省故人用心苦,和衣夜夜剪银釭"者,终且勿为彼人所谅,遂亦徒见愚痴骏而已!

方愚自陷缠绵悱恻之情景中时,愚尝惕然,深虑他日罡风骤起,驱吾于悲惨之深渊中,因恳切语彼人曰:"若吾二人,无论如何,总勿当有分离之一日也。"彼人忻然曰:"此尚待言乎?"愚笑颔之。曾何几时,吾之所虑不幸而中,于是向时之海誓山盟,至此乃胥成梦幻泡影,痴呆偶卖,易堕爱海,哀怨横生,难填恨海!吾中心之悲恫,宁有已时乎?

《社会日报》1939 年 8 月 29 日

情思昏昏

若干时后,愚殆将为病魔所扰,呻吟勿能起。愚平日素顽健,然不能有忧思侵袭,有忧患侵袭则必病。此数日来,愚重受种种刺激,既不思食,亦不能伏枕酣然,终日昏昏,心房中如已空无所有,此即大病之象矣。忆愚往年以患牙疾,卧病红十字会医院时,吾友秋姑时来省我,每来则必携水果若干事,或为梨,或为葡萄,依依于病榻之侧,亲手剖以进我,当时感其情挚,遂种下数年来轻怜密爱之情,然不料罡风骤起,终使吾二人如鸳鸯之折翼,则吾此后大病,殆无复一深情款款之人,存问于我,则愚之病,终且勿起,当亦意中事矣!

明星新片《翡翠馬》中之李秋茵,有当二"王漢倫型"。(陳蝶衣贈刊)

图 53 李秋茵,即秋姑。刊于《青青电影》1935 年第 2 卷第 4 期

曩岁,丁慕琴先生太夫人称觞于新新酒楼,有秋姑爨演《游龙戏凤》剧,愚始挈秋姑见丁先生伉俪,丁师母极爱秋姑,每见愚,辄殷殷问愚:"秋姑如何矣?曷不挈之俱来耶?"愚此时苟以判袂之事

告丁师母，丁师母必大惊，而为吾侪调处此事。然吾自不肖，亦雅勿愿重累秋姑，第愿此后丁师母见我时，勿复问秋姑如何，庶几稍减吾痛耳。

《社会日报》1939 年 8 月 30 日

张德钦律师

张德钦律师，为其太夫人称觞上寿，袁履登先生为作寿启，词曰："赤城日丽，麻姑之旨酒正芳，玄圃秋高，王母之蟠桃初熟。如吾张母徐太夫人者，门高百忍，寿益七旬，两子承欢，三孙毓秀，读书读律，蜚声誉于丁年，或舞或歌，奉襜帷于申酒。今年国历八月二十七日，为夫人设帨之辰，谋卜一日之欢，预祝百龄之寿。爰为小启，用告至交。"此殆又出诸牡丹蒂馆主人手笔，主人诗文固俱佳，吾尤爱其字。其字秀润，灵犀好藏聚头扇，手中不能不有牡丹蒂馆所书一柄也。

苏三兄知我近日苦闷，邀我小坐于云裳，是为星六之夜。云裳舞客，拥挤殊甚，吾纵目场中，以为此亦吾与秋姑旧游之地，秋姑爱好平剧，今宵或亦出现于是处乎？顾巡视数匝，终未获见，则又疑秋姑知吾常莅云裳，或不复来，于是为之惘然若失。苏三饮吾以酒，尽一巨杯，颓然欲醉，而泪亦不觉泫然矣！苏三与大郎，俱坐至昧爽，吾独于宵禁前跄踉先行。失意之人，到处都有感触，苏三欲吾稍遣愁怀，更知愚恼怅更甚乎！

《社会日报》1939 年 8 月 31 日

《鹧鸪天》

瘦鹃先生盛意殷殷，嘱下走以追念秋姑之情，赋之夫人，并作

《鹧鸪天》一阙,以诚下走,事诚良可感戴,愚尝语诸友:"使吾妇而为一愚蠢的可怜的妇人,愚亦能寄之以同情之心,惟其因为吾妇有一点本领,能够画画山水,唱唱昆曲,于是东风纵不欲压倒西风,而西风则非压倒东风不可,遂使襜褕如我者,不得不望风披靡,于是愚夫妇之间,欲言和好,亦惟有期诸来世矣。"故愚与秋姑分袂后,亦辄愿吾妇能舍我以去。吾妇为此言者已屡,若愚荒诞之人,诚勿宜有妇,愚自度能甘凭独之生活,一言闺房静好,愚辄心恫。以语瘦鹃先生,为唤奈何!

时代剧场邀周梅艳,使悬第四牌,梅艳不悦,遂未登台。平心而论,以梅艳艺事之美,纵勿能悬牌于秋云艳之前,亦不当使之屈居蒋慕萍下,时代当局勿能善为调处,坐使梅艳拂袖以去,良可惋惜。先一日,灵犀与愚等向时代定座,皆欲看梅艳之戏,及期而易一严素秋,遂使诸人俱为气沮。年来梅艳命途蹭蹬,近憩养已久,不谓闻其将出,忽又见辱于时代,深可悯矣。

《社会日报》1939 年 9 月 17 日

大水

郑子褒五叔以邀角北上,天津大水,乃躬逢其盛,故至今犹逗留沽上也。民国二十二年间,汉口大水,人多有侈言之者。前岁愚在汉上,有一时期,江水漫溢至岸,以为亦将作水国难民矣!然不久水即渐退,二十二年之灾,未曾重演,因窃叹眼福不佳。然在上海,则某年尝遇一次大水,似乎亦相当结棍①。彼时愚犹服务《新闻报》,晚间趋一车赴馆,道中积水盈尺,南京路上,至有烟波浩渺之

---

① "结棍",沪语,"厉害"之意。

状。及抵馆中，则机器皆尽为水浸，报竟因此停刊一日。于是愚乃雇车折赴神州旅社，维时逸芬诸友在神州辟有一室，从三层楼上下瞰大厅，有人趟水为戏，乃仿佛行于井底。数日后水退，南京路砖石尽为之淤。愚自来海上，当以此一次水势为最汹涌，匆匆回首，距今殆亦七八年矣。

近来颇嗜辛辣之味，食面必撒胡椒，进跳舞场必喝咖啡，吃大菜又好加辣酱油。愚在往时吃东西，一见辣就头痛。在汉口时，鄂人多有嗜辣椒者，午炊厨房间里满溢辛辣之气，愚辄为之大不惯。今则不然，似乎菜肴里面放上一点辣，亦复别饶风味，若鸡鸭血汤之类，尤非加胡椒末儿不可。近来愚口味之变，非由于嗜欲有异，实在还是为了要找一点刺激，在跳舞场中喝一点咖啡，往往为之精神陡然，不至沉思睡，盖有奇验也。

《社会日报》1939 年 9 月 18 日

大郎与刘美英

一夕，与大郎、刘美英自大华出，大郎雇一车送刘美英，兼送下走。车中，美英顾我曰："太太为啥勿出来？"美英尝数见秋姑，其言"太太"，指秋姑也。大郎在旁，亟止之曰："休提！休提！人家已分手矣。"美英诧曰："何事分手？若侪讵非甚恩爱耶？"愚初闻美英问"太太"，已为之大窘，至此惟支吾其词而已。又一日，遇卢文英女士，卢曰："何勿携大小姐过舍下？"秋姑尝造卢家二次，识为我腻侣，见愚遂问大小姐，亦指秋姑也。愚勿能明言其故，则亦唯唯，愚与秋姑相依为命凡六年，友侪无勿识秋姑。自秋姑绝裾而去，愚颇知付之以达观，所不堪者，则遇勿审吾侪判袂近事之人，一声声向我问起秋姑耳!

殷美凤女士,亦舞榭之隽,海上舞女有联谊社之组织,殷为社中一部长,中坚分子也。吾友圆郎,与殷女士稔,一晚,携之来大华。圆郎探囊,出球场派司一纸以示殷,殷遂裂券作片片碎,厥状仿佛樊家树于沈凤喜之前表演"裂券飞蚨"也。愚默察圆郎色,似亦略有窘态,而殷女士已附圆郎之耳,为咕嗫小语。语勿可闻,然圆郎之色终以数语而渐霁。舞人辄有规劝舞客,勿沉湎声色之场者,要亦为示好于舞客。然若殷美凤女士则当是出于诚款,非欲以迷汤惑我友也。

《社会日报》1939 年 9 月 19 日

屐曳杖

灵犀兄劝我买屐曳杖,游于黄山,登莲花峰之巅,对苍茫云海,狂歌当哭,庶几稍抒胸头郁积。提起黄山,愚又为之不甚凄悒,亦不审为民国廿三抑廿四年矣,愚尝与施济群及汪仲贤昆季,一度结伴游黄山。愚生平足迹不出江苏门户,而忽作此远游,非为有闲情逸致,盖亦欲使秋姑与我疏远,勿恋恋于一褴褛书生也。不谓一周后倦游归来,家大人告我,谓秋姑尝至报社,视我者三次,最后一次,探问归期,盈盈欲涕矣!于是愚又大不忍,终复踌躇而省秋姑于其家,则容色至惨淡,盖病三日矣。愚与秋姑,六年来回肠荡气之事,足以记述者正多。然《秋闱痛语》之搁笔者,亦诚以往事低徊,不堪回首,乃雅勿愿重叙过去之情,以创我二人心灵也。

秋姑读我所作《痛语》,缺其一页,一日乃饬友来社配报,是秋姑岂尝忘情于我哉?愚尝与诸友言之,愚与秋姑之分袂,事非不可挽回,然衡愚之力,谅勿足以庇秋姑,为秋姑计,亦终以远我为是。愚在过去,贻秋姑忧戚之事正多,勿愿重累秋姑矣!故愚于秋姑所遣使者,亦未尝托其传达一语,此在秋姑,或且转以下走,为寡情之人矣!

《社会日报》1939 年 9 月 20 日

《红灯煮梦录》

青鸾写《红灯煮梦录》,晦涩万状,书中人若仲生,若镜如,胥勿审其为何如人?辄觉青鸾对于读者,无异施一虐政,夫写情文字,要必有所寄托,不但使读者回肠荡气,著书人于搁管之顷,亦要有不尽低徊之情。今青鸾乃故乱其弦辙,使人不可捉摸,是何啻驱读者入迷惘之阵,怅不得草檄一通,以讨青鸾矣。

有读者惠书,责下走之《秋闱痛语》,何以中缀?复曰:"丹翁①先生与秋姑定情之夕,必有旖旎风光,是以记述者,亦可得而闻乎?"愚乃叹世人真有硬心肠之人,以他人不堪回首之事,为可助人一笑也。愚与秋姑定情之初夜,已于"一帘疏影斗纤腰,书室流香浴阿娇。自分无由金璧赎,拼将沉醉践今宵"一诗中尽之,至谓旖旎风光,则六年以来,可资忆念者正多,岂仅定情之夕?然吾实勿愿写,亦勿忍写也。嗟乎!尘劫十年,浮生一梦,此情堪待成追忆,此恨绵绵无绝期,吾与秋姑之事,亦愿以梦幻泡影视之矣!

《社会日报》1939 年 9 月 22 日

红鲤厚我

秋姑与我暌离后,红鲤抚慰我者备至,观剧,则问我:"吾为汝

---

① "丹翁"为陈蝶衣笔名之一。

订一座如何?"入舞场,则曰:"腹馁矣!婴宁欲略进食物乎? 面耶?吐司耶?"有时见我疾苦,则曰:"盍往同宝泰,共买一醉乎?"老友厚我,使遭逢不偶之人,得勿至忧伤憔悴以死者,端在友情之温熙也。然有时红鲤偶以得意之事告我曰:"瑙玛·希拉之影片,吾近始得见之。"吾知红鲤于此数日中,必尝与其隽侣双偕而过电影之院矣!则怫然曰:"休以该项消息报我。"红鲤往往为之失笑。前晚,观赵如泉演《醉打山门》,红鲤为其隽侣留一座,至十时犹不止,愚辄为之额手称庆曰:"愿今宵共舞台之幕闭,十娘终不复来也!"红鲤闻愚之言,几欲饱我老拳,其实愚岂薄朋友之情哉? 一言以蔽之,妒耳!

愚曾有《夜话》一诗,刊于本报,诗曰:"寻常薄怒亦奇珍,何况回嗔更可亲。夜寂寥时倾肺腑,楼高寒处数星辰。宁留悱恻供来日,定觅缠绵付此人。比翼犹能奋旧翮,无论江甸与湖湄。"瘦鹃先生见报,以书抵愚曰:"不料足下之诗,好得如此。"瘦鹃先生知愚近年始学为诗,故有此言也。乃昨日大郎写一便条来,谓偶翻前报,见足下《夜话》一诗,真愿敛手矣!则疑大郎之言,是吃我豆腐,盖愚实不喜此诗,此诗有一句曰"宁留悱恻供来日",乃不幸而验,若谓愚以往所写诗,惟此首最好,则愚殆注定为不得爱神福佑之人矣。

《社会日报》1939 年 9 月 23 日

赵如泉登台

赵如泉登台之第一夕,观剧既终,复小憩于大华,至迟明始归。归途风势至凛,及抵家,不觉呼冷,吾妇辄冷笑曰:"睡了再起来,安得不冷?"使吾闻言,几于股为之慄。吾妇是时犹以为我在外面尚有温柔乡可住,纵不然者,亦当为明知我近来茫茫无所适,以是故加嘲笑之词,吾妇衔恨我曩时与秋姑之情奔,至今犹愿以一事一语,为取快之道,是以终我之生,舍觳觫待罪于吾妇之前外,休想重图和好。然而友人之中,罕有知婴宁处境之苦者,犹以为我苛待夫人,伤已!

《文素臣》摄成影片矣!星五之晚,试映于卡尔登,同人等聚而往观,自深夜十二时至四时,始映已两集。看电影而作此长时间之兀坐,殆所罕有。吾侪非以不花钱的片子,因而贪看,实以舞台上之《文素臣》太使人向往,乃亟欲一观在银幕之上是何情景也。《文素臣》之舞台剧,为朱石麟先生所编,今搬上银幕,亦朱先生导演,遂与舞台剧同其优美。王熙春、刘琼尤光彩照人,俱有惊人之成功。杨文英、吴飞虹,以舞国妙选,初上镜头,演出亦都不弱。插曲音节尤美,固勿仅以词意胜也。惟有一事,乃使愚不能不悒悒者。则诸友是日多携腻侣俱至,若陈玲珠、刘美英、谢珍珍与其家宝宝,桐韵阿媛并二媛,胥联袂而来,一时乃有玉笑珠香之盛。反顾下走,遂益见茕独可怜。诸友于映毕电影后,犹多逗留于翼楼者,愚独悄然径归,于寒风如剪中,诵林庚白"过尽双携怜我独,归来片月为谁高"之诗,为之爽然若失矣。

《社会日报》1939 年 9 月 24 日

利家华寓书

又有利家华君者,寓书于愚,谓连日读下走之《秋闱痛语》,虽以局外之人,亦为陨泪,并以一诗慰愚,有"未妨舞榭连宵舞,休再秋闱痛语秋"之句,此君亦可谓热心人矣。惟此君之诗,其下署名乃曰"秋心山人",是则殊使下走为之怵目惊心,讵天下之山,亦有名"秋心"者耶？然则下走乃甚愿卜一长眠之地，他日瘗此身于秋心之巅，山人能为下走谋之乎？

向以为许晓初先生，不过三十许人，今乃知四十揽揆之辰。届时，先生友好，以先生年来事业正如日中天，谋为先生称觞，以伸庆祝。然以先生之固却，乃改为公宴，而于先生寿辰之前一日，假新新酒楼举行之，一切缛节胥屏除。然以先生之为人和易，视吾侪如手足，则于此良会，辄亦欣然参加，为先生晋一觞焉。

《社会日报》1939 年 9 月 25 日

倾心者

近来之足以使下走倾心者，得两人，一宓令小姐，一桐韵家二媛。宓令有女诗人之号，尝以晚蘋兄介，与宓令有一舞之雅，近且为诗简酬唱矣！桐韵家二媛，虽值于北里，而其人静婉，乃甚类秋姑。此二人者，俱足以使下走存晋接颜色之想。宓令小姐舞艺之美，愚屡于诸友前称道之，为下走所心折者。而桐韵二媛则尝谬许下走之舞不恶，诸友欲愚稍怯秋闱之痛，都劝愚另觅一对象。所谓"对象"，亦仅谓游宴之侣而已！愚曰："现在之足以使我倾心者，惟宓令与二媛，或者于二人中择其一乎？"然才萌此念，仿佛耳际闻警告之声曰："秋姑之殷鉴勿远，讵尚不足以昭炯戒乎？"愚于是而又为之踌躇勿能决，则谢绝诸友曰："下走此生，第愿永为茕独之人，诸君有腻侣，偶然揩油跳跳舞，甚至效'借角儿'办法，陪我看看电影，诸君既厚爱下走，于下走此请，当不致吝而勿许，又何必定要我再花一番心血，徒然造成一页惨史乎？"

《社会日报》1939 年 9 月 26 日

207

"你家我家"

知大华舞女中，有"你家我家"其人者已久，一晚，莅大华，顾曲生怂恿愚与"你家我家"舞，并遥指座上一人，以告下走，谓彼御缟素之裳者，即"你家我家"，与足下为同乡，盍与一叙乡里之谊？愚遥瞩之，果有殊色，以顾曲生敦促甚殷，意亦动矣！然以离吾侪之座远，殆愚趋入舞池，则彼"你家我家"者，已为捷足者先得，如是者凡三度，而"你家我家"且为人召去坐台子，于是愚自叹缘悭，废然而罢。其后数数游大华，乃识其人名胡燕燕。前夕，吾友顾笑缘兄，以大郎之怂恿，召胡燕燕侍坐，于是下走乃得与此向往已久之人，一叙"你家我家"之乡谈。而与胡燕燕起舞之愿，昔日以为缘悭者，此时以我友之许诺，终亦获偿。

愚尝谓近来足以使我倾心者，得宓令、桐韵二媛两人，然燕燕舞艺亦自不恶，况又为苏小乡亲，使吾友而不以愚僭越为罪者，则下走此后游大华，苟不"开户头"①则已，如果"开户头"，愚将视燕燕为唯一对象矣。

《社会日报》1939 年 9 月 27 日

大郎假想之词

大郎假想之词，谓万一愚于舞榭中遇秋姑，即秋姑能过我一言，于意亦惬（见廿六日《高唐散记》②）。其实愚初未尝为此言。愚与秋姑相处者六年，审其为人，虽赋性至温婉，而意志实坚强，六年中待我且至厚。今日之分袂，在秋姑亦万不得已。愚与秋姑，于最

---

① "开户头"，舞场切口，指舞客在舞场中固定与某舞女跳舞，"户头"即指舞女。
② 《高唐散记》为唐大郎在《社会日报》上所辟随笔专栏。

后一次之别,秋姑于其家人前,力示决绝。而有一言潜告下走,为此语时,泪承于睫,愚故言之,秋姑于愚,固未尝有携贰之心。吾近来亦稍稍审秋姑近状,知秋姑犹能为其前程,自图奋勉。故愚终不愿从朋友之劝,另觅佳丽,以傲秋姑者。实勿忍更于秋姑危难之顷,重创其心耳。至于在舞榭之中,苟遇秋姑,愚且将回避不面。若谓愚是"见×酥"之流,固小看了下走。而大郎遽于文中,着"苟秋姑携其新欢来舞场"一语,实亦不知秋姑为人之言也。

他报记宓令之语,谓答下走一诗,非出彼手。然愚固以为此诗,是晚蘋寄我者。宓令为晚蘋女弟子,若晚蘋亦并此事未知,则真不审哪一个弄此玄虚矣。其实宓令对人,又何必有此声明,即算曾与下走为诗简酬唱,让下走扎一点面子,亦是功德无量之事,而必欲谓答下走一诗,非彼手笔,则殆以为下走犹不配与女诗人为唱酬之侣耳。

《社会日报》1939 年 9 月 28 日

心愿

近来如有一大心愿,则颇拟出我余暑,从而习戏。习戏不仅为玩票,且欲为正式下海之准备。环顾海上剧坛,足以为下走之师者,惟周信芳先生一人。信芳先生艺事,下走心折已久,若论门墙桃李,向信芳先生执弟子礼者,原不乏人,然"腹有诗书"者,殆不多觏。下走不才,窃愿追随信芳先生左右,苟信芳先生许我亲炙其艺,而为先生薪传弟子者,下走且将全力以赴。以下走平日之恒自惕励,或者不致负信芳先生所望。愚尝告诸大郎:"下走一生之希望垂绝,惟信芳先生能录我为弟子,则下走容有扬眉吐气之一日。"

故玉成此事之责,即以付托大郎,中秋之前一夕,同人等聚宴于丁慕琴先生府上,酒后纵歌,慕老嬲愚唱《斩经堂》,愚辞之曰:"此时下走犹当藏拙,他日不唱则已,唱必惊人。"盖下走几已以信芳先生未来之得意弟子自居矣。

《社会日报》1939 年 9 月 29 日

惠尔登

中秋之晚,观剧于时代①。秋云艳演《鸿鸾禧》,戏未尝不佳,特愚方被酒,胸次至苑结,欲离座遁去,而灵犀、楚绥俱勿许,劝愚付诸于任达。然当前情景,终有使愚不忍卒观者。勉强看至终场,灵犀、楚绥俱作归计,而愚之游兴实未阑,则以今日为中秋也。于是一人走大华,以为或有稔友逗留是间者,然竟不遇。拟觅胡燕燕,亦已为客市券携出。愚愤极,匆匆离大华,复雇一车向西驰,止于惠尔登②,乃值韦陀兄。兄见愚孑然一身,乃问愚曰:"足下奈何踽踽独行耶?"愚惟苦笑。见任黛黛在座上,黛黛识愚,与愚为礼。愚请于韦陀曰:"今日虽被酒,然未尽量,足下请我喝一杯啤酒如何?"韦陀曰:"诺!"于是愚挟酒兴,起与黛黛舞,复与携至场外,作苹果之戏③。惠尔登之邻,有博场。黛黛好博,吾知之审,则又挟黛黛往观光。坐一小时许,略有小负,及昧爽,乃驱车送黛黛归。检点此一宵所费,达三十金。方秋姑与愚分袂时,尝告愚曰:"后此幸勿复以我为念,铜钿应该做人家一点④!"然愚竟勿能敛束,觉深负秋

---

① 时代剧场,位于二马路大新街口。
② 惠尔登舞厅,位于愚园路 1401 号,近兆丰公园。
③ 即 bingo 之音译,为一种掷皮球对号码之博赛。早期,中奖者取奖品若干,后则以银钱为博。
④ "做人家一点",沪语,"节约"之意。

姑矣！

中秋之前一夕，祝丁慕琴先生寿于其府上，有一事可记者：则诸友酒后纵歌，众嬲玉祯先生唱一折。大郎乃征求诸人意见曰："你们要玉祯先生唱，还是局呢还是宵？局末短一点，宵末长一点。①"语出，阖座遂为之哄堂。吾道中人，惟大郎最狂放，而亦富于风趣，故之方尝谓："座无大郎，便为不欢。"愚近来学步大郎，不遗余力，几愿摒之于皋比之座。惟大郎有时当女宾在旁，亦复放荡不羁，譬如是夕在丁府，座有数鬓丝，闻大郎之言，都不无忸怩。此在下走，则殊勿敢放肆，或者愚犹不足为大郎之入室弟子耳。

《社会日报》1939 年 10 月 2 日

大华《雷雨》

大华音乐，有一折名《雷雨》者，起奏时若狂飙陡起，场中电炬倏灭倏明，真若雷电交加之状，而乐声亦至骤急。尝有一夕，愚与秋姑小坐大华，为诵大郎咏《雷雨》之诗，有二句曰："我若负卿卿负我，为雷殛死在场中。"与秋姑讲解之，秋姑向我微笑领首，意若谓诗意至佳者。维时秋姑与我，犹在"卿卿我我"时期也。自与秋姑分袂，愚亦尝屡至大华，然大华乐工，未有打《雷雨》之曲者，愚则额手称庆曰："是殆乐工知我遭遇可怜，乃勿忍复奏此曲，以创我心耳。"然有一夕，《雷雨》之声乐忽又作，而桐韵阿媛告愚，谓："吾侪先来，曾见秋姑于场中，今已行矣。"于是愚乃大愤，以为大华乐工曷不早奏此曲，使秋姑在场闻之，当作何种感想？已而又自谓曰："吾于秋姑之去，尝屡作仁恕之论，愿秋姑此后，能日履愉悦之途，

① "局""宵"皆为风月场咸肉庄之切口，有"局五宵七""局七宵十"等价格之别。

奈何不宁哉?"于是又为秋姑庆幸曰:"幸汝早去,早去则不及聆此曲,苟聆此曲,吾秋姑必为之怔忡勿安。吾当深谢乐工,并愿此后乐工于吾秋姑莅场时,慎勿奏《雷雨》之曲也。"

愚平时御目镜,不幸秋姑绝我之时,毁于秋姑之手。然此目镜,亦秋姑购以贻我者,则但自伤曰:"目镜本秋姑之物,秋姑自毁之,吾今后惟勿复御目镜耳。"然不御目镜,于愚之仪表,不免有损,不得已乃于市上,购一平光眼镜,而为黑色玻面者,友辈见我,无比讶曰:"足下奈何戴一黑眼镜?"愚喟然曰:"愿终我此生为一盲目之人耳。"灵犀闻我之语,乃太息曰:"婴宁之哀怨深矣!"

《社会日报》1939 年 10 月 3 日

秋姑

诸友以愚最近来又复趋于颓丧,辄为愚惴惴不安,灵犀、楚绥、一方诸兄,至愿为愚借箸代筹,语下走曰:"苟足下认为与秋姑事犹可转圜者,则吾侪视力之所及,当无勿愿效微劳。"愚尝言之,"近时以来,使遭逢不偶之人,犹勿至忧伤憔悴以死者,端赖友情之温熙。"至愿促成愚与秋姑重敦旧好者,是直古之黄衫客古押衙,侠骨柔肠,惟有使下走合十当胸,为之称谢不遑。然下走于秋姑之去,所以至今悒悒者,良以愚与秋姑,相处较久,终已分袂,情份总在,实勿忍见其漂泊于外,为衣为食,以戕其青春,愚之愿望,惟在秋姑能得一较佳之归宿,则萧郎纵成陌路,在愚亦于心滋慰。秋姑好女子,宜在良善之环境以愉其心神。若前日在时代座上所见,则衣衫都敝,容色亦逊其光艳,此则使向日为之倾心刻骨者,大为伤痛耳。故愚告诸友:"下走初勿望复与秋姑重修旧好,第愿彼早日遣嫁,毋复浪迹于外,则下走之心愿了,秋闱之痛,庶几亦稍稍可杀耳!"

《社会日报》1939 年 10 月 5 日

周信芳

偶述从周信芳先生习戏之愿,亦不过在情怀结塞时,聊作戏言,以自宽解耳。不谓余余先生于其《醉写》中乃深致讪笑,其实以愚与余余先生多年老友,即谓我陈某人犹年少翩翩,前途正自有显者,亦未始非宽慰老友之道,而乃必欲以下走老丑之态形诸于楮墨,下走一遭逢不偶之人,心灵脆弱,实已勿堪更受打击。下走与余余先生忝为同乡,又属同门,敢以此两重情谊,请于余余先生:足下近来,《大美晚报》为汝发行特辑,五行头铅字排排,在大丈夫得意之秋,则对于长在愁城中之十年老友,提拔提拔,亦是功德无量之事。苟下走真有下海之一日,则或者在老伶工勉强问一点梨园掌故,供给足下,为谈戏之资料,是尔我相助之日正多,又何必于下走一线生机稍有转折时,遽加揶揄,以锉下走进取之心乎?

(余先生于文字间讥诮下走,非一次矣!谓非有不慊于下走,决不至此,愚亦勿审始于何时,乃开罪于余先生也。)

《社会日报》1939 年 10 月 6 日

幸不辱命

圣爱娜①之旧址,迩方演姚水娟之越剧,下月间,则将恢复旧日之舞场,吾友胡佩之君方负责进行此事,佩之昔尝经营都城②,于此

---

① 圣爱娜舞厅,位于斜桥弄 80 号。
② 都城舞厅,位于霞飞路马浪路口。

中亦斫轮老手矣。圣爱娜场址宽绰，有第一流舞厅之地位，使抑为二流舞厅，廉其茶值，一元五舞，而舞女阵容力求其坚强，如此事必可为，舞厅名称"圣爱娜"三字原甚好，惜已为前人所做坦。愚乃贡献一意见于佩之，宜做沪光大戏院之例，于报端悬赏征求，一则可收集思广益之效，二则易于促起一般人之注意也。愚重以佩之兄之嘱，为拉得股款二千金，下走世故不深，朋友有命，无不竭尽愚忠以赴之。以下走力量之微，曾勿能庇护一弱女子，然而想法子帮朋友的忙，有时候这一点面子还够得到。佩之吾老友，正正经经办事业，尤其应该在旁边出一把力，以是愚于佩之之嘱，乃深喜"幸不辱命"也。

舞人孙秀文，昔本名倡，曰鹦鹉老五，尝为暴客所乘，以销镪水洒其面，然未毁其容。数年来伴舞之地屡徙，不久以前入云裳，以奇装异服炫耀全场。而其人已形销骨立，光艳大逊于从前。在云裳伴舞不久，顷又退隐。此人之在舞场，乃似交了竹节运，一会儿下海，一会儿又隐去，是殆能以舞为戏者矣。

《社会日报》1939 年 10 月 14 日

话柄

偶述习戏之愿，不图在诸友笔下，遽成话柄，其实下走生平绝不耐专攻一艺，譬如作画，少时甚好为之，曾经为当时之名倡宝琴六娘画过扇子，然寻亦弃此调不弹，一则须花功夫，二则拙于天资也。又如跳舞，至今犹未能窥国标舞门径，而浪迹舞场，亦几十年矣。故愚之所谓习戏，不过是在情思无聊时，自家的一句戏言。至因此而遭人揶揄，又岂下走始料所及哉？此番竟还是朱雀先生，不失为知我之人,乃识下走习戏之言是豆腐性质也(见本报《寄庐琐言》)。

下走习戏,虽出戏言,然有一剧,下走倒的确很想学上一学,《董小宛》也。愚初观周信芳演《董小宛》,犹在"黄金"①时代。信芳之冒辟疆,而为王芸芳之董小宛。与愚同观是剧者,则有秋姑。秋姑观是剧,于冒辟疆化装进宫一场,深为感动。厥后秋姑告我,谓信芳苟演《董小宛》者,尚愿复看一次。屈指此言亦二三年矣。今卡尔登演出头戏②,当贴有《董小宛》之一日,而秋姑踪迹飘渺,亦如辟疆公子之失董小宛矣。于是愚乃甚愿习此剧,一声声喊"我的小宛",只当是唱与秋姑听也。

图54 卡尔登戏院上演《董小宛》之广告,《申报》1939 年 10 月 23 日

《社会日报》1939 年 10 月 15 日

枯坐大华

星期二之晚,愚枯坐于大华者一宵,此殆为愚生命史上最可笑之一页。向时愚浪迹舞榭,非与朋友有约,亦必结伴而往。星二之

---

① 黄金大戏院,位于上海法界八仙桥,今金陵中路 1 号。

② 头戏,为"本头老戏"的简称。

晚,愚挟酒后兴奋,独趋大华,恍惚是日与一友约,顾其人竟不至。愚由十时许鹄候至十二时半,宵禁时间至矣!既勿能行,而他友亦一无所至者,于是愚乃只得枯坐一隅,时时检阅时计,一时矣!一时半矣!觉时计之针,速度乃奇缓,因是亦倍觉情思之无聊,寖至发为呵欠,困倦若不可支。如此现象,实向来所未有。愚所据一沙发至广,而两端皆无人,因欲假寐,然乐声时缀时作,亦勿能使此心宁静,终于勉强挣扎至四时半,始唤街车而归。是夕既未跳一支舞,亦未晤一人,着枕之后,辄不觉哑然失笑焉。

与一方谈邻女三娘事,三娘曩与一方对门居,其后一方与三娘渐稔,常为宵游之伴,友侪俱知。三娘与一方情好乃至笃,然三娘终嫁一衰翁以去。三娘之嫁衰翁,初勿甚愿,以三娘犹妙龄也。然衰翁有阿堵之物,足以夺三娘之心。三娘与一方临歧时,语一方曰:"我并不是贪几个钱,然而手头窘乏时,无论出游家居,有时候总觉得十分扫兴。嫁一个老头子,长日晤对,虽然不大称心,也只好马马虎虎了。"于是复与一方约,谓后此更勿相见,苟重觌,徒滋两人痛苦而已。三娘之言,实在亦是老实话。愚与秋姑六年来经历之事,勿若一方与三娘之简单,然终亦勿能维系吾一人之情好,臆测将来,大抵秋姑亦将走上三娘之一途。以是愚乃深虑与秋姑又重觌,若重觌,则两人之痛苦无已时矣!

《社会日报》1939 年 10 月 21 日

皇宫滑行舞

皇宫滑行舞,舞步简单而美观,故伦巴、司华克今已没落,而滑行舞犹流行于时也。愚能此舞,盖授自秋姑(愚笔下之秋姑,殆亦如高唐笔下之惠民,成为肉麻当作有趣之句矣),与秋姑别既久,于此舞遂渐生疏,然有时朋友携有鬈丝,亦偶然登场一氍演。星期四之夕,愚与韦陀、巴巴诸兄,小坐于国泰①,及十二时,载顾凤兰、王慧琴两密司至大华,凤兰、慧琴与下走稔,往往能脱略于形迹。值乐工打滑行舞音乐时,愚乃左挽顾凤兰,右挟王慧琴,在舞池中躩步一周。小队宫人中,着一婴宁公子,此乐为向来所未有,则又是拜秋姑之赐矣。

时代女伶蒋慕萍,与王小樵缔婚未久,忽有悔意,欲命冰人退婚,吾尝谓此项主张,苟出自慕萍,则此人不足取。王小樵正勿必介介。乃顷闻小樵已订于下月迎娶,是此人亦一硬汉,勿知慕萍方面又将如何应付?颇闻慕萍背后语人,悔婚之事,迫于母命,非彼自愿。此辈老妪,眼睛里只有钞票,以婚姻为儿戏,自是可杀!然在法律上,儿女成年,婚姻有自主之权,但使慕萍意志能坚定,纵斧钺加身,又何能强?是诛慕萍之心,正恐诿过于乃母,第为掩饰其见异思迁之念耳?

《社会日报》1939 年 10 月 22 日

宓令女士

下走昔日,尝三投诗于宓令女士,于是见报间述宓令之事,往往亦有兼及下走者。其实下走于宓女士,以晚蘋兄之介,第有一舞之缘而已。前夕,南宫刀兄忽以电话来,谓宓令伉俪方进膳于晋隆②,速愚亦往,并言晚蘋、漫郎胥在座。愚耳不白先生之名久,然

---

① 国泰舞厅,位于南京路 451 号。
② 晋隆饭店,位于南京路西藏路口。

未尝谋面,虑不免冒昧,欲辞勿往。而晚蘋兄又续来一电话,谓主人之意诚,促愚即行。愚乞代向主人致辞谢之意,晚蘋兄不可,谓苟如此,将使阖座不欢矣。愚踌躇之顷,终亦诺之,冒雨而至晋隆。晚蘋为愚介,始识不白先生,则一谦谦君子。愚为宓令女士贺,不白先生亦优于文学,宓女士耦之,闺中唱酬之乐必弥永矣。晚蘋兄告愚:"宓虽辍舞,然犹未于归,则手续不可废,故有待也。"餐已,宓女士与其夫婿登车去,遂别。下走数数迟宓女士于涂雅集上,欲一询向时和诗之真相,而宓女士勿至,以是晚甘侯先生,遂有"纵然曾绕场三匝,争奈未同酒一壶"之吟,至此夕而下走之愿偿矣。

婴宁《社会日报》1939 年 10 月 26 日

吴素秋抵沪

吴素秋抵沪后,尝与一度共樽酒,盖为更新主人宴客大雅楼之夕。素秋与愚觌面坐,因得恣意领略其风致。至前日,顾宏声先生宴素秋于丁慕老府上,则为第二次之筵上相见矣！宏声先生掌珠文绮、文绻两小姐,胥美秀能文,而文绻小姐尤嗜剧,宏声先生遂款素秋于丁家,欲使其闺中少女得一调宫协商之侣。素秋新列子褒先生门墙,故是日素秋乃由子褒先生伴之来,而李婉云亦与俱至。愚平日尊子褒先生为五叔,若论名份,则素秋亦是下走之师妹矣！然素秋是夕沉默寡言,转勿若初见时之雄于谈,殆以在座者生客多,遂勿便纵其词锋耳。愚本勿善饮,是日竟先后尽六盏,盖为愚近来未有之豪饮。愚亦勿审此夜酒肠,何以忽宽也。及饭罢,小憩于慕老伉俪之间,睹案头陈文绮小姐一照,照敷彩色,飘逸如其人。向闻陈文绮小姐能画,欲乞诸慕老,为代索一帧。已而虑冒昧之勿当,乃未敢启齿。是日灵犀、大郎与翼华等先行,来宾中亦无携弦索者,遂不获闻文绻小姐及素秋、婉云,一纵其歌喉,则为憾事耳。

婴宁《社会日报》1939 年 11 月 12 日

腹痛

日来忽患腹痛,痛不甚厉害,然使人亦十分难受。两星期前,曾吃了几次蟹,多数人皆言,吃蟹只有坏处,没有好处。而愚于数次啖蟹后,亦微有病痢之象,遂屏勿敢再食。此数月来,愚饮食十分谨慎,故腹痛之来,实莫审其由。而腹痛于吾妇还乡以后,尤其是不幸事件。非谓有家主婆在旁,可以为我"焐肚皮",实缘吾妇一去,家中只剩下我一个人,万一"困倒"①,将无人侍奉汤药。下走一生倔强,吾妇去后,"按院大人"之生活,倒不怕过不惯,所惧者即病。若病来困我,则下走惟瞑目等死而已!

有读者来函,询九月一日《秋闺痛语》篇中"许飞琼之莫睹,碧筒徒雕"句,"碧筒"两字作何解释? 按:"碧筒"实为"碧简"之误,吾文固书碧简,乃为手民②误植也。若再问"碧简"两字,作何解释,则仙家之事,天机不可泄露,恕在下不能奉答矣。

《社会日报》1939 年 11 月 15 日

鱼肝油与补脑汁

吾妇还乡之先一日,尝入中法大药房购麦乳精、鱼肝油并婴孩快乐片等数事,实吾妇行囊中,使携之回乡。以吾儿一度患肺炎,

---

① "困倒",沪语,"卧床不起"之意。
② "手民",指印刷厂的排字工。

病后不似以前之肥硕，人言鱼肝油与快乐片皆可使小儿增进其食欲，备此可以吃个一年半载也。许晓初先生闻愚尝为中法之主顾，乃请愚曰："足下竟日治稿，脑力亏耗必甚，亦宜稍稍进滋补之剂。吾当选鱼肝油并补脑汁，与足下之健康并记忆力，都有裨益者，命人送至报社。"愚笑谢其盛情。越二日，许先生果遣人送麦乳精、鱼肝油与艾罗补脑汁各二瓶至，并附以笺曰：

> 蝶衣先生台鉴：
>
> 　　序入元英，霜风振户，台端穷年著述，振导人文，缅想贤劳，辄深神往。兹奉赠敝公司出品象牌鱼肝油并艾罗补脑汁各两瓶，聊供摄生之需，藉助兴居之胜，扶元益气，非敢自比于神方，擒藻扬葩，或亦有资乎妙绪。尚新哂纳，幸何如之。匆具不一，祗颂著祺。
>
> 弟许晓初启。

许先生不仅笃于朋友之谊，即寻常小简，亦必务极典丽，许先生真风雅人矣。

《社会日报》1939 年 11 月 19 日

茶花牌化妆品

秋姑在更新爨演义务戏，愚以茶花牌化妆品数事贻秋姑，丐杭州海生[①]弟赍送至后台，藉以代花篮。愚之必取茶花牌者，以秋姑尝授我《茶山情歌》也。一日之下午，秋姑乃有一电话来，其言曰：

---

① 何海生，曾任《罗宾汉》报记者。

"昨日卸妆后,曾请何先生伴吾至楼下,不意汝已先行。"愚曰:"观汝剧终,即行矣!"秋姑曰:"然则又何必送礼?"愚曰:"不腆之敬,幸毋见哂!"秋姑遂向愚道谢忱,复问愚安好。愚亦谢其盛意。吾二人能相敬如宾者若此,则分袂亦良佳矣。

晚,诸友饯吴素秋女士于其闺,愚以白凤约饮,遂缺席,至老裕泰饭罢,始达素秋之室,灵犀、梯维、楚绥早已行,慕老与潘之杰女士等犹在。慕老告我,潘女士屡读吾之文,欲一识秋姑,尝至更新购票而未得,终乃废然以返云。潘女士亦言:"足下之文,动人实深。"愚惟致惭惶而已!

《社会日报》1939 年 12 月 3 日

甘于孤寂

有读者以二诗投本报,其一曰"华东见秋姑",其二曰"更新观秋姑演《梅陇镇》",署名曰"醉人"。意者当曾于华东电台睹秋姑播音,而秋姑更新爨演之夕,又尝为座上客者也。秋姑行藏,吾尚欲稍稍为之讳,故两诗乃勿使发表,愿醉人先生能谅之耳。

梦云于《说日》①志下走曰:"观乎婴宁之遣去其妇,独居上海,孑然一身,自甘岑寂,其用心之苦,或犹为秋姑所未知。……"嗟乎!下走此日之情存苟安,甘于孤寂者,岂欲为秋姑所知哉?更新聆歌之夕,下走虑秋姑或来见我,且不待青鸟使之回报,匆匆即行。吾之所以亟于回避者犹如此,故愿梦云事后,苟复有途遇秋姑之一日,盍为我径告秋姑曰:"婴宁已纳新宠,此后且不复以汝为念矣!"使秋姑知婴宁今日实为一薄幸之人,斯庶几为下走之

---

① 《小说日报》之简称。

愿耳!

《社会日报》1939 年 12 月 4 日

黄金岁终彩爨

黄金年终彩爨,兰亭兄嬲愚参加,演九本《狸猫》,嘱下走承乏艾虎一角。下走平时虽有漏一漏雄心,然究竟未尝登过台,不免胆怯。闻新世界近方排演九本《狸猫》,欲预为之备,乃于昨晚往观。则艾虎出场,初非坐在小车子上,且有两场开打,虽不十分结棍,然以下走之完全羊毛①,已虑应付不来,他日九本《狸猫》之演唱,万一实现,下走苟不改饰其他角色,则势非烦马胜龙老板与下走双演不可矣。

国华播音之第二夕,愚于卡尔登戏散后,与周当局并金二小姐一车往。有马少荃先生,以百金点金二唱四本《文素臣》,又有人以百金点周信芳唱《追信》,为是日捐款较巨者。而兰亭兄九本《狸猫》之《包公》,咄嗟间捐得百数十金,知孙当局号召力之勿弱。黄金年终彩爨,必拉铁门②无疑矣。至两时,播音始结束,许鲁真先生以车送愚归,许先生亦常读吾报者,知下走之名,备蒙奖挹。下走虽不曾唱,亦复汽车送,俨然当我是角儿看待矣。

《社会日报》1939 年 12 月 6 日

吾妇在乡

近来生活几如逃禅,自吾妇还乡,斗室所处,惟吾一人,情景寂灭,万虑皆蠲,惟有不可释然者,则有二愿:一愿吾妇在乡,踢毽子

---

① "羊毛",戏曲界术语,"外行"之意,有轻视意味。
② "拉铁门",指演出场所观众爆满,为防止扰乱,将大门闭锁,不再让观众进入。

捉雀子,顽皮一如初嫁时;二愿秋姑青春长葆,早得良好之归宿。此二人者,一为吾妇,一为吾之情侣,今皆离我而去,邈不可见,则惟有日燃三炷香,为祷之于上苍,愿上苍福佑二人,二人皆安,则下走虽孤寂,亦当甘之如饴矣!

兰亭发起报票联欢之宴,决于星期四下午四时,在天天饭店①举行。主要目的则为宴请赵如泉,盖九本《狸猫》之彩爨,势在必行矣。《狸猫》提纲须向老开假阅,设此一宴,可以顺便请赵老开将此戏为吾侪说一说也。下走以兰亭兄属望之殷,俨然为《狸猫》之重要人物。其实处此时会,更何心绪,为此等不急之务! 而下走居然勿自量力,亦愿追随诸君子之后者,倘所谓自得其乐乎?

《社会日报》1939 年 12 月 7 日

《秋闱痛语》

青鸾写《红灯煮梦录》,究其全篇,已可刊为单行本,而下走之《秋闱痛语》,则终无勇气更为之续。灵犀一友,昨登先生阁,问灵犀曰:"《秋闱痛语》奈何中辍? 亦将付剞劂乎?"灵犀曰:"作者且勿欲续其文,况付剞劂乎?"其人曰:"诚然,此君苟继续写下去,殆非患神经衰弱症不可。"下走在旁,辄为之窃笑勿已。《秋闱痛语》之作,若谓将使下走陷于神经衰弱之症,此或未必,惟事实上下走之写此文,曾为之陨却许多热泪。近来下走寸心,已枯寂若死,并泪亦为之竭蹶,无泪可挥,即写不出好东西来,以是辄觉勿如搁笔之为愈。他日稍暇,或者仿《影梅庵忆语》办法,以吾与秋姑六年来之经历,著为《秋闱忆语》,为吾之一生稍稍留纪念则可,若徒诉牢愁,

---

① 天天饭店,位于南京路广西路口。

以赚读者之眼泪,则不必矣。

大郎于《云裳日记》中言,大华舞人张慧娟,欲读《秋闱痛语》,嘱大郎搜集吾文。如果大郎之言非出于捏造,则愿大郎寄语慧娟小姐,下走颇有意重造《痛语》之一页,而不得其人。苟慧娟小姐许我为心上温馨之侣,与下走更演一番缠绵悱恻之故事者,不较仅仅读吾文字之为佳耶?

《社会日报》1939 年 12 月 8 日

报票联欢之宴

黄金为年终彩唱事,举行报票联欢之宴于天天饭店,赵老开绝早即至,愚谓老开曰:"暌别久矣! 在汉口时,尝观汝剧于天声舞台,与熙春演《霸王别姬》。剧半,警报忽至,因而中辍者半小时。"老开曰:"是屈指已逾两年矣!"因共叹光阴之迅速。是日,老开九本《狸猫》提纲交吾侪,场子与吾在新世界所见正同。下走之艾虎一角,决定让贤,请金元声兄担任之。元声本武生底子,可以使此戏之演出,更增精彩也。下走近来扫兴事多,登台又视为畏途,或者竟在台下看热闹,连龙套都不上,亦未可知耳。

为本报执笔,著鬼神文字者,有陈师诚、胡翼、陈振鹏、佛裔诸先生。老凤先生尝以此类文字要不得,愚于鬼神之学,未稍涉猎,于此勿敢赞一词。惟尝言之,观乎诸君之往返辩析,动辄洋洋洒洒数千言者,即此一点,便足以使人叹服。盖如果换了下走,就一个字都写不出来,而诸君著为理论文字,且能说得头头是道,总是不容易的事情也。

《社会日报》1939 年 12 月 11 日

小玲红之美

觏小玲红女士,玲红之戏,在舞台上已数数见之,"私底下"则犹第一次也。友人中多有绳玲红之美者。是日,玲红御雪青色绒旗袍,着翻口毡鞋,丰仪果绝妍。愚尝以为女人在冬日,着翻口毡鞋较高跟履为尤美,玲红佳人,容止间尤绰有大家风,宜为诸友所艳称矣。闻玲红为谢开云女,是则与曹氏三红为表姊妹矣。愚早年与三红俱稔,今见玲红,觉其人姣好,宛然菊红当年。菊红嫁杭州王氏子,不知近况奚若,惜未及一问玲红耳。

《社会日报》1939 年 12 月 14 日

一笑置之

近来始渐渐服大郎襟度,下走生平不轻得罪人,故亦不愿人家得罪我;而大郎则曰:"彼宵小之徒,哪里值得和他们计较!"大郎之言诚是,愚故愿以大郎为法,一笑置之矣。

《社会日报》1939 年 12 月 14 日

花影恨之死

香港名伎花影恨,即张善琨先生尝盛赞其有演戏天才,愿擢之登银幕之朱秀珍也。最近,朱以殉情死,吾报两记其事矣。顾日前达摩一记,得之陈漪红所述,遂微有"传闻之误",盖朱之旧恋,非音乐家马思聪,实粤伶马师曾也。朱恋马于前,既识小毕,遂与马割席。及发觉小毕所欢女人甚多,始大悔。一日,畀二千金与小毕,掌小毕之颊数下,语之曰:"去你的吧!"遂与小毕绝。未几而仰药自杀矣。达摩所记,似赠小毕二千金于前,殴小毕于后,其实盖同时也。

《社会日报》1939 年 12 月 16 日

大华侍者

大华大戏院气象绝华贵,闻自开幕后,上座亦至盛,惟有一事,窃愿向大华进言者,则咖啡室之侍者,御白纺绸长衫,外罩豆沙色之团花马夹,一如外国影片中所习见者,辄觉此种打扮,多少有一点自侮成分,大华既为外人所经营,似转不如御整洁制服之为宜,正不必以唐人街作风取悦于外人耳。

《社会日报》1939 年 12 月 16 日

松风主人招宴

松风主人邀愚进餐于光明咖啡室,座有灵犀并一方。不晤松风主人者,屈指且逾两月矣!主人从樊良伯先生游,掌嘉定银行机要,为樊先生左右手。久欲晋谒主人,一叙契阔,不意乃承主人先招。主人谓下走视从前,已稍稍丰腴。下走数月以来,伤于忧患,不憔悴以死者亦仅,而主人转谓下走视前为丰腴,知主人厚爱下走,其为此言,特欲慰下走郁塞之情耳。长者拳拳之意弥可感已!

玉蓉演戏于黄金,黄金当局乃于星期一之晚,饯玉蓉于晋隆,兼为诸新角洗尘,故列席者于玉蓉之外,复有遏云、舒元、盛菊、雪溪、世海诸人。老供奉王瑶卿以参观新春秋戏剧学校未至,遣其女公子铁瑛为代表。下走赴宴稍迟,遏云等已欲行,盖另有酬酢也。

席半,玉蓉亦起辞。愚以为玉蓉将赴大都会①之约,以询玉蓉。玉蓉竟谓下走专门吃豆腐,愚几为之语塞。若谓吃豆腐,玉蓉是惯家,下走一本正经同她说话,倒硬派我是吃豆腐,真是阿弥陀佛!难煞我为师兄的了。

《社会日报》1939 年 12 月 21 日

卡乐开幕之夕

卡乐②开幕之夕,赵如泉应约来,坐于影城厅,时已逾子夜矣。愚自幼即看老开之戏,识老开亦七八年,因与晤谈。方下走流亡汉皋时,老开在汉,出演于天声舞台。一日演《霸王别姬》,老开之项羽,熙春之虞姬。《舞剑》一场,忽警报大作,全院电炬尽熄,逾半小时,始重复上演。生平看戏,未有如此次之噱者,以语老开。老开犹能举其时日,则为旧历之年初二,此老真好记忆力也。

有人投一函与下走,其署名曰"曼英",函中措词以女子自居,而审其笔迹殊勿类,其言曰:"年关在即,日坐愁城,外子所入甚难维持,惟有另想别法,贴补家用,闻公子各大舞场,下及舞女大班,均甚熟悉,今恳介绍中等舞厅,即洋琴鬼③旁一座亦可。届时并请略为捧场,附上打油诗二,恳在《社日》一角刊载是幸。"(照录原函)下走生平不甚敢招惹娘儿们的事,来函所称分明又是有夫之妇,介绍伴舞,非不可效劳,万一将来弄出什么情色纠纷来,便罪在朕躬。跳舞场中,此类事数数见矣,要不可不防。下走以局外之人,殊勿

---

① 大都会舞厅,位于戈登路 56 号。
② 卡乐舞厅,位于静安寺路斜桥弄内。
③ 洋琴鬼,指舞厅乐队中的外籍乐手,彼时以菲律宾籍为多。

愿找此麻烦,投函之人美意,辄觉辜负之矣!

小坐卡乐

　　与青鸾、乌鸡两兄小坐于卡乐之影城厅。影城厅中遍设沙发,双携之侣,于此间绵绵絮语,亦别有一种情致。青鸾旧友凤兮,伴舞于卡乐,青鸾因召之侍坐。宵分,凡为双档①者,都埋首于沙发之上,以度良宵,厥状乃如鸳鸯之交颈。青鸾与凤兮,遂亦深谈勿辍。乌鸡兄因曰:"此亦是一对推仔②表演也。"青鸾曰:"足下何尝不是推仔厅中人?"乌鸡叹曰:"吾一身赀独,安得称推仔,第为介子推耳!""介"与"假"同音,乌鸡之言,盖谓假的推仔也。愚曰:"若视影城厅为棉山,能终老于是间,事亦良佳。"凤兮闻下走之言,莞尔而笑,知其依依青鸾之侧,于终老之言,深有同情矣。

　　圣诞之夜,卡乐以玩具纸帽之属,分贻来宾,后至有向隅者,强索不休,而既得者则捏玩具于手中,发为"毕的""毕的"之声,厥状亦是弥乐。其实此类玩具,所值几何? 不过凡人心理,以为自己花钱去买便不足奇,必在热闹场中,你抢我夺,始以为可贵,若流连舞榭者之追逐舞女,往往越是红越要抢,彼阿桂姐③纵十分迁就,亦勿愿加以一盼,厥理正复相似也。

---

① "双档",沪语,"一对、搭档"之意。
② "推仔",两字拆开,即为"才子佳人"。
③ "阿桂姐",舞场切口,指坐冷板凳的过气舞女。

贺年片

岁首,老友亦有以贺年片投我者,得二柬,一沈琪,一高天栖。窃叹二兄之闲情逸致为不可及。愚少时,亦好于新岁以贺年片分寄戚友,片皆精印,自撰文,更印小影于片首,又尝为《陈蝶衣小探案》小说,以贺年片为题材,刊于某杂志,可知愚向时兴会,亦复不恶。年来徒以心绪勿宁,视鱼雁往来为畏事,遂觉投寄贺年片者,为雅兴不浅耳!

《社会日报》1940 年 1 月 2 日

錬霞诗

翻旧报,见周錬霞女士诗,有"又逐飞轮过铁桥"之句,为之大奇。则以愚向日作本事诗,有一首曰:"近日梦腾一顾消,银河清澈是良宵。相逢未忍轻言别,又逐双轮过铁桥。"末句仅"飞轮"与"双轮"有别,与錬师娘之诗,乃不谋而合,不能谓非所见略同也。愚之诗成于五年前,当时秋姑居于海宁路,愚以铁桥入诗,且甚诩新颖,不知錬师娘笔下之铁桥,又是哪一座桥耳?

《社会日报》1940 年 1 月 2 日

《卖相思》

近来舞榭中又流行《卖相思》之曲,尝闻王慧娟曼声度之,其音调柔曼,略似平剧中之《银绞丝》,而歌词亦绝美,如曰:"从今不把相思害,猛然害起相思来。怕相思,偏偏入了相思寒。无奈何,只好把这相思卖。"又曰:"大街过去小巷来,叫了一声相思卖!谁肯来,买我相思去害? 谁肯来,买我相思去卖?"真觉有匪夷所思之妙。下走近来怕惹相思,顾相思之于我,辄复锲而不舍,若如《卖相思》歌词所言,相思而可以叫卖者,吾真愿廉价出售矣。

《小说日报》[1]1940 年 9 月 1 日

"小迷汤"喜讯

南宫刀为吾报写《小迷汤》,化名曰"东方戟",其所叙之事,即以刘佩贞为对象。刘之得"小迷汤"雅号,闻为"小赤佬小张"者所题。则小赤佬小张当亦为书中要角矣。愚初见佩贞,系在卡乐,有客携之而来,客为素识,因为愚作介。越月余,愚偶至大都会,佩贞见愚,辄颔首为礼,因知此女不特迷汤功夫好,即记忆力亦甚佳也。惟最近数过大都会,辄不见佩贞,有人言:"小迷汤将嫁,故辍舞矣。"不知此讯是否可靠?苟佩贞果嫁人者,南宫刀之小说,当更有如火如荼之描写矣。

《小说日报》1940 年 9 月 1 日

盖叫天

最近伶联会在大舞台曾演过两天义务戏,其中有盖叫天的《史文恭》。盖五近年来在家纳福,登台是罕有的事了!当时很想去瞧瞧,但结果是没有如愿,事后闻人言:"全部《大名府》卢俊义[2]带《水擒史文恭》,演出真有如火如荼之盛。"于是我大为懊悔,当时为什么不上一点劲儿?谁知隔不了几天,盖五爷突然在更新登台,这真

---

[1] 《小说日报》,1939 年 8 月 15 日在上海创刊,1940 年 2 月 6 日至 10 日、1941 年 1 月 24 日至 29 日休刊,1941 年 12 月 31 日停刊,前后共出版 353 期。该报由上海小说日报社编辑发行,地址在上海南京路慈淑大楼五楼 528 号。主要刊载 20 世纪 40 年代前后各种类型的小说,并有社会消息的报道。
[2] 此次演出中,卢俊义一角为周信芳所扮,盖叫天扮史文恭。

是个不可多得的机会了！我正计划着候盖五的《英雄义》贴出，就去定座，恰巧陈禾犀兄送了张更新的戏券来，正是演《英雄义》那晚的，于是偿了我的夙愿。同时也可说是过了一次生平所未有的戏瘾。

盖五爷的戏，我可看得不算少了，过去在老共舞台看过他的《金台传》《就是我》，在上海舞台看过他的《西游记》。说老戏，印象最深的是《武松打店》，谭永奎、祈彩芬给他配张青、孙大娘，屈指算来，已是十年开外了！盖五的短打戏，可以说是南北一人，他的这一种从容不迫的气度，也只此一家。前天看他的《英雄义》，真叫人不相信五十开外的人，还是那样的身手矫健，并不比当年差些什么，尤其是髯口功夫，简直是美得不能再美！当时同座的有子褒五叔和大郎、梦云，也没有一个不赞好。费穆先生看了谭富英一出《战太平》，就写信给富英，称他是"国宝"。像盖五爷这样一身绝技，又何尝不是国宝呢？有人说："盖五的玩意儿，是吭话头，就是脾气大一点。"嘿！凭盖五爷那么一身英雄了得的功夫，他没有脾气，谁该有脾气呢？

《小说日报》1940 年 9 月 2 日

访密云

风雨中访密云于其家。密云为旧时同学，税居于马斯南路之一角，入门即见小庭院，亦略具花木之胜。密云娶数年，其夫人卒业于宴摩氏女校，颇有才识。似以情理衡之，似密云处境之优，伉俪间必甚相得也。顾问之密云，则谓与其夫人亦勿甚洽。其最大之原因，在于夫妇之间学识不相上下，于是每有争执，俱不肯屈居人下,遂成水火之势,感情日以恶矣。密云因言:"娶妇实不当取同等水准之人,非其夫学识高出于妻,必其妻聪慧,而夫则为蠢然一物,如是始能保持双方感情,盖惟怕老婆者与怕家主公者,始能真得闺房之乐。若两人学识程度俱相等,则大家不肯让步,势必诟谇时起矣。"夫世人娶妇,第闻以程度相等为条件,而吾友密云,则持必须"大相径庭"之论。其论甚怪,然仔细想来,确亦具有至理也。

《小说日报》1940 年 9 月 3 日

编辑亦裁缝

有人以编辑喻裁缝,实甚恰当。编辑人之案头,有剪刀,有浆糊,有尺,此皆为裁缝司务之道具,而编辑人亦不可无之。裁缝司务缝纫一衣,必针针俱到,如果缺少几针,也许一只袋袋会得落下来,有时候针脚粗了一点,请你做衣裳的人,就要有闲话。而编辑一报纸亦如之,必须从头至尾,一个字一个字排到满,缺漏一行即不可,而且取材须严格,版式须美观,决不能敷衍塞责,稍微苟且一点,读者就要不满意。吾报自扩充篇幅后,文字之数量大增,而编排亦更不易,读者一纸在手,当知编辑之人,固煞费经营者也。

《小说日报》1940 年 9 月 3 日

关于鬻扇

吴江凌立如君,绘花卉人物颇工,有近作便面数十页,欲以求售,识馆中同人某君,谋邀予合作。某君商之于予,予踌躇未诺,而遽以广告刊吾报。翌日,宝大祥丁健行先生,饬人送六金至,定扇二页,遂为之大窘。似予书法之劣,平日偶应朋友命,勉书一二

箧,已增汗颜,何况卖钱?因立嘱馆中人,撤去广告,而于健行先
生之扇,至今犹未敢命笔,则以健行先生为素稔,受其金良勿当,
而予书拙劣,更不足以副先生之望,因拟另匀艺苑胜流之工书者,
书之以奉也。

《小说日报》1940 年 9 月 5 日

《卖相思》之作者

予尝于《散记》中介绍《卖相思》之曲,于是与吾报为邻之电话
购货公司同人,乃纷纷引吭而歌,一时为之风靡,而玲珑兄[①]亦甚赞
其歌词之美。闻作词者包乙,有外号曰"小包儿",即与叶秋心同时
投身电影界之鲍志超也。言鲍志超自有知者,今易名为包乙,遂不
审其为何如人矣!

图 55　天一影片公司新人鲍志超,刊于《电影月刊》1933 年第 26 期

《小说日报》1940 年 9 月 5 日

---

① "玲珑",为冯梦云之笔名。电话购货公司亦为冯梦云所创办。

小坐伊文泰

与白凤兄小坐于伊文泰①,久不履此地,以秋气萧瑟,游人遂勿若往日之众矣。予自痴騃,辄如例踏园中曲径一匝,初以为未必有人,不谓临水椅上,亦复有鹣鲽之侣,三三两两,憩坐其间,乃知自有多情男女,不畏风寒露重,以觅其轻偎之趣也。"伤心桥下春波绿,曾是惊鸿照影来",使侘傺失意如下走者,睹此情形,乃又为之感慨不胜矣。是晚舞人之临伊文泰者,有胡燕燕、鲍金花、沈云霞、殷慧妮诸儿,见予辄目逆而笑,似笑予依然茕独也。

尝志《卖相思》曲词之美,匡庐主人乃录示民间情歌一首,谓与《卖相思》有异曲同工之妙。其词曰:"小奴奴,本是一块好招牌,为仔俫格冤家名气坏,郎呀!前世少欠俫格债,嗳呀嗳嗳呀!今世还仔俫吧!"按:此调殆是《知心客》,似流行歌曲中亦有之。昔吾友徐大风,搜集民间歌曲甚夥,此中自有天籁,予以为制电影歌曲者,正不妨制取其词意之美者,谱为新声。例如匡庐主人录示之一首,固情调绝胜者也。

《小说日报》1940年9月6日

吊秋雁尊人

五日,吊秋雁尊人之丧于护国寺②,秋雁未奔丧来沪,第遣其夫人携两孥至。予去已在下午,未及见秋雁夫人,仅遇吉光兄。吉光热心,秋雁尊人之丧,吉光经纪之力独多也。有一少女,先予辞主人,吉光言是吟声未婚妻。视其背影,绝苗条。吟声旷男,平日亟

---

① 伊文泰舞厅,位于愚园路1238号。
② 上海护国寺,位于跑马厅西孟德兰路(今江阴路)。

亟欲敦夫妇之伦,得此良耦,意婚期当在迩矣。

《在票房里》

《申报·自由谈》刊新亮所作《在票房里》一文,其中一节曰:"我刚跨进门口,就听到一阵触耳的如雷一般的掌声,同时,听得还有人在叫着:'李小姐,真是天赋的歌喉,唱得活像是梅派的传人哩!'我顿时注意到,李小姐是一个年约二十岁的姑娘,面孔生得挺漂亮,身材也挺苗条,何况头上还烫着最摩登的发型,身上的旗袍也是最新式的,手上还戴有一只独粒头的金钢钻戒……"读之辄疑所指李小姐,乃为秋姑。秋姑离予后,一日省予,以指上一熠熠之钻戒,炫于我前。自是予于秋姑,遂不复更致系念之情。新亮所记,纵令别有其人,然与今日之秋姑,殆无二致矣!

慕琴新歌

丁慕琴先生,又寄一新歌来,曰《怨情郎》。慕老曰:"此曲调子亦甚美。"然以予视之,则歌词实甚逊《卖相思》之蕴藉,且情趣亦不同,或者得音乐伴奏,始能显其音节之佳耳!予未尝闻人歌此曲,乃不敢臆断矣。兹录慕老寄来歌词如下:

怨情郎,薄幸人,甜言蜜语哄奴身,骗得小妹将你信。事事遂了你的心,就此一去少音讯。街头巷尾到处寻,推三阻四不见人。

恨情郎，太负心，昨宵约我三更近，我等情郎到天明。今晚约我黄昏后，又听梆儿敲三声，几曾见你影儿临，哄死了人不偿命。

薄情郎，没良心，几次骗我不应该，只怪自己没眼睛。薄幸错认有情人，叫我如何对双亲。吃你的苦难告人，只得背地泪满襟。

《小说日报》1940 年 9 月 8 日

吉祥斋

六日晚，又吃吉祥斋①一次，为傅中施先生所邀。先生与若瓢和尚②订方外之交有年，其太夫人慈祥恺悌，信佛甚虔，先生孝其母，因亦多识当世高僧。若瓢卓锡杭州净慈时，先生即为净慈檀那。又多与艺苑胜流往还，故是日座上，复有瘦鹃、禹钟③两先生，暨白蕉、唐云、灵犀、桑弧④诸子。吉祥寺庖厨颇能别出心裁，有甜点一道，绝似西菜中之布丁，菠萝冻一味亦奇佳，此吉祥斋之所以百吃不厌也。

秋姑忽又过访，以近影一帧贻予，曰："天实鉴之，自与君分袂，固时时梦君，与君偎依若平生也。"予对之曰："予则未尝有梦！"秋姑曰："汝安得复以薄命之人，萦诸梦寐！"予为之默然。秋姑稍坐而辞，送之出门，知予嗜紫葡萄，欲市以贻予，予却之，终购烟台洋

---

① 吉祥寺素斋。吉祥寺在七浦路 204 号。
② 若瓢(1905—1976)，曾用名苦瓢、苦凡，俗家名林永春，浙江黄岩人。
③ 沈禹钟(1898—1972)，名德镛，晚号青塍。嘉善人。曾任中法大药房总管理处秘书处处长、副总经理。
④ 桑弧(1916—2004)，原名李培林，电影导演、编剧。曾执导《灵与肉》《太太万岁》《不了情》《哀乐中年》等影片。

梨一筐、红梅饼干一盒,强予纳之。目送其登车去。嗟乎! 谁谓蝶衣所遇多薄情女郎? 薄情者特我蝶衣耳!

《小说日报》1940 年 9 月 9 日

卡乐新舞人

卡乐新来一舞人,为下走从舞之开蒙师。一日在影城厅中,招下走往,开口便请我吃牌头,其言曰:"看见我吃汤团①,也不来和我跳跳。"予曰:"不知汝在此伴舞也。"于是其人乃告我,谓才自青岛归,舞女大班某邀之来,稔客多勿审其踪迹,因欲予志一二语于报端。予诺之。顾与其人疏阔久,无从为之揄扬,则姑发一消息于吾报,又请佩之列其名于广告中,所以不负其人付托之重者,如是而已! 屈指记之,此人之度其货腰生涯,且逾八九年,顾至今犹浮沉舞海,乏人过问,是其了无成就之情形,竟一如下走矣!

《小说日报》1940 年 9 月 10 日

电话购货公司

上海电话购货公司,近举行第二届赠券,因与吾报商,由电话购货公司定本报二百份,推销于客户。凡向该公司订阅本报全年者,赠奖券六张。券上列号码,头奖得三粒钻戒一枚,盖品珍出品也。二奖亦有六灯机无线电一座可得,代价都需数百金。电话购货公司之赠奖,旨在引起客户之兴趣,吾报因亦乐助其成。若以前订阅本报,而未得此项奖券者,可以续订,则亦获此优益矣。

《小说日报》1940 年 9 月 10 日

---

① "吃汤团",舞场切口,指舞女整晚枯坐,无舞客邀其跳舞。

捏造事实

　　影片公司欲假报纸写宣传，原无不可，惟若捏造事实以蒙蔽读者，则迹近诡计，如最近所传"李绮年忽来一父亲"，初亦勿审其伪，以为天下原不乏此类神经质之人也。及报端有警告李绮年之巨幅广告刊出，乃知又为宣传伎俩。本报不幸，亦受人利用，实可痛心。其实以李绮年之盛名，主演一影片，何患无号召之力？而必欲出此拙劣手段，使报纸失信于读者！若真相一旦揭露，惟有使人增不良印象，以为宣传技巧毋乃不择手段耳！吾报自来记载，未尝有一事虚诳，今以专访记者之不察，遂使欺罔读者之恶名，幸勿能免。此在编辑之人，固深觉愧对于读者，而艺华之故放流言，则以为严幼祥①先生，由来严明，亦宜稍稍整饬其部属也。

《小说日报》1940 年 9 月 11 日

盖叫天《鸳鸯楼》

　　以白凤兄邀，又一度看盖叫天之《鸳鸯楼》，自《快活林》"醉打"起，盖五演戏，凝重洗练，若论艺事，自不失前辈典型，惟身手之矫健，有时究勿能与后起诸伶相提并论。看盖五之戏，宜看《贺天保》之"趟马"②，《史文恭》之口面③功夫，自是罕与抗手。外此则还亦让翼鹏④、二鹏⑤，青出于盖矣。

---

① 严幼祥，为艺华影业公司创始人严春堂之子，曾执导电影《刺秦王》《想入非非》等，沪剧《魂断蓝桥》(1941 年)亦由其执导。
② "趟马"，戏曲术语。京剧表演中多以马鞭来代替马，或作为骑马的象征，因此凡手持马鞭挥舞着上场后运用圆场、翻身、卧鱼、砍身、摔叉、掏翎、亮相等技巧连续做出打马、勒马或策马疾驰的舞蹈动作的组合就是京剧的趟马。一般用来表示人物骑马的心情，或用来显示人物的身份、性格和行动目的。
③ 戏曲舞台上，生、净、末、丑各行角色所戴的假须，统称髯口，又称"口面"。
④ 张翼鹏(1910—1955)，盖叫天的长子，武生演员。
⑤ 张二鹏(1919—2005)，盖叫天次子，武生演员。

丁慕琴先生五秩筹,友好发起祝寿,慕老不欲铺张,因商定从俭之法。初拟在慕老府上,兹以绍华一言慨诺,决改假雪园①。在丁府称觞,须扰及慕老伉俪清神,在雪园则不待寿翁张罗矣。自橐笔从士林诸君子游,惟一慕老,乃往往能对人以真挚,故于慕老之寿,必跻堂称贺。下走不亲曲蘗者逾两月,惟丁寿之日,又欲纵饮矣。

《小说日报》1940 年 9 月 12 日

百乐门新人

自姬娜享名于舞国,遂使后起之舞人于其命名,胥惟奇特是务,如百乐门于姬娜去后,尝发掘一人,曰"佩娜"。昨日接一请柬,署名曰"璐珊",问代邀之人,则谓是仙乐②舞人也。"璐珊"两字皆从"王","姬娜"从"女",其间介一"佩娜",则两者兼而有之。向时新文艺作家,盛行废姓,不意今之货腰女郎,乃承袭其遗风,看来殆将成一时习尚,亦怪事矣。

太白③华诞之日,予别有两处宴会,一璐珊小姐在新利查④,一更新当局在九云轩⑤,于是龙兴寺⑥乃不及赴。璐珊小姐为红舞人,下走好色之徒,欲一亲其謦欬。而更新座上则有吴素秋,海生弟又坚邀必往,于是两面赶场,太白之寿,则托梦云带一口信,谓蝶衣分身乏术,恕不登堂拜贺矣。其实下走岂真轻朋友而重女人哉!特

---

① 雪园饭店,位于静安寺路 225 号。
② 仙乐舞厅,位于静安寺路 444 号。
③ 太白,为报人余尧坤笔名。
④ 新利查西菜社,位于广西路 164 号。
⑤ 九云轩清真菜馆,位于浙江路偷鸡桥堍。
⑥ 龙兴寺,位于爱多亚路南京大戏院对面 954 号。

以龙兴寺者,在下走为刺激之地,故望而却步耳!

路珊小姐招宴

璐珊小姐招宴之日,柬上写七时,而主人逾八时犹勿至。予欲一见璐珊真面目,因待之。又久久始来,则为一高大之驹,着鲜装,视其人颇健硕,意必雄于谈者。故下走别有宴会,主人既至,即匆匆辞去,主人家既然有架子,客人亦不能不搭一点架子,给她看看也。

有人来言,兰亭公子龙官,以病夭矣!为之大诧,亟以电话询太白,则谓果确。予与兰亭兄久不晤,亦不知其公子之病,遽闻噩耗,辄为悒悒。去冬,常与太白造兰亭府上,龙官有时未眠,侍于兰亭侧。兰亭好谑,于其公子亦复如是,予辄深羡之,以为真能得天伦之乐者也。月前,第闻龙官病牙,后谓已愈,不谓弱龄而遽殇也。龙官之病为紫癜症,此名亦不经见。兰亭只此一子,不幸有丧明之痛,正勿知将何以为老友慰矣。

上海电话购货公司,方举行第二届赠奖。头奖三粒钻戒一枚,二奖六灯无线电机一座,凡此皆足以喧人者。吾报亦以二百份参加。日来乃有一人而定报数份者,据谓秋节送礼煞费踌躇,因来订阅《说日》,以代馈赠。其他礼品,若属于食物者,转瞬且杳,报纸则可以使人享受一年,于送礼之人,亦将如每饭之不忘也。其言颇复成理,志之,以见吾报之见重于人焉。

晤瘦竹兄

吴素秋宴客之夕,座上晤瘦竹①兄。不见兄者五六年,向时知其病足,故衡门不出,近来读其《剧话》,知兄已在戏院子里走动走动,因颇喜其足疾之获痊。此夕又于九云轩楼头不期而遇,为之快慰万状。与瘦竹订交十余年,《罗宾汉》全盛时代,予与世勋、元龙同为《罗宾汉》执笔。若论交谊,与瘦竹亦可谓出褎兄弟。兹数年来,瘦竹似谢绝酬酢,予亦苶懒,音问遂疏。其实无时不念瘦竹大哥也。南腔北调人②在吾报,辍其谈戏之作,改写《等闲拾得》。剧谈文字,遂付厥如。因匄诸瘦竹兄,请为吾报客串若干日。瘦竹辄复慨诺,许写就后专足送来。《修竹庐》并剪哀梨之作,不久且可以入诸君之目矣。

有故人自汉皋来书,问予近状,兼讯秋姑好。此亦寻常酬酢语,顾不知如何,在予读之,辄为啼笑皆非。故人在数千里外,乃不知陈生摇落,秋闱之痛未已,续有人面桃花之戚。若言近况,正无可述,则书"已作靡芜离恨草,怕看菡萏并头莲"十四字寄之,以代还云。

《小说日报》1940 年 9 月 15 日

十三点舞女论

舞榭之中,独多十三点舞女,闲尝推论其故,以为舞女知识浅薄,实有以致之。盖舞女出身,大都在蓬门僻巷,未经陶铸,识见自陋。一朝身入舞场,耳濡目染,无非声色纷华,于是张皇失措,十三

---

① 朱瘦竹,《罗宾汉》报主编,著有《修竹庐剧话》。
② 余尧坤之笔名,除"南腔北调人"外,亦有"余余""太白"等笔名。

点之原形于以显露矣！此实格于知识,为药石所勿能疗,抑亦无可奈何事也。大抵舞人之心地聪慧者,气度自华,应对之间,亦能达礼。外此则俗粉庸脂是已！西人以十三为大忌,若舞友而十三点,人亦必望望然去之,视为不祥之物矣。

《小说日报》1940 年 9 月 16 日

灵犀讯我

灵犀有诗讯我,诗曰:"近来诗兴得而闻,可有闲情到草裙?年纪轻轻朋友耍,何时同去喝三斤?"盖谓我久不登猫双栖楼,是以念我也。其实在清河之榻,予固尝数数觅灵犀,与灵犀作竟宵之谈,绝非如灵犀诗中所谓,似下走不要朋友也。惟近来情怀郁塞,又苦无家边之草,助我清兴(灵犀有草裙之句,殆谓家边草耳)。故《卖油》①之集与《遣兴》②之吟,久不复作。此则深负灵犀耳。灵犀诗中,似有劝饮之意,欲下走酹饮,惟有在欢快之时,庶几可以倾罍无算,若心绪不佳,则虑涓滴且勿能下咽,何况三斤?故灵犀欲我饮,宜先鬻我入舞榭,酹舞数匝,然后饮我以酒,则下走或能不辞一醉耳。

《小说日报》1940 年 9 月 16 日

橘子冰淇淋

团圆节前一日,祝丁慕琴先生寿于沧州饭店③,菜为雪园所承

---

① 1939 年 12 月至 1941 年 8 月间,陈蝶衣以"卖油郎"之笔名,在《社会日报》上辟设专栏《卖油集》,以打油诗为之。
② 1940 年 7 月,陈蝶衣以"活动说明书"之笔名,在《社会日报》上辟设专栏《舞榭遣兴吟》,亦近乎打油诗。
③ 沧州饭店,位于静安寺路 1225 号。

办,尝橘子冰淇淋,以巨橘为杯,纳冰淇淋其中,此法仿自冬瓜盅,风味乃绝胜。此外有芙蓉蟹亦美,论者谓得绍华调度,雪园嘉馔是日殆累陈筵席上矣。以予有纵饮之诺,慕老乃强予酒,又与小蝶、福棠诸兄干杯,先后亦尽十余盏,足以知下走兴会之佳。沧州厅外有园林,高木参天,月掩映于树罅,颇似在汉皋中山公园时,惟缺一解语之人耳。是夕,双鬟亦来祝其义父寿,惟见时一颔首,别时又一颔首而已!

于素莲自去甬上,久不闻其消息,近忽有人言,素莲在甬已嫁一周某。素莲之在甬出演,初知其不甚得意,然遽谓以是而下嫁,似犹待证实,事实上或不致如此迅速也。去年,素莲在新都奏艺,以一照贻我,予谢之以诗曰:"早识歌台绝世资,微波只欠一通辞。今宵忽展如花靥,也算银灯晤对时。"时予方有萧郎陌路之叹,诗不过借题发挥。然素莲颇以此德我,今莫审其下落,为之念念。

《小说日报》1940 年 9 月 17 日

一往情深

吾友有与舞人腻者,爱好逾恒,而舞人对吾友尤缠绵,见者辄曰:"某小姐对于足下,真一往情深也。"厥后舞人忽作香岛行,临歧语吾友曰:"虽别,犹可以通尺简,至少每星期中,当鱼雁往还一次也。"友诺之。不意女去匝月,音问遽绝,吾友叹曰:"言犹在耳,如何竟无鸿雁之使,登我之门耶?讵已得新缛,遂忘故素乎?"闻者乃曰:"此真所谓一往情深矣!此一往者,常作一去不回解,女之深情,即在于'一往'而不复返顾也。"于是吾友又为之啼笑皆非。

《小说日报》1940 年 9 月 18 日

《小说月报》

吾友剡溪白华，从顾冷观①君之请，辑《小说月报》。《小说月报》与《小说日报》几似姊妹刊物，倘亦可谓吾道不孤矣。冷观、白华俱以书来，白华又数数催我，欲我写一小说。予惷懒，久久未曾命笔，昨宵始竟一夜之力，成《媚惑记》②千数百字，以报两君之命。久不写小说，自视一过，觉了无是处，恐有玷《说月》篇幅矣。

《小说日报》1940 年 9 月 18 日

蝶衣尚在人间

大郎在《怀素楼缀语》中，记我的怪癖，这事情说起来，难免要叫人好笑。不过这其间关系着个人的道德问题，大概大郎还不十分明白。以前，我在先生阁上发稿，灵犀指定一只写字台给我，现在我搬回了《说日》，在先生阁的写字台抽屉里，还留置着许多文件，也是我的惷懒，而且那些东西无关紧要，所以始终没有搬走。不料有一天，我重登先生阁，却发觉抽屉给人家翻乱了，有几封私人信件，本来放得好好的，也被人发掘了出来，弄得乱七八糟，分明是一一替我检阅过了。虽然那些信件并没有什么不可告人的秘密在内，但是偷看人家的私信，这总是不道德的行为。因此我着实恼恨，就写了一张"蝶衣尚在人间，抽屉请勿乱翻"的字条，放在抽屉里。这不过是告诫"下次不可"，并不是像大郎所说："若涤夷此行，与人负气者。"因为这一张字条，是我重上先生阁时，发觉书信已被人翻乱了，才写着留下的。大郎对于这一点是没有弄明白。下走

---

① 顾冷观，崇明人，时为《小说月报》主编，亦曾主编《茶话》《上海生活》等刊物。
② 《媚惑记》，陈蝶衣，刊于《小说月报》1940 年第 1 期。

生平最恼恨的就是不顾私德，先生阁主许我寄存的东西，除了先生阁主以外，谁都不能妄动！我仅仅写了一张条子，并没有骂山门，还算是客气的呢！

《小说日报》1940 年 9 月 19 日

否认“怪癖”

大郎在《怀素楼缀语》中，说到我的“怪癖”①，列举两事，关于“蝶衣尚在人间”一点，我昨日已有所声明，这根本是大郎不明真

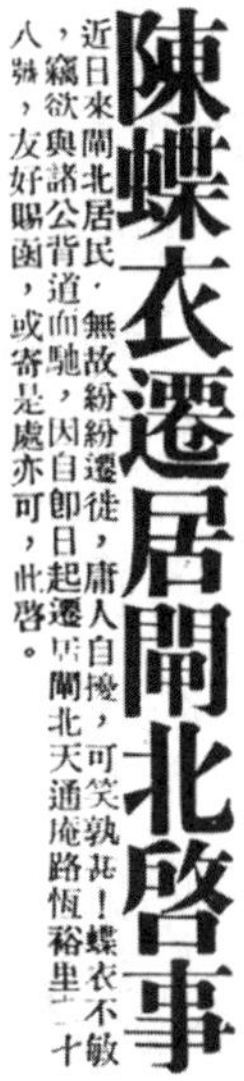

陳蝶衣遷居閘北啓事

近日來閘北居民，無故紛紛遷徙，庸人自擾，可笑孰甚！蝶衣不敏，竊欲與諸公背道而馳，因自即日起遷居閘北天通庵路恆裕里二十八號，友好賜函，或寄是處亦可，此啓。

图 56　陈蝶衣迁居闸北启事，刊载于《铁报》1935 年 11 月 16 日

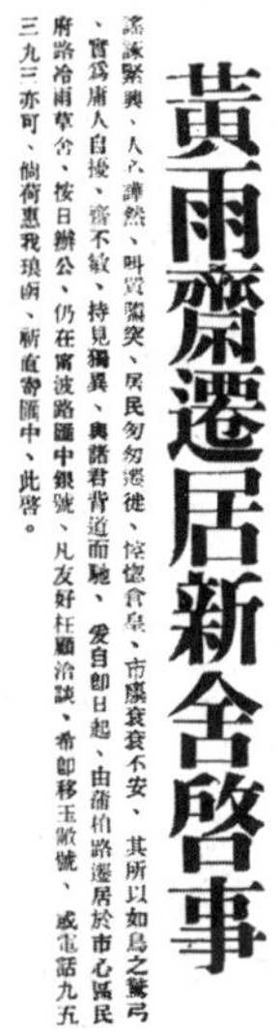

黃雨齋遷居新舍啓事

謠諑緊興、人心譁然、叫囂隳突、居民匆匆遷徙、惶惚倉皇、市廛衰衰不安、其所以如鳥之驚弓、實為庸人自擾、齋不敏、持見獨異、與諸君背道而馳、爰自即日起、由蒲柏路遷居於市心區民府路冷雨草舍、按日辦公、仍在寗波路匯中銀號、凡友好枉顧洽談、希即移玉敝號、或電話九五三九三亦可、倘荷惠我瑤函、祈直寄匯中、此啓。

图 57　黄雨斋迁居启事，刊载于《大日报》1935 年 11 月 27 日

① 《怀素楼缀语》：涤夷情怀孤介，情怀孤介之人，往往赋性怪僻。往年，淞沪战云渐起，桥北之人纷纷移来桥右，而涤夷独于此际自桥南迁至闸北，复登一启事曰：“某不敏，窃欲与诸君子背道而驰”，盖欲身冒烽烟，为背道而驰之一句成语，下一注解，虽其僻如此，亦为时人传作美谈。近顷涤夷之办事处，自移去先生阁后，越数日，有人发其抽屉，则留数字于白纸曰：“涤夷尚在人间，书报请勿乱动。”观其语气一若涤夷此行，与人负气者，乃知若干时来，吾友曾未改其奇僻性情也。（刊于《东方日报》1940 年 9 月 18 日，署名“唐僧”。）

相。另一件，大郎提起我迁居闸北的事，这说是我的怪癖，我也不承认。因为在当时（似乎是民国廿三年间），闸北谣言蠢起，居民纷纷迁徙到租界上来，情形很混乱。有许多人，知道我在报馆做事，纷纷打电话来问我："到底要不要紧？"当时我笑他们是庸人自扰，因此在报上刊登了一则迁居闸北的启事，内中有"蝶衣不敏，窃欲与诸君子背道而驰"的两句话，这就是大郎所记得的，我虽然"人微言轻"，但是这样的一则广告，对于安定人心方面，当时却是奏了一点微效的。后来更有起而响应我的人，那就是黄雨斋①兄。其时雨斋兄的江湾新居，恰巧落成，于是也仿效我的办法，在报上登了一则"斋不敏，窃欲与诸君子背道而驰"的启事，因此传为一时佳话。所以关于这一件事，我自问做得颇有一点意义，若说这仅是我的怪癖，那未免浅视我了。

《小说日报》1940 年 9 月 20 日

干旦之歌

　　与沈曼华及白凤诸兄，饭于味雅②，尝谓"乾旦"③之歌，在上海可以听听者，黄桂秋外，惟一曼华。曼华出唱更新时，尝两观其剧，不但歌喉佳，片子贴得亦好。曼华本魁梧，赖片子黏贴之得法，乃助长其美，故曼华在愚之印象中，至为不恶。曼华来自北地，而操沪语绝流利，怪而问之，始知原籍为常熟，固南人也。近来屡就餐于味雅，味雅之饭盂奇小，容饭才及拳，三数口即尽矣！使座上而

① 黄雨斋，汇中银号创办人。
② 味雅酒楼，位于南京路 755 号。
③ "乾旦"，为戏曲术语，指男性扮演旦角。"乾"在汉语中是同"坤"相对的，原本是《周易》中的两个卦名之一，意为天、为君、为父、为男，故男人演旦角被称为"乾旦"。

有梦云,恐怕将吃它个十七八碗也。

图 58　顾兰荪、沈曼华《闹窑》,刊载于《十日戏剧》1937 年第 1 卷第 9 期

《小说日报》1940 年 9 月 21 日

天香楼

天香楼①之菜,往时与一不祥之人同尝之,觉风味绝胜。是后于朋友之前,遂屡屡称道之。天香楼之菜,予所嗜者二味,一卤鸭,一跑蛋。予于蛋有特嗜,若味雅之跑蛋,味亦不恶。卤鸭之美,则舍天香楼以外,全沪殆无第二家。昨夕,东方戟兄邀饭,议去处不决,予又推荐天香楼。同饭者有白凤、佩之、一方,叫数菜,卤鸭、跑蛋外,又有醋溜鱼。醋溜鱼在杭州菜中,似乎为一名肴,其实徒负虚誉,论风味不过如此,以为还不及跑蛋之美也。

《小说日报》1940 年 9 月 22 日

---

① 天香楼,杭帮菜,位于广西路 515 号。

潘玲九

卡乐举行慈善茶舞,拟请潘玲九帮忙。予曰:"潘玲九小姐,为上海唯一红舞星,而捏得牢玲九者,目下惟一梦云。欲请玲九小姐帮忙,仗梦云一言,事无不谐。"因又以电话速梦云来。梦云近年事事失败,惟从前识一潘玲九。玲九既红,梦云似乎亦脸上有光,欲以茶舞之事烦玲九,梦云似有难色。予曰:"万一玲九不允,汝但曰:'阿记得在我么六头上敲法敲法,请我吃生活的辰光。'如是玲九必曰:'梦云真幼时青梅竹马之侣也,梦云有所嘱,敢不如命。'于是可迎刃而解矣!"梦云、佩之遂约于翌日访玲九,后事如何,要看么六头之是否能感动玲九矣。

《小说日报》1940 年 9 月 22 日

舞榭遣兴吟

电灯泡君在本报舞刊,有《舞榭遣兴吟》之作,喜其出语风趣,效为其体,得三首:

> 自小青梅竹马游,休夸此福是前修。
> 慈茶不见玲华影,砍尽招牌么六头。

梦云识潘玲九于垂髫时,此次卡乐举行慈善茶舞,拟邀玲九参加,挽梦云说项。结果未见玲九莅场,不知为么六头恭请无效,抑未及接洽耳?

> 高似丁香一座山,与人舌战亦精娴。

　　琴珍同赴能文誉。说到武场输一环。

　　丁香在报间有随笔之作,人称"舞国第一支笔"。一日,有人见丁香在大东,与别一舞人口角,词锋甚锐,乃知丁香小姐真允文允武,此当为王琴珍所勿逮也。

　　舞娃不作作名倡,老去犹能有羽觞。
　　未负百花皇后号,依然管领是群芳。

　　魏爱娜旧在扬子,有"百花皇后"之号,近已沦为倡条冶叶。或谓魏本北里中人,现在不过返其老本行耳。

　　　　　　　　　　　　　　《小说日报》1940 年 9 月 23 日

拜师礼

　　陈漪红女士,宴名旦沈曼华于万利酒楼①,即以师礼事曼华。予与杭州海生弟同为介绍之人,因亦躬与其盛。行礼时,诸人俱外行,曼华又谦逊,谓不必多此一举。予曰:"海生弟最近拜一过房娘,于此事为内行,当问诸海生。"于是海生又被推为司仪,漪红亦于赞礼声中,盈盈下拜于红氍毹上矣。是晚席上有更新艺员数人,俱来观礼者。海生正啖饭,忽有电话至,海生往听,已而匆匆来辞,谓诸人曰:"戏馆里等着我去发包银,先行矣!"遂去。向以为海生在更不过掌秘书之职,今乃知发包银一类事亦要烦渎着他,可见董老板依畀海生之殷也。

――――――――――――――

① 万利酒楼,位于福州路时报馆隔壁。

青鸾居士与凤儿,当互矢爱好时,在城北之家,清河之榻,时常互为双携,见者每曰:"此为鸾凤和鸣也。"其后,凤儿之踪迹忽疏,寻且似鹞子断线,不知其所终,于是青鸾笔下亦渐有忧伤憔悴之词,而凤儿终勿顾,亦不来一探青鸾,论者乃无不谓凤儿之忍。女人心硬,使吾辈书生遇之,遂惟有徒唤奈何矣。

《小说日报》1940 年 9 月 25 日

大郎享清福

大郎笔下,时时叙其衰疲之状,而吾见大郎,则大郎固健谈如恒。惟《云裳日记》中,屡言"佐闺中人燃香斗""助闺中人治晚餐",又恒有"不欲辜负良辰""虽劳,亦为欢弥永"之供述,则可以微窥大郎,近来固颇享清福。若谓衰疲,当亦由于"鞠躬尽瘁"之故。初时,予亦深以大郎之健康为虑,寻乃知其不然。大郎之言萎顿,特为得意之笔,状其"上课"之勇矣!大郎好谑,若读其文,而真以为大郎疲不能兴者,直为大郎所给耳。

《小说日报》1940 年 9 月 26 日

糖炒栗子

糖炒栗子,近日始渐渐上市,在秋高气爽之候,此为下走唯一恩物。然今年之糖炒栗子,两毛钱仅得十余枚,亦有吃不起之叹。予尝有做糖炒栗子生意计划。用我计划,可以打倒上海之一切糖炒栗子,然无人拿出资本来,与予合作。予志不在图利,惟每饷我栗子数百枚,即胜于红利千万。去年梦云曾有此意,因拟将予之计划贡献于梦云,顾梦云迄今犹未发动,于是予之计划,只得密而勿宣。糖炒栗子售巨值,亦惟有少吃一点而已!

《小说日报》1940 年 9 月 26 日

大新舞人

大新有舞人,骩靡①工媚,吾友玉树,才与一舞即惑之,初不知舞人实巧韶高才,惟喜其妖冶。于是酣舞之后,更携之作宵游,止于伊文泰。舞人绐吾友曰:"与君相见恨晚矣!"吾友曰:"何故?"舞人曰:"香港有人来邀,不日且行,是以言相见恨晚耳。"吾友曰:"此行岂不可中止?"舞人踌躇有顷曰:"中止非不可,特已取其三百金,奈何!"吾友曰:"汝以为在沪佳,抑去港佳?"舞人作倩笑曰:"设早日遇君,吾且却其人之请矣。"吾友大喜,谓舞人曰:"然则此戋戋之数,吾当代偿之,而乞驻星驾。"舞人曰:"此则深感君矣。"于是吾友以三百金假舞人,以为舞人苟留沪,便可从此下手也。不谓三百金脱手后,舞人睹吾友,两颊忽似被严霜,吾友趋与舞,舞无劲;邀之饭,亦峻拒。友乃大沮丧,侦之,则赴港之说,亦伪也。友愤极,欲向女素逋,则事固无佐证,若女反噬求欢不遂而行诈,讵不将转为所辱?遂只得任之,以为女得三百金,转瞬亦尽,未必能享用终身也。吾友之宽大如此,而舞人狡猾,则涉足舞榭者不可不"火烛小心"也。

《小说日报》1940 年 9 月 27 日

婴宁笔下玉人

往扬子舞张玉珍,忽忆婴宁笔下之玉人,已由卡乐莺迁此间。一时好奇,颇欲舞之,但予不识玉人,问之仆欧。仆欧又问客普登。

---

① (汉)王逸《九思·悯上》:"众多兮阿媚,骩靡兮成俗。"

客普登乃为予告曰："坐在洋琴台右首中排第四只位子上,衣绿色旗袍者即玉人也。"予近视,而舞场中灯光又奇暗,其眉眼口鼻,竟浑不可辨,但见一团绿色而已。移时,乐声曳然止,灯光又亮,更视玉人,则面目依稀,似曾相识。继而思之,不觉哑然,盖玉人曩赠婴宁十寸大一照,予固尝于婴宁案头,一度见之也。乐唱,予固舍玉珍而起与玉人舞,玉人前失身,予尝以微词侵之,颇有使玉人难堪处。此夕舞玉人,顿忆旧事,不禁大感惭愧,遂觉怀中之玉人亦极楚楚可怜之致矣。思作一语以谢之,则又以被酒故,竟不可得。凡二舞,予卒未尝与玉人作一语。而时已终场,玉人去矣。玉人去,予亦踽踽独归。归后念玉人不已,以予欠玉人两舞,券竟未有以偿也。一夕,予又往扬子,是行也,半为玉珍,半为玉人,讵是夕玉人之座终虚。予既末由得舞玉人,遂亦末由偿此宿逋矣。此债不知何日了,思之怅然!

漫郎客串

《小说日报》1940 年 9 月 28 日

清河之家

在清河之家,睹情致缠绵之一幕,时为星期四之夜,访某襄理于人安里。襄理与其所谓家边草,方谈笑于清河之榻,予偶述百乐门①丁香接得一妇人之函事。妇人结缡五六载,其藁砧②向时恒绝早即归,纵迟亦未有逾十二时者。最近,其藁砧忽于舞榭识丁香,遂往往流连于外,竟宵不归。妇人廉悉其故,乃致函于丁香。……

---

① 百乐门舞厅,位于静安寺路愚园路口。
② "藁砧","丈夫"之意。

予之言未尽，家边草之一闺友，忽纵声而笑，其笑奇诡，又指家边之草，吃吃不已。家边草颇有错愕之色，而草之闺友忽曰："十二点钟不归，吾早听出弦外之音矣！"于是家边草为之色变，一怒竟去。吾侪胥莫明究竟，使人觇之，则方涕泣于外也。于是亟嬲之回，家边草犹拭泪曰："由他去与丁香要好可也。"至此始恍然草之误会，为之一室哄然。予亟以报授之襄理，襄理以示草，解释其事，草始破涕为笑。盖草于襄理近来深情一往，至十二时即鹄候其归，而襄理颛顼，有时逾宵禁勿至，草之闺友，以为予言十二时必归者，系指家边草与襄理，真是冬瓜缠到茄门上去了也。近来朋友之间，多意兴阑珊，不意在清河之家，犹得睹此热烈紧张之一幕，此则襄理之艳福毕竟胜于流辈矣。

《小说日报》1940 年 9 月 29 日

秋宴

廿九日之晨，应早团①诸君邀，参加吾侪之秋宴。两人吃两菜一汤，另一拼盆。办法甚善，盖以两人为一组，如携有隽侣者，便可以双双起舞，不至于紊乱舞场规矩则也。上次涂雅②春宴，与会者围坐影城厅中，都五六桌，热闹虽热闹，然病在集中而不普遍。今次秋宴，尚未举行，似大可采取早团办法。予近来隽与不隽之侣皆无，惟与狄敏一舞，余丽君一舞，又与路黛琳舞半匝，则以下池慢了一步，乐声倏然即止也。黛琳与李萍，俱以爷叔尊我，闻之甚刺耳。

---

① "早团"，指舞场中以"早进早退"为宗旨的舞客，以不影响翌日上班为前提，发起者有牧之、早同等人。
② 涂雅小集，成立于 1939 年，为小报文人自发组织的社团，以舞文作者为主，如徐晚蘋、哀王孙、漫郎、苏三等。

今日之蝶衣,真垂垂老矣!

公共汽车与电车停驶数日,大苦。是日始恢复行驶,一日间乃遍乘两车,登车时,辄恨恨曰:"你亦有今日?"

大郎来一简,要我代向白凤、韦陀诸兄道地。大郎自谓此事关系太大,而予则颇怪大郎,何以如此讳莫如深? 岂欲赖却几枚红蛋耶?

《小说日报》1940 年 9 月 30 日

圈吉生挥金

圈吉生召田秀丽坐一台而耗三十金,又携孟丽君至百乐门坐数小时而斥五十金。又小张携逍遥①鲍莉莉至丽都②,亦斥三十金。此两人平时对于同事辈,亦殊不见有甚慷慨处,独在女人头上,则用钱大爽。一日,予与圈吉生、小张等诸人饭于二马路正兴馆,方大嚼,有兜售慈善奖券者,伛偻其腰,老态可掬。至圈吉生前,哀圈吉生购买一条。圈吉生始拒之,老人苦求。圈吉生遂问老人曰:"你每售出一条,能赚多少钱?"老人凄然曰:"薄利生意,每条只赚七八分而已。"圈吉生笑曰:"只赚七分,不如其已。若所赚不止七八分者,则我必购一条矣。"老人似失望,顾犹站立不即去。圈吉生忽大发慈悲,出金予老人曰:"看汝年迈可怜,我买一条。"时小张心亦不忍,曰:"老人实可怜,我亦买一条。"于是两人均做成老人生意矣! 饭罢返治事所,圈吉生与小张口中犹念念有词:"看他年老可怜,所以买一条。"若两人今日已做成一件绝大好事。两人均有菩

① 逍遥舞厅,位于虞洽卿路(今西藏路)南京路口。
② 丽都舞厅,位于麦特赫斯脱路(今泰兴路)306 号。

萨心肠,漫郎闻而合十曰:"善哉! 善哉! 但愿两人将来均着头奖,
俾于田秀丽、鲍莉莉处,多坐几只台子也。"

漫郎客串

《小说日报》1940 年 10 月 1 日

小舞场出身

舞人有小舞场出身,而克享大名者,若郑明明,初隶爵禄[1],无
藉藉名,今则执舞场之士而问之,孰不知有明明? 亦孰不知明明为
大都会之第一颗红星? 南宫刀尝谓跑舞场而不知舞客中有药水小
开[2]者,且为阿木林[3],为屈死[4],然则不知有明明者,此种人,死之
可耳。

逍遥亦小舞场,时产红星。若干年前,若陈莉莉、王玉珍、杨文
英、章楚云、汤如玉、姚筱莉、王珍珍辈皆
出自逍遥。而后若干年,则又有鲍莉莉
焉。莉莉具中人姿,富情感,胸无城府,蚩
蚩敦厚,盖工于舞而不工于心计者也。予
识之且年前,时莉莉犹未发,乃少丘壑之
美,常见其愁坐逍遥一角,生涯有寥落之
叹。予亦颇忽视之。一年来,予声色流
转,交识既多,寻旦忘之,孰谓曾几何时,
而莉莉已如倚春桃李,一枝秀苗。颇闻莉

**图 59　大都会舞厅郑明明,
刊于《舞影》1939 年第 7 期**

---

[1]　爵禄舞厅,位于虞洽卿路(今西藏路)250 号。
[2]　"药水小开",为通俗文学作家冯蘅(冯凤三)之绰号。
[3]　"阿木林",沪语,"傻瓜"之意。
[4]　"屈死",沪语,"洋盘""瘟生""阿木林"之代名词。

莉生涯亦已由衰而盛，由枯转荣，由寥落以达于繁忙，甚矣！士之不可别也。乃者，又闻莉莉将托乔未于大东，声势虽未挤于显赫熏灼之别，然而捧场者已颇不乏人，送花篮者有之矣。召之坐台者，亦有之矣。这女子能善目藏拙一本其蚩蚩之敦厚，无渝初心，不其为昔日王珍珍之继乎？企予望之矣。（按：鲍莉莉即于今夜进大东矣。）

婆娑客儿客串

《小说日报》1940 年 10 月 2 日

《秦淮世家》

接到周剑云先生的来信，要我为《秦淮世家》特刊写一点东西，在读完了信与《秦淮世家》的本事之后，就是一阵伤感。

是一个我愿意淡忘的日子，张恨水的新著《秦淮世家》，开始在《新闻报》的副刊《茶话》中发表，那时我还没有被摒于粉红的范围以外，我爱好恨水的小说，于是有人给我在一本精美的册子上，按日将《秦淮世家》黏贴起来，她是那么小心地担任这项工作。在夏之夜，月的清辉之下度我的温馨生活的时期，那册子往往会放到我的膝头或她的膝头，这就是说，我们研究《秦淮世家》的书中人物在那时候也是占着一部时

图 60 影片《秦淮世家》剧照，周曼华饰唐小春，夏霞饰唐二春。刊于《金星特刊》1940 年第 1 期

间的。

不幸这样的情况,没有能够延续到《秦淮世家》终篇,我记得仅仅看了六七回,正在杨育权劫夺唐小春的时候,我的粉红色的梦打破了!自此,我对于《秦淮世家》再也没有欣赏的机会——或者说是心绪。

现在,《秦淮世家》不但是全书终篇,而且被搬上了银幕。当我听得此片开摄的消息时,我就害怕。而现在剑云先生偏偏还要我发表一点意见,又附了一张本事来,使我的心弦因此起了剧烈的震荡,我在伤感的情绪之下读完了本事,分明这故事中的登场人物,是我在某一个时期所熟谙的。——但叫我说些什么才好呢?

说句不怕人讪笑的话,提到《秦淮世家》,我真是有点怯弱的,我也不明了《秦淮世家》怎么会在我的生命史上划下惨痛的一页。

可是在另一观念之下,我也许会瞧瞧《秦淮世家》的映出的,我想能够给我看到在银幕上的杨育权之流,毕竟是怎样的一副面目?

《小说日报》1940 年 10 月 3 日

二师妹订婚

二师妹顷亦订婚矣。有日,师妹以予之邀,莅卡乐彩排,有少年随与俱来,今审与师妹订婚者,即此少年郎,可以知师妹婚后,必能敦其室家也。旧时梨园诸姊妹,或死或嫁,不然亦奔走天涯,邈不可睹,惟二师妹辍歌家居,以读书遣其青春,有时相值,颇以流年似水为之虑。今乃字人,为之一喜。喝订婚酒之日,席上又遘宝莲、宝玉姊妹。宝莲退藏已久,今以困阨,又出唱于红氍毹上,因叹人事无常,真非可以逆料。即如此日一宴,其间两人,同为师妹,一则迁延至今,始得归宿;一则早偕凤卜,又痛鸾离,此短短之一叙,亦迫使人兴沧桑之感焉。

　　两日大水,舍间以处于楼下,因之亦成泽国。晚间驱车归,犹不知吾室已浸于水。及归,则水且没胫,于是只得跣足登床,俯视榻下,一片汪洋,此身如居岛屿,辄为之哑然失笑。尝闻有人驱车过卡尔登,见周当局①在楼上,呼之曰:"倷跳下来,省得到黄浦滩去哉!"真可谐谑也。

《小说日报》1940 年 10 月 4 日

上海大水的影响

　　上海发了两天大水,本报也就出了两天毛病。本报对于编排及印刷向来是十分认真,不许有一丝苟且的,但是二、三两日的报,因为受了大水的影响,在排与印两方面,竟弄得乱七八糟,几乎面目全非,这在我们自己,固然十分痛心,同时对于读者诸君,也觉得十分抱歉。自今日起,我们决定使它重上轨道,庶几不损本报原有的精神,同时对于内容,我们亦将有若干新贡献,准备次第实施。第一点,就是朱瘦竹先生的《修竹庐剧话》,现在瘦竹先生已将稿寄到,明日起就可以开始刊载。瘦竹先生除了他手创的《罗宾汉》以外,向来不为他报写稿,现在是在下凭着"十年老友的情面"特烦他,才破例执笔,这面子委实不小。瘦竹先生已答应尽可能每天为本报写上一节,此后诸位读者便有并剪哀梨一般爽脆的谈戏文字可以看到了,这岂不是一喜!

---

① 卡尔登大戏院经理周翼华。

长篇小说方面,《书室之谜》今天已结束,《情海槎》与《夜光表》不久亦将刊毕,此后我们决定多载些小品文字,以调剂读者口味。长篇不拟再增加,这一点,我想也是读者诸君所乐闻的吧!

《小说日报》1940 年 10 月 5 日

曹娥女士

曹娥女士,顷复有下海伴舞之讯,予尝于新新酒楼上,一见曹女士,当时惊其绝艳,以为若言风华绝代,惟此人庶几足以当之耳。厥后又有人言:曹娥籍隶兰陵①,则与予且属苏小乡亲,于是曹娥女士予我之印象,似乎更美。予非徒重乡土观念,特论曹娥之风姿,实可以使人向往耳。顾此人命途,似亦多舛,数数传其将伴舞,兹且实现有期,可见在电影圈中,亦匆甚得志。予于此人,辄复有惺

图 61　曹娥,秦泰来摄影,刊于《电影》1940 年第 72 期

---

① 兰陵县,是东晋、南北朝时期存在的一个建制,性质属于侨置县,仅为建制而非政区,现址位于江苏省常州市新北区孟河镇万绥村。

惺相惜之意。第于其下海伴舞,则不欲发为悲天悯人之词,以为苟非自甘暴弃,则货腰生涯,未必便损女儿清高。而如下走之想望风采已久者,欲晋接其颜色,自此且多一机会,故予于曹娥之下海,且延颈企踵以望之焉。

于南京路上遇一英小姐。一英近来,益亭亭秀发,每见一英,辄联想及于当年之《红杂志》。《红杂志》上,刊有丁师母少艾时代之影,御长裙,鬓向两面掠,今日之一英,盖绝似。乃母当年许我为忘年交,而其公子女公子辈,亦视我为毋长一辈之人,思之真可惭汗,则以蝶衣纵非复翩翩,竟犹未足以言齿德俱等,勿能如施济群大夫,在小丁手册上,大书"我是你老子的朋友"也。

《小说日报》1940 年 10 月 6 日

因风阁夜博

于因风阁①上与捉刀②、青鸾、力更③诸兄,手谈④终宵。不弹此调已久,偶一为之,居然大胜。人谓情场失意,则赌场得意,此语真信而有征矣。青鸾故意触我心境,每得一秋花,辄欢呼曰:"秋姑来哉!"又以牌示我,曰:"阿要摸一摸?"予向之苦笑,则又曰:"现在不属于你的了!"不意此过眼云烟之事,至今犹成为他人调笑资料,所幸赌神佑我,手中牌来极顺,青鸾勿能使我气沮耳!

《小说日报》1940 年 10 月 7 日

---

① 因风阁为谢豹居处,谢豹自称"因风阁主"。
② 王小逸,笔名"捉刀人"。
③ 胡力更,时任《力报》主编。
④ "手谈",指打麻将。

《春江花乘》预告

不平凡公子①跌宕花丛，生平多艳遇，又善为啼红染绿之文，倡门才子俞逸芬以后，无足与公子称一时瑜亮者。吾报取材，由来谨严，惟读者则以为风趣太减，公子遂欣然愿为本报命笔，著《春江花乘》②，以宋艳班香之笔，写风云月露之迹，此为吾报继《修竹庐剧话》后又一新猷，俟公子稿到，即当刊载。至寒山先生，于《等闲拾得》中偶谈屠门旧事，作此中掌故读，要亦无伤大雅。惟寒山先生已允另写其他题材，不久当可结束其"回忆"也。

《小说日报》1940 年 10 月 7 日

康又华踪迹

横云阁主来言：康又华现在卡德路龙泉书场奏艺，灵犀尝欲觅其人，而龙泉之布置，则颇有古香古色之致，可以去得，因知之以告灵犀。

《小说日报》1940 年 10 月 7 日

为《说日》而殉

自《说日》恢复原有篇幅后，文字的数量，比以前增加了许多，而四版的辑务，却集中在我一个人身上，此一项工作，虽然说不上"艰巨"两字，但在集稿方面，却不比从前那样的容易，有些意外需要接洽的事，更不是可以在日程表上排定的，尤其费力的是"拼版子"，每天发完了稿，就要耗费整个的一晚在印刷所中。我的工作，

---

① 王绍莶，笔名"不平凡公子"。
② 《春江花乘》实则 1939 年 4 月 21 日便已在《晶报》上开始连载，此后并未在《小说日报》上刊载。

不仅仅是编,编之外还要监督着拼版子,甚至亲自校样,亲自改大样,每天非忙到黎明不能归寝。这一种苦况,绝不是读者诸君所能够想象得到的。过去,大家都谬赞《说日》的编排不错,但是近来掉换了印刷所,一切都很乱。发大水的两天我没有到印刷所,一张报就弄得不成模样。这两天虽然好一点,但是还不能上轨道,这样就苦了我,每晚为了修正版子而累得腰废背折。这一个月以来,就使我害了一种从来所没有害过的病——遗精,差不多三天中倒有两天要遗,身体之糟糕可知。一个独处的人,精力别无消耗之处,完全是消耗在《说日》上面。昨日请医生诊断了一下,医生警告我,如果再不调整睡眠的时间,作相当的休养,就有陷于神经衰弱的危险。事实上,我自己也感觉到精力不继,现在只有希望毛主干①能够怜悯我,容我回乡去作一年半载的憩养,辑务倩人庖代,不然,我只有为《说日》而殉了。

《小说日报》1940 年 10 月 8 日

新艺剧社《海国英雄》

　　新艺剧社上演《海国英雄》,如晦先生②一再邀予往观,终以《说日》剧务缠困,无法分身,于此佳剧,遂交臂失之,为之恨恨。书此以志吾之憾,兼谢如晦先生盛意,道歉仄之忱也。

　　《海国英雄》为《明末遗恨》之续集,胥出于如晦先生手笔,予生平观剧,凡两次下泪,一次看《董小宛》,周信芳在黄金演出;一次即看《明末遗恨》。董小宛之幽怨,自与葛嫩娘之激愤不同,而冒辟疆

---

① "毛主干",指《小说日报》主编毛子佩。
② 魏如晦,为钱杏邨(阿英)笔名。

入宫一场，亦能诱致下走热泪，则信芳演出之凄苦欲绝，实足以使人荡气回肠也。近一年来，信芳不恒贴此剧，今且抱病，登场犹无期，予爱好《董小宛》，而末由观之。国华公司尝以摄成影片，由周璇、舒适主演，不知银幕上之演出，又复如何？颇欲一观，惟苦不得暇耳。

图 62　新艺剧社《海国英雄》剧照，刊于《东方画刊》1941 年第 3 卷第 10 期

《小说日报》1940 年 10 月 9 日

寒热忽作

以月余来之栗碌终宵，果奄奄病矣。八日之晚，校雠本报大样未竟，寒热忽作，搦管在手，竟慵不能举，于因风阁假寐片刻，转觉腰背间酸楚万状，因趋车归。归即就寝，而睡梦中殊不能安，中夜数数醒，奇渴，自抚额间，则识热度如炙，知病且甚厉，于是饮水少许，蒙被又卧。至黎明，未能得汗，惟热则稍退，若在他人，且在府上憩养矣！而予则不能，以《说日》辑务，无人庖代也。因强支而

起,趋车茌馆,运我弱腕,以书此稿,头岑岑如载重负,目亦昏花,如此苦况,谁又知之?欲请毛主干许我回乡间,稍稍资调摄。毛主干未有一言,惟以电话来,问报间讹字何多?念毛主干托付之重,予正当勠力以赴,无如心力交瘁,今且奄奄病,则亦惟有乞诸毛主干,谅我无能矣!

《小说日报》1940 年 10 月 10 日

与青萍小坐大华

吾报于双十节休假,因偷得一日闲,得以稍舒疲惫。晚与青萍小坐于大华,青萍才自香港来,留数日便当去,因邀之作舞榭游。青萍前为吾报作《梅边吹笛录》,有疑为出予手笔者,以青萍尝于文中引予所作诗词也。为青萍述之,都为失笑。青萍与红娘舞,予则舞娟娘。娟娘为吾友绵蛮隽侣,顾问之娟娘,则绵蛮不履大华者,亦且浃旬,知绵蛮自有家边之草,于娟娘殆不遑兼收并蓄矣。

闻人道及重阳节,始知予之生日,匆匆已过,浮生若梦,无复闲情,遂并自己之生日亦忘记得一干二净,自然更无人为我吃面上寿矣。乃追溯及重九之前一晚,予与白凤兄,尝饭于大东酒楼,不幸乃于此间,觏当日秋闱中人,亦来就餐,几使下走为之食不下咽。秋闱中人坐有顷,尝瞰其外出,而已目示意于予,意者殆犹欲与予一通款曲,而予终屹然不稍动。今日萧郎,已成陌路,岂尚有轻怜密爱之足言?见了还休,怎如不见!吾愿长谢秋姑好意矣!

《小说日报》1940 年 10 月 12 日

赐尔福多

连日依然迟眠,欲交卸本报辑务,而毛主干勿许。下走非不愿勤奋,近来精神困罢,遂欲稍稍得憩养。此半载以来,犹幸许晓初先生以中法佳药赐尔福多贻我,益我神思者良多,非然者,虑今日早病勿能兴,更不必言执笔为文矣。

青萍来谈,言于吾报见《明月调筝楼韵语》,颇拟重为吾报著一文,即以"明月调筝录"名其篇。予则怂恿青萍,如《梅边吹笛录》之例,更著二三篇,合辑为一册,梓以发行。青萍颇复有允意,为青萍在沪逗留之日无多,殆须俟回港以后,促之践诺矣。

得金殿舞厅①邀饭之柬,时间乃在中午,此真勿谙新闻记者习惯矣!有梦云一柬,托予转交,予既晏起,此柬遂亦不及交梦云,于主人之盛意,惟有辜负之矣。

《小说日报》1940 年 10 月 13 日

灵犀叹苦

灵犀近来,亦甚自苦,《社日》与吾报,近同移一家印刷所,距灵犀家近,于是灵犀亦日日来临,排字房中,辄与相值。灵犀于校雠之事,向不过问,今亦亲自出马,然才数日即叹为大苦,盖校雠虽小道,实亦不易为也。啼红②即居印刷所之楼,美其室曰"因风阁"。此中常客有捉刀人王小逸先生、力更、天籁③、修梅④、九公⑤、承梁诸兄,今并下走与灵犀,亦日日聚其间,于是人文荟萃。小逸谓大

---

① 金殿舞厅,位于郑家木桥大方饭店五楼。
② 谢豹,字啼红,即上文之"因风阁主",常州人。
③ 周天籁,通俗文学作家,著有《亭子间嫂嫂》等作品。
④ 汤修梅,常州人,曾与陈蝶衣同辑《海报》。
⑤ 蒋叔良,笔名九公,曾辑《东方日报》。

可组织"经编作校联谊会",言报馆经理与编辑、作者、校对也。有时于因风阁小博,通宵而达旦,困罢益甚,此风不可长,后此宜深戒。

在跳舞场可以签账,固然称便,但每月结账下来,此一笔数字,亦颇复可观,因信凡事有利必有弊,在签账之时,以为横竖不要现付,签了再说。于是日积月累,为数即匪尠矣。若下走在卡乐,每月结账,恒达六七十金以上,此犹属"吃账"之部分耳!论一月之耗尽舞场者,仅六七十金左右,要不为多,惟在付账之时,毕竟亦要钞票一叠。此一叠钞票,使在平时分别现付,或不觉其费用之浪。银都舞宫①,日内即将开幕,舞宫主人,亦许予签账。此在主人自是盛情可感,惟下走则殊勿欲拜领,盖甚虑一个月结账下来,万一付不出,反而砍招牌也。

《小说日报》1940 年 10 月 14 日

冬季大衣

去秋,有梁上君子光顾予室,窃予之西装数袭而去,予之冬季大衣亦因此而无着,比来朔风渐厉,遂又为今年之冬季大衣而着急。往年置大衣一袭,百金左右即可,今则非二三百金不办。予纵不至如黄仲则诗所谓"全家都在西风里",然于此长安米贵之候,咄嗟间欲以二三百金置一衣,却非易易,因亦不能无"九月衣裳未裁剪"之叹!安得世有鲍叔其人者,以绨袍②衣我,免下走瑟缩风里乎?

《小说日报》1940 年 10 月 15 日

① 银都舞宫,位于福熙路(今延安中路)988 号,近威海路口。
② (唐)岑参诗:"绨袍更有赠,犹荷故人怜。"

小戏法

与青萍同访红娘于其妆阁，见案头有樟脑丸，取其一枚，裹手帕中，以火热帕，火光熊熊然，瞬息吹灭之，而帕不损。红娘大奇，以为予有神术，其实此小戏法，予偶从古籍中得之耳。

《小说日报》1940 年 10 月 15 日

谢陈富华先生

陈富华先生，为《大众影讯》之创办人，近挽人来言："欲裒集予所作随笔，梓印一书。"为之惭汗不已。予历年写作，大都芜杂之言，信手拈来，无一可以传述于世者。况不录底稿，报间虽有，搜集匪易。旧时写《秋闱痛语》，颇有人爱好，然未尝竟篇，予亦不敢以之问世，况毫无价值之身边文学乎？富华先生美意，终负之矣。

《小说日报》1940 年 10 月 15 日

慕老上课

偶染微羔，劳慕老与兰亭、王孙诸兄，纷纷以电话讯我，盛意至可感。其实，愚虽略有不适，治事固犹如恒也。慕老近于新亚图书馆中担任图画课程，每周一小时，新亚图书馆与吾报同在慈淑大楼，今后睹面之机会较夥矣！向者尝以"上课"为同文间调谑资料，今下走"罢课"已久，而慕老之上课工作，则方兴未艾，此可为慕老贺也。

《小说日报》1940 年 10 月 16 日

惨不忍"赌"

之方尝于林媚妆阁与大郎诸人博，先后八圈，未尝和一副。一日,予与小逸、挹香诸君,博于因风阁,牌风亦甚挫,五十块底之麻将,至终局,所余惟一金,不禁为之长叹曰:"今日真惨不忍赌矣!"

《小说日报》1940 年 10 月 16 日

秋声海上来

去年,新艳秋尝应更新舞台之聘,一度来沪,犹记其时在腊尽春回之候,尝见新艳秋身拥重裘,出临于樽畔也。今者一年容易,又是秋风,新艳秋复以黄金之邀,重莅海上,满城秋色,正是侧帽听歌时候。林屋师生前有联赠艳秋曰:"艳色天下重,秋声海上来!"下走绝迹歌场者已久,于此秋声之来,不觉大喜,又欲摩挲倦眼,看吾家师妹登场矣!

图 63　新艳秋,刊于《天津商报画刊》1933 年第 9 卷第 17 期

《小说日报》1940 年 10 月 16 日

吴素秋特刊

吴素秋南来,杭州海生弟为之辑特刊,索愚一言。愚草一文以付之。及书出，海生弟以一册贻我。展阅之，赫然曰主干某某[1]，为之大愤。下走文字，虽芜陋不足观，然何至于就一斗筲之徒，使其纂辑吾文。因之颇怪海生弟，事前乃不明以告我，海生弟忠厚之人，非然者，吾且搤之以拳矣。

近来于诗颇少作，一日与灵犀谈，迩时打油诗之风行一时，因喟然告灵犀曰："近作一诗，几于不敢押韵，顾积习难忘，辄复拘拘于平仄，一诗既成，自视几勿类，终弃之未敢用。"灵犀闻愚言，大笑。其实愚非愤激之谈，于搦管之时，真有如此情景耳。

《海国英雄》前次上演时，如晦先生数数邀愚往观，终以事不果。迩日重演，李一兄又以电话来，转述如晦先生之意，谓仅有两日矣！觉真不可以更稽延，今晚拟拨诸冗，一睹此佳剧之演出。翌日，会当述吾观感于吾报。

《小说日报》1940 年 10 月 17 日

观《海国英雄》

昨晚在璇宫，与青鸾观《海国英雄》，以剧情之悲壮，正同于《葛嫩娘》，遂又使下走陨泪一次。大抵下走丰于情感，而缺乏理智，在理智充分之人，知此为戏剧，不必下泪，而下走则勿能禁遏热泪之来，是下走之盖于理智也可知。

《海国英雄》，为衔接《葛嫩娘》之作，凡四幕，演出之慷慨激昂，一如《葛嫩娘》，而演员亦无一不好，刘琼之郑成功，沈瀚之郭必昌，周刍之张名振，则此中之尤佳者，魏如晦先生两公子，一钱毅，一小晦，俱甚能做戏，真所谓强将手下无弱兵者矣。

---

[1] 《吴素秋特刊》主干为孔祥葆。

是日有一憾事,则顾兰君未登台,郑成功妻遂由沈浩演之。沈女士英爽之气,殆勿逮兰君,然口齿甚清晰,要亦一美材。

《葛嫩娘》中之风趣人材马金子,《海国英雄》中亦登场,仍有严斐任之,傻大姐作风一贯,若援批小说之例论之,则马金子自是《海国英雄》中上上人物。

陈琦在《香妃》中饰侍婢兰儿,愚即剧赏此豸,以为演技既不弱似熙春,论美慧抑且过之。今在《海国英雄》中,饰郑成功之女郑瑜,亦见其泪珠莹然。闻诸李一兄言,陈女士每演一场即哭一场,然则,可知是人,固亦丰于情感者矣!

看此剧竟,觉有一观念,即以为大可移之于平剧舞台上,藉锣鼓歌唱之助,其动人必更深,顾以此见贡献于周信芳先生,苟由信芳一人饰前后郑成功,中张名振,其精彩不待言矣。

《小说日报》1940 年 10 月 18 日

九福公司主人招饭

九福公司主人,十七日晚招饭于白克路杨邸。先一日,遇穆公,公嘱必往,盖九福主人挽公为代邀者也。是日盍簪毕集,独鹤、瘦鹃、天笑、剑侯诸先生俱至,沈淇泉太史[①]亦拄杖而临,成一时盛会。主人供馔甚丰,馔由梁园[②]承办,莲心一味,入口即酥,风味不输曩年之飞霞(在共舞台对面,今改为人力车夫互助会矣)。餐已,主人更以乐口福飨客,人各一盏,厥味颇似可可,而甘芳过之。乐口福为九福出品,以麦精、牛乳、鸡蛋及可可粉为主要原料,富滋补之力,日

---

① 沈卫(1862—1945),字友霍,号淇泉,晚号兼巢老人,斋名四红豆馆。浙江嘉兴人。
② 梁园菜馆,位于广西路 322 号。

常饮之,可以补血开胃,故问世五六年,已足以夺取舶来品之席。此外,有乐口福饼干,亦以麦乳精制成,并富滋养料。九福公司为黄楚九先生所手创,其最初出品曰"百龄机",仿佛孩提之时,即处处见百龄机之标语,曰"有意想不到之效力"。十数年来,楚九先生虽殁,而九福续有乐口福麦乳精及饼干问世,胥脍炙于人口,则可知九福公司主持之得人矣。

图 64　乐口福广告,九福公司出品,刊于《大美周报》1940 年 9 月 15 日

啼红近名其所居因风阁,将为吾报作《因风阁小简》,愚每登因风阁,辄谑之曰:"阴风惨惨!"有人问曰:"足下从何而来?"愚亦诺之曰:"于鬼卒之列矣。"灵犀谓读□□□①诗,有"因风野鹤饥犹舞,积雨山栀病不花"之句,大可为啼红伉俪写照,啼红亦以为此联大佳。然则啼红为吾报作《因风阁小简》,可悬此联为开张之喜矣。

《小说日报》1940 年 10 月 19 日

银都舞宫开幕

银都舞宫将于今日开幕,其地在福熙路威海路口,离下走之独处室近,有时驰车过其地,以为银都兀立路中心,四周胥可停车,其地域不可谓不佳,苟经营而得人者,未始不足以夺大都会、丽都之

---

① 此处蝶衣将人名隐去。实则此诗为辛弃疾之《鹧鸪天》:"水荇参差动绿波。一池蛇影噪群蛙。因风野鹤饥犹舞,积雨山栀病不花。名利处,战争多。门前蛮触日干戈。不知更有槐安国,梦觉南柯日未斜。"

席。最近,乃有人为愚介识银都总经理杨德川先生,则金城西菜社①主人也。先生与傅怀琛先生稔,怀琛先生尝力捧陆琴珍,人称"傅鹞子",舞国中人无不耳其名,今创银都,乃使杨主其事。闻诸杨言,银都装饰,力求其乔皇绮丽,仅言窗帘,采取法兰西出品之丝绒以制之,每码之代价即达九元余,其精究可知。其他舞厅所无,则用以播音之麦格风,置有二架,一植于音乐台前,一则可以自由移动。每一客之侧,胥装有扑落,来宾苟勿欲显现其真面于麦格风前,第须吩咐侍者,以麦格风移至座前,通其电流,则靡曼歌声即自座而发,不必更劳玉趾矣!此一新猷,可使嗜歌而怯羞之女郎,蔽其腼腆,法诚至善。抑亦可以为海上之舞榭创一新纪录焉。

《小说日报》1940 年 10 月 20 日

《金蕾歌》

金蕾舞厅②于开幕前,主人折柬邀宴,其地原为南浔沈氏私邸,今乃辟为舞榭。邸之一隅有动物园,蓄猫头鹰、猴、孔雀之属外,复有鳄鱼二尾,泳于池中,杂以黄鳝数十尾,殆饲鳄鱼为食者也。园中辟露天舞池,仿大都会之制,有玲珑石绕其左右,盛暑时憩坐其间,为乐不逾吴王消夏湾矣。厅占地不甚表,然四壁缀有明镜千片,璀璨华焕,更悬以荷兰璎珞之灯,乃殊有金碧辉煌之致。哺啜间,乐凡四奏。始有人起舞,犹强而后可者,不知何故觍觍如此?愚自恨无隽侣,否则断不如此等人之假惺惺作态也。乐队雇一西洋女人,唱《金蕾歌》,仿《卖相思》之曲,歌词印于一笺,分发来宾,

---

① 金城西菜社,位于汕头路西藏路口。
② 金蕾舞厅,位于同孚路威海路口。

中有句云:"谁肯来! 不想天天到金蕾。谁肯来! 不想去弯一弯!"
不知出何人手笔,是直在触金蕾之霉头矣!

《小说日报》1940 年 10 月 21 日

俞桂芳坐台事

为俞桂芳坐台子,漫郎与早同两兄间,颇起论争。早同召俞桂
芳侍坐之夕,予亦在座,早同以同侪之议,召桂芳,初欲携之作宵
游。而桂芳辞以异日,谓所居在法租界也。时已逾十一时半,早同
才与两舞,即畀予二十金,顾之下座去,券盖预购者也。予微觇桂
芳,将二十元舞票塞进皮包时,亦良不自安。下走故言:"早同之径
予二十金,半亦为负气,不可以遽言糟,特事前未挽祥麟大班,预向
桂芳征同意,则为计之左耳。"

《小说日报》1940 年 10 月 21 日

青鸾恋旧

青鸾居士,犹念念不忘其所谓凤兮凰兮,例如用"何德之"之
名,亦蓄深意,可谓煞费苦心矣! 青鸾又虑苦心之勿能达,则自于
《翠屏山房乱话》①中揭其隐。其实在予视之,凡此皆是俏媚眼做给
瞎子看也。大抵女子之寡情者,胥如白蕉诗所谓"一往凭君莫掉
头",凤兮之绝青鸾,瞬且半载,今青鸾犹时时于字里行间,致其绻
恋之情,辄谓其愚贱,殆犹在下走之上。如有人欲下走录旧时诗
篇,三度请,下走终唯唯否否,更不欲多此一举。而青鸾则犹日日
以《社日》,寄凤兮之家,使文字有灵,彼凤兮者,且不致振翼而飞

---

① 署名"巧姐",1940 年 2 月 28 日始在《社会日报》上连载。

矣！予故谓青鸾于情之一字,过于忠义,忠义则徒自苦耳。

梦云介弟婚,设喜宴于会宾楼①,是日涓吉成婚于此者达六七家,热闹不可名状。馔四器同上,奇捷,仿佛吃和菜也。是日,囊中仅有五元纸币两纸,以一纸作贺仪,成单数,以为使大郎闻之,又将道下走怪癖,不与寻常矣！孰意大郎所送者,亦为五金,此例乃不自我创之,为之邑邑,则以未能让我专美,使下走之怪癖作风,独步一时也。

尘缘未满

昨日曾记青鸾居士之痴于情,有曰:"青鸾于'情'一字,过于忠义,忠义则徒自苦耳!"有人读愚之文,辄非笑下走曰:"足下但知言青鸾,乃不知省自身？青鸾痴于情,足下又何独不然？绻秋织素之作,固无论矣！即于某姑,自订交至分袂,为时仅匝月,而足下于其人,岂尝有一日恝然置之?"愚乃哑然,则以吾友虽能一语破的,其实知下走究未深也。下走近来遍读《阅微草堂笔记》及《云斋杂录》诸书,于"情"一字,真能大彻大悟,诸家笔记,每述因缘遇合,状女郎之通雅娟好,虽为狐魅所化身,然而论情好之笃,要可使当之者踌躇满志,顾其结果,则辄曰"尘缘已满",于是情好中断,人天遽隔矣！夫真可以目之为神仙眷属者,犹且如此,何况吾侪！因之于男女间事,近来颇能澹漠视之,以为他人之弃我而去,殆亦所谓"尘缘已满"耳！要不可以强致。至若他人之踌躇满志,则固他人之"尘缘未满",各有因缘,自亦不必羡不必妒。下走有诗,偶然低徊往

---

① 会宾楼,位于四马路(今福州路)石路(今福建路)东。

事,亦不过欲于无聊生活中,稍寄风云月露之思,若侈谈情爱,则下
走方寸灵台早如槁木死灰,更勿复有此闲情逸致矣!故下走之《绻
秋楼诗》,终未尝一为誊录,而青鸾则犹寄《社日》于凤儿不辍,故谓
青鸾痴于情,勿若下走之善能释解。下走与青鸾,所不同者在
此耳。

《小说日报》1940 年 10 月 23 日

石人望

廿二晚,石人望先生招饭于其邸中,先生为口琴名家,门弟子
遍海上,有女弟海伦,亦精音乐,餐已,其女弟奏琴一曲,但见其运
指如飞,玪玪琮琮,发为铁马弄风之声,绝可听,顾勿审其何名,亦
可谓对牛弹琴矣。人望先生,不久将举行演奏之会。会当一聆其
佳奏。

禾犀兄贻更新座券一纸,餐后,因又与何汉兄匆匆诣更新,观
吴素秋之《纺棉花》,素秋御橘红色旗衫,露双臂如雪,着高跟鞋,婷
婷袅袅,虽遥视之亦为魂夺,不知王和霖何修而得此也。唱《五花
洞》,学梅程荀尚,形容慧生之嗲工,绝妙。惟贾多才唱不知所云之
曲,台下人多不解,曲又冗长,遂有开汽水之声,使贾讨一场没趣,
则不幸甚矣。《纺棉花》后,犹有《叭蜡庙》,诸伶皆反串,素秋黄天
霸,不钗而弁,饶有英爽之气,舞刀并开打,都矫健不弱似男儿。虽
谓科班出身,根底自好,要亦素秋绝顶聪明,始克臻此也。其余李
德彬费德公,傅德威张桂兰,刘连荣褚彪,胥绝佳。

《小说日报》1940 年 10 月 24 日

《新镜花缘》

偶然喝了一些冷酒，忽然又不舒服起来，早晨起身，只觉得一颗头好像有几百斤重似的，只是抬不起来，四肢也疲乏无力，自己摸摸额角，有些炙手可热，怀疑我也染上了最近在风头上的登革热了。下走向来顽健，绝少患疾，不料近来也啾啾唧唧，时常闹病。虽说平时颇能自遣愁怀，然而疾病之来，毕竟还是抑郁所致。月下风寒，花前酒冷，在一个独处的人，这况味实在不易消受呢。

灵犀要我为《社日》写一回《新镜花缘》。记得从前看《镜花缘》，一翻开来，尽是些芙蓉仙子、玫瑰仙子的话，叫人看了就头痛，因此这样的一部名著，我简直没有从头至尾欣赏过。灵犀叫我写《新镜花缘》，有无从下笔之苦。不过林之洋、唐敖、多九公的大名，倒是耳熟能详的。如果随便写写的话，或者还可以胡诌一回。据说平襟亚先生写的是风雅国，周瘦鹃先生写的是众香国，我一时想不出题材，灵犀叫我写跳舞国，我就写跳舞国，且待我动起脑筋来！

《小说日报》1940 年 10 月 25 日

初秋清风

愚生平不喜春风之和暖，而只喜初秋时之清风。春风能使人陶醉，而清风则能使人清醒，是故世间时序，如能常拂清风者，清醒之人，必能较陶醉者多矣。风之与人事有关者，《红楼梦》书中谓妙语曰："不是东风压了西风，即是西风压了东风。"惟愚意此彼此相压之东西风，当非清风，实为一种狂风耳。狂风虽厉，必有消散之一日，狂风消而清风起，则天日清朗矣。是以愚惟认清风为最足使人可爱之一物也。

繁花如锦,正不如一枝初着之为美,是犹赴宴时,坐对海错山珍,往往有不能下箸之苦,反不如家常便饭,稍陈肴核之能尽得深味也。是以愚之心理,认春花之附炎趋荣,实为自贬其身价,花愈多则愈不值钱,即不逐水,亦无能辞其轻薄矣。故曰:"春花者,实似刘郎笔下之富贵中人,及刘郎重来时,富贵中人辄如桃花之浮尽矣。"

有为喜雪之记者,愚独反对。愚以为喜雪者只属于农人,以其可预兆丰年也。若为街头寒丐,则宁有喜雪之念,因知彼富人之喜雪,实无非为自己行乐之一念所冲动耳。若富人失败,不有兽炭狐裘,以为赏雪之恩物者,吾知其见此飞雪,亦只是一副愁眉泪眼耳。

(蝶衣病,今日《散记》由一方先生客串一天。)

《小说日报》1940 年 10 月 26 日

九岁来沪

愚第一次来海上时,年方九岁,税人家一室而居,其地为南市菜市街①之单家弄,今南腔北调人当能知之。愚家为二房东,其房一楼一底,每月租价只六金,另以前楼租与别姓,得三金。愚家所出,月不过三金而已。尤以三金之数,即能作二房东,又岂今日费洋巨万而顶得一宅之二房东所能梦想。愚因此恨不早生了五十年,在五十年前过日子,当然比现在安稳得多也。

在故乡时,烧柴而不出钱,冬令有桑叶桑枝可用,秋深时,则使仆夫入山径,可采茅柴,惟春夏间燃料较少,然枯杖脱叶,固未尝有

---

① 菜市街,今顺昌路。

断绝之虞也。战后作客,煤球售至七八元一担,使乡下人闻之,将骇一筋斗矣。

笑缘①兄自姬人巧云之死,遗一儿,今六七岁矣。笑缘为之制一西装,价三十九元六角。此在昔日,成人可以置一袭衣,而今则七龄之子,其一衣且耗半百之数,令人真有不怕冻死宁可裸体之感矣。

月华与愚相爱日,尝同往东新桥吃咸酸饭,小洋两毛,得饭一碗,小肉两块,其价廉物美,无以过之。近愚观剧更新,见浙江路之菜饭店,有价目之市招贴出,大书曰"光饭每客三角五分"。而据吃过者谈,饭复粗粝不堪下咽,因颇垂念及于今日吃饭之难,以为这真是哪里说起也。

一方客串

《小说日报》1940 年 10 月 27 日

薄田十亩

吾家大小约十余人,而有薄田十亩,年得租米,可以助食。二十年前,一担米约在六元左右,十口之家,一年中所耗之米价,只数十金已足矣。故在昔日,曾不以米粮之价值,付之预算。以今思之,则二十年前之时候,仿佛在二百年前之景象,盖彼时之日子,实在是好过也。

以麦粉为糕,使之发霉,可以做酱。俟半熟,曝之于日中,缸上贴红纸,上书"姜太公在此,百无禁忌"字样。"酱""姜"同音,乡人以酱为太公,其愚甚矣。杜制之酱,有一好处,萝卜登场时,入酱缸

---

① 顾尔康,笔名笑缘,时任更新舞台经理。曾与徐善宏合办《东方日报》。

中一腌,取出佐粥,倍觉可口。吾乡有俗语,曰"新米粥酱萝卜",犹言亦是一种特殊风味也。

普通之醋为白色,惟镇江醋则为黑色,镇江醋之滋味,酸性较减,味乃近醇。实则善吃醋者,固恒以镇江醋为不够刺激也。在乡居时,调味每不用醋,故俗称开门七件事者,而吾乡只为开门六件事耳。

旧时多皖友,故亦常吃好茶,杭州之龙井亦美。近勿常去杭,龙井亦久绝吾口矣。战后茶价特昂,乃感吃茶亦有吃不起之慨。若每次必须如卢仝之七碗,颇觉吃茶亦是一大问题也。

一方客串
《小说日报》1940 年 10 月 29 日

蝶衣病矣

蝶衣先生果病矣!其病似于半月前已见之,盖蝶衣为《说日》而宵旰勤劳,几无暇暑,致其睡眠之时间乃亦失调。尝见其于《说日》馆中忙于辑务,则至晚来,又为版式及看大样事,辛劳于印刷所中矣。蝶衣之为《说日》疲于奔命,概可知之。今蝶衣已为二竖[①]所困,病且三日,并已入院就医。《说日》辑务,毛主干乃委之下走庖代。下走驽钝,自顾不免隙越,则甚望蝶衣先生早占勿药,继续为《说日》而发挥前程也。

上海近来流行一种时疫,似亦趋之于摩登一道,盖为所谓"上海病"也。其病初发时,恶寒作热,全身且发现红痣,口舌腻,便闭,

---

① "二竖",指病魔,语出《左传·成公十年》:公疾病,求医于秦。秦伯使医缓为之,未至。公梦疾为二竖子,曰:"彼良医也,惧伤我,焉逃之?"其一曰:"居肓之上,膏之下,若我何?"

势颇凶恶,而不发则已,一发则全家蔓延,不可收拾。此一病象,中医谓之"上海病",西医谓之"登革热",其名词至为摩登,故亦有人称之曰"摩登病"者,为之大奇。以为疾病一道,降及近代,竟亦以"摩登"是尚矣。

庖丁客串

《小说日报》1940 年 10 月 30 日

舞厅广告

打开《新闻报》来看,舞厅广告占了不少地位,那么一大块一大块的,再看此类广告的措词,简直有趣之至,有时看了,不禁要使你失笑。登广告的舞场当局,到了现在,将舞女们看作神仙中人了,而且做广告的朋友,也下了做戏院广告的笔法,捧一个角儿之类一般,替舞女们加上了许多头衔,什么绝世佳人、当代美人、南国美人、红星翘楚、一等红星、标准红星等,还有什么挽友情商、南洋新归、海外归来等句调,都是将舞女们说得如何美丽,如何漂亮,好叫一般舞迷同志,因了广告上的宣传,而前往问津。舞迷们当然被广告所吸引,前往问津的,固然是大有人在,而舞场当局登广告也似乎非此不足以号召。并且舞场与舞场之间,大家都在勾心斗角的放出大头来,因为上海社会,此一时代,大家都在噱头上用功夫看颜色了。所以此后舞场当局的登广告,其措辞之浅薄与不当,定然是每况愈下,除了舞女的照片与亲笔签名登在报上做广告外,还不够,则将仿造向导社作风,实行舞女掮客来拉拢生意了。在欧美各国,虽然同样也有舞伴供应的舞厅,可是外国报纸上的舞场广告是绝对没有的。上海人的会得跳舞,当然是学自欧美,可是这许多地方,又见得是上海人的聪明? 而是欧洲各国所及不上了的。

庖丁客串

《小说日报》1940 年 10 月 31 日

广告出奇

报间之广告愈出愈奇,上海棕榄公司刊一猜牌广告,除占巨大之篇幅外,且还以奖金三千元为号召,究此广告之内容,则为推销棕榄香皂、棕榄霜及牙膏为目的者。阅此广告者,不无怦然心动,以为有三千元奖金,现时犹为一纸空头支票也。矧则棕榄公司刊此广告,以猜一副"三万三千九百八十道"之挖花牌,以征求答案,似难辞提倡赌博之嫌,余以为不可。征求答案,其法甚夥,主事者必欲以赌博性之问题惑人,以商人道德论,亦殊失当也。

图 65　棕榄香皂广告,刊于《京报》1924 年 8 月 21 日

此际秋深,时装公司之生涯乃大盛,彼富室中人,视财帛如粪芥者,纷纷添裘易袍矣。一袭不足,则复置之数袭,式样之不新,则复更之新异炫奇者。今年海上,电车站旁平添若干流浪之徒,向人絮絮而乞。朔风一起,若辈尽将成冻死之骨,彼一衣之不足,一式之不当者,其亦感念及之耶?

庖丁客串

《小说日报》1940 年 11 月 2 日

小病数日

小病数日,一旦获愈,亦殊有被体轻快之感。愚初以中酒,又犯风寒,浸假成病,其初呻吟甚苦,因入国际疗养院①就治,院为吾友屠企华所创,一陈医师为愚诊之,则曰:"亦上海病耳!卧数日当愈。"遂留住于院,一室容数榻,病者并愚凡三人,因之亦颇不寂寞。愚入院时,寒热在三十八度上,殆服药,热即骤减,逾两日且饮食如常矣!然以体羸,冀稍得憩养,因乃仍留院,两女护士一谈一范,都知愚之名,依时以药饮愚。院中长日无俚,惟取书观之。女护士辄曰:"陈先生积学如许,犹手执一卷不释。"愚为之惭赧,则曰:"学无止境耳。"洎愚出院,两护士胥不见,遂未遑致谢,为之歉然。

病中,辑务偏劳诸友,后承一方、岚声、白凤、阿汉诸兄暨本报毛主干来院省愚,弥可感谢,漫郎先生,亦以一书来,慰问下走,恳挚之情,使人于病榻读之,为之所患若失。俟病体稍复,会当踵门泥谢。

《小说日报》1940 年 11 月 6 日

希英表妹

希英表妹,复有函自昆明至,摘录片段,以见后方诸剧人,于轰炸中颇能自觅其情趣也。

蝶衣表哥:

(上略)

十月十日为剧人节,我应业余联谊社之请,为"剧人号"机

---

① 国际疗养院,位于威海卫路马霍路(今黄陂北路)口威海卫新邨。

筹募捐款,在大逸乐电影院演了五天《国家至上》,因为时间的急促,连排了几个通宵,才赶出这出国防剧。荣誉座售十元以上,下面有五元、三元九、二元六、一元二角几种票价,白天警报,晚上照样有人看,精神着实不错。

三十日已迁下乡来往,办公也在乡下,这儿有幽静的环境,野花的芬芳,也可以解除寂寞,黄昏歌声四起,等于一个简单的大学校舍。

白天听不到警报的警笛声,许多车子下来了就知道有空袭,因为平时这儿是一个无人的穷谷,机声侵入耳鼓才姗姗地步入山中,这时是我们最快活的时候。大家都活跃在原野中谈笑,打滚,拿庸人来作调谑的资料,引得群众大笑不止。

由演话剧认识了邱星海和万流,他们都是《国家至上》中的角色,我任女角,名张孝英,邱星海饰张老头,看到我就喊:"孝英! 孩子,听我的话……"有警报就逃到这儿来吃饭。

耀清正忙着他们联社的彩排。自吴凌如去沪后,又有恽慰甘①、恽葆巫、方岑一诸名票,由海防来昆,都住在我们乡下宿舍中每晚唱戏,热闹得忘了在非常时期。

外面下着雨,气温下降了,冷得打寒噤。最讨厌的就是雨,否则不上办公室的时候,我总要到山中去找花来装在瓶里,下雨就不能走了,闷在房里怪讨厌的。

(下略)

梦云兄计划发刊《万岁》杂志,委愚主纂,愚已致函希英,为《万

---

① 常州恽公孚先生次子。

岁》写昆明通讯矣。

《小说日报》1940 年 11 月 7 日

剽窃诗

古人诗多有从剽窃而来者,最奇者莫如林如靖之咏梅花诗"疏影横斜水清浅,暗香浮动月黄昏",此脍炙人口之作,不知乃袭取南唐江为诗"竹影横斜水清浅,桂香浮动月黄昏"句,窃易而成。然世罕有知江为诗者,而林处士则一举手之劳,便成千古绝唱,真骚坛唯一怪事也。

王摩诘(维)《积雨辋川庄作》七律,其颈联曰"漠漠水田飞白鹭,阴阴夏木啭黄鹂"亦名句,其实系取阴子坚(名铿,梁时人)之"水田飞白鹭,夏木啭黄鹂"五言,加"漠漠阴阴"四字于其上而成,辋川为唐一代名作手,而亦剽窃前人之作,且除此以外,尚有唐华英集中之"行到水穷处,坐看云起时"两句,辋川亦一字不易,据为己有,以入其《终南别业》一首中,是直与明火执仗之劫掠无以异,宁不诧?

骆宾王为初唐四杰之一,顾其"隐隐地中鸣鼓角,迢迢天上下将军"亦系窃取南北朝时庾开府(信)之"地中鸣鼓角,天上下将军"成句,不过各加"隐隐""迢迢"二字于其上,五言改为七言而已!其情形与王摩诘之"漠漠阴阴",盖如出一辙也。

杜甫号称诗圣,世谓杜诗涵浑汪洋,千态万状,人虑不足者,杜则厌其余。然杜诗之抄袭他人作品者,正复不尠,例如"薄云岩际宿,孤月浪中翻"乃剽窃何逊之"薄云岩际出,初月波中上"者。又如"独当省署开文苑,曾向沧浪学钓舟"[①]则系袭自薛荆南之"省署

[①] 此处疑蝶衣误用,杜诗原句为"兼泛沧浪学钓翁"。

开文苑,沧浪学钓舟",其实此非警句,以工部之渊博,讵勿能自创新意,而必欲袭你之他人?是实不可解者。

白居易寄元稹诗,有"百年夜分半,一岁春无多"之句,见《长庆集》。而黄山谷袭其意,作七言曰"百年中半夜分去,一岁无多春暂来",是山谷亦抄袭家矣。

以上不过举其崖略,已得三五人,且都为一代诗宗,卓然大家,而犹不免剽窃,此盗诗之罪,纵有名律师,恐亦无法为之辩护也。

《小说日报》1940 年 11 月 8 日

胡椒

生平不嗜辛辣之味,于胡椒尤望而生畏,然近来于胡椒一物,则颇具好感,无论吃面吃西菜之汤,撒上一点胡椒末儿,以为风味大佳。

何以忽然嗜胡椒?良以人为哀乐中年之人矣!少年时,长日欢忭无忧戚,口福之所好,惟甘饴之物,巧格力糖与樱花糖之类,充斥于枕边,夜阑,取小说读之,一手执书,一手闲,则攫取枕边糖果,投口中而嚼之,咽其液,数咽而尽小说一页,遂觉小说中事物,亦其甘如饴,奈何,两眼倦勿能撑,则抛书睡,瞬息间蘧蘧入梦,梦境因亦奇适。

泊乎中年,饱尝人生辛酸苦辣之味,即觉甘饴之味,辛辣之味富刺激,中年人所需者,刺激也。于是下走乃嗜胡椒,盖职是之故焉。然犹不欲亲辣椒者,则辣椒之性烈,下走虽届哀乐中年之境,然童心未竟泯,犹欲于刺激中稍稍觅情趣,以适我之性,故于辛辣之味中取胡椒,以胡椒较温和,勿若辣椒之类大憝元恶,使人望风却走,不敢领教也。

糖果如妖娆少女,少年人觅对象,妖娆少女最惬其选,胡椒则徐娘风味,阅历情场较久者,以徐娘风味为可以餍欲矣。下走之所以爱胡椒,此亦一解。

《小说日报》1940 年 11 月 10 日

讨债鬼

邻家有妇,妇健育,绕膝皆雏,妇勿能遍抚群儿,儿啼于室,妇呻吟詈,曰“讨债鬼”。詈勿绝,而群儿啼如故,则詈益厉。嗟夫!妇詈其儿女,任何措辞皆可,何为而曰“讨债鬼”哉?夫生男育女,在妇实甘之于先,非甘之儿女末由生也。既生之矣,则纵为讨债鬼,亦惟有听其讨债,盖儿女非必欲来讨债,特生男育女者自召之来耳!生男育女者勿能预堵儿女诞生之门,而召之来矣,儿女勿撒娇何为?撒娇而啼,为其母者,惟自怨自艾而已!胡能詈儿女为“讨债鬼”?且也,生男育女者,自身亦造自父母也,父母鞠之养之,以至于成人,畴不谓是父母之义务?今长而亦育,则鞠养之责无可辞,若鞠养儿女而不耐,而詈之曰“讨债鬼”,则忘本矣!若谓“讨债鬼”,自身即“讨债鬼”之过来人也。詈儿女曰“讨债鬼”时,奈何不反躬自省?

故吾于乡邻之詈群雏曰“讨债鬼”,窃期期以为不可。

《小说日报》1940 年 11 月 11 日

看《秦淮世家》影片

廿六年秋,自汉皋还沪上,时轮行仅及京沪而止,遂逗留白门者二日,以电话致胡丹流、刘自勤二君。二君导予游秦淮,其时风云正恶,夫子庙歌场都辍其管弦之声,吾侪乃坐于一茶室。室后一水污浊,丹流言,即秦淮也。是为吾识秦淮河之始。

前岁,张恨水写《秦淮世家》小说,刊《新闻报·茶话》,有人为予剪黏于册,予乃排日读之,厥后有秋闱之痛,遂辍,计正书中钱伯能介唐小春识杨育权时也。

今《秦淮世家》搬上银幕矣。片为金星制,经鸥夷室主人范烟桥重编其剧情,故徐亦进为唐小春递简陆影事,已节去,而演出遂视原作为紧凑,剧中诸人,自以孙景璐之阿金为最佳,此人于银幕与舞台,胥隽材也。龚稼农杨育权,夏霞唐二春,亦勿恶。所拙者,惟布景而已,秦淮河于片中,未能一映现,此当亦制片者憾事。

观《秦淮世家》后,颇致其感慨,则明婉如唐小春,乃勿能自检其行止,宜乎一绐于陆影,二又为杨育权所辱也。

《小说日报》1940 年 11 月 12 日

关于"癖"

在同文中,予殆为最勿能"随和"之一人,则以予有"怪癖"也。尝为同文资为话柄者,有二事:一,予尝于报端刊迁居闸北之启事,曰"蝶衣不敏,窃欲与诸君子背道而驰",盖其时闸北居民方纷纷迁徙于租界也;二,予辑《金钢钻》报,施老板①拟一恭祝国庆之广告于报端,予辄加注曰"陈蝶衣恕不在内"。有此二事,于是人金以予为怪,谓蝶衣有怪癖,亦即有怪脾气也。大郎于《怀素楼缀语》中,亦如是言。嗟夫! 蝶衣岂真有癖有脾气,不同于恒人哉? 特有不顺

---

① 施济群。

眼与不协于理之事,辄为之勿可耐,若闸北居民彼时之相惊伯有,实庸人自扰也。特以当局者未尝有一纸安民布告,予乃愤甚,乃有背道而驰,迁居闸北之启事,刊于报端,厥后闸北果无事。是蝶衣果怪癖耶?果怪脾气耶?人如是言,吾真无可奈何也。

于恭祝国庆之广告,则其时国难方殷,政府有停止庆祝之令,故下走于此广告,辄期期以为不可,因有"恕不在内"之注,而又有人诧笑,以为蝶衣有怪癖,有怪脾气,予遂亦勿自审孰者背于理,又孰者协于理?嗟夫!蝶衣所以为最勿能"随和"之人者,盖繇此!

昨日者,乃于《社日》得睹阿眉先生一文,其文之标题曰"癖",阿眉先生之言曰:"人无癖,当寡情。癖不深,情当不专。其人一无所癖,可怕,不肯轻于寄情犹可怕之小者。"又曰:"说得好,是提得起放得下,说得不好,处处不露真情,处处冷眼而伺,与此种人交,最要留心。"嗟夫!嗟夫!世犹有阿眉先生者,以"癖"为可取,是阿眉先生为人之勿能"随和",殆正同于下走!勿能随和之人,亦即最不乖觉之人,为人不随和不乖觉,其勿为聪明睿智之士所笑者几希!吾窃愿阿眉先生,能从速改弦易辙,去子之癖,去子之脾气,勿然者,请以蝶衣之口碑为殷鉴!

《小说日报》1940 年 11 月 13 日

看《女人》

银幕上有纯阴性主演之《女人》,今舞台上亦有之矣,是为中旅剧团最近所公演者。

自观孙景璐小姐于《原野》中演金子后,即向往于斯人。若干日前,又观《秦淮世家》于金城①,景璐小姐演阿金,为片中唯一成功者,外间一致推颂,宜也。昨夕,遂又趋璇宫剧院看《女人》。

《女人》中孙景璐,为一爱阿谀好调侃人而又受不住一点刺激之女性,演得甚好。下走之看《女人》,本怀着看景璐小姐演技之目的而来,不意《女人》之每个演员之演技无一不佳,每个演员胥能把握剧中人物个性,使剧中人乃尽成吾人平时所习见之人物,此实罕觏之奇迹。

是剧最难演者当为狄梵之胡太太,饰两个不同时代之妇人,中年时之忧郁伤感,年老时之龙钟神态,奇佳奇佳。别有张妈(吴纯真饰)与钱太太(蓝青饰),一为狡猾而又贪婪之女佣,一为工于吹拍之半知识阶级妇人,动作与声口无不绝妙,为《女人》中奇迹之奇迹。此外,林纳之胡佩英,宛然经理太太也;王薇之胡楚珊,宛然天真未凿之少女也,两人演技胥工。

《女人》全剧,以暴露追求虚荣之女子矛盾心理为主题,剧中非无男人,特皆隐于幕后,一如《日出》中金八太爷,剧作者颇能运用其编织之聪明也。

《小说日报》1940 年 11 月 14 日

女子书画会

星期六晚,小叙于慕老府上,听唱片,有杨宝森之一张,唱《青石山》吕祖,唱与腔俱劣,盖犹未成名时所灌也。慕老府上,藏有绝版之唱片甚夥,此其一。予病后勿能为剧饮,故是夕进酒绝少。

---

① 金城大戏院,位于北京路贵州路口。

中国女子书画会,举行第七届展览于大新四楼,诸作中以周鍊霞、陈小翠两人者定出最多。鍊霞之作,设色奇丽,《眉寿图》及扇屏数件,浓艳无匹。小翠人物山水,随意点染,勿若他人之拘谨,此其工力过人处。《右军题扇》诸轴,真画中有诗者也。此外,庞左玉、沈云霞之花鸟,俱可观,惟论题识之美,终输鍊师娘一肩耳。

图66　中国女子书画会全体成员合影,刊于《玲珑》1934年第4卷第19期

松风主人范叔寒先生,近执行律师业务,诸同文谋于日内欢宴主人,以为庆祝,而予则并将参加嘉定银行之叙餐会焉。

《小说日报》1940年11月15日

《说日》改版

下走因病,卧国际疗养院者浃旬,至今虽获瘥,然犹患感冒甚苦,惟精神固已康复如恒,因自即日起,亟向毛主干销假,重理本报辑务。病中,承华严、长虹二先生代主笔政,此则今日俯首致谢忱者。

吾报内容,于若干日后,或将稍有更张,则拟将旧有之《小剧场》,予以恢复也。吾报取材,向主于风趣中不失其谨严,故于舞刊选稿,亦自来慎重,而最近则数接读者来函,佥谓研讨戏剧艺事,视记载舞榭风光为尤胜,主张恢复《小剧场》。毛主干深以此意为然,因决定于日内使《小剧场》复活,仍延南腔北调人主辑,而以《十三妹》小说及朱瘦竹先生之《修竹庐剧话》移刊于《小剧场》中,此不足谓吾报新猷,惟报纸取材,宜以多数人之意见为依归,今读者如此言,同人自当遵行耳。

此外别有一甚富价值之作品,曰《山中记事》,叙事神饶风趣,亦当于日内开始刊载,愿读者诸君注意。

吾报初创时,原侧重于小说,而一部分读者,则以为长篇勿宜过多,故于《情海槎》《燕双飞》刊竣后,不复谋赓续。而最近则又接叠读者来函,谓小说过少,亦不足以餍欲。兹则《夜光录》亦将结束,长篇将因此更少,因拟倩陈慎言[①]先生继《情海槎》后,续为吾报写一长篇,兹正在磋商中,俟征得其同意,当预为读者告也。

《小说日报》1940 年 11 月 16 日

病后宵游

病后,为第一次之宵游,与白凤、一方诸兄,小坐于金蕾。有玄服簪花之女,舞于池中,视之绝美,以问白凤,谓其人名朱海伦,因恍然正近日报间刊大字广告者也。而一方则言:"其人风神诚美,顾聆其謦欬,则往往使人蹙额,如某日与之遇于别一舞榭,海伦辗

---

① 　陈慎言(1887—1958),名尔简,福建闽侯人。清末留学法国,攻习海军,1911 年回国,供职京汉铁路局。业余以小说寄报刊,涉足文坛。著有《如此家庭》《故都秘录》《断送京华记》《说不得》等作品。

然曰:'我是搭芯子来格!'辄觉其过于老吃老做,女人之足以使人划梦博魂者,端在半推半就,若过于老吃老做,情味即寡矣。"一方之言如此,而愚则终以为其人浓纤修短,无勿合度,若置其谈吐而不论者,则在舞女队中,此人终上选之才。

吾侪此日同游者凡八九人,坐未久,有侍者来言,谓诸君茶资,张雪尘小姐为代偿之矣。雪尘前鬻舞于大新,近始转隶金蕾,诸友俱识之。雪尘因欲为吾侪会钞,此实受宠若惊之事。诸友佥谓宜有以报,遂醵集五十金,召雪尘侍坐。试为雪尘计之,则代吾侪会钞,所费不过十金左右,下十金为资本,而赚得舞票半百,这一笔生意,实在可以做得。因知今日之舞人亦不能不运用一些外交手腕,若张雪尘小姐即能善用其外交手腕者也。

《小说日报》1940 年 11 月 17 日

华严先生

销假以后,忽又患感冒甚苦,毛主干怜予勤苦,因欲予稍节劳思,乃以二三版之辑务,委诸下走,而第一版笔政,则仍由华严先生主之。下走以此,遂得稍卸仔肩矣。华严先生新旧兼擅,自辑吾报第一版,遂多精辟之论,为读者所称道。即言编制,亦能一改旧观。小型报之形式,所患在一成不变,编者一人之思想有限,实有赖于集思广益。华严先生则生平著作綦富,故主纂吾报,亦能自出机杼,以餍读者之望,滋可为吾报喜也。

十五日,参加嘉定银行之聚餐会,贺范叔寒先生执行律务,兼为李万春、金素琴洗尘也。顾素琴是晚,似勿耐久坐,肴未上即匆匆行,诸人俱怒其来意勿诚,予则独为之辩,意素琴殆别有酬酢,而叙餐会则人多,素琴厌烦嚣,是以翩然径去耳。席上遇周天籁兄,始悉亦有同门之雅,微参加此夕之会者,予且懵然勿知矣。

栋良丁忧

接得一讣,展视之,不禁大骇,盖讣上刊遗像,绝似杭州海生弟也。顾其上题签殊非是,更阅其内容,则为江栋良兄之尊人,因之栋良兄近方丁忧也。栋良兄殊清俊,而其尊人则魁梧奇伟,于是遂神似海生。识海生者,苟视栋良尊人之讣,殆无有不为之骇然者也。

在公共汽车站候车,遇一相识之人,车未至,遂与之为闲谈,谈殊无资料,则今日天气如何,近来作何消遣,凡此胥属废话,不谈也罢。然不谈则形成僵局,明知其为废话,亦只得姑妄言之,因是以为大苦。有时,道上偶遇熟人,遂只得佯为未见,盖彼即来也匆匆,吾亦去也匆匆,突然邂逅,大家都未尝备腹稿,与其临时"抓辙儿",谈些无关痛痒之废话,实勿若不谈为愈,不谈则计惟有佯若无睹耳!

"安全运动"的小意见

安全运动成了年常旧规,去年举行过,今年又在开始举行了!安全运动的影片在各戏院放映,大中学生协助巡捕在马路上指挥行人,这样,对于减少闯祸事件当然是不无效果的。不过在安全运动中,我却有一个小小的意见想提出,我觉得不推进安全运动则已,要推进安全运动,首先就应该取缔公共汽车与电车上的广告。公共汽车与电车行驶于马路上,车上却漆了许多花花绿绿的广告,目的不是要吸引行路之人注意吗?吸引行路之人的视线注意于广告,这样不是有发生危险的可能性吗?虽然由公共汽车与电车上的广告所引起的闯祸事件,没有方法统计,我们也无法指出,但至少在公共汽车与电车上漆了许多花花绿绿的广告,在"行路安全"方面是无益而有害的(有益的只是公共汽车与电车公司,多收入一笔广告费罢了),希望推行安全运动的公共租界当局,能够考虑到这一点。

《小说日报》1940 年 11 月 22 日

《上海屋檐下》

觅阿汉于英茵小姐之家,不遇,遂折而至辣斐①,看《上海屋檐下》。愚于话剧,爱看激昂慷慨之戏,若《上海屋檐下》,则殊未能餍愚所望,惟此剧描写自佳,演出诸人亦勿恶,若苏丹之小学教员,戴耘之小学教员妻,胡导之匡复,都甚好。徐立芗于《明末遗恨》中饰郑芝龙,奇佳,而《上海屋檐下》中之林志成则有吃力不讨好之苦,如忏悔一场,徐演得甚认真,然终觉勿类,以个性有殊故也。慕容婉儿,尝见其于《秦淮世家》中饰交际花,绝妩媚,今于此剧中演一私娼,短衣窄袖,御长裤,媚荡之态如见。舞台新人中,此亦一隽才也。外此则数位小演员,亦都天真可爱,《勇敢的小娃娃》一曲之唱出,增加戏剧空气不少。出辣斐,遇"袖珍小生"顾也鲁,与步行至公共汽车站而别。

《小说日报》1940 年 11 月 23 日

---

① 辣斐花园剧场,位于辣斐德路(今复兴中路)拉都路(今襄阳南路)西。

瘦了英茵

与英茵小姐虽匆匆一面,然灯影之下,照见其双颊,似较曩次在慕老府上乍见时,已清减多多。英茵近年主演《赛金花》一片,赛二爷在吾人之想象中,本不宜过丰腴,今由英茵饰之,庶几当其选矣。

《小说日报》1940 年 11 月 23 日

《西非艳异》

看《西非艳异》于大光明①,剧情奇简,既绝无波诡云谲之致,西非风光亦非实地摄制,黛莲摄兽群之照,都为接片,所谓探险家詹姆与母狮搏斗一幕,亦不用明写,其草率盖如此。他如土人鼓乐之类,则又袭一般兽片之旧套,于是不待其片终,辄离座而去。生平观探险性质之影片,殆未有如《西非艳异》之劣者,而映之于大光明,可异矣!

图 67 《西非艳异》(即美国影片 Safari)剧照,1940 年上映

《小说日报》1940 年 11 月 24 日

---

① 大光明影院,位于南京西路 216 号。

新都开幕

新都舞厅①开幕,接当局发来之柬,辄趋与其盛。新都盖卡乐所易名,旧游地也。王熙春与周翼华、颜鹤鸣诸君偕来,为新都剪彩。束发而不妆,素面天然,熙春亦朴实哉。至五时,典礼始成,舞侣亦于乐声之中,翩跹下池矣。新都经一番改装,场地已宽大许多,吾友周世勋任新都经理,此后有噱头策划其间,营业之鼎盛也必矣。

《小说日报》1940 年 11 月 24 日

遗少

有人在背地里目我为"遗少",这是说我思想落伍了!我承认,我虽然过去曾先后编过十余种报,但在今日之下,我仅有的技能不过是吟风弄月(可怜这仅有的技能也浅薄得很),充其量写一点情致缠绵的文字。我不会写前进的理论,我承认我是落伍——可是,也许有人会知道在流浪时期的陈丹蘋②吧!说句不客气的话,我是嫉恶空言而重实践的,我不会钻在象牙塔里喊"前进",就算我是没落的"遗少"也罢!不过至少限度,我曾走过数千里的路程(这并不是很久以前的事),朋友,你呢?

《小说日报》1940 年 11 月 25 日

新旧文学

关于新旧文学,华严先生与啼红先生之间,似乎又将引起论

---

① 新都舞厅,位于静安寺路(今南京西路)斜桥弄卡乐原址。
② "陈丹蘋"为陈蝶衣的笔名之一。

争,其实所谓文人的新与旧,不过在作品的形式上有所分别,旧文人的作品未必尽是"封建意识"的东西,反之,新文人也未必没有落伍的作品。我以为新与旧不过是写作者与读者的嗜好关系,谁都不必鄙夷谁。我们知道,已故的鲁迅以及郁达夫、田汉诸位前进人物,他们近年来都喜欢写旧体诗,这对于"眼看着旧文学如夕阳西坠"一语是无从下注释的,华严先生以为如何?(关于这点,可举之例甚多,兹略而不谈。)

《小说日报》1940 年 11 月 25 日

初识孙景璐

海上有湖南菜馆,惟八里桥头一家,曩日唐若青女士,尝为愚道之,盛称其制馔之美。前夕,以孙景璐女士邀,遂获一尝湘菜风味。景璐女士非湘人,顾与唐氏父女相处久,食嗜因亦渐同化。女士与湖南菜馆主人稔,遂邀宴于此,菜馆之名曰得味①,有楼,迩方新髹其四壁,室虽勿广,而雅有整洁之致。菜馆主人审吾侪多报人,辄躬任庖丁之役,故是日肴馔乃特精。席次,主人且命少掌柜出见,景璐女士言,少掌柜亦有志于话剧者,迩方实习于艺林剧校云。菜馆主人,诚笃似一乡愿,而其少君乃殊英俊,真"跨灶"之子矣。同此宴者,有灵犀、小洛、承达、镛子、阿汉、一龙、余余诸兄,并中旅之吴景平君。近时下走笔下,数及孙景璐女士,此夕则犹初识也。

《小说日报》1940 年 11 月 26 日

---

① 得味湖南菜馆,位于八仙桥柳林路 11 号。

《白雪公主》

观《白雪公主》于新光①，陈娟娟向犹雏发覆额，今则亭亭为一少女矣。吴永刚导演此片，殆颇耗其心力者。微特剧情改编弥佳，即对白亦多含蓄不尽之意，小白雪于风雨中出亡时，外景之瑰丽，国产片中亦罕见。音响效果尤佳，民间故事影片之狂潮过去后，此允为影坛上白眉之作矣！

《小说日报》1940 年 11 月 26 日

洞里赤练蛇

沁范兄邀饭于大利酒楼②，介一舞人曰祝锦园者，与吾侪相见，祝昔隶卡乐，名白雪，今转入米高美③，沁范兄遂为易今名，盖沁范已录锦园为女弟子也。哀王孙兄言："锦园小姐与祝枝山，为五百年前共一家。祝枝山诨号'洞里赤链蛇'，而锦园小姐则洞里并无赤练蛇云。"一座俱诧笑，以为王孙何从而知并无赤练蛇？愚曰："王孙本洞里人，自是知之审耳！"盖王孙籍姑苏之洞庭山，近方从山中来也。

《小说日报》1940 年 11 月 28 日

拉皮条

里中两妇人，聚为闲谈，其一言曰："某人为某人拉皮条。"一六七龄童子，依于妇侧，问妇人曰："妈！啥叫做拉皮条？"妇曰："就是穿皮鞋，拉皮鞋上的带子！"有人转述其言于愚，愚辄为之大叹服，

---

① 新光大戏院，位于宁波路广西路口。
② 大利酒楼，位于福州路广西路口。
③ 米高美舞厅，位于静安寺路 4 号。

以为此一妇人,乃殊有辩才,而其运思之捷,亦足以使人称佩也。

《小说日报》1940 年 11 月 28 日

伊文泰营业

伊文泰营业,近时亦有稍稍替矣。夏间,伊文泰以放焰火为号召,获利无算。有人尝谋以八万金接盘伊文泰,陈占熊未允。及愚园路交通梗阻,伊文泰遂骤形落寞,至今舞侣犹多裹足不前。而与屋主所订之租约,即翌年三月将满期,以是人胥为陈占熊惜,脱夏间以八万金出盘者,宁不甚佳?陈自言:"办伊文泰,第一不受乐队之气,而勿备舞女,亦可免受许多烦恼。"陈之勿愿放弃伊文泰者以此,盖虑另创一新局面,八万金未必能敷也。惟房屋合同期满后,是否有续订之望,不可必耳。

米高美开幕,与韦陀兄往觇其盛,入门长廊中,陈花篮如列阵,有以黄花扎成绝大之字者,曰"陈赛珍",想见捧场之客,欲博取彼美开颜一笑,亦煞费苦心也。米高美是日,虽售门票三金,而来者仍踵相接。韦陀于日间预定一位,始有座。厅之广袤,略如新都,顶作方窒形,仿佛云裳之万花灯网,色彩殊柔和。尝闻米高美案头,摒火柴而悉用打火机,兹则依然为火柴,殊未见打火机也。贺小蝶自大新来,帮忙于此,韦陀召之侍坐。舞池中万头攒动,殆不可以躧步,故愚亦未敢一临池中也。

《小说日报》1940 年 11 月 28 日

黄金观戏

近来百无聊赖,则于观影之外,亦偶一听戏,富连成社南来,昨夕初演于黄金，兰亭兄邀愚往观，谓老朋友不宜久疏阔，曷来一觇盛况。其言"盛况"，盖谓盛章①、盛兰②兄弟也。以兰亭之言挚，吾乃绝早即赴，得以见阎世善之《蟠桃会》。阎郎之打出手，敏捷如昔，而"嗲功"亦如昔，可爱可爱。叶世长之《打渔杀家》，辅以芙蓉草之桂英，遂成双璧。世长犹初来，唱做悉宗马，甚稳练，惟嗓略差耳，或以旅次劳顿故也。芙蓉草演戏，工于做表，小动作一丝不苟，而嗓亦不败，清劲如十七八小女儿，真奇才也。叶盛兰之《辕门射戟》，此其夙所擅长之战，自然绝佳。大轴《巧连环》，即《时迁偷鸡》，叶盛章之鼓上蚤，身手矫健，跌扑翻滚，得"干净利落"四字。吞火表演亦足以使观者咋舌。年来武丑人才不多，盛章盖能继张黑、王长林之后称传人者，宜其可以挑大梁也。

《小说日报》1940 年 11 月 29 日

向阿三头致敬礼

阿三头尤素珍，于《新闻报》刊一广告，为难童征募寒衣，而义务伴舞一天，其广告语曰："比来气候趋寒，朔风凛冽，街童冻毙，触目皆是，此种惨绝人寰之现象，实不堪设想，素珍虽身为舞女，对于慈善救济事业，生平不敢后人，但有时心有余而力不足，徒呼奈何！今商得银都当局之同意，定十二月一日义务伴舞一天，将是日所得全部舞金，悉数捐助难童寒衣之费。"又曰："虽杯水车薪，自觉无济于事，但我舞界数千姊妹，能登高一呼，群起响应，则集腋成裘，其数定必可观。"阿三头以一舞人，能有此识见，微论其平日为人如

---

① 叶盛章（1912—1966），字耀如，安徽太湖人，京剧大师叶春善第三子。
② 叶盛兰（1914—1978），原名端章，字芝茹，叶春善第四子。京剧叶派小生创始人。

何,而此一义举,要不能不使人钦佩,蝶衣男子,自审勿逮阿三头,顾于此尺幅之间,向阿三头小姐致敬礼,并望舞国诸妙女,真有能继阿三头小姐之后,攘臂而起者也。

《小说日报》1940 年 12 月 1 日

家边草

朱其石兄,将举行个人画展于大新,一昨,乃招同文小叙于酒楼,席次,忽有兔子十数头,跃登盘簋,则点心也,厥形奇肖,思乃举箸挟其一枚,送诸一方兄前曰:"此家边草也,君宜一尝。"顾一方仅挟兔儿食之,初不及香菜,乃信如所谓"兔子不吃家边草"者,因疑一方真以兔子自况矣。

《小说日报》1940 年 12 月 1 日

一日观两影

一日之间,看电影两场,此为下走向时所无,亦可以见下走之百无聊赖矣。星期日早场,看《幼年爱迪生》于大华①,事前有人力陈此片之佳,观之果然。火车报警、拯人于危数幕,辄使人为之陨泪,所以其感人至深也。最近,大华方与《申报》联合举行征文比赛,使人抒发其《幼年爱迪生》之观后感,故是日观者遂特盛。愚十时一刻抵院,已仅剩第一排之座,若为学校考试,则下走实名列前茅者也。

下午五时半,又看《青鸟》于大上海,此梅特林克氏之童话搬上银幕,亦秀兰·邓波尔之近作也。全片故事,虽无甚可取,景色则

---

① 大华影戏院,位于静安寺路(今南京西路)。

图 68　《少年爱迪生》
(*Young Tom Edison*)海报

图 69　影片《青鸟》
(*The Blue Bird*)剧照

殊瑰丽,云霄帝国数幕,尤见工程之宏伟,使在国产影片中,真不知将俟之若干年后,始能观此奇丽之作也。秀兰·邓波儿憨态犹昔,初勿若陈娟娟发育之速,转瞬间已成熟似少女,似邓波儿乃得天独厚也。

《小说日报》1940 年 12 月 4 日

观《圆谎记》

　　二日夜,看《圆谎记》于辣斐剧场,才两幕,忽范叔寒律师来觅,遂偕往霞飞路之第第斯①小坐,喝咖啡。女侍者胥西洋妇人,高躯而赢骨,似营养亦苦勿足也。墙隅陈吃角子老虎机数具。闻数月前被捕之吃角子老虎大王,即斯店主人。主人在狱,而吃角子老虎

---

① 　第第斯(DD'S)咖啡馆,位于霞飞路(今淮海路)上。

依然勿阻,殆犹未曾痛定思痛耳。坐至十一时许,乃行。第第斯之咖啡,每客价在一元以上,视南京咖啡馆为昂矣。

三日,元声①兄女弟嫁,及晚始往道贺,世济堂上,海上之名票咸集。看戏剧学校之堂会,演全部《四郎探母》,顾正秋公主,在台上扮相奇佳。顾卸妆以后,殊羸瘠无润容,有人伴之来,见虞洽老与袁老伯伯②询其年,则谓才十二也。正秋未敢久留,稍坐即去,具见戏剧学校管教之严。大轴《过江赴宴》,为维翰之刘备,森斋③之刘封,兰亭之周瑜,伯涵之赵云,伯铭之张飞,小蝶之孔明,江枫之甘宁,而福棠之鲁大夫,集如许大块头于一台,剧目之上,遂亦大书两"胖"字,此剧之噱可知矣。

《小说日报》1940 年 12 月 5 日

《小说月报》

与本报类似姊妹刊物的《小说月报》,最近已出到第三期,我尽了两个黄昏的工夫将它看完了。其间,应该推陈汝惠的《女难》为第一篇佳作,他的写作技巧在全书中为最好,其中有许多美丽的句子,略举如下:"这一个荒淫的都市里,连燕子也不大光顾的。人们想找一棵蒲公英,就得走上几里路,增添一张公园的门票。""忽然,一阵浓烈的檀香木的气息猛扑过来,使他有一点昏沉,莫名的似乎窒息的享受,使他意识到散发香气的扇子,增重了女性的诱惑。""又高又沉重的云层移动过来,追踪着落日的余辉,渐渐吞灭了全

---

① 金元声,为黄金大戏院经理金廷荪长子。
② 袁履登,宁波鄞县人。曾创办物品证券交易所、大昌烟公司等,历任宁绍轮船公司总经理、上海总商会副会长等职。
③ 袁森斋,为袁履登之子,武生票友。

部天空。"显然,在修辞方面他是十分注意的。

此外,秦瘦鸥的《这不过是秋天》、张恂子的《铁窗红泪》也是两篇佳作。青鸾的《断红记》和我的《打浆》一样,是陈腐的东西了。如果我要避免"遗少"的讥诮,我想我与青鸾兄,同有改变路线的必要。

长篇中,程小青先生的译笔自然是流利而可爱的,李熏风的写作技巧如果和张恨水比较起来,似乎差了一点,其余两篇我不敢说。

《小说月报》从质与量上说,是相当丰富的。所美中不足的是讹字太多,例如《登革热》篇中,"窃窃私语"竟误为"窈窈私语","印象"也一再误为"影象"(按:此当是作者笔误),其他不胜枚举,在校对方面实在有调整的必要。

基于"爱好"的动机之下,为了以上的一点愚见,不敢说是批评。

《小说日报》1940 年 12 月 7 日

錬师娘索照

得錬师娘一电话,索还其所假之一照,以愚尝乞錬师娘近影,刊载《申报·游艺界》也。錬师娘于电话中告愚,谓:"翌日将邀诸君饭。"愚以为錬师娘将举行个人画展也。询之则不然,谓女子书画展已开过,此宴特谢诸君吹嘘之劳耳。愚因问复有何人?錬师娘曰:"更有灵犀、大郎,我们十个女人,请你们十个男人也。"錬师娘涉语即成风趣,洵所谓锦心绣口者也。

戈湘岚先生招宴于慕老府上,湘岚为戈公振先生介弟,亦工画,将于十四日起,举行个展于大新四楼。席间,湘岚先生出示其所作,于同人之前作一预展。湘岚先生于山水人物之外,更善画马,图中神骏,望如云锦,其画笔之美,视古之赵松雪,正未多让。吾知开幕之日,必有千金市骨者矣。

《中美日报》续有论小型报之文,以小型报拟诸连环图画,于是大郎亦动肝火矣!其实此种侮蔑之来,要不足奇,则以灵犀之《老道》一文,汪洋数千言,虽婉而实多讽,宜乎人家之老羞成怒,乃欲丑诋小型报以泄愤也。所可怪者,则《中美日报》自有主持之人,侮蔑小型报之文字,一再发现于《中美日报》上,《中美》当局未尝见乎?抑同意之乎?见而勿加呵止,是为纵容;同意之而未加遏阻,是为徇私。堂堂《中美日报》,乃以一二人之仇视小型报,而遂供其利用乎?此则不能不为《中美日报》之严正立场惜矣。

《小说日报》1940 年 12 月 8 日

《伟人爱迪生》

继《幼年爱迪生》之后,又看《伟人爱迪生》于大华。史本赛·屈赛之演技,洗练而有余,而智慧不足,盖病在双目无神也。故片中虽亦多风趣穿插,而演出之空气,总觉不如《幼年爱迪生》为轻松。丽泰·琼森之曼丽,具大家风范,而缺乏明慧之致,亦足以使此片减色。惟发明留声机一节,情形绝趣,而电灯之屡经试验,终底于成,使纽约城中,大放光明,则循序演来,殊足以使人感动耳。(以文言写影评,总觉得不是事似的,只此一遭,下不为例。)

《小说日报》1940 年 12 月 9 日

化身姑娘与化身人猿

戈湘岚、胡也佛二先生,招宴于慕老府上之夕,王引亦来,慕老为荐之于独鹤先生,曰:"此是王引,就是美云的……"慕老的字之下,未能毕其词,有人代言曰:"此是化身人猿,化身姑娘就是嫁给这位化身人猿的。"按:袁美云尝主演一片,曰《化身姑娘》,而王引亦有《化身人猿》之作,世人论婚,辄曰门当户对,若"化身姑娘"与"化身人猿"皆为伉俪,则洵所谓门当户对者矣。

图 70　影片《化身姑娘》中的袁美云,刊于《艺华》1936 年第 1 期

图 71　影片《化身人猿》中的王引,刊于《新华画报》1939 年第 4 卷第 3 期

《小说日报》1940 年 12 月 9 日

女艺人之宴

八日,接錬霞女士饬人送来一柬,招宴于大三星①,柬上列名者

———————————

①　大三星常熟菜馆,位于福州路 679 号。

凡十人。錬霞以外,复有秋君、含英、青霞、汪萱、青瑶、左玉、亚晖、刘洁、冰如诸女士,胥今之女中才士,丹青妙手,而女子书画会中坚也。诸人中,愚识含英女士最早。含英介弟班斧、金山,愚与至稔,而林屋师在日,则含英亦尝数数共樽酒也。顾是日含英见愚,竟不相识,则暌别七八年,蝶衣华发飘萧,勿似少壮,宜含英女士睹愚,若平生素昧矣。

汪萱女士,为乡先辈名山先生佳媳,叔平之夫人,豪于饮,与同人斗酒,尽十数盏,若酒肠犹无恙。吴青霞女士,于女书画家中以能饮名,今汪萱女士之量,视篆香阁主正未多让。灵犀兄近来量不胜蕉叶,睹汪女士引觞之豪,辄咂舌勿置。

秋君、含英、錬霞诸女士,先后来劝酒,情意都殷,惟庞左玉女士寂坐一隅,时蹙双娥,据谓方病胃,主人勿怡,遂使做客人的,亦为之惴惴不安矣。

是夕之宴,主人为一席,客又为一席,同座者粪翁、白蕉、唐云、灵犀、邦达诸君,并释若瓢,席撤后,谢主人行,与若瓢同登先生阁。

《小说日报》1940 年 12 月 10 日

朱其石

吾友葛腮居士朱其石,尝作黄山之游,归而作画,遂益有大气磅礴之致。日来,其石方举行书画个展于大新画厅,出品三百余画,以取景于黄山者为多,天都、莲花,始信诸峰尽收腕底。虽尺幅之间,亦辄觉其烟云万状,不可方物。黄山故下走旧游地,此日睹其石之画,仿佛此身又在云梯鳌背之上,回旋缘循也。吉祥寺雪悟上人,订《黄山大观》四幅,定价四百金,此为诸画中之最壮观者。

其石于遍摹黄山诸胜外,兼写东坡时序诗意,订购者亦綦众,而《剑外忽传收蓟北》之《杜陵诗境》一幅,复定者且达十余人,可谓有目共赏。《华山苍龙巅》一幅作青丝,甚有奇致。人物不多,而以韩世忠挥拳一图,为最饶古趣。

愚于其石诸作中,独赏其画梅,《雪中梅竹》一帧,饶有宋人诗意,已为王个簃定去。个簃为吴缶庐弟子,其鉴赏自有独到处也。出外《旧时月色》《白雪红梅》诸幅,亦此中隽品。名山老人,为其石画梅题句独多,尤可贵。愚所爱勿忍舍者,厥惟二五一点之《惟有梅花依旧》,一九点之《月下梅花》两幅。前者神韵清绝,后者则有名山老人手题一诗,而其石亦自写两句曰:"怪底无人爱幽寂,一轮明月照梅花。"则愚不仅赏其画,且兼爱题句之佳也。

《小说日报》1940 年 12 月 11 日

叶盛兰《状元谱》

八日晚,访兰亭经理于黄金,不值,遂入座观剧,初见盛兰演穷生戏,于《状元谱》中饰陈大官,虽鹑衣百结,亦有其风流儒雅之致。剧终进场前,打一呵欠,恒人多念"鸦片烟瘾来咧!"盛兰则改为"饿坏咧!"这一改,改得好,盖一出好好儿的戏,临了忽然来一句鸦片烟什么什么,真好似成了"黑暗的尾巴",纵使老谭当年亦如此,究竟为不足取也。

叶盛章之《跑驴子》,初不审是怎样的一出戏,殆阅说明书,则取材于《霞笺记》者,以一窑子里的"捞毛"为主角。所谓"捞毛",即上海之所谓"相帮"也[1]。盛章以练功伤腕,故日来所演多文丑戏,

---

[1] "捞毛"为北方俗语,相当于南方俗语中的"烧汤",即指妓院里的男性仆役。

此剧中纯以玩笑出之,操北地方言,状此中人口吻殆甚肖,然不可尽解也。

大轴《临江会》,剧情衍诸葛亮应鲁肃之邀赴东吴,与周瑜共商破曹策,去后久无音讯,刘备惶急,使人渡江探之,周瑜速刘备过江议事,拟趁间杀之,终勿果。盖与《黄鹤楼》之情形相仿佛,惟写刘皇叔护驾者,易赵子龙而为关云长耳。诸葛先生已先在东吴,故亦无张翼德闻帐一场,此间,则殆在《舌战群儒》之后,《群英会》之前也。盛兰之周瑜,世霖之刘备,世长之诸葛亮,演来都佳。关羽以叶盛茂[①]去之,架子花脸而演老爷戏,神威自足,特此例在江南,似亦甚鲜耳。

《小说日报》1940 年 12 月 12 日

云郎与媚儿

闻吾友云郎与媚儿,颇有违言。云郎辍其"上课",工作者且数日,青鸾居士患之,迩方以鲁仲连[②]自任,夫云郎之与媚儿,互矢爱忱于先,寝且适性同居,则又有何事不可相谅,遂生勃豀?诚以一既适之,一既纳之,便当互托以心腹,纵有小误会,亦良勿宜各趋极端,故窃愿青鸾之调解,克底于成。离鸾别鹄,为人生至痛苦之事,云郎至情人,殆亦勿能遣拂逆,青鸾允宜为力,使吾友与媚儿,早日言归于好也。

银都舞人,有名曰白蒂者,甚奇。报端刊其姓氏,系以"小姐"二字,骤视之,几以为"白带小姐"也。

---

① 叶盛茂,京剧净角。名净叶福海长子,叶春善之侄。
② 鲁仲连,战国末期辩士,口才极佳。蝶衣此处指"说客"之意。

道上遘白虹。白虹识我,而仓促勿能举我名,星谷告之,白虹乃自拳其额。曩时,常觌白虹于慕老府上,群呼之曰"小白子",今小白子绕膝已有雏,顾稚气则犹未脱也。

《小说日报》1940 年 12 月 13 日

叶盛兰《战寿春》

又观剧于黄金,看叶盛兰演《战寿春》,不仅为旦角戏,且为刀马旦也。盛兰出身科班,宜能文能武,然勿审其精炼竟如是,遂为之大击节。此剧似从昆曲中脱胎而来,故吹腔犹甚多。愚以为不如改皮黄,如刘夫人之巡城,吹腔太多,转足以使紧张之剧情,为之松弛也。盛兰开打,冲动而火炽,视宋德珠正未多让,嗓亦较唱小生为甜,箴规二夫人(芙蓉草)一场,委婉言之,不陵不纵,可谓佳极。

生平勿觍颜求人,同文中于年终,颇有经营出版事业,以谋卒岁之资者,或劝下走,曷不如法炮制,谓下走交游,未必便逊他人也。顾下走辄卑怯,以为此等事师出无名,岂不羞于启齿? 最近,馆中人有筹办《新年画报》者,勾愚为编辑,且要愚必介绍广告若干则,愚难之,馆中人固请,不获已,遂破例修觍颜求人之书,则又使下走为之大窘。纵下走之求,犹为第一次开口,然人既勿缠,下走亦勿敢为固请,乃知觍颜求人之事,究非下走所优为。只此一遭,下不为例矣。

《小说日报》1940 年 12 月 14 日

上海戏剧学校特刊

上海戏剧学校特刊之稿,缴卷未久,纪灵[①]兄又来一函,嘱为三

---

① 纪灵,即柯灵。

四集《文素臣》特刊写稿,而海生兄亦来一简,则嘱为言慧珠、孙毓堃特刊写稿。于是下走近来为人写特刊稿乃奇忙,所幸《文素臣》尝见之于舞台上,而言慧珠之《三娘教子》,亦曾于银幕上睹之,有话可说,不至于曳白。最窘者莫如北来伶人,有不甚深悉者,戏院当局苟为辑特刊,亦循例以一纸书信,采及菲葑,则恒有无从下笔之苦。以吾侪究非万能博士也,故此后有以写特刊稿见嘱者,计惟择其较稔者应卯,不则诌以一诗,聊以塞责。如尚和玉南来,而黄金当局将为之编特刊者,下走惟有以一诗应命矣。(原因就是吾生也晚,没有看过他的戏,勿好瞎说。)

向时极爱吃叉烧包子,冠生园每当下午,辄有人摩肩接踵,傍柜以俟,盖胥为购包子而来也。下走治事之所,与冠生园近,因亦时为顾客之一。三数年前,叉烧包子之值,每个不过三分半,战后递增至七分半,最近饬人往购,则需一角一分矣。大率战后物价较前普遍皆倍蓰,大饼油条且一分增至五分,则叉烧包子之售一角一分,犹为廉矣。

《小说日报》1940 年 12 月 15 日

言慧珠给予我的印象

早在若干年前,我在明星影片公司里,曾见过言慧珠一面。最初我知道她是高逸安的弱息,后来知道她就是名伶言菊朋的女公子。当时与言慧珠的晤对时间虽然甚暂,却已经给予我一个极好的印象。直到上次随着她的父亲南来,在我的脑海中始终留着这一个美人胎子的倩影。

不久以前,我又在银幕上看到了言慧珠,那就是她所主演的

《三娘教子》,这是我对于她更深一层的认识,她的戏学程砚秋,已经唱得很好了!虽然经过了化妆,头面与片子掩去了她的真面目,但从体态上窥测,知道她已是长了许多,已是一个成熟的少女的模样。自然,她的姿态是显得分外的苗条了。

就为了当初有在明星影片公司初见时那么一个不可磨灭的印象,以及《三娘教子》在银幕上的演出给予了我甚大的满意,就仿佛对言慧珠有着什么特殊好感似的。因此对于她此次的南来,也有一点潜在的热忱鼓励了我的兴奋,我预料又将在酒席宴间,与言小姐作第二次的觏面,再度见到这一位美人胎子的倩影了。

为《言慧珠特刊》作

《小说日报》1940 年 12 月 16 日

言归于好

云郎与其"闺中人"媚儿,以细故而哄,几濒决裂,观《风雷》《断肠》《伤心》《欲罢》诸诗,可以知云郎之不豫,所幸此不豫之为期犹暂,兹以吾报毛主干之斡旋,媚儿表示既往不咎,复与云郎互矢爱忱,更数日者,吾人且可于报端,获读云郎踌躇满志之诗矣。

云郎与媚儿言归于好之日,毛主干热忱,辄亲送云郎入洞房,是日愚登翼楼,闻周当局言,云郎与毛主干偕行矣。周当局勿审毛主干方为鲁仲连,以为偕行亦偶耳。灵犀与愚,则俱为之一喜,以为事必谐矣!因举以告当局。当局曰:"是宜探之。"愚遂以电话致媚儿,久之始应,似方窸窣起于床者,愚曰:"云郎来未耶?"媚儿曰:"未也。"于是愚乃搔首踌躇,与灵犀及周当局研求云郎去迹,遍以电话索之,终勿可得。翌夕,愚以电话探毛主干。毛主干曰:"固尝送云

郎入媚儿闺中也。"越十分钟后,毛主干复以电话至,谓云郎自昨晚迄
此时,逗留于媚儿妆阁,固至今未尝离跬步。于是愚乃恍然于媚儿之
所谓云郎未至,实故弄狡猾。愚以电致抵媚儿时,已在十时许,媚儿
自宜匿云郎不报,其未尝斥愚扰人清梦者,盖犹十分客气也。

《小说日报》1940 年 12 月 17 日

《新年画报》

　　馆中同人梓印《新年画报》,匄愚介绍广告,以诸友厚我,故成
绩亦良勿恶。宝大祥主人丁健行先生,且亲以函来,允为下走作臂
助,则高谊尤可感也。健行先生酷嗜书画,夏间,尝命愚书二箑,附
墨润以俱来,而愚乃至今犹未命笔,稽懒如此,真觉无以对先生。
先生既耽风雅,偶亦弄柔翰。近来,数以佳作贶吾报,署名"知止"
者,即先生是矣。其所为文风趣道逸,语体与古文辞俱工,亦足以
使人裣衽也。

　　兰亭经理去岁弧辰,以得玉蓉师妹告,临时始悉之,即与玉蓉
踵门道贺。兰亭辄致诧异,谓方秘其事,不意终为吾等所知也。今
者霜风振户,序入元冬,屈指兰亭诞辰,似又在迩,因欲促南腔北调
人创议,为兰亭兄称觞祝寿。兰亭近来情怀似至郁塞,为老友者,
苦勿能一语以慰,则藉被酒联欢,以稍怯兰亭忧思,计亦良得。小
蝶、福棠、伯铭诸兄,与兰亭友善,盍约为发起之人,共襄此盛乎?

《小说日报》1940 年 12 月 18 日

朱海伦嫁人

　　朱海伦嫁矣! 传"身价银子"达十二万,真骇人听闻也。海伦

鬶舞于金蕾,下走病后,一度与白凤、一方诸兄趋金蕾小坐,睹舞池中一女,玄服而簪花,为态绝艳,问之白凤,谓即是海伦。一方言:此人风神泃美,特谈吐良勿雅,使足下聆其謦欬,且将为之蹙额勿遑矣。愚未尝与海伦接谈,勿审一方之言究竟如何,特以为其人侬纤修短,无勿合度,苟置谈吐于不论,则其人总是一美人胎子也。今阅时未久,而海伦嫁,量珠为聘者,且挥巨金勿恤,则知海伦为人,自有足以使人划梦博魂者,下走之赏识,要不为虚矣。以海伦之嫁,乃为梦云慨乎言之,梦云经营电话购货公司,孜孜矻矻,煞费苦心,而就其近状觇之,去成功殆犹远。因劝梦云,不如努力生女,生女而鞠育,数年,使长成如彼朱海伦者,嫁便十二万金,讵不较以万数千金经营一业,而犹时时召开股东会者,为愈多多。特梦云生女,犹宜加工制造,若亦如梦云之为么六头者,则殆矣!愿梦云好自为之。

《小说日报》1940 年 12 月 19 日

蝶衣腴矣

服赐尔福多垂半载,近来友侪见愚,罔不曰:"蝶衣腴矣!"愚有时揽镜自照,腴犹未必,特勿复似曩日之清癯,则是事实。大抵恒时进补,犹须持之以保养。愚既日服赐尔福多勿辍,近来又起居有节,于是效矣。啼红夫人言:"有一妇嫁后,凡十六度育,每次产后,其药砧以人参一枚飨之,价必百金左右者,故妇虽生育频繁,望之犹丰腴如二十许人云。"是在豪富之家,百金一参,要不足奇,若吾侪操觚之士,则惟有取其值之廉者,赐尔福多每瓶售七元六角(此是电话购货公司价目),愚服之五月始罄,则每月所耗仅一金许,且视豆腐浆为犹廉矣!

又观叶盛章之《盗银壶》于黄金,盛章饰邱晓义,有三场精彩表演:一,杨府盗壶,上三只桌子,竖蜻蜓,反身钩银壶,一个跟头下来,稳而挺;二,营救周伯士,一个"旱地拔葱"势,越墙而潜入,虽用缒绳方法,却十分好看;三,潜入北国,走绳索,打一个来回,捷如飞猿。以上三场,盛章充分表现了神偷的绝技。论剧情,有周凤娘女扮男装、杨延玉男扮女装之穿插,偏偏有阎世善与叶盛兰两人同台,一个能反串小生,一个能反串武旦,于是平添无数笑料,演出遂显得十分热闹,在盛章历演数剧中,《盗银壶》实为一佳作。

《小说日报》1940 年 12 月 20 日

热水袋

天骤寒,于是愚之热水袋遂又出而问世。愚尝思之,男人家实无不能用热水袋之理由,而朋友见者,辄致诧笑,殆亦少见多怪之谓也。同文中用热水袋者,近乃得一同志,则为谢啼红兄。啼红畏寒,一如下走,故写稿时亦手热水袋勿释。啼红与愚,俱当少壮,而有此衰颓之态,宜乎人之谑吾侪为"遗少"矣。

晤兰亭经理于黄金,愚欲为兰亭发起称觞,而兰亭故谦谦,谓称觞万勿敢当,嘱下走毋复申前言,否则恼矣。又言诞辰早在十一月初,逾此已浃辰,苟言寿者,还当期之以翌年,兰亭之言恳挚,遂使愚亦勿敢固请。其实即不言寿,朋侪间杯圈小叙,亦无不可。而兰亭固拒,其虚己敛容,真不可及矣。

《小说日报》1940 年 12 月 21 日

《西施》

在《貂蝉》之后,始终没有一部等量齐观的历史影片产生过,《木兰从军》固然是可以使人满意的作品,但论到画面的绮丽乔皇,以及摄制工程的浩大,却是还不及《貂蝉》的。相反的是,倒是由《貂蝉》之轰动造成其后来古装片烟雾瘴气的局面,这应该是始料所不及的不幸事件。现在,古装片的浑浊空气总算是渐见澄清了!同时,我们又很欣幸地听到了《西施》公映的消息。

《西施》的摄制还在一年之前,我们记得去年的夏天,新华摄影场的花园里就在从事于荷花的种植,为摄取《西施》的外景作准备。同时,新华当局以最优秀的演员支配于这一部戏中,例如袁美云的西施,李红的郑旦,梅熹的范蠡,王元龙的伍员,王竹友的文种,汤杰的伯嚭,王献斋的夫差,黎明的勾践,夏霞的越后,顾也鲁的太子友,这样严整的阵容也是《貂蝉》以后所没有的,由此可知新华当局

图 72　影片《西施》剧照,刊于《西施》特刊 1941 年

对于此片的摄制态度之郑重。

在历史上,西施的功绩是牺牲了一己而为国家复仇,宋代诗人郑獬有如下的一首诗:"千重越甲夜城围,战罢君王醉不知。若论破吴功第一,黄金只合铸西施。"很可以概括了西施的一生功业。自然,西施不仅是以美色传世,主要的她正同于一位爱国志士,值得使后人崇敬。

极愿早些见到这一位女性的爱国志士在银幕上的演出。

《小说日报》1940 年 12 月 22 日

小曼画展

报端见陆小曼、翁瑞午国画展览之广告,小满曩嫔徐诗人志摩,徐早年以坠机死,《人间世》尝刊其《爱眉小札》遗作,盖小曼手录也。小曼孀后,传即与翁瑞午矢爱好,今乃成公开之秘密矣。小曼工山水,为杨清磐所授,笔意幽闲,颇似李思训也。

与灵犀、大郎同看《孔夫子》于金城,银幕演出,幅幅都似壁画,构图奇美,为国产影片中所未尝有,知费穆导演耗心血于是片中者,盖不为尠矣。慕容婉儿饰南子,艳骨修眉,真绝代也。与宋公子朝之会见,亦有匣剑帷灯之妙。(下走之意,以为两人之重觏,还可以稍微夸张一点。)

吴葆初先生,录诗钟①数则见示,有笔与关羽分咏者,颇佳,为录刊于下:

(一)搦管挥毫师汉魂,忠肝义胆贼孙曹。

---

① 诗钟是中国古代文人的一种限时吟诗文字游戏,大约出现在嘉庆、道光年间。诗钟限一炷香工夫吟成一联或多联,香尽鸣钟,所以叫做"诗钟"。

（二）雄摧锋镝千军势，志在春秋一部书。

（三）江淹得此成佳士，曹操居然是故人。

（四）万古斯文皆赖我，千秋大义总推君。

（五）露影霜毫书史迹，忠心赤胆别奸雄。

《小说日报》1940 年 12 月 23 日

郁妃妃鸎舞

郁妃妃鸎舞于国际时，即崭然露头角，近年在百乐门，益腾踔一时，妃妃貌非甚美，顾丰骨高躯，雅有雍容华贵之致，尤擅词令。一日与小蝶、伯铭、福棠诸兄坐舞榭，座有妃妃，为诸人述一谜语曰："远看像个矮子，腰里束条带子，探脱他的帽子，剥脱你的裤子。"众不遑研其谜底，辄大笑，以"脱裤子"一类字眼出诸红舞人口中，此人之隽爽可知也。最近，盛传妃妃已嫁。偶游百乐门，则妃妃真辍舞矣。顾昨日下午，忽见妃妃徐步于跑马厅畔，与一人俱，则亦海上一名公子也。或谓妃妃虽隐，实犹未嫁，观此人之犹有余暇，与其客徜徉于道，其犹为有闲之身，殆属不谬。

从人之请，辑《新年画报》，此为愚破题儿第一次编画，瘦鹃、明道①、灵犀、逸梅、瘦竹诸文场名手，徇下走之请，都为画报执笔，以是虽匆促付梓，内容亦颇复可观。书以丁皓明为封面女郎，则勉从主办人之请，皓明圆姿替月，风范良勿恶，益以三色版印，遂益复明艳夺目。梦云挽愚编《万岁》，将由计划始趋实践，而《新年画报》则

---

① 顾明道（1896—1944），本名顾景程，江苏苏州人。笔名正谊斋主、梅情女史、虎头书生、石破天惊室主等，以社会言情小说称著，如《奈何天》《蓬门红泪》《花萼恨》等。

为愚之试金石矣。

与霭姑游宴

夏间,尝与一舞人曰霭姑者,数度共游宴,阅一月而霭姑嫁,话别之戏,举酒祝霭姑得佳婿,霭姑以为愚谑,赧然曰:"他日相值,幸毋笑我。"愚摇首曰:"他日纵相见,亦宜似不相识。"霭姑讶曰:"此又何故?"愚曰:"卿既嫁矣!当善事夫婿,万一意外相邂逅,下走将疾避如陌路萧郎,勿敢更乱卿心曲也。"霭姑以愚恳挚,竟泣下。下走好事,越一日,又市一五磅之热水瓶,以馈霭姑,匄与霭姑熟稔之一舞人转致之,瓶上设然而红者,有双喜字,盖兴业热水瓶厂出品,下走选以为贺嫁之仪,所以示下走之善颂善祷也。不意霭姑嫁四月,忽与其藁砧哄,寝且一怒而走香岛。一方记其事于《秋水新篇》,谓两人勃谿之役,毁室中器物无算,意下走之热水瓶,殆亦不幸罹难矣!霭姑夫婿,经营船舶事业,拥巨资,壮而未娶,愚故深为霭姑庆得人,乃不知作何原因,竟勿能相始终,负下走善颂善祷之好意多矣!

丁健行先生又以佳作贶吾报,曰《四十年烟云过眼录》,中多隽妙之记述,兼可作海上掌故读也。年内为日无多,因拟于元旦起发刊之。同时复有啼红兄之新著,曰《因风阁小简》,亦可于元正首祚之辰,与读者诸君相见,此盖为民国卅年度之吾报新献矣。

《隐身女侠》

在万分无聊之下,踏上新光大戏院,看了一次《隐身女侠》。在制片方面,这倒不是一部如何苟且的片子,例如李丽华的吕四娘,郑重的楼三郎,杨柳的冯香儿,都演得很好。片中更有吕四娘利用隐身衣,向一般为富不仁的土豪劣绅募捐赈灾的穿插,却不同于寻常的劫富济贫。不过有几点,还值得商榷:第一,明明是雍正时代的事,不知道为什么要改称"獠王",以致坐在我背后的一位山东人,竟大喊"刺王獠",一连喊了十余遍之多,真叫人又好气又好笑;二,吕四娘缒绳,那根带子好似为吕四娘显本领而特设的,而且人着地后,带子无端会荡了过去,于理不合,其实此一穿插大可不必;三,最后一幕,柳三郎向吕四娘陈述遨游四海的志愿,四娘不该就此将一颗头靠在柳三郎身上,以作全剧的结束。不如说:"好!那咱们就走!"比较来得相宜。

《隐身女侠》的问世,在《新闻报》的《艺海》中,一定是捧,在《中美日报》则一定是一阵痛骂,我算是采取折中办法,提供了一点"既成事实"下的意见。

《小说日报》1940 年 12 月 29 日

不平凡公子

不平凡公子既有丧明之痛,其夫人又继之病殁,此君自一本正经做人以来,乃屡遭拂逆之事,亦不幸甚矣。不平凡公子于其儿之夭,曾为打油诗四章以哭之,今又遭鼓盆之戚,勿审亦有悼亡之作,以志其伤痛否?

有人述一笑话,谓电影院有于最近开幕者,其设备良简,有人于开幕之日入场,其屋顶之泥屑,受散戏之步履震动,竟有簌簌下坠者。又谓开映幻灯片广告时,第一张即颠而倒之,观众纷纷报之以"嘘！"二三张丞校正。至第四张又复如是，于是观众益哗笑勿可耐。或谓是时苟令戏院主人而在场者，真不知面红耳赤到何种程度也。

南腔北调人于《遗风集》中，述其家事，有一塌糊涂之语，读者不明，或且以为南腔北调人房帏间有何难言之隐，其实南腔北调人艳福无双，乃如齐人之有一妻一妾。两雌之间，略有风波，南腔遂慨乎言之耳。

《小说日报》1940 年 12 月 30 日

夏霞

应上海剧艺社之宴于红棉酒家①，同座有夏霞。银幕女星演技之为下走所磬折者，得三人，一夏霞，一陆露明，一则陈琦。顾夏于银幕，终勿甚得志，近乃为上海剧艺社之台柱。夏霞之名，在上海人口中读之，略如"啊呀！"夏霞自言，初至上海时，屡闻身后有人呼"啊呀！啊呀！"辄为之大愕，勿审若侪惊呼何事也。厥后有人告之，辄为哑然。夏霞又言，一日，在兰心大戏院后台，兰心职员见夏霞至，呼"哈哈"不已，夏霞大奇，询之旁人，始知其人为粤籍，粤人呼夏霞，固曰"哈哈"也。夏自谓不知各地方言，于"夏霞"两字，有如许不便，否则必不以"夏霞"为名云。

是日之宴，上海剧艺社诸剧人俱至，因得微窥慕容婉儿风采，又晤于伶先生，阿汉兄为愚介，于先生今之名剧作家，得遂识荆之愿，亦一快事也。

《小说日报》1940 年 12 月 31 日

---

① 红棉酒家，位于爱多亚路（今延安东路）870 号。

贺年片

早年时候很喜欢搜集贺年片,不仅是朋友寄给我的,我十分珍视,就是别人家的贺年片,如果是可以通融割爱的,我也往往要了来,闲时翻阅,将它当作古玩的集藏一般看待。同时,我也照例一年一度的要在除夕发出一批贺年片,寄给我的亲友。我的贺年片是特制的,美丽的图案配上红色的祝颂之词,每年耗于贺年片的印刷费、邮费,往往也在五六金左右。

记得我曾和星社社友交换过贺年片,赵眠云、郑逸梅都曾有贺年片寄给我。但是我所收藏着的许多贺年片,最后是在一次两次的迁徙中失踪了。

现在,对于贺年片当然已不像早年那样感觉兴趣,不但我没有闲情逸致寄贺年片给亲友,就是在新年里偶然接到一两张朋友寄给我的贺年片,也往往会为之惊异起来。

去年,穆一龙兄,曾寄了一张木版印的五路财神图片给我,代表贺年片。这是我生平所见的贺年片中最别开生面的一张,当时我曾谢致他一首诗,是:"元正首祚贺宜春,盛意还须谢故人。我正穷年愁兀兀,而于五路有财神。"但是穆一龙兄送上门来的财神,并没有灵效,我依旧是穷了一年。

《小说日报》1941 年 1 月 1 日

上海剧艺社度岁记

除夕,上海剧艺社拟上演《粉红喋血记》,以干禁,遂不果,而由该社主办之新年同乐会,则遵时于子夜举行。下走以十一时许往,看毛羽、明勋、阿汉、一龙诸兄排《月亮上升》。及同乐会开始,遂又为座上客。夏霞、蓝兰、周起诸人反串《大明英烈传》,剧中人辄忍俊不禁,夏霞笑尤劲,遂使观众亦哄堂。至幕阖,"呵呵"之声未尝绝,演出之糟可知。继此有无声电影、对口相声、小歌剧诸节目。无声电影仅一人登场,而一人从旁说明之,以别有含蓄,遂受狂热之欢迎。赵景深先生亦临时参加一节目,唱滑稽《空城计》,绝趣。《月亮上升》之演出甚严肃,与《大明英烈传》之惹得哄堂大笑者,适得其反。明勋、毛羽似老于登场者;阿汉、一龙亦能应付,大是不易。是夕,名舞人路黛琳亦翩然至,吾友大可与之俱,下走遂稍尽招待之责。泊游艺终了,已在四时许,犹与毛羽、李一、阿汉、克尼,并陈琦小姐,步行造张翼之居。张翼寓姚主教路①茂龄村,其地修远,几折吾胫。张翼煮咖啡以飨客,闲话移时,而天亦曙,遂分道归。女艺人中,陈琦小姐为下走所磬折之一人,是日为初见,而一日中凡两度晤之,则一九四〇年岁尾之一大快事也。

《小说日报》1941 年 1 月 5 日

试作了三篇新文艺之后

　　一方兄的《秋水新篇》,写过二次语体的抒情文字,表示对于新文艺并不是一窍不通。我在偶然的高兴之下,也在一个晚上赶写了《迎新》《为两位女友祝福》《引颈而望》三篇东西,交与灵犀发表于《新年画报》。我不敢说什么夜郎自大的话,不过觉得偶然写一点新文艺之类的文字,较诸所谓新作家的作品似乎也差不了什么。灵犀在读了我那三篇文字之后,劝我多看一点鲁迅的东西,他说鲁迅的小品文的确写得很好,同时他承认我是个可造之材。说也惭

---

① 姚主教路,即今天平路。

愧,我先后以"唐塑"的笔名为《申报·游艺界》写《女艺人群像》,以"沙蕾"的笔名在《社会日报》与王公子讨论改良平剧,虽然都是出之以新文艺的笔调,却始终不敢自承已是个新作家,我也不知道是什么原因,我只觉得有一重羞愧蒙住了我,我以为自己始终是一个落伍的人,不料灵犀还以为我是可造之材,虽然灵犀并没有劝我将来也喊喊前进的口号,但至少他是希望我能够摇身一变,由旧文人而蜕化为新文人的。可是我的性情,微与灵犀不同,我生就了执拗的脾气,人家越是菲薄旧文人,即使我照样能写新文艺,我却偏要向旧的路上走。难道文艺这东西,定要用新的形式才算是前进,落了一个"旧"字就犯了死罪吗? 古来有许多血泪文字,谁能以它的形式之旧而否定它的文艺价值? 我以为时代是前进的,文字的新与旧却无关乎前进与没落。所以我对于灵犀的劝告,并不想完全接受,那就是他也提出了鲁迅,鲁迅的文字诚然好,但是他被一般人捧成了偶像,我又有些不愿意盲从了。

《小说日报》1941 年 1 月 7 日

《西施》先睹记

在新华制片厂的试映室中,看过了《西施》的映出。

以"卧薪尝胆"的故事搬上银幕,在现环境之中,不能不说是一件有意义的事,半年以来被民间故事影片搅得头昏脑胀,《西施》的出现,也不啻是投予电影观众以一剂清凉剂。

《西施》是新华继《貂蝉》以后倾全力摄制的又一部历史片,仍由卜万苍导演,而由袁美云主演。卜万苍擅长于处理大场面的戏,在《西施》中有许多的群众场面,例如越王兴师伐吴,以及馆娃宫中的歌舞场面,都编织得相当壮观。而同样,姑苏台建筑的宏敞壮丽,也显示了此片布景工程的浩大。

为了《西施》的摄制,丁香花园中曾特地种植起荷花来,因此西施泛舟的一幕,便展开了异常美丽的画面。而更可爱的是西施的出现,苧萝村外,浣纱溪畔,数十位少女沿着清流浣着纱,同时唱出了如莺啭簧般的歌曲,情绪是十分动人的。

以纤眉修骨的袁美云饰西施,李红饰郑旦,梅熹饰范蠡,王献斋饰夫差,王元龙饰伍子胥,汤杰饰伯嚭。在演员支配方面显然是经过了一番慎重的遴选的,黎明的勾践,似乎还是一位新人,但演技也十分洗练。

此片定十五日在大光明作预映,而我们却在预映之前获得了先睹(试映室中,有张善琨先生所书"先睹"之额),这实在是一件令人兴奋的事。

《小说日报》1941 年 1 月 9 日

英茵

一日,值英茵于舞榭,报间有记英茵迁居之讯者,问之英茵。英茵曰未。顾翌日阿汉告我,则英茵实已他迁。因颇诧英茵之饰此谎言。愚初不欲造英茵小姐之居,而彼乃深讳之,辄勿解其故。因忆别有一日,孙景璐代得味湘菜馆主人邀宴吾侪,景璐忽曰,颇拟小离沪壖,作香岛之游。愚问其故,景璐亟掩口曰:"今日座上多新闻记者,吾言良宜审慎也。"言已而笑,时小洛亦在座。翌日,海星社遂发一消息,谓孙景璐将作香港行,顾迄于今日,景璐犹滞沪如故,可知其赴港之说,特新闻政策耳。因以为艺人风度,其可亲处端在于勿拘小节,若有时故作谎言,则为新闻记者者,宜自判其真伪矣。

《万象》杂志既决定出版之期,遂亟亟于集稿之事,平襟亚先生,既许为治一长篇,复驰函玉田赵焕亭,请制一武侠说部,而王小逸先生之长篇,亦已得其允诺。此外,更拟匄程小青先生之侦探小说,或著或译,苟能获小青先生俞允,则伦理、武侠、社会、侦探四长篇个别其类,要足以餍读者之望矣。

《小说日报》1941 年 1 月 11 日

白华兄

白华兄在办《南言报》之前,我竭力劝阻他,我对他说:"办日报实在太辛苦,蚀本固然是不能避免的事,同时更会有许多意料之外的痛苦,怕你不能承受。"白华兄听了我的话,对我笑笑,意思是非办不可。我就问他取材如何?他说:"预备弄得新一点,赵景深、胡山源、丁谛几位已答应写稿。"我又劝他,如果一定要办报,不如办周报或三日刊,我对他说:"一个人的精力是有限的,照顾了这一面便照顾不了那一面,办周报或三日刊,时间从容一点,可以不至于忙不过来。"可是白华兄不听。于是《南言报》出版了!第一天在印刷所遇见白华兄,他对于一条一条的红勒帛不住摇头。之后,又在《西施》试映的那天遇见他,他问我对于《南言报》的意见如何,同时他自己已承认,费了最大的力还是纰缪百出,表示无可奈何。我说:"事非得过不知难,任你事前有什么良好的计划,经待到要实行时,就会知道不能尽如人意。"白华兄点了点头,他也知道我过去的忠告,不是无理由的。办报,在外人看来,似乎不是什么难事,其实要弄得尽人意,真不容易,就像本报,出版了一年有余,到现在每天看着报,我还是一百廿四个摇头呢!

《小说日报》1941 年 1 月 12 日

梦云介弟得双雏

梦云介弟于秋间婚,其夫人至前朝分娩,一产得双男,当临蓐之时,梦云介弟徘徊于室外,及婴儿坠地,梦云介弟叩之稳婆曰:"是男抑女?"稳婆应之曰:"两个!"梦云介弟为之大愕,识者谓梦云台型,处处输于乃弟,其弟弄璋,迅捷更逾于梦云,而且多上一个。梦云虽健,对之亦应自叹勿如也。

《小说日报》1941 年 1 月 13 日

张翼鹏出演更新

闻更新舞台既邀妥张翼鹏,明春,拟编排《大侠甘凤池》本戏,勿复邀京角儿矣。予以为邀京角儿麻烦太多,以更新之地位,诚不如改演本戏为佳。翼鹏于梨园为后起,而家学渊源,雅有"猴王"之誉。论剧坛新人材者,无不属望于翼鹏,以翼鹏抱负,为余子所勿逮也。故《大侠甘凤池》之排演,当不至于如何负众望,惟望能匀一名手,为之编著剧本也。

《小说日报》1941 年 1 月 13 日

知止先生

知止先生[1],既以《烟云过眼录》贶吾报,见者都曰,此甚有价值之文。而先生爱护吾报弥切,日昨复以《续护生画集》见惠,都二百

---

[1] 丁健行,又名丁方镇,别署知止居士,浙江镇海人,朵云轩创始人,宝大祥老板。

册,出丰子恺先生手笔。子恺先生画笔生动,而画则寓戒杀好生之义。知止先生以吾报有读者会之设,欲以之分赠与会诸君,故以华严先生之辞吾报辑务,读者会将从缓组织,故护生之书,颇拟暂时存贮,俟春到人间时,以之移赠《万象》读者。《万象》杂志,亦下走所辑,于征求订户时,即以画集为附赠,藉扬知止先生仁风,勿审亦为知止先生所许否?

华严先生既辞吾报辑务,毛主干遂复委之于下走,其实华严先生新旧兼擅,如《情焰小缬》①之作,愚始终自叹勿如,惟有时好高骛远,兼以愤世嫉俗之深,遂以为举天下都无可语者,不知小型报文字水准,已远出一般老大报纸之上,如泛论过夥,转失小型报风格,苟假以时日,吾知华严先生,或亦能从谏如流。惜其仓卒言去,挽回无从,弥可惜耳。

《小说日报》1941 年 1 月 14 日

《西施》插曲

《西施》插曲,大郎于《高唐散记》中称《西施》插曲之美,诚可谬。《西施》插曲凡三支,一《浣纱歌》,一《姑苏台上曲》,一《采莲曲》,曲词无不隽雅。如《采莲曲》有句曰:"假如莲子不知愁,为什么莲心苦?"真绝妙好词也。

《小说日报》1941 年 1 月 15 日

赵焕亭新著

愚为《万象》杂志征稿于赵焕亭先生,匄焕亭先生治一长篇。

---

① 署名"丹砂",1940 年 9 月 1 日起在《小说日报》上连载。

昨日,焕亭先生之复,自玉田至矣!

王引在舞榭

与王引小坐于舞榭,舞人见王引,无不诧异曰:"不在家陪家主婆,却来此处摆测字摊①。"舞人之见,以为袁美云美,又是红影星,王引宜妆台作隶,勿事浪游也。其实美云好博,有一晚而不需拍戏者,美云必与小姊妹淘聚为方城之戏,往往通宵达旦,而博又恒在小姊妹之闺。王引无已,则入舞榭呼酒,藉以遣迢迢长夜,及将曙乃去,以车接其夫人归。王引尝携美云入舞榭,舞榭人多,美云辄摇首曰:"如此嘈杂,讵不头痛?"美云不嗜舞,故付其余绪于博,而任王引一人流连于舞榭。美云尝笑王引曰:"你在舞场里,能够坐得牢,真佩服你。"在舞场中见王引者,每怪王引勿归拥娇妻,不知王引之临舞榭,真是其无可奈何时。王引在无邪中枯坐而不舞,情趣安得而佳!不过以闺中人方耽于博,不得不觅友人于子夜,以消磨若干小时,然后迎其夫人。有人或以为袁美云闺中岑寂,不知王袁伉俪,其情好之笃,有如此也。

唐若青演《花木兰》时,下走以事因循,竟未及睹,而《花木兰》以唐大小姐体弱,未数日即辍演,为之大呼负负!比闻中旅已决定重演此剧,又为狂喜。闻周贻白先生于此剧,颇费结构,是实不能不一观,意者当视《李香君》为尤胜也。

---

① "摆测字摊"为舞场切口,指坐在舞场里望野眼,不下舞池跳舞。

无线电开关

小坐于舞榭，舞人有嬲愚讲故事者，愚辞之曰："愚非汤笔花、李昌鉴之俦，讲故事非所擅长。"舞人曰："随便讲一则，以遣此迢迢长夜可已。"愚勿诺，舞人又以糖果飨愚，必愚述之。愚遂效说书先生规矩，先喝茶数口，咳了两声嗽，然后为诸舞人道之曰："尝有一人，好听无线电，一夕既寝，寱寐中展其一手，忽触及床头之人乳峰，以为无线电机之开关也，运其两指旋转之，顾久久无声息，其人模糊中言曰：'机殆损也，奈何无声？'妻本熟睡，为其夫抚弄而醒，以为乃夫求欢也，顾视之良勿然，则责之曰：'蠢哉！汝也！汝何聱聱？汝未尝插扑落①于洞，安得而有声息耶？'"愚述既已，舞人犹不足，问曰："以后事如何？"愚曰："以后之事，尚待问乎？"嗟夫读者，幸勿以下走所述之为亵，下走叙事，口吻犹出之以隽雅，若在舞人，则吾侪闲来聚谈，其粗秽之状，且有尤甚于下走者也。

生平勿敢治长篇小说，亦勿敢写剧本，顾有一本事，为某导演述之，导演辄以为可，速下走早日成之。日来天寒，以搦管为苦事，俟春回大地，《万象》问世以后，容拨冗试写之。下走勿敢存名山事业之想，惟编一剧本，搬诸银幕，终较写身边文学为愈耳。

《小说日报》1941 年 1 月 18 日

发标劲

友人某君，欲邀一舞人为宵游，舞人踌躇未诺，某君购舞券五十金，掷于舞人曰："我在绿宝，来不来悉听汝便。"盖所谓发标劲②

---

① "扑落"，沪语，电线插头之意。
② "摆标劲"，沪语，耍威风之意。

也。已而,舞人果踪某君至绿宝。识者遂谓:"舞人遇客邀约作宵游,拒之,虽易揽客怒,然亦未可遽诺。遽诺则客不肯挥巨金矣。譬如此夕,舞人苟非支吾不诺者,如何能赚得五十金? 此在为舞人者,真宜揣摩舞客之心理,因地制宜,不能不用一点手腕也。"舞人踪某君至绿宝,与某君并坐二楼咖啡座。逾子夜,二人胥仰首于榻,视之,不言亦不笑,盖皆呼呼入睡矣! 因益为之失笑,不知吾友之购券五十金,大发标劲者,究竟所为何来? 岂打瞌睏①亦嫌孤寂,遂亦勾一女人,为之作伴耶? 若吾友者,亦可谓妙人矣。

《社日》有人记一种蔬菜,曰"雪里红"者,谓一说作"雪里鸿",因其形似雪里鸿爪云。按:"雪里红"当作"雪里蕻",蕻者,菜心长也(北人谓此菜曰"春不老")。书"雪里红"者实误。雪里鸿爪说,则更想入非非矣。

《小说日报》1941 年 1 月 19 日

楞伽先生

楞伽先生作《西施》观后感,刊《申报·游艺界》,文中有一节曰:

在主题积极性的把握上,我觉得生聚教训这一点是很重要的,应该力求切合目前的环境,插进几幅埋首苦干努力建设的画面,例如家家课读,户户耕织等,这才合乎十年生聚,十年教训之道,为了避免多占镜头,就是用连续的"划过"的方法也可以的。

---

① "打瞌睏",沪语,打瞌睡之意。

忆《西施》的完成,在丁香花园试映时,下走往观,曾有越王劝农,越后躬织之画面,献现于银幕之上。是生聚教训之事迹,固未尝漏而不叙。楞伽先生聪于视,必非无睹。或者公映之时,原有之耕织镜头,业已剪删耶?会当俟大上海开映此片时,前往一证之。

岁将除,家大人以书来,速予回乡度岁。不睹故里景色者垂五载,得吾父书,不无秋风莼鲈之思。无如《说日》之辑务不可弃,而《万象》复亟待筹备,遂使天伦之乐亦不可得而叙,伤已!

《小说日报》1941 年 1 月 20 日

谢一位知己的垂念

生平有尝厚惠于我者一人,是为太丘公。公贵,而不以书生贫贱见弃,折节订交,亦数数有问遗,下走故德之,论生平知己,公其为最也。迩者,有故人尝谒公,公问故人曰:"蝶衣近况奚若?良念之。"故人以电话抵吾友,白公之言,吾友又举以告我。下走闻之,则为怃然,则以下走与公睽违者,且数年,良不意粥粥无能之人,犹劳公齿及。是公之于下走为己,终且不谬。特下走今日,愧无可以为公告者,而公乃念我,则当婉言于公曰:"蝶衣清贫,不啻陋巷而箪食,惟犹能安贫若素耳。"论公之于下走,为知己,宜请谒于公,叩起居。顾糜沸蚁动之候,跬步皆荆棘,虽欲与公抵掌谈驰马击球事,亦如昔日者,亦良不可得。惟下走实祈祷之,顾终有河清海晏之一日,复得公贶我以小简,简上语曰:"兄有知己友人否?至时不妨作小团体之小饮,束缚甚久,狂奴故态又复萌矣。"则下走且狂跃赴会,与公道别来无恙焉。

《小说日报》1941 年 1 月 21 日

黄金好戏

　　二十日的晚上，在黄金大戏院看到了一台好戏，那是"施粥""发售""伶联会赎回梨园坊公产"的义务戏，头里有粉菊花、盖三省的《探亲家》，下来就是名伶名票会串的《群英会》《借东风》《华容道》，信芳的鲁肃，培鑫的孔明，斌崐的蒋干。以前曾看过几次，本来是老搭档了。芙蓉草反串周瑜，倒是第一次见。桐珊①扮上了，很有些像俞振飞，又有些像崔迸先，毕竟是老资格了，玩意儿真不弱。《借东风》完全是赵培鑫的戏，环顾海上剧坛，能够像培鑫那样唱几句的，真不多见，差不多每次会戏，碰到有《群英会》《借东风》时，总得借重培鑫，培鑫兄真可以自豪了。除了芙蓉草之外，还有一个反串的，那就是高百岁的《华容道》曹操，唱几句还真挂味。以前我曾看过信芳、如泉的《华容道》，此晚则是麒麟馆主的关老爷。麒麟馆主就是曾与顾兰君热络过的"一大山人"顾乾麟②，他是准备出风头而来的，《华容道》上场时，守旧③以及台围椅披，都换了新的，上面绣满了麒麟与乾卦，符合了他的名字，就是几面旗也是定制。虽是初次登台，排场却是比角儿还要大。凭这一点声势，就足见一大山人是一位会玩儿的人了。大轴《叭蜡庙》，是林树森的费德恭，盖叫天的黄天霸，赵如泉的褚彪，赵培鑫的施公，阎世善的张桂兰，王兰芳的张妈，高百岁的金大力，而由麒麟童反串朱光祖，这样的好戏，也不容易多见了。记下来，将来评剧家们翻起旧账来，

---

① 桐珊，为芙蓉草的本名，即赵桐珊。
② 顾乾麟（1909—1998），又名怡康，湖州南浔"四象"之一顾福昌后裔，顾敬斋之孙。时任怡和洋行经理。
③ 守旧，为戏曲术语，指传统剧目戏曲舞台装置。过去传统戏曲演出时所用的台帐（也称"堂幕"）和作为背景使用的底幕，幕上绣有各种装饰性图案，作舞台上的装饰品用。清末用布景后，传统的底幕习称"守旧"。

也是好材料。

《小说日报》1941 年 1 月 22 日

李玉茹

知止先生过访,出钱云鹤先生绘《林处士图》,索题。愚近来诗思奇涩,展图复见名作纷披,几使愚勿敢下笔,仓卒间勉和原唱两绝,其一曰:"生共湖山有夙缘,梅边风骨自棱然。已从截句留佳话,更染丹青与并传。"

其二曰:"一是画宗一高士,挚情风义两堪师。卅年终践当时诺,说到因缘总绝奇。"洵所谓急就之章,厕于名作之林,真亵渎云鹤先生画矣。

其俊、继影①二兄,伴李玉茹来社。玉茹以黄金之邀南来,将于辛巳元旦登台,愚方饭,闻拜客之声,亟吐哺。玉茹之外,王金璐亦随来。玉茹丰腴如童芷苓,而视芷苓为美,来时拥狐裘,尤有雍容华贵之致。恒时闻玉茹在北地已负盛名,今乃知玉茹果绝色。泊玉茹去,愚目为之废食,正以其人之秀色可餐也。

《小说日报》1941 年 1 月 23 日

王伯衡

旧历岁尾中,一饮于王伯衡先生府上,又得饱饫郁厨之美。伯衡先生藏名人书画甚丰,有明清人小简,其精劲尤无伦。又获睹吴大澂致张香涛书数通,亦珍品也。小除夕,则饮于兰亭经理公馆中,兰亭夫人、元声夫人并吕弓夫人,与阎世善聚为方城戏。世善

---

① 卢继影,曾主编《坤伶百美图》。

打牌甚精，一如其打出手，盖往往能出奇制胜也。

大除夕之下午，游于张园，值大华舞人张凤，遂伴之游园中一周。张凤言，小除夕，大华亦有炸药爆发，伤一女客。

元旦之晚，小坐于国泰，晤徐瑞裕先生，谓仙乐炸药案中之姚家骐已死。游舞榭者，今后真宜稍具戒心矣。

太白先生，自"史致富"①以后，遇乃奇蹇，其叔在常州，下乡收租，得三数十金，忽遇盗，掳之去，卒以四百金赎出，太白为之料理也。大除夕，太白起身，忽遍觅其丝绵袍子与缎子马褂不得，盖被窃矣！亟入衣肆，以百三十金购得各一袭，此太白之又一损失也。识者谓太白之"史致富"，风声所播，不免启宵小觊觎，其厄运之来，实太白当日之自吹自擂，自招之耳。太白既迭遭不如意事，遂并写稿亦勿复有心绪，今日吾报之《十三妹》小说因亦付诸阙如。意者《社日》中《红氍毹上》，当亦同告中辍矣。

《小说日报》1941 年 1 月 30 日

守旧

与瘦竹兄晤于更新前台，更新主人挽兄主持广告部事，兄方履新不久也。偶与兄谈及"守旧"之名，愚以为甚不可解。兄则言："以意揣之，当为'绣绸'之误。"浙人多有读"绸"为"旧"者，如兄之言，则此一名称，当自杭嘉湖班子中来也。愚又以为"绣绸"之"绸"，不如作"帱"，帱即帐幕也。瘦竹大笑，以为用字更雅，戏班中又习用简笔字，使守旧而曰"绣帱"者，行之数十年，或且误为

---

① 史致富(1906—1962)，名志礼，宁波人，20 世纪 30 年代先后开设万国药房、新光药厂，自任总经理，并投资创办华联、丙康等药厂，与上海影剧界尤多交往，1949 年 4 月去台湾。

"绣帱"矣。

《小说日报》1941 年 1 月 31 日

岚声之病

闻岚声兄割治胃癌,已入宝隆医院,奏刀圭之代价,需三千金,岚声处境不裕,款由诸友筹集之,犹未敷也。岚声平日雅好诙谐,有时亦能济人之急。愚居汉上时,岚声亦流亡而来,兄经营出版事业,数委愚为之辑稿。及愚离汉,兄送愚至车站,扬巾而别,车已启动,愚于车窗中遥瞻兄,兄竟扰泪,因为之大感动。后在香港,复与兄遇。兄先我还上海,余送之轮次,兄亦唏嘘与愚别,其为人之热情盖如此。今闻其病况,辄为之悒悒。兄病胃癌,割治颇狠,而医药需费,为数綦巨,友侪与岚声交好者,良不乏人,愿能稍集得款,助岚声出沉疴也。

《小说日报》1941 年 1 月 31 日

再度紧缩

生活指数日高,于是吾报之纸值亦日昂,每月计之,辄有亏负。一报之值售五分,在读者之负担亦已重,亏负之数,势不能取给于读者,则惟有从事于紧缩。因决定于翌日起,吾报篇幅,复自四开减为六开,内容去芜存菁,期无负读者之垂爱。事出于万不得已,惟在读者诸君,能曲谅之矣。

《小说日报》1941 年 1 月 31 日

新岁小博

新岁中,数与诸友聚为小博,愚于打牌时,偶有失张,往往好大

声疾呼;若得一佳牌,亦必大嚷。一方好谑,辄曰:"翁玉珍之远走
香港,实为蝶衣所吓跑。"则以去年夏日,下走流连卡乐时,尝伴卡
乐诸舞人博,翁玉珍小姐为麻将搭子之一,愚打牌时,既成大声疾
呼之习,用力复綦重,翁小姐娇弱之人,辄抚膺曰:"吓煞哉! 阿好
轻一点?"愚勉从翁小姐之嘱,顾转瞬又复忘之。故翁小姐尝曰:
"搭俉又麻将,毛病也要吓出来哉!"厥后翁小姐赴香岛鬻舞,一方
遂捏造谣言,谓翁玉珍之南行,乃蝶衣所吓走,于是朋友之间流行
一语曰"陈蝶衣吓走翁玉珍"。其实下走于博,正以勿能一本正经,
故得失之间,往往山嚷怪叫,出之以游戏态度。博者,消遣之一策
耳,何必如前方将士之"沉着应战"哉!

天畴兄自香岛归海上,言在昆明时,尝读下走所作《秋闺痛
语》,辄为之潸然泪下。不意海上之小型报,亦有行销于昆明市上
者。昆明多正人君子,而吾侪所记于报间者,多糜烂生活,使昆明
诸正人君子见之,岂不将晒吾侪在上海,乃勿能敦品励行耶? 因又
大怨,怨吾侪之终为小型报人,既不能孳孳为利,随众为浮沉,若畅
所欲言者,又勿能宣之于报章,遂惟有穷愁兀兀,而他日若一旦大
局定,更听任正人君子之唾骂。灵犀于报业前途,恒致乐观,以灵
犀能为正义感之文字,而下走则勿能,故下走唯有悲观也。

《小说日报》1941 年 2 月 2 日

张翼鹏

张翼鹏,是后起伶人中比较有新思想的一个,近年来从程小青
先生游,文学方面,也有了相当的根柢,自辛巳元旦起,更新舞台改
变方针,不再接京朝派角儿,于是翼鹏即应邀加入,领衔主演本戏,

日场《万象更新》我没有看过,夜场《孙悟空棒打万年春》,前晚初次上演,海生兄给我留了一只位子,因此在第一个晚上我就看了。这出戏,是摘《西游记》中的一节成为单出,但情节已增衍了许多,所以也相当热闹。第一,是灯光的利用,增加了演出上的美感不少;第二,是布景的不苟且,伏虎罗汉掷乾坤圈,罩住孙悟空,孙悟空腾空而逃,这是全剧最精彩的一幕。演员中,张翼鹏的猴子戏,我还是第一次看到,真有一点噱头。尤其是开打煞尾时,身段的特殊,完全就盖派的作风,神而明之,无怪他能以猴子戏独霸海上剧坛了。其次,倒是饰万年春的王韵武,打几下,翻几个跟头,冲得很,又兼甚能做戏,是个演本戏的人材。张国斌以做工老生饰猪八戒,不但出语诙谐,而且精神甚健,倒也是出乎意料的事。王麟琨的唐僧,纯粹是麒派作风,最奇怪的是张翼鹏,亦甚多麒派气息,念白抖袖,尤其神似,在下本是一麒迷,这一下真配了我的胃口了。

毛剑秋,也加入了更新的阵线,但本戏中并没有她,却在前面填了一出《宝莲灯》,我想如果本戏中的梅花仙子,改由毛剑秋担任,一定更精彩。

《小说日报》1941 年 2 月 3 日

妇孺救济会

曾经参加过一次救济妇孺会的宴会,听徐乾麟先生讲起会中的经济困难情形,当时十分感动,很想在该会播音募款的时候,捐一点小数目,一方面捧捧票友的场,一方面也算尽了一点义务。结果却因为阮囊羞涩,力不从心,一直抱憾到现在。不料救济妇孺会诸公,倒特别看重我们,邀我们几位朋友,担任慈善茶舞大会的宣传工作,在名义上都是宣传主任,这一下,我倒觉得难为情起来。第一,我生平没有参加过社团工作,现在,救济妇孺会不但将名在报上发表,而且还送了聘书来,这事似乎不由我推诿。起初,我想有子佩、梦云、灵犀、大郎、一方诸兄在前,我偷懒一点,也不要紧。谁知昨天会方又送了一纸通告来,要我们在四日下午,出席他们的全体委员会议。一向懒散惯了,一旦要我干这样一本正经的事,真觉得有点应付不来。因此我竭力怂恿灵犀、大郎,请他们出席,那么我就是缺席,也不致影响到宣传大计。谁知大郎、灵犀二兄,竟异口同声的说:"还是请足下代表了吧!我也许分不开身。"我一想,糟了!我们这一批仁兄,难得承人家瞧得起,请我们担任一点为社会谋福利的工作,你们就一个个畏葸起来,这似乎不大好。于是只好唯唯诺诺,看来灵犀、大郎都不会出席这一项"艰巨"的工作,只好由我勉为其难了。

《小说日报》1941 年 2 月 4 日

《饕餮谈》

啼红兄为本报写《饕餮谈》,大谈其吃,读了真叫人食指大动。谈到吃,我倒略有一点意见,这一个意见,可以贡献给姚绍华兄。我觉得上海的吃,什么都有,惟有点心,吃来吃去不过是淮扬帮与广帮,翻不出花样来。我觉得有一种点心,如果公开起来,一定受人欢迎,那就是团子。团子与汤团形式相似,而性质不同。上海的汤团,不外肉馅与豆沙馅两种,米粉完全是糯米做的,太糯了,反而不好吃。做团子的粉,可以用七成糯米三成粳米,研成米粉。馅心可以分为四种，一种是青菜肉馅，一种是萝卜丝猪油渣馅，以上是咸的；一种是百果馅，豆沙、枣泥、花生合并在一起，这是甜的；另有一种油酥馅的，咸甜两可。这一类的团子，是常州食品，常州人都会做的。团子之外，还可以兼售一种馄饨，用青菜肉馅包得特别的大。上海最普遍的是虾仁馄饨，虾仁真是渺乎其小，用皮子一捏，就算是馄饨，简直毫无吃头。惟有常州制法的青菜肉馅馄饨，馅心既饱满，味又鲜美。姚绍华兄，忝为常州同乡，又兼是雪园的老板，所以愿将这一个意见，贡献给绍华兄，如果雪园名点中，能增添"常州团子"与"常州馄饨"两项，保险大受吃客的欢迎。第一个，鄙人将作雪园座上的常客。

《小说日报》1941 年 2 月 5 日

藏鸡八只

大郎、梦云数数为谐谑，大郎有句曰"妻氏曾藏鸡八只"，以梦云称其夫人曰妻氏，其妻氏前岁曾囤鸡数头，大郎遂取以为调侃之词也。木公悬弧之辰，诸友集木公府上，大郎又谑梦云曰"妻氏曾藏鸡八只"。已而，一方兄得下联曰"夫君新切纸千刀"，则以电话购货公司近方发售灰色草纸，为梦云之新事业也。大郎则曰："是当易切为杀，叫作杀千刀。"于是阖座无不轩渠。下走由来庄严，亦不禁为之开颜一笑焉。

严大生医师，招宴于大利酒楼，晤包小蝶兄。兄言："新岁中有以泥塑之金元宝，实糖果出售者，每枚售十金，以是盈余达万数千元云。"小蝶又言，营此金元宝者，初尝邀小蝶合作，小蝶未诺，不谓竟获巨利，盖营此投机事业者，预印一种金元宝礼券，向外推销，以元宝送上人家之门,人家利其口彩之佳,殆罕有拒绝者。拒绝元宝进门,岂非自触霉头?经营者用此一心理,其计遂售。其经营资本不过五六千金,不数日间,即获巨利。识者谓在上海滩上,只要想得出新噱头,能想得出新噱头,便不难噱人之钱。金元宝能投人所好,自然赚钱更易也。

《小说日报》1941 年 2 月 6 日

张芍岩诗

张芍岩先生诗,啼红于《迤逦散记》中屡记之。芍岩吾乡俊彦,而为人踸踔不羁,诗亦如之。近自故乡来沪上,尝赠拜竹兄一诗曰:"拜来豪客都非友,竹本虚心是我师。君似仲连居东海,我安扪虱有谁知!"盖顷刻间立就者,诗中嵌拜竹东安之名。东安盖拜竹治处也。芍岩于乱后,处糜沸蚁动之中,不坠其节,而于地方事又多所成全,所谓"我安扪虱有谁知"者,盖亦嘅乎言之也。芍岩书法似名山老人[①],与矫矢过之。

《小说日报》1941 年 2 月 8 日

潘静淑画

潘静淑女士,为吴湖帆先生夫人。湖帆先生以画名,故夫人亦擅丹青,所作以花卉虫鸟为多,跗萼飞鸣,率有生意。前岁,夫人以疾谢世,湖帆先生哭之恸,为之辑《梅景书屋画集》及《绿草词》,盖夫人不仅工画,且娴词藻也。吾友陆沁范,为湖帆先生门弟子,昨

---

① 钱名山(1875—1944),字振锽,常州人。29 岁中进士,授刑部主事。因不满清政府,愤而挂冠,归隐乡间,"当著书名山以老"。"名山"之号由此而来。钱名山门下有谢稚柳、谢玉岑、马万里、程沧波、郑曼青、伍受真、王春渠、邓春澎等艺林俊杰。

以夫人画集一册见贶,附以小简,谓元宵前二日(即今日),为潘夫人五旬冥诞,诸门弟子发起,将于是日在湖社礼堂,展览夫人遗作□天。舍夫人所作画外,复有时贤图咏《绿遍池塘草》册页数百幅,同时陈列。是皆不易经见之作,爱好绘事者,宜勿失之交臂也。

《小说日报》1941 年 2 月 8 日

洪深自杀

洪深在重庆,忽阖家服毒自杀,幸得救。报端重庆专电记其事,惜语焉不详,乃勿审其自杀之由,且自杀而出之于"集团"行动,其事尤可骇怪。以洪深思想之前进,与对人生观之透彻,奈何亦有此悖谬之行?颇疑重庆之电,亦如范长江、陆诒之死,出于误传也。廿六年秋,愚旅居汉皋时,洪深与金山、王莹等组剧团,流转至汉。愚尝访之于精武体育会,洪尝介其女秘书颜一烟小姐见愚,又屡看洪等排练《飞将军》。其时洪夫人与其子女,似胥不在汉。今报纸载其阖家服毒,殆洪兄入蜀后,复召其妻孥西行也。

若干日前,有人觅愚,谓有一徐某,控童月娟不认生父,欲张其事于报端,愚唯唯未应。一日,遇童小姐于共舞台。因叩诸童小姐,童小姐亦已悉其事,愚故知童小姐旧名万秀英,"童"则从其师童俊卿(即张善琨先生夫人)姓氏。童小姐告我,其尊人万寄麓,早于数年前逝世,今惟母犹在堂,安得复来一父云。按:冒认父女之事,在电影界已数见不鲜,彼徐某者,殆亦一财迷心窍之徒,顾不知童月娟实姓万而非姓徐,既欲敲竹杠,曷不自易其姓曰万?是其人诡计固尤不甚高明也。

《小说日报》1941 年 2 月 9 日

看画展

　　道上值若瓢上人,被他拉了去看苏州美展校友画展,出品以油画为多,我对于西洋画,向来没有研究,不敢胡乱批评。不过有一点,觉得比国画考究,那就是玻璃框子配得十分美观,往往一幅画,画面阔度不过五六寸,配的框子却硕大无朋,叫人看了真觉得有点新奇。在出品中,模特儿倒占了不少,于某一部分也绝不隐蔽。可惜除了颜文樑的几幅风景画以外,绝少有人订购,似乎现在的色情朋友比从前少了。另外,有大新自办的国画展览陈列于隔室,其中佳作甚少。大郎曾盛称胡也佛先生画仕女之美,这里倒见到了两幅,真有传神阿堵之妙,待我财力能及时,一定要向也佛先生求一幅。在会场中巧遇周瘦鹃先生,周先生说,大新画厅中,他是常来观光的。前辈的雅人深致,真令人生羡。

　　采芝室主在《社日》谈李玉茹,他说黄金大戏院专邀京朝派角儿,绝不靠机关布景卖钱(大意如此)。我对于这话,有点不同意。我以为机关布景并不是罪恶,像徽派的戏剧在若干年之后也许会没落,而一出完美的戏实有仰赖于布景道具不可。以京朝派角儿论,富连成社上次来沪,演《盗银壶》《铜网阵》诸剧,也已经采用机关布景,这实在是必然的趋势。采芝室主菲薄机关布景的戏,我反对。第二,关于邀京朝派角儿,黄金大戏院对于京角儿的结交,真可以说是不惜工本,但却因之养成京角儿的骄傲,曩昔周信芳北上闯码头的失败,显然,北人是多数着有畛域之见的。而我们南人却有太多糟兄,所以对于更新舞台的不再长他人志气,改邀京角儿的计划我又是同情的。

《小说日报》1941 年 2 月 10 日

献岁以来第一件懊丧事

梦云委我主辑《万象》月刊,在积极筹备之下,长篇五种都已经获得了著作人的同意,阵容如下:

《凡士探案》(程小青先生)

《李阿毛外传》(徐卓呆先生)

《柳眼花须》(平襟亚先生)

《石榴红》(王小逸先生)

(江湖异人志)(赵焕亭先生)

其中赵焕亭先生的《江湖异人志》,且已从辽远的玉田寄了来,第一回的回目是《圆瓢居初逢破衲僧　慧蛛阁惊失青玉串》,此外特约范烟桥先生的《陆放翁寄恨钗头凤》(三言体,将摄电影),以及魏如晦、赵景深、郑过宜诸先生对于"哪一种戏剧是我们的国剧"的问题的讨论文字,在集稿方面我可说是相当的努力,而进行也非常顺利。谁知接连来了两个晴天霹雳:一、纸价涨至四十余元一令;二、书版排工每千字涨至三元(顷且在罢工中)。这是办刊物的严重打击,《万象》又是上海电话购货公司的出版之一,于是在"奉令"之下,决定暂停进行。这一来,我不但是白忙了一阵,而且叫我无以对赐稿的诸位前辈先生,这真是献岁以来第一件懊丧的事,所恨的是我手头困乏,如果我有一两千块钱的话,我就自己把它办起来了!

《小说日报》1941 年 2 月 12 日

更新看《李元霸》

十一晚,海生兄邀饭于天香楼①,耗其十二金,甚勿安。饭后,遂观剧于更新,张翼鹏所演,曰《李元霸锤震四平山》,翼鹏耍锤,时有惊险之演出,令人舌挢不下。尤其是两锤脱手,旋一个身,再双手接锤,真功夫也。此剧有一人绝出色,则为张耀山,尝于《孙悟空棒打万年春》中,见其演沙悟净,以为系二花脸,不知其实是演武生,是晚饰装元庆。玩艺是玩艺,行头是行头,顾闻其包银,则月仅二百金耳。更新今岁延致演员,其中不乏佳材,愿更新当局能使诸人各展所长,毋令湮没勿彰也。

《小说日报》1941 年 2 月 13 日

《万象》知己

《万象》之筹备,以纸价排工之剧增而暂停,有人读吾所记,乃致一电话于愚,愿投资若干,以助其成。其人热忱,真可谓《万象》知己。惟所承诺者,不过二三百金,殊无济于事。盼有人能慷当以慨,斥千金为《万象》创刊之资者,愚即当全力以赴,使《万象》如期问世,而于玉成之士,吾且买丝绣之矣。

《小说日报》1941 年 2 月 13 日

《万象》月刊

天陡寒,星期三下雪如掌。翌晨,屋顶间犹弥望皆白,于是张园之瑞士雪山,乃真成雪山矣。张园原定昨宵起举行花灯大会,比为风雪所阻,遂将俟之星期六,所谓"天雨顺延"也。

---

① 天香楼,杭帮菜馆,位于广西路 515 号。

《万象》停顿，至昨日乃有热忱之士，投书及愚，愿假贷二千金，助《万象》底于成，真可谓高义薄云者矣。顾二千金之数匪尠，使非有缜密之预算，使《万象》立于不败之地者，吾且勿敢极呼庚癸，盖万一亏折，将使贫薄书生何以偿此巨逋？故犹待与梦云熟筹之也。

李玉茹出演于黄金，声华藉甚，赵桐珊（芙蓉草）亦盛称李玉茹，为一可造之材。桐珊腹笥弥富，年来久滞沪上，梨园子弟之请益者綦伙，盖已隐然为一代盟主。玉茹久仪桐珊，闻其嘉许之言，因称列于门墙，庶聆教益。众人复从旁怂恿之，桐珊乃忻然报可。阎世善在黄金，既搭长班，与桐珊相处善，时时向之问业，得讯，因亦请桐珊录为弟子。今夕，将于金老公馆同时举行典礼。桐珊以一柬贶我，使下走亦参与其盛。翌日，下走当更志今宵之会，为读者告焉。

《小说日报》1941 年 2 月 14 日

芙蓉草收徒

前天午夜，赵桐珊（芙蓉草）收李玉茹、阎世善为徒，我先在百乐门，应孙泮石画家之宴，十一点三刻赶到黄金，大伙儿都走了，于是我又赶到金老公馆，人已经到了不少，大家都给赵二爷道喜，随后赵如泉、周信芳、高百岁、林树森、卡尔登周当局，亦联袂驾临。票友组方面，则有小蝶、森斋、伯铭几位，都来参与盛会。当下由兰亭经理推赵老先拈香，开始举行拜师典礼。桌子上红烛高烧，一位名师与两位高徒，先后向翼宿星君致最敬礼，虽然是一个简单的典礼，仪式却十分隆重。终了后，大家都鼓起掌来。周信芳与高百岁，因为要排《紫荆花》，未及坐席便"师徒二人同走一条道路"，回戏院子去了。留在金老公馆的,就分别入席。江枫兄为我介绍京朝派剧作家翁偶虹先生,倾谈弥欢。翁先生跟喜彩莲伉俪也很熟,我因此托他带了一个信,回北京请他代我问候他们。桐珊特别道地,率领了玉茹、世善,以及另外两位女弟子张淑娴姊妹,按桌敬酒。筵席是天乐园①承办,挺丰厚的。撤席

图 73　李玉茹、阎世善在拜师仪式上与赵桐珊合影,刊于《三六九画报》1941 年第 8 卷第 10 期第 149 号

后,有余兴娱客,是程笑亭、管无灵的滑稽,与朱国梁的苏滩。程笑亭学麒老排的《九更天》,此君学麒,近来越发神似了。朱国梁唱《地球》《角落》,历时凡四十分钟,不但词句编得好,而且唱来一气呵成,竟有行云流水之妙。我犹佩服他的记忆力。待到游艺终了,已是四点钟,这才分道扬镳,散了。这天,阎世善给了我一个很好的印象,这位少年子弟,对人的执礼之恭,真是罕见的咧!

《小说日报》1941 年 2 月 15 日

梓仁舅父藏书

　　梓仁舅父于无锡西水关建广厦,藏书之富,丁福保先生之外,当无以复加。愚于弱冠时,辄有舅家小住,睹邺架之琳琅,未尝不叹为观止。自念他日或有余力,亦必效舅氏之筑一书楼,闲时展

————————

①　天乐园酒楼,位于浙江路 638 号。

玩,纵不必欲求深造,亦可以陶养性情也。流光如驰,别故乡者忽忽十五年,舅年渐老,当已无暇读书,而表弟则致力于商业,亦勿屑于故纸堆中,求其乐趣,于是吾舅之书,遂如洞府之深锁,长饱蠹鱼矣。愚在平时,每兴还乡之念,私计必过舅家,一读其珍奇秘籍。今经兵燹,乃不知故乡情状,又为如何?而舅氏藏书之整理无人,已为必然之事。由此推论,堪证做人积书与子孙者,子孙且未必能读,遑论积金钱以遗后人,金钱之不能守,盖较藏书尤远过之也。

松风主人劝愚尝试编一剧本,愚则以为必先改善愚之环境,乃可成功。此环境约分两条大路,其一,脱离孤岛,而别寻一清净之场,更不必关心于柴米,多得暇晷,始可动笔;其二,则或穷至无以自存,必藉编剧本而解决生活,在无可奈何之际,自亦能胆大妄为。舍此两路之外,欲求吾人为编剧之尝试,当去事实尚远。则以吾辈天性,为唯一懒人,懒人惟有以生活压迫之,始能如机器之转动也。

阿蛮客串

《小说日报》1941 年 2 月 16 日

办报灰心

近来,对于办报的确有点灰心。第一,是过去《中美日报》对于小型报的攻击,使我对于从事小型报本位工作的心冷却了一半,我们在此时此地从事于报人的本位工作,既无外援,甚至于一句安慰的话也不能获得,而我们所推崇着的《中美日报》,却给予我们一种轻蔑的冷笑,使在艰难的环境中挣扎着小型报人受到了精神上的巨大创伤。这样,我们的一片苦心就完全掷诸虚牝,他日更有何指望?第二,铅印业公会报版组在各报刊出了涨价广告,六开报印刷费每月增至六百元,请读者注意,本报在初创时,是四开报,每月印刷费是二百八十元。请读者分析这一个比例,同时更要请读者明了,我们就在这样的忍受着一切的威胁,我们的痛苦只有向肚子里咽! 在今日之下,我们已不知道谁才是我们的友人?

叔良兄在《社日》上劝我,他说,我们有着更重大的责任,劝我不要灰心。这话是对的。然而同是从事文化工作的人,并不寄予我们以同情,《中美日报》更对于我们不分泾渭的横施摧残,叫我们又如何能甘心? 在万不得已之下,《说日》也许要停刊,我们忍受一点点经济上的痛苦,犹可说,而精神上痛苦,却忍受不了! 这一篇文字,就算是我们的"垂死哀鸣"!

《小说日报》1941 年 2 月 17 日

向黄金当局建议

听说黄金大戏院也有改变作风,不再邀京朝派角儿之意,原因是京朝派角儿"身价自高",又兼汇水太大,耗费可观,因此也预备改换方针。关于此一消息,如果属实的话,我倒愿意向黄金当局贡献一点意见。

黄金如果放弃邀京朝派角儿的计划,那是必唱本戏无疑。环顾海上剧坛,可以挑大梁的本戏的角儿,差不多都有地盘,所赋闲的只有一个盖叫天够得上资望。然而盖叫天在近年已成为"在野"之身,论精力,唱短期还可以,要他搭长班排演本戏,那是不可能的。所以黄金要演本戏,这台柱子一席,还是要向外码头物色。我脑筋里倒动着一个人,那就是李少春。论玩艺,真个是文武不挡,唱做俱擅,演旧戏新戏,都可以竖起大拇指来。论包银,数字当然不小，但是请了他来排演本戏，可以一劳永逸，比较一批一批的邀京朝派角儿，至少川资与汇水的损失是可以免了。所以我认为，黄金大戏院不预备本戏则已，演本戏，李少春是合乎理想的唯一人才。如果邀少春没有什么问题的话(例如，少春或与其他戏院有约在先，然亦可商榷)，金小开①与孙经理，大可以考虑一下。

此外，假使黄金当局演本戏的话，我还另有新计划贡献(当然不限定邀李少春才可用)，保证可以轰动，现在暂且恕秘，届时再授锦囊，亦不为迟。

《小说日报》1941 年 2 月 18 日

不良消息

闻一不良之消息，为之惘然若失。以论其人其事，初与下走不相关，徒以一念痴騃，遂不觉招惹许多烦恼。经年以来，往往不寐，洵所谓企恋忻翘，丛集丹悃者，虽知其不可能，然亦勿能自已也。万不料以彼才慧，向谓足以荧惑鬼神者，今且闺门逆处，坐见埋没，于是不仅自伤，兼以伤人。自古红颜多薄命，从来好梦最易醒，红羨一觉，泪湿青衫袖矣。

王慧蟾，亦女伶中之有殊色者，慧蟾为名琴师王百水女，从孙瑶芳、英少奎等习戏。去岁尝出演于卡尔登，顾唱做皆无可取。今走外埠，不知何往矣。慧蟾未登氍毹时，一度入新华公司摄电影，尝发生情死案，一人以单恋慧蟾，不遂，竟丧其生，可知尤物惑人。慧蟾实一工媚之女，顾观其演剧，乃勿能有活色生香之致，亦奇事矣。

---

① 黄金大戏院老板为金廷荪，由其长子金元声主事，蝶衣文中的"金小开"即是指金元声。

柳亚子先生作《图南集》，刊《社会日报》，历兼旬①末辍，俱见其产量之丰。然其间绝少好诗，投赠之作，尤乏情趣，此在他人，良不足怪，若亚子先生则南社盟主，负一代重望，勿应有此率尔操觚之作，列诸报章。以爱戴先生之深，遂不禁为先生盛名惜焉。

《小说日报》1941 年 2 月 19 日

《烟云过眼录》

知止先生为吾报撰《烟云过眼录》，读者金谓文情并茂，几勿类出诸世尘间人手。其实先生故诗礼世家，少即耽玩文史，尝从曹子牧先生游，长更就读于梅溪书院②，以涉猎之广博，诗古文辞遂无勿娴，特平时不轻示人。吾报得先生宏文见贶，盖殊幸耳。先生于《烟云过眼录》中，述四十年来事，微特辞致瞻蔚，即论其记忆力之佳，亦足以使人膺服。有时更循循善诱，晓人以立身之本，是更蔼然仁者之用心矣！阛阓间人士，于经营贸迁之外，兼工诗文者，知止先生外，复有一陈子彝先生，亦今之风雅士，著有《有竹居诗集》，其《沪杭道中诗》数十首，固尝脍炙人口者也。

闻黄金大戏院拟改演本戏，下走即建议于黄金，以李少春荐，顾颇虑少春与其他戏院有约，今悉果然。盖少春往年与天蟾舞台有手续未了，苟来沪上，必先演于天蟾也。愚于黄金改演本戏，实具有拥护之诚意，故愿以计划为贡献。今邀少春既不可能，此事遂煞费踌躇矣。向时，愚尝有一妄想，以为苟能集周信芳、赵如泉、林

---

① 兼旬，指两个十天，即"二十天"之意。
② 梅溪书院，前身为 1878 年张焕伦所创办的正蒙书院，因其地为梅溪旧址，1882 年改名为梅溪书院，即今上海市蓬莱路第一小学。

树森于一台，殆可以开海上梨园盛事。曩年大舞台全盛时代，以李桂春为台柱，赵如泉、林树森佐之。今桂春久隐，脱代之以信芳，则真堂堂无敌阵容矣。独惜三人各有地盘，为事实所不许耳。

《小说日报》1941 年 2 月 20 日

也许要停刊

自从我写了一篇《也许要停刊》的文字以后，接到许多读者的来函，对我们又是慰问又是策勉，希望我们继续努力下去。其实本报有许多长年订户，要停刊也势所不能，我写的那一篇文字，不过是因为精神上痛苦太深，所以略发牢骚而已！如果我们的力量一日不竭蹶，我们当然还是要继续维持下去的。

另一个原因是本报的内容，向来无论对于取材以及编制，都可以说在水准以上，而现在却由四开缩减至六开，篇幅是这样的小，而内容又是如此的贫乏，这都是限于经济的关系，一方面觉得十分愧对读者，一方面，使负编辑之责的下走也就不免为之心灰意懒了。

现在，读者既然对我们这样的深切期望着，如果可能的话，我们自然还准备恢复过去的精神，设法使内容充实起来。

所出意外的倒是《中美日报》之外，别有一张报对我们放了一支冷箭，说我的那一篇文字是"最漂亮的停刊宣言"（恕我没有看过原文，不过是人家这样的告诉我），天哪！今日何日？今世何世？我真认不清楚，谁才是我们真正的友人了！

《小说日报》1941 年 2 月 21 日

二郎先生

二郎先生以法学名家，广植桃李，一时志能之士，与夫璇闺名姝，列其门墙者綦众。先生好玉人之美，因亦恒择其才堪匹俪者，执柯作伐，使成嘉偶。风声所树，载酒问字者，遂益不绝于途。灵犀女公子文娥，迩时亭亭长成，既届标梅叶吉之年，灵犀乃时以东林坦腹，物色维艰为忧，因请于二郎先生，亦愿以父礼事先生，欲藉春风风人之力，兼为其女公子张雀屏，选佳婿。兹且已得二郎先生首肯，将俟草长莺飞，桃李花开之日，举行过房大典。采芝室主人，为二郎先生入室弟子，灵犀因挽采芝为介绍之人，而下走则忝为父执，将自请为此"娇侄"，届时作掌礼大臣，以图朵颐之快焉。

许晓初先生创上海戏剧学校，陈承荫律师主持其事，屈指一年，生徒成绩已斐然可观。校中开支，月需万金，平时无所出，因间亦命生徒出演，以售券所入资挹注，余时则仍使诸生习戏，以节其劳。晓初先生维护戏校之苦，人自识之，报间偶有疵议者，要亦勿审内情故。吾于戏校之成绩，实无闲言，惟颇愿陈承荫先生，能蒐集较有意义之剧本，使生徒习之，勿局蹐于《四郎》《玉堂》之间，是则以关心戏校之深，乃不能不稍寄厚望也。

《小说日报》1941 年 2 月 22 日

沈似毂

尝卧病于国际疗养院者一来复，时疗养院方举办集团戒烟，为沉沦黑海之瘾君子谋"脱籍"，故同院病客独多鸠形鹄面之人，似下走之真以疗养入院者，转罕其俦。居院中时，数遘沈似毂君，君昔亦吾道中人，今则司文墨之事于院。君固有痼癖，久而未除，遂亦颇有忧伤憔悴之色。因诘之曰："院中既有戒烟科之设,足下近水楼台,独不能谋解脱之方乎?"君曰："吾正服药也,假以时日,殆可与芙蓉城主绝缘。"此盖去岁初冬事。昨日,忽遇君于道上。忻然告愚,谓痼癖已除,不复作一榻横陈客矣。视其颊,果视前为腴,乃颇诧君能有此毅力。以君耽于此道久,虑自拔勿易,不谓亦有脱离苦海之日也。国际疗养院之主持戒烟者,为陈文祥医生,尝留日,得博士学位归。其戒烟以科学方法,四日断根,六日即可出院,而能使人居院如居家,无丝毫痛苦,故曰"科学戒烟"。沈似毅君,即曾经过一番科学的洗礼也。

又应海生兄邀,观张翼鹏之《岳云锤震金弹子》于更新,翼鹏于前部饰高宠。翼鹏武功,既经千锤百炼,演靠把戏遂亦有凝重如山之观。后饰岳云,战金弹子数场,则又矫健绝伦,耍锤尤能别出心裁。其惊险之状,真令人为之心惴惴然,若将夺胸而出。时更新将排《西游记》,其实以翼鹏艺事,即演小本戏,亦足以号召,不必定现美猴王身手也。

《小说日报》1941 年 2 月 23 日

珓玻

愚旧时一珓玻,箍玳瑁之边,镜中照影,约略似罗克①。殆识秋姑,姑为我易一新者,作六角式,无缘,因是易毁。居汉上时,两次不慎而碎,时珓玻之值犹勿昂,易其两片,虽在汉地,亦仅耗六金而已。还沪后,秋姑所市以贻我者,还毁于秋姑之手。愚自往光华眼

---

① 罗克(Harold Lloyd):今译为哈罗德·劳埃德,1915—1918 年间,主演分集影片《孤独的卢克》(*Lonesome Luke*),上海观众遂以影片主人公"罗克"之名(即 Luke 的中译名)称呼哈罗德·劳埃德。

镜公司,配一新者,以纪念秋姑,一仍旧式。一日登电车,乃为一鲁莽之人,肘击我颊,镜坠,碎其一片。其人谢过,愿如价偿我,愚不欲取其金,惟要其人同往眼镜肆,请其人自向肆中偿其值。自是御之凡年余。若干日前,家人不慎,复误碎吾镜,惟仍一片,乃觅浩浩神相于精益,所碎者幸为平光片,肆中有适如其度者,以我为熟人,仅取我一金。吾镜碎之日,包小蝶兄尝言,以今日玻璃之值,纵易一片,亦非十金不办,不谓愚仅耗十分之一,此则神相厚我也。

有竹居主人陈子彝先生工诗,吾偶于《散记》中述及之,主人乃报我以一简。简上语曰:

蝶衣先生雅鉴:

读《说日》,承不以子彝为市井庸愚见鄙,深荷齿及,感惭交并。二三年来,社会日蔽,民生日蹙,彝不揣度量,妄思有所尽力,以翼有裨涓埃,岂期缰锁牢笼,梭巡不能自拔,有竹居就荒,清福未修,命也。《说日》与《社日》,足下与灵犀,品节文章,尤为余所钦折,虽处孤城咫尺,竟至终岁不克相见。途闻出版界颇受纸张印刷之威胁,支撑不易,然一念光明不远,幸毋气馁心灰,再为最后五分钟之努力可乎?灵犀近无恙否?知甚牢愁,乞代故人问候。

匆泐不尽,顺颂著绥。

弟陈子彝拜启

自下走于报事艰困之状,稍有叙述后,知止居士尝传书慰勉,今子彝先生亦以最后努力为勖,足以见前辈之垂爱,则吾侪纵驽钝,亦当自相策励,勉为奋迅矣。

《小说日报》1941 年 2 月 25 日

梦中

梦中,忽效为夜行人之装,御风而行,至一处,有审案者,冕服堂皇,方拘一犯,愚攘臂而起,为之力白其冤,谓犯实无辜,吾尝目击其事,作恶者盖别一人也。冕服者似信吾言,已而堂上诸皂隶,忽群起而逮愚,谓愚殆主犯,欲愚承其罪。愚又力辩,顾嘶哑勿能成声,则大恐。冕服者似亦不理愚申诉,麾皂隶掖吾出,愚自度必无幸,顾以愚自无曲,则听之。转瞬之顷,觉身已登峰巅,诸皂隶遽缚愚之身,向渊力掷。愚大骇遂醒,则身在梦中也。欠身而起,仿佛心头犹有余悸。近来以身心两疲,故往往得噩梦,而飞行绝迹,如武侠小说中所述者,则又数数有之,亦怪事矣。

大郎兄记知止老人致述讷厂,自称曰晚,以为过谦,不知老人寓书下走,亦恒自谦曰晚。以老人高年,复蓄道德,许下走为忘年之交,已属殊幸,顾乃以长者尊下走,遂使下走为之奇窘。晤老人时,因请老人毋尔,今老人贻书,犹自署曰弟。大抵蓄盛德者,遇事恒谦抑,勿若黄吻年少,往往虚骄而恃气,见人独好称兄道弟也。

《小说日报》1941 年 2 月 26 日

《万象》经费

《万象》杂志在顺利进行之下,以排印及纸张,所费陡增,遂遭遇意料所不及之顿挫,惟梦云兴致弥佳,而下走亦愿勉力以赴,因仍继续筹备,期于草长莺飞之日,真能与读者相见。《万象》经费,其初预算，得二千金已足，今则非四千金不办，虽得热心人士之相助，犹虞不敷，则不得不寄热望于读者，苟读者而能踊跃订阅，则《万象》之基础庶巩矣。

《万象》所征长篇说部，原有玉田赵焕亭先生之《江湖异人志》，以《万象》之筹备，一度停顿，遂以之转让于《社日》。今既决定继续进行，因拟另匄孙了红兄，为《万象》治一长篇，了红笔下之侠盗鲁平，固尝脍炙人口者，苟得了红之作，当与程小青先生之斐洛凡士探案媲美一时。特近来久不见了红，正勿审其匿居何所？朱国樑艺人与了红最稔，倘能为我觅之否？

汇四十金与赵焕亭先生，邮局中人言，北平邮汇以二十金为限，于是只得寄其半数，余则俟之翌日。其实邮局之定章亦拙，盖邮汇而限其所汇之额，不过使汇款之人，多一番往返之劳，而司汇兑者，亦多开一张汇票而已。正不知何以勿许一次并寄也。汇北平二十金，汇费需六元一角五分，若此苟索，亦自来所未有也。

《小说日报》1941 年 2 月 27 日

打字

拜访小蝶大哥（大哥是朋友间对小蝶的官中称呼），小蝶正在打字[①]，打的是华文信件。和小蝶认识了好多年，不知他在唱青衣黑头之外，还会这一手吗，这倒是我的同志。我从前在《新闻报》服务的时候，馆中请来了一位华文打字员，打字的方法，给我从旁看

[①] 1899 年，科普杂志《科学美国人》报道了一台由传教士谢卫楼（Devello Z. Sheffield）所发明的中文打字机，是历史上最早记载的一台中文打字机。1912 年，留美工程师周厚坤发明了一种索引式中文打字机。1919 年，商务印书馆的舒震东在周厚坤打字机的基础上，开发了"舒式华文打字机"，后来又改良为"改良舒式华文打字机"。随着批量生产运用，商务中文打字机成为中国 20 世纪 30—40 年代主要的打字设备。

会了。后来打字员辞职，就由我继承了他的工作，所以这玩意儿，我倒也是个内行。据小蝶告诉我，唱黑头的名票张哲生，也是吃这一行打出手饭的。

《小说日报》1941 年 2 月 28 日

香烟灰的妙用

物理之异，真有不可思议的，某次在吉祥寺吃吉祥斋，看白蕉写扇子，写错了一个字，他将香烟灰一撮，弹在讹字处，用素笔蘸着清水，在字上涂抹一过，那墨迹便消灭的无影无踪，于是给我学会了这一个门槛。有时给人家写扇子，必另备一支素笔在旁，以防万一。大郎兄最怕糟蹋人家已经画好了的扇面，我愿意将这一个秘诀传授给大郎，此后尽放大了胆写，不必担心。（按：除香烟灰外，雪茄烟灰尤为有效，此亦书画家应该晓得的小常识也。）

《小说日报》1941 年 2 月 28 日

《新梅罗香》

《梅罗香》，中旅开天辟地时就演这出戏，我却在最近才看到，中旅在《梅罗香》之上加了一个"新"字，显然戏是已经过了一番改编的，因此在剧中我们领略到了新的意识，同时，又使我见到了舞台上的新人——端木兰心小姐。

全剧浸沉在悲哀与紧张的气氛中，而这悲哀与紧张的气氛却完全由端木兰心的梅罗香控制着。自然，端木兰心的每一场戏每一个动作都演得很好，对于剧中人的情感有着透彻与充分的发挥。在话剧舞台上，继陈琦在《海角英雄》中演出的郑瑜之后，端木兰心是使我感动得几欲陨泪的第二人。我清楚地记得,第四幕梅罗香被白森卿摔倒在地上后,端木兰心的梅罗香直待闭幕后还在啜泣着,幕的隐蔽处我看见有人扶她起来,这足以证明了她对于演戏的认真。

舞台上又发现了一个奇才了!继陈琦、慕容婉儿、孙景璐之后,我相信,端木兰心会很快地被发掘到银幕上去的。

唐槐秋的白森卿是矸轮老手,不用说是好。此外我赞美石挥演的秦叫天,刻画一个不得意的伶人是十分酷肖的。风趣的对白当然更是讨好的因素。蓝青的桂妈跟在《女人》中演出的同一作风。黄河的戏我还是第一次看到,饰梅罗香的恋人马子英,我觉得他脸上的色彩太浓厚了一点。

唐若青的小春兰是处于配角的地位,但她的戏并不少。她将小春兰形成了一个风趣的人物,我觉得她是在开玩笑。其次,二次出场时一袭皮大衣也是多余的。在香港,有一个穿着皮大衣的女人出场,那才是怪事呢!

《小说日报》1941 年 3 月 1 日

《月宫宝盒》

连接买了两天的《月宫宝盒》票子,待到我赶到时,老是日场已经客满,夜场要卖两块半,一场电影要花如许钱,倒不是我做人家,实在觉得做糟兄有点不情愿,除非你预购明天的票,但是明天是不是抽得出工夫? 是一个问题。因此连接两天,我都是打回票。恨起来,不看也罢。记得《月宫宝盒》①初上银幕,是范朋克主演,无声

---

① 影片《月宫宝盒》即 *The Thief of Bagdad*,今译为《巴格达的窃贼》,由道格拉斯·范朋克、辛兹·爱德华、黄柳霜等主演。

片,后来由无声片改摄有声片,现在又由有声片改摄为五彩片,短短的几年中,电影的进步竟如此神速,将来也许还有什么新发明,我想,且待到那个时候再看,也未为不可,所怕的是由五彩片改摄为什么片时,票子益发要买不到了。

《小说日报》1941 年 3 月 2 日

街头画师

有许多电影路牌,都是出于街头画师的手笔,有时坐在二层公共汽车上,时常可以看见穿着蓝布短衫裤的人,爬在梯子上从事此项工作,他们不但能够将每一个电影明星的面部轮廓画得惟妙惟肖,而且十分迅速,往往昨天才开始动笔,到今天再看时,业已全部完成了。论本领,真可以叫人佩服。可是他们所得的报酬,怕未必丰富,人类的待遇是不平等的,我真为这些天才艺人们叫屈!

《小说日报》1941 年 3 月 2 日

观《文素臣》

在旧历新岁中,即拟观六本《文素臣》,一度至卡尔登购票。以不得佳座,欲予购座券,俟二三日后往观,又为予所勿耐,以是迁延至今。上星期五之晨,以过卡尔登,复思观《文素臣》,以为《文素臣》演唱已久,于晨间购即晚之票,佳座当可得。不谓叩诸售票处,正厅定座已在十排后,翌日亦如之,以翌日为周末也。于是予乃落焉若丧,知《文素臣》之售座尤盛,苟勿欲观《文素臣》则已,欲观即非俟诸两日后不可,因从权预购休沐日之券一纸,亦已在第六排之左矣。是日,予起身特早,谋早遂吾稿事,而于晚间舒舒服服看一场戏。不意至下午,忽得一消息,谓信芳因病,晚间殆不登台。予大诧,亟以电话叩问周当局翼华。翼华言,信芳所患为感冒,夜戏果辍演也。予乃嗟伤无已,以为是真命蹇,上海人说,眼眼掉碰着眼眼掉①,适购得星期日之券,是日之戏辍演,足以见缘悭矣。

张园开幕,迄今逾月,近时游人,以儿童为伙,则米许林火车与S滑梯之号召力也。过张园者,往往见园内墙外,停包车若干辆,厥状仿佛小学生之读于校,为父母者,爱护子女,至将散学时,命车夫以车逛子以归,今儿童之游张园,情形正复如是。张园又有高空飞车表演,坐公共汽车过静安寺路者,可以窥见园内高柱,矗立天际,有人盘旋柱上,作种种游艺,其险峻之状,虽匆匆一瞥,亦足以使人咂舌也。

《小说日报》1941 年 3 月 4 日

改行

与瘦竹兄为闲谈,兄尝有《越五界而行》之妙文,顾据兄自言:"生平未尝入跑狗、回力球之场,未尝一登先施乐园②与天韵楼③。"此胥不奇,所奇者为未尝一观外国影片,以兄邃于英文,操西语且绝流利,而于西洋影片乃未曾一寓目,所以可诧也。兄又言,黄金大戏院开幕迄今,至昨岁始初履其地,此外大新公司之自动电梯,亦不知作何状。愚因笑瘦竹,谓足下平日所恒至,殆惟酒肆耳。兄颔首称然。以瘦竹居沪之久,其囿于见闻竟如此,吾故谓以瘦竹之才,充一外勤记者,殆犹不够资格,所能者惟内情耳。

---

① "眼眼掉碰着眼眼掉",沪语,为"事有凑巧"之意。
② 先施乐园,为先施百货公司在六楼和七楼所设的游乐场所。
③ 天韵楼,为永安百货公司所设的游乐场所。

近日灵犀、一方,纷纷言改行,此语实吾首创之,严大生医师招宴之日,席间吾尝言之,吃这一口笔墨饭,难望有出息,苟有援手之人,吾自别谋出路矣。今者一方亦有经商之言,而灵犀则拟谋兼职。经商需巨资,兼职则仍非与文字绝缘,两者都非吾改行之旨。予之言改行,乃欲得一写字间职业,度写字间生活,始足以调整吾之起居,使生活有节,而后颓唐之习可祛。以是下走之言改行,言较灵犀犹彻底,特下走才不堪大用,乃未必有举下走于牛口之下者耳。

《小说日报》1941 年 3 月 5 日

闺中人

新岁中,数聚于水部府上,同侪中双携者惟大郎。大郎与其闺中人惠明,恒联袂而至。偶为博,惠明惟默侍大郎坐,间出手,则一金二金,得失皆粲然而笑。恒谓惠明善哄,其个性且执拗,然吾侪见者,则以为惠明实温婉,所谓"温好人"也。今惠明且育,大郎周旋闺闼,伉俪良谐,今后与其闺中人,当亦不复更言执拗矣。

《小说日报》1941 年 3 月 6 日

刘西春

与海生、紫阳二兄,小坐于大华,宵半,米高美舞人刘西春,践紫阳之约而来,西春娥眉曼睩,风神如画,惟厥名西春,乃如麻雀牌中张子,曷不易西春为熙春,则此亦为场中之"小鸟"[①]。庶几可与舞台上之小鸟,媲美一时也。

《小说日报》1941 年 3 月 6 日

---

① 艺人王熙春,人皆以"小鸟"呼之。

大陆状元楼

大陆状元楼①，在《申报》日制一谜，中者赠三鲜砂锅一器，谜皆浅易，揣之辄中，惟未尝投函耳。前日一谜，谜面曰"蟠桃会上歌未歇"，射上海酒肆名一，至昨日犹未揭晓，以中鹄者仅一人，故展缓一日也。予既见谜面，以为谜底中必有一"醉"字，于是略数海上酒肆之名，以为则"醉乐天"较近似，纵不中，当亦不远也。且视今日之揭晓果如何？

大郎兄得一千金，为之拟名未得，愚亦尝为此襁褓中之唐千金，寻思数四，以为衡诸唐艺、唐哲之例，当命名曰"唐影"，或曰"唐舞"。大郎望子成龙，一子为艺术家，一子为哲学家，今惠明夫人所育者为女，当期之为红影星、红舞星，则"影"字"舞"字尚焉。勿审惠明上人于意云何？

读禹公《听歌日记》，几日有叹穷之文，辄为之"我见犹怜"。与禹公久远，良勿审其近状，竟"寒至此"！禹公犹谬许下走为知己，谓下走乃审其苦衷，其实下走不知也。禹公艰虞，在理朋友宜援手，愚近时境况，差见"好转"，颇拟为禹公作一臂之助，顾又虑携金登先生阁时，禹公犹疑我是触他霉头，则此冤且不白，以是遂不胜其踌躇。灵犀兄与禹公日日晤，颇愿灵犀告我，禹公是否吃着了银行倒账也。

《小说日报》1941 年 3 月 7 日

一〇〇〇号派司

晚上的戒严，许多人都为之不便，不过于我却没有影响，原因是我有夜行派司，打过十二时点半以后，我还是通行无阻。今年，

---

① 大陆状元楼，为宁波菜馆，位于虞洽卿路（今西藏中路）67 号。

我掉到①的新派司,号码是一千号,真是巧得不能最巧。不过近来通宵的兴致已经没有了!所以我这一张派司,今年还没有派过用场。

《小说日报》1941 年 3 月 8 日

惠明联

大郎兄名其闺中人曰惠明,自号惠明上人。因此我倒记起了一副对联,吾乡(武进)县直街上,有一座惠明桥,桥堍有一爿茶肆,就叫做惠明楼,小时候跟着我的"馒头娘舅"去做过座上客。茶楼之上,悬有一联,是"惠风和畅人修禊""明月光辉客倚楼",我至今还记得。此联恰巧嵌着"惠明"两字,惠明上人大可照样写一幅,挂在定依阁上。

《小说日报》1941 年 3 月 8 日

状元楼谜

大陆状元楼的灯谜"蟠桃会上歌未歇",射酒肆名一,我以为是"醉乐天",待揭晓却是"群仙乐",这自然比"醉乐天"好。昨天的谜面是"遗产"两字,射新药名一,不知是不是中法大药房的赐尔福多? 或是利比儿?

《小说日报》1941 年 3 月 8 日

缠足之害

知止先生于《烟云过眼录》中,尝述缠足之害,于缠足之风,始

---

① "掉到",为沪语,"调换"之意。

于何时,亦有所考证。按:关于缠足之起源,愚亦闲尝考之,典籍所载,此风殆起于唐末,至宋元而盛。《史记·滑稽列传》曰:"男女同席,履舄交错。"是男女足同,故履可同式也。《北齐书·任城王湝传》曰:"天统二年,拜大保、并州刺史。有妇人临水浣衣,有乘马人换其新靴而去,妇人持故靴向州言之。"唐刘肃《大唐新语》曰:"天宝中士流之妻,或衣丈夫服靴衫。"《新唐书·车服志》曰:"中宗后宫人胡帽,海内效之,衣丈夫衣而靴。"男女之靴可互易,是皆为不缠足之证。惟唐段成式《酉阳杂俎》,载叶限女金履事云:"陁汗国主得之,命其左右履之,足小者咸减一寸,乃命一国之妇人尽履之,竟无一称者。"是唐时实已以足纤为贵。又元姚士粦《见只编》云:"米芾《唐文德皇后遗履图》,跋曰:'以丹羽织成,前后金叶裁云饰,长尺,底向上,三寸许,中有两系,首缀二珠,盖古岐头履也。'"是殆为高跟鞋戏首创者,亦足以见其时妇人,已有缠足之风。洎乎南唐,李后主作金莲,莲中作品色瑞云,令宫嫔窅娘以帛束足,纤小屈曲,作新月状,舞于云中,则缠足之道已大昌,为史乘所艳称矣。至宋时,苏学士轼首以缠足入歌咏,有《菩萨蛮》一阕云:"涂香莫惜莲承步,长愁罗袜凌波去。只见舞回风,都无行处踪。偷穿宫样稳,并立双趺困。纤妙说应难,须从掌上看。"又宋百岁寓翁《枫窗小牍》,有云:"汴京闺阁,宣和以后,花鞋弓履,穷极金翠,今捋中闺饰复尔,瘦金莲方,莹面丸,遍体香,皆自北传南者。"是不仅以缠足为尚,且于履式已备极侈丽矣。至于《南史》所载,东昏侯凿金为莲花,以贴地令潘妃行其上,曰:"此步步生莲花也。"此仅言以金莲贴地,未尝状潘妃双趺之纤小,不足为缠足之据,知止先生之言,洵不诬也。

《小说日报》1941 年 3 月 9 日

道义会负贩之童

在电车上,时见有十数龄童子,衣黄色之制服,挟书若干,登车求售。制服之上,则缀之以标语,类如佞佛口号,而所售之书则如《太上感应篇》一类,曰《三圣经》。《三圣经》之下,尚有二字,吾亦不省记矣!第知此辈童子,为中教道义会所遣。中教道义会者,亦勿审为何等样之机关,盖平时实罕闻其名也。惟有一事可断言,则此辈售书之童,必会中所豢,于是辄为之扼腕。吾常视童子,胥韶秀若良家子,不知何故乃为道义会所豢。道义会不勖之以道义,而教之为负贩之童,囊书求售,其措辞之卑,几如行乞!吾以为该道义会者,实误人子弟不浅。童子非不可以为生计之谋,然所负贩者,不为有裨于社会经济科学之书,而曰《三圣经》什么,斯所以为之叫屈也。

《小说日报》1941 年 3 月 10 日

柳亚子诗

连日读柳亚子先生《图南集》,辄为失笑。以先生之望重骚坛,为南社盟主,不料其所写之诗,乃粗制滥造,一如当年某公司之影片。如某日有一绝曰:"期公虎不至(有作:盼极吴公虎),如何竟不来? 衍期宁有说,罚汝酒千盅。"既而吴公虎践约至,于是柳亚子先生之诗才又得,其另一绝曰:"诗成报客至,公虎闯然来。言往桂园去,招邀共酒杯。"夫此而可谓诗,则俚词小曲皆诗矣。又,柳亚子先生于诗中,乱用典实,似亦已成为不治之症,如诗赠谢姓者必曰谢朓,江姓者必曰江淹,甚至因座有吴醒亚,而大书曰"已破吴刚砍桂者",以吴刚入诗,柳先生洵善于利用古人(?)者矣。嘘!

《小说日报》1941 年 3 月 10 日

祖夔招宴

百花生日之晚,祖夔先生招宴于其邸中,同座者笠诗、翼华、宪中、灵犀、大郎、啼红,复有戏校高材生关正明[①],盖新以父礼事祖夔先生也。祖夔先生家庖厨至美,而是日之肴,则天乐园所承办,鲥鱼一箧,为生平所未曾尝。翼华近好收藏,祖夔先生府上,陈假山一座,翼华赞赏勿已,主人言,是为金山模型。愚未尝至金焦,惟以山翠若鬖,以为乃绝好青绿山水耳。濒行,主人以《文藻遗芬集》一册贶愚,集为侯官林小帆员外郎夫人陈梅君著,凡诗二百余首,词十阕,祖夔先生女弟秋君女士为之梓印,夫人诗词清新婉约,绝无脂粉气。李清照、王采薇以后,此可称为闺阁一作手矣。录其《三寺》七古一章如下:

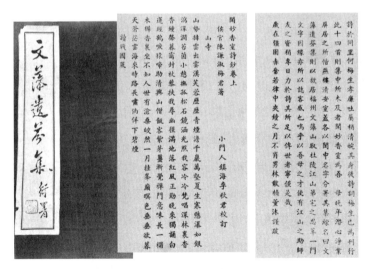

图74 《文藻遗芬集》民国二十六年(1937)林氏铅印本,现藏于复旦大学图书馆

---

① 关正明(1926—2009),京剧老生演员。原名关宝永,浙江杭州人,满族。1940年进入上海戏剧学校正字班学戏,由关盛明为其开蒙。其子关栋天,亦为京剧演员。

山势排云出云汉，芙蓉历历青烟千。

澹澹万壑夏生寒，悬瀑如银泻深涧。

苔茵小憩抚孤松，石镜涵光照我容。

冷冷梵唱深林里，杳杳钟声暮霭月。

杖藜扶我寻幽径，满地落红风正劲。

晚来独诵白莲经，鹤唳猿啼助清兴。

山僧饭客紫牙姜，渐觉禅门意味长。

一榻木樨香里坐，不知人世有沧桑。

皎然一月挂峰巅，暝色垂垂欲暮天。

苍茫云海来时路，长啸徜徉下碧烟。

《小说日报》1941 年 3 月 12 日

看过了《月宫宝盒》

在大上海看了一场《月宫宝盒》，为了看《月宫宝盒》，跑三次才买到票子，也可见我的要轧时髦！《月宫宝盒》纯粹是一部神怪片，论其价值，和《火烧红莲寺》正是一丘之貉，不过因为是全部五彩，又兼人家的资本浩大，如回王玩具宫、日月宫之类的布景，其伟大是中国影片所万万不及的，全片最可爱的镜头是"香纱宝象降帝女，贝阙芳泽觅情人"的几幕，在池沼中反映出亚曼特的人面，法皇公主临沼观影，当他是水妖，这设想是很聪明的。更可以佩服的是琼·杜白莉(即饰公主者)的骑术，易服出奔一幕，策马如飞，这是任何一个中国女影星所不能的。腾云玉马虽是摄影技巧，但无论如何，总应该承认他的技巧是高明的。镇仙瓶青烟化巨妖，也拍得很好,所较差的是青妖之凌空飞行,太呆板了一点,不像真,这是《月宫宝盒》的唯一不足之处。还有一点,使我看了很不舒服,那就是"多臂魔姬刺法皇",魔姬的脸部和臂部,完全涂了油彩,我想,这位饰魔姬的女演员,当时一定是一百二十分的不舒服。因此也就可以见得,好莱坞女影人的水银灯下生活,并不是完全幸福的!

图75 《月宫宝盒》(*The Thief of Bagdad*)剧照,道格拉斯·范朋克主演

《小说日报》1941 年 3 月 13 日

反对"日光节约运动"!

日光节约运动,去年弄得人头昏脑胀不算,今年还要连一连,据报载工部局情报处公告:"自本月十五日午夜起,开始日光节约运动。"十五日就是明天,明天的午夜,请全上海"家有钟表"的人家,且别睡觉,要睡,得先将钟点拨快一小时再睡。

日光节约运动,如果说真能节约些什么的话,那全上海的市民应该俯首听命,绝无异议。无如事实上并不尽然,我们撇开了个人不谈,从大处说,各工厂的工人本来是早晨六时上工的,现在至少在五时以前就得从睡梦中跳起来,赶在五时到厂上工。第一个降临到他们身上的痛苦,是睡眠时间的不充分。第二个痛苦,是要预防遭遇路劫。工部局当局应该记得,不久以前的某一个早晨,曾发生十四路公共汽车在威海卫路遭遇盗劫的事件,此一劫案破获了没有?

在公共租界的威海卫路尚且如此,何况是工厂集中区的沪西,工部局能有几许能力予此等因日光节约运动而早起的工人以保障?

就纯市民的立场上说,工部局可以努力的事件正多,第一是米价的抑制,全上海市民(投机分子除外)所惶惶不可终日的就是米的问题,两租界当局虽有惩治囤积居奇者的法令公布,但真正的如何抑平米价却还是毫无实效予人以共见。工部局何不在这方面尽一点力? 使全上海市民获得真正的"节约"。如果全上海市民的生活消耗无法"节约",那么,"日光"的"节约"又有什么用?

所以,希望工部局能够考虑收回这一个成命,在钟点方面玩弄一点新花样,是与租界的统治并无裨益的。

《小说日报》1941 年 3 月 14 日

观《文素臣》

周信芳新病既瘥,登场之夕,即往观其主演之六本《文素臣》,盖座券犹信芳病前所购,愚欲观六本已久,兹始得偿夙愿也。六本剧情,侧重于文素臣入宫面圣,与黄铁娘之拒奸全贞。信芳之文素臣,无开打场面,而唇枪舌剑,力折权奸,自足以快人心意。以奸蠹喻靳直,已属想入非非,利用太医之言,诳走安妃,设想尤奇。京朝派戏剧中,断不能有此也。景王府中,安置一化装为尼姑之未蓉儿,遂使文素臣之援拯铁娘,事半而功倍。文素臣之得钧旨,为春云乍展;遇未蓉儿,为春云二展;由未蓉儿口中侦得铁娘所在,为春云三展;救铁娘后为城防兵所厄,蓉儿盗令箭而来,为春云四展;素臣方以铁娘步履维艰为虑,得蓉儿来,掖铁娘上道,素臣遂得以抽身北上,是为春云五展。凡此数场,波诡而云谲,可谓极尽戏剧之能事矣。王熙春饰铁娘,熙春演剧,昔病其嫩,不谓近来艺事乃突飞猛进,王府之为夫乞怜,公堂之婉转白诬,虽为夫姑所鬻,乃力庇其夫姑,言夫姑良善。熙春演来,未尝不如巫峡猿啼,声泪俱下也。愚于寻常本戏无好感,顾甚爱《文素臣》,以《文素臣》之编织,迥异恒蹊,六本虽非出朱觉厂、胡梯维手笔,而情理自惬,所以终饮佳誉也。

《小说日报》1941 年 3 月 15 日

大饼惨剧

　　行于南京路上,乃目睹一幕惨剧,有妇人购得大饼两枚,忽为一男子所攫,其人鹑衣百结,殆荒于饥,攫得大饼后,即纳其一枚于口中,且嚼且奔。妇人尾随其后,追之不舍。时方午后,南京路行人如织,其人勿能越人群而过,转瞬之间,为妇人追及,夺其手中饼,掉首即去。妙在既不殴此路劫之人,并呵斥之声亦绝无。意者此一妇人,亦深知劫其食物者,必由饥火中烧,迫而出此,而妇人亦苦于贫瘠，方欲藉大饼充饥，今忽被攫，虽所值无几，然为果腹之故，辄亦拔步穷追，以期珠还合浦。及至失而复得，虽饼已损其一角，毕竟犹可以充肠，因于路劫之人，亦释之不复与之较。愚目击此一幕惨剧，乃不禁为之感叹不已，以为在稠人广众之地，犹发生此等攫食事件，则为贫民阶级之生活恐慌，已日趋于尖锐化者。概可想见，意者苟米价犹上涨不已，而当局无制裁之方者，则更严重于此惨剧，恐亦将逐渐发生。若愚于南京路上所见者，殆犹其小焉者耳！

《小说日报》1941 年 3 月 16 日

王谢

十四日吾报，载《乌衣巷之诗史》一文，谓刘斧[①]《摭遗》[②]小说，以王谢为王谢，其说诚谬。按：《南史》载："侯景请娶于王谢。帝曰：'王谢门高，非偶，可于朱、张以下访之。'"刘斧以王谢为航海人，附会以为乌衣国之说，直齐东野语耳。

《小说日报》1941 年 3 月 16 日

与九公论诗

尝两述柳亚子先生诗，前日，九公乃于《社日》著一文，谓下走于文坛前辈之作，未免抑之过甚，并举贺知章"少小离家老大回，乡音无改鬓毛衰。儿童相见不相识，笑问客从何处来？"一诗为例（九公谓系杜诗，当是笔误）。谓古人之诗，固不尚古奥，因之以为下走

---

① 刘斧，北宋中叶人。著有《翰府名谈》二十五卷、《摭遗》二十卷、《青琐高议》十八卷。
② 刘斧撰，收录唐宋时期的各种传奇故事及名人逸事。《宋史·艺文志》著录，凡二十卷。原书已佚。《诗话总龟》《类说》《分门古今类事》《绀珠集》《诗人玉屑》等书中保存佚文四十余则。

所举柳亚子先生两诗,"只可谓为由灿烂归于平淡,若谓幼稚不通,徒拥虚名,则未免错解作诗真谛。"按:下走两记柳诗,第言其近于粗制滥造,以为足累盛名,初未尝诋其"幼稚不通,徒拥虚名",更未作诗尚古奥之论。九公若以为下走鄙陋,勿当于时贤之作,妄加论列,下走当自承之。若今兹九公所罪于我者,胥下走所未尝言,九公奈何混淆黑白,故人入罪耶? 贺知章《回乡偶书》一诗,虽辞意浅显,实寓有自伤老大、俯仰感慨之意,柳诗"盼极吴公虎,如何竟不来"一首,如何能与之相提并论。下走于诗,原亦一知半解,惟柳亚子先生之诗,则李祖夔先生招宴之日,座中诸人俱尝论列之,固非下走一人,敢信口雌黄也。

屠企华医师,招宴于国际疗养院,愚向者以患登革热,尝居院数日,今则旧地重临也。国际疗养院近以科学戒烟,著誉于时,《新闻报·茶话》编者严讷厂先生,亦嘉许之。读者有染烟癖者,月选其五人送国际疗养院,使负责戒烟之陈文祥医师,为之除其痼疾,而院方不收费用,其为黑籍中人造福,洵非浅鲜也。屠医师之意,他日更拟扩而充之,使吾侪小型报,亦援《茶话》之例,每报月送一人,至院戒烟而免其医药诸费,是真功德无量之事,第屠医师之言,能早付实施,则吾报于登记调查,亦当略不辞劳也。

《小说日报》1941 年 3 月 18 日

寸金之地

国际疗养院招宴的那晚,我和梦云、力更,在疗养院内的草坪上,徘徊了一会,上海是个不毛之地,因此我对着院子里的一片草坪,发生了疑问,我想,这些小草,大概是特意种植起来的吧? 梦云所知道的比我多,他说:"这是当初买了来,铺在地上的,普通都是照每方尺计算,一方尺要卖几只洋。"我这才明白,原来上海的草,也是可以卖铜钿的。往常人家总说,上海是寸金之地! 这话又得到了一个证明。

《小说日报》1941 年 3 月 19 日

皱与绉、餵与喂

近来看报,时常发现有将皱眉的"皱",写作"绉",其实"绉"是丝织品的名称,有名的湖绉即是,决不能当作皱纹的"皱"字用。还有餵乳的"餵"字,许多人往往写作"喂",大郎在《唐小孩出世记》文中,也是如此写法,其实是错误的。"喂"是招呼人的声音,餵乳的"餵"应该从"食"而不是从"口"。此外,还有"餬口"两字,也很多写作"糊口"的,试问,口糊起来,如何还能吃东西呢?

《小说日报》1941 年 3 月 19 日

电影院受惠

自日光节约运动开始后,第一个受惠的是电影院,拜日光节约运动所赐,每日售座更盛。原因是一到下午六时,写字间已经下来了(银行五时即停止办公),而太阳光还是普照着大地,时间尚早,吃晚饭睡觉都不是时候,于是看脱一场电影吧! 有几家电影院,近来特别添开七点钟一班,就是做这一票生意。日光节约运动的施行,目的是叫人节约,谁知事实上适得其反,惟有助长消耗。上海人有迟眠的习惯,日光节约运动施行后,因此而提早睡眠的能有几个? 所以工部局倡导这一件事,无论如何是个烂政!

近来有一件事,大可注意,我们只要打开《新闻报》《申报》来看,可以发现许多出售哔叽、府绸的小广告,每疋的价值仅只十六元、十八元。英国货固然不会这样便宜,就是国货,也没有这样低廉的价目,这一票货色的来源,实在大有可疑。据说有一家出售此类哔叽、府绸的行家,在电台上做了一天特别节目,就净赚了一千余元,足见上当者之多,希望喜欢拓便宜货色的朋友,对于那种货色的来源,仔细鉴别一下!

《小说日报》1941 年 3 月 20 日

荀慧生

黄金大戏院邀荀慧生来,售七元之座仅五百余,而定座者达千人以上,仿佛荀慧生未登台,嗜剧者已有倾巷来观之感。黄金转苦之,以座价之勿能再增,则筹得一策,即慧生演唱二十四天,排戏十二出,使每出戏重复演之,则已观者可勿复再来,而佳座亦得支配余入矣!海市喧腾,方以米价之高昂至百二十元一石,为之嗟喟不已,而乐歌耽舞之士,依然"实繁有徒"。有人或为更新舞台忧,以为慧生先演于黄金,后演于更新,锋芒或稍逊,观此则正不必鳃鳃过虑也。

识抱冰子垂十稔,抱冰子于鉴人之术,颇有心得。平时冷静观察,谈言微中,友侪金谓与浩浩神相足相颉颃,顾君虽挟此妙技,初不举以炫人,年来粥文自给也如故。比者以友人之怂恿,始设砚于静安寺路七十弄(新世界西)鸿运别墅十号内。为人论相,书生本色,不计阿堵,而语无虚发,声誉斐然。盖自书本中研索而得之真功夫,不能与江湖术士同日语也。一日筵间,抱冰子尝论愚相,谓清贵极矣!愚自问清则有之,贵于何有?惜杯箸间匆匆不暇详诘,意者抱冰子以愚为老友,故诶愚耳!

《小说日报》1941 年 3 月 21 日

胡佩之泋浴

胡佩之君,尝从数友入浴室,浴已,其友尽付诸人之值,忽一司擦背者来,呼佩之曰:"先生!"呼已第作鹭鸶笑,更不复语。佩之乃探怀出一金予之,其人谢而去。同行诸人诧之,问佩之曰:"已悉付矣!奈何别予以金?"佩之不语,既出,乃述于同侪,则此人于行使职权之际,尝为佩之动"非法"手术也。于是诸人俱大笑。颇闻近来澡堂中此风颇盛,"考据家"郑过宜君,据云亦尝数遇之。此辈类皆不问客之愿与否,即强迫施行。揆其目的,则欲于额外得小惠,藉博升斗,其行可厌,其情亦至可哀也。

续集《夜半歌声》首映之夕,驱车往观,顾购票未得,盖售罄矣,因预购翌日之一券。及期复往观,片中一饰乡女者绝美,其人曰马梅莉,仿佛舞娃姓名,不知亦新华歌舞班中人物否?黑眼圈女郎谈瑛,代胡萍饰李晓霞,病中大呼"丹萍",意者三数日内,银幕之下有人闻此呼声,得勿为之踟蹰不安乎?

《小说日报》1941 年 3 月 22 日

青乌子

《烟云过眼录》家庭校对篇,为吾报校勘讹夺,所举皆甚是,惟谓啼红于《灯边话堕》中言青乌术[1],以为是"青鸟"之误云,则不然。

---

[1] 风水术又称为堪舆学、相地术、地理、相宅术、青乌、青囊术、形法等,其中青乌得名于汉代相地家青乌子,又称为青乌先生。

按：青乌子，汉人，精堪舆之术，著有《葬经》一卷行世。柳宗元文：
"艮之山，兑之水，灵之车，当返此。子孙百代承麟趾，谁之言者青
乌子。"即此人也。又李治《敬斋古今注》云："案《地理新书》云：孙
李邕撰《葬范》，引吕才《葬书》，所论伪滥者一百二十家，奏请停废，
青乌子《葬经》亦在其间。"故青乌子与青鸟使实不同。家大人以风
鉴名乡里，下走固知之深也。

　　下走夹袋中，恒好贮果饵之属，闲时撮取而食。向居汉上时，
表妹露苡尝为以谑曰："表哥奈何以冠生园实诸囊中耶?"近来在因
风阁上，诸友每以愚探囊取食为怪，愚辄曰："冠生园在我身边也。"
一时以为笑谈。其实裹粮之制，其源甚古，《诗经》云："于橐于囊，
师戢用光，干戈戚扬，爰方启行。"《孟子》曰："故居者有积仓，行者
有裹粮。"下走之囊括冠生园而行，特亦奉行故事而已！

《小说日报》1941 年 3 月 23 日

《倩女离魂》

　　陈玄佑《离魂记》，述唐张镒女倩娘，与镒甥王宙恋，镒许以女
妻宙，及女长，镒忽为之别字。女闻郁悒，宙亦羞恨，托言赴京，买
舟遽行，夜半感想不寐，倩娘忽至，悲喜之余，挈与俱遁，居蜀五年，
生二子，始共归衡州。宙诣镒自谢，镒大惊，以其女固在室，病数
年，未离闺闼也。两女既相见，遂翕然合为一体云。此即世所传倩
女离魂事，其说怪诞，以意测之，陈玄佑所记，前半殆为事实，所谓
"倩娘忽至，悲喜之余，挈与俱遁"，必倩女不愿盲从婚姻，故效红佛
之私奔。古时官宦之家，羞言鹬奔鹊疆事，遂诡称其女病未离榻，
迨后女归，复言女病霍然愈矣！所谓两女相见，合为一体者，则故

377

神其说耳!

西王母

黄帝时,西王母献玉环,为帝列床数褥,舜时又献玉环。《搜神记》载:"羿请不死之药于西王母。"《穆天子传》:"临西王母于瑶池之上。"李商隐诗所谓"八骏日行三万里,穆王何事不重来?"是也。相传西王母为古仙人,然古籍所载,则莫不实有其人其事,大抵西王母非国名即国主之名,《淮南子》曰:"西王母在流沙之濒。"考《书·禹贡》有"余波入流沙"之言,流沙盖今之蒙古额济纳旗地,在甘肃毛目县附近,《尔雅》注"昏荒之国"。周穆王驾八骏西征,盖尝至其地,瑶池则西王母建都所在,亦即所谓流沙之濒,要可断言。惟西王母既见于黄帝时,断不能至周穆王时犹健在,因颇疑黄帝时之西王母为一人,周时又一人,王母之称,殆世袭耳。《酉阳杂俎》载:"西王母姓杨,名回,一名婉衿。"《集仙录》则谓西王母姓侯,两说不一,亦足以为西王母不止一人之证也。

(今日两则,俱为考据文字,并非与过宜、啼红二公别苗头,盖"偶合"耳。蝶衣注。)

李友芳

恒顺酱醋厂主人李友芳先生,以金波酒及咸瓜数事见贶,附以一简曰:"径启者:敝厂创业垂八十余年,专制香醋酱菜各品,颇为嗜者所称。今特检奉数事,聊供试尝。物不足珍,敢言知味,意尚可取，爰效献芹。素仰先生彩笔生花，互珍久御，一经品题，声价倍增，勿疑曲直作酸之情，或赏润下为甘之义。倘承笔端吹植，口角抑扬，则豚鲃借坡翁以得名，杂碎因李相而见著，与有荣焉！感何如之。此致蝶衣先生。"意者殆出灵犀兄手笔，以兄新掌恒顺记室也。咸瓜已先尝之，着齿脆芬，咸不伤涩，令人有厌薄珍馐之想，意酒味当亦不恶。以李先生之意挚，因报之以长歌，容与《社日》同刊之。

周瘦鹃先生辑《香艳丛话》，绝版殂已久，何海生兄近于旧书肆中，购得一册，假而阅之。其所汇集诸家诗词，洵所谓香生字里，好句欲仙，以之下酒，何输汉书？使非海生兄珍视此书，坚嘱必归者，愚且欲攘为己有矣。

《小说日报》1941 年 3 月 25 日

兆丰公园游

往年春日，好作兆丰公园游，纵不恒往，亦岁辄三五年。今者春光渐酣，园林景色，又萦想望。顾春游必以伴，庶几载笑载言，勿虞寂寞。而下走今日，则依依襟袖之人，既不复有，抑且跬步之间，都成荆棘。于是游骋之兴，每为之沮。伏处江关，尘嚣十丈，欲稍领林泉之趣，亦勿可得，辄为怅然。

愚于青乌与青鸟之别，曾一度辨正之，顷乃得知止先生来书，其言绝风趣，原书曰：

蝶衣先生道席：

阅尊著《低眉散记》，蒙指正青乌与青鸟之别，刻查字典，诚然，想见家学渊源，无任钦迟。因与小儿女曰："还我一角钱来！"渠等好不厉害，又在尊著中发现一讹字，谓"兑之水"之"兑"，误植"兄"字，以为两抵如何？弟无以为难，小儿女又迫我写信与阁下，真好笑煞人也。

　　专此即诵著祺

弟知止合十

　　检阅吾报，则"兑之水"果误为"兄之水"，此实一大笑话，亟宜更正，并谢知止先生暨诸位阶庭兰玉指谬也。（按：青乌术世人多习言青鸟术，亦犹鸟瞰之群讹为乌瞰，习惯使然，初不足怪，《烟云过眼录》所记，愚初勿经意，事后乃补叙愚之所知，此则咎实在愚，宜向知止先生致歉也。）

《小说日报》1941 年 3 月 26 日

饯晚甘侯

　　晚甘侯兄奉调（兄服务于兴业银行），将作重庆之行，涂鸦集同人乃饯之于大西洋，路黛琳小姐亦至，足以为此宴生色也。晚兄向时，尝屡为吾报舞刊写俳体诗，其人亦狂亦侠亦温文，盖涂鸦集一健者。愚叩兄行期，兄谓在三数日后，因出所治印两枚贻愚，一陈公子，一婴宁。又为大郎治两章，曰唐居士，曰大郎。因知兄且兼擅金石，固不仅以文辞见长也。兄言："海上尘嚣，苦无佳趣，得远行亦大佳。"愚因请诸晚兄，得暇以蜀中闻见，为寄吾报。兄诺，因谢之者再。他日者，当有无数风光烟水之作，出诸晚兄笔底，以快吾侪心目也。

《小说日报》1941 年 3 月 27 日

舞张丽

愚初舞张丽,犹在其双辫垂肩时,盖下海未久也。今则腰业既盛,遂亦勿恒见之于座上,以市券携出者众耳。昨夕以八时许过国泰,张又将外出,睹愚至,乃重卸其衣,言有客以电话来召,迟之于高士满,今当为君稍待也。愚因请挽留十分钟,与之舞数匝,遂别。愚近来躐步之兴锐减,惟此人温婉,故犹偶一念及之耳。

《小说日报》1941 年 3 月 27 日

李友芳先生赠金波酒

昔有双鬟女,酌我金叵罗。一饮千日醉,至今尚颜酡。今有李厂主,佳酿觊金波,开樽未沾唇,已觉醉婆娑。可知醇醪味,尤胜琼浆多。我本狂且子,日日逐婀娥。得此琬琰液,鄙弃众艳娅。知己莫言谢,举杯且长歌。

《小说日报》1941 年 3 月 27 日

状元楼灯虎

大陆状元楼之灯虎,近始悉系由总董先生主持,先生盖早团中坚也。状元楼之灯虎,初张之于报间,射覆者投函状元楼,苟中,则有三鲜砂锅一器,赉送而至,日以录取五人为限。此一笔损失,不可谓尟。状元楼之目的,在获取口碑,招徕顾客。顾行之匝月,口碑有之,招徕顾客之为效则鲜。最近,状元楼主人乃纳总董先生之议,悬灯虎于状元楼,日制二十条,多出总董先生之手。来就食者,一面饮啖,一面射虎,总董先生于谜面之制,不主深奥,故皆平易易射,有获中者,即酬以下酒之物,或馔,或汤,则不仅有惠于食客,兼亦可以做一点生意也。此法良佳,视刊于报纸间者为胜。故近日报间,遂亦不见大陆状元楼之谜。

愚与灵犀各辑一报,而习惯不同,灵犀好篡易他人文字,愚则以为苟非谬误,不如以存其真为佳。如愚近为《社日》写张倾城一文,述蔡寒琼殁于金陵,愚原文仅曰"论者惜之",及刊出则易为"盖棺论定,颇滋物议",盖灵犀所改矣!其实"论者惜之"一语,岂不较"盖棺论定,颇滋物议"为蕴藉?灵犀编稿,有时极度审慎,兹则语侵一已故之人,其编辑方针,令人捉摸勿定,此所以不易为《社日》写稿也。

《小说日报》1941 年 3 月 28 日

俞振飞师友之谊

名小生俞振飞,尝师事程继仙,近年继仙贫困,振飞娓念师门,因于旬日以前,在黄金演戏一晚,以所得助乃师,风义可尚也。顾闻诸人言,则此次振飞演戏,初不仅倾助其师,兼亦有惠于某评剧家。评剧家与振飞非素稔,而振飞演戏,亦提若干成予评剧家,则振飞必有深德评剧家,要可知也。振飞原世家子,腹有诗书,故能笃于师友之谊,与寻常伶工自不同耳。

《小说日报》1941 年 3 月 29 日

荀慧生之大衣

复有一事,亦足以为评剧家增荣宠者,则待云室主人郑过宜君,尝游于荀慧生处,宵深言归,而晚风甚厉,慧生乃以其大衣一袭,为过宜加之于体,曰:"郑先生弱不禁风,请御吾衣行,庶不致为风寒所悉也。"翌日,过宜御慧生之大衣,遍走诸友处,述其事于众。过宜之意,第在彰慧生之亢爽,而下走闻之,则以为慧生之笃于友情,亦不在俞五①下也。

《小说日报》1941 年 3 月 29 日

《绝代佳人》

战后,胡蝶南走香港,作九龙寓公。有自香港来者,皆曰:"胡蝶痴肥,不类从前矣。"及《绝代佳人》影片来沪,视胡蝶,果损其苗条之致。同时又闻人言,胡蝶方从事缩食,每餐不过饭一盂,冀稍减其体重也。最近,胡蝶又在港主演一片,曰《孔雀东南飞》,王次龙携之来沪,次龙曰:"胡女士昔病丰腴,今已觉清减,而丰采则益丽。"顷者,《孔雀东南飞》之预告,已刊于报端,视胡蝶之影,果臻首娥媌,不减当年,意者此一女艺人,亦得天独厚,一如好莱坞之珍妮·麦唐纳,在银幕之上,殆尚有几年风头可出乎?

一日,于金老公馆晤赵如泉,谓愚曰:"某日见你来后台,我招呼你,你没有听见。"愚微诧,以愚第偶至共舞台前台访之方,后台则惟南腔北调人常往盘桓,愚固未尝一涉足也。老开以愚勿答,复曰:"你不是走进金二小姐那一间里去了? 也是戴了一副眼镜。"愚始恍悟老开之误认为,南腔北调人已为我辩曰:"此殆为梯维先生,梯维先生亦御瑷璷也。"老开曰:"那么是我认错了。"按:梯维兄风度翩翩,吾党中之"名小生",初勿若下走清癯,勿审老开何以误以为下走为一人? 人谓老开矍铄,观此则老开老眼亦花矣。

《小说日报》1941 年 3 月 30 日

---

① 俞振飞,行五,自称"江南俞五"。

感念旧友

与漫郎共餐于精美食品公司，漫郎问我，亦晤一方否？亦晤大郎否？以漫郎之问，遂使愚深感旧时诸友日益疏远。一方近与数友辟室于扬子，仅开房间所费，即日达三十金。愚闻之咂舌，遂勿敢厕身其间。大郎自唐小孩出世后，父兼母职，不恒外出，惟偶于电话之中，得一聆其謦欬而已！故近时同文中，第灵犀犹时时相见，余则久不聚首，而灵犀亦倦于宴游，往往虽相见，亦绝早即归，遂使下走好动之人，恒有踽踽凉凉，独行无伴之慨。唐人诗所谓"不堪人事日萧条"，下走盖真有此感矣。

灵犀文中，忽发现"戎囊子"三字，此君笔下，奈何亦有此僾薄之言耶？沪人口中之"戎囊子"，犹言"脓包"，为詈人无用之辞，然细译"戎囊子"三字之议，则实言"肾囊"，肾囊所以贮"戎"者，"戎囊子"岂非谓"肾囊"？灵犀持重，于"淫筹"一名且勿敢用，而忽有"戎囊子"三字，出其笔底，故可诧也。

《小说日报》1941 年 3 月 31 日

看二本《欧阳德》

有乡亲到上海来，少不得略尽地主之谊，于是排定日程，第一天请他们看《月宫宝盒》，这是神怪而又兼五彩片，内地是看不到的，请他们开阔眼界。第二天，又陪他们到共舞台，看二本《欧阳德》，这里面有机关布景，有大开打，最配他们的胃口。杨香武在大树上打公馆，欧阳德从棺材里爬出来，以及新桂秋的放纸鸢，还有彭大人躲在经箱里，一忽儿失了影踪，一忽儿又安然在内，都叫他们看得十分满意。他们不知道研究尖团阴阳，只知道研究那纸鸢如何会腾空而起？经箱里的彭大人如何会不见？直到剧终人散，踏上归途，他们谈论起来还是津津有味，我们这几位乡亲，看戏程度虽不及京朝派烈士①，比谢十娘却要高明一点，他们并没有将黄三泰叫成黄泰山。

《小说日报》1941 年 4 月 1 日

涨价

小型报同业议决，打从今天起，售价由每份五分增至七分，平时，因物价高昂使我们的生活受到了严重威胁，我们也曾一再发出愤懑的吼声，指责那些囤积居奇者的罪恶。我们小型报，忝为文化界的一环，比不得市侩，照理不应该随波逐流，横也涨价，竖也涨价，五分钱买一张报，已经觉得读者的负担太重，如何还可以再加？不过在小型报同业，实在也是万不得已，单说印刷费，本报初创时，每月仅需二百八十元，现在已涨到六百元，白报纸涨到四十七元一令，成本有加无已，如果不增加售价，在势必无法维持。更可怜的，是我们涨价的决议才通过，印刷所的通告又来了，印刷费要增加三成，照每月六百元计，三成就是一百八十元，看来我们负了涨价之名，实际上只是为人作嫁。现在唯一的希望，就是读者一怒而摒弃我们小型报，我们没有了读者，也可以关门大吉了。

《小说日报》1941 年 4 月 1 日

---

① 语出胡梯维，意指在京剧表演艺术方面持顽固京朝派观点之人。京朝派代表的是京剧的古典主义，保持京剧表演的法式规程。海派京剧打破了既成的京剧模式，以写实主义的精神和方法，以独创新颖的艺术开创了舞台表演的新风尚。

顾坤伯先生画

接到了顾坤伯先生国画展览的两张请柬,一张是知止老人寄给我的,另一张是霭麓先生遣价送来的。在我模糊的印象中,似乎若干年以前,曾和顾坤伯先生见过一面,不知是在林屋先师那里,还是秦松石兄的介绍,有些茫然了。不过我记得,坤伯先生是画人物的,此次展览,却似乎是山水为多(知止老人寄给我一张坤伯画山水的摄影),不知这是不是我当年见过一面的顾坤伯先生?抑或另有其人?

《小说日报》1941 年 4 月 2 日

"经济"草纸"涨价"

报纸上时常发现妙不可言的广告,前几天的报纸上有一则《何其勇启事》,开头就说:"其勇身弱多病。""身弱多病"与"何其勇",恰好成一反比例。昨天《新闻报》上,又有"经济草纸涨价"的广告,经济草纸而涨价,岂非不经济了吗?亦是可发一笑者也。

《小说日报》1941 年 4 月 2 日

慕琴宴知止

丁慕琴先生,宴知止居士于其家,慕老与知止先生,为五百年前共一家,又尝同从周湘先生游,顾不相识,及知止先生书其事于吾报,始订交,亦笔墨因缘也。座上,复有芮鸿初兄,因问其亦晤独鹤先生否?乞代问独鹤先生好,以与独鹤先生久不晤也。梦云、大郎二兄,寻亦偕至。梦云与大郎好谑,谓大郎家中,独缺尿布,乞知止先生助之。知止先生不以为戏言,翌日,遽饬人送尿布一裹至吾报,嘱转交大郎。稚子好弄,辄复渎及长者,真不足为训也。席间,知止先生极言梦云之相佳,谓他日必致亨达。梦云自是吾党干材,特其所创之电话购货事业,又将蹈京城茶室覆辙,乃殊有画脂镂冰之叹,为可怪也。

董天野先生,以善绘古装美人有名于时。吾报《温柔孤注录》《故都春梦》诸小说标题,多出其手笔也。百花生日,天野先生获一麟,匀慕老转命于愚,嘱愚为董公子题名。下走不才,生平未尝为此役,即吾儿燮阳生,命名亦请之以家大人,以是慕老电话后,乃为之大踌躇。顾天野先生盛意,殆不可却,兹姑为之拟数名。一,董正,董正谓督正也,《后汉书·岑晊传》:"慨然有董正天下之志。"二,用威,《书》:"董之用威",谓临之以威也。三,龙裔,古有豢龙氏董父,董为舜所赐姓,见《左传》。以上"正"可以用为名,字"用威"(或字"之威"亦可),号"龙裔"。重以慕老之嘱,遂不觉胆大妄为,虑勿能惬天野先生之意。

《小说日报》1941 年 4 月 3 日

儿子燮阳

儿子燮阳,诞生到现在,还不足两年,可是这孩子,似乎特别聪明,我每天外出,他只要一见我拿起大衣,就会对我说:"晏些会①。"有时客来了,他也会帮着招待,说:"请坐请坐!吃茶吃茶!"妙在并没有教他,只是听大人那么说,他就心领神会,跟着那么说了。我家里,地方很狭窄,却有一架风琴,他妈有时踏着琴,这孩子就会跟着唱。他能唱的有《木兰从军》中的《青天白日满天下》歌,以及《卖报歌》,舞场上流行的《满场飞》曲,小孩子生得天真,再加上咬字不

---

① "晏些会",沪语,"待会见"之意。

准,听来就觉得别有趣味。一个不足二龄的小孩子,能够唱歌,这似乎还不多见,而且能跟着琴音唱,绝不荒腔走板,这也着实稀奇。此外,这孩子,又喜欢弄笔,翻书本。我每天早晨,照例要看一遍报才起床,这孩子老是跟我抢着看,一只小手捏着那一大张的报,姿态已经很滑稽,同时对于广告画中的人物,他又能辨别其长幼,坚定他的称呼。凡是飞机、电灯泡之类的图画,他尽能指认,甚至随时随地,都可以发觉他不但懂得一切,而且已经能运用他的想象。他妈有时嫌他顽皮,但看到孩子天赋的聪明,也就忍不住笑起来了。有人说:"一个人到了哀乐中年之时,就会将精神寄托在孩子身上。"我现在就有点如此光景,所引为憾事的,是我那位太太,不像爱迪生母亲那样的善于教导孩子罢了。

《小说日报》1941 年 4 月 4 日

符箓治病

现在是一个科学昌明的时代,一切趋向于科学化,医药亦然。然而在上海,却还有以符箓治病的医生,说也奇怪,这一种符箓治病的方法,居然很灵。最近。妻氏(做梦云笔法)的脚底心上,生了一个疔,请邻近的某名医诊治,贴了一张膏药在患处,疔倒好了,腿部却又红肿了起来。某名医说,是受了疔的影响,牵涉腿筋上,因此红肿。他说得出理由,却没有治疗的办法。后来,邻居人家的一位老太太说,这是流火,须得赶快就医。妻氏以腿部不但红肿,而且痛得厉害,正以为苦。邻居的老太太就推荐这一位符箓治病的医生,名叫胡大海,住在哈同路慈厚南里。邻居的老太太说:"不久以前,有一个包饭司务,患脚肿毛病,有人劝他到胡大海那里去看,他不信符箓有什么用，于是到医院里去看，但是看不好，没法想，只得再请教胡大海。不上几天，却给他治好了。"那老太太再三声明，这是事实，并非宣传。妻氏便听了她的话，求治于这一位与《英烈传》中人物同名的胡大海。胡大海对我妻氏说："这是小毛病，只要'收'三次就好了。"于是化了一道符，就患处"收"了一次，又给了我妻氏几颗丸药，既不需验血打针，也用不着量什么热度，这样一连的看了三四天，红肿退下去了十之八九，痛也不痛了。看来，这符箓治病的方法，真有一点神妙作用。据这位胡医生说，他的治病方法由于祖传，专治一切疑难杂症。如果是霍乱吐泻，用针灸治法，一针就能霍然而愈。我生平不信非科学的医疗方法，然而妻氏的病，却是他治好的，这就不能不教人称奇了。

《小说日报》1941 年 4 月 5 日

坤伯来书

得顾坤伯先生书，乃知愚之悬测为不谬，盖向时确与坤伯先生相见于林屋师处也。坤伯先生书曰：

蝶衣先生文席：

昔于林屋丈处，由秦松石兄之介，得瞻丰采，距今已逾十年，先生犹能忆及，足征脑健。溯弟于曩时，好画人物，林屋丈曾作诗相勉。旋以性情转移，专事山水，是写人物与绘山水之顾坤伯，固弟一人也。辱承于报端齿及，甚感雅爱，持遣谢忱，并颂日祉。

弟顾坤伯拜启

又附录林屋师当日诗曰："梁溪顾坤伯,书法出双吴。昨见青松障,如披白雪图。寒光犹凛凛,天色欲模糊。自是长康后,名家与众殊。"盖作于十九年秋者,愚识坤伯先生,亦在是时也。

《小说日报》1941 年 4 月 6 日

吴江枫"疯"

闻吴江枫兄忽中癞,已入院疗治。江枫平日,笑口常开,益以躯体肥硕,望之乃如弥勒佛一尊,年来主持黄金大戏院广告部事,心境亦愉,殊勿审其作何原因,竟至神经错乱,失其常度? 江枫在黄金,为五虎将之一,今忽中癞,不意张善孖以后,又有一虎痴也。惟是愚与江枫,忝为十年老友,闻此突兀之讯,实为之忧戚勿胜耳。

《小说日报》1941 年 4 月 6 日

我替梅花深颂祷

去年冬天,我在大陆商场选购了一盆梅桩,供在案头,将它当作客中的良伴,后来,给我的朋友胡得之见了,他爱这盆梅花,我就忍痛割爱,转赠给了他。有一天,我到得之家里去,见盆中梅花尚自盛开着,我便站在梅花之前,默默地为它祝祷,愿花长寿,愿花长好。同时我的心中,也就不免思潮起落,觉得这梅花,本是在风霜之中,与气候搏斗着的,现在移植到花盆里,已不啻是金屋银屏,珠帘翠幕,获得了一层保障,又亏得我那位朋友,能够尽心爱护它,使那梅花但有雨露之沃,不虑风霜之侵。我这个旧主人,纵然不能够常亲颜色,但是偶一觌面,见此情形,心里便不觉宽慰了许多,于是又口占一诗,也无非是像龚定庵所说"我替梅花深颂祷"之意罢了!

诗曰:

> 曾从霜里斗婵娟,移植上阳分外妍。
>
> 但愿花颜长日好,便闻消息也欢然。

《小说日报》1941 年 4 月 7 日

为波罗辟谣

波罗兄与二三子辟室扬子,凡两月,日日与二三子歌舞征逐,两月中所耗者,述达万金。波罗于万金中占其二千,从善①则更甚于波罗,可三千金。至近日,诸人之游兴乃渐倦,盖精力疲矣。迩时友侪中喧传波罗暴富,其实略事挥霍则有之,而挥霍之结果,亦已返本归元,恢复原状。盖波罗之富,亦犹诸"畸形发展",此宜为波罗稍正视听者也。

青蘋客串
《小说日报》1941 年 4 月 7 日

英大使馆看新闻片

英大使馆每周有新闻电影开映,最近我也去看了一次,地点在外滩二十八号,进大门向左转弯,就是电影放映室。地方不怎么大,大概可容二百余人,片子在晚上八点钟开映。参观的人,华人较西人为多。在银幕上,我看到了英国海军在海面上活动的雄姿,飞机出发轰炸的阵容,以及伦敦遭遇空袭后大火的情形。每一画

---

① 沈从善,为龚之方之化名。

面的展开,好似使人亲自闻到了西半球的火药气一样,历时凡一旬钟。新闻映毕,在门外尚有鹄候着的一批人,拥了进去,大概还开映第二场吧?

《小说日报》1941 年 4 月 8 日

《路透传》

在英大使馆看完了欧战新闻片之后,又赶到丽都,看了一场爱德华·罗宾逊主演的《路透传》[①]。银幕上的演出告诉我们路透从事于通讯事业,正与爱迪生的发明电灯一样,屡次遭遇失败,最后才奋斗成功。这其间,路透的爱人伊黛曾给予路透不少的鼓励(后来做了路透的夫人),同时也告诉我们人情的冷暖,世态的炎凉,一个事业家的成功,是需要百折不挠的精神的。全片故事的展开,绝不沉闷,看了很能使人感动。身为新闻记者的,对于这一部影片,实在不能不看上一看。

《小说日报》1941 年 4 月 8 日

家大人来书

得家大人乡间来书,言"月之一日,有事于衢东一里遥,途中险遭不测,一乡人行余前,相距可七八尺,忽中枪倒地。余幸无恙而回"云云。读老人之书竟,辄为之骇然汗下。家大人既以风鉴名乡里,乡人遇婚丧事,练日简辰,必匄诸家大人。家大人言有事于衢东一里遥,殆又为人卜窀穸之安耳。乡间萑苻不靖,探刀袖丸之徒,时时出没田垄间,遂使家大人饱受虚惊。因又拟遣吾妇还乡

---

① 即 *A Dispatch from Reuter's*, 1940 年上映。

里。家大人重乡谊,乡人有请,往往不辞跋涉而徙,若吾妇在乡间,则可以谏阻家大人也。家大人年迈,为其子者,勿能安与以养,计惟遣吾妇代愚侍膝下。愚在上海,虽苦茕独,然年余以来,处之亦惯。纵枯寂,视此心悬悬于梐阖,犹较胜耳。

中国救济妇孺会,以谢状一纸见贶。妇孺会于丽都举行慈善茶舞时,尝列愚之名于宣传主任间,谢状之贶,职是故耳。尝见乐善好施之家,其厅事中所悬者,累累皆谢状,为主人者,未尝不喜形于色。而愚得此状,则为之惭汗交并,以生平力不足以济善,于妇孺会效力尤微,是以滋愧也。

最近远东舞厅,新加入二舞人,一邵咪咪,一金燕。邵咪咪为逍遥旧人,人因疑金燕亦即当年"逍遥三侠"之一(按:逍遥三侠,为张明霞、金燕、邵妹妹,皆已嫁)。吾友沈从善,维时尝与金燕舞,见报载广告,遂专程往访之,则所谓金燕者,实另有其人,初非旧燕也。

《小说日报》1941 年 4 月 9 日

神医胡大海

昨天,有一个素不相识的人,到我家里来访我,内人说,这就是胡大海医士。原来他是见到了我在本报所写的一节介绍文字,特地来谢我的。据他说,我在本报写了那篇符箓治病的文字后,已有两个人,凭了本报找到他医寓里去,请他治病,一个人是耳朵烂了八年,医药费已耗去千余金,至今还没有好。还有一个,症状就奇怪了,原来毛病处在肾囊上,他的肾囊,坚硬得像石块一样,终年如此,虽然没有什么痛苦,却是甚为不便,胡医士对我说,这两种病都可以治得好。之后他又谈了许多治病经历,简直是光怪陆离,无奇不有。听了他的一席话,恍似看了一回神怪小说。谈了一会,他告辞去了!这位胡医士,是绿杨城郭人,三十多岁年纪,人很朴实。内人说,他住在哈同路慈厚里,所居不过一斗室,室中供着佛龛,原来他还是一个佛教徒,他为人治病,不计较诊金,虽然定了诊例,但遇到贫困的人,诊金随便给,他也一样替人家医治。所谓仁心仁术,这位胡医士能兼而有之,倒真是不可多得的!

《小说日报》1941 年 4 月 10 日

为一方辩护之后

三数日前,尝为一文袒一方,欲为一方正视听,以外间颇传一方暴富,而一方所示状于愚前者,仍为寒酸,因疑传说匪确,故攘臂而起,欲为老友作辩护士也。及稿出,友乃哗曰:"一方尝于自在堂上,设隽侣之宴,遍邀友人之有隽侣者与会,尝吉祥斋风味,苟非富有,奈何豪阔如此?蝶衣乃欲为之讳,殆为一方诡词所绐耳。"愚闻言,瞪目勿知所对。似一方于文字间,确曾有所记述,言尝款嘉宾于吉祥寺也。以诸友之责难,转似下走之为一方辩者乃不实。虽然,苟一方而真富有,亦大足为故人庆。同文之中,十九清贫,若一方一旦暴富,则盍簪之会,此后或且常有,下走忝为一方老友,虽不敢遽存攀龙附凤之想,然而二次吉祥之宴,容且为下走设一席,则此日之为一方辩,要非徒耗心力。勿审一方宠召之柬,何日可以见敚?乃不禁跂予望之耳。

《小说日报》1941 年 4 月 11 日

惨狱

有人赴法院作旁听,推事历审数案,皆为路劫,一犯才自狱中出,复以攫旧货摊上之五金零件而被执,推事问曰:"汝出狱未久,奈何又蹈法网?"犯摩挲其腹曰:"肚皮饿,无法可想也。"推事遂援笔判处拘役六个月,问犯曰:"服乎?"巫巫应曰:"服!服!吾犹嫌其暂也。"又有一犯,则攫一妇人之钱袋,囊中仅角票数纸,推事谓犯曰:"以数角钱而吃官司,亦知悔乎?"犯苦笑曰:"吾明知彼钱囊之中,所贮无几,顾腹馁不可耐,冀以此为入狱之阶耳!"凡此人间哀鸣,宜使囤积居奇之徒,一一聆之!

《小说日报》1941 年 4 月 12 日

何五良先生嫁

何五良先生女公子于归,往贺于一品香①,与穆公、矜翁②、卜万苍导演同席。睹新人回门,新娘御金色灿然之衣,绝丽。因忆大郎习诵之一联:"我闻身价金应敌,众道丰姿玉不如。"正可以为此日之新娘咏矣。

《小说日报》1941 年 4 月 12 日

陈栖霞赠女

得一署名陈栖霞者来函,欲以其所育一女赠下走,嘱下走抚养之,自谓其女虽生才四阅月,然眉目玲珑,能惹人怜爱,比以职务上关系,将作远行,因愿螟蛉与人,而以下走为可托,并言有二磅装乳

① 一品香大旅社,位于虞洽卿路(西藏中路)270 号。
② 任矜蘋,电影导演,曾任一品香大旅社主事。

粉十数听,可以附送云云。此君大抵勿审下走,膝下已儿女成行,投此一书,遂不啻付诸洪乔。惟下走亦愿勉为效力,则拟将栖霞先生之意,转介于大郎。大郎方新丧其女,哀恸逾恒,今栖霞先生有掌上珠可以割爱,且复附之以乳粉十数罐,苟大郎一声曰诺,即等于人财两得,更不必忧乳粉代价之奇昂矣。大郎其有意乎?

汪优游(仲贤)君生前,著《恼人春色》说部,写陶留春之罹惑华秋塘,宛然一蛇蝎美人。曩时愚辑《金钢钻》报时,《钻》报正刊此稿,即尝排日读之,顷由中央书店乃梓此书问世,全书三十八回,不仅叙事诡奇,即回目已匠心独运,如曰"迷雾横江无心盟白水,夭桃照眼有客赴清波",又曰"故垒夕阳斜重来旧燕,洞房春画暖待嫁东风",胥佳构也。书分上下两册,售二元又五角,吾知且不胫而走矣。(又按:《恼人春色》情节,曲折有致,视《春风梦回记》等尤胜,因兼愿贡献与国联当局,似可以搬之上银幕也。)

《小说日报》1941 年 4 月 13 日

《燕双飞》

孙长虹君,尝为吾报著《燕双飞》长篇,署笔名曰"于回头",甚爱其运笔之轻倩流利,顾孙君事冗,《燕双飞》刊六七万言,辄戛然而止,读者亦爽然若失,纷纷函吾报,促孙君续传一长篇。兹得孙君之诺,复为吾报著《女儿腰》,则以舞国娇娃事迹,衍为小说,视《燕双飞》殆尤饶风趣。稿来,亟亟付刊,今日起,读者又可重读孙君恣肆快意之文矣。至《燕双飞》旧作,则由孙君足成数万言,付中央书店印行,今亦已出版,一册售一元二角,敢为嗜读孙君著作者介。

吾报近时,内容渐趋于沉闷,下走之内疚固弥深也。春色既酣,吾报阵容亦拟作一番整刷:长篇除已添载《女儿腰》一种外,复挽何满先生为吾报写《凤姑娘》。何满先生为新文坛一健将,故《凤姑娘》亦以新文艺之体例出之,写红氍女儿缠绵悱恻之故事,足以弥《十三妹》辍断之憾。此外,《壶中谈玄录》一文,述医坛逸话,兼写各种奇症怪疾,则系特挽张剑厂先生撰写,张先生亦当下岐黄名手也。

《小说日报》1941 年 4 月 14 日

女客来访

前天下午,有一位女客,跑到我的办事室来看我。她穿了一件绿呢的春季大衣,手里拎了一只皮包,也是与大衣同一色彩。同时映入我眼帘,觉得非常触目的,是她腕间一只金镯子,金镯上还牵了一根链条。这一位女客的光临,虽然出乎我的意料之外,但是人却认识的。两年前,我开始和她跳舞,那时她梳了两根小辫子,还是个下海伴舞不久的小姑娘,天真无邪,似乎什么都不知道,我曾一度带着她在伊文泰通宵,她见了桌上考尔夫,不知道是怎样打法。这样的一个少女,自然还没有踏进罪恶的渊薮。这两年之隔,可就换了一个人了!她的最显著的改变,就是当年的两条小辫子,此际已不复存在,而烫成一卷一卷的卷发了。不但在打扮上比以前越发漂亮,连话也会说得多了。虽然见了我,还带有一点少女羞涩之态,但是从她的物质享受上观察,显然她的生活,已与虚荣线日趋接近了。她此来的目的,是托我登一则广告。我为她办妥了这件事以后,她又在我的办事室中,借打了一个电话给她的舞客,托辞拒绝了晚餐之约,她对那舞客说了许多机械化的话。我想,她掉枪花也学会了! 当然决不会再像从前那样,连桌上考尔夫的打法都不知道了。她在我办事室中,扯淡了一刻多钟才去,我目送着她婷婷娉娉的背影,不觉默默地叹道:"上海地方,只有女人最有窜头势①! 然而,眼看着一个纯洁无瑕的好女儿,却从此变坏了。"

《小说日报》1941 年 4 月 15 日

《洪宣娇》的初演

魏如晦先生特地为中旅编写的《洪宣娇》,在兰心大戏院演出,很幸运地,我是安坐在荣誉座中看到了它的初演。

全剧分为五幕,以洪宣娇自道州凯旋揭幕,至目睹天平天国毁灭而闭幕。剧作者以刻画天平天国诸王间的内讧作为《洪宣娇》的唯一主题,开始就是暴露杨秀清的政治野心,以后逐渐写出北王与东王间的摩擦,因此更引起北王、翼王间的冲突,终至于内部分裂,不可收拾,艰难缔造的天平天国,仅仅十四年的命运便宣告终结。这,对于现实是一个强有力的针砭。

其次,剧作者特别提出东王与女状元傅善祥的勾结,以揭发天平天国纲纪的腐败,同时说明了在政府中隐伏着这一群的腐化分子,是足以影响到政治机构的健全,甚至摧毁了一切大计的,关于这一点,在戏剧效果上也处理得很好。

我一向以为,戏剧是有时间性的东西,戏剧对时代应该尽推动的义务,而魏如晦先生的每一部作品都是能够做到这一点的。《洪宣娇》没有儿女私情的渲染,有的只是助人以团结,虽然洪宣娇本

---

① "窜头势",沪语,本义是跃升,引申为飞黄腾达之意。

身对于儿女私情方面损失也相当痛惜,但她还是以国家为重,尽了最大的努力于斡旋各方面的摩擦。结果,摩擦不能避免,天平天国终于覆亡了!这是一个教训,剧作者把握了这一个主题作有力的描写,是得到了最大的成功的。

说明书上未列演员表,只有唐槐秋的洪秀全,唐若青的洪宣娇,是我所能辨别的,演得都很努力。

最后不可忽略的是进攻长沙城一幕,利用休息时间演出,在舞台上尚属创格,这是剧作者的聪明处,也值得称道的。

《小说日报》1941 年 4 月 16 日

陈栖霞先生鉴

栖霞先生:

承你的情,要送一个女孩子给我,可惜我已经有了儿女,不能领你的情。十分抱歉。现在,倒真有一位朋友,他的太太想螟蛉一个女孩子。当然,我的朋友也是书香门第,说起来,先生准也知道他的大名。如果先生的来信,是出于诚意的话,我愿意玉成此事,替你介绍,希望先生有空的时候,驾临面谈一下,怎么样?等候你的回音。

蝶衣顿首

《小说日报》1941 年 4 月 17 日

《血泪相思》

《血泪相思》,这是最近大华大戏院开映的一部影片名称,也是本报将要发表的一部长篇小说。本报的长篇新著,已发表的有于回头先生的《女儿腰》,于先生写得很风趣吧,我想读者诸君们一定很欢迎。现在,未发表的还有何满先生的《凤姑娘》,以及上面所说的《血泪相思》。《血泪相思》是青年作者艾珑先生的近作,艾珑先生的作品已出版的很多,这是特地为本报写的一篇别裁小说,文笔很活泼,我们预备在二十日起就开始刊载。"血泪相思"四字,虽然与大华影片的名称相同,但内容是截然二致的,希望读者们鼓掌欢迎。

《小说日报》1941 年 4 月 17 日

写长篇小说

近来,我开始了一件有兴味的工作,就是写长篇小说。过去我仅为初创时的《东方日报》写过十回长篇,当然写作的技巧是不甚高明的。几年来灵犀屡次鼓励我写长篇,就是为了自己不敢信任自己,所以始终没有动笔。最近平襟亚先生也鼓励我写,他愿意为我出版,我也觉得度了近十年的文字生涯,所写的字不下数百万,却没有一本东西可以留作纪念,未免自己对不住自己,因此决定尝试一下。现在第一部着手的是《流莺曲》,就是应平襟亚先生之命而作。如果写出兴趣来的话,那么待本报的《温柔孤注录》结束后,我就预备自己动手写一部长篇。

禹公(即太白即南腔北调人)于《解醒录》中,曾一再言阻止其夫人来沪,甚至谓:"倘不听吾言,亦只有回避不见之一法,看她把我怎样行?"(见十二日禹公所记),愚读其文,辄以为禹公不近人情,则以禹公于战后离家,闲置其夫人于故里者,已迢迢三数载,在禹公固听歌看花,无患排遣之方。而其夫人则春花秋月,等闲虚度,未免苦矣。故禹公不归,累其夫人自己送上门来,已属情实可悯,禹公奈何视之如蛇蝎,至欲避之若浼?愚故谓禹公实忍人。今幸禹公夫人来沪,禹公并未实践其言,回避不见。日来小栈房暂时下榻,探望禹公晨昏定省,额角头上能多出几次汗,庶几稍赎前愆也。(今日《解醒录》中缀,想必禹公忙于招待夫人,故无暇握管矣!读者当谅解之。)

《小说日报》1941 年 4 月 18 日

《自由谈》一幅讽刺画

十七日,《申报·自由谈》刊一插图,有无数人飞奔而集,巡捕之指挥棍失其效力,高楼大厦之上,亦有探首而视者,其标语题曰"上海的将来",又曰"在马路上发现一粒米"。读竟,辄为之拍案叫绝,觉任何咒骂米蠹之文字,胥不及此画之有力,在上海米价暴昂下之惨状,亦惟有此类讽刺画,足以形容尽致。吾苟为《申报》主者,此画一幅,当酬之以百金。

《小说日报》1941 年 4 月 19 日

看荀慧生《鱼藻宫》

荀慧生在黄金演唱匝月,下走竟未尝一往聆其歌,则以忙也。十七日,慧生已移至更新登台,以友人约,始获睹其《鱼藻宫》。剧名殊陌生,阅说明书,始知即《斩戚姬》,演吕雉嫉害戚姬故事,慧生饰戚姬,有歌舞一场,亚身作字,假地为花,殊有霓裳羽衣之妙。数段流水,亦绝可听,惟酸风妒雨,悲剧之成分较多耳。陈喜兴刘邦,徐和才如意,何雯倩吕后,俱佳。雯倩旧名佩华,则亦下走师弟也。《鱼藻宫》前,又看梁慧超《金钱豹》,矫健一如上届来沪时。王文源

《琼林宴》，此人似犹初来，嗓甚饶韵味，愚以为视奚啸伯为胜，勿审采芝以为如何？

《小说日报》1941 年 4 月 19 日

有志于出版事业

友二三，颇有志于出版事业，拟先以小型报为尝试，请决于予，要予合作。予非报人，对此事十足外行，乃问道于陈主编且拟延陈主编兼主笔政，以陈主编固为报人有年，驾轻车，就熟路，故能胜任愉快者也。讵陈主编之意，大不谓然，乃为予备述出版小型报之艰苦情况，陈主编身历其境，此中滋味，尝透十分，彼且有改业之志，不忍看他人之复堕深渊，自讨苦吃，使予感叨无既，而予之幻想楼台，遂亦颓然崩矣。

早团二三子，为舞文健将，曩于本报，数有撰述，久为读者传诵。在舞文零替之秋，近数人忽又蠢然思动，欲返旧巢，将联合署名致函蝶衣，请将第四版辟为舞文栏，愿长川撰述，以复旧观。窃期期以为不可，早团数之辈，固兴到为之，以绝妙舞文觇蝶衣，蝶衣必雀跃三百。必请改版，不仅无好处，即于毛主干之计划编制，亦显然相背。毛主干授意蝶衣，勿欲顶刊论舞文字，汝曹但有此种建议则可，必欲石头压脚背，是笨伯也。我辈各有青业，既不想效某君之藉写舞稿，以为唯一之收入，可以兴到为之，则兴到为之而已，不迁就他人也。

漫郎客串

《小说日报》1941 年 4 月 20 日

老凤论诗

老凤先生与下走论柳诗,在《社日》又有所辩,老凤先生之言有曰:"无论论诗词论文章,必定要经过多数人讨论平衡,方能断定其优劣向背,决不能凭一二人之好恶眼光,判定其是非。"前辈之所见诲于下走者良是,下走黄吻少年,于诗第一知半解,实不当妄诋名宿,惟是图南①诸诗,李祖夔先生亦尝闲论及之(灵犀、大郎、啼红胥文其言),《社日》编者灵犀且自言之,犹幸非下走一人私意如此。特以此而忤凤公前辈,则辄觉媿赧无似耳!凤公以为下走所举诸诗,不足为作者盛名之累,下走固亦甚愿其人之"克葆令名"也。

《小说日报》1941 年 4 月 22 日

复潘仁卿先生

损书拜悉,属为令媛命名,殊勿敢当,既以字行,则淑贤、敏贤皆可,还祈先生酌夺之,不另裁复矣。

蝶衣顿首

《小说日报》1941 年 4 月 22 日

复陈栖霞先生

接还云,所揣测者良是,明楼主人甚喜爱婴婗,当不致有负,尊托也。先生同意,可径送新闸路树德里十三号刘宅,即明楼所在地也。祈尊裁。

蝶衣顿首

《小说日报》1941 年 4 月 22 日

---

① 此处指柳亚子之《图南集》。

小鬟画展

小鬟①于去岁乍居乡间,成画若干幅,还沪以后,复集旧作数页,并付装池,顷将于宁波同乡会画厅,展览若干日。平时吾勿欲吾妇以丹青易钱,此次展览,则为参加书画义卖,所得悉以充孤儿院(王一亭先生前所创办者)经费者。吾岳蓉庄朱公②,并金石家徐廉甫先生,胥有作品陈列,故不限吾妇一人也。小鬟奇懒,画笔久荒疏,故诸作俱无甚惬,惟一簏较佳,吾为之题迦陵词

图76 朱蓉庄、朱铭新、朱铭庆,《鸥波眷属》1931 年初版本

其上。漫郎兄屡劝吾夫妇合作书画,此即为吾夫妇合作之作矣。

《小说日报》1941 年 4 月 23 日

慈淑大楼之电梯

当局有节省用电之命令,于是慈淑大楼③之电梯,近亦缩短其时间,向日晚间九十时,犹有电梯升降,今则张贴通告,以六时三十分为截止,星期与例假并停止供给。甚至欲登二楼三楼者,且不许乘梯,于是上下于慈淑大楼者乃大苦。邻山东路之一梯,虽所张通告亦谓六时半截止,然有时下午二时许即停开。下走莅吾报治事,必附此梯,因之恒跋涉五楼之遥,虽为之疲苶勿胜。五六楼间,学校

① 即陈蝶衣之妻朱鬟,字铭庆。
② 朱峻(1877—1955),字蓉庄,宜兴和桥人,画家。曾执教于哈同花园之仓圣明智大学,曾任《新闻报》画师。
③ 慈淑大楼,位于南京东路 353 号,原为哈同产业,"慈淑夫人"为哈同夫人罗迦陵之别号,故以此命名。解放后更名为东海大楼。

至夥,电梯停开后,十数龄之小学生,亦只得循五六层之楼梯,盘旋而下,为状尤苦。慈淑大楼当局,能遵奉省电之命令,自是良佳,惟于公众之便利,究宜兼筹并顾,大楼有梯四乘,至少亦应留其一乘,照常升降也。

《小说日报》1941 年 4 月 23 日

孙钧卿书画

向仅知孙钧卿先生为海上名票,票友之唱谭派须生者,人罔不推钧卿为祭酒,不知钧卿之犹能画也。日昨,钧卿招宴于福来咖喱饭店①(这是我的一个刺激地方),以孙琴轩画册一帙贻愚,始知琴轩即钧卿。钧卿画山水,集中以珂罗版印者,凡十数幅,其画气韵潇洒,笔势颖脱。钧卿自言,童年即从杨东山(逸)学,宜其有此工力也。二十六日起,钧卿将出其所学,在八仙桥青年会举行个展五日,画之外复附以书,其汉隶神似郑谷,行书亦殊有婉约之致。愚去岁以慕老介,始识钧卿,当时颇讶其为人,乃恂恂有书卷气,今始审其雅负才艺,向之仅谓其以皮黄显者,失之矣!

《小说日报》1941 年 4 月 24 日

慕老耳疾

慕琴先生两耳失聪,虽未至听觉全失,然有时他人发音稍低,慕老往往不闻,必附耳上来而后可。最近,慕老始挽愚为介,就治于胡大海医士,即愚称之为"陋巷神医"者。胡以鼠胆炼丸,为慕老治之。胡自谓欲使耳聋复聪,不甚有把握,苟此丸有效,则三数日内当

---

① 福来饭店,位于广西路 159 号。

可验,不则谢不敏。其人率直,于病者不知侏张需索,是以可称也。

《小说日报》1941 年 4 月 24 日

痴哥大作

久不见痴哥大作,颇滋隐忧。我辈治舞文,玩物丧志,均无出息,独不能以此说衡痴哥,则以痴哥好博,博又无次不负,渠自言若勤治舞文,正绝足赌场时也。反之,一字不作,即倾囊而博。故予终喜痴哥之与其"垂头丧气"也,宁作舞文。闻痴哥先后所负,已四千余金,友好闻之,咸为叹惋。痴哥于棋弈蹴踘诸戏,靡不工,独逊于博,性又奇劣,人皆摇首。证以过去败绩,彼若不减其乐,人将不减其忧。再以赌下去,会有一日,必赌得只剩一条裤带,留为自缢之用。日者,痴哥扬言,又将奋笔,宁不可喜?顾迟至今日,只字未见,予遂又疑痴哥食言,重复往赌场倾囊去矣。此虫糊涂,劝之既不听,惟有联合友好,兼其隽侣情姑,一致声明绝交,以为精神上之制裁,余又不在彼心眼中,惟有情姑在,或能使痴哥帖然就范耳。

舞人王爱丽,为新都健将,舞艺绝佳,标准舞烈士皆归之。自新都休业,人疑其已隐去,实则不然,爱丽固无日不在伟宫①、大新两处候教,惟时间为中午与茶舞,非夜舞也。近来忙于经营,乃少闲情,即提笔捧舞人亦感寡趣。若在一二年间,漫郎性命可以不要,而对此娘,则不忍不捧。凭我秃笔,虽不能活马医,或于王娘,不无小补,今则惟有一任王娘之升沉矣,悲夫!

漫郎客串
《小说日报》1941 年 4 月 26 日

---

① 伟宫舞厅,位于宁波路 33 号。

色盲

陈查礼探案《歌女之死》,由程小青先生迻译,迩方由中央书店出版,书中之杀人犯,为一色盲,陈查礼乃根据此点,从事侦查,卒获破案。所谓色盲者,大抵视觉与寻常人不同,其所获睹之色彩,无论为红为绿,胥成为灰黯之色。愚读《歌女之死》时,以为作者之设想诚奇,顾未必真有此类色盲之人。不谓日前于上海剧艺社招宴席上,偶述此事,陈明勋兄指座上黄观德君告我,谓黄君即是色盲云云。愚辄大奇,叩诸黄君,则其视觉之迥异于常人,真如《歌女之死》中所言,故他人观五彩影片,罔不悦其色调之灿烂,而黄君视之,则与寻常影片等,了不为异也。愚于一周之中,读一以色盲人为主角之小说,而不久真遇一色盲之人,亦巧不可阶事矣。(按:黄君为辣斐前台主持人)

《小说日报》1941 年 4 月 27 日

长城甘氏

知止先生既日以宏著见贶,使吾报之声价倍增,迩者长城甘氏亦不吝珠玉,辄以佳作赐吾报。甘氏与知止先生,并为阛阓胜流,盖即立兴热水瓶厂主人甘斗南先生也。立兴厂制长城牌保暖壶,年来出品益精,遂挽回漏卮不少。今之言保暖壶者,罔不首推长城牌,故先生闲著文章,遂亦以长城甘氏为名,其高情逸致可想。日昨,先生折柬相邀,以是得瞻芝颜。又初识叩关先生,先生遂于新旧学,与斗南先生为甥舅,若方诸古人,则一是刘孝绰,一是王融也。

《小说日报》1941 年 4 月 27 日

周鍊霞削发为尼

传说周鍊霞女士已削发为尼,不知这消息可靠不可靠?鍊霞女士惊才绝艳,旷世无俦,不知她作何原因,突然作此出世之想?同人等过去曾尊鍊霞女士为"鍊师娘",如果真的做了比丘尼,那要改称为"鍊师傅"了。(迩日,下走继续筹备《万象》杂志出版事宜,正拟向鍊师娘索稿,愿鍊师娘不以"出家"之故,遽尔封笔也。)

有一时期,一方尝出入与金门饭店①,金门之糜烂情状,遂亦得于一方笔下,略窥半豹。下走苈沪二十年,乃有一二处地方,未尝一窥门径,一为南京路上之虹庙,二即今日之金门饭店,亦足以见下走见闻之陋也。

唐琼先生在他报作舞文,初曰《怀异楼辍语》,后忽易为《怀?楼》,殆以洪异小姐之叛也。鄙意以为《怀? 楼》三字,殆不好读,曷不径曰《怀贰楼》,意即谓昔日之洪异小姐,今日已怀贰心也。借箸代筹,勿审唐琼先生又以为如何?

《小说日报》1941 年 4 月 28 日

京华酒家

京华酒家②,不置痰盂,客欲吐痰,侍者辄导之抵厕所,殊令人啼笑都非。或谓区区痰盂,能值几何?以京华设备之至完且美,而竟付之阙如,宁非奇迹?实则京华酒家取法乎西,盖西人所营诸高等餐室,例不置痰盂也。华人与西人,体质不同。华人多痰,西人不然。一说华人多食猪油,故多痰;西人所食,多为牛肉,除非咳嗽

---

① 金门饭店,位于静安寺路 104 号华安大厦。
② 京华酒家,位于福州路 621 号。

肺病,若在平时,罕见有吐痰者。予以为有痰无痰,姑且勿论,京华之客,既泰半均为华人,宜为华人谋之。随地吐痰,因为恶习,吐痰入盂,亦何不可? 今日革除吐痰运动,甚嚣尘上,昨于路上,见一标语,劝人不可吐痰。痰不可吐,惟有咽之,然而不卫生,当较吐痰为尤甚。华人多有痰疾,吐之既不可,咽之又不下,痒痒喉间,其何以堪? 权利之计,予以为有痰不妨吐之,惟当吐痰入盂。一切公共场所,宜多置痰盂。电车及公共汽车中不能有痰盂者,可吐于窗外。如有吐痰如狗溺之不能择地者,其人与狗何异? 斯为最要不得耳。

观友人婚礼,礼毕,新郎新娘将退之际,来宾中之好事者,辄掷以五色纸屑,此习传自西域,虽亦寓吃豆腐意味,然当狂掷之际,欢笑声喧,固充满快乐气象。本报广告中,近刊《五彩纸屑》一则,有句云"热烈抛掷,皆大欢喜",不知出伊谁手笔,佳句也。此种纸屑,要以绉制者为贵,取其色彩鲜艳,质量最轻,掷之空中,如天花散瓣,五色缤纷,徐飘而下,为观至美。其有以油光纸、白版纸杂切成裹,色既远逊,质亦较重,实非佳品。物虽轻微,故亦有值得研究者在也。

漫郎客串

《小说日报》1941 年 4 月 29 日

《万象》新阵容

我和梦云计划了多时的《万象》杂志,现在获得了平襟亚先生的合作,决定以万象书屋的名义出版,而由中央书店与上海电话购货公司联合发行,这样,筹备的工作又开始加紧进行可。本来,长篇小说方面以前是决定了五部,现在经商讨之下,为了使内容更丰富起见,决定再增添两种,阵容如下:

程小青《希腊棺材》

王小逸《石榴红》

刘云若（未定）

徐卓呆《李阿毛外传》

林俊千《美人掌》（梅逊探案）

冯蘅《大学皇后》

赵焕亭（未定）

其中只有刘云若与赵焕亭两先生，因为远在天津、玉田，尚待回信，其余五种是业已决定。而程小青先生的《希腊棺材》与林俊千先生的《美人掌》，同是侦探小说，尤其是情节诡奇，极饶趣味。短篇方面，除了小说之外，将兼重各种新事物的介绍，以及宴会间家庭间的各种游戏方式，务使内容复杂化，而不偏重于单纯方面，在这颇沉寂的出版界中，《万象》的创刊，也许会带给读者一种新奇的刺激。

《小说日报》1941 年 4 月 30 日

正兴馆

前天晚上，和翼华、襟霞[①]、笠诗、梯维、劳三几位，在正兴馆吃夜饭。上海的正兴馆，多得像老大房食店一样，这里所说的正兴馆，是在二马路聚兴诚银行[②]对面的一家，据说许多正兴馆中，认为他们的菜最好，我们登楼后，发现了许多熟人。其中更有带着舞小姐同来的。论派头，都是"减脱而们"[③]，平常吃惯京华、红棉、金门、

① "襟霞"为平襟亚笔名之一。
② 聚兴诚银行，位于江西路 250 号。
③ 为英语 gentleman 的沪语音译词，亦有译为"尖头曼"的。

晋隆的，现在却都在这里发现，足见他们也是闻风而来的。正兴馆的菜，其实和别人家的，也不相上下。不过一切设备，比较别的本地馆子来得整洁一点，就是几个堂倌，也不像人家那样的邋遢相，这大概就是盛名所归的主要原因了。

最近，朱瘦竹兄在大来电台播音（周波一一二〇），瘦竹兄谈戏资格极老，我最佩服他的，是什么事都还得出一个爷娘家来，是梨园行古今往来之事，瘦竹兄肚子里托熟，在写写谈剧文字的几位剧作家中，不作第二人想。瘦竹兄在大来播讲的，有两项节目，一是鬼故事，二就是他的《修竹庐剧话》。另外，还附带替一爿汤团公司做广告，就因为这个缘故，却发生了一个笑话。据说前天晚上，有位密司打电话到大来电台去，要买两只洋圆子，电台上接电话的人对她说："我们这里只有汤团，没有圆子。"那位密司却坚持非要圆子不可。其实圆子与汤团，二而一也。电台上听电话的朋友，固然颟顸；那位密司，也未免有点十三。现在想起来，大概她是一个舞女，舞女对于汤团是忌讳的①，所以她非说圆子不可！

《小说日报》1941 年 5 月 1 日

《恼人春色》

汪优游（仲贤）生前所著《恼人春色》说部，由中央书店出版，下走尝一度于吾报推荐之，以为大可搬上银幕。比悉程小青先生已在执笔，编写《恼人春色》之电影剧本。小青先生为说苑前辈，文笔绝隽，优游遗作得其改编，庶几相得益彰矣。小青先生言："剧本编

---

① 舞场切口有"吃汤团"之说，意指舞女在舞场上未有舞客邀舞，当夜舞票收入为零，称为"吃汤团"，故舞女忌讳"汤团"二字。

成后,大致将交与国华摄制。国华有一周曼华,可以饰陶留春,若华秋塘则宜烦韩非演之,白云、舒适,胥不合其选也。"

有竹居主人陈子彝先生,关垂下走,知《万象》杂志将出版,贻书下走,愿为款助,高情厚谊,良可感戴。先生以货殖钜子,而工于词翰,故下走之所望于先生者,犹不在明珠之兼乘,而在纸上之锦粲,脱蒙先生以佳文见贶者,斯为《万象》之无上光宠矣。

晤徐绿芙先生,始悉一方记周鍊霞女士削发之事为不确,惟曾摄一小影,作比丘尼装耳。亟志之,使读者知鍊师娘还是鍊师娘,并未成为鍊师傅也。

《小说日报》1941 年 5 月 3 日

《香笺泪》

近来感觉到,在一切娱乐方法中,算来算去,还是看电影比较最经济,无论是消费与时间方面。所以我近来的唯一消遣,就是偶然看看电影,昨天晚上,以沁范兄之邀,又在大光明看了一场《香笺泪》。

若干日前,灵犀曾说过这样的一句话:"听说《香笺泪》很不错,公映的时候预备去看一次。"也不知灵犀是从哪里听得来的话,我当时也将这一句话印进了脑子里,岂知一看之下,简直大谬不然。

第一,是故事的简单,片中没有高潮,更没有特殊的技巧,所有的只是平凡的画面的展开而已,整个影片的胶片,十分之二消耗在蓓蒂·黛维丝在丈夫、律师、警长之前叙述她杀人的原因,十分之二消耗在法庭上面。说到戏,在这里面简直一点都没有。蓓蒂·黛维丝与律师霍华往见汉蒙之妻的一段,倒又占去了十分之二的胶片,汉蒙之妻塞韩而出,像僵尸那样直挺挺的站立着,竟有七八分钟之久,真不知是什么玩意儿?

第二,在片中又安插了几个在从前好莱坞影片中所习见的支那人,画面上出现了陋巷中的大廉价旗帜、长旱烟杆,狡狯与不堪的笑,所差的仅是"掉龙头"的镜头没有发现而已。简洁的说,《香笺泪》是一部含有辱华成分的片子!

如果定要找出一点好处来的话,那么只有摄影与光线了。有许多地方,镜头的角度的确是支配得很好的,不过在曾经行过万里路,看到过大自然的风景的我,对它是不会感觉兴趣的。

我很奇怪,像这样的一部影片,如何会获得金像奖?(梦云兄今日亦有评《香笺泪》一文,见解与我完全不同,见今日《浮生小志》,这真是所谓见仁见智了。)

《小说日报》1941 年 5 月 4 日

蚕豆

晚饭于某餐楼,一碟蚕豆之值,达二金有奇。忆幼时居乡间,采塍上蚕豆荚,自掏其实,煮以充饥。自嫩的吃到老的,固不花一文钱,即购之街头,一筐仅四五十文耳! 海上不产此物,市上售者,胥来自浦东或沪西,其值自昂,然一登盘篓,乃欲售二三金者,则直欲与蛮珍海错,等量视之矣。下走食蚕豆,不好嫩者,独嗜其老,老则颗粒大,而入口酥腻,以为较稚不着齿者为味佳。此或与他人之癖好异也。

《小说日报》1941 年 5 月 5 日

有竹居主人来书

有竹居主人陈子彝先生,复寓书下走,其言弥谦,附诗两章,则可以资读者讽诵也。因录原书于下:

吾宗涤夷足下:

先生道德文章,久为彝所倾仰,兹又谦怀若谷,采及荓菲,曷胜惭感。窃彝少壮失学,老更可知,市井庸流,谬附风雅,且处此言路过窄之际,欲言者,不可言;可言者,不欲言,则言废。吾知诸文友秉笔者之同此苦也。又彝商业之余,辄喜推敲,巴里下音,通人齿冷,故不弹此调者久矣。前人论诗,一以温柔敦厚为主,然时非天宝开元,温厚从何说起?彝因有"生非天宝开元世,诗句温柔下笔难"之句,亦事实也。笔下得二绝句,题为"辛巳立夏感赋,东吕子白华",诗不见佳,录出献丑,并乞删改:

晚钟又报一春回,何暇文章劫后衰。

大泽龙蛇方竞起,天将艰巨待英才。

(时吕子方执教鞭于大学)

独有豪情老漫催,及时且共醉新醅。

平生耐得辛酸味,一笑何嫌溅齿梅。

即颂撰安

弟陈子彝拜启

《小说日报》1941 年 5 月 5 日

失衣

旧尝为吾妇置一大衣,一晚,吾妇往聆仙霓社之昆曲,及归,竟遗其衣于椅上。前日,午后奇燠,寻忽雨,晚乃大凉,愚于午膳后出,御单衣,吾妇乃挟愚之夹大衣,觅愚于治事之所,盖虑愚受寒也。及去,又遗一伞于室。吾妇自贤,特遇事疏忽则可怜亦复可笑。今晨,吾妇治肴,操刀勿慎,竟断其一指,流血如注,使为其薤砧者,惟有痛惜勿遑。然论其为人之疏忽,则几欲戟指而詈也。

前日,吾尝略述《香笺泪》之观感,顾犹遗其一点,则蓓蒂·黛维丝偕其律师,往访汉蒙之妻时,汽车驶入唐人街,前行有二人,步奇缓,司机鸣喇叭以警之,两人徐徐回首,见汽车,始闪入道旁以避,其蠢拙之状,直疑非为人类。而彼二人者,固吾大中华民国人民,而在好莱坞制片人心目中,则以之为标准中国人者也。愚所谓《香笺泪》为辱华片,第此一点,即足以睹《香笺泪》对吾华人之不敬,下走恨勿擅英语,否则且攘臂而起,愿为洪深教授第二[①]!

《小说日报》1941 年 5 月 6 日

孤儿院募资

吾妇以画数轴,参加孤儿院筹募经费之书画义展,开幕第一日,知止老人翩然枉驾,以百廿金购吾妇所作《泛舟图》一幅,隆情高谊,良可感戴。吾妇绘事,荒废已久,比以王一亭先生哲嗣季眉

[①] 1930 年 2 月 22 日下午,上海大光明戏院上映美国派拉蒙影片公司的影片《不怕死》,由哈罗德·罗克主演。该片将中国人描绘成男抽鸦片,女裹小脚,皆以贩毒、偷窃和抢劫为业,观影的洪深愤而离场。当下一场《不怕死》即将开演时,洪深走上舞台,痛斥该片辱华各要点,劝告观众勿再观看此片。许多观众起立附和,并要求影院退票。这时英籍经理强行将洪深推入办公室,叫来三个身配短枪的外国巡捕,把洪深拖出戏院,押送到捕房。南国社的同仁及群众到巡捕房外声援,明星公司的张石川,程步高等十几个人闻讯赶来,直到晚上八点半洪深被释放。

公子,采及菲葑,事屡善举,勿敢后人,吾妇之画,旧有存者,因择其数幅以应命,故所陈列者,胥非近作。愚视之直无一幅惬意,而会中定值复奇昂,一立轴耳,如何竟标价至百二十金?辄以为司其事者,亦殊愦愦也。知止老人精研六法,于此道固尝三折肱,吾妇画笔既拙,要不足以邀大雅之赏,而老人乃斥巨金易之,则爱屋及乌,特为吾妇之画捧场来耳!会终之日,吾妇以其事语愚,辄为之惶悚勿安,惟是吾妇之画,乃尽以助孤儿院者,知止先生慷慨解囊,亦等诸仁浆义粟,嘉惠孤雏,要匪浅鲜,此种福果,天当默佑善人,使之克享遐龄,登福衢寿车也。

《小说日报》1941 年 5 月 7 日

小孟尝史悠宗

南腔北调人记《大晶报》初创时,尝誉史悠宗君为小孟尝(见今日《随笔散记》),其事綦确。下走仿佛亦忆之,梦云创《大晶报》,第一日即刊一文,标题曰《小孟尝史悠宗》,并以史君之照像制铜版,附刊文内。文出梦云手笔,中有数语:"同文中陈蝶衣虽年少翩翩,然以视史君,则犹不无逊色。"(大意如此)愚当时勿审梦云抑我扬史之意,寻乃知《大晶》之创,史君实为之资助,无怪梦云大跑香槟,欲诹之为"小孟尝"也。年来,史君久困烟霞,家业亦落,当年挥金如土之小孟尝,穷愁潦倒,遂亦无复风神秀朗之致,今且偃蹇以死,人事沧桑,洵有不及料者。独惜《大晶报》辍刊久,否则梦云笃于友谊,必且为之辑一小孟尝追悼特刊,以示其感恩知己之意也。

有人为女弹词家汪梅韵,辑一专书,曰《香雪留痕集》。横云阁主以一册贻愚,卷帙特巨,翻阅之,亦有下走所题一诗,则勿审为何时所作矣。集中，印梅韵女士之照像十数帧，此人丰肌妍骨，自是载福之器，能作铁干梅花，则于调弄弦索外，兼从艺于丹青铅黛间，亦可谓多才多艺也。横云阁主平时，于梅韵抑扬不遗余力，故集中录阁主之文独多，阁主雅兴，良不可及，而为之辑是书者，以卷帙之巨，衡其所费，殆在千金以外，则尤不愧为有心人也。

《小说日报》1941 年 5 月 8 日

荣华里大火

马浪路荣华里，前天发生了一场大火。大火的结果，是焚毙九命，毁屋八幢。这一件惨剧，不过是在各大报的本埠新闻里占了一角地位，也许不会怎样的引起人家注意。然而事实上，这不但是一件惨剧，而且是一件惨绝人寰、惨无人道的大惨剧。据《大美晚报》记者调查所得，这一次荣华里的大火，所以延烧如是之广，焚毙人命如是之多，完全是因为水源断绝的关系。自法租界当局颁布节省电力的命令以后，荣华里的大房东就趁此机会缩减供给自来水的时间，每天要到早晨六时半才开放，而此次的大火，恰巧在深晚五时发生，以致虽然有救火车到场，急切间却弄不到自来水灌救，于是只好眼睁睁看着火势蔓延开来，终于肇成焚毙九命，毁屋八幢的大祸，而且其中十二号奇成绸厂的厂主葛世奇，因为他的妻妾子女都已葬身火窟，所以他也不欲独生，竟自投火网，与阖家同殉。试想这是一件多么惨的事！因此我觉得在这个孤岛之上，不道德的人实在太多，法租界当局的节省水电命令，本来是想叫大家撙节不必要的耗费，原是一件善政，但是到了不道德的人手里，便会借此题目弄出利己损人的事来，这一次荣华里的大火，要不是大房东切断水源，何至于酿此大祸？其实半夜三更，人家也未必会起来动用自来水，何必穷凶极恶的加以"封锁"？一旦发生火灾，竟致无法施救，论罪魁祸首，大房东实在是罪无可逭的！希望法租界当局不要漠视了这一场惨剧造成的原因，对于工取鄙予，贪心如墨的荣华里房东，应该严惩不贷！

《小说日报》1941 年 5 月 9 日

谢二李

小鬟以山水数轴，捐助孤儿院之书画义卖展览，会闭之日，恒顺酱醋厂主人李友芳先生，亦与灵犀、记室同枉驾，以百金购吾妇之画一轴，虽事属善举，然以此而耗诸君子多金，辄为之踌躇踧踖不安。愚良勿审会中于吾妇之画，定值如是其昂，早知如此，吾断不于报端著一字，致劳诸君子玉趾也。涂雅集同志李次公先生，亦寄下走一诗，为观吾妇画展后作，于吾妇多溢美之词，盛意弥可感，惟诗则近于标榜，拟什袭珍藏之，不复公诸报端矣。

《小说日报》1941 年 5 月 10 日

与"德"为邻

近来有一不甚快意之事，则下走居哈同路之慈厚北里，不幸冯世德庭长，亦寓是里，里中司阍人，尊冯庭长为"老爷"。若干时前，有人以爆炸物投老爷之宅，于是晚十二时以后，里门即下键。一日，愚偶晚归，久叩里门，竟不开，幸"三道头"①查差而来，藉其人之力，始得入，不则且将摒愚门外，以待天之曙矣！夫里中之人，出钱

---

① 三道头，指租界里的外国警察头目，因制服臂章上有三条横的标记，故有此称。

税屋,应获居住之自由,讵能以"老爷"一家之故,断阊里交通,阻数百户居民之出入?于理于情,似都有缺。古人择居,往往以"与德为邻"为幸,今日下走,则转以与"德"为邻而皱眉头(当然,犹不止下走一人),真反常之事矣!

《小说日报》1941 年 5 月 10 日

《万象》筹备出版

《万象》既筹备出版,遂日分数小时,治事于万象书屋,屋即襟霞阁主人之居。室中悬一联,出泉塘郑淑嫔手笔,钤一章曰"君我双修盦",字体娟秀,意者亦一金闺国士也。联集玉溪生句,曰"蝶衔花蕊蜂衔粉""犀辟尘埃玉辟寒"。一日,灵犀兄来室小坐,愚乃指壁上联,笑谓灵犀曰:"吾当与足下共分此联,吾取其上,而足下得其下。"盖上联之第一字为"蝶",下联之第一字为"犀",直不啻为下走与灵犀设也。襟霞阁主言,是联为樊建刚君所贻,樊君则以五角之代价,得之于冷摊者,不谓适嵌二友之名于其上,倘亦可谓翰墨因缘矣。

董心琴先生辑《甬光初集》,剞劂既藏,则复以一册遗愚。心琴先生为早团之创办人,早团诸子尊之曰"总董"。去岁于国泰座上始识之,其人謇谔倜傥,雅有汲长孺之风,而复博为文辞,《甬光初集》之纂,先生一手成之,吾友李能为则助其校勘,集中于旅沪甬人之嘉言懿行及团体之沿革,都有叙述,旁及艺苑胜流,于金石书画有一技之精者,备举之。其电影从业员一栏,列三人,为张石川、徐风及紫薇小姐。紫薇即舞人王珍珍,尝入艺华摄片,今则息影不出矣。就下走所知,犹漏列一人,即为吾友张翼。张翼魁梧奇伟,在电影界有"雄狮"之号,望之殆如齐鲁间人,实则与紫薇为同乡,亦慈溪人也。闻《甬光初集》尚拟出二集,届时心琴先生当补叙此人,亦足以为《甬光》生色矣。

《小说日报》1941 年 5 月 11 日

言菊朋在后台

言菊朋在卡尔登演出,座价虽然卖到六块钱,还是天天客满,京朝派角儿在今日之上海,真是黄金时代了。有人说,言菊朋在后台,不论上场下场,都有人搀着他,好似《空城计》里的诸葛亮,左右琴童人两个。另外还有一比,好比是大出丧时的孝子,需要人家扶着掖着他走。言菊朋,现在已经是个上了年纪的人,体质孱弱,也许是实情,但是上场下场那么一点的路程,似乎也不至于疲不能行,这大概是言老板的伙计们,特别巴结老板,以为老板唱戏辛苦,非这么伺候着不足以尽伙计之道。而言老板呢?自己是一个大角儿,伙计们既然这样献殷勤,自然也落得摆摆架子了。我们在前台看戏,但见言老板精神抖擞,高唱入云,如果看到言老板在后台是那样的一副衰疲样儿,简直要为之老大的不忍,六块钱听一次戏,也要觉得是便宜之至了。

《小说日报》1941 年 5 月 12 日

豪赌

有人谈起一件关于豪赌的事,据说有位南先生,在某俱乐部堆庄,第一条牌九,某君下注八千金,庄家配了,八千变为一万六。某君加上四千浇头,成为二万。押第二条牌九,结果又配了,某君以为第二条牌九,南先生一定不推的了,谁知南先生若无其事,照样将骰子锵锵锵摇上三摇,第三条推了出来。某君想,庄家既然推,我要是不打,也未免不写意了,于是连本搭利,四万只洋如数摆上去。不想大家瞧牌,又是一个配,某君的一万二千块钱,立刻变成了八万。据说这一夜天,南先生共计输了四十多万,真可以说是豪赌了。

《小说日报》1941 年 5 月 12 日

鼠异

　　胞妹舒云最近从和桥(宜兴县属一市镇)回上海来,一行三人,她们的行程,是从和桥乘船到无锡,因为要采办货物,交与原船带回和桥,所以在无锡耽搁了两天,才乘火车到上海。据胞妹说起,在此次来沪途中,曾发生了一件不可思议的事。原来她们逗留无锡时,是下榻于一个小规模的旅馆里,第一晚,给旅馆里的老鼠,叽叽喳喳吵了一整夜,大家都没有好好的睡着,因此第二天起身,更迟了一点。她们本来预备上午出去办货的,就因为睡得迟,直挨到下午,才想出去时,忽然船上有人来了,于是大家坐下来打牌,又没有出去得成。不料,就在这天,无锡有四爿绸布庄,先后发生炸弹爆发事件,炸毙了许多人。时间正在午前和午后,因此胞妹和同行两人,都呼"额角头"①,以为如果不是晚上给老鼠吵得睡不着,那么一早起身,出去采办布匹,也许恰巧碰上了! 如果不是船上有人约着打牌,那么下午一走出去,也许恰巧碰上了。现在两下一凑,结果将办货的时间耽误,却免了一场大祸,岂不是微天之幸? 最奇

---

① "额角头",沪语,"幸运"之意。

怪的,就是旅馆里的老鼠,第一晚吵了一夜天,第二晚竟不闻声息,一只都没有了。因此胞妹等都引为大奇,以为此中真有天意。自然,这不免近于迷信之谈,然而旅馆里的老鼠,恰巧会在四爿绸布庄被炸的前一晚,吵闹了一夜天,而第二晚却又突然绝迹,此中倒也真像有些征兆咧!

《小说日报》1941 年 5 月 13 日

慈淑大楼电梯

慈淑大楼之电梯,以节省电力故,晚八时半后即停开,于是逾此时限者,不得不循盘梯上下。一晚,愚于七时后藏吾事,自五层楼循梯下,梯滑,愚不慎而坠,创吾胫,奇痛,至勿能遽起。此为愚自不小心,良勿能怨电梯之停。然慈淑大楼在子夜,犹有电梯升降,则在七楼之上,有一二俱乐部。出入俱乐部者,胥裘马轻肥之士,且众,大楼乃于十二时前后为之启电流,使电梯得以升降自如。而电费所出,则取之俱乐部焉!于以知慈淑大楼之管理处,故犹能为税其屋者谋便利也。

竹石山人顾允中先生,好收藏手杖,频年所积,达三四百枝之伙,其中镶象牙翡翠及湘妃筇竹者皆有,亦奇癖也。若十日前,先生尝出其所藏,与姚虞琴①先生之画,同时展览。自十九日起,张炎夫(幼蕉)②先生将于大新四楼展览其山水近作,竹石山人之手杖,闻亦将趁此机缘,作第二度之陈列。盖山人与炎夫先生,胥泉塘

---

① 姚虞琴(1867—1961),名瀛,字虞琴,渔吟,号景瀛,浙江余杭人,居上海。以诗画书法驰名艺坛,喜收藏,精鉴藏,与吴湖帆、黄保钺、张大壮并称"四大鉴定家"。擅画兰竹,与齐白石有"北齐南姚"之誉。
② 张炎夫(1911—1988),原名幼蕉,斋名荆葶堂。浙江杭州人。早年从西泠书画社社长王潜楼学画,曾主办东南书画社、天风书画社,是西泠印社早期创始人之一。

人,平时熟稔者也。年来书画之展览,无日或闲,而手杖展览则犹创闻,会当一瞻此圆通居士之行列。

《小说日报》1941 年 5 月 14 日

《马戏美人》

曾经看过陶乐珊·拉摩与亨利·方达主演的《马戏美人》,当时我亦很奇怪,像亨利·方达那样的一个人,既不够漂亮,演技也不见得如何高明,怎么会派他充当男主角? 而且亨利·方达在好莱坞,名气似乎也相当得响,因此我在想,好莱坞在今日之下,也在闹着人材恐慌吧? 当然,我对于《马戏美人》的演出,是大失所望的。然而不幸得很,前天晚上,我又曾去看了一次亨利·方达主演的《怒火之花》①。在画面上,所看到的只是一只只菜色的面孔,以

图 77 《怒火之花》(*The Grapes of Wrath*)剧照,**1940 年上映**

---

① 即影片 *The Grapes of Wrath*,今译为《愤怒的葡萄》。

及破碎而不完整的陋屋，看了真叫人汗毛一根根站起班来。结果我是看了一半就走了，再也忍不住坐下去，我自恨我对于影片太缺乏鉴别力。然而，有一件事却使我惊奇不置，原来我所不屑看，看了半途而废的《怒火之花》，却是好莱坞的十大名片之一！

程小青先生送了一册《舞后的归宿》给我，这是小青先生的近作，也是霍桑探案之一，以前曾在《申报》发表过，现在由世界书店出版了。我看过小青先生所写的许多霍桑探案，若论布局的精密与技巧纯熟，却要让《舞后的归宿》为第一。这是一部大规模的作品，我以一整晚的时间将它看完了，我只有佩服的份儿。小青先生曾鼓励我从事于侦探小说的创作，我总觉得我的魄力与常识都不够，现在读了小青先生的作品，越发不敢尝试了。

《小说日报》1941 年 5 月 16 日

推荐《愁城记》

《愁城记》是一出充满了"力"的戏，出于夏衍先生的手笔，现在正在辣斐剧场上演着。

过去曾看过夏衍先生的《上海屋檐下》，在那么一幢简单的房子里要表演那么许多不同人物的戏，真是不容易，因此也就引起了我对于夏衍先生的剧作的好感（这是我初次看到夏衍先生所编的戏）。现在，我又看了夏衍先生的又一作品《愁城记》，觉得它的成就，显然更是超过了《上海屋檐下》的。

《上海屋檐下》所描写的，不过是家庭间以及男女间局部的问题，而《愁城记》的重心则在社会，它暴露了动乱的时代中一些只知小我不知大我的投机分子的罪恶，指出了他们的错误。在戏的积极性上说,是远胜于《上海屋檐下》的。

由赵老太爷的不幸炸死展开二叔欺瞒侄女儿吞没遗产的阴谋,藉此而揭起投机之幕,在这里,对于一般囤积居奇者是毫不留情地痛斥着,同时,更为迷恋于小圈子里的美丽生活的一双青年男女指点了一条准确的路。全剧的结构在严肃中不失其风趣,写作技巧的成功实在是值得赞美的。

每个演员都很好,尤其是苏丹的赵福泉,白沉的李彦芸,戴耘的苏太太,流金的赵梅芳,以及黄宗江的何晋芳,饰林孟平的石挥,过去在《新梅罗香》中演秦叫天一角,给予我的印象也是很深的。

值得特别提出的是第三幕的终了,门外传来一阵鞭挞和号泣的声音时,李彦芸指着门外大盛地说:“看! 这就是世界!”简直每一个字都充满了力,《愁城记》的整个精神差不多就在这一句结语中发挥出来了。

我愿诚意地向读者推荐这一个戏——《愁城记》。

《小说日报》1941 年 5 月 18 日

《万象》预展

《万象》杂志决以七月号为创刊,而于六月之下旬发行,援东瀛杂志例也。屈指出版期,以为日无多。所幸各方佳著亦偌幸见颁,魏如晦先生除于“哪一种戏剧是我们的国剧”一问题抒其高见外,复别以《〈碧血花〉人物补考》及《天平天国史料钩沉》二文见贶,盛情良可感戴。梯维公子久不从事著述,比亦迻译《红须客》小说一稿见赐,名贵可知。《万象》取材,将特别侧重于新科学知识之介绍,现已有《动物的特殊感觉力》译作一篇,至有价值,此外尚在征集中。秋翁①先生作一短篇小说,曰《孔夫子的苦闷》,亦绝趣。长篇则程小青小说之《希腊棺材》,徐卓呆先生之《李阿毛外传》,林俊千先生之《美人掌》,俱已缴卷。惟王小逸先生与冯蘅兄之作,久盼犹勿至,乃使人为之望眼欲穿耳。

《万象》舍取材力求广泛,避免单纯与沉闷外,更注意于编排及印刷,即一目录之微,亦用二色版套印,吾侪之略不苟且盖如是,出版以后,或不致使读者失望也。

《小说日报》1941 年 5 月 19 日

写扇简约

天渐暖,后有持聚头之扇索书者,愚书不足珍,惟窃欲与诸君子立一约,则需愚书扇者,请以"发笺"②之扇来。发笺易书,愚书拙劣,赖之可以掩护愚短也。此是实情,并非"劣纸不书",愿知我者毋以此见哂!

《小说日报》1941 年 5 月 19 日

金谷饭店

月之二十二日,虞洽卿路之北端,将有一金谷饭店者开幕,十九日午,以饭店主人之邀,乃得先睹其内容。店系就新世界之一部改建,登楼,有厅事殊轩敞,柱二,松以金色,柱上电炬,植立如洋烛,盖于富丽乔皇中,间以西洋建筑色彩者。别有密室,金谷董事

---

① "秋翁"为平襟亚笔名之一。
② 发笺,古纸名。西晋时所发明,多用于写字。纸浆中添加少量有色的纤维状物质,如绿色的水苔或黑色的发菜之类,再打槽捞纸,于是纸面呈纵横交织的有色纹理,是一种有独特风格的艺术加工纸,被称为"发笺"或"苔纸"。

长金信民先生,导愚参观,称之曰"飞机间"。愚勿审其意,及闻左近有声响甚巨,乃知信民先生之言,盖谐谑耳。金谷之装潢既美,一壶一皿,亦莫不出诸定制,厥形皆圆,盖肖其商标也(金谷之商标,为两个 G 字)。南京路上,晋隆饭店之生涯甚盛,金谷开幕,将夺晋隆之席矣。

图 78　金谷饭店开幕广告,刊于《申报》1941 年 5 月 23 日

《小说日报》1941 年 5 月 21 日

张炎夫画展

金谷饭店午餐后,与啼红同趋大新四楼,参观张炎夫(幼蕉)之画展。所作多山水,有范以镜框者数十帧,皆绝精。炎夫之画,间参西法,如雨中溪山之景,烟霞万状,愚实酷爱之,以为庸手所勿能也。竹石山人以历年集藏竹杖数十支,参加陈列,亦殊光怪陆离之致,有葫芦头乌木杖数支,只售二三十金,价勿昂,惜囊无余资,不则且易其一杖以归,自堕楼伤胫后,步履维艰,真欲得一圆通居士,以为吾伴也。

《小说日报》1941 年 5 月 21 日

叩关之宴

扣关先生招宴于其邸中,知止老人、长城甘氏并纪灵、灵犀、太白诸兄俱至。主人供馔奇丰,愚饱啖之下,至勿能进一粟。扣关先生邺架所藏,为数弥富,所谓坐拥百城者,在书生视之,实为一大快意事,为之歆羡靡已。

《小说日报》1941 年 5 月 21 日

取缔汽车喇叭声运动

近来在马路上,又发现了"取缔汽车喇叭声运动"的旗帜。这是继"安全第一"运动之后的又一新花样。所谓"取缔汽车喇叭声运动",不知它的意义何在? 第一,我认为坐汽车的人一定首先不窝心[1],因为不揿喇叭,便不能到处显示他是个汽车阶级了! 第二,就是路上行人也未必会赞成,因为如果那些往来如织的汽车,由它们横冲直撞,一概不揿喇叭,路人势必不知躲避,岂不将使汽车肇祸的事件格外增多么? 我以为,取缔汽车喇叭声,应该有一个时间的限制,或是在夜深人静之后,不许汽车揿喇叭,免得惊扰人家的好梦,这是对的。如果在白昼,在闹市中,汽车如何可以不揿喇叭呢?

《小说日报》1941 年 5 月 24 日

---

[1] "窝心",沪语,"惬意、体贴"之意,"不窝心"即"不适意,不开心"之意。

四家闺秀书画展

月之二十六日起,大新四楼又将有一书画展览会出现。此次展览,盖裒集陈小翠、顾飞、谢月眉、冯文凤四女士之佳作同时陈列着。四女士固皆今之金闺国士也。去年,四女士一度举行合展于大新,今兹乃为第二度。四女士出品,约可分为顾飞之山水人物;小翠之仕女,旁及山林诗境、花卉虫鱼;月眉之仿宋花鸟及蔬果;文凤之篆与隶,合计凡三百余点。又更有百余箑。去年合展举行后,四女士即穷一年之精力,以为今岁之合展作准备,故所作无一非精品。下走近来,寖亦读画成癖,闻此消息,辄欣然记之,以告酷爱风雅之士焉。

《小说日报》1941 年 5 月 24 日

《万象》征稿不易

对于编杂志,《万象》还是我的初步尝试,因此不免有点胆怯,首先感觉困难的事,就是征稿的不易。我是预备将《万象》弄得新一点,这一方面,幸而赵景深、魏如晦、周楞伽、周贻白、柯灵、丁谛诸先生,帮了我不少的忙,他们不但答应为《万象》执笔,同时还代我征稿,这一种热忱是使我十二万分感谢的。此外,我以前曾经说过,《万象》的取材,将特别注重于新科学知识的介绍,但是材料的搜集甚不容易,目下所收到的,仅有一篇《动物的特殊感觉力》,因此我还不很满意。现在《万象》所最需要的,就是属于科学新发明的介绍一类文字,希望能够有读者们,在这一方面给予我们以较大的助力。

长篇方面,在新文坛上实在找不到以为肯执笔的人(新作家留沪者甚少,当然是一个最大的原因),所幸我们已有程小青、林俊千两位先生的译作,一篇是《希腊棺材》,一篇是《美人掌》,不但译笔流畅,修辞也都是很美的,实在为《万象》生色不少。此外,另有张恨水先生的《胭脂泪》,赵焕亭先生的《红粉金戈》两长篇,亦已先后寄到。过去,影后胡蝶曾主演过一部《胭脂泪》影片,而王熙春则于不久以前主演过一部《红粉金戈》,两长篇的名称,恰巧与此相同,倒也可说是无独有偶,不谋而合。

《万象》之辑,意欲在沉寂的文坛上,作一杆晚钟,不过能力单薄,尚有待于诸位先进作家的指教。关于内容,为了兼顾读者的兴趣,决定新旧并蓄,不过编制却将以"新的手法"出之,这是可以侈言于读者之前的。

《小说日报》1941 年 5 月 25 日

錬师娘新作

周錬霞女士,尝为《社日》作《金闺画碟》《幼之年》两文,脍炙人口。至今"兴到为之"一语,遍为人所传诵。惟自此以后,錬霞女士即辍其妙笔,久不以佳文飨吾侪。读者企念之者,殆如大旱之望云霓。下走既有《万象》之辑,因请诸女士,乞为《万象》治一文。初拟匄女士续撰《幼之年》,女士勿许,第允别撰一稿见贶。錬师娘锦心绣口之作,与吾侪睽别者久矣!《万象》之出,乃将有师娘新作,以飨读者,此《万象》之荣宠,亦读者之眼福,读者宜刮目以俟也。

《小说日报》1941 年 5 月 26 日

《鬼手》与《豆腐侠客》

《万象》既出版有日,因复念孙了红兄,百计觅之,得朱国樑艺人告我以地址,始获觌面。兄曩为吾报治《皮诺丘的喜剧》,未终篇即中辍,自此遂如神龙之见首不见尾。今以下走之请,始复许为《万象》执笔,著一短篇小说,曰《鬼手》,所记十之八九皆事实。了红生平,作鲁平探案数十篇,设想无不奇诡,下走故深喜之。今复获其新作,亦极波诡云幻之致,竟篇不着"鲁平"两字,而所记则仍为鲁平案,可知其结构之异于恒蹊也。得了红助我,《万象》之光彩陡增矣。

徐卓呆先生,善为滑稽文章,现除为《万象》写《李阿毛外传》长篇外,复按期著《豆腐侠客》一文,由章育青先生绘图,亦一妙趣环生之作也。

《小说日报》1941 年 5 月 26 日

《万象》封面

《万象》杂志的封面,由龚翁先生书眉,章育青先生设计图案,现在已经付印了!全面以四色套印,加上封面纸原有的色彩,共计五色,色泽之鲜艳,在历来的文艺刊物中,敢说是绝无仅有。我们不但对于封面印得特别精美,就是目录之微,也用两色套印,对于编制与印刷,我们是不惜工本的。

图 79 《万象》杂志创刊号封面,
1941 年第 1 卷第 1 期(七月号)

我宣布了需要科学新发明的介绍一类文字以后，立刻有两位读者，寄了两篇译作来，一是《迈进中的现代科学》，一是《医药上的新发明》，于是使《万象》的内容，为之增强不少。这一种热忱的帮助，是十二分可感的。另外，魏楚卿兄也译了一篇《墨索里尼的情妇》给我，叙述意国的那位黑衣宰相的罗曼史，也是一篇极有风趣的作品。

另外还有一位读者来信，答应为《万象》译一篇《伞蚁的生活》[①]，他说他现在忙着大考，没有功夫动笔，他预备再过一星期，译出后供给我们作第二期之用。蚂蚁中有一种叫做"伞蚁"，在我还是第一次听到，想来这一篇文字，一定也是很有趣味的。

《小说月报》的售价是一元五角，《乐观》的售价是七角，我们采取折中办法，售一元，全书预定为一百页，两百个"配琪"。知止居士和李友芳先生都给我们介绍了不少的订户，这也是十分可感的，附此志谢。

《小说日报》1941 年 5 月 27 日

恒顺酱醋厂书册页

李友芳先生嘱为恒顺酱醋厂书册页，并及吾妇之画，吾妇作《江湖载酒》图以应之，愚书拙劣，而友芳先生亦采及葑菲。无已，则为愚曩日谢友芳先生惠金波酒诗，并以之交灵犀，托转呈友芳先生。近时，颇爱叩关先生之书法，以为绝富金石气，灵犀亦极称之，愚因略仿其体，邯郸学步，迥非其类，亵渎好纸矣。

尝致书周瘦鹃先生，乞为《万象》治稿，先生近亦有《乐观》之

---

① 冯平，《伞蚁的生活》，刊载于《万象》(十日刊)1942 年第 9 期。

辑,虑先生奇忙,或勿暇为吾握管。昨晤灵犀,转述先生之言,则吾之所料果勿讹,第瘦鹃先生垂爱下走,谓创刊号勿及,犹当期之以下期。下走所渎于先生者,勿敢勾先生治长文,第愿得先生近作绝句,不问若干首,录以赆愚。先生诗清新俊逸,近人罕与抗手,即此便足以为吾书光也。

日来习惯早起,晨六七时即兴。昨朝,走访潘序祖先生于光华大学。序祖先生笔名予且,愚尝读其《小菊》《凤》两书,绝爱其文笔之轻松,因欲勾先生为《万象》治一小说,幸得晤,特迩日正值考试,先生事冗,勿暇握管,许于第二期见赐一文,亟称谢焉。《万象》颇愿得新文艺作品,周愣伽、胡山源、丁谛诸先生并柯灵兄,都许为愚助,可感也。

《小说日报》1941 年 5 月 30 日

连日摒绝宴游,因此无事可记,所可以说的只有关于《万象》的事,迹近宣传,但是散记不能时常曳白,姑且再报告一点新的消息:

万籁鸣兄弟的报告

《万象》决定每期为有价值的电影或话剧做一次有系统的介绍,《铁扇公主》是中国的第一部长篇卡通电影,因此我们首先向读者推荐,我们采集了有关《铁扇公主》的图照十数幅,特辟专页发表,用米色道林纸彩色印。《铁扇公主》的创制人——中国联合影业公司卡通部部长万籁鸣、万古蟾兄弟,有一篇《我们的工作报告》,交给我们发表,这是一篇精彩的文字。

《小说日报》1941 年 6 月 1 日

胡山源先生的《邵一梓》

胡山源先生在东吴大学执教鞭,忙得很,然而百忙中还为我们写了一篇历史小说《邵一梓》,名贵可知。胡先生可说是写明季义民事迹的一位专家,这一篇《邵一梓》,就是明季义民别传之一。在《万象》创刊号中,这是一篇最特色的佳作。

《小说日报》1941 年 6 月 1 日

电影小说

为了孤岛上的影迷之众,我们每一期将刊载一篇电影小说,创刊号中发表的是《忠魂鹃血》①,这是费雯丽与劳伦斯·奥利佛主演的又一部巨片,大概七月间将在大光明戏院公映,现在我们先将这一部影片的故事衍为小说,由陶秦先生执笔,另辟专页,刊载《忠魂

图 80　影片《忠魂鹃血》(*That Hamilton Woman*)剧照,
1941 年上映

---

①　即 1941 年上映的影片 *That Hamilton Woman*,今译为《汉密尔顿夫人》。

鹃血》的画面,用米色道林纸彩色印,为了使读者满意,我们是准备不惜工本,以最大的努力来编印这一册《万象》的。

《小说日报》1941 年 6 月 1 日

龚翁收徒

龚翁在前天,又收了十几位门弟子,在吉祥兰若举行拜师典礼,我对于龚翁,真有些儿羡慕,不但是他的字为时人所争宝,就是立雪"龚"门的,也日复众多,这一次,一收就是十几个,拜师典礼"集团"举行,我想这一笔"贽金",为数一定不少。这天,到了许多稀见的朋友,女画家周鍊霞、吴青霞、赵含英、庞左玉,都翩然莅止。诗人朱大可、沈禹钟,画家杨清磐,也先后而来。清磐兄还带了一把京胡,由庞左玉小姐唱了一段《汾河湾》,真是雅兴不浅。上海戏剧学校校长陈承荫先生,也好久不见,他答应参加《万象》的问题讨论,对"哪一种戏剧是我们的国剧"发表一点意见,真是甚可感谢的。临行时,杨老爷达邦送了把扇子给我,老爷的画,龚门弟子单孝天的字,连扇骨都配好了,立刻可以派用场,真是吃了还要带着走了。

从吉祥寺出来,和灵犀同上卡尔登。这天已是言菊朋的临别最后一天,灵犀屡次在报上捧菊朋,似乎菊朋的戏好得不能再好,因此我倒也想看一看,谁知这天的言三爷,嗓子不在家,一出《二进宫》,本来有可以使人过瘾的大段唱工,结果言三爷只是随便的哼着,不但听不清楚,而且不成其腔,我还以为这是言菊朋的"怪",也许唱到后来,会来一下惊人之笔,突然精彩起来。不料自始至终,是叫人莫名其妙。将言菊朋捧上三十三天的灵犀老兄,这时也觉得哑口无言。这一天，我既不是看戏，也不是听戏，我简直是给京朝派大角言菊朋侮辱了一次。

《小说日报》1941 年 6 月 3 日

四家书画展一瞥

最近又参观了一次四家书画展览会，包括陈小翠、冯文凤、顾飞、谢月眉四位女士的作品，大概在二百件以上，真叫人有目不暇给之势。小翠女士的山水，固然笔致潇洒，脱尽烟火气，就是几幅蔬果，寥寥数笔，也觉得天趣盎然，尤其是仕女，她并不刻意求工，不过略施丹铅，便觉得风采宛然，在扇面中，桑弧兄很赏识《流光容易把人抛》一幅，我亦云然。月眉女士的草虫，用笔极工致，有几幅有名山老人的题词，生色不少，默飞①女士的山水，恬淡不俗，也已经到了炉火纯青之境。文凤女士的书法，在女子书画会中是首屈

图 81　四女士画展上，左起谢月眉、冯文凤、陈小翠、顾飞，刊于《上海生活》1940 年第 4 卷第 6 期

---

① 顾飞(1907—2008)，慕飞，号默飞，上海南汇人。师从黄宾虹、钱名山。顾飞之兄为顾佛影和顾仑布，表弟为翻译家傅雷。

一指的,我最爱她的石鼓,其魄力之苍劲,简直不像是出之于娘儿们之手的。在会场中,与王小逸先生及啼红兄不期而遇。小逸先生为我介绍《大陆》杂志编辑裘先生①,据说是顾默飞女士的外子,惜乎时间匆促,不暇详谈为憾。

《小说日报》1941 年 6 月 4 日

张翼鹏特刊

海生弟为张翼鹏编了一本特刊,一切都是委托他的卢继影二哥办理,头里有几张张翼鹏的戏照,每幅题上几个字,似乎也是出于继影的大笔,有一幅题着"偷东西不肯照付",一幅题着"铜锤舞得刨刨叫",真是妙不可酱油②。有人说,海生弟久居杭州,刨惯黄瓜儿,所以他不说"呱呱叫",而说"刨刨叫",大概张翼鹏手中的一个锤,当作黄瓜看待了。

《小说日报》1941 年 6 月 4 日

《万象》约稿

长城甘氏,屡以佳文贶吾报,使吾报生色不鲜。最近,甘氏女弟出阁,愚于叩关兄筵间闻其讯,拟至时往贺,故误记其日期,及晤灵犀兄,始知已误晷刻,因自以拳搥吾额,以愚记忆力纵逊,亦勿当昏愦如是也。甘氏女弟佳期既逾,勿能复诣贺,无已,则拟

---

① 裘柱常(1906—1990),浙江余姚人。《新闻报》编辑,《新闻日报》编辑、编委,上海中华书局编辑所编审。1925 年开始发表作品。著有诗集《鲛人》,译著小说《海狼》《毒日头》《金融家》等。
② "妙不可酱油"出自徐卓呆。徐卓呆早年留学日本,回国开办体操学校。又致力改造新戏,著作讽刺小说,拍摄喜剧电影,人称"笑匠"。1934 年,徐卓呆之妻创办华端公司,研制酱油。徐卓呆请钱瘦铁题写"妙不可酱油"五字为广告语,取"妙不可言(盐)"之意。此后一语风行,文界皆以"妙不可酱油"为"妙不可言"之义。

属吾妇绘一画以奉,聊以赎吾愆,此所谓秀才人情,第愿甘翁勿哂耳。

数访予且先生,拟乞为《万象》治长篇,前晚,复约先生及丁谛、胡山源两先生,饭于冠生园。予且先生执教鞭于光华,许于暑期中为《万象》执笔。别拟匄丁谛先生著一长篇,亦蒙见许,盛意都可感也。胡山源先生伉俪,俱嗜昆曲,吾妇尝于赵景深先生许识先生,以问先生,先生犹能忆之。胡夫人方延张传芳授曲,先生因邀吾妇过其庐,先生之居,距吾家迩,特吾妇疏懒,亦如下走,近来拍曲之兴亦减,与言出游,辄复蹙额,得暇会当捉之而行,以造访胡先生伉俪耳。

啼红、大郎,先后赍书,若瓢上人亦取得沈禹钟先生合作,订鬻扇润例(每扇十四金,《社会日报》及中法大药房代收),闻求者接踵相接。夏日,友人以扇委书者,未尝无之,顾下走独勿敢鬻钱。前日,岚声兄持一扇嘱愚书,一面有他人之画,愚不经意,竟裂之,遂不得不赔偿一扇。苟吾书而取值者,则此事实可为而不可为也。

《小说日报》1941 年 6 月 6 日

小翠赐扇

忽得小翠女士贻予一箑,亦勿审何人携来,箑上画梧桐仕女,小翠女士题诗其上曰:"销魂自倚梧桐树,来听秋风第一声。"方予参观四家书画展览时,即剧赏此扇,不意小翠女士即以此见贶。予尝谓小翠女士之画,不刻意求工,而自饶韵致,此箑设色既丽,题诗中复著一"秋"字,实大惬予意。惜勿详小翠女士鸾栖何所,否则且泥首趋谢矣。

同日，复得朱滋侯先生见贻一箑，貌黄山暝色，笔致绝似石涛。予与先生素昧，惟知先生为海盐人，意者殆与朱凤蔚先生同其宗系也。予于一日之间，骤得两扇，辄为大喜。

两日前，知止先生亦尝以翔华兄妙绘赐我，翔华兄为先生仲子，不幸早逝，展读遗作，实不胜黄垆之痛也。画范以玻璃框，绘东坡居士像，葛巾疏髯，神采奕奕。钱云鹤先生题其上曰："心是已灰之木，身如不系之舟，问我平生功业，黄州儋州惠州。"盖摹董香光书东坡居士自赞句也。云鹤先生以花甲耄年，书法娟秀如好女，此画合两家手迹为一，良可珍矣。

《小说日报》1941 年 6 月 7 日

马公愚先生

近时，极惮为书画展览作宣传，愚不耽风雅，而书画展览之足以使人惬意者，亦良勿多觏，违心之论，作之徒自内疚，以是闻书画展览之讯，辄为之脑胀欲裂，顾此非可以语马公愚先生者。尝数于吉祥兰若，与公愚先生晤。先生为人，休休有容，而金石书画又无勿工。去夏，先生尝为愚书水仙诗二绝于箑，作大篆雅有铁画银钩之致，画则山水梅花小幅，数数见之，雅澹古逸，造诣绝深，似下走之荒伧，亦复觉其可爱。今闻先生将出其近作，陈诸大新画厅，举行展览。舍先生近作外，兼有其仲兄孟容先生遗作若干，陈于其间。孟容先生早世，其作品方为嗜画之士所争宝，今乃并有恣人观摩之机会，实一大可喜事。公愚先生未尝命愚于报间着一语，顾以永嘉马氏之绝诣，不同于流俗，兼有公愚先生之一重翰墨因缘，故亦乐为之记焉。

以灵犀见告,始知小翠女士之一箑,实钱小山先生携以貺愚。灵犀言,小山先生尝欲视愚,而愚已行。是则且失倒屣之迎,歉弥深矣。小翠女士一箑外,小山先生复以其尊人名山乡先辈所著文集一卷见贻,附《谪星诗草》及《海上羞客诗续》。海上羞客,盖老人旅沪后别署也。诗中有《放蟹》《冻死人》《孝鸟》诸吟,皆蔼然仁者之言,而《滆湖》一首,读之乃不啻置身明波千顷间焉。

《小说日报》1941 年 6 月 8 日

免不了愤世嫉俗

论我的岁数,已经到了哀乐中年,然而有时候,仍旧免不了愤世嫉俗的脾气,譬如慈淑大楼的电梯,晚上六点半钟停开了,然而有两家俱乐部,塞了钱,却给你特开专车,就是到了深晚十一二点,也供给你电梯上下。又如我住的一条弄堂里,住了一位什么"老爷",发生过一次"弹"劾案,于是宵禁以后,弄堂门实行封锁,为了一个"老爷",却教许多房客都不许进出。这一切的一切,我都恨不得骂它一场! 同文中,我很佩服灵犀,灵犀兄近来,谈谈佛,轧轧和尚的淘,一种悠然自得,与世无争的神气,真可以说是炉火纯青了。这些地方,我只有自叹不如而已!

《小说日报》1941 年 6 月 11 日

遗失錬师娘照

曾经为《申报·游戏界》写了十多天的《女艺人群像》,因为有周錬霞女士的一节,所以向丁慕老借了一张周錬霞和慕老合摄的照,交给了黄主编寄萍。当时郑重其事拜托黄主编,千万不可遗失,因为这是借来的东西,要还的。也是我疏忽,照片刊出后,没有立刻向黄主编索回,黄主编却病了!而且一病两三月,迁延到现在,向黄主编要那张照片,却说是遗失了,找来找去找不到。黄主编不过这样的闲话一句,而我在慕老处,却弄得无法交代。慕老又是特别重视这张照片的,催了我七八次,真教我窘得可以,惟有希望黄主编,再想法子仔细的找上一找,如有仁人君子,知其下落者,我愿意悬赏十金,收回此物,贮款以待,绝不食言。

《小说日报》1941 年 6 月 11 日

冯玉奇

上午,坐了公共汽车从静安寺路过,发现大华大戏院门前,聚集了大队女学生,一律青布旗袍,这朴素而纪律化的服装,说句新文人的口号,叫做"象征着中国的新生",看了,真叫人从心坎里生出喜悦。我平时就有个志愿,希望有朝一日,能够办一个小学校或是女学校,眼看着一群群活泼的孩子们,享受着童年时期的欢乐,而她们却都是我们的门墙桃李,这岂不是一件大可兴奋的事。哀乐中年,还有童心,说起来,这是一种好为人师的野心,也真可发一笑!

自从在万象书屋开始办公,才认识了冯君玉奇①。冯君年事甚青,在某名票口中说起来,就是一位"翩翩少年"。近年来,冯君所写的小说,颇流行于坊间。据说他拥有的读者,比张恨水还要多。从他的小说的产量之丰上看起来,这话也许不是假。现在,冯君有

---

① 冯玉奇(1918—约 1995),浙江慈溪人。作家。笔名左明生、海上先觉楼、先觉楼等。著有《解语花》《青霜剑》《如意劫》《童子剑》《血泪仇》《鸳鸯剑》等作品,以言情、武侠居多。

一部新著,交给我们发表,书名叫做《浮生梦》。此君的一支笔,相当轻松,叙事能要言不繁,没有牵丝扳藤的毛病,这也许就是他的作品能受人欢迎的原因。准定明日起,就开始刊载,特地向读者报告一下。

《小说日报》1941 年 6 月 13 日

观《恩与仇》后

《恩与仇》是于伶的原著,而由吴琛改编,罗明导演的。剧本的背景,很是丰厚,立意又非常正确。

故事是叙述舞女林娜和一个名叫唐家汉的青年闹翻以后,竟然来找旧时相识的周福祥———一个典型的军阀。周福祥准备着金屋藏娇,谁知她却正是受了唐家汉的鼓励,来完成一件神圣而危险的任务。他并带给她一口藏有毒药的神秘戒指。最后,她终于利用了那只戒指,毒死了周福祥,自己也中毒而死。这是一个悲剧,演出是十分动人的。

演员阵容,有慕容婉儿的林娜,孙敏的唐家汉,仇铨的周福祥,悟空的勤务兵,冷山的吴斌,冷静的吴母等。这一个支配,以个性上说,还相当适宜。慕容婉儿的戏很多,从开场至终场,她的影子差不多一直就徘徊在观众的眼睛里,她在银幕上的演技,虽然并没有给予我的印象,然而在舞台上,在《恩与仇》中,她是成功的,尤其是第四幕,演来最是动人。她自己也曾说:"我每次排第四幕戏的时候,总要流出眼泪来!"孙敏的戏不多,然而他却演得很忠实,很轻松。仇铨是今日话剧界不可多得的人材,他演起反派一类的老奸巨猾的坏蛋,无论一举一动,一言一语,都是逼真的。看了周福祥那副怪态,我恨不得走上台去,咬他的肉,剥他的皮。悟空的勤务兵,冷山的傻头傻脑的样子,都非常可爱。可惜过分强调了一点,不能流于自然。冷静的吴母,扮相甚好,只是在声调方面尚不够苍老。

天风剧社在璇宫演出后,这是最好的一个戏。

茜蒂客串

《小说日报》1941 年 6 月 15 日

张园游泳池

张园游泳池招宴新闻界之夕,赴其召,坐椅上,平视游泳池中水,一碧如油。池左右,喷水柱吐水沫如银雾,潺潺之声,织成繁响,仿佛卧香港山村道上屋,闻山闻瀑布声也。晚宴所在,瓷砖为地,据卞毓英先生言,是即水上舞厅之厅址,十八日之晚,云裳舞娃将移来此间,展开热情之踊舞场面矣。舞厅之后,

图 82　张园游泳池,刊于
《女声》1942 年第 1 卷第 3 期

另辟后花园,供隽侣憩坐。去岁绿野花园之情调,今夏殆将重见于张园。下走于舞,近时已不复感兴趣,惟夏令有此纳凉胜地,则实求之不得者。第愿晚舞之门券,售价勿过昂,能作冷饮代价尤妙,则下走纵乏隽侣,亦当时时为座上客也。

《小说日报》1941 年 6 月 17 日

《万象》付印

日来以忙于《万象》之辑,致吾记亦少作,甚歉对毛主干也。今幸《万象》一切都藏,创刊号原定下月一日出版者,今以书已付印,或者三数日内,即可提前发行,庶读者得快意睹。《万象》于文字之外,特重图画,创刊号中,有《铁扇公主》及《忠魂鹃血》插页各一页,前者为中国之第一部长篇卡通,后者则为费雯丽主演之联美新片,将在南京大戏院公映者,吾书乃推荐之于读者前,以彩色道林纸精印其画面,纸张色泽各不同,凡此所耗,数俱勿赀,第为求悦于读者,亦不遑计及工本矣。

《小说日报》1941 年 6 月 17 日

钱名山

数欲谒乡先辈钱名山先生,顾仅知其鸾栖桃源邨,勿审为若干号。今先生与邓春澎、许仲奇两先生,同举行书画展览于大新,未谒先生,遂先瞻其书品。先生之书,笔力遒劲,若忠謇之臣,正色立朝,自有一种凛然不可犯之神气。顾先生所为诗,则又多温柔敦厚,蔼然仁者之言。自先生之书之诗,可以觇先生之襟怀也。先生有一文,评析春澎先生画,其哲嗣小山公子畀愚,愚珍惜先生手迹,故别为录刊于次(以下名山老人原文):

> 日内大新画展邓君春澎作品虽不多,而清奇浓淡,种种皆入神品。从前邓君著有《胜游图咏》,早已版行天下,中有鄙人序一首,颇能道著邓君用意之处,兵火之后,遍求此书不得,而鄙人老而善忘,拙序亦不复记忆矣。盖邓君好游山泽,不以尘

俗事萦其窀穸。故其气清,遇造次颠沛之际,犹能谈笑而道之,故其神静,气清神静,故落笔便与晚近不同,庄子有云,技也而进乎道矣! 若以技目邓君,则浅之乎为邓君矣。读画者当自知之。

《小说日报》1941 年 6 月 18 日

臭虫催命粉

姚吉光兄,以臭虫催命粉二管见贻。愚家无臭虫,则转以贻之邻人。邻人言:"催命粉有奇效,臭虫之蠢然而动者,触粉,皆立毙。"催命之名,洵符其实云。按:臭虫催命粉,为协和化学制药社出品,其地点在派克路①协和里十二号,即吉光之居,乃勿审是否吉光老兄迩来亦兼营副业耳。

《小说日报》1941 年 6 月 18 日

埃第·康泰

在银幕上,颇系念一人,则为埃第·康泰②。方愚羁迹汉皋时,尝观其演《恭喜发财》《卢宫艳史》③诸片,其人双臂特巨,作态绝滑稽,而歌喉亦弥佳,近两年来,忽不见此人在银幕上出现,勿审何故? 此人本来自舞台,或者仍在舞台上献艺耶? 李思廉·霍华④、亨利·方达之侪,犹在银幕上演出如故,睹之戚额,而埃第·康泰

---

① 派克路,即今日黄河路。
② 即男演员爱德华·康奈利(Edward Connelly, 1859—1928)。
③ 即 1923 年上映的影片 *The Prisoner of Zenda*,今译为《罗宫秘史》。
④ 即影片《乱世佳人》中饰演阿希礼的男演员莱斯利·霍华德(Leslie Howard)。

独隐[1]，影迷如愚，直有如苍生何之叹矣。

《小说日报》1941 年 6 月 19 日

錬师娘赐稿

周錬霞女士，久不以《兴到为之》之作飨读者，惟愚辑《万象》，则得其一文，曰《女性的青春美》，中有一节，述女士如何坐蓐，如何以大毛巾覆脐上，其风趣盖不减《幼之年》。金闺国士之笔，洵无往而不见其才慧也。

《小说日报》1941 年 6 月 19 日

周璇情奔

突传周璇情奔，为之错愕不胜。周璇耦严华，人莫不谓严华委屈，以严华英挺，端宜娶一风华绝代之人，直几成佳偶。周璇殊不称也。不谓周璇以跃登银幕之故，其幸运转视严华为胜。今且屣弃严华，男女间事，真不可说矣！其实周璇亦拙，周璇苟不满薁砧，离婚可矣！奈何出奔？这小姑娘毕竟不懂事也。

《小说日报》1941 年 6 月 19 日

灵犀谈佛

灵犀时时于报间谈经谈佛，愚诚恶之，灵犀有披发之愿，愚未尝不深寄同情，顾报纸则为公众读物，灵犀在《社日》作《自说》，于时下青年，恒不辞舌敝唇焦，循循善诱。吾侪方以"青年导师"期灵

---

[1] 爱德华·康奈利(Edward Connelly)，1928 年因流感逝世。

犀,若谈经谈佛,则灵犀之言行自悖,亦无益于读报之人。故愚以
为勿当也。愚于服膺灵犀炉火纯青之言,意存讽刺,良不须讳言。
就事实论之,灵犀于任何横逆之事,能逆来顺受,亦非无例可举。
故独以老友偶着一言,便妄动肝阳,则灵犀涵养,吾实病其犹浅。
灵犀举下走看竹①之事,入诸《猫双栖楼随记》中,言有鬓丝一人,兴
此战局,而指为下走之心上人。揆灵犀之意,殆欲状下走荒唐,谓
下走耽于声色犬马之间耳!吾乃颇诧灵犀,奈何故入人罪?则以
在一方之家,其晚鬓丝,初不止一人,灵犀来时,愚方自榻上跃起,
以宵深不得归,则姑作壁上观。局中之人,固与愚不相涉,若谓此
亦下走心上人,则鲁小妹、谢氏十娘、姜公小红、灵犀之心上人,视
下走又何止倍蓰!使灵犀自思,当亦为之哑然失笑也。至于"写煞
脱"之言,下走似未尝出诸口,即使有之,语意亦应有轻重之别。灵
犀写稿,恒卜夜而不卜昼,往往至宵深犹勿寐,人且以为灵犀昼间
殆不治事者。愚则以灵犀孱弱,其写作又弥苦,以是深悯之。《社
日》作稿者众,其间且不无下走拉拢者,似不至如灵犀所述之乏,若
灵犀真以缺稿之故,而自苦其身,则愚且为老友重效微劳,在愚固
亦义不容辞者也。

《小说日报》1941 年 6 月 20 日

《万象》出版

《万象》印订既竣,取一册,跣足卧榻上,徐徐翻阅,睹数月来心
血灌注而成(当然也费了不少为《万象》执笔者的心血)之刊物,今
且问世,不禁为之感喟交集。《万象》之辑,初为愚与梦云共同计

① 看竹,指围观打麻将。彼时沪上称打麻将为"方城之戏""竹林之戏"。

划，寻梦云无暇兼顾，事遂搁置。使非得平襟亚先生许与经营出版，则下走始愿或且终不获偿。襟亚先生从事出版事业有年，经验自丰，益以下走之编纂心得，遂使出版界中，乃有吾侪培育而成之一刊物，崛起其间。近数日来，读者订阅已多至千数百起，吾侪孜孜矻矻所致力者。今且目睹其收获，其事宁不足喜？而尤可欢忭者，则为下走之意见，颇能为襟亚先生所采纳，以故合作弥谐，此实下走最为兴奋之一事。外此则知止老人于《万象》加惠亦多，老人除于《万象》介绍订户外，复代为接洽广告，《万象》之得以观厥成，实半出老人督促之力。而有竹居主人陈子彝先生，于吾书亦复关怀备至，凡此胥下走生平知己，感戴之忱，匪可言宣，惟有铭刻心版，永矢勿谖而已。

灵犀四秩寿，友好谋之为之祝寿，灵犀勿欲，第征诗文书画，灵犀有原唱，愚近来心绪奇恶，视拈韵为畏途，因之于诗于文，转为之束手，不若开筵称觞，或且赶在头里起哄也。无已，则惟有丐诸吾妇，画南山松柏之图，以祝灵犀寿，而下走则缀若干语其上，如此亦所谓夫妇合作矣！惟吾妇奇懒，虽许此愿，正不知何日始能缴卷耳！

《小说日报》1941 年 6 月 22 日

有嗅味影片

电影由无声而有声，由有声而有色，似乎已经到了登峰造极的地步，不会再有进展的了。然而科学的发明是无止境的，最近有两个瑞士工程师，成了一种"有嗅味影片"的缔造者。一切花香与糖果、漆器的气味，都可以从银幕上放射出来，这是科学界的又一奇迹。正与电灯之外，又有日光灯的发明一样的，足以使人惊叹！《万象》创刊号中，有一篇译自纽约《泰晤士报》的《科学界的最近进展》，其中就有一段关于此项"有嗅味影片"的记载。

《小说日报》1941 年 6 月 23 日

电车加价

长城甘氏与叩关先生，曾先后在本报，为"电车加价"问题发抒高见，我以为，电车之所以一再加价，一半是乘客自己所造成的。我屡次目睹乘客纵容卖票员揩油，例如付了车资，卖票员叫他等一等，乘客就默契于心似的不声不响，待过了几站，卖票员再扯票子给他，说一声"谢谢侬"，他甚至会对卖票员点点头，表示不必客气。这些糟兄，直接是鼓励卖票员揩油，间接也就是电车加价的促成者。所以我不论乘电车乘公共汽车，付了车资以后，老实不客气，伸了手等售票员扯票子给我，我以为人人能如此，电车、公共汽车的车资，也许不会这样的涨之不已！无奈糟兄多，像我这样讲"科学管理"的人少，于是也被那些糟兄连累了！想起来，真是可恼。

《小说日报》1941 年 6 月 23 日

勃谿与勃豀

有一天，老凤先生在《引凤楼杂缀》中，说许多人都误书"勃谿"为"勃豁"。其实据我所知，"勃谿"也是错的，应该写"勃豀"。"豀"音"奚"，与"谿"字又有别也。起初我以为不是老凤先生写错，是手民先生误植的。但是至今不见老凤先生更正，这倒有些奇怪！我想老凤先生是在纠正人家的错误,自己一定不会误"餯"为"豁"的。

《小说日报》1941 年 6 月 24 日

《万象》中的女作家

《万象》创刊号中,有三位女性的作品,一是周鍊霞女士的《女性的青春美》,二是沈小霞小姐的译作《死声》,三就是唐霞辉小姐的《二十封情书》,这二十封情书都是出于唐小姐的手笔,它之所以被我们获得是很不容易的。在第二期中,除了周鍊霞女士已答应继续执笔之外。另外由胡山源先生的介绍,有一位张憬女士参加,她写了一部中篇小说《让我工作吧!》给我们,已由胡山源先生转来,描写一个多疑的丈夫的嫉妒心理,极有趣味。全文长一万数千言,我们预备将它一期刊完。另外还有一篇译稿《怎样探望病人》,原作者虽非女性,但是迻译此文的露苡女士,却也是一位密司咧。

《小说日报》1941 年 6 月 24 日

《星屋小文》

文载道先生,以其所著《星屋小文》见贶,是为载道先生之散文集,其中包括短文十数篇,似有若干尝见诸《世纪风》者,今复展之,乃仿佛一句一字,胥如刺,读之可以醒寐也。若载道先生所为文,庶几可谓文化工作,吾侪日日捉笔,真不知所云耳。载道先生此贶,使下走辄愧汗勿已。载道先生别有诗二绝①,录以示愚,亦回肠

---

① 文载道《金陵二首》(旧作)其一:我亦金陵暂驻桡,荻花瑟瑟夜迢迢。石头旧是伤心地,休向孙郎送暮潮! 其二:荻花瑟瑟夜迢迢,金粉飘零气暗销。毕竟多情陈叔宝,死留钿合吊南朝。刊于《万象》1942 年第 1 卷第 7 期。

荡气之作,则拟刊诸《万象》。新文人中,不乏擅写旧体诗者,鲁迅、郁达夫、田汉诸先生皆是,而文载道先生亦其一,此亦足以堵攻击鸳蝴派作家之口也。

《小说日报》1941 年 6 月 25 日

谢楞伽先生

《万象》之辑,周楞伽先生颇复关怀,创刊号中,楞伽先生尝贶一短篇小说,曰《空花》,为吾书生色不少。顷钱今昔、俞亢咏二先生,复以楞伽先生之介,为吾书执笔。二先生各以一文见赐,胥楞伽先生转来。老友热忱,良可感戴,钱今昔先生之作,曰《为了艺术的人》,俞亢咏先生则译一非洲故事,曰《梦与现实》,于是《万象》第二期,精彩乃更逾创刊号矣。赵景深先生,亦续有一文贻我,曰《封神演义〉与〈武王伐纣平话〉》,愚所以预泄内容,为读者诸君告者,盖亦欲涎诸君之胃也。一笑。

《小说日报》1941 年 6 月 25 日

知味观粉蒸肉

李友芳先生并灵犀兄,邀饮于知味观,以天热,愚摒酒不入,惟粉蒸肉一味,乃大配愚之胃口。愚固肉食者流也,友芳先生谈曩年缠讼事,乃至恒顺酱醋厂当日创业亦弥艰。

《小说日报》1941 年 6 月 25 日

使我而为周璇

周璇席卷所有而出走,吾终病其态度之勿甚光明,若我而为周璇,必号召于众曰:"我爱上了姓韩的[①],不要那个姓严的了!"此其干脆酸辣何如!顾周璇不此之图,辄忸怩其词曰"虐待"!夫法律构成离婚之条文,曰"不堪虐待",盖侧重于"不堪"二字,使非不堪者,且不足言离婚。周璇之奔,其勇迈之气,要足以使人服膺,顾出奔以后,勿敢明目张胆以言出奔之理由,从而托庇护于市侩之荫下,此金嗓子之作风,终勿逮好莱坞影星之大胆泼辣也。

《小说日报》1941 年 6 月 26 日

新仙林花园

新仙林花园[②]来柬,审出子褒五叔手笔,因往应其召。园在戈登路上,与大都会舞厅成望衡对宇之势。园中起洋楼,以是日犹未展幕,故不见有何布置。楼外广场一片,露天舞池辟其间,环列椅桌。一方、小春、梅霞诸兄先后至,遂进餐于此。餐来奇缓,而天亦勿甚暖,坐既久,薄寒侵袂,几体为之颤,遂不待终席即归。席间,梅霞兄评析乐队,能举诸人之名,此君浸淫舞国,真有心得,若下走则并习闻之"杀克司风",亦勿审究为何物,可知谫陋耳。

《小说日报》1941 年 6 月 26 日

味雅易主

闻南京路上之味雅酒楼,顷已易主,接办者将以六十万金之巨额资本,经营此一酒家,而酒家招牌,亦将易二字曰"南华"。吾友有参与南华之组织者,顾不欲道其内幕,意者必饕餮之士而复雄于

---

① 周璇婚变,当时报间传闻是因为男演员韩非与周璇之间暗生情愫,故蝶衣有此说。
② 新仙林花园舞厅,位于戈登路(今江宁路)65 号。

资者,于此时此地,斥数十万金经营一酒家,固亦寻常事也。

《小说日报》1941 年 6 月 27 日

廉运会之一函

接到了一封廉运会寄来的信,读完之后,就是一阵伤感。廉运会诸君子,能够关怀到我们小型报执笔者的态度,可以见得我们这一批人,总算没有完全被人遗忘,这一种美意是深可感谢的。所因为遗憾者,是来信的措辞,不出之于慰藉,不出之于鼓励,而采取"公示送达"的方式,同时也完全不了解我们小型报人的处境,这是很容易使人气短的。(蝶衣按:关于此事,下走甚多牢骚,兹以毛主干之嘱,略而不谈,惟下走固忿忿能平也。)

《小说日报》1941 年 6 月 28 日

张园之莺

张园游泳池展幕之日,为金凯蒂小姐摄取数影。金小姐为张园之播音女郎,张园展幕之前夜,即尝于麦格尔风中,聆其向来宾致词,操国语,厥音清而柔,当时即欲一见其人,及展幕,乃挽小洛社长为介,访之于播音室。初以为金小姐乃北人,询之,则皖之休宁籍也,所摄数影,将与吾家云裳①为张园剪彩之照,同刊于《万象》第二期中。

《小说日报》1941 年 6 月 28 日

---

① 指影人陈云裳,因同姓陈,故蝶衣有"吾家云裳"之说。另,报人唐大郎有笔名"云裳",故此处须加以甄别。

灵犀又谈佛

我不赞成灵犀在报上谈佛,灵犀写了此事,前天又在《社日》上写了一篇答辩的文字,引经据典,洋洋千数百言,什么佛法要义,什么无相颂,搬出了许多证据来。我真奇怪灵犀,过去也和我一样,时常跳舞场跑跑,同宝泰老酒喝喝的,现在谈起佛学来,居然头头是道,似乎是修炼了数十年的苦行头陀一般,这样飞速的成就,我又要自叹勿如了。灵犀说,他的谈佛,目的是在"教人正心敦行"。教人正心敦行,这是冠冕堂皇的题目,不过我想总有一点疑惑,以为教人正心敦行,岂无他道? 定要谈佛? 难道《给一个青年的信》不生效力? 文字无灵,需要仰仗无边佛法,来普渡芸芸众生吗? 如果灵犀的谈佛,正是作如是见解,那么我很希望《社日》的读者,一致响应灵犀的"佛法救世"运动,大家钻在经典籍里,研究起佛法来,或者更进一步,由言论到实践,举行个什么"时轮金刚法会",作大规模的宣传,那时间在佛法的感化之下,一定每一个人都成为笃行君子,而"世道人心"也从此挽救过来了? 鄙人对于佛学媿"未能窥其崖略",不知我所贡献的计划,对于佛学素有心得的灵犀兄,亦以为可行否? 南无阿弥陀佛! 白衣观世音菩萨!

《小说日报》1941年6月30日

参观张英超画展

张英超兄,在大新四楼举行个人画展,昨为第一日,天奇热,冒骄阳往观,不觉汗流浃背也。英超曩时,惯作细线条画,漫画刊物中恒见之。今所展览者,为国画,顾亦参以西法。英超兄言,其作画盖以大自然为蓝本,故特重色彩,视之奇丽。愚所爱者,有《城春草木深》一幅,作向晚景色,浓云瀚勃,老法国画中勿能睹也。别有一幅,作峭壁,赭色者外,复有紫色者,赤壁不奇,而紫色者则向所未觏。据英超言,自汉皋溯江西上,蜀中山峦,多有赭色纷呈者,是则真所谓读万卷书,不如行万里路矣。

《小说日报》1941 年 7 月 1 日

重服赐尔福多

尝服中法药房之赐尔福多,颇裨吾体,顾下走持事无恒,春以来又中辍数月,今始重服之,则以近来消瘦,虑长此以往,将瘠如王先生,故复欲乞灵于佳药也。去年,赐尔福多价值为每瓶七元许,

图 83　中法大药房赐尔福多广告,
刊于《申报》1941 年 5 月 19 日

图 84　中法大药房散拿吐瑾广告,
刊于《申报》1940 年 12 月 16 日

今则已增至十四元,以蛋白质多,成本昂耳。闻"散拿吐瑾"售价,视赐尔福多且倍蓰,则赐尔福多固犹廉也。

《小说日报》1941 年 7 月 1 日

治家格言宴

星期二之晚,丁慕老府上复有盛会,曾为新亚药厂之《治家格言集》执笔者,一时都集,若老凤、蝶野、天健①、公愚、瘦鹃、白蕉诸先生,并为当世俊髦。愚以先赴顾义祥、祯祥昆仲之约,到独迟。天健先生久不晤,谈锋犹雄健如昔。时流之画,能使下走謦折者,天健先生为其一。以天健先生之画,笔势颖锐,不滞不黏,而诗亦绝佳,故为下走所钦迟也。錬霞女士亦至,筵散后,拟向之索《万象》稿,顾匆遽间,女士已行,遂失之交臂。出恒庆里,与大郎同附笠诗之车,止于仙乐斯,小坐移时,未舞而归。

《小说日报》1941 年 7 月 3 日

《万象》三版

《万象》初版,既于发行后之三日内售罄,因续印再版,数为二千册,不意一日之内,又复争购一空,而订阅者犹纷至沓来,于是不得不筹备三版,以书店中备以翻阅之书,且亦无存,他日难免更有补购者,非复印更无以应付也。定期刊物之自初版而至再版三版者,殆为近年来所罕有。以此之故,第二期之篇幅,亦将一仍旧质,勿拟减少。以行销既广,虽篇幅稍增,亦足以补偿,而于读者,庶几

---

① 贺天健(1891—1977),字健叟,别署健父、阿难等,无锡人。画家、书法家。

亦可以稍报爱护之忱也。

咖喱鸡饭

餐于张园之福致饭店,再尝咖喱鸡饭,风味真绝胜。余馔亦勿恶,然因此耗秋翁四十余金,价钱亦真是价钱也。是日为星期,休沐之暇,来就餐者多,候许时始得座。天奇燠,而屋顶竟无电风扇,于是汗流浃背,热不可耐。世勋来,言咖喱鸡吃过,自己亦成落汤鸡矣!此语良确。愚以为毓英、天荫两经理,宜命福致饭店,多装电风扇,为游园人之来此就餐者,谋幸福也。遇屠企华医师,挈其男女公子,进餐于此。又见顾无为、林如心夫妇,如心垂垂且老,无复当年舞台上之风韵矣。

多吃坏肚皮

睹三友实业社路牌广告,有句曰"少吃补身体,多吃坏肚皮",盖指一日三餐而言。三友实业社之路牌广告,类此词意者尚多,愚勿审三友实业社之劝人少吃饭,其意何居?三友实业社出品,有三友补丸者,三友宣传甚力。劝人少吃饭,殆欲人人以三友补丸代一日三餐耶?有人则言,"多吃坏肚皮"五字,宜移赠三友补丸,以尝有人请三友实业社援新闻条例,公开成药制方,而三友于其补丸,则秘之,仿佛不可售人者,故疑其无裨于补益,或且有害也。

荣莱克之新事业

八日午,《世界儿女》①之导演人荣莱克氏,招宴于其寓邸,席间有白蕉、承达、星谷诸兄,幸白蕉、承达都解欧语,传达翻译,尚不致相顾茫然。荣氏夫人,亦能佐其藁砧导演,在德国乌发公司时代,即夫唱妇随者也。是日之肴,据言为维也纳式,肴不多,而风味绝佳。荣氏夫人好客,传酒行炙,辄复亲自为之。愚起身迟,腹鼓匆能多食,主人辄笑愚量隘焉。餐后就帘下摄一影,啜咖啡移时遂谢主人别。荣氏在沪上,拟创办一电影话剧学院,出其所长,造就人材。荣氏主持院事,别延华人为教授,顷方在觅屋中。据荣氏之言,其学院规模乃甚宏,以荣氏之威望,行见从学者闻风而趋也。

《小说日报》1941 年 7 月 10 日

大郎小郎

一日,《新闻报》有出售牛骨广告,中有语曰"新到大批大郎小郎",读之辄为失笑,不料牛骨之中,亦有以大郎小郎为号者,要为异闻,特不知彼牛骨行中之大郎小郎,卖几个钱一斤?

《小说日报》1941 年 7 月 10 日

海潮音日报

一日,在秋水轩晤灵犀。灵犀曰:"足下反对我谈佛,我又有所辩。"愚曰:"足下如此好佛,不如将《社会日报》改个名字,叫做'海潮音日报'罢?足下一名'听潮',叫'海潮音日报'正合。"灵犀颔首

---

① 影片《世界儿女》为中国导演费穆与避难上海的奥地利导演雅可布·弗莱克(Jakob Fleck, 1881—1953)及其夫人露依丝·弗莱克(Luise Fleck,1873—1950)于 1941 年合拍。

称善曰:"我确有此意。"此三日来,读灵犀整本大套之《如是我云》,足见此君于佛学,正复嗜好甚深。意者改名"海潮音日报"之期,会不远矣! 一笑。

《小说日报》1941 年 7 月 13 日

叫哥哥

愚草《叫哥哥》一文,付灵犀刊《社日》,以叫哥哥与纺织娘混为一谈,下笔时原知其误,故附书灵犀,请查考后为愚改正之。顾吾文刊出,灵犀乃未尝为愚正其讹,问之,谓亦勿审应作何称也。其后,王寿富、余太白二君先后著文,皆言纺织娘与叫哥哥为二物,顾亦未能举叫哥哥之名,于文言究应作何称。则二君之腹俭,与愚等耳。夫一物不知,儒者之耻,以是颇拟一叩知止老人。老人博学多识,倘能为吾侪抉此疑乎?

《小说日报》1941 年 7 月 13 日

四本《西游记》

于雅社票房席上,晤海生秘书,知更新舞台之《西游记》颇能卖钱,虽在盛暑,售座犹不衰也。海生言,《西游记》四本将上演,刘文魁旧饰唐三藏者,今将反串沙悟净。流沙河收徒一场,张翼鹏有新创之开打套子云。按:翼鹏之猴子戏,自有观众,今辅以文魁,文魁旧隶移风社,演新戏亦一美材。更新又能界之以重任,使与翼鹏相益彰,则其能号召观众,自属意中事矣。

《小说日报》1941 年 7 月 13 日

祝灵犀寿

十三日，祝灵犀之寿于吉祥寺，四壁琳琅，胥寿灵犀之书与画，白蕉书粪翁作寿屏十二条，诙谐突梯，读之真堪绝倒。愚赴时在午后，及晚复挽吾妇往。天雨，行雨中，以一伞蔽两人，伞小，衣履都湿，亦以见吾夫妇登堂祝寿之诚也。文场诸友，是日几于毕集，独不见一方，想以家有看竹之局，不克分身耳。

《小说日报》1941 年 7 月 16 日

文娥娇侄

灵犀女公子文娥，灵犀尝数数于文字中述及之者，亦亭亭长成矣。灵犀寿日，文娥娇侄御浅黄衫，周旋于女宾之间，时时以笑靥向人。灵犀去年，尝欲命其女寄名王效文律师膝下，愚询灵犀，亦欲于是日行典礼否？灵犀曰："老师不欲于稠人广众间行此礼，将期诸异日。"复询采芝室主人，采芝曰，今日殆不举行。愚与采芝，尝得灵犀面许，任此役之筹备大员者，今乃不获执行愚之职务，辄为怅怅。

《小说日报》1941 年 7 月 16 日

鍊师娘入医院

晤晚蘋兄，复接鍊霞女士函，悉鍊霞女士以病入医院。鍊师娘体弱，一日小立时，忽头目森眩，竟晕厥，如是者凡二度，遂不得不谋憩养之道矣！师娘函中，附一稿来，曰《宋医生的罗曼史》，绝风趣，顾仅成其半，殆以病而辍也。惜医院之名未详，惟有托晚蘋公，代为问候耳。

《小说日报》1941 年 7 月 16 日

叫哥哥与纺织娘考

读十三日，蝶公大作《叫哥哥》篇，以《社日》王寿富、余太白二先生之伟论，对于叫哥哥之古文名，未能指出，引以为憾。指名要我未入流朋友作复！下走腹俭，何敢当此？余为不使蝶公失望起见，于是请教我的老先生（《辞源》），费十分钟光阴，得到以下的考据，老先生倘有错讹，鄙人恕不负责，特此郑重声明。

叫哥哥，虫名，其名始见于《虫荟》，旧说谓为莎鸡之一种，今属螽斯科，体暗绿色，长寸余，触角鸣螽属纤长，前胸成圆柱形，翅蔽腹部之大半，发音器在翅之基部，以翅磨擦作声，其音宏亮，故夏秋间儿童多饲畜之。

蠜，音烦，叫哥哥之古文名词也。属阜螽。《尔雅》"草螽负蠜"，即《诗》之草虫，大小如蝗而色青，今俗谓之"叫哥哥"及"札儿"者是也。见《说文通训定声》。

纺织娘，虫名，螽斯之属，北人称聒聒儿。体绿色，并翅长一寸六七分，触角甚长，黄褐色，有黑点，雄者前翅甚阔，发音器阔大发达，栖息草间，翅胍极密，颇类叶胍，日夜鸣，如纺织声，故名。参看莎鸡条。

莎鸡，虫名，《诗》"六月莎鸡振羽"，陆机《疏》[1]，"莎鸡，似蝗而斑色，翅数重，其翅正赤，六月中飞而振羽，索索作响。"方旭[2]云，"莎鸡即俗所称之纺织娘，似蝗而小，羽灰黄色，或青色，羽下深红色，六七月生草中，好夜鸣，其声如纺线，故又名纺丝，又名络纬，又

---

[1] 陆机《毛诗疏义》："莎鸡，如蝗而斑色，翅数重，下翅正赤，或谓之天鸡。六月飞而振羽，'索索'声，幽州人谓之蒲错也。"与知止老人所引之文有别，故此注出。

[2] 方旭，字晓卿，又字调卿，建德县梅城人。曾任建德县模范高等小学和惠英女子小学的校长，有《虫荟》传世。

名梭鸡。"见《虫荟》。

由上考据观之,叫哥哥称莎鸡,纺织娘亦称莎鸡,同属螽斯类,约略观之,固相伯仲也。

知止客串

《小说日报》1941 年 7 月 17 日

问诊济群

前日,忽右腹微痛,以为或是盲肠炎,顾痛不甚厉,则姑待之。翌日,久坐仍微楚,因以电话问病于施济群先生,济群先生言:"患盲肠炎者,右腹奇痛,足不可伸,有寒热。"愚曰:"凡此症象,愚皆无之,特右腹微楚耳。"济群先生曰:"宜防其为慢性也,吾为汝诊之。"愚遂驱车至人安里,指患处示济群先生,则谓盲肠犹在下,愚患处在脐右,所虑盖非是耳。因乞济群先生诊吾脉,以纵非盲肠炎,故腹中隐隐作痛,必有疾患可知也。济群先生诊吾脉,谓实中寒,遂为吾命一方,谓得祛吾湿滞,使勿至气行不畅也。愚平时顽健,不甚病,有微患即就医,则以家中乏侍奉汤药之人,不得不防患于未然。吾妇持家弥苦,良勿欲以吾疾患,重累吾妇耳。

李友芳先生读《万象》创刊号而好之,以为《万象》所蓄富,其间复不乏有关科学医药之文,足以供青年子弟研讨,遂以恒顺酱醋厂总管理处之名义,订《万象》数份,寄各分发所,供店员阅读。按:旧时商店往往勿许其肆中伙友浏览书报,今则有关青年修养之书籍,渐渐有明达之店主,从事倡导,若宝大祥绸布庄,即日订日报多份,备店员择其所好者浏览,盖欲于商业常识外,兼使若侪明了世界大势,勿至昧于事理也。今李友芳先生,亦复有鉴于此,要不失为阖阃中明睿之士。而下走所辑之《万象》,乃蒙其采用,则尤引以为至荣耳。

《小说日报》1941 年 7 月 18 日

直山卖瓜

道上值马直山兄,行色匆匆,问其近来作何生涯,直山曰:"卖西瓜!"愚以为谑耳!直山正色曰:"事实也,在此时会,不作营生,何以度日?"愚闻之,为之感动勿已,欲作一语以慰之,匆遽间勿可得,则投之以同情之苦笑,颔送之而已。直山向时,亦为一活动分子,顾今乃能敛其锋芒,隐于贩,博蝇头之利以自给,此真能淡薄自甘之人,实为之钦佩靡已也。

《小说日报》1941 年 7 月 19 日

蝶衣有女

得家大人乡间来书,附一纸,为吾女之成绩报告单,因知吾女在乡,亦颇能勤奋向学,成绩报告单上,吾女之名列第一,得分俱在八十以上,此良不愧为下走肖女。以下走幼时,读于校,每届考试,未尝居第二名也。乡人有来沪者,因购笔墨及衫履数事,托乡人携回贻吾女。吾女能勤读,为其父者,良宜予之以犒赏,以之为勖勉耳。

《小说日报》1941 年 7 月 19 日

纵容揩油

公共汽车与电车涨价后,一般纵容售票揩油者,遂自食其报也。愚以为售票揩油犹不恶,所可恶者,端为纵容售票揩油之人,此等糟兄,以车资界予售票人后,售票人命之稍待,糟兄颔之;售票人以与所付车资不相等之车票予之,糟兄亦颔之。若是则车资不增更何待?以此等糟兄,实欲促成车资之增。车资之增,若侪盖甘之也。一昨,于二十路无轨电车中,目睹乘客助纣为虐,售票员兼司收票职,乘客下车,以车票一一界售票员,于是售票者复以之转售于人矣。此等糟兄,吾辄疑其为售票人之小舅子也。

《小说日报》1941 年 7 月 21 日

戏院当局的组织

各戏院当局,最近有联谊会之组织,若吾友翼华、元声,都为联谊会之常务委员也。联谊会之组织,旨在泯除同业间隔开,谋共同福利,会章有一条曰:"同业间不得有挖墙脚事情。"此实甚善,盖戏院间向时,往往因挖请演员,以致伤其情谊,后此当不复有此弊。惟同业之间,于感情上固不妨谋和衷共济,若邀聘名角,编排佳剧,则仍宜出之以竞争。能出之以竞争,吾侪庶几有好戏可看也。

《小说日报》1941 年 7 月 21 日

雨夜枪声

十九日之晚,天微雨,餐后无去处,因与秋翁小憩于米高美,时在十句钟左右,舞侣方渐集,杯盘砰訇之声忽骤起,但见在舞场诸人,纷纷避走。愚初勿审为何事,犹以为炸弹爆发也,及惊魂稍定,始悉实有人开枪,伤两舞客。有人从后追逐行凶者,亦遭枪击。愚所见者,则惟此追捕之人,倚坐一椅上,蹙额呻吟,盖其创在臂,犹不甚重也,别一受伤者,则未见。愚于人声嘈杂中,自后门绕新世界而出,始复与秋翁值。秋翁未尝莅米高美,故欲临其地一睹,不意目击此雨夜枪声之一幕,其紧张情形,殆不输银幕上所演,亦意外之收获也。(二十日各大报载:当时开枪达二十余响,未免太夸张了吧?)

《小说日报》1941 年 7 月 22 日

何不连香烟公司老板一并拘捕?

不久以前,有人携赛璐珞纽扣一包,坐电车中,车中乘客,有吸卷烟去抛其烟尾,误着纽扣之包,遂肇焚如,有乘客夺门而逃,有受伤者。事后,纽扣厂之老板乃因是而被捕。当时报纸当作此项之记载,顾阅时逾旬,初不见续有香烟公司老板及火柴公司老板被捕之新闻,披露于报纸!窃为不解,以赛璐珞纽扣,虽为易于着火之物,然使非有人投烟尾于其上,即不肇焚如。故肇此祸者,实为香烟,而燃香烟者,则为磷寸,今既将纽扣厂之老板逮捕,岂可不并香烟公司、火柴公司之老板,一并株连之?乱世宜用重典,吾以为司法者仅拘扣一纽扣厂老板,犹不为彻底也!噫!

《小说日报》1941 年 7 月 22 日

编辑之难

读了小舟兄的《琐语》,知道小舟兄就任本报编辑以来,也感受到了许多困难。本来,编辑一个刊物并不是容易的事,过去我编辑本报,也曾经鞠躬尽瘁,全力以赴,但结果是因为种种的关系,使我感到棘手,终于灰了我的心。譬如说,几位特约撰述的稿子,有时候不来,编辑者在势又不能一一登门坐索。于是有一个一天不索,便要缺一篇稿子,这情形,事实上也是难免的,例如特约撰稿人生病之类,写稿究竟是高雅之事,不能用市侩的面目强迫人家写,那么遇有特约之稿不来,惟有编辑人自己填补,编辑人多写一两篇稿子,原不十分困难,不过本报有几位特约撰述,都是直接将稿子送到印刷所去的,从来不肯提早一天写,甚至于让编辑人过目看一遍的时间都没有,于是缺与不缺,编辑人简直是无从知道。待到明天发觉有一篇特约稿没有来,已经来不及了。这些困难情形,非过来人是不知道的,现在小舟兄也尝到了这种滋味,这样,总算我过去所受的痛苦,现在是有了一个证明的人,不至于湮没无闻了。

说起编辑之不易,因此我又想代任何报纸的编辑人,向出版人提出一个请求,就是出版人既然延请了一个编辑,就应该赋予编辑的全权,出版人可以提供意见,而不应该干涉编辑范围内的事。因为一张报纸既由编辑人负编辑之名,编辑人当然不愿自己所编的报纸,弄得不像样,因为这与自己的"牌子"有关。但是如果出版人时时加以干涉,甚至出版人自己发起稿子来(譬如这样的说),那么事权不统一,编辑人不但将茫然无头绪,甚至因为不是由于一个人编辑的缘故,报纸的形式与内容亦将因此而不协调。我以为,如果一个出版人不信任编辑人的话,那不如直接爽快的另请高明,比较来得好。因为一个编辑人在失去了"编辑自由"的时候,也是十分痛苦的。

《小说日报》1941 年 7 月 23 日

《万象》八月号

八月号之《万象》，已先后印出三千册，提早分发订户，余则将俟二十五日正式发行，盖于订户特别优待，使之先睹为快也。八月号之篇幅，与创刊特大号同，此则平襟亚先生之不惜牺牲，以销行既畅，一切都可取偿，为求读者之满意，故不欲减少篇幅耳。八月号中，群皆争赏秋翁先生之《江郎别传》一文，此文揭发江文通《梦笔生花》之秘密，辄复匪夷所思，见者佥谓较七月号中之《孔夫子的苦闷》一文为尤妙。愚已商诸秋翁，请按期为《万象》执笔，故九月号中，秋翁先生仍将出其婉转而多讽之笔，续写一文，厥名曰《潘金莲之出走》，其必有绝妙好辞，出诸秋翁腕底者，盖不言可知也。

《小说日报》1941 年 7 月 24 日

瘦竹播音

吾友朱瘦竹，近下海作播音生涯，午后在中西电台，午夜在大东电台，讲神怪故事及梨园掌故，辄复有声有色。一日，忽闻其述一恐怖故事，亘一日而毕，则取材孙了红之《侠盗鲁平奇案》，尝刊《万象》创刊号者也。瘦竹播音，操吴侬软语，绝流利，每述一故事，从来不作兴吃螺蛳，仿佛亦长于此道者。此君奇才，固不仅以写作戏文字见长，真可服膺也。

《小说日报》1941 年 7 月 24 日

刻薄之报

有刻薄成家之人，平时对于铜钿银子，横算竖算，刮人家一钿是一钿,门槛精得邪气①。然而千算万算,难逃老天一算,其人膝下子女,一年来为病魔所扰,这一个好了那一个病,那一个好了这一个病,药罐头从未间断,耗其人医药之费,一年来遂达二三千金,而子女之病仍勿愈。平日东刮西刮得来之钱,依然不"做肉"②,论者辄谓天道好还,刻薄之人,终食刻薄之报也。又有一人,往年尝办一报纸,挽愚写稿,及其人靳稿费不予,且曰:"摆颜色出来拿!"宛然流氓口吻。愚置不与较,为时勿久,其稚子嬉戏于马路,为汽车所碾,遽毙轮下。愚述此两事,初非幸灾乐祸,特以为"为人在世",无论何事,都应该将一颗良心,摆在当中。若心肠太狠,手段太辣,自己亦未必有好结果耳。

《小说日报》1941 年 7 月 25 日

叫哥哥

愚一度记"叫哥哥"后,王寿富君首先为愚正谬,知止老人复考据于后,近且引起观心斋主在《社日》之洋洋大文。然于叫哥哥之名称,终无定论,"莎鸡"与"叫哥哥"是否并无分别?亦正难说也。沪人称"叫哥哥"曰"叫翼子",愚以为此名却甚合,以叫哥哥乃振翼而鸣,"叫翼子"盖能名副其实者。若"莎鸡"则字眼陌生,虑不易为人所了解耳。

小舟按:翼磨擦而鸣,非仅"叫哥哥"如此。"叫哥哥"名"叫翼子",想系"叫油子"之误听,盖山东人叫"叫哥哥"叫"叫油子",但"油子"两字是否应作如此,仍不得知也。

《小说日报》1941 年 7 月 25 日

---

① "邪气",沪语,"厉害、过分"之意。
② "做肉",沪语,"长肉、长胖"之意。

"亚森·罗苹"入狱记

约翰学生王世伟、宋颂德,以劫刀疤老六家而入狱,两人平日好读侦探小说,遂中小说之毒,意欲效法侠盗亚森·罗苹,其往刀疤老六家行劫时,蒙面,戴橡皮手套,用假手枪,又在刀疤老六家轰饮白兰地酒,历一二小时,其从容不迫有如此者,盖完全以游戏出之也。事后,两人且持劫得之存折,向银行提款,以是遂为还者所拘。两人宜非不知银行之行有被逮危险,顾仍勿顾,亦可见若侪用心,直为欲蹈法耳。二十三日,此案又经一度研审,以两人家都素封①,非习为盗者,而侦探小说自王世伟家中搜出,达五十余册,亦非虚妄,故或有从轻发落之望。按律,结伙三人以上者,始得谓盗劫,兹则惟两人,且胥未成年,即此亦可望邀法庭之恕。王世伟其人,与襟霞阁主之公子为同学,时来中央书店,愚故亦识之。其人讷讷不善言辞,所阅侦探小说,多有于中央书店者,有《亚森·罗苹案全集》,为襟霞阁主所藏。王假其上集去,下集失其藕,至今犹寂处中央书店书橱中。吾侪初以为此人谨愿,初勿料其想入非非,竟欲以"东方亚森·罗苹"自居也。谑者谓其人模仿罗苹,究勿甚肖,使为罗苹,此际早轰传越狱矣!奈何犹为阶下囚耶?

《小说日报》1941 年 7 月 26 日

嗜好

愚生平无所嗜,不吸烟,不饮酒,不好博篃,秋水轩看竹之局,一月前恒被宠召,兹此洗手不干已久。有一时期,与南腔北调人看

---

① "素封",语出《史记·货殖传》:今有无秩禄之奉,爵邑之入,而乐与之比者,命曰"素封"。指无官爵封邑而资财丰厚的富人。

戏甚勤,此亦意兴阑珊。舞榭以耗费太钜,昔时犹偶一流连,迩已视为畏途。高士满开幕迄今,愚不尝一往问津,可知愚舞兴之衰也。若干日前,一度与秋翁小憩米高美,亦仅作壁上观,不意即遇开枪事件。电影花费最少,然佳片无多,因之亦勿能日日排遣时光。坐是近顷以来,颇苦于无以消遣,朋友之以"作何消遣"为问者,往往无辞以对。人有恶嗜,累固非浅,然并平常消遣之嗜好亦无之,则实亦大苦。声色犬马,都非所喜,向晚之际,没处可走,惟有浩然赋归,其苦闷可知,下走近日,情况正复如是,盖病在生平无所嗜耳。

《小说日报》1941 年 7 月 28 日

禹钟先生赠诗

沈禹钟先生,尝于涵芬楼下帷十年,所为诗工劲稳练,工力之深,时流莫不敛衽。《万象》出版后,尝得先生见贶一诗,愚以之与赵景深先生之文刊于同一页,不意《万象》此期稿挤,景深先生一稿临时抽出,将移载于下期,遂并禹钟先生佳章,亦付诸阙如。盖以赵文沈诗,胥不易得,故并欲留为第三期篇幅光也。

《小说日报》1941 年 7 月 28 日

四本《西游记》

乡间有人来沪,居于吾家,不能不稍尽地主之谊,因伴之观《西游记》于更新舞台。更新之《西游记》,已演至四本,舍张翼鹏外,刘文魁之戏乃奇重,刘盖饰沙悟净也。剧中穿插河伯娶妇故事,即刘文魁与白素莲之重头戏。素莲早年尝饮盛誉,重上氍毹后,嗓音犹复甜朗如旧,想见其保养之得宜。河伯娶妇故事之穿插,旨在破除迷信。人谓翼鹏富于新思想,观此可证。现在更新颇能承当年周筱卿余绪,剧中特重彩头,白骨精出现之夜,星月丽天,厥景绝清幽,花果山、水帘洞布景,亦极宏敞壮丽之致。流沙河收沙开打,如火如荼,则为三层楼观众所深喜者。愚于平剧,不好看出头戏。出头戏唱来唱去,老是那么几出,观之生厌,惟本戏则辅之以布景道具,颇能极视听之娱。虽为京朝派烈士所菲薄,愚实好之,乡人不解尖团阴阳,惟知演出热闹,布景瑰丽,即是好戏,故下走此日为东道主,乃颇能飨乡亲之欲也。

《小说日报》1941 年 7 月 29 日

诗意的菜单

吾友王持平,方主持南华酒家筹备事宜。一日,见《乐观》第三期,有秋翁所作之《一张诗意的菜单》稿,遂走访秋翁,谓将采用其所拟之嘉名,印于南华菜单之列。按:粤菜名称,由来隽雅,如味雅(即未来之南华,不久将改组)菜单中,即有一味,曰"凤入罗帷",盖鸡与螺也。惟饕餮之徒,不尽解诗情画意,南华座上,宜于在号召几个骚人墨客,则勿易"诗意菜单"而为"通俗讲座"之为佳,愿以此意,贡献持平。

《小说日报》1941 年 7 月 29 日

马车复活预言

资金冻结后,外汇发生困难,舶来品的来源势将断绝,汽油也是其中之一。有人预料,出差汽车大概不久又要涨价,最后则因汽油的断档而无法营业,也是必然无疑的事。不过公共汽车公司与德士古、美孚两公司,据说订有合同,两公司的汽油规定尽量供给公共汽车公司,不售与别人。所以公共汽车的行驶,在一年内倒不至于停顿,只是一年以后,战局是否能够结束?汽油能否恢复运输?还是一个问题。所以又有人预料,如果出差汽车、公共汽车一律停止营业后,在二三十年前出过风头的亨司美马车,也许要代之而兴,再度的风驰电击于马路之上,亦未可知。六十年风水轮流转,瓦片也有翻身日,未来的岁月,原是不可逆料。万一到了那个时候,果如以上所说,那么去年张园的双轮马车,倒成了先知先觉的产物。而十八世纪的风光,重在我们眼前出现,也未始不是一件别饶情趣之事。

《小说日报》1941 年 7 月 30 日

两种批评

我是个乐于接受人家批评的人,但是有两种批评不接受,一种是盲目的批评,譬如说,有人批评《万象》译稿太多,此人一定是没有读过《西风》的,他的批评,就是盲目的批评,我不接受。还有一种是恶意的批评,譬如某洋商报纸,说《万象》是鸳鸯蝴蝶派的刊物,甚至怂恿作家们不要为《万象》写稿。这就是恶意的诋毁,并且是一种挑拨离间的毒辣手段。当然,该稿的执笔,不过是因为以前和灵犀闹过一场笔战,我站在小型报编者的立场上,曾帮着灵犀说过几句话,因此恼了他,找机会对我报复而已!当然,我就是闲得没事者,也不会理睬,理睬了他,真成了上海人打话"睬俚瞎子"了!

《小说日报》1941 年 7 月 30 日

时装《钗头凤》

某影片公司,尝拟以陆放翁之《钗头凤》故事搬上银幕,剧本挽范烟桥先生执笔,及脱稿,古装片之狂潮已成过去,事遂搁置。忾于最近,影片公司主人忽以废弃剧本为可惜,盖一笔编剧费用如果白白牺牲,未免心痛也。遂议以古装之《钗头凤》,易而为时装之《钗头凤》。下半年度,此片或且摄制,彼时密司脱陆放翁,殆将西装革履出现于银幕之上,与其表妹唐蕙仙女士,为情致缠绵之演出,此盖不问可知。中国之影片事业,捏在此等市侩手里,前途惟漆黑一团,只有待此等市侩亦如班禅喇嘛之重投人身后,再与言第八艺术矣。

《小说日报》1941 年 8 月 1 日

好街坊,好邻居

史致富先生经营万国药房,设福州路世界里中,与中央书店适望衡对宇而立,因之恒与先生遇。洵所谓"街坊是好街坊,邻居是好邻居"也。最近,万国租得徐重道旧址①,即在世界里外。顷已鸠工建新屋,此后万国药房将愈显美轮美奂之观矣。致富先生年事犹少,而于阛阓间已负硕望,论者谓由于其命名之佳也。女伶徐东霞,传尝以父礼事先生,一日叩之先生,则笑不自承,盖亦一谦谦君子耳。

《小说日报》1941 年 8 月 1 日

① 徐重道国药行,为 1920 年慈溪人徐芝萱所创办,全称为"浙东良医徐重道国药号",徐芝萱自任经理。至 20 世纪 30 年代,共有 17 家分店,总店在上海市爱文义路(今北京西路),是当时全国规模最大的中药店。

古寒上银幕

古寒女士①有志于银幕者有年，其热忱仿佛当年之赵珍妮，赵尝夤缘入艺华，一度其影星之经，而古寒则所如辄左，盖乏汲引之人也。古寒既勿获腾踔于银坛，则从事于话剧，中旅一度罗致之，于《女人》中演出，其演技之精湛，观众固莫不交口称誉，以为是人初非无大才，奈何勿为人重。及最近，绿宝剧场②聘女士为台柱，女士否运似渐剥除，盖于演舞台剧之外，又受合众之聘。合众摄《龙潭虎穴》一片，女士于其中亦主角之一。数年凤愿，至今而偿。后此竿头日上，或且可期。有志者事竟成，古寒宜可以稍豁双眉矣。

《小说日报》1941 年 8 月 7 日

一方"露白"

一方于《秋水新篇》中，忽有语曰："闻一片冻结之声，辄不禁令人食不下咽也！"读之大异，以资金冻结，于吾辈操觚之士无所损，所损者惟储款于外国银行之人耳。无论于冻结之事，方称颂不遑，而一方独发嘅叹之论，因疑一方亦有巨金，存于外国银行，遂至食不下咽。一方平日恒自嗟其穷，今兹一言，乃露其破绽矣。

《小说日报》1941 年 8 月 7 日

丁谛先生

丁谛先生在《万象》八月号中，写了一篇《蓝森林》，他形容蓝森林的个性倒很有些和我相像。蓝森林是一个道士，他是个忠于职

---

① 即香港女星杨盼盼之母。
② 绿宝剧场，位于新新百货公司(南京东路 720 号)四楼。

务的人,对于拜忏做法事,看得十分郑重,噀一口法水,宝剑向香案上一拍,铃儿摇得格令格令的响,当作真有鬼神在他的旁边一本正经地执行他的任务,他不知道随便一点,明知道是假的也当作真的做,于是受到一般人的讪笑了,大家都当他是一个古怪的人,直到他死了,始终没有人能够了解。丁谛先生这一篇小说,出之以诙谐的笔调,实际上则是十分沉痛的。

我自己知道,做人也有点傻,正像蓝森林那样,把是非看得太认真了!不好的,我绝不苟同;好的,我就不顾一切的要做就做。然而,有许多人讪笑我,甚至以为我"固执"。譬如说,在某一年闸北居民惶惶不可终日的时候,我愤于市当局的既不安民,亦不辟谣,就在报上登了一则《陈蝶衣迁居闸北》的启事,不顾自己的渺小,要想"以身作则",安定人心,结果是被人当作了笑柄。又如在国难时期停止举行国庆纪念的时期中,《钻》报施老板拟了一则"恭祝国庆,本报编辑部同人鞠躬"的广告,我加注了一句"陈蝶衣恕不在内",又被大家当作了笑话。这些事我自己想想,似乎并没有做错,然而得不到人家的同情,所博得的舆论只是"怪癖"二字。毕竟是不是怪癖呢? 我承认是的。只因为在这个社会上,像我这样把是非看得太认真的傻子,为数不多,于是我便被人认为一个"怪癖"的人了。我有时想想,也很有些悔恨,为什么我不能变得随便一点,一定要把所有的事看得那么严重? 圆滑一点,马虎一点不好吗? 然而我终于不能够。我想,我一定会和蓝森林那样,直到我死,也不会有了解我之人的。

《小说日报》1941 年 8 月 13 日

晓初先生书法

许晓初先生,惠书下走,书为其书记撰拟,而函末署名,则例出先生手笔。先生书法,雄浑而苍劲,有几分似夜起庵[①],又有几分似叶誉虎。论书法之美,阛阓中吾未见有逾晓初先生者(有竹居本是文人,又当别论),下走平时自忘书法之陋,辄时为人写扇,及睹晓初先生之书,乃为之勿敢下笔矣。

《小说日报》1941 年 8 月 14 日

出家人

两访灵犀于其家,俱勿值。又尝觅之于恒顺酱醋厂,亦未遇。此君近来似乎外交甚忙,大有似耽于禅悦者行径。有人则言:"灵犀欲为出家人,故一天到晚不在家中。欲晤此君,惟有于'方外'觅之。"顾日来又闻"方外"之地,方有盛会,虑或蒙闯座之嫌,终惟有索然以罢耳。

《小说日报》1941 年 8 月 14 日

《潘巧云画传》

董天野先生,绘《水浒》中翠屏山事迹,成《潘巧云画传》二十幅,以畀下走,先生画古装仕女,其线条之美,惟一涵美可涵室主,差堪比拟,外此更无第三人,天野先生此画,盖为《万象》而作,足以为吾书生无限颜色矣!

《小说日报》1941 年 8 月 14 日

---

① "夜起庵"为郑孝胥之别署。

乡居之乐

夏日，辄神往于少时乡居之乐，予家兰陵之南乡，门前有广场，夏夜，邻人掇凳移榻，群集于场上，跣足为纳凉之会，杂陈瓜果，闲谈唐宋，偶为诙谐，笑声时纵。滨水杨柳，列陈如嶂，轻风飓之，摇曳于夜凉如水中。纵不歌晓风残月，亦觉弥饶诗意。儿童持蒲掌扇，追扑流萤，既得，则贮之琉璃瓶中，星火点点，闪烁作光，更不须复燃灯烛。予少时好弄，辄复与邻家女儿驰逐为乐。纳兰词所谓"卷笑轻衫鱼子缬。试扑流萤，惊起双栖蝶"，此情此景，真叫人思量，一度一低徊也。自来海上，一椽伏处，行坐起卧，且有"动尾触四隅"之苦，枉论纳凉之地！科头跣足，说鬼谈神之趣，惟有于梦寐中求之矣。

《小说日报》1941 年 8 月 16 日

斌社票房的异事

最近听得了一则新闻，这新闻是不科学的，不合逻辑的，然而却是事实。

在北京路，有一家斌社票房，斌社的名誉社长是更新舞台主人董兆斌，最近，他们社里发生了一件异事。据说有一天夜深人静的时候，社里的锣鼓家什，突然会龙冬搭亢的响了起来。第一，那时已在夜深，社员早已散了；第二，明日检视之下，门窗紧闭，绝不是人家偷偷地跑进来寻开心。然而那些锣鼓家什，却都搬了地位，刀枪马鞭子之类，也丢了一地，证明确是被人舞弄过。他们社里，是有两个茶房，住在另一室中的。夜里听得了锣鼓家什声音，早上起来，又发现了此等情形，吓得疑鬼，诧为奇事。隔了一天，有一个茶房，晚上好奇地睡在帆布床上,明日一觉醒来,忽然发觉自己一个身子,竟然困到地板上去了! 也不知是什么时候搬的场。因此吓得两个茶房,再也不敢住下去。社里的许多社员,对于这一件事,研究不出一个所以然来,以为或许是狐仙作祟,于是经过社务会议议决,备了猪头三牲,很虔诚的祭了一次神。平日只听得戏馆开台要祭神,票房是业余团体,居然也祭起神来,恐怕还是自有票房以来第一遭。

在这科学昌明的时代,按说不该相信这一类迷信的事,可是这一桩新闻,却是事实,记将起来,让我们的科学家去研究研究。

《小说日报》1941 年 8 月 17 日

飞将军从天而降

万象书屋之屋顶,开有天窗,其下柱距二三尺,别有天花板承之,亦辟有气窗,与天窗成一垂直线。一日下午,愚方治稿,气窗之玻璃忽裂,纷纷下坠,丞为巨响,下坠之处,适在愚书案之前,顾愚犹能持以镇静,非愚自诩,彼时实有"泰山崩于前而目不瞬"之气度也。不意巨响之后,忽继之以稚子号泣之声,始乃大骇,丞起视地上,则匍伏一孩童,裸上体,双臂皆血。时局中人闻声争集,共扶小童起。则勿语,宣于众,始有一妇人闻息上楼,童果其子,幸伤勿甚重,吾侪惊魂始稍定。愚初未见此童入室,乍闻其号泣之声,颇以为怪,至此始悉小童之来,实如飞将军自天而降,盖书店左邻有顽童,恒匍匐而上,抛砖弄瓦为戏,此童殆攀登屋顶之天窗,窗不胜载重,遂穿天花板之气窗,陷身而下。试衡其高度,几逾二丈,顾此孩竟得不死,且伤亦甚微,实缴天之幸也。

《小说日报》1941 年 8 月 18 日

禁屠三天

近来,老天爷时常落下一阵阵的大雨来,现在黄梅季节虽然已过,大雨还不时的倾盆而下。在下自不小心,恰巧卜居在所谓低洼之区,于是每逢落一次大雨,马路上固然是一片汪洋,舍间也不甘示弱似的,顿成泽国,客堂里、灶间里,以至于房间里,完全浸了水,在下一家大小,也就一个个"宛在水中央"。论起风景来,倒是一幅绝好的"水乡消夏图"。所苦的是在下是个薪水阶级,每天非早出晚归不可,因此除银钱损失不计外,有时候为了黄包车夫"拿乔",只好赤了两条腿,涉水而过。在下辱为斯文中人,行年三十有零,从来不曾光着脚板走路,不想到了这交通便利道路平坦的上海,还要赤起脚来,总算也是创立了生活史上的新纪录,这几天,鄙人的两足突然闹起湿气来,这自然就是拜马路积水之赐。我们知道,工部局当局因为有"困难",所以对于疏浚沟渠一事,还不暇理会,在万般无奈之下,我想我们只好求求老天爷了!现在,我想向上海市民建议,对于马路积水有切肤之痛的居民应该接受我这建议,择一吉日良辰,禁屠三天。古人禁屠是求雨,我们的禁屠是"求晴"。第一,请老天爷帮帮我们出无车的小市民的忙,千万不要再下雨,宁愿"大旱成灾"倒可以,免得我们时常因马路上一片汪洋而有望洋之叹。第二,帮帮工部局的忙,如果不下雨,租界上路政废弛的情形就不致暴露,工部局也可以永远节省一笔疏浚沟渠的钱,同时也不会听到小市民的怨声载道。

卜居于低洼之区的纳税华人们,不要再指望工部局来解除你们水厄的痛苦了!现在,我们惟有向老天爷哀哀上告,求它不要再下雨,这是一个治本办法。以"禁屠三天"的至诚来"感格上苍",你们看好不好呢？唉！

《小说日报》1941 年 8 月 21 日

高秋蘋

　　非票先生在《社日》谈起已故名旦高秋蘋。后来太白在《遗风集》中，也提到"高秋蘋"，这倒使我有点疑惑起来。我记得从前只有一个"高秋蘋"，是唱旦的，似乎没有什么"高秋鞏"？不过非票先生屡在《社日》谈梨园往事，太白先生又是一位剧评家，两位绝不会错，而我的记忆力却甚坏，也许是我记错了。不过无论说是高秋蘋，或是高秋鞏，大家都不算错，因为毕竟还没有缠到高倩蘋①身上去呀！

《小说日报》1941 年 8 月 22 日

助学金别苗头

　　《申报》连日发表助学金的名单，《新闻报》的《茶话》也在二十日发表了一大批贷学金核准学生的名额，好像两下里在别苗头一般。这一种"嘉惠清寒学生"的义举，实在是值得称颂的。所奇怪的却是横也骂人家毒素，竖也骂人家色情的某洋商报纸②，却不见他们站起来倡导一下？倒让这两张杂牌报扎了台型去，不觉得相形见绌吗？

《小说日报》1941 年 8 月 22 日

---

① 高倩蘋，为导演高占非之妻。高倩蘋曾是明星影片公司的演员，1936 年弃影改行当了律师。
② 蝶衣此处暗讽《中美日报》。当时日军强占了国民党中宣部设在租界的新闻检查所，租界当局屈服于日方的压力，规定各华文报纸都要受日方检查，因此许多报纸都挂上了外商的招牌，以避免检查。《中美日报》挂着美商罗斯福出版公司的牌子，社址在上海市爱多亚路（今延安东路）长耕里东侧的大楼里。

米虫

唐云为采芝室主绘簦,图米虫其上,灵犀以其为甲虫,谓类蜣螂,以为不类米虫(见二十日《社日》),灵犀盖仅知软体之米虫,不知唐云所绘者即俗所谓地鳖,一名䗪虫,亦米虫也。不过此硬壳之米虫,多匿于米囤下阴湿处,不若软体之米蛀虫,乃蠕蠕于米囤之内耳。灵犀、啼红并男其三先生,为采芝题米虫诗,多咀詈米虫之词,愚亦勉为一绝,则一反诸君之意,诗录下:

> 居奇到处罟奸商,□穀曾非为歉荒。
> 安得此蠹千万亿,蚀完囤户栈中藏。

措辞虽殊,蓄意则一也。又唐云为采芝绘簦,虫外复作一半袋,灵犀《猫双栖楼随记》,以为是稻根,亦误。

《小说日报》1941 年 8 月 23 日

东亚咖啡室之荒谬

餐于东亚咖啡室,呼鸡丝蛋饭一客,来者乃为蛋炒饭,大奇,疑其有误,询之,则谓鸡丝蛋饭固如是也。予素不喜炒饭,以炒饭油腻,且难下咽。因呼侍者,指菜单而问之曰:"火腿蛋饭亦炒乎?"曰:"不炒。""咖喱蛋饭亦炒乎?"曰:"不炒。"愚遂严诘之:"菜单上于鸡丝蛋饭,既不明着一'炒'字,奈何以炒饭飨客?"侍者嗤笑无以对。按:东亚咖啡室属先施公司之一部分,先施之组织素严密,今乃有此疏忽之事,予顾客之印象,要甚恶劣,以其迹近欺瞒也。鸡丝蛋饭之值每客三元。不过鸡丝数茎,蛋则略资点缀而已! 予既不喜炒饭,遂仅三数口而止。在上海混了十数年,不想却在先施公司里,做了一次洋盘①也。

《小说日报》1941 年 8 月 23 日

大郎上银幕

大郎将上银幕,于《灵与肉》中饰一咸肉庄上之嫖客。闻大郎在片中,初不以风流小生之姿态演出,而须装小胡子,穿长袍马褂,为一"伧夫"打扮,此则未免辱没大郎的一只西风面孔②。顾大郎初不向导演人提出抗议,殆亦是"为艺术而牺牲"也。《灵与肉》之女主角为英茵,即饰庄上花者,故大郎将与之同场演出。闻英茵曾商诸朱石麟,谓:"可不可以让我不要与唐先生拍同一个镜头?因为我看见了唐先生的那一副尊容,势必忍俊不禁,怕要将戏弄糟了。"朱石麟大笑允之,而嘱英茵于第一次碰见此位庄客时,可以微侧其面,为佯羞之态,以后则各人演各人之戏,避免在同一画面上出现。此一消息,未识是否为大郎所知,盖在英茵小姐目中,直以小丑一类角色视大郎。大郎欲舆论给予"崇高的评价",真须好自为之也。

《小说日报》1941 年 8 月 24 日

审美观念

审美观念真是每个人不同的。朋友中,毛铁喜欢楚腰纤细、身材修长的女人。大郎因为自己是西风面孔,所以他除了"高大之马"以外,独好"脑后见腮"的女人,过去的歌圣锦雯,现在的刘氏惠

---

① "洋盘",沪语,"傻瓜,冤大头"之意。
② 唐大郎脸方,向被同文谑称为麻将牌中的"西风"。

明,都是这一型的人物。还有一个"倒挂脸"的新艳秋,也曾使大郎神魂颠倒过,直到新艳秋嫁了人,大郎还不住的发为怨嗟之声,以不能一亲芳泽为憾。我自己却爱鲁玲玲、胡弟弟一型的脸型,所以一旦见了双鬟,会得着魔起来。最近在《西风》月刊中,看到《西风信箱》中一封读者的信,一个十七岁的女学生,单恋着一位年在五十以上的老师,那老师的须发已经花白了,但是她却爱上了他。这样的审美观念,更非常所能测度的了。

图85　大华舞厅红舞星鲁玲玲,刊于《舞风》1938年革新号第13期封面

《小说日报》1941年8月26日

灵犀可嘉

我和灵犀讨论"犯不着"的问题,灵犀在《社日》上,已有一篇文字答复我,他声明并不是采取"妥洽"主义,而说是我的误解(最凑巧的是同时误解灵犀之意的还有一位蓬矢先生),那么证明了灵犀毕竟还是一个有勇气的人。我本来说灵犀是"肝胆男子",而我为《与灵犀谈犯不着》一文的动机,也无非是劝灵犀放出些勇气来,不要遇事畏葸。现在灵犀既有并非倡导"妥洽"政策的表示,我写那一篇文字的目的总算是达到了。自然,这也是"忝为老友"的我,感觉到十分欣慰的。

《小说日报》1941 年 8 月 26 日

小山先生赐箑

生平不敢向人索扇，有见贻者，则亦珍如拱璧。前日造因风阁，钱小山先生属啼红以二箑馈愚，一小山先生尊人名山乡先辈书，玉岑词人①公子谢宝树②画山水；一谢月眉女士画花鸟，顾飞女士书绝句八首。凡此固下走寤寐以求者，小山先生乃并为愚征得之，寖至扇骨亦俪以贶愚，盛情真可感戴矣。名山先生写绝句两首，并顾飞女士佳章，啼红已誊录入《迤逦散记》中，刊诸《力报》。月眉女士绘黄鸟红踯躅，题词其上曰："黄鸟黄鸟，抑何娇小！唤得春回，鹃花开了！"亦绝妙好辞，使衍为长短句，未必使让李清照"帘卷西风"专美于前也。顾飞女士绘山水，向时绝爱其淡雅有韵致，以为闺阁中不可多得者，不意女士小楷亦复婉约如其诗，信乎才人之笔，固无所勿能也。愚今夏未尝以便面乞人书画，顾所得转多隽品，舍以上二扇外，复有陈小翠女士一箑，绘梧桐美人，并为愚所得诸扇中最惬心意者。而小翠女士一箑，亦小山先生所转来，故尤生故人情重之感也。

《小说日报》1941 年 8 月 27 日

跷工独优

苏少卿③作《绿蕉仙馆剧话》，近方作梆子戏之倡导，其言绝可笑，如曰："因彼既会唱皮黄戏，又兼擅梆子戏，是多才多艺矣，乌可

---

① 谢玉岑(1899—1935)，名觐虞，号孤鸾，常州人。钱名山之婿。有《白菡萏香室词》《孤鸾词》存世。
② 谢伯子(1923—2014)，常州人，谢玉岑之子，钱名山外孙，谢稚柳之侄。
③ 苏少卿(1890—1971)，徐州人。戏剧评论家，剧界四大谭票之一。

不另眼相待?"忆李万春于武生戏外,兼唱红生戏[1]、须生戏,仿佛在此辈京朝派评剧家,固诋之甚力者,未尝誉之为多才多艺也。《剧话》中又言:"四大名旦中之荀慧生,本习梆子,故跷工[2]独优。"在苏少卿之目光中,盖犹以"跷工"为了不得的艺术,意此君在摩挲其床头人之一捏莲钩时,殆亦有得意忘形之状也!

《小说日报》1941 年 8 月 27 日

游侠死后之钻戒争

某游侠以遭人狙击死,游侠生前,恒御一钻戒于其指,钻粒殆在三四克拉间,故游侠所至处,其指上钻光未尝不熠熠作异彩,使人相顾动色也。及游侠死,此钻戒约于指间,至成敛之日犹未除。见者以为此一钻戒,殆将作殉葬之物,永为椁中宝藏矣!不谓转瞬之顷,忽有两妇哄于堂,至纠结互殴。众吊客大诧,询其故,则俱俨然颜赭,盖为钻戒而争也。初,一妇于游侠将敛时,见指上之巨型钻戒,突起贪念,乃潜取之下,欲据为己有;不意别有一妇,从旁瞯之,与之攘,钻戒自妇之手中脱,堕地上,两妇遂匍伏而争,号喧之声以出。有知两妇者,谓胥为游侠宠妾,不久之间,两妾犹辟踊而号,似离鸾别鹄之痛至切,不谓以一钻戒,乃至哄于灵堂之上。论者辄深慨乎两妾其既死,乃勿能卖钻戒以入黄泉,人生特梦幻泡影耳!此在骄奢淫逸之徒,讵不可以作当头棒喝!而两妾曾不知

---

[1] 红生戏,指围绕《三国》中关羽的英雄故事而编演的戏,属老生戏中一支,脸谱勾红脸故名红生。此外,在《下河东》中的赵匡胤以及传统剧目中其他个别角色,也由红生扮演,也称作红生戏。

[2] 跷工,又作跷功,戏曲舞台表演技巧之一,演员在脚上绑跷鞋,模拟缠足行走。跷鞋是仿照古代妇女的小脚形状,以木料或布料制作而成,外套绣花鞋,套著大彩裤把真脚盖住,将小脚露出,以一种特殊的表演手段,表现出古代妇女行走时的状态。

警惕，寖至辍其哀恸，为此么么小物而哄，洵所谓人为财死，鸟为食亡，此瞬息之一幕，要不能不使人感喟无已也。

《小说日报》1941 年 8 月 28 日

灵犀乘车

定山居士陈蝶野先生招宴之日，灵犀最后至。既宴罢赋归，予与瘦鹃先生并佩老，同乘电车行。灵犀与吾侪殊途，愚告灵犀，可乘二十二路公共汽车，抵大世界，然后易车行，并指点其登车之处，顾灵犀徘徊瞻顾，卒不纳愚之言，而呼人力车以去。殆虑在公共汽车之上，"招致到更多的麻烦"，佩老与愚，以灵犀之怯，辄不禁掩口葫芦。二十九日《社日》，灵犀于《猫双栖楼随记》中，自述其乘车趣史，有"自是独身出，非常至之地，不敢复乘电车"之语，因悟灵犀其日，不欲登公共汽车之故，实有由来。是则灵犀固不常乘公共汽车者，电车、公共汽车之涨价，与彼无切肤之痛，宜彼于卖票之揩油，乃采取"妥洽"政策也！

《小说日报》1941 年 8 月 31 日

路遇车祸

二十八日晚，归途遇雨，愚自南京路之东徂西，为雨阻于虞洽卿路口，拟俟雨稍住再行，不意竟有一黑牌汽车，于雨中撞倒一男子，仆道上，不复转侧，愚以为且毙矣。冒雨趋视，则初不见流血，其时汽车司机人亦驻其车，自车中跃下，会同别一路人，掖男子趴跳于道旁，旋以急救。男子仅仆地而晕，初未受创，故移时即苏，司机以为其无碍，置之而去。愚问男子，亦有所苦否？男子倚壁不答。群且哗曰："汽车遁矣。"愚疾步趋道中,时雨势正厉,愚未尝携雨具,亦勿顾,直前掫汽车之门,请汽车中人缓其行,并告以撞倒之人,初无大碍。车中人乃殊和蔼,颔首曰："吾非欲遁,惟使汽车开驻道旁耳。"愚乃大称善,阖其车门,退告旁观诸人,以若辈几以小人之心,度君子之腹,车主人固未尝蓄意欲遁耳。移时司机又复至,一华捕亦闻喧来,此一事件,乃交与华捕办理,旁观者皆散。愚以时且交亥正,亦返趋电车站,候电车而归。一身派力司西装,才经洗熨者,至是乃上下尽湿矣。

《小说日报》1941 年 8 月 31 日

《牛郎织女传》

魏如晦先生编的戏是不会错的!这是我看了《明末遗恨》与《海国英雄》后的感想,现在又看过了《牛郎织女传》,给予我的感想还是和以前一样。

《牛郎织女传》是一出神话剧,还不如说是寓言剧来得切合。魏如晦先生固然是预备利用流传民间的牛郎织女故事,加以新的提炼,新的运用,使它成为一出针对现实的戏剧;所以全剧虽然在神话的形式中演出,但每一位观众都能体会到剧情的开展,每一个登场人物,每一句对白,都是有深意存乎其间的。

在演出上,我曾经看见过魏如晦现身的原剧本,知道因为舞台条件的不够,有许多地方还不能尽如人意,例如在第二幕,本来预备尽量利用机关布景的变换,但据说是为了成本过巨的关系,未能照剧作者的原计划做。不过像第二幕混世魔王遁走时的烟火,第四幕神宫幕后旋转着的灯光,采取了平剧中的方式,此一尝试毕竟是成功了的。

剧情的开展并不以全力倾向于讽刺,而完全用人物的象征来给予观众以多方面的启示,这是与一般话剧的不同之处。

魏如晦先生的公子钱毅饰朱明儿(即牛郎),是演员中最成功的一个。在第二幕中,魔王以金银珠宝引诱他时的内心表演极好,沈敏的锦姑(即织女)出场时的歌唱声调太软弱,但被劫以后就演得很认真,尤其是在鞭挞之下被魔王逼着斟酒唱曲子,一种悲愤的神情可说是与剧俱化了。魔王不知是何人所饰? 国语的不纯粹是唯一缺点。蓝兰在梦境中饰女神,时时笑场,严肃的空气被她破坏了,这似乎不应该。不过也怪不得她要笑,实在那一套在《夜深沉》鼓套子中演出的手势表演,仿佛有"鬼神附身"似的,我以为无甚意义,大可删去。还有末一幕庆祝牛郎织女婚姻成功的歌舞,完全采取了平剧中《嫦娥奔月》的方式,似乎也不大好。我以为尽可以改用其他方法来强调剧情,那便可以使全剧更生动更有力了。

《小说日报》1941 年 9 月 1 日

又一移风旧人入更新

更新舞台广告中,忽刊入王兰芳之名,因知王亦为更新所罗致矣。更新于移风旧人,既录其李长山、李翰三数辈,愚因于《散记》中向更新建议,不可不延揽王兰芳,以王实演本戏能手,更新排《西游记》,正需此佳才也。今更新果罗致兰芳,虽未必为纳愚之言,要亦兰芳艺事,自有其可取处,不则姜云霞与兰芳,同有人向更新推毂,更新如于《武松》中饰潘金莲,闻系特烦[①],正式登台期,则将俟

---

① 特邀演员。

之六本《西游记》上演时。按：更新知罗致移风旧人，实刘文魁始其端，今王兰芳亦接踵而至，脱能更得王熙春者，则移风且不翅①复活于更新矣。

《小说日报》1941 年 9 月 4 日

《万象》成本

　　襟霞阁主人，尝为《万象》草呼吁之文。《万象》出版至今，以"每期都是特大号"昭示于读者，事实上因长篇过多，篇幅亦勿能缩减，愚与襟霞阁主人擘画《万象》，初时原不为牟利，故出版后核算成本，可不亏折，因亦勿愿缩减篇幅，庶饱餍读者之望。不意最近排印工骤增，数达百分之五十，于是吾侪自《万象》，遂如猛膺拳创，至昏昏欲仆。昨日核计成本，直需一元一册，而吾侪批发之价仅七折，月即须亏蚀四千五百元，"样样都做，蚀本不做"，在势非增加售价或缩减篇幅不可，顾两皆非吾侪所愿，于是进退维谷，直成一不易解决之事矣。

《小说日报》1941 年 9 月 4 日

文娟归来

　　张文娟既南归，慕老为代邀同文，小叙于雪园之楼上。之方、小洛、灵犀、一方、太白，并引凤楼主人皆至，胥昔日爱护文娟甚殷者也。与文娟暌违一年，不意此儿谦巽，视昔尤甚，见人辄致其九十八度鞠躬，此当为一年来人生阅历锻炼之功。因知文娟北行，为不虚也。黄金为文娟拟登台期，为月之九日。问文娟打泡戏亦定

① "不翅"，即不啻。翅，通"啻"。"无异于"之意。

否？则曰：“大致为《失空斩》《探母》《奇冤报》三出。”

文娟艺成归来，吾侪旧友，理宜为之设宴洗尘，顾席间初无倡议者，下走凛“此时此地”之诫，因亦噤勿敢声。（过去也是舞女搂搂，麻将打打的，现在居然板起面孔，一本正经地喊起“此时此地”来，大概可以算是“长进”了？哼！此事还当烦诸慕老耳。）

《小说日报》1941 年 9 月 5 日

访魏如晦先生

访魏如晦先生于其居，先生新作《牛郎织女传》，方上演于辣斐，初以剧场当局吝惜经费，置景及音乐效果，有若干处未能尽如人意。项则已加以改进，末幕梦回抢景，初以时间不及略去者，兹亦照预定计划演出矣。如晦先生告愚，末场歌舞原拟排演一种耕种舞，自播种起至收获至，以象征“以农立国”之精神，顾训练需时，遂未能如预定计划演出云。先生许愚，以此新剧本载《万象》，已刊其一幕，兹乃复以第二幕示愚，剧本所列，视舞台演出为尤饶兴趣。先生言，明年拟由新艺剧社自演之，庶可以尽量利用舞台技术，强调剧情兹开展也。

《小说日报》1941 年 9 月 5 日

《灵与肉》改名

吾友大郎，于《灵与肉》影片中客串演出，日来诸同文间，恒以此事为谈助。顾不知如何，近日报端广告，忽改《灵与肉》为《肉》，此真不甚妥。愚以为将咸肉庄上之事件搬上银幕，已嫌不雅，今又以“肉”字为片名，益伧俗不可耐，即谓为生意眼着想，正恐亦无甚殊效,盖一般太太小姐们,即未必能尽晓此中意义也。按:《灵与肉》剧本,出吾友桑弧之手,桑弧为吾道中富有前进思想者,于此事乃默缄而息,良不可解。

《小说日报》1941 年 9 月 7 日

一万个人说好

《社日》刊《心灵感通录》,老凤先生不以为然,以愚为首先反对灵犀于报端谈佛者,因戏语愚曰:"盍群起而攻之。"愚以灵犀于愚自反对其谈佛,颇不慊于怀,因不愿更致可否之词。顾灵犀于六日《社日》,记《心灵感通录》刊布后,得读者函十余通,促其发行单行本,以为此文实为读者所欢迎,复引《时报》刊载《吹万楼日记》为证,谓"未尝有加以诋毁者",此则灵犀大误。愚于此事,极佩老凤先生之一言。老凤先生尝谓:"有一万个人说好,也许有二万个人在说不好!"愚以为老凤先生此言,实确切不移之论。《吹万楼日记》在《时报》刊布之日,正不知有若干人詈《时报》之没落,特不尽著之于笔端耳!灵犀何由知"未尝有加以诋毁者"?灵犀佞佛信鬼,愚不欲非之,特以为谈佛说鬼之作,刊之于报纸,只有欢迎者而无疾恶者,则殊未可也。

《小说日报》1941 年 9 月 7 日

一阵风

文友笔下提到《文艺女侍应生》王凤珠,总说是我的女弟子。我并无好为人师的习惯,但是我不想否认,原因是凤珠小姐聪明而又美丽,有这样一个女弟子,在我实与有荣焉的事。

凤珠有一个雅号叫"一阵风",这是一阵香风,也是一阵幽默风,她的幽默故事很多。有一次,大中华咖啡馆来了几位"贵"客,要喝最好的咖啡,问凤珠:"有什么牌子的?"凤珠说"WC","贵"客中有一个点点头说:"WC的确很好,我喝过的。"在凤珠是一时大意,然而却造成了一个大笑话。这一个笑话,凤珠曾写入她的《侍应手记》中。她不仅聪明美丽,而且是如此的风趣。现在,她在四姊妹大饭店,已经由女侍应生升任"克泼登"①,有不少餐客为了她而望"风"来归,但愿她能够一帆风顺,此风不替。

《风报》1947 年 5 月 5 日

徐訏的旧作

徐訏有新作在《新闻周报》发表,厥名《二十世纪的禁果》,这当是鉴于《风萧萧》一书的畅销,遂使新闻当局发生"求贤"的兴趣。惜乎,这一篇《二十世纪的禁果》,虽然号称新作而实是旧作,过去曾在某一杂志连载过。大概徐訏仓促间缴不出新货来,而《新闻周报》又急着要,于是也就只得不管牌子不牌子,暂时以旧货充数了!

徐訏的小说人物都是属于理想的,对白风趣,充溢着文艺气息,读起来也觉得十分理想。可惜《新闻周报》和《新闻报》一样,根本无编制可言,《二十世纪的禁果》的标题就用几个铅字排排,连一幅题目画都是吝啬的,未免太不理想了!说得苛刻一点,简直是辱没徐訏的好小说。

《风报》1947 年 5 月 7 日

---

① 英语 captain 的沪语音译词,一般指服务行业的领班。不同行业音译词不同,咖啡馆领班译为"铅笔头",盖指领班常于耳间夹一支铅笔;艳窟中领班译为"开拍等",一语双关;赌场中领班译为"开不得",隐指其摇骰子,不胜枚举。

筱快乐预立遗嘱!

筱快乐因"快乐家庭"被捣毁而其名益彰了! 他的损失不难从空气中收回,在筱快乐也许反而因祸得福。筱快乐的原来姓名叫朱良,八年之前,我和他一度有共事之雅,那时候在采芝斋主持广告部,筱快乐则负责无线电播音宣传,他自己似乎并不唱滑稽,仅是担任报告而已。

据说筱快乐"毁家"之后,已经预立遗嘱,请于斗斗在电台上代为宣读。我没有听过,不知道遗嘱的内容,是否也是"余致力于滑稽播音……"一套?

《风报》1947 年 5 月 12 日

一朵鲜花

有一位话剧名旦和一个猥琐的导演赋同居之爱,消息传来,闻者不免有"一朵鲜花……"

男女之间的事,有时本来非可以常情测之的。往往有一种女人,在你的阳光里看起来很高贵,似乎应该敬若天人,然而她所喜欢的,也许不是你这种斯文的男人,相反的,对一个坏胚子倒会表示好感。你说这一种女人是"生有贱骨"吗? 其实又未必尽然。那为什么呢? 理由很简单,你对一个女人敬若天人,天人便只能维持天人的尊严,而坏胚子则以"进以游词"为最普通的会话,如果适应需要,自易"一击而中"了。

就我所知,有一种女人是甘愿与坏胚子为伍的,原因是坏胚子的口里什么话都说得出来,这在需要的时候比较刺激。彼猥琐的导演,所以能获得话剧名旦的垂青,殆亦短中有长耳。

《风报》1947 年 5 月 13 日

兰儿的文笔

连接在《新民晚报》上读到了兰儿小姐的几篇文章,她写张爱玲,写项墨瑛,写范雪君,文笔是轻倩,也是犀利,这一路的笔法在现代女作家中尚属罕见,认识兰儿小姐好多年,这倒是惊奇的发现。

《生活月刊》预定下月出版,我向兰儿小姐征稿,她写了一篇《交际太太的故事》给我,似乎叙述的是北平李丽母女的事。兰儿小姐说:"如果不合用,你尽管还我。"这是她的谦虚,凭这么一个题目,就知道是一篇理想的作品了。

小型报圈子里有兰儿小姐,是小型报圈的光荣,但也是兰儿小姐的委屈。我觉得,她很可以好好地写一点东西汇集起来付诸剞劂。

《风报》1947 年 5 月 15 日

暖室里的蔷薇

施济美小姐写过一篇小说,题目是《暖室里的蔷薇》,在《万象》月刊发表的时候,曾获得无数读者的赞赏。

现在,我的编辑室里也有了蔷薇,那是购自花贩手里的一束鲜花,编辑室并无花瓶设备,暂时遂以玻璃杯代替。天时本来已渐渐热,加上案头的花朵蒸发的盎然春意,觉得更增添了几分温暖,这当然也可以名之为"暖室里的蔷薇"。

可憾的是虽有"蔷薇蔷薇处处开"的情调,但下走的青春却已不在,当"挡不住的春风吹进胸怀"①的时候,不禁有"花容依旧人憔悴"之嗟了。

《风报》1947 年 5 月 16 日

案头线织物

手工艺术之时常可以在街头看见的,除了纸剪鞋花以外,还有案头线织物。

案头线织物是一个假定名称,我不知道准确一点应该叫它什么,姑且如是云云。这一种线织物富于图案美,玻璃桌面下,五屉橱上,夜壶箱②上,以及沙发靠背上,安置一方洁白的此种线织物,都足以增加无限的美观。

我曾以二千元的代价买了一块直径不到一尺的圆形线织物,放在写字台上的玻璃板下,又一块较大的做了舍间的台毡,也不过花了五千元,想象它在编结时的那一份工程,这一点代价实在不贵。

据说,这一种线织物过去一向是销外洋的,外洋机械发达,此类手工业的美丽编结物则付阙如,以此颇受欢迎。年来因运输不便,外销锐减,于是不得不自贬身价,而在本国市场上求售了!说起来也是"情实可悯"的。

为了怜恤年年压金线的纤纤玉指,这一种美丽的手工艺术结晶品,觉得也有提倡一下的必要。

《风报》1947 年 5 月 18 日

---

① 此为歌曲《蔷薇处处开》中的歌词,陈歌辛填词,龚秋霞原唱。
② 夜壶箱,沪语,指床头柜。

赛球

每次球赛，观众辄蚁拥以趋，虽看台轧坍，头颅轧扁，亦在所不惜。勇敢如此，恐傅作义将军部队驰援太原，一份劲亦不过尔尔也。下走好静不好动，对于此种万游攒动之热闹场面，恕不涉足。即使头手好闲，亦宁愿在电影院里孵上二小时，看粉腿总比看飞毛腿为"乐胃"①耳。

相识者之中有一位投机商人亦为球迷，兴致奇佳，尝怪而问之，则曰："练习'踢皮球'诀窍耳。"斯人有斯言，不可不称道其幽默。

《风报》1947 年 5 月 20 日

花瓶

我写了一篇《暖室里的蔷薇》，文中曾提到我的编辑室里缺少了一只花瓶，只得以玻璃杯代替。此文刊出后的翌日，接到了丁芝小姐的一封信，信上说："玻璃杯是天韵楼的产物②，岂能作编辑室的案头清供？星期日晚上，我带一只花瓶，一束玫瑰花来见你。"

星期日的下午，丁芝小姐就翩然光临乐。她带来一只蓝色的花瓶，也是玻璃的。玫瑰花没有买到，代之以荷花，花梗太长，丁芝小姐亲自剪修，然后插在花瓶里，安放在我的案头。

荷花尚是含苞未放，出水芙蕖遂减少了它的吸引力。吴崇文兄叹息着说："可惜丁小姐不能长驻此间，否则有了活花瓶，连花都

---

① "乐胃"，沪语，"舒服、惬意"之意。
② 彼时称呼天韵楼游艺场的女招待为"玻璃杯"，多为层次较低的风尘女子。

可以不需要了。"

《风报》1947 年 5 月 21 日

云云之歌

最近东山再起的云云小姐,在歌人中是属于正宗的,过去曾先后师事密昔司福及密昔司雷薇,这两位歌唱教授正是欧阳飞莺的路子。

现在,云云在逸园①与新都两处献歌,今日歌坛上的职业歌手,正式受过训练已绝无仅有,云云的女高音听来遂觉得不同凡响。欧阳飞莺最擅长的西班牙名曲《斑鸠》,云云歌来亦控纵自如,无殊欧阳飞莺第二。

百代公司请云云灌了两面唱片,一是《东风落桃叶》,一是《三轮车上的小姐》,这是最近的事。歌坛人才寥落,云云在今日虽以客串的姿态出现,但已不啻是中流砥柱,百代公司的物色及于她,自然也是必不可少的举措了。

《风报》1947 年 5 月 31 日

逸园的跑狗遗迹

逸园过去是跑狗场,现在成了大饭店,但跑狗场的遗迹犹存,入门的花砖上有三条狗的图案,行径其上乃有跑人等于跑狗的感觉,未免其心不窝。逸园主人以大资本经营大饭店,却不想为客人去除心理上的不快,当是美中不足之事。花砖是以水门汀②浇成

---

①　逸园花园舞厅,位于辣斐德路(复兴中路)亚尔培路(陕西南路)口。
②　英语 cement(水泥)的沪语音译词。

的,事实上无法挑补,但有的是掩蔽的办法,鄙意以为尽可覆地毡一方于其上,则狗的图案及消灭于无形,计其所费,充其量不过十万金而已! 逸园的贤主人奈何见不及此?

逸园的营业并不十分茂美,推原其故,或许就坏在视来宾如走狗上,鄙人的建议说不定可以旋乾转坤,逸园当局殊有采纳的必要!

《风报》1947 年 6 月 1 日

女经理

上海的酒菜肆,有几家由女性秉政的,都营业奇佳,历史悠久的是锦江①与梅龙镇②,前者的经理是酒菜肆女经理的鼻祖,后者的经理是吴湄,演过话剧,已故报人陈万里的遗孀。六合路上的九如,创业未久而食客有百川汇海之势,经理是一位郁小姐,本来是西摩路金山酒家的经理,现每天坐镇九如。女经理之说得上艳播人口的,过去还有新昌路口龙云饭店的郑淑云、淑贞姊妹,现在已先后出嫁,重莅其地,颇有人面桃花之感,而趋之若鹜的盛况也不复重见于今日了。

酒菜肆而由女人任经理的,生意都很好,这当是"食""色"有连带关系之故。但也有例外的,则是韦伟主持的银河奶府③,吃奶者竟罕其俦,终于关门大吉。还有女画家朱尔贞有一度主持上海酒楼④,营业亦未能茂美。这大抵是女艺人不谙经商之道,所

---

① 锦江酒家,位于华格臬路(宁海西路)31 号。
② 梅龙镇酒家,位于南京西路 1081 号,戈登路(江宁路)口。
③ 银河奶府,位于静安寺路(南京西路)麦特赫斯脱路(泰兴路)171 号。
④ 上海酒楼,位于戈登路 65 号。

以失败了。

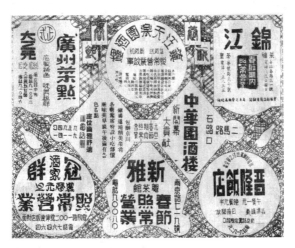

图86 沪上饭店酒楼广告,刊于《大美晚报》1939年2月19日

《风报》1947年6月2日

儿子的信

我的一个九岁的孩子在故乡受乡村教育,最近有封亲笔信写给我,开头不是什么"敬禀者"而是"我要和你讲几句话",完全是新文艺的笔调,接下去是问候我康健,香槟跑过,便提出了一连串的要求我买笔三打,袜四双,还要一双皮鞋,这不是家书,简直成了一张发票了。

信的末了,又安上了"完了"两字,大有登台演说的口气,看起来这孩子一旦长大,吃开口饭也许很有前途。

《风报》1947年6月3日

患肺病的报告员！

中国制片厂的八十四号新闻片中，随《私奔记》在美琪放映，包括伞兵演习、白部长宣慰台湾、行动邮局等几个短片。行动邮车上的一个邮务员，一只眼睛上包了一块纱布，大概是沙眼患者。为什么不换上个"登样"些的人呢？难道也缺基本演员？更叫人不舒服的还有那位幕后报告员，说明的时候有气无力，一些都没有劲，我怀疑此公是个第三期的肺病患者！

《风报》1947 年 6 月 4 日

时装

上海的时装公司，近来越开越多，上海唯女人的钱最容易赚，开时装公司自然是最有希望的生财之道。可是这些时装公司的所谓时装，实在看过看伤，试向玻璃橱窗望，陈列其间的各种时装，看得入眼的实在百不得一，唯一的缺憾是襟袖之间的花式，实在装置的太拙劣，极少值得赞美的作品，足征此中缺少高手匠人，对于美国的时装杂志如 Vogue、Macall 之类，似乎尚有多加揣摩的必要，否则不成其为"装之时者也"，只好说"装之怪者也"而已！

《风报》1947 年 6 月 5 日

先禁茶舞

禁舞已成为政策，即便货腰女郎的眼泪汇成江河，怕也难以挽回势在必行的危局了！为了曾经在万国舞专正式受过训练，因而认定舞不但是一种运动，也是一种艺术，所以我对于禁舞，持的是反对之论，不过反对也有个限度，有一件事我并不赞成，那就是茶舞。

日出而作,日入而息,我以为娱乐的时间应该放在晚上,庶几无害于工作,而茶舞的时间则在下午,那么早就婆娑起舞,就不免过了分。

因此我建议,当局对于禁舞令的执行,如果准备兼顾地方情形,那就不妨先禁茶舞。茶舞之禁,第一件功德是免得那些男女学生一散学就沉醉在蓬尺声中,拥抱着大跳而跳,毕竟不是好现象。至于晚舞,让那些花钱的老爷们送掉一点"灰钿",使钞票因此而流通,那是不伤阴骘的。

《群报》1947 年 9 月 20 日

了红近状

孙了红兄的病况,时常为许多朋友所关怀。了红兄是中国唯一的反侦探小说作家,他的《侠盗鲁平奇案》拥有无数读者,与程小青先生的《霍桑探案》并称一时瑜亮。惜乎久为病累,作品产量不丰,我虽然鼓励他,他终于为了稿酬的收入不足以图存,提不起兴致,于是听凭一肚子绝好的资料烂掉,真是可惜。

了红笃信佛教,过去曾寓居于崇德会,这是一个佛地,了红经常给会中担任扶乩工作,对于佛学,他可以敷述出一大套理论来,这和他的作品所表现的思想,截然不同。他的作品不免有神秘的色彩,但一切都根据科学。而他在口头,对科学却又是往往菲薄的,他就是这样矛盾的一个人。

了红的肺病有年了,但已久未咯血,看来还可以带病延年。最近他和朋友合伙,在慈淑大楼摆了一个香烟摊,一代著作家竟不得不与屠沽为伍,这是中国文人的悲哀!

《群报》1947 年 9 月 21 日

发了锈的唱片

近来常在国际三楼小坐,其地的特点,是光线明朗,"梳化床"①坐得舒适。但亦有可憎之物,则是一架落地唱机。自动唱机中所贮的唱片,难得一换,因此成了寿星唱曲子,听来听去那么一套老调,最窘的是《香格里拉》的点唱者偏偏独多,这一张唱片大概还是初版出品,发了锈了。开头的一段独白仿佛出诸山东大汉之口,其声重浊,听了真叫人掩耳疾走,而朋友们一闻《你是一个好强盗》之声,总要特别提醒我:"这是你的大作。"为之窘透窘透。

想不到这一支歌曲,在国际三楼竟成了不堪入耳之音,恨起来,真想效法司马光,视唱机为水缸,打得它缸破水流。

《群报》1947 年 9 月 22 日

红粉何尝解怜才

对一个欢场女子"发魔"之余,不断的赠之以诗,这是俏眉眼做给瞎子看,我在少年时代,也许曾有过此类自作多情的傻劲,现在垂垂将老,此调符咒不弹了! 只有大郎兄,现在还有这一份雅兴,譬如他所赏识的白莲花小姐,已经跟了人,做了五金帮巨子的外宠了,而大郎兄尚不灰心,一首一首的诗,还是不断地写,不断的奉献,而一方面则是琵琶别抱,换了我,无论如何没有这样好胃口,然而大郎兄不管。你说大郎兄是傻子吗? 他那么一个绝顶聪明的

---

① "梳化",即英语 sofa 的音译词,梳化床,即沙发。

人,哪里会傻。他曾经自承是"老夫以自娱",而我则佩服他的那一份闲情逸致,他依旧有着一颗青春活跃的心,正是证实了他的不老,我真羡慕他。

所惜的是马湘兰、寇白门之俦的通品,现在没有了! 红粉怜才得韵事不复能重见于今日,大郎兄一首一首呕心沥血的佳唱,结果还是免不了俏媚眼做给瞎子看耳。

《群报》1947 年 9 月 23 日

瞻韩忆语

近来喧传着许多达官贵人倾心于韩菁清,下走虽非达官贵人,但是"瞻韩"之愿则遂是四年以前,这一点先见之明也许是可以自诩的。

四年前的有一天,路德曼兄携菁清莅大中华咖啡馆小坐,这时候的菁清还是个不见经传的女歌手,但是已如奇葩初胎,从饰貌之妍即可窥测未来的锦绣前程,这是下走初次的"瞻韩"。

第二次仍是在大中华,时值初冬,菁清穿的是一袭绿色绒线旗袍,女人穿绒线旗袍我还是第一次看见,因此给了我一个肯定的感觉,这位小姐很会打扮。

南华酒家①增设音乐舞池,预备请一位台柱女歌手,我选中了菁清,这一天是初步谈公事。此后菁清每日莅临南华歌唱,见面机会较多,她说过这样两句话:"现在不出风头,年纪大了,就来不及了。"这两句话代表了她的个性。之后,她的广事交游,竞选歌后,都是以那两句话为出发点的。

---

① 南华酒家,位于南京路云南路口。

今日的菁清，正当生命史最绚烂的一个时期，论锋芒，和过去的徐来差堪比拟。但今日的标准美人①呢？以彼例此，菁清的顾虑锦瑟年华的消逝，不为无见。

因此，站在早期"瞻韩"者的立场上，倒也很希望菁清能够把握住自己的青春，"好自为之"。

《群报》1947 年 9 月 24 日

肌理纤白之女

李蔷华、李薇华姊妹，舞台上的艺事无可取，因此她们也不以艺事博包银，在交际场中伺候伺候名流闻人，照样可以生活无虑。蔷薇花若论姿首，严格说起来并非殊色，但肌理自纤白，则有目共赏。每次见到蔷薇姊妹，我总怀疑她们是藐姑射的仙子，不然哪有这一份肌肤若冰雪的天赋？

不过除了蔷薇姊妹之外，纤妍洁白

图 87　李蔷华、李薇华姊妹，刊于《星象》，1945 年前后刊行

的女人并非即乏，可以举例的有某太太，那是朋友之妻，其肌肤之莹洁不下于蔷薇姊妹，尊前觑之，往往觉得光艳照人，不可逼视。此外，电影女明星中肤色之白，舒绣文应推第一。她的至今犹能感人，玉臂皓腕殆与有力焉。

《群报》1947 年 9 月 25 日

---

① 徐来，电影女演员，黎锦晖前妻。在胡蝶当选电影皇后的颁奖典礼上，陈蝶衣赞誉徐来为"标准美人"，此称不胫而走，成为徐来的代名词。

波罗倒悬吟

波罗忽地变罗波,想是罗成有阿哥。

夜雨秋灯新纪录,如听一曲《叫闲》歌。

波罗兄为本报作《夜雨秋灯新录》,连日署名忽颠倒而倒之,一变而为"罗波",波罗悬之厄,戏成一绝。

《群报》1947 年 9 月 26 日

水上饭店

市轮渡的估价与官股商股比例问题,已成为此次市参议会的咨询目标之一,由于市轮渡,使我想起了水上饭店。

水上饭店是上海最特殊的饭店之一,下走曾两度莅止其上。一次市仲夏之夜,能歌之莺尚未登银幕,她和她的女友顾小姐、顾小姐的外子与孩子,还有我,在临水的一面凭栏而坐。江上风劲,阵阵袭袂,几于有"随风飞去"之虑,进晚餐时因此移进了有玻璃窗作屏障的廊内。由于船身的不住摇摆,颇使我憧憬于浮家泛宅的奇趣,放一叶于中流,房帷燕好之际倘亦随波起伏,这岂非《紫闺秘记》的新页。

为此对水上饭店发生了好感,之后又去了一次,则餐厅中且已有乐队的设备,蹑步其间,恍疑足下踏的是弹簧地板,而乐队则仿佛摇摆乐队。但是我总以为饭店虽好,仅止于进餐,倘亦能如陆上饭店的可以栖宿,则生涯的更佳要可预卜,惜水上饭店终未有此"新献"。

《群报》1947 年 9 月 27 日

不看平剧

近年来不甚看平剧，言慧珠的台上风情固然未尝一睹，童芷苓的棉花纺得怎么样，在我也是孤陋寡闻，唐韵笙是个什么样儿更是隔膜之至了！

为什么对平剧不感兴趣，一言以蔽之，平剧的演出不落恒蹊者太少。试想老是《四郎探母》《玉堂春》那一套，再不然就是《纺棉花》《大劈棺》之类，故事既一无可取，唱做也迹近公式化，如何能不厌百回看？

过去对于麒老排的《文素臣》甚为赞叹，认为无愧于改良平剧中的代表作，这是由于演出已渗入电影手法，演员也知道怎样发挥演技。但去年在黄金重演时，我复看了一次，却使我失望了，毛病在于草率。

如果平剧没有超过《文素臣》的作品产生，我不会再看平剧，即使是梅博士最后一次演出，我也绝不轧闹猛①。

《群报》1947 年 9 月 28 日

半日偷闲

星期六下午，顾乾麟、冼冠生两先生招待我逛漕河泾，于是又参观了一次儿童教养所，参观了一次冠生园农场。

儿童教养所原名难民难童收容所，现在已改为专收流浪儿童，易收容为教养，所中景象，和第一次参观时大不相同了。由于各方面的捐助，新的楼房已尽盖了起来，难童睡的已是地板而非水门汀，无线电研究班、幼年化工班也都成立了，可知对于建设的努力。

① "轧闹猛"，沪语，"凑热闹"之意。

为了儿童的收容视前更众,机械化部队的阵容亦愈盛,即使是某种广场上的阅兵式,其步伐的整齐,亦不过如此而已!

进餐于冠生园,地点在绿荫草堂,这也是新盖起来的,去年尚付阙如也。吃的是节约菜。餐毕,在园稍事浏览即行,盖是日突然骄阳如炙,对豆棚瓜架的田园之趣,遂亦不克作充分的领略了。

《群报》1947 年 9 月 29 日

幼稚的批评

执笔之士臧否人物,应该以不悖情理为原则,但是浅薄可笑的言论,报端却时常可以发见。举一个例,谈瑛小姐两颊的胭脂,搽得红了一点,衣饰考究了一点,报间便时常有"不以为然"的批评。其实世界上还没有女人年逾三十即不事靓装刻饰的通例,以谈瑛那样的一颗熠熠之星,难道应该穿一袭蓝布旗袍出现于大庭广众之间才是正理? 君不见《平地青云》中的玛琳·黛德丽,倘且有袒裼裸裎,摇臀摆腰的表演,好莱坞的报纸上未必有大惊小怪的论调。我国一切落后,不幸批评家的眼孔也如是之小。

我的草此一文,并不是为了要给谈瑛小姐辩护,不过有鉴于类此的幼稚批评实在太多(对于姚萍的黄头发之訾议亦其一例)觉得有一点忍俊不禁,遂欲略予若侪以"教训"而已!

《铁报》1947 年 6 月 21 日

迷魂药

金山舞女黄佩珍,被舞客挟入旅舍,迷惘中身不由己,为舞客所蹂躏,事后报告警局,供述失事经过,据说曾啜咖啡而神志陷于昏迷,怀疑舞客预布陷阱,在咖啡里下了迷魂药。

以迷魂药赚销魂,武侠小说中的采花大盗是优为之的。此类迷魂药,厥名鸡鸣返魂香,谓必俟黎明之际,药性始退,然后徐徐苏醒也。过去国泰的首席红星张丽,曾为恶客所抢,在法仑斯[①]喝了一杯可可而丧失神志,结果被挟入沧州饭店[②],醒来时已天曙,巫巫夺门雇车,始发觉腕表与钻戒等饰物已不翼而飞,更恐怖的是一只长筒丝袜被褪了下来绕在脖子上,这一次的历险损失了她的最贵重的身外之物,侥幸的是玄狐大衣一袭还在身上。现在的金山舞女黄佩珍,成了张丽之续,不同的是一则破财,一则失身,但迷魂药之被利用为作践女人的工具,则事出一辙,也事属可信。

以迷魂药为销魂手段自是卑鄙,但今日的少侠型人物,猎艳时且不乏出枪恐吓,逼令横陈的,则简直是霸王硬上弓,今以此例彼,则前者犹不失为温柔敦厚耳!

《群报》1947 年 9 月 19 日

鬼祟志异

名画家董天野兄言,旧时有一友居南市,屋有余椽,未几有商人税居之,一妻一孥与俱,起居服用极豪奢,同居者审知为体面商人也。顾其妇有痫疾,病发时,辄掷其稚婴于床下,后喃喃自语曰:"汝昧良至此,且索尔命。"同居者观之,无不骇怪。有侦其内情者,始悉妇有前夫以病肺而死,易箦之前,语于妇曰:"吾命在旦夕,汝

---

① 法仑斯总会,位于长安路(大西路)325 号。
② 沧州饭店,位于静安寺路 1225 号。

当别嫁,勿以我之故而误汝青春也。惟吾母年迈,汝当以吾所有,畀半数予之,庶不致有冻馁之虞耳。"夫死,妇再醮,遽席卷所有从后夫,未尝分厘毫与其姑。及新居定,妇乃中痫,每疾发,其后夫惶悚万状,辄祷之,愿为死者谋超荐。顾其妇呓语,终勿允,曰:"凡汝所许者,皆勿欲,所欲者惟此妇之命耳。"后夫以妇痫时发,邻居尽晓其秘,为之奇窘,寝至外出以后,勿敢复归。越二月,别于他处睡新居,迁徙而去,乃不复审其后果。

以上所记,事涉怪诞,顾天野先生之友绝诚恳,所言当不诬。冤鬼索命之说,载之于旧籍,不图今世亦见之,诚不可思议之事也。

《群报》1947 年 9 月 30 日

台湾两事

方导演沛霖,自台湾归来,为我述两事:其一,台湾的学龄儿童,十九都能操简单的国语,这是小学教育的成绩,十年八年以后,台湾人的国语,可能讲得比福建人还好。

台北的龙山寺外,货摊林立,有如上海的城隍庙,苏州的玄妙观。但是在寺内,却有每周举行一次的歌唱会,教授台湾人唱流行歌曲。方导演往游时适逢其会,会场上集男女老幼都千余人,人手一谱,教师在台上唱,群众在台下随,这天唱的是赵丹在《十字街头》里的《郎里格郎》。

由于上两事,可觇台湾的民众教育,正在力谋其倾向祖国,尤其是歌曲,收效易而宏,老年人也可以学,这的确是一个好方法。

《群报》1947 年 10 月 1 日

禁舞笑谈

节约而必欲禁舞,据说是行政院副院长王云五先生的意思。报纸上曾经揭露其秘,言王副院长之主张禁舞,原因是他的东林快婿曾藏娇金屋,金屋中人系一舞女,王副院长的千金因拈酸而仰药,竟作壮烈牺牲,王副院长遂迁怒于舞女。政府既议及节约,禁舞即列为主要项目之一,种因盖在于副院长娇女自殁。

禁舞实行以后,可以预料的是,货腰女儿苟无其他出路,虽有择人而事,做大老婆未必有那么多人肯明媒正娶。如果屈为小老婆呢?岂非又将促成许多大老婆仰药以死?

故禁舞一事,若真如外间所传,是王副院长的卓见,则不仅报不了女儿的仇,转足以为女儿广邀惨死的同志,使酆都城平添无数冤魂而已!

《群报》1947 年 10 月 2 日

愤世嫉邪

序翘已入中年,遇事渐能出之以矜平燥释,愤世疾邪的一股火气没有了!但有时对于看不入眼的事,还不免为之恨恨。譬如说禁舞理由尽管说的冠冕堂皇,偏他妈的一究其内幕,竟是为了东床恋舞女,掌珠仰药死,于是迁怒于舞女,于是而欲禁舞,遂使政令的背景亦涉及房帏之私,岂非太不成话!

又如胜利以后,全禄牌、双斧牌类的香烟,依然销售市上,虽说已经接管,无奈映入眼帘,总不免使人"仿佛还在沦陷中"之感!真不明白他妈的为什么不改两个名字?

《群报》1947 年 10 月 3 日

我读过了《凤仪园》

济美小姐：

谢谢您的《凤仪园》。《凤仪园》里有的是永久的盛暑，热艳而鲜明，并不如您所说的那样荒凉寂寞，近年来，我为了珍惜目力，很少在临睡之前看书，而这一晚，我却温习了您的旧作，也阅读了你的新篇——《凤仪园》。

您的清才敏思，我是一向就折服的，在女作家中，您的写作技巧是最成熟的一位，心里如此赞美，在人前也如此赞美。我知道我的鉴定并无谬误，这一册厚厚的，包括着您的代表作的《凤仪园》，便是最好的物证。

晚上很凉，我忘了加上一件睡衣，就那么躺在衾中展阅您的《凤仪园》，看到终篇的时候，觉得鼻子有一点窒息，又发觉我仅是穿了一件短袖的汗衫。我将《凤仪园》折叠好，放到灯几上，瞥见我的睡衣正静静地搁在伸手可及的椅背上。

宁愿招致感冒而一口气读完您的《凤仪园》，使我如此出神的是您的那一支玲珑剔透的文笔。

我想，在松子仁和小胡桃之间，我是个只合吃松子仁的客人了。

《群报》1947 年 10 月 4 日

媚洋病

在好莱坞影片中，看到了戴瓜皮帽拖长辫子的中国人，就不免肚膨气胀。美国影片商也许非尽恶意，仅以为非如此不足以象征中国人而已！但对于今日之中国的认识之不足，则无可讳言。

但可悲的是国人也尽有不自陨减的。《喜临门》门口有一人司肃客之责,其人御长袍,外加花花绿绿的背心一袭,头上是瓜皮帽一顶,此是为洋大人而设者也。关鸿宾领导的什么中国文化集团,在远征新大陆前,欧阳飞莺参加此一集团,曾奉团方之命,预备定制绣缎长旗袍,我当时就大为摇头,以为该团此去,并非旨在"为国争光",特是"为国丢脸"耳。幸而欧阳小姐临时退出,非然者,后来舆论的攻击她也免不了是目标之一。

最近有位摄影家以《满面皱纹的老人》一帧,在国际间或得荣誉,柳絮兄曾为文以非之。我怀疑老人不仅皱纹满面,也许手里还捏着一支旱烟管。这不要说是等而下之的摄影家,贤如卢施福①先生,尚且以为貂蝉拜月之类的古装美人可以在沙龙中邀人青睐,艺术而但为"迎合洋大人胃口"设想,此与《喜临门》门口的清装司阍者何异?又如何不令人闻之气短!

《群报》1947 年 10 月 5 日

蜡烛炒栗子

秋风起,糖炒栗子上市了。近日遂又增加了一笔支出,因为我是深嗜此物的。津浦路尚未打通,良乡栗子不得南运,但上海的栗子摊依旧以良乡为标帜,这并不是商人欺骗顾客,实缘良乡已成为栗子的代名词,非此不足以号召也。

栗子例以糖炒,如此殆能使栗壳增光泽,但饴糖之值较巨,资本短拙的马路栗子摊在炒栗之时,往往投入蜡烛一橛,蜡油既融,

---

① 卢施福,广东香山人,曾就读于天津英文商业专科学校,后考入上海同德医学院,毕业后在上海行医。20 世纪 30 年代起从事摄影创作活动,成立黑白影社,在上海多次举办摄影展。

亦能使光泽被于栗壳。糖炒栗子一变而为蜡烛炒栗子,此则商人的不道德行为,在因陋就简之下,栗味自亦不免逊其香甜了。

《群报》1947 年 10 月 6 日

短视

在《新民报》上看到吴天先生的一篇文章,题目是《园游忆当年》,文内则假公济私,对于外传他所编的《春归何处》剧本剽窃《凤仪园》的故事,说有所辩正,辩正之外兼予传播剽窃之说者以反击。我以为吴天先生以一个剧作家的地位,可以写得谦冲一点,然而吴天先生的襟度并不如此,不但措辞火爆,甚至将"大东亚作家"的帽子向人家头上一戴,居然一面孔是重庆人。然而记忆不坏的人都说吴天先生也是在沦陷时期的上海混过来的。大概吴天先生也是地下工作的英雄吧。

吴天先生文中又说"说句老实话,我直到现在才知道这位女作家和她的作品",吴天先生如果是一个三轮车夫,这话也许可以使人相信,无奈吴天先生也是在文艺圈子里混的,文艺圈中人而不知施济美,这不是施济美的耻辱,倒显得吴天先生有一点短视,说得苛刻点,简直是太狂妄了!

《群报》1947 年 10 月 8 日

《牛背情歌》

《小放牛》最近已改成歌曲,调子跟平剧差不多,词句我没有看到过,不知是否仍是"天上的娑罗何人栽"那一套? 从音节上讲,改编得还不算坏。

屠光启兄为中电导演《神鬼人》一片,有插曲一支,由陈燕燕唱出,光启兄要我给他执笔,题目指定是《牛背情歌》。我说:"你不会用现成的《小放牛》吗?"光启兄认为这未免因陋就简,于是我给他写了一支,为了符合剧情,我开头是如此写的:"太阳落在西山下,黄昏的树上闹归鸦;郎呀郎呀妹呀妹,我们也骑牛转回家。"虽然郎呀妹呀的调子,难免为贤者所笑,但这是民间情歌,我无法提高它的"水准",何况高明如田寿昌先生,笔下也不乏《阿根哥》《张大嫂》一类的歌曲,"前进"与"靡靡之音"似亦相去有限,因此我终于大着胆缴了卷,如果因此而挨骂,也只好听天由命了!

《群报》1947 年 10 月 9 日

王凤珠乘龙得快婿

王凤珠小姐已经辍业"四姊妹",不久将嫁。凤珠过去曾在《春秋》杂志上写过《侍应日记》,因此获得"文艺女侍"的雅号。这孩子聪明韶秀,而又能洁身自好。现在终于有了良好的归宿了! 我为她欣喜。凤珠的未婚夫婿是小开阶级,自大中华咖啡馆时代起即苦恋凤珠,历时四载而此志不渝,最初凤珠意似不属,但卒为精诚所感动,这位小开的雅篆中有一个"龙"字,倒成了龙凤姻缘。下走忝为凤珠名义上的老师,很早就希望她能够得一如意郎,现在有龙凤喜糕可吃了。

《群报》1947 年 10 月 10 日

南湖船娘

最近和几个朋友逛了一次嘉兴,我们的第一件事是要见识见识南湖船娘,结果是和我的预测完全吻合,一言以蔽之,是大失所望。我们在抵达船埠以后,即见船娘三五,蹀躞岸上,其中既无佳丽,甚至平头整脸一点的也没有,向导者引导我们上了"朱府喜事"包订的一只船,直放南湖,登烟雨楼之后开始泛舟。当时我们即一致议决自行打桨,因此所雇的是三艘瓜皮艇子,盖既不想在船娘身上找寻什么奇迹,便无需乎有篷之舟也。南湖之水,清澈不逮西湖,是由于菱塘迤逦,荇藻蔓生的缘故。为了深恐"荡入迴塘不知处",我们的船划了一程就打回票,泛舟仅一小时而已。重登烟雨楼的时候,巧遇《前线日报》编辑徐慧棠医师等一行,他们以七万元的代价叫了一艘有篷之舟,作伴的船娘据说是艳名甚著的阿九的侄女。我问慧棠兄况味如何,他兀自摇头。后来我们在烟雨楼外的小桥上,与三五船娘不期而遇,其中有阿九的侄女,她们虽然有的是粉颊,但以风吹日炙之故,遂粗陋无复佳致,两颊之胭脂如垩,然望之未尝敢作呕,则船家女儿生涯苦,固勿能与红楼丽质等量齐观也。

《群报》1947 年 10 月 13 日

可怜的筱丹桂

筱丹桂服毒殒命矣！这是越剧女伶中的可怜虫。

筱丹桂嫁与国泰越剧院主人张春帆,此人与《九尾龟》作者漱六山房同名,但并非文绉绉的书生,却是一个莽夫,为了金屋中人是舞台上的名女优,平日遂范之甚严。有时挈之入舞场,除了和自己跳舞之外,绝对禁止与他人躚步,其气度之窄可知。

相传有一天,张春帆涉足舞场,与一舞女为谐谑,舞女说:"你还要吃我豆腐，你的太太今天晚上，要被人家约出去吃晚饭了，你倒不耽心事。"盖是晚有人邀筱丹桂共膳，其人乃为舞女之一客，事先曾为舞女言之也。张春帆闻言色变，立刻驰回家中，严禁筱丹桂外出。东道主久候筱丹桂不至，命酒楼出店将菜肴送至筱丹桂家，结果是砂锅盆子等被张春帆一一抛出来，甩得粉碎。

筱丹桂处境是如此可怜，自然也有人代她扼腕，筱丹桂凄然曰："我会自己处置自己的。"盖早蓄死念矣！此次以看电影而受责，于是走上了她所谓"有以自处"的最后一条路。

《群报》1947 年 10 月 16 日

抚尸大恸？

筱丹桂之死，众口一词，都说是为了看电影受谴责，因而服毒。惟有老迈年高的老牌报，对于伧夫的暴行犹为之讳，舆论权威干预如此，筱丹桂其将含冤莫白乎？

筱丹桂既死，陈尸太平间，她的丈夫闻耗而至，并未伏尸大恸，辟踊而号，反而返身疾走，一去不来。此何故？谓非心有所惮，奈何对死者竟掉首不顾？

筱丹桂之遗言曰："人难做，做人难，死了！"从这八个字上，就可以看出她未能死而无"冤"。

而老牌报犹为彼伧夫作捧场之词曰："其夫归来，伏尸大恸。""恸"或有之，所惜者恸得太晚了一点，而其所以不免一恸者，亦不外痛惜筱丹桂不能死而复苏，再为他挣钱耳。

《群报》1947 年 10 月 17 日

金嗓子

周璇号称金嗓子,但当她拍摄《凤凰于飞》时,我曾亲聆其录音,引吭之际,声细如蚊,三尺以外即不可辨。可是在影片公映时,她的歌喉仍足以歆动观众。盖周璇非无佳嗓,不过在录音的时候不需要使劲,而轻轻地唱出转能收宛转动听之效。所以周璇的歌喉,纵不足以当"金嗓"二字,但的确是另有一功的。

胜利后周璇演过《长相思》《各有千秋》二片,论影片本身是后者为佳,但号召力则前者远胜于后者,则以前者为歌唱片,周璇的歌喉自有欣赏之人也。

李香兰既去,周璇遂无劲敌。说到歌唱,电影界至今还是只此一人,虽是周璇之幸,但电影界的未能人才辈出,则是悲哀。

《群报》1947 年 10 月 18 日

图书在版编目(CIP)数据

低眉散记 / 孙莺编. -- 上海 ：上海人民出版社，
2024. -- (陈蝶衣文集). -- ISBN 978-7-208-19117-4

Ⅰ. I217.2

中国国家版本馆 CIP 数据核字第 2024W7K857 号